박찬욱의 오마주

박찬욱의 오마주

박찬욱

마음산책

박찬욱의 오마주

1판 1쇄 발행 2005년 12월 10일
1판 21쇄 발행 2025년 10월 10일

지은이 | 박찬욱
펴낸이 | 정은숙
펴낸곳 | 마음산책

등록 | 2000년 7월 28일(제2000-000237호)
주소 | (우 04043) 서울시 마포구 잔다리로3안길 20
전화 | 대표 362-1452 편집 362-1451   팩스 | 362-1455
홈페이지 | www.maumsan.com
블로그 | blog.naver.com/maumsanchaek
트위터 | twitter.com/maumsanchaek
페이스북 | facebook.com/maumsan
인스타그램 | instagram.com/maumsanchaek
전자우편 | maum@maumsan.com

ISBN 89-89351-81-2 04810
      89-89351-80-4 04810 (세트)

* 본문 저자 및 영화 사진은《씨네21》에서 제공받았습니다.

* 사용 허가를 받지 못한 일부 도판들은 저작권자가 확인되는 대로
  절차에 따라 계약을 맺고 적절한 저작권료를 지불하겠습니다.

* 책값은 뒤표지에 있습니다.

그러나 영화광들이여, 잊지 말라.
당신의 영화가 인생의 모든 것을 가르쳐주지는 못한다.
창 너머로 보기보다는 직접 몸을 담글 때
바다는 더 잘 이해되는 법.

영화관이 선남선녀의 연회장이라면 비디오 숍은 공동묘지, 이 책은 그들
에 대한 검시 보고서이다. 연인의 시신을 해부하는 의사의 심정! 칼을 대랬
더니 주검들은 좀비로 되살아났다. 나는 도리어 팔뚝을 깨물렸다.

　　　　　　　　　　　　　—1994년 초판 『영화 보기의 은밀한 매력』 서문

　한때 남의 영화에 관해 글을 써서 먹고살았다. 작품을 고를 권한이 주어지
지 않을 때도 많았지만 가능한 경우에는 다음의 네 가지 원칙을 적용했다.
　첫째, 한국영화는 건드리지 않는다. 둘째, 외화라도 극장 개봉을 즈음해서
발표되는 리뷰는 안 쓴다. 셋째, 욕하고 싶은 영화라면 차라리 아예 다루지
말자. 넷째, 한국에서 구해볼 수 없는 영화에 관해서는 쓰나 마나다.
　당시 나는 여기저기 영화사들을 찾아다니며 작품 연출 기회를 주십사 사정
해야 하는 처지였으므로 그럴 수밖에 없었다. 내 비판이 흥행에 악영향을 주
거나 제작자의 자존심에 상처를 입히는 일이 없어야 했기 때문이다. 혼자만
아는 영화를 내밀고 으스대기도 싫었고. 그러자니 천생 비디오테이프 형태로
출시된 외국영화만을 대상으로 삼게 되었다. 시절이 시절인지라 대개 미국영
화였고 당연히 DVD는 없었다.
　따라서 여기 다룬 작품들이 다 내가 최고로 치는 영화들은 아니다. 말하자

면 이 책의 목차가 곧 '내 인생의 영화들' 목록은 아니라는 것이다. 그저 그런 영화도 몇 섞였지만 거기서도 좋은 면을 보려고 노력했다. 그럴 때면, 누구나 알 만한 나쁜 면을 말하기보다 누구도 알아채지 못한 좋은 면을 말하고자 하였다. 내가 군자라서 그랬을 리는 만무하다. 감독된 자로서 남의 영화 비판하는 일을 마다하는 까닭이야 당연히, "너나 잘하세요"가 무서워서가 아니겠나.

그래도 정 엉터리들은 어쩔 수 없었다.

전에 책을 내자 제법 많은 이들이 와서 잘 읽었다고 인사들 했다. 그런데 난 참 알 수가 없는 것이, 왜 그 책은 그이들 수만큼도 안 팔렸느냐는 점이다. 그러더니 언젠가부터는 수다한 사람들이 또 와서 이런다. 사 읽고 싶은데 구할 길이 없다고. 당연하지, 절판되었으니. 하도 안 팔려서. 이제 이 개정증보판을 내놓고 한번 지켜보려고 한다, 얼마나 팔리나.

2005년 겨울
박찬욱

차례

1 치명적 매력

2 균열과 냉기

3 발견과 해석

■ 일러두기

1. 외국 인명, 지명, 독음 등은 외래어 표기법을 따르되 관용적인 표기와 동떨어진 경우 절충하여 실용적 표기를 따랐다.
2. 영화명, 곡명은 〈 〉로, 잡지명은 《 》로, 편명은 「 」로, 책 제목은 『 』로 묶었다.

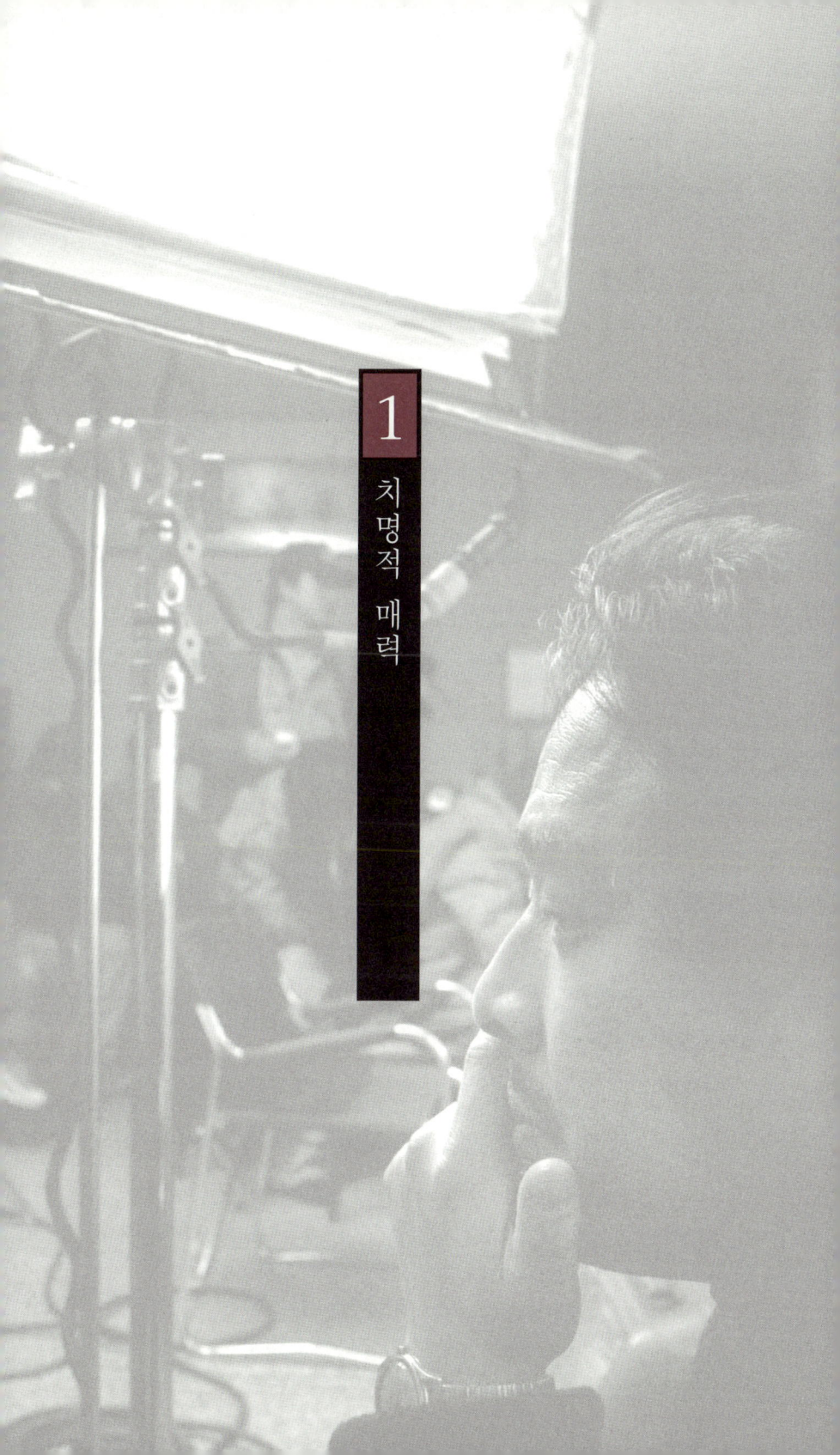

1

치명적 매력

그 남자는 거기 없었다

___

세컨드
SECONDS

저주받은 걸작. 이 표현이 더 잘 어울리는 영화는 없다. 〈세컨드〉의 역사는 그대로 한 편의 드라마다. 베스트셀러 원작 소설을 커크 더글러스가 사들이고 당대 최고의 극작가가 각색. 로렌스 올리비에의 1인 2역 계획은 그가 상품성이 없다는 이유로 기각되고, 최고 스타이던 록 허드슨과 매카시 선풍 당시 블랙리스트에 오르는 바람에 오래 놀아야 했던 비운의 스타 존 랜돌프가 각기 역을 나눠 맡기로 결정. 당시 가장 촉망받던 감독 존 프랑켄하이머 연출과 전설의 명카메라맨 제임스 웡 하우의 촬영으로 완성. 칸영화제에 미국 대표로 출품되었지만 관객과 비평가들의 야유 속에 물러나고 미국 개봉 결과는 차마 수치를 밝힐 수 없을 만큼 처참했다. 이후 소수의 유럽 지식인들과 미국 대학생들 사이에서 서서히 관심이 형성되었지만 본격적인 컬트로 알려지기에도 역부족. 지금 미국에서는 〈세컨드〉란 제목만이라도 들어본 사람조차 극히 드물다.

은행가 아서는 공허한 인생을 청산하기 위해 비밀 기업의 도움을 받는다. 복잡한 성형수술과 완벽한 행정 처리에 의해 아서는 죽고 새로운 인간 토니가 태어난다. 화가가 된 토니는 새로 사귄 애인이 기업의 감시자였고 이웃들도 모조리 '세컨드'였다는 사실을 발견하고 경악한다. 새로운 정체성에 적응하지 못한 그는 또 한 번의 재탄생을 원한다. 그러나 그를 기다리고 있는 것은 부활이 아니라 진짜 죽음이다.

토니가 아서의 집을 방문해 자기 아내였던 여자를 만나는 장면은 참으로 눈물겹다. 가족이 그리워 찾아갔지만 바뀐 얼굴을 알아볼 리 없는 아내는 죽은 남편에 관해 일말의 동정심도 없이 싸늘하게 회고한다. 한 사내의 인생이 송두리째 부정당하는 순간이다. 자신을 죽은 아서의 친구라고 소개하면서 그를 얼마나 좋아했는지 이야기하는 토

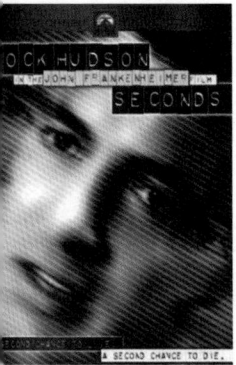

니의 모습에는 과거를 되찾고 싶어 하는 그의 안간힘이 배어 있다. 이때 록 허드슨의 표정은 거의 동성 애인에 관해 털어놓는 것처럼 보이는데, 생전의 그가 게이였고 끝내 에이즈로 죽었다는 사실을 떠올리면 이 장면은 더욱 안타깝게 다가온다. 술에 취한 나머지 이웃들에게 자기는 토니가 아니라 아서라고 고백하는 장면 역시, 성정체성을 숨기고 끊임없이 대중에게 거짓말을 해야 했던 배우 본인의 처지 때문에 한층 실감나게 표현되고 있다. 이 영화 출연을, 평소의 로맨틱한 역할을 졸업하고 캐릭터 배우로 변신할 호기로 여겼다는 록 허드슨은 순진하게도 아카데미 남우주연상을 노렸다고 전해진다.

네오아방가르드와 히피즘이 고조되던 1966년, 지금으로선 상상도할 수 없을 정도로 과감한 실험정신으로 충만한 이 작품은, 아마도 그 어두운 분위기에서 전무前無는 물론이고 후무後無할 것임에도 의심의 여지가 없다. 하지만 무엇보다, 필생의 열연을 보여준 록 허드슨의 고통에 박수를 보내면서 망설임 없이 〈세컨드〉를 나의 영화 베스트 10 리스트에 올리려 한다.

여자가 계단을 오를 때

이브의 모든 것
ALL ABOUT EVE

'오스카 14개 부문 후보에 6개 부문 수상'이 그리 대단할 건 없다. 〈벤허〉나 〈타이타닉〉 따위도 비슷했으니까. 하지만 엄청난 제작비를 들인 것도 아니고, 사극도 아니고, 도피적인 오락영화도 아닌 것이 그 정도 해냈다는 데 생각이 미치면 당시 심사위원들에게 경의를 표하고 싶어지기도 한다. 이렇게 신랄하고 통렬한 비판 정신은 지금의 미국영화에서도 찾아보기 힘들기 때문이다. 스타가 되기 위해 휴머니티를 포기하고 모든 친구를 이용하는 파렴치한 여배우와 그녀를 둘러싼 업계 종사자들의 행태를 지켜보노라면 〈이브의 모든 것〉이 단지 브로드웨이의 뒷이야기 이상임을 대번에 알 수 있게 된다. 우리는 지금 이기주의, 좀더 정확히는 자본주의 사회를 살아가는 데 필수적인 덕목으로서의 이기주의를 보고 있는 것이다. 여기에는 이브가 목표로 삼는 마고, 이브, 다시 이브를 목표로 삼는 에필로그의 새로운 배우 지망생 등 3세대가 등장한다. 이는 이 영화가 이브라는 희대의 악녀에 관한 연구를 뛰어넘는 야심을 가지고 있다는 사실을 증명한다. 그 악행은 이브 한 사람에게서 그치는 것이 아니라 대를 이어 면면히 이어지는 하나의 전통이라 할 만하다. 보지 않아도 우리는 과거의 마고가 그런 식으로 지금의 스타덤을 차지했고 지금의 이브는 지금의 마고처럼 또 다른 이브에게 밀려나리라는 숙명론을 감지할 수 있다.

어느 비평가도 여기서의 조셉 L. 맨케비츠가 뛰어난 미장센을 구사했다거나 몽타주의 대가라고 하지는 않는다. 그의 연출은 단지 배우의 표정과 관객이 꼭 알아야 할 정보를 전달하기 위해 정확히 효과적으로 작동할 뿐이다(연출자로서의 그의 능력은 과소평가된 감이 있다. 지금도 〈조용한 미국인〉이나 〈지난여름 갑자기〉를 보면 알 수 있다).

영화라는 매체가 묘한 것은, 촬영이든 음악이든 영화를 구성하는 여러 요소 가운데 어느 하나라도 특출하면 그것만으로 그 영화 전체가 특출해지기 때문이다. 이 작품에는 따라잡기 벅찰 정도로 위트 넘치는 지적인 대사가 홍수를 이루고 거의 스펙터클이라고 불러도 좋을 명배우들의 명연기 앙상블이 있다. 우선 이것은 하워드 호크스의 〈그의 여비서〉와 더불어 아마도 할리우드가 보여줄 수 있는 각본 기술의 정점이다. 평범한 라디오 대본에 기초하여 감독 조셉 L. 맨케비츠가 단 열흘 만에 써낸 이 각본은 하

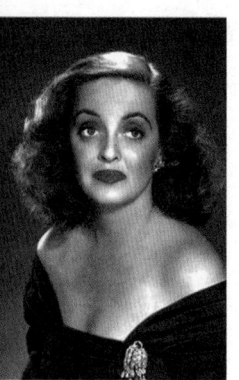
베티 데이비스

드커버로 출판된 최초의 영화 대본이다. 거기에 이미 전성기를 지난 베티 데이비스의 카리스마, 이제 막 피어나는 마릴린 먼로의 섹스어필, 능수능란과 미숙함 사이의 중간지대에서 기묘한 균형을 취하면서 뿜어내는 앤 백스터의 신비한 매력, 현대의 메피스토를 얄미울 정도로 연기해내는 조지 샌더스의 귀족적인 냉소주의가 있었기에, 〈이브의 모든 것〉은 지금도 대서양 양쪽의 레퍼토리 영화관에서 줄기차게 상영중이고 영화보다 늦게 태어난 아이들이 끝없이 보고 또 보는 컬트 아이템이 되었던 것이다.

부르기에 조금의 주저함도 허용치 않는 만장일치의 걸작이자, 살인을 다루지 않았어도 내가 좋아하는, 몇 편 안 되는 영화 가운데 최고.

피아니스트를 쏴라!

가르시아
BRING ME THE HEAD OF ALFREDO GARCIA

멕시코의 대지주가, 자기 딸을 임신시키고 달아난 바람둥이를 죽이는 자에게 1만 달러를 주겠다고 선언하면서 영화는 시작된다. "내게 알프레도 가르시아의 목을 가져와라!" 두 명의 미국인 청부업자가 파견되고, 이들은 술집 피아니스트인 베니를 만난다. 현상금에 눈이 어두워진 베니는, 정부 엘리타의 애인이었던 가르시아가 이미 교통사고로 죽었다는 사실을 알고 그의 머리를 찾으러 떠난다. 그러나 엘리타는 살해당하고 그는 배반당한다. 현상금을 독차지하고 엘리타의 원한을 갚으려는 베니의 처절한 투쟁이 시작된다.

모든 비평가와 대중에 의해 천대받고 모멸당했던 이 영화야말로 샘 페킨파의 진정한 걸작이고, 미국 B무비 전통의 개가이며, 가장 독창적인 로드무비이자 컬트 중의 컬트, 보기 드물게 순수한 형태의 아트 필름이다. 페킨파는 여기서, 성적 긴장과 죄의식의 테마에 '호손 풍으로Hawthornesque' 집착하면서 '폭력의 피카소'라는 별칭에 걸맞게 피비린내 나는 살육전과 지독한 블랙유머를 전개한다.

청부업자의 청부를 받아, 한 번도 만나본 적이 없을 뿐 아니라, 이미 죽어 있는 사나이를 찾아 그의 머리를 자르러 가는, 애인과의 기타 여행……. 연인들은 시신 모독이라는 아직 저지르지도 않은 죄를 놓고 번민하다가 느닷없이 결혼을 언약하는가 하면, 초야처럼 행복한

밤을 지내다가 불현듯 나타난 강간범과 사투를 벌인다. '과나와토'라는 터널로만 이루어진 지하 도시(=가르시아의 무덤=성적 욕망의 잠재처)에 가고 싶어 하는 여자와 "그 친구도 자기 머리로 당신이 행복해진다면 찬성할 거야"라고 뇌까리는 남자. 이들은 그다지 선하지도 않다. 남자는 하이에나같이 자기가 죽인 자의 주머니를 뒤지고, 여자는 강간범과 화간和姦하려 한다. 다만, 이들에겐 가르시아만이 원죄이자 희망이다. 베니가 청부업자로부터 가르시아라는 이름을 처음접했을 때 관객의 귀에 들리는 것은 놀랍게도 자동차 충돌의 파열음이고, 실제로 베니와 엘리타는 버스와 충돌할 뻔한다. 그리고 가르시아의 머리가 보장해줄 미래의 희망은 사실 불확실하다. 언제 결혼할수 있겠냐는 여자의 질문에, 남자는 다만 "일요일에"라고밖에 답할수 없는 것이다.

이렇듯 엉뚱하고 괴상하고 암담한 부조리의 상황은, '어둠의 심연Heart of Darkness'인 가르시아의 무덤에서 극에 달한다. 무덤을 파다가 누군가의 기습을 받고 기절했다가 깨어난 베니는, 자기가 이미 죽어버린 엘리타와 함께 무덤에 묻혀 있고 가르시아의 머리는 실종되었다는, 악몽 같은 현실과 직면해야 한다. 이제 그는 스스로의 존재를 새롭게 규정한다. 처음에는 뒷모습을 롱숏으로 보여주었던 그의 거울 영상(전편을 통해 네 번 사용된다)은, 그 이후로 정면 클로즈업까지를 담아낸다. 가르시아를 죽이지도, 머리를 자르지도 않았건만, 그는 너무 큰 고통을 강요받고, 진짜 범죄를 무수히 저지르도록 몰린다. 죄가 죄의식을 부르는 것이 아니라, 죄의식이 죄를 부르는 역설.

엘리타를 머리 없는 가르시아와 함께 묻고 난 베니는, '악을 악으로 갚기' 위해 다시 길을 떠난다. 기어이 엘리타의 살해범을 찾아 죽이고 머리를 탈취한(엘리타를 잃고 가르시아를 얻은) 후, 그는 거꾸로 여행을 시작한다. 연인과 함께, 희망에 부풀어, 무덤을 찾아, 떠났던 길을, 연인의 정부情夫였던 자의 머리와 함께, 복수심에 가득찬 채, 죄의 근원을 향해, 되밟아가는 여정. 베니는 썩어가는 머리에 데킬라를 부어주기도 하고(축배=소독=세례), 파리떼(이 '머리와 파리떼'의 설정은, 〈와일드 번치〉의 '전갈과 개미떼'의 상징을 연상케 한다)도 쫓아가면서, 가르시아와 우정을 나눈다. 그리고 자신을 고용했던 동성애자 킬러 한 쌍을 비롯한 모든 죄인을 닥치는 대로 처단한다. 이렇게 열여섯 명을 살해한 베니는, '매우 특별한 여인이 자기를 위해 점심을 싸주었던' 바구니에 가르시아의 머리와 권총을 넣고, 최초의 명령자인 대지주의 장원으로 향한다. 장원에서는 가르시아의 아들이 세례를 받고 있다. 베니는, 그곳의 신/지주(그는 라틴어 미사 경문을 외우고, 신부와 수녀들에게 둘러싸여 있다)에게, 그 신의 계율을 어기고 달아난 아담/가르시아의 머리 대신, 응징의 총탄을 세례 축하 선물로 안겨준다. 그리고 아들을 품에 안은 이브/소녀에게 말한다. "당신은 아이를 돌보시오. 난 아버지를 돌보겠소."

가르시아의 머리를 들고 돌아가는 그에게 우박처럼 총탄이 퍼부어지면, 곧이어 카메라는 불을 뿜는 총구를 정면으로 포착하여 클로즈업한다. 탄환이 관객을 향해 용서 없이 발사되고, 이로써 베니와 가르시아와 우리는 하나가 된다.

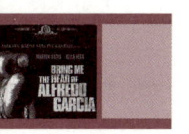

• 지주 역을 하는 에밀리오 페르난데스는 샘 페킨파 감독의 친구이자 그 자신 멕시코의 저명한 감독이다. 〈와일드 번치〉와 〈관계의 종말〉에 우정 출연했고, '전갈과 개미떼'의 아이디어를 감독에게 제안했다는 이야기는 유명하다. 또 강간범을 연기한 사람은, 저 컨트

리록의 명가수 크리스 크리스토퍼슨이다. 그가 여기서는 단역이지만 〈관계의 종말〉에서는 당당한 주인공이었다는 것을 상기할 필요가 있다. 한편 베니 역의 워렌 오티스는 〈라이드 더 하이 컨트리〉, 〈던디 소령〉, 〈와일드 번치〉에도 출연했던 단골이다. 끝으로, 삽입곡 〈배드 블러드 베이비Bad Blood Baby〉는 감독 자신이 불렀다는 사실.

• 영화 앞부분, 저택의 문이 닫히는 숏을 눈여겨보면, 그 유리에 카메라 뒤에 세워진 조명용 반사판이 반사되고 있음을 알 수 있다. 제아무리 걸작이라도, 역시 B무비는 B무비.

거울을 통해, 어렴풋이

—

섀터드 이미지
SHATTERED IMAGE

라울 루이즈가 안느 파릴로와 윌리엄 볼드윈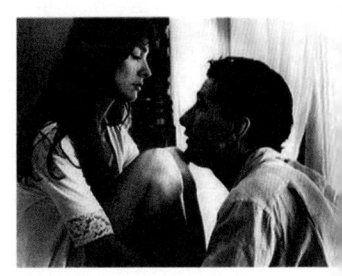
같은 스타를 써서 영어로 영화를 만들다니 뜻밖
이다. 프랑스에서 활동해온 이 특이한 예술가로
서는 대단한 변화가 아닐 수 없다. 큰맘 먹고 오
랜 친구인—예술영화의 제작자로 출발해서 지
금은 오락영화의 감독이 된—바벳 슈로더와 손을 잡고 상업영화를
찍어보려고 했던 모양이다. 결과는 루이즈 특유의 광기와 정신병에
의 천착, 미스터리 구조, 회화적 감각이 잘 유지되어 있음에도 불구하
고 그다지 상업적이지는 못한 영화가 되어버렸다. 예술적으로도 〈선
원의 왕관 세 개〉 같은 걸작에는 한참 못 미친다.

돈 많은 여인이 남편을 의심하는 이야기라는 점에서 앨프리드 히치
콕의 〈의혹〉이나 〈다이얼 M을 돌려라〉, 프리츠 랑의 〈문 너머의 비밀〉,
니콜라스 로그의 〈차가운 천국〉 같은 영화들의 전통에 서 있다고 볼
수 있겠다. 정신병자로 몰아가는 분위기로 봐서는 조지 쿠커의 〈가스
등〉에 더 가깝고 랑과 로그의 영화와는 중남미 또는 바닷가 풍경이
닮았다. 진부하다면 진부한 얘깃거리. 그러나 여기에는 독특하게도
'꿈'이 있다. 같은 인물이 등장하는 두 개의 내러티브가 교차 진행하
는 방식으로, 어느 편이 어느 편의 꿈인지를 모호하게 만들어버리는

전략이다. 전혀 다른 성격을 가진 두 명의 제시는 서로 상대를 자기의 꿈속 인물로 여긴다. 바로 호접몽이다. 하나는 강간당한 기억 때문에 자메이카로 신혼여행을 가서도 늘 피해망상에 시달리는 연약한 제시, 다른 하나는 반대로 남성에 대한 증오심을 키운 끝에 살인 청부업자가 되어버린 '시애틀의 니키타' 제시. 약한 제시는 브라이언과 결혼했으면서도 그를 의심하고, 강한 제시는 브라이언을 죽여달라는 청부를 받았으면서도 그와 사랑에 빠진다. 과연 두 인격은 통합될 것인가, 과연 어느 제시가 꿈일까?

강한 일광에 희거나 원색의 옷만 입는 자메이카의 제시와 차가운 금속성의 도시 풍경에 놓인 검은색 제시는 물과 물고기 이미지를 통하고서야 겨우 연결된다. 작은 실내용 어항이든 거대한 수족관이든 이는 어딘가에 감금된 생명을 뜻한다. 강간의 기억에 사로잡힌 여자 말이다. 두 개의 상황을 이어주는 장면 전환의 테크닉이 기가 막히다. 영화 전체를 백일몽으로 느껴지게 만드는 이런 시각효과는 로비 뮐러의 카메라 덕을 크게 보고 있다. 빔 벤더스나 짐 자무시의 뮐러보다는 〈브레이킹 더 웨이브〉 때의 그이에 더 가깝다. 숨이 막힐 만큼 아름다운 컬러에, 심지어 화면의 왼쪽에만 필터를 끼워 촬영하는 괴상한 기법까지도 주저 없이 결합되니 꿈의 느낌이 잘 산다. 제목 그대로 파편화된 이미지, 산산조각 난 아이덴티티가 다양한 방식으로 형상화된다.

만일 누군가 〈섀터드 이미지〉를 전형적인 예술가의 상업권 진입 실패 케이스로 취급해버리고 만다면 이는 부당한 일이 될 것이다. 만일 뭔가를 잘못했다면 라울 루이즈가 지나치게 뛰어난 작품을 전에 많이 만들었다는 점뿐이다. 만일 당신이 감독의 이름만 잊을 수 있다면 이것은 충분히 흥미로운 영화다.

씬 시티

━

로미오 이즈 블리딩
ROMEO IS BLEEDING

장르간 합종연횡 또는 변종 장르들이 판을 치는 현대 상업영화의 백화점에서, 더구나 누아르 매장에서 이런 순종을 만난다는 건 거의 행운에 가깝다. 이제 누아르란 어떤 터치 또는 막연한 분위기에 불과한, 형용사로서만 남고 명사로서는 운을 다한 개념인가 했더니. 〈로미오 이즈 블리딩〉, 오랜만의 순수한 필름누아르, 반갑다. 테크 누아르, 갱스터 누아르, 홍콩 누아르, 누아르적 미장센, "그를 지배하는 정서는 블루톤의 누아르적 음울함이다" 어쩌고 떠들어대지만, 뭐니 뭐니 해도 필름누아르의 본질은, 그따위 괜히 겉멋 부리는 스타일이 아니라 그 숙명론적 세계관에 있다. 〈로미오 이즈 블리딩〉은 이 점을 제대로 보여준다. 세상을 움직이는 질서는 현상 너머에 따로 있고 사람들은 줄로 움직이는 꼭두각시처럼 조종당한다. 그들은 감금된 존재이며, 거기서 벗어나려는 몸부림은 헛된 피흘림만 초래할 뿐이다.

미스터리 장르가 수수께끼, 즉 세계의 본질 또는 인생의 비밀은 해결 가능, 이해 가능하다고 믿는 낙관적인 시각을 가졌다면 이건 반대다. 여기에도 미스터리는 있고 마침내 그것이 풀리기도 하지만 종국에 이르러 주인공은 궁극적인 장벽에 부딪힌다. 그가 가까스로 알아낸 비밀은 고작, 그 비밀이 존재한다는 사실이다. 폐쇄된 미장센의 액자형 구도는 회고조 내러티브의 액자형 구성과 조응한다. 달아날 길

없는 미로의 표현이다. 미로 밖에 또 미로가 있고, 액자 밖의 내가 안에 갇힌 나를 바라본다.

〈피 흘리는 로미오〉. 감독이 이 노래에 매혹되어 제목까지 빌려 온건 우연이 아니다. 폼 잡고 으스대던 한 범죄자가 비참하게 죽어가는 과정을 그린 이 노래에서, 톰 웨이츠는 거의 멜로디도 없이 이렇게 웅얼댄다. 아니 으르렁거린다. "로미오는 낄낄대며 이렇게 말했지. 세상모든 악행도 그 형사 놈을 구원해주진 못해……. 로미오는 피를 철철흘리면서 표를 내고 영화관 발코니로 올라갔어. 눈물도 없이 죽어가겠지. 모든 영웅들이 꿈꿔왔던 것처럼. 총탄을 품은 천사처럼. 스크린의 캐그니처럼." 영화관에서 죽어가는 악당이, 거기 영사되고 있는 영화 속 인물에게서 반영된 자신을 발견한다는 이 설정은 영화에서도유효하다. 누아르 영웅은 정신분열의 숙명을 타고났기 때문이다.

게리 올드먼은 여기서, 데뷔작 〈시드와 낸시〉 이래 가장 눈부신 모습으로, 타락한 경관의 역할을 연기한다. 하비 케이틀에게 〈배드 캅〉이 있다면, 올드먼은 단연 〈로미오 이즈 블리딩〉이다. 가정의 행복을지키기 위해 악행 저지르기를 서슴지 않는 그는, 그대로 자본주의적신경증의 화신이다. 웨이트리스와 바람을 피우면서도 끔찍이 아내를사랑하는 모습에서 우리는 현대인의 분열증을 읽는다. 형사이자 범죄자, 그는 두 사람이다. 현재의 내레이터 짐 도허티는 과거의 주인공잭 그리말디의 이야기를 전하기 시작하면서 자신을 '그'라고 부르더니 아내를 떠나보내면서 어느 틈에 '나'로 바꾼다. 웨이트리스는 그가 두 개의 권총을 가졌기 때문에 사랑한다고 고백한다. 다시 말해'폭력'과 '섹스'다. 즉, '피' 흘리는 '로미오'다.

심플 플랜

—

닉 오브 타임
NICK OF TIME

사실 존 바담 감독은 비평적으로 억울한 사람이다. 그는 뮤지컬 〈토요일 밤의 열기〉로 유명해지기 시작한 이래 〈위험한 게임〉, 〈숏서킷〉, 〈스테이크 아웃〉, 〈전선 위의 참새〉, 〈블루 선더〉, 〈코끝에 걸린 사나이〉 따위의 오락 활극을 주로 찍은 역전 노장으로서, 항상 메인스트림에서 장르영화만을 다뤄왔다는 점 때문에 정당한 평가를 받지 못하고 있다. 그러나 솔직히 말해 요즘 미국에서 이 사람만큼 영화를 잘 만드는 감독도 드물다. 어디 하나 버릴 데 없이 아기자기하고 꽉 짜인 플롯, 거의 달인의 경지에 오른 액션 연출, 번뜩이는 유머 센스, 그리고 무엇보다도 뚜렷하고 매력적인 캐릭터야말로 그의 장기. 〈비버리힐스 캅〉 3부작을 각각 하나씩 연출한 마틴 브레스트, 토니 스콧, 존 바담은 할리우드가 언제든지 믿고 일을 맡길 수 있는 세 야전 사령관들이다.

제목 '닉 오브 타임Nick of Time'은, '아슬아슬한 찰나'를 뜻하는 관용적 표현이다. 영화에 잘 어울리는 제목이다. 틈만 나면 시계를 들여다보며 쉴 새 없이 질주하는 '톰과 제리'식 활극이기 때문이다. 타이틀 시퀀스도 건물 벽에 설치된 대형 시계의 태엽들이 매그넘 권총의 세부 부속과 교차되는 식으로 이루어진다. 마침내 총이 발사되는 소리가 정오를 알리는 괘종 소리로 바뀌는 대목에 이르면 관객은 시간 자체가 사람을 죽이는 무기가 된다는 이 영화의 핵심적인 아이디어를 눈치챌 만하다. 언제까지 누구를 죽여주지 않으면 딸을 죽이겠다고 협박하는 크리스토퍼 워큰에 의해 본의 아니게 총을 들어야 하는 조니 뎁. 그의 운명은 시간의 여신이 쥐고 있다(나약한 회계사가 어쩌다 살인자가 될 수밖에 없다는 이야기는, 역시 조니 뎁이 주연한 〈데드맨〉과 흡사하다).

그에게 주어진 여유 시간은 영화의 러닝타임과 거의 비슷하지만 감독은 매체의 특징을 십분 활용하여 자유자재로 시간을 줄였다 늘였다 해가면서 긴박감 넘치게 이야기를 진행시킨다. 이 한정된 시간에 맞추어 공간 역시 제한되는데, 바로 보나벤처 호텔. 현대 로스앤젤레스를 대표하는 이 휘황찬란한 포스트모던적 건축의 기념비를 통째로 무대화하면서 감독은 익명의 군중 틈에 섞인 또 하나의 익명의 사나이가 겪는 모험을 그리고 있다. 영화 〈암살단〉에서 워렌 비티가 자기도 모르게 대통령 후보의 암살자가 되어가는 과정을 연기했듯이, 여기서의 아이 아버지는 공화당 극우파의 표적이 된 주지사를 대신 죽여주어야 한다. 시간은 사정없이 흘러가고, 의지할 것이라곤 자신의 머리와 호텔에서 일하는 유색인종 노동자들의 도움뿐이다. 딸이냐, 주지사냐. 이 진퇴유곡에 자진해서 빠진 감독은 현기증 나는 카메라 워크와 정신없이 속개되는 편집 리듬의 도움을 얻어 슬기롭게 헤쳐나간다. 로맨스도 개그도, 심지어 카 체이스나 폭발 신 하나 없이 두뇌게임과 순전히 두 발로만 뛰어다니는 지극히 육체적인 추격들만 가지고 만들어낸, 따라서 가장 순수한 형태의 서스펜스 드라마.

오 형제여, 어디에 있는가?

———

데드 링거
DEAD RINGERS

〈플라이〉에서, 두 다리 사이에 다른 엑스트라를 세우고 싶지 않다
는 하소연을 받아들여 지나 데이비스의 구더기 태아를 받는 의사를
직접 연기했던 데이비드 크로넨버그는 그 이듬해 드디어 산부인과
의사를 주인공으로 한 회심의 프로젝트에 다시 착수한다. 6년 동안
최소한 세 개 회사들이 프리프로덕션을 상당 정도 진행해놓고도 분
위기가 너무 어둡다는 이유로 포기하고 나서야, 결국 '성급하게 지어
놓은 3만 달러짜리 세트를 허물어버리기 아까워서' 감독이 직접 프로
듀서로 나설 수밖에 없었던 영화였다. 본래 '트윈스'였던 제목도, 가
장 친한 친구인 아이반 라이트먼이 동명의 영화 제작계획을 발표하
자 판박이처럼 닮은 사람을 뜻하는 '데드 링거'로 변경해야 했지만,
크로넨버그로서는 그토록 열정적으로 매달렸음에도 불구하고 끝내
눈물을 머금고 돌아서야 했던 〈토탈 리콜〉의 악몽을 씻을 수 있는 기
회였다.

첫번째 프로듀서는 로버트 시오드맥의 클래식 필름누아르 〈어두운
거울〉을 리메이크하기 원했지만 감독은 거기서 쌍둥이 모티브만 가
져오기로 했다. 그를 매료시킨 것은 어려서 헤어진 미네아폴리스의
쌍둥이들이 성인이 되어 재회하고 보니 같은 이름을 가진 아내와 살
고 있었다는 보고서였다. 유전자 어딘가에 그 이름을 들었을 때 감동

받는 내용이 입력되어 있으리라는 상상은 그에게 자유의지론과 결정론 사이의 논쟁을 상기시켰다. 〈어두운 거울〉이나 〈자매들〉, 〈부모의 덫〉과 같이 쌍둥이 형제를 선악으로 대립시키는 종래의 이분법적 발상을 폐기한 새로운 이야기가 필요했다. 그 대신 뉴욕의 고급 아파트에서 변사체로 발견된 두 쌍둥이 산부인과 의사의 실화를 기본 골격으로 하고, 사이코 스릴러를 주로 썼던 베스트셀러 작가 베리 우드의

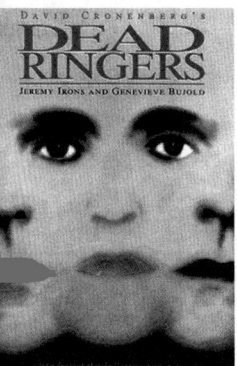

소설을 원작으로, 앨런 J. 파큘라의 걸작 〈클루트〉를 썼던 앤디 루이스의 각색본은 다 버리고, 크로넨버그 초창기 아방가르드 단편에 각본을 썼던 친구 노먼 스나이더의 각색본에서 '40퍼센트 정도' 차용해서, 감독 자신이 집필한 각본이 완성되었다. 어린 시절 장면, 드림 시퀀스, 기괴한 수술 도구 등의 아이디어는 순수하게 감독의 것이었고, 세 번째 프로듀서 디노데 로렌티스는 형제가

한 여자를 공유한다는 아이디어를 제공했다. 배에서 형이 튀어나오는 드림 시퀀스는 시사회 직후 감독 스스로 삭제했다. 지나치게 끔찍하다는 이유에서였다.

스타들이 다 거절하는 바람에 1인 2역은 결국 제레미 아이언스의 차지가 되었다. 두 명의 아이언스가 한 화면에 잡힐 때 예전 같으면 카메라는 반드시 고정되어 있어야 했지만, 컴퓨터로 조종되는 모션 컨트롤 카메라의 도움을 받아 복잡한 이동 숏까지 소화해낼 수 있었다. 〈록키 호러 픽처 쇼〉를 찍은 바 있는 피터 서치츠키가 복잡한 촬영을 놀랄 만큼 아름답게 해냈다. 촬영이 끝나자 감독은 아이언스에게 오스카 남우주연상 트로피가 두 개 수여되어야 할 것이라고 공언했고, 〈데드 링거〉는 개봉되자마자 동성애/근친상간적 모티브를 통해

인간의 정체성과 육체의 의미를 파헤친 걸작이라는 평가를 받는다. 그리고 이것으로 정점에 올랐던 크로넨버그와 아이언스의 경력은 이후 악화일로를 걷고 있다.

교사형

—

살인에 관한 짧은 필름
A SHORT FILM ABOUT KILLING

한 택시 운전사가 있다. 좀 얄미운 사람이지만 그렇다고 죽어 마땅할 정도는 아니다. 한 청년이 있다. 아무 택시 운전사나 하나 죽이고 돈을 빼앗으려고 거리를 쏘다닌다. 그리고 변호사. 이 살인자 청년이 알고 보면 착한 사람이란 걸 잘 알지만 그를 구할 힘은 없다. 국가 권력에 의한 또 다른 살인을 지켜볼 뿐이다.

사람들은 크쥐시토프 키에슬로프스키가 영화의 윤리학자라고 말하지만, 그렇다고 무슨 훈계나 일삼는 고리타분한 도덕주의자라고 생각한다면 곤란하다. 내 생각에는 세상에 윤리적이지 않은 영화란 없는데, 그건 〈투캅스〉나 〈13일의 금요일〉조차 그렇다. 다만 문제는 그것이 전면에 드러나 있느냐 아니냐의 차이일 뿐이다. 대개의 상업영화들은 윤리 문제와 상관없는 척하려고 노력한다. 그것은 상업영화로서는 결격사유 중 하나로 알려져 있기 때문이다. 하지만 역설적이게도 대중은 윤리에 관계된 훈시를 몹시도 원한다. 어떤 교훈도 얻을 수 없는 영화는 어떤 재미도 주지 못하는 영화일 것이다. 키에슬로프스키의 영화는 윤리의 문제를 전면에 내세우고 있으면서도 그 어떤 교훈도 강요하지 않는다는 점에서 다르다. 정작 설교를 하는 쪽은 싸구려 오락영화들이지 키에슬로프스키는 아니다.

이미 비디오로 출시된 〈십계〉 시리즈를 다 보았을 때 나는 왜 감독

이 유독 〈간음하지 말라〉와 〈살인하지 말라〉만을 극장용 장편으로 재
편집했는지 궁금했다. 믿을 수 없게도 이 열 편은 그야말로 어느 것
하나 버릴 게 없는 순수한 걸작들이었기 때문에 여기서 우열을 가린
다는 건 정말 어리석은 일로 여겨졌던 것이다. 단지 '섹스'와 '폭력'
이라는 상업영화의 양대 요소를 대표하는 작품이었기 때문에? 아마
도 정답은 가장 중요한 두 요소를 다루는 두 편을 미리 선정해서 충분
한 분량으로 촬영했다는 쪽이리라. 그리고 나머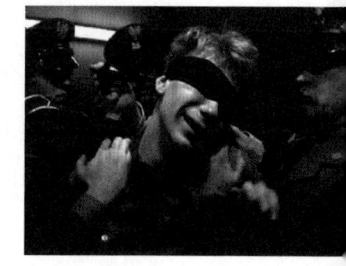
지 여덟 편은 지나치게 잘 만들어졌던 것이다.
TV용으로서는 불필요할 정도로.

　한 번 본 영화라고 만만히 보고 심드렁하게
극장에 갔던 나는 벌벌 떨면서 거길 나와야 했
다. 비디오로 보았던 것보다 열 배는 무서웠다. 이렇게 잔인한 영화는
처음이다. 살인과 처형의 순간을 묘사하는 숨이 막힐 지경의 하이퍼
리얼리즘, 냉혹 비정하다. 〈살인에 관한 짧은 필름〉 극장 버전은 일찍
이 TV 버전을 보았던 사람이라도 꼭 다시 보아야 할 필요가 있다. 엄
청나게 중요한 장면이 추가 편집되어서가 아니라, 길어졌기 때문이
다. 살인과 교수형의 두 순간을 제외하고 이렇다 할 이야기가 없는 이
지루한 영화에서는 길이가 중요하다. 이런 경우, 길면 길수록 주제가
산다. 더 길어도 좋겠다. 스스로 다큐멘터리가 되기를 갈망하는 이 영
화는, 하릴없이 걸어간다든가 그냥 빵을 먹는다든가 하는 따위의 아
무 의미도 없는 이미지 하나하나를 소중히 다룬다. 그런 것들이 모여
인간을 그려낸다. 작위적이고 과장된 드라마는 최소화하고 누군가의
일상이 하염없이 묘사된다. 그러다가 느닷없이 섬뜩한 절정의 순간
이 닥쳐오는 것이다. 두 번.

독버섯의 치명적 매력

—

마타도르
MATADOR

앙헬은 은퇴한 투우사 디에고의 아카데미에서 투우를 배우는 청년
이다. 스승에게 자기가 동성애자가 아니라는 사실을 증명해 보이기
위해, 그는 스승의 애인 에바를 겁탈하려다 실패한다. 그 후 그는 극
심한 죄의식에 시달려 경찰에 자수하고, 이어 불안한 정신상태 속에
서 자신이 네 건의 미제 살인사건의 범인이라는 자백까지 해버린다.
그런 그의 변호를 자청한 마리아는 유명한 여성해방론자면서 디에고
의 숭배자이고, 두 남자를 살해한 진범이다. 그녀는 이 사건을 통해
디에고에게 접근한다. 또한 앙헬의 정신분열증적 회상을 통해 나머
지 두 여자가 디에고에 의해 살해되었음이 드러난다. 그리고…… 개
기일식의 음울한 조짐을 통주저음通奏低音으로, 살해와 자살의 격렬
한 이중주가 시작된다.
투우, 도살, 여제자와의 불륜, 훔쳐보기, 살인, 강간, 자위행위, 동
반자살, 동성애, 신성모독, 페티시즘, 오이디푸스 콤플렉스, 편집광,
현기증, 사도-마조히즘, 정신분열, 인체 절단, 시간屍姦, 그리고 사체
유기와 그 시신 위에 돋아나는 푸른 독버섯들…… 영화의 테마는,
죽음에의 충동/죽임에의 강박관념이라는 악마의 이중 나선. 그리고
이것들은 섹스를 매개로 충족되고 위로받는다.
디에고(Diego=Die+Go, 또는 Di+Ego?)는 투우사로서, 죽이는 짓

을 직업으로 하던 사람이다. 투우를 예술이자 쾌락의 원천으로 여기던 그가 사고를 당해 더 이상 살육을 합법적으로 수행할 수 없게 되었을 때, 그에게 남겨진 길은 여인 살해, 시체와의 정사다. 시간屍姦이야말로 살육과 쾌락을 한꺼번에 보장하는 유일한 방법인 것이다. 영화가, 여인들을 난도질하는 공포영화를 보면서 자위행위 하는 디에고의 모습에서 시작하는 것은 바로 이런 이유에서다. 한편 마리아聖母의 살인은, 디에고가 학생들에게 소를 죽이는 방법을 설명하는 장면과 정교하게 교차편집된다. 그녀는 디에고의 쾌락에 동참하려는 욕망 때문에 자기와 정사 중인 남자들의 '뒤통수 한 뼘 아래 부분(소의 급소)'에 머리핀을 꽂아 넣는다. 그런가 하면 앙헬Angel(즉 천사)이 디에고를 동일시하는 방법은 또 다르다. 그는 아예 스승/정신적 아버지의 범죄 행위를 스스로의 것으로 위장 소유해버림으로써 위안받는다. 그의 오이디푸스 콤플렉스는 디에고의 애인인 에바(에덴 동산의 이브)를 범하려 하는 데에서 나타난다. 그리고 이 죽음과 섹스의 4각 관계는 개기일식과 정사情死로 마무리된다. '달=여성'과 '해=남성'이 합쳐질 때, 세상은 오히려 어둠에 휩싸이고, 남녀는 죽음을 맞는다. 여기서 드디어 '자살=죽음의 충동'과 '살인=죽임에의 강박관념'은 합일한다. 디에고는 마리아가 자신을 죽이려 한다는 걸 알면서도 '살해당함으로써 자살' 하고, 마리아는 디에고의 성기를 상징하는 권총을 입에 물고 '자살함으로써 피살' 된다. 남녀 모두 성적 흥분의 절정에서……. 프로이트식으로, '에로스=삶의 본능'은 '타나토스=죽음의 본능'과 하나가 된다.

그리고 남는 것은? 없다. 단지 사건 해결을 위해 아무것도 한 일이 없는 동성애자 형사(그는 한쪽 다리를 전다는 점에서 디에고와 동일시된다)와 세상을 감당하기에는 너무 순진해 보이는 그의 애인과, 정신적 아버지를 잃은 앙헬과, 에덴의 동쪽으로 홀로 추방된 에바만이 우두커니 서서 다시 나타나기 시작한 햇빛에 바래가고 있을 뿐.

페드로 알모도바르의 영화는 스페인이라는 토양에서 정치적 부패와 부르주아적 위선, 무정부주의적 허무감을 자양으로 해서 자라난 독버섯이다. 그 화려함에 이끌려 이것을 먹었다가는 최소한 식중독, 잘못하면 죽음에 이를 수도 있다. 알모도바르의 천박한 아름다움이 풍기는 '치명적 매력'을 경계하라.

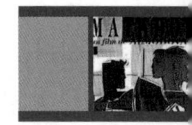

마리아가 디에고를 유인해 들어간 극장에서 상영중인 영화는, 킹 비더 감독의 〈백주의 결투〉다. 할리우드 고전을 향한 알모도바르의 영화광적 애정이 잘 드러나는 대목.

연애의 목적

—

섹스의 반대말
THE OPPOSITE OF SEX

'섹스의 반대말'이라니, 무슨 소린가? 사실 원제를 직역하면 꼭 '말'이 아니라 그냥 반대 '편'이다. 'the opposite sex'는 이성異性이란 뜻인데, 가운데 엉뚱한 단어가 들어가는 바람에, 아예 섹스라는 행위 자체에 적대적인 제목이 되어버렸다. 그런데 정말 그것의 반대는 뭘까, 손만 잡고 잠자기?

디디라는 열여섯 먹은 소녀의 내레이션으로 진행되지만 이 영화는 그녀의 배다른 오빠 빌, 빌의 애인이었다가 디디의 애인이 되는 남자 매트, 빌을 짝사랑하는 여자 루시아, 매트를 짝사랑하는 남자 제이슨, 루시아를 짝사랑하는 남자 칼, 디디를 짝사랑하는 남자 랜디 모두의 이야기다. 한 사람, 아니 '한 봉지'가 더 있다. 빌의 전 애인이자 루시아의 오빠 톰은 매우 중요한 캐릭터지만 오래전에 죽었기 때문에 봉지 속에 든 뼛가루로만 등장한다. 이성애자, 동성애자, 양성애자—좀 더 정확히 말하자면 자기가 양성애자라고 주장하는 동성애자—바람둥이, 숫처녀, 양다리 걸치기, 강간 다 나온다. 감독이 이 소품을 만들면서 가진 유일한 야심은 생각할 수 있는 모든 종류의 성생활을 망라해보자는 것이었는지도 모르겠다. 손만 잡기는커녕 만났다 하면 눈이 맞고, 맞았다 하면 침대로 직행이다. 물론 성행위 묘사는 거의 없다. 여기 있는 것은 그것에 관한 담론이다. 그러자니 당연히 끊임없는 수다로 영화는 폭발 직전이다. 인물들은 끓어 넘치는 성욕을 영화에서 못 푸는 게 너무 아쉽다는 듯 입으로만 노골적인 표현을 일삼는다. 성기를 지칭하는 해부학 용어마저 난무한다.

복수複數 주인공에 엄청난 대사량, 섹스에 관한 코미디, 이건 어디서 많이 본 듯하다. 그렇다. 〈섹스의 반대말〉은 마치 페드로 알모도바르가 쓴 각본으로 우디 앨런이 연출한 영화 같다. 권하고 싶은 감상법

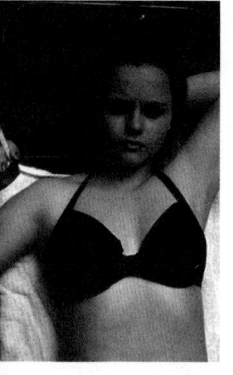

은, 먼저 〈인 앤 아웃〉을 보고 거기 등장하는 고교 교사가 어떻게 커밍아웃하는지를 살펴본 다음, 게이 주인공에 충분히 적응이 됐다 싶으면 이 〈섹스의 반대말〉을 보라는 것이다. 여기 게이 교사 빌의 이야기는 케빈 클라인의 후일담 같아 보인다. 빌도 섹스 스캔들에 휘말려 해고 직전까지 가고 있지만 전편에서 이미 한 번 겪은 일이어서 그런지 이젠 태평스럽기 짝이 없다. 반면 디디는 영화

에서 처음 보는 사악한 내레이터가 아닌가 싶은데, 이 당돌한 계집애는 뭘 믿고 그러는지 여간 못된 게 아니다. 아예 처음부터 순진한 이야기는 기대도 말라고 윽박지르는가 하면 관객을 상대로 거짓말까지 서슴지 않는다. 가끔 구미에 맞는 장면을 골라 보라며 분할 화면을 제공하는 호의를 베풀 때도 있지만 그건 잠깐이다. 영화 속에서 이 아이가 저지르는 짓은 말썽꾸러기의 정도를 한참 넘어서는 악행뿐이다. 나머지 캐릭터들은 순둥이들인데, 이에 대해 루시아는 "〈사운드 오브 뮤직〉 찍니? 다들 노래 부르면서 알프스나 오르는데 나만 남아 설거지하는 기분이야"라며 투덜거린다. 그러는 그녀 역시 착하기는 매한가지, 섹스를 둘러싸고 벌이는 이 소동에 뭣도 모르고 끼어들었다가 그 즐거움을 만끽하면서 퇴장하는 그녀는 디디와 역할 바꾸기 게임

을 펼치는 셈이다. 색정광 디디는 결국 미성년의 나이에 쓴맛 단맛 다 보고 섹스에 물린 나머지 마침내는 그 '반대편'의 생활을 향해 떠나기 때문이다. 1998년 미국 최고의 영화.

40,000번의 구타

—

분노의 주먹
RAGING BULL

제이크 라 모타는 1950년대 미들급 복싱의 총아. '성난 황소'라는 별명으로 불렸던 그는, 그러나 마피아의 도움을 곧잘 무시하는 바람에 역경을 자초하곤 한다. 더구나 편집광적인 성격의 그는, 매니저이기도 한 동생과 아내와의 관계를 의심한 나머지, 주먹다짐 끝에 동생과 의절하게 된다. 전성기는 끝나고 뚱보가 된 그는, 아내와도 결별하고 술집의 개그맨으로 전락한다.

무수한 영화상을 휩쓸었으며, 언제 어디서나 1980년대 최우수작의 하나로 선정되는 영화, 마틴 스코세이지의 연출력, 로버트 드 니로의 연기력, 마이클 채프먼의 촬영술, 폴 슈레이더의 필력—이 네 사람은 〈택시 드라이버〉의 바로 그 팀이다—이 각각 최고도로 발휘된 작품. 이 영화에 참여한 모든 스태프, 배우들은 이전에 그랬듯이 이 작품 이후로 오늘날까지 다시는 이 정도의 완성도에 도달하지 못하고 있다.

분주했던 시절을 살아온 한 부박했던 복서의 일대기는 링의 로프로 4등분된 화면에서 시작한다. 시야를 결정적으로 차단하는 이 가로줄들 때문에 우리는, 링을 하나의 감옥 내지는 짐승의 우리 정도로 여기게 된다. 거기서 제이크는 혼자서 몸을 풀고 있다. 마스카니의 달콤한 관현악, 〈카발레리아 루스티카나〉의 간주곡이 아련하게 들려오는 가운데 그는 게임을 준비한다. 여기저기서 연방 카메라 스트로보가 터지는 것으로 보아 관중은 입추의 여지 없이 들어찬 듯하지만 뿌연 공기와 역광 때문에 보이지 않는다. 오직 제이크 혼자 텅 빈 체육관 안에서 보이지 않는 적을 향해 주먹을 뻗는 것으로 느껴질 뿐이다. 플래시 벌브의 작렬음은 마치 암살자의 총성처럼 들려오고, 만인 앞에 노출된 그의 눈에는 아무도 보이지 않는다. 더구나 슬로모션, 즉 그는 쓸쓸해 보이는 것이다. 이 새도 복싱이란 무엇인가. 말 그대로 자기의 그림자와 싸우는 일이 아니던가. 제이크 의 보이지 않는 적은 바로 자신이다. 무엇보다도 〈분노의 주먹〉은 이기주의 그리고 이기주의자의 고독에 관한 영 화다.

다음 장면은 그로부터 20년도 더 지난 후, 제이크가 밤 무대 분장실에서 개그 대사를 외우고 있다. 그것의 후렴구는 "이게 바로 오락이죠!"지만, 그 말이 끝나는가 싶자 다시 1940년 대의 링으로 무대가 옮겨지면서 젊은 제이크의 얼굴에 흑인의 주먹이 작렬한다. 스코세이지의 이 음울한 영화적 농담을 보노라면 우리도 제이크의 입장이 되어, 복싱이란 오락치고는 참으로 지독한 것이라는 생각을 하지 않을 수 없고, 이후에 펼쳐지는 제이크의 끝간 데없는 자기중심주의를 이해할 수 있게 된다. 아무도 그의 고독을 이해할 수 없고, 그럴수록 그는 더욱 이기적이고 의심 많은 인간이 되어간다. 심지어 아내와의 첫만남에서조차 애초부터 파탄이 예정된 운명을 알아볼 수 있다. 철조망(그들은 하나가 될 수 없다)을 사이에 두고, 수영복 차림의 여자(그는 그녀의 육체에 유혹당했다)에게, 자동차 자랑(그녀는 그의 돈에 매혹당했다)을 늘어놓으면서 시작된 복서의 사랑이 행복할 수 있겠는가. 비록 그들도 한때는 챔피언 부부로서 행복한 시절을 구가한다지만 그를 보는 감독의 시선은 사뭇 냉정하기만 하다. 전성기에 관한 묘사를, 8밀리 홈무비(가정생활)와 스틸 사진(경기 장면)에 의해서만 처리하고 있음은 무엇 때문인가. 여기에는 진정한 행복이 담겨 있지 않다. 그저 실없는 장난과 떠들썩한 행사들뿐이다. 홈무비 장면은 전혀 편집조차 되어 있지 않아서, 제이크 가족 전성기의 기록이 무관심 속에 버려진 듯한 느낌마저 준다. 게다가 여기서의 컬러 처리는 몹시 거칠고 조잡하여 나머지 장면에서의 그 믿을 수 없을 정도로 깨끗하고 선명한 흑백 영상과 대조를 이룬다. 모처럼 서비스된 컬러 화면은, 사실은 잔인하게도 제이크의 인생의 천박함을 강조하기 위해 선택된 듯하다. 이렇듯 전성기는 대충 겉모습만 요약되고 있지만, 이들의 불행은 집요하리만치 자세하게 묘사된다. 제이크의 파렴치한 행동들, 여러 의처증 증세, 사적 감정이 개입된 잔인한 경기 운영 등의 다양한 양상이 적나라하게 드러난다. 서로의 커뮤니케이션은 고장난 텔레비전의 화면처럼 공허하고, 최후의 참패 장면은 화면이 흑백인 것을 감사해야 할 만큼 끔찍하다. 로프에서 떨어지는 제이크의 핏방울 클로즈업은, 마치 그 한 숏의 충격을 위해 다른 모든 숏을 깊은 심도 촬영한 것이 아닐까 싶을 정도로 처절한 것이다.

그의 불행은 마피아와의 타락한 거래를 거부하는 도덕성에서 비롯하고, 그 거부의 대가로 닥치는 압력은 역으로 그의 도덕성을 파탄낸다. 오프닝의 경기장을 비롯해 아내와의 첫만남이 이루어지는 수영장의 철조망, 미로같이 좁고 긴 체육관의 복도, 경찰에 체포될 당시 자고 있던 좁은 방, 미성년자 매춘 알선 혐의로 들어가게 된 유치장 등 제이크를 둘러싼 공간들은 늘 감옥/우리—감독은 제이크를 '순수한 영혼을 지닌 짐승'으로 정의한 바 있다—의 이미지를 유지한다. 이 모든 잔인한 영상은 이기주의자 제이크를 향한 감독의 응징이기도 하다. 그리고 갈가리 찢긴 인생을 통해 그가 얻은 깨달음은 밤무대의 삼류 여가수를 따뜻하게 보살피거나 동생에게 용서를 빌 줄 아는, 작고도 당연한 사랑이다.

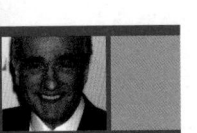

영화가 끝나면 자막이 오른다. "내가 아는 것이라고는, 내가 장님이었다는 것. 그러나 이제는 앞을 볼 수가 있다는 것입니다." 이는 마틴 스코세이지가 NYU 영화과 시절의 은사 헤이그 마누기안 교수를 추모하며 인용한 요한복음 중 1절이다. 여기서 그는 스승의 은혜에 대해 겸손 어린 감사를 표하는 동시에, 어쨌든 이제는 영화적 '개안開眼'을 이루었다는 자신감을 숨기지 않고 있다. 과연 그에게는 그럴 자격이 있는 것 같다.

길의 왕과 난폭한 천사들

—

매드 맥스
MAD MAX

〈매드 맥스〉는 '길'을 배경으로 '길'을 소재로 '길'에 관해 이야기하는 영화다. 끝간 데 없이 이어지는 길 위에서 인생의 많은 시간을 보내는 호주인들에게, 길은 단순히 이동을 위한 연결 공간만의 의미를 지니지 않는다. 그것은 일종의 주거 공간이고 생활의 터전이다. 1970년대의 '길'은 데니스 호퍼의 〈이지 라이더〉(1969)(〈매드 맥스〉에서 구스가 저격당하는 장면은 〈이지 라이더〉의 명백한 모방이다)로 열리고, 빔 벤더스의 〈시간의 흐름 속으로〉(1976)를 통과해, 〈매드 맥스〉(1979)에 다다른다. 여기 나오는 길이란, 영화 속 도로안내판에 분명한 글씨로 쓰여 있는 것처럼 '반란의 길Anarche Road' 또는 '사고 다발 지역 High Fatality Road'이다.

그러나 〈매드 맥스〉는 로드무비가 아니다. 거기에는 뉴올리언스나 애리조나 따위의 지명이 전혀 나오지 않을뿐더러, 어느 지방의 지역적 특성에 대한 묘사나 어디서 어디로 옮아간다는 행위에 대한 관심이 전혀 나타나 있지 않다. '길'은 있지만 '지방'은 없고, '질주'는 있으되 '여행'은 없는 것이다. 차라리 이것은 서부극이다. 〈매드 맥스〉는 '디스토피아 웨스턴'이다. 말과 역마차가 모터사이클과 8기통 스포츠카로 바뀌었을 뿐, 〈역마차〉의 스피드, 〈하이눈〉의 백주대로와 고독한 보안관, 〈황야의 결투〉의 복수 테마, 〈와일드 번치〉의 불한당 패거리와

흙먼지, 세르지오 레오네의 〈무법자〉 3부작과 〈옛날옛적 서부에서〉의 무정부주의가 그대로 반복, 재현되는 수정주의 웨스턴의 한 변종. 자원과 인간성 고갈의 황량한 사막에 파견된 폭력 밀사 매드 맥스.

이 근미래의 세계에서는 모든 것이 도치되어 존재한다. 경관은 현대의 펑크족이나 폭주족과 같은 꼬락서니의 망나니 또는 편집광들이어서 악당들과 구별도 되지 않을 지경이며(자동차 정비소의 직원은 검정 가죽 바지를 입고 긴 부츠를 신은 맥스의 다리만 보고 악당의 일원으로 착각한다), 악당 두목은 사막의 고행 수도자의 의상을, 경찰서장은 스킨헤드족의 헤어스타일(?)을 하고 있다. 또한 '경찰국-정의의 전당Halls of Justice'(간판의 글자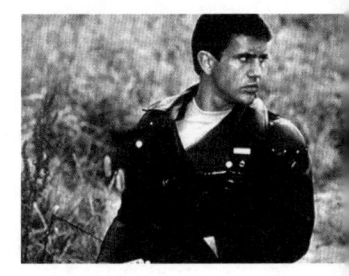부터가 온통 찌그러지고 삐뚤빼뚤하다)은 지저분하고, 붕괴 직전이고, 서로 도청하고, 무언가를 금지하는 내용의 아나운스먼트가 끊임없이 방송되는, 폐허이다. 아마도 동성애자인 듯싶은 악당 두목이 성호를 그어가며 신도들에게 강복을 주는 교황을 흉내 내는가 하면, 가장 흉포한 탈주범은 자못 시적인 수사로 '밤의 응징자'를 자칭한다. 웨스턴 특유의 자연을 향한 경외와 사랑은 자동차에 대한 탐닉과 집착으로 변질되고, 갱단 두목은 '유목민'(Nomad를 분철하면 No-Mad, '미치지 않은 자'가 된다)으로, 정의의 보안관은 '미친 맥스 Mad Max'로 각각 불린다.

이런 뒤집기와 비틀기 설정은 영화적 테크닉에서도 여지없이 과시된다. 일련의 이동 카메라 숏들에 갑작스러운 빅 클로즈업이 개입하고, 액션영화에서는 거의 금기시되던 와이프와 페이드아웃이 믿을 수 없을 정도로 빠르게 사용되어 스피디한 감각을 오히려 배가시킨다. 종래에는 장면과 장면 사이를 연결할 때에만 쓰이던 디졸브로 동일 장면 내의 숏과 숏을 이어 붙여 전혀 새로운 효과를 창출한다. 경천동지의 액션 장면의 끝에, 돌연한 상징 숏—날카롭게 우짖는 까마귀와 독수리의 클로즈업—을 순간적으로 몽타주시키는 장면은 어떤가. 스피디한 리듬을 유지하면서도 감정의 흐름을 단절시키지 않으려는 감독의 고민이 보인다.

3차원의 환영을 창조하는 데 주력해온 상업영화의 오랜 관례를 무시한 촬영 역시 신선하다. 내리쬐는 일광에 탈색되어버린 듯한 조명은 마냥 플래트하기만 하니, 입체감을 중요시하는 할리우드의 유명한 '3점 조명Three-Point Lighting'은 이미 아랑곳없다. 이것도 피사체를 뒤덮어버리는 일광에 대한 강조의 배려이고 보면, 최후의 한 숏—맥스가 바라보는 끝없는 길과 하늘의 시커먼 먹구름의 암시—이 어떻게 이 영화를 한 퇴직 경관의 개인사적 비극의 차원으로부터 구제하고 있는지 이해할 만도 하다.

복수가 복수를 부르는 상황을 보며 맥스는 사직원을 제출한다. "더 있다간 나까지 미친놈이 되어버릴 것 같아요." 서장은 자신있게 대답한다. "넌 돌아올 거야. (폭력에) 중독이 되어 있으니까." 과연 얼마 후 맥스는 복수의 화신이 되어 돌아오고, 그 원한이 다 청산된 후에도 우리는 속편을 기대한다. 미친 맥스에게 우리는 중독된 것이다.

영국의 록 그룹 퀸의 기타리스트 브라이언 메이가 맡았던 음악은 당시의 화젯거리였다. 편집의 리듬과 정확히 조응하면서 불안과 평화의 감정을 교묘히 병존시키는 그의 솜씨는 일품이고, 오케스트레이션 편곡은 물론, 오케스트라 지휘까지 훌륭하게 해내는 저력 또한 놀랍다. 그의 스코어는 저 위대한 히치콕 전문 작곡가 버너드 허먼의 그것을 록으로 옮겨놓은 것 같다.

인생유전

——

제3의 기회
THINGS CHANGE

구로사와 아키라가 〈카게무샤〉에서 일본 전국시대를 배경으로 영주의 대역을 떠맡게 된 한 도둑의 이야기를 그리고 있는 것처럼, 〈제3의 기회〉에서 데이비드 마멧은 체포당할 위기에 처한 마피아 보스의 대역을 맡은 늙은 구두닦이의 '윤회'를 다룬다. 마멧이 보기에 세상 만물은 변화하고Things Change, 인생은 돌고 돌아도人生流轉, 세상에 오직 하나 불변의 것이 있으니, 바로 사나이들의 우정. 그것보다 더 좋은 게 없다는 이유란, "있다면 누군가 발명했을 것"이기 때문이다.

낚싯배를 장만하기 위해 대리 자수를 자청하는 노인 지노와, 그의 감시/훈련 임무를 부여받은 조직의 천덕꾸러기 제리는, 자수하기 전까지 유예된 사흘 동안 라스베이거스에서 실컷 즐기기로 한다. 그러나 운명은 뜻하지 않은 방향으로 굴러가, 지노는 조직의 숨은 거물로 오인되고 모든 사람들이 두 사람을 주목한다. 숱한 위기를 극복한 끝에 결국 제리는 지노를 놓아줄 결심을 하지만, 정작 지노는 약속을 지키고자 한다. 그러나 조직이 처음부터 계획했던 것은, 지노의 위장 자살. 출세욕과 우정의 사이에 낀 제리의 번민이 이제 극한으로 치닫는다.

이 천재적인 각본가/감독은 앨프리드 히치콕과 잉마르 베리만이 결합된 것 같았던 〈위험한 도박〉에 이어 두 번째 연출작인 〈제3의 기회〉에서도 발군의 실력을 발휘한다. 복선은 빈틈이 없고, 상황 설정은 절묘하며, 구성에 군더더기란 없다. 지극히 세련된 대사가 능수능란하게 구사되고, 주연에서 단역까지 세심한 연기 지도가 돋보인다. 단골로 호흡을 맞춰오고 있는 촬영감독과 작곡가 역시 정확한 사이즈/앵글/이동 리듬과 차분하고 단아한 어쿠스틱 사운드로 파트너십의 미덕을 각기 보증한다. 적재적소에 배치된 유머가 주제의 격조를 훼손하는 법이 없고, 독립된 에피소드들이 전체 드라마 진행을 방해하는 일 따위는 더더욱 없다. 더 이상을 생각할 수 없을 정도로 잘 다듬어진 소품.

마멧의 애정은 소외된 자에게 향해 있다. (피터 스트릭에 따르면) 마멧의 주인공들의 공통점은, 홀로이고, 극단적으로 외롭고, 사생활이 전혀 없으며, 타인에 의해 계획되고 조종되는 사건에 휘말려 핵심 역할을 수행한다는 것 등이다. 이것은 한마디로 '소외'인데, 이런 특징이 가장 잘 드러나는 대사가 하나 있다. 조직 상층부(단지 '그들 They'이라는 호칭으로 표현된다)의 진노를 염려하는 지노에게, 뻐기기 좋아하는 제리가 주제도 잊고 허풍을 떤다. "그들이란 없어요 There's no They. 내가 바로 그들이라구요I'm They." 대표적인 마멧식 말장난이지만, 여기에는 자기와 집단을 동일시함으로써 일체감을 가져보려는, 그리고 세상을 자기 의지대로 통제하고 있다는 환상을 가지려는 불쌍한 개인의 안간힘이 들어 있다.

지노는 누구의 관심도 끌지 못하는 하층민이고, 제리는 명령 불복종으로 징계당한 말단 행동대원이다. 지노는 구부정한 자세로 거리를 걷는 롱숏으로, 제리는 보스의 집 부엌에서 설거지를 하는 모습으로 각각 첫 등장 한다. 할리우드 영화의 주인공들은 대개 이런 식으로 관객에게 인사를 건네지 않는다. 특히 악기점에서 만돌린을 사는 남자를 짐짓 중요한 인물인 듯—사실 그는 엑스트라에 불과하다—보여주다가, 엉뚱하게 가게 맞은편 길의 지노를 소개하는 첫 장면에서, 우리는 감독의 뜻을 읽는다. 말하자면, 지노는 영화 시작부터 카메라에 의해 '소외당한다!' 그의 인생은, 프롤로그 마지막 숏(악기점 장면 바로 전 숏)에서 보이는, 낡은 사진첩의 빈 페이지처럼 공허하다. 이 영화 전체는 바로 지노의 인생 사진첩을 우정의 추억이라는 내용(그의 꿈, 낚싯배는 사진으로만 획득된다)으로 채워가는 과정이며, 제리의 속물근성과 마피아로서의 악덕을 '설거지' 해 나가는 역정이다.

그렇다면 마멧이 파악한 세상사의 계기들은 무엇일까. 그것은 '우연과 충동'. 지노의 인생은, 그가 한 깡패 두목과 조금—많이도 아니다—닮았다는 '우연'에 의해 역전되고, 제리의 인생은 '충동'적으로 중간 보스를 구타함으로써 구원된다. 지노가 마피아의 제의를 수락하는 계기는 한 오만한 여인의 멸시에서 비롯한 '충동'이고 제리가 풍전등화의 운명에 빠지게 되는 단서는 조직 동료와의 '우연'한 만남이다. 그리고 마멧의 미덕은 신의와 직업의식이다. 지노는 어리석기까지 한 '약속 존중'의 정신과 특유의 '구두 철학' 덕분에 자신과 제리의 '인생유전'을 성공으로 이끈다. 결국, 이 두 덕목이야말로 미국인의 진정한 좌우명인 것이다.

마피아가 등장하면서도 단 한 번의 총성도 들리지 않는 세계 최초의 영화.

지노 역의 돈 애미치는, 〈그것은 가방 안에 있다〉, 〈코쿤〉, 〈대역전〉 등으로 알려진 조역 전문 배우였지만, 이 회심의 역작에서는 당당한 주연으로서 당대 일류의 장인정신을 발휘하고 있다. 또한 제리 역의 조 만테냐로 말하자면, 우리에겐 〈대부 3〉로 첫선을 보였지만, 원래 최고의 브로드웨이 배우로서 토니상까지 수상한 인물이다. 마멧의 영화 세 편에 모두 주연이고, 〈벅시〉의 불쌍한 조연—만테냐라는 물고기는 마멧이라는 물을 만나야 활개를 친다.

배드 랜즈

브레이크 다운
BREAKDOWN

1997년 미국, 적어도 할리우드에서 만들어진 최고의 오락영화는 뜻밖에도 이 〈브레이크 다운〉인지도 모르겠다. 어마어마한 물량을 투입한 멍청한 영화들이 유난히 난무했던 시기에 이 영화가 가진 미덕은 확실히 돋보이는 바가 있었다. 아주 저예산이거나 낭비적인 대작만이 성공한다는 요즘 미국영화의 양극화 현상에 대해, 중급 규모의 착실한 영화만이 보여줄 수 있는 의미심장한 승리가 아닐 수 없다.

스타면서도 다분히 마이너리티의 정서를 겸비한 사나이 커트 러셀은 여기서, 존 카펜터 영화에서와는 면모를 완전히 달리하는 나약한 도시인을 연기한다. 황무지를 달려가다가 차가 고장나고 아내가 사라진다. 친절하게 도와주는 것 같았던 트러커가 알고 보니 아내 유괴범이다. 무지막지한 시골 건달들을 만난 남편은 도대체 어떻게 대처해야 할지 몰라 당황한다. 평생 싸움이라고는 해본 적이 없었을 것 같은 자가 쓰라린 경험을 겪으면서 액션 영웅으로 변모하는 순간이야말로 이런 영화의 백미가 아니겠는가. 이건 샘 페킨파의 〈어둠의 표적〉에서 더스틴 호프먼이 보여주었던 신경증적 강박관념과는 다르다. 병적인 맛이라고는 눈곱만큼도 없다. 존 부어맨의 〈서바이벌 게임〉 역시 시골 사람 무서운 줄을 확실하게 보여주는 또 하나의 걸작이지만 이 두 영화는 완전히 다르다. 〈브레이크 다운〉은 어디까지나

선악 구분이 뚜렷한 활극일 따름이다. 심플하고 명쾌하다. 그런 면에서 조나단 모스토 감독은 겸손하다.

주인공의 돌연한 변화를 가능하게 만드는 건 물론, 정당한 분노를 촉발시킬 악당의 몫이다. 그가 제대로 악해야 영웅 탄생이 가능해진다. J. T. 월쉬가 드디어 그간 갈고 닦아온 솜씨를 뽐낼 호기를 잡은 것이다. 믿음직한 월쉬. 집에서는 자상한 가장이면서 밖에 나가면 사악한 연쇄살인마가 되는 역할을 그처럼 조화롭게 해낼 배우가 또 있을까? 그가 이렇다 하게 요란한 표정이나 과장된 설정도 없이 그저 덤덤하게 일상 속에 정착한 악을 연기하면, 그것으로 충분해진다. 레드넥—목덜미가 붉게 그을렸

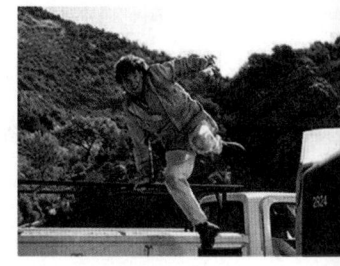

다는 뜻으로, 남서부 시골의 백인 노동계급을 일컫는 표현. 물론 월쉬의 극 중 이름이 '레드'인 것도 우연은 아니다. 주민 모두가 한통속이 되어 이방인을 괴롭히는 이 마을의 이름 '브라켓'에는 '한 무리, 동류'라는 뜻이 있다. 레드넥이 어떤 자들의 무리인가는 월쉬와 그의 친구들을 보면 옳게 알 수 있다.

결국 레드넥이란, 용감했던 19세기 개척민의 후예일 터이다. 메사추세츠에서 샌디에이고로, 동부에서 서부로 이주하러 가는 지식인 가족이 이미 정착한 카우보이와 대결을 벌인다. 준마와 포장마차가 그랜드 체로키 지프와 컨테이너 트럭으로 바뀌었어도 산천은 유구하다. 존 포드가 서부극을 즐겨 찍었던 모뉴먼트 밸리를 배경으로 놀랍도록 잘 디자인된 카 체이스 신이 신나게 펼쳐지지만, 서부극에서 그토록 선량하게 묘사되었던 양민들이 어찌 이리 사악해졌는가를 생각해본다면 미국인들은 그만 우울해지고 말겠다.

영화 카메라를 든 사람

———

'84 찰리 모픽
'84 CHARLIE MOPIC

이에 비하면, 〈디어 헌터〉는 국수주의적이고, 〈지옥의 묵시록〉은 리얼리티가 떨어지며, 〈플래툰〉은 차라리 골목대장의 전쟁놀이에 가깝다. 너무했다 싶을 정도로 적게 들인 제작비(배우는 열 명을 넘지 않고, 그나마 전원 무명. 세트는 거의 없으며, 정글은커녕 미국의 어느 숲에서 대충 찍어버리는 형편이다)와 무관하게, 〈'84 찰리 모픽〉은 핸드헬드 카메라와 클로즈업, 롱테이크의 미학을 극한까지 추구한 최고급의 오락영화다.

베트남, 1969년 8월 1일, 정훈부서의 한 병사가 동시녹음 16밀리 카메라 한 대를 들고 최전방 정찰부대에 파견된다. 바로 그의 시점, 더 정확히 말하자면 그의 카메라 파인더 시점으로 베트남 전쟁, 더욱 정확히 말하자면 베트남에서 싸우는 미군의 상황이 분석된다. 이 시점은, 묘하게도 주관적인 동시에 객관적이다. 함께 전투하면서 그 분대의 활약을 관찰하는 병사의 따뜻한 주관적 시점이자, 기록/분석/보도용으로 제작되는 다큐멘터리 카메라의 냉정한 객관적 시점. 〈플래툰〉처럼 영화는 병사가 부대에 합류하는 장면으로 시작하지만, 이때 그의 일인칭 내레이션은 "이것은 다큐멘터리다"라고 말하고 있다(이점, 로브 라이너의 의사擬似 다큐멘터리 장르영화 〈이것이 스파이널 탭이다〉와 함께 묶일 수도 있겠으나, 〈'84 찰리 모픽〉은 전혀 편집조차 되어 있지 않은 러시 프린트의 느낌을 준다는 차원에서 한술 더 뜬다고 하겠다).

로버트 몽고메리가 〈호수의 여인〉을 완전한 일인칭 시점으로 시종일관한 경우를 제외하고, 대개의 내러티브 영화들은 주·객관적 시점을 편의적으로 혼합한 방식으로 제작되어왔다. 심지어는 철저한 일인칭 시점이 지켜져야 마땅할 것 같은 회상이나 꿈 시퀀스들에서조차도 이 최소한의 상식적 원칙은 무시될 수밖에 없었다. 그러나 〈'84 찰리 모픽〉은 소재의 장점을 완벽하게 활용하여, 형식상 완전무결한 일인칭 시점을, 내용상 비정한 객관적 시점과 성공적으로 결합시켜내고 있다. 더구나 최후의 총격전, 촬영자의 죽음이 촬영되는 대목에서는 객관성이 주관성을 일시에 압도하면서, 어느 고독했던 '익명(영화에서 이 촬영병은, 본명은 한 번도 소개되지 않은 채, '영화'를 뜻하는 '모픽'이라는 별명으로만 불린다)의 일인칭'의 종말이 충격적으로 선언되는데, 이는 〈섹스, 거짓말 그리고 비디오테이프〉에서의 '촬영자가 촬영되는' 반전의 안이함을 꾸짖기라도 하는 듯 처절한 결말이다.

위험 속에서의 동고동락 끝에 분대원들과 친해진 촬영병 모픽이 동료 병사를 구하기 위해 구조 헬리콥터에 카메라를 던져놓은 채 달려간다. 그러나 모픽은 적탄에 쓰러지고, 그 모습까지 기록해가면서 카메라는 서서히 공중으로 솟아오른다(죽어가는 병사를 그대로 둔 채 떠나는 헬리콥터—이 애절한 이별 장면은 〈플래툰〉의 패러디다). 이 단절에 이르기까지 모픽과 그의 카메라는 일심동체였다. 머리 위를 스치는 총탄을 피해 함께 땅바닥을 기고 도랑에 엎어지는 동안, 그것의 눈은 곧 그의 눈이었다. 하지만 둘이 분리되는 순간, 즉 관찰자가 무책임하게 임무를 방기하고 상황에 참여했을 때 어김없이 파멸은 찾아온다. 이제까지 그의 분신이었던 카메라만이 남아 자기 혼자서라도 기록의 책무를 다할 뿐이다. 모픽은 사실 이런 결과를 예상할 수 있었다. 본부에서 그는, 카메라맨은 죽고 필름만 후송되어 온 경우를 수없이 보아왔기 때문이다. 그것들을 편집하면서 그는 답답했을 것이다. 기계에 의한 것이 아닌, 육성에 의한 인간적 경험담을 듣고 싶어 위험한 임무를 지원했을 것이다. 감독이 우리에게 들려주고 싶어 한 것도 바로 그 생생한 증언이었다. 일견 역설적으로 보이지만, 그러기 위해서 감독은 다시 다큐멘터리를 흉내 내는 방식을 선택해야 했다. 그리고 우리는 결국 모픽처럼, 죽은 자가 보내온 보고서를 읽게 된다.

그가 죽음을 무릅쓰고 기록한 현실은 무엇이고, 그가 죽음으로써 표현한 진실은 무엇인가. 여기서 이 전쟁에 사명감으로 임하는 자는 하나도 없다. 판사가 감옥과 베트남 중에서 선택하라고 해서, 불량소년 아들을 사람 만든다고 아버지가 보내서, 좀더 센 마약을 방해 없이 상용해보고자, 월급, 연금, 교육과 진급의 기회 때문에, 돈이라는 용병의 목적과 재미라는 살인자의 목적을 함께 충족시킬 수 있어서 이들은 여기 와 있다. 심지어 소대장조차도 "전쟁은 자주 있는 게 아냐. 직업 장교에겐 좋은 기회지"라고 고백한다. 그러나 이들의 동료애는 거의 존 포드적이다. 한 남부 출신 백인 고참은 말한다. "흑인의 지휘를 받는 게 불쾌하지 않냐구? 차라리 내게, 그가 최고의 군인인가 하는 걸 물어. 그가 형제를 위해 죽을 수 있나를 물어보라구." 차라리 공포영화라고 부르고 싶을 정도로 무시무시한 상황 속에서, 이 무식하고 불량스러운 인간쓰레기 집단이 보여주는 우정은 눈물겹다. 〈플래툰〉에서 관찰자는 동료의 죽음을 부감할 따름이지만, 여기서 모픽은 생명을 걸고 구출하고자 한다. 인간애야말로 전쟁에서 더 잘 드러나는 유일한 미덕인 것이다.

로빈 우드는 〈싸이코〉를 분석하면서, 앨프리드 히치콕의 위대함은 인간성 안에 사악한 심성이 숨어 있다는 사실을 설명하는 데 있는 것이 아니라, 그것을 경험하게 해준다는 데 있다고 썼다. 과연 〈'84 찰리 모픽〉은 '전쟁의 무의미함과 동료애의 소중함'이라는 진부한 테마를 우리로 하여금 '경험'하게 한다. 그것이 비록 가짜 다큐멘터리라고 할지라도, 우리의 경험은 '실감'이다.

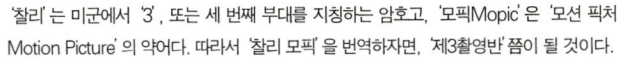

'찰리'는 미군에서 '3', 또는 세 번째 부대를 지칭하는 암호고, '모픽Mopic'은 '모션 픽처 Motion Picture'의 약어다. 따라서 '찰리 모픽'을 번역하자면, '제3촬영반'쯤이 될 것이다.

중절모＝브레인 가드

밀러스 크로싱
MILLER'S CROSSING

〈아리조나 유괴사건〉의 홍행 실패 이후 3년, 코엔 형제는 처절한 안간힘으로 새로운 이야기를 구상한다. 형제는 거의 고고학적인 탐구심을 가지고 1940, 50년대의 하드보일드 소설과 필름누아르, 갱스터영화의 컨벤션을 연구한 다음, 모자이크처럼, 퍼즐처럼, 또는 태피스트리처럼 짜맞춤으로써 아름답고 고색창연한 그림을 만들어 보인 것이다.

미국인들조차도 잘 알아듣지 못할 정도로 철저하게 구사되는 1940년대식 속어들은 물론이고 침착하게 가라앉은 저명도/저채도의 색채, 미디엄숏과 롱숏 위주로 구성된 구도의 안정감에 이르기까지 〈밀러스 크로싱〉은 철두철미 복고조로 일관한다. 흔히 거론되는 것처럼 그들의 데뷔작 〈분노의 저격자〉가 제임스 M. 케인의 소설(『포스트맨은 벨을 두 번 울린다』)의 모조품이라면, 이 세 번째 영화는 단연 대실 해밋(소설 『피의 수확』)의 계승작인데, 비평가들은 특히 해밋 원작의 영화 〈유리 열쇠〉(1935, 42년 두 번 영화화)가 〈밀러스 크로싱〉의 직접적인 출전이었으리라고 추정하고 있다.

말할 것도 없이 배경은 금주법 시대, 이름을 알 수 없는—단지 '타운The Town'이라고만 불리는—한 미국 도시에서 아일랜드인 갱단과 이탈리아인 갱단이 격돌한다. 이탈리아 쪽의 보스인 자니는 유대인 배신자 버니를 처단하려 하지만 아일랜드 쪽의 보스 레오의 방해를 받는다. 버니는 레오가 사랑하는 여인 베라—그녀는 한편으로 레오의 참모인 톰과도 사랑을 나눈다—의 남동생이기 때문이다. 톰은 자기 두목이 사사로운 감정에 이끌려 일을 그르친다고 판단하고 그의 곁을 떠난다. 이렇게 해서 꼬이기 시작하는 줄거리는 차마 그 요약이 불가능할 정도로 복잡하게 전개되어간다. 여기에 선인이란 없고 게임의 규칙 따위는 아예 처음부터 무시된다.

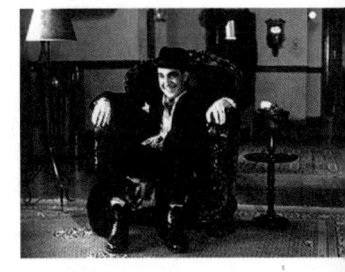

"전 미국을 믿습니다"라는 말로 시작하는 〈대부〉의 도입부를 본따, "난 우정과 성격과 윤리에 관해 말하고 있소"라는 자니의 대사로 이야기를 시작하고는 있지만, 이것은 냉소적인 역설일 뿐 어느 누구도 그런 추상적인 것들에 관심을 보이려 하지 않는다. 이들은 오직 생존과 권력과 돈을 위해 기만하고 배반하고 살인한다.

단 하나의 예외는 톰. 그는 '독립'과 '명예'의 화신이다. 레오의 부하지만 항상 독자적으로 사고하고 움직이는 그는 중절모의 품격을 지키려 애쓰는 유일한 인물이다. 그는 빚을 대신 갚아주겠다는 제의를 레오, 버니, 자니에게서 각각 받지만 모두 거절할 정도로 자주적이다. 우리는 톰이 위스키 잔에 얼음을 넣는 영화 첫 숏에서 이 주인공이 냉혈한임을 감지하고, 역시 그가 중절모의 앞챙을 살짝 누르며 폼을 잡는 마지막 숏에서 고독한 영웅의 자존심을 발견한다. 주먹과 권총과 조직으로가 아니라 개인의 명석한 두뇌와 두둑한 배짱으로 문제를 해결해나가는 그의 면모는 그래서 갱스터보다는 필립 말로 유의 사립탐정에 가깝다. 그는 전편에 걸쳐 거의 10여 차례나 이 사람저 사람에게—심지어 여자에게까지—속수무책으로 얻어맞아가며 돌아다니는데, 이러한 육체적 나약성의 강조야말로 그의 정신적 우월성을 역설적으로 보장해주는 장치라 할 만하다. 예컨대 자기를 협박하고 사라진 버니를 죽이려고 달려나가는 장면을 보자. 그는 맨발에 속옷 차림으로—그러나 악착같이 모자만은 챙겨 쓰고—권총을 들고 2층에서 뛰어내린다. 이것은 암살자와 대적하는 레오의 활약 장면의 변형이다. 그러나 결과는 어떤가. 레오가 용감무쌍하게 적들을 학살해버리는 것과 반대로 톰은 숨어서 기다리던 버니의 다리에 걸려 보기 좋게 나뒹굴고 만다. 이 지독한 수치는 결국 톰이 교묘하게 설계한 살인 플롯에 버니가 꼼짝없이 걸려드는 결말에 가서야 보상받는다. 역시 톰의 무기는 머리였다.

그러니 머리를 보호하는 모자가 그에게 가장 중요한 물건인 것은 당연하다(이외의 인물들에게도 모자는 소중한 아이덴티티의 단서로 작용한다. 자니의 죽음은 계단에 뒹구는 그의 모자로, 버니의 장례식은 조객이 쓰는 유대인 모자로, 버니의 은신처는 주인의 머리 크기와 맞지 않는 모자로, 개죽음당한 건달의 비참함은 도난당한 가발로 각각 표현된다). 남성 정장의 마무리 소품으로서, 그 상승/돌출의 이미지로서 모자는 남성기를 상징한다. 따라서 '탈모=거세'의 의미 작용이 가능해진다. 밀러스 크로싱 숲에서 모자가 바람에 날려 사라지는 꿈 장면을 보자. 가장 아름답게 촬영된 이 크레딧 시퀀스는 이 영화에서 모자 상징이 차지하는 비중을 웅변하고 있다. 모자가 벗겨지는 일은 톰에게 최악의 상황이어서, 이 두려움은 조바심이 되어 꿈에 나타난다. 그는 실내에서도 탈모의 예의를 차리는 법이 없고, 매조차도 모자를 쓴 채 맞으려 할 뿐 아니라, 만취해서 잠들었다가도 깨자마자 모자부터 찾는다. 베라와 처음으로 정사를 갖는 것은 그녀의 집으로 모자를 돌려

받으러 가서였고 이 불륜 관계가 그의 아킬레스건이 되리라는 조짐도 그녀가 키스하면서 벗겨 내던지는 모자에 의해 암시된다. 또한 자니의 심복 데인이 톰을 죽이려 할 때 제일 먼저 하는 일은 톰의 모자를 벗겨 던지는 행동이다. 이는 밀러스 크로싱의 꿈이 현실화한 것으로서, 수직 앙각 시점 숏으로 보이는 나무와 하늘의 고결한 순수 자연 이미지 안에서 도덕적인 고뇌와 공포에 직면하는 한 냉혈한의 초상이다.

살려달라는 버니의 애원은 그래서 밀러스 크로싱의 숲에서는 받아들여져도 도시의 빌딩 안에서는 거부당할 수밖에 없다. 도시에서는 "네 마음을 들여다봐! Look in Your Heart!"라는 설득의 특효 어구조차도 "웬 마음? What Heart?"이라는 냉소의 답변과 함께 두개골을 관통할 총탄을 초래할 뿐이다. 이와 관련해서, 이선 코엔은 〈밀러스 크로싱〉의 창작 구상이 하나의 스틸 이미지에서 시작되었음을 밝히고 있다. 그들은 "숲속에 오버코트를 걸치고 서 있는 거구의 사내들— '도시 갱스터와 숲'이라는 설정의 부조화성"에 매료되었다는 것이다. '밀러스 크로싱'은 이렇듯 처음부터 모순의 교차로Crossing로 선정된 지점이다. 도시와 자연, 자존심과 수치심, 공포와 안도, 삶과 죽음, 하늘과 땅, 가톨릭과 유대교, 나무와 낙엽, 트래킹과 고정 카메라, 청회색과 적갈색이 만나는 장소. 결국 버니는 이곳에 묻히고, 톰, 레오, 베라는 장례식이 끝난 후 각자 갈 길을 간다. 베라는 저주의 말을 남기고 톰을 스쳐 지나가고, 레오와 베라의 결혼은 그리 행복할 것 같지 않아 보이며, 다시 수하로 들어오라는 레오의 제의는 톰에게 거절당한다. 톰의 상투어대로 "어떤 사람도 타인을 알 수 없다Nobody Knows Anybody." 교차점이란 길들이 모이는 곳이거니와, 또한 동시에 갈라지는 곳이기도 한 것이다. 따라서 자니의 대사가 재음미되어야 할 지점도 여기다. "이 모든 배반Double Cross의 끝은 뭐지? 그거 참, 윤리적으로 흥미로운 문제란 말야."

양대 조직의 전면전이 벌어졌을 때 자니의 조종을 받는 경찰이 레오의 아지트를 습격한다. 백기를 들고 나오는 조직원을 쏴버리고 희희낙락하는 쌍권총의 형사 하나가 여기에 나온다. 결국 그는 톰슨 지르박Thompson Jitterbug(톰슨사에서 만든 기관단총에 난사당해 춤을 추듯 사지를 흔드는 모양)을 추며 죽어가는데, 이 멍청한 경관을 연기한 이가 바로 샘 레이미 감독이라는 사실. 〈이블 데드〉에서는 조엘 코엔을 편집 조수로, 〈크라임 웨이브〉에서는 두 형제를 공동 각본가로 기용했던 바로 그 사람이다.

총알에 관해 서부극이 알고 있는 두세 가지 것들

━━━

허망한 경주
BITE THE BULLET

1890년대 초 미국의 서부, 한 거부巨富와 신문사가 2천 달러 상금을 걸고 600마일 경마대회를 개최한다. 수많은 모험가들이 덤벼들어 그야말로 세기의 레이스가 펼쳐진다. 음모와 우여곡절, 배신과 우정이 교차하면서 선수들은 하나둘씩 떨어져나가고, 결승점을 향해 질주하는 마지막 생존자들은 생명을 건 파란만장의 각축 끝에 상금보다 소중한 인생의 진실을 획득한다.

기자 출신 감독 리처드 브룩스는 특유의 거시적인 안목을 발휘하여, 일종의 스포츠 영화로 전락했을 수도 있는 이 이야기의 단순성을, 그 기본적인 구도에서부터 구제해가고 있다. 잔가지를 보지 않고 큰 줄기를 잡아낼 줄 아는 대가의 풍모가 아닐 수 없다. 우선 시대 배경을 보자. 세기가 바뀌는 대전환기. 개척 시대의 카우보이와 자본주의 시대의 부호, 봉건 영주인 영국 귀족, 늙은이와 젊은이들이 한데 얽혀, 다가올 새 시대 20세기 미국의 미래를 향해 전력 질주한다(참가자와 그들의 애마, 기자, 창녀, 구경꾼, 기차의 흥청거림을 묘사한 출발의 몽타주 시퀀스를 주목하라. 실내에서는 빅 클로즈업으로, 실외에서는 롱숏으로 구성한 이 핸드헬드 카메라의 명장면은 유례가 없는 박력과 활기를 선사한다).

자본주의적 진보의 상징인 기차가 레이스 코스를 따라 특별 운행되고, 새로운 문명을 대표하는 신문기자는 '값비싼 장난감' 모터사이클을 타고─진 해크먼과 제임스 코번도 결국 모터사이클을 타고 도둑맞은 말을 찾아나선다─현장을 누빈다. 어떤 사람이 우승할 것인가에 못지않게 야생마와 종마種馬 중 어느 편이 이길 것인가에 관심이 쏠린다. 그리하여 결국 레이스는 두 개의 시대/문화/세계관의 충돌로 구성된다. 그리고 무대는 서부가 아닌가. 황야와 사막, 산과 강, 협곡과 급류가 공존하고 혹한과 혹서가 교차하는 이 불모의 무인지경無人之境은, 그 자체로 시련 많은 인생의 축도이고 미국인의 프런티어 정신이 시험받는 단련의 장이자, 개척의 욕망을 유혹하는 전인미답의 가능성이다. 사람들은 무리 지어 달리다가 하나둘씩 흩어지고, 체크포인트에서 잠깐 만났다가는 또다시 헤어진다. 여기에 지름길이란 없다. 여러 선수들이 위험을 무릅쓰고 시간을 절약할 수 있는 코스를 찾아보지만, 누구도 성공하지 못한다. 지름길은 더 오래 걸린다!

　이 처절한 역정의 참가자들은 각자 다양한 목적을 가지고 있으며, 그것들은 미국의 단일한 가치관, 즉 다원주의를 표상한다. 단순히 모험을 즐기는 영국인 스포츠맨, 흉악범인 남편을 탈옥시키기 위해 지원한 창녀 출신 캔디스 버겐, 사람들의 관심과 애정을 회복하려는 노병사 벤 존슨(부동의 악역 배우가 연기하는 회심의 선역), 돈으로 상을 사려는 자본가, 잘난 체하기 좋아하는 애송이 장 마이클 빈센트, 시종 치통으로 고생하는 멕시코인, 상금과 스스로에게 건 내기의 배당금을 노리는 멋쟁이 제임스 코번(그 멋진 플라멩코 솜씨!), 그리고 스페인의 압제에 대항한 쿠바 독립전쟁의 영웅 진 해크먼(외유내강의 표본을 보여주는 명연기). 코번은 마태복음을 거짓 인용해─그의 극중 이름 매튜는 마태오의 영어식 발음이다. 기막힌 위트─"선행은 불행을 자초한다"며 짐짓 너스레를 떨지만, 최후의 승리는 강인한 힘과 착한 마음씨의 소유자에게 돌아간다.

서부 사나이의 우정이 긴 말을 필요로 하지 않듯, 브룩스의 연출에도 잔재주란 없다. 하지만 필요하다면 그의 테크닉은—〈자니 기타〉의 카메라맨이었던 해리 스트래들링의 도움을 얻어—주저 없이 빛을 발한다. 익스트림 롱숏에서 줌인하면서 좀더 가까운 사이즈로 디졸브하는, 영화적 축지법은 서부의 광활함을 표현하려는 의도와 피사체를 정확히 보여주려는 시점 숏의 요구를 동시에 충족시키는 형식이 아닌가. 한 화면에서 느린 동작과 정상 속도 동작을 함께 보여줌으로써 추월의 느낌을 시각화하는, 가장 단순한 합성 기법의 효율성은 이 SFX의 시대에도 여전히 경이롭다.

헤아릴 수 없이 많은 서부극들에 불변의 공통점이 있다면, 그것은 인물들이 '인마살상용'으로 총을 "쏜다"는 것일 터이다. 그러나 이 영화는 총탄의 전혀 새로운 용도를 제시한다. 멕시코인의 지독한 치통을 고쳐주기 위해 버겐은 칼로 고름을 짜내고 해크먼은 코번의 총탄을 빌린다. 그리고 '탄두를 떼어내고 화약을 빼버린' 작은 쇠붙이를 환부에 덮어씌운다. 그리고 멕시코인이 턱에 힘을 주어 깨물자(국내 개봉 때는 제목이 〈총알을 물어라〉로 정확히 번역되었다) 그것은 어엿한 의치義齒로 변모한다. 그는 감격해서 말한다. "평생 수많은 총탄을 보아왔지만, 이렇게 멋진 놈은 처음이에요!"

탄환은 발사되기 위해서가 아니라 깨물리기 위해서 존재할 수도 있다.

리처드 브룩스의 주요작을 소개한다. 미국 부르주아의 허위의식을 분석한 〈뜨거운 양철지
붕 위의 고양이〉, 조셉 콘래드 원작 〈로드 짐〉, 사상 가장 긴 추격 장면을 갖춘 자본주의
해부 영화 〈달러스〉, 가장 난폭한 여성 영화 〈미스터 굿바를 찾아서〉, 가장 먼저 록 뮤직을
본격적으로 사용한 '참교육' 영화 〈칠판의 정글〉, 멕시코 혁명에 비친 서부극의 양심 〈프로페셔널〉, 기독
교 · 미국 · 자본주의의 삼각관계 멜로드라마 〈앨머 갠트리〉, 미국 언론의 양심선언 〈데드라인 USA〉, 다큐
멘터리풍의 하드보일드 범죄학 〈냉혈〉, 〈네트워크〉의 TV 매체 비판과 〈닥터 스트레인지러브〉의 블랙유머
가 결합된 〈틀린 것이 맞는 것이다〉…….

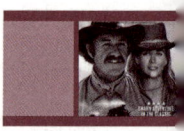

서부 잔다르크의 수난

자니 기타
JOHNNY GUITAR

한 사나이가 산을 넘는다. 거기서 바라본 서부의 풍경은 온통 황량하기만 하고, 그에게 들리는 소리는 폭음뿐이다. 한쪽에서는 철도 공사를 위해 다이너마이트를 터뜨려 산을 깎아내리고, 다른 쪽에선 복면 강도들이 마차를 습격한다. 이것이 니콜라스 레이의 '개척 시대'다. 근대화와 무법자—그의 영화는 항상 대립물의 병치로 구성된다. 사나이가 계곡을 지난다. 낙석을 피하려 들지도, 불행한 여행자를 도우려 하지도 않은 채, 그는 묵묵히 길을 간다. 다만 그는 바라볼 뿐이다. 이것이 레이의 '1950년대'다. 매카시 선풍이 불어닥치던 그 시절의 처세술은, 이렇게 만사를 남의 일 보듯 하는 것뿐이었다(자니 역의 스털링 헤이든은 당시의 청문회에서 자신이 빨갱이임과 동료 빨갱이의 이름을 고백했다. 그 치욕의 날 이후, 〈대부〉에서 타락한 경찰 간부로 출연하기 전까지 그의 연기 활동은 극히 부진할 수밖에 없었다. 최근 어느 다큐멘터리에서 그는 그때의 고통과 수치심을 거의 울먹이는 표정으로 술회한 바 있다).

폭풍이 몰아친다. 철도 건설 계획을 미리 입수하고 요충지에 살롱을 차린 비엔나가 문 밖에 유인등을 내건다. 아직 활황은 아니지만, 이날따라 많은 손님들이 들이닥친다. 1) 자니 기타. 오래전, 비엔나와 그는 연인이었다. 그러나 떠돌이 총잡이인 그가 떠난 후 비엔나는 모진 고생 끝에 살롱의 주인이 되었고, 이제 그는 고용 총잡이로서 여기 다시 나타난 것이다. 2) 댄싱 킷 패거리. 작은 은광을 가졌지만, 주민들은 무법자 일당으로 본다. 킷은 비엔나를 사랑한다. 3) 엠마와 주민들. 철도 건설과 살롱 영업을 반대한다. 비엔나를 퇴폐업소 주인으로 보고 몰아내려 한다. 엠마는 댄싱 킷을 사랑한다. 여기에 비엔나까지, 네 개의 개인/집단이 시작부터 격돌한다. 결국 영화의 끝에, 인물들

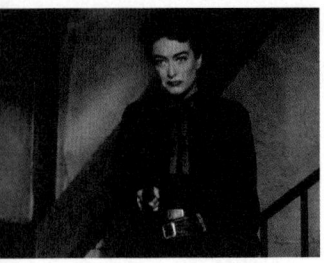

은 댄싱 킷—비엔나—자니 기타의 '빨갱이 팀' 과, 엠마와 주민들의 '매카시 팀'으로 양분된다.

매카시 선풍 때 실제로 그랬듯이, 마녀 사냥 꾼들은 자기네가 내세운 그럴듯한 명분과는 상관없는 동기에 의해 움직인다. 이 경우, 엠 마의 질투심이 그것이다. 개인적 야욕이 군중의 몰지각한 집단이기 주의와 근거 없는 청교도주의에 맞물릴 때, 탄압은 일어난다. 레이 의 모든 영화는 선인, 또는 회개한 악인이 집단에 의해 모함받고 억 압당하는 이야기를 취하고 있거니와, 이 점은 〈자니 기타〉도 예외 는 아니다. 그런 뜻에서 댄싱 킷의 은행 강도 사건을, 엠마 오빠의 장례식으로 마을이 텅 비었을 때를 택해서 발생시킨 것은 내러티브 상으로도 절묘하지만, 그 소식을 접한 주민들이 모두 검은 상복을 입은 상태에서 추격에 나선다는 점에서 특히 탁월한 설정이었다. 거의 히스테리 상태에 빠진 주민들은, 상복을 유니폼처럼 차려입고 군대처럼 떼를 지어 질주한다. 그들을 이토록 분노케 한 것은 무엇 인가. 엠마의 선동 문구대로, '동부의 지저분한 농사꾼들이 기차를 타고 몰려와' 자기들을 몰아낼 것이라는 공포심이다. 레이는 매카 시주의가, 국내의 빨갱이들이 소련의 침공을 용이하게 할 것이라는

공포와, 진보주의가 현실 안주의 보수세력의 입지를 약화시킨 나머지 급기야는 지배자의 위치를 가로챌 것이라는 불안에 의해 지지받았다고 생각한 것이다. 그런데 군중의 두려움을 부추기는 엠마 자신의 심리는 지극히 도착적이다. 그녀는 댄싱 킷이 오빠를 죽였다고 몰아붙이면서도 정작 오빠의 죽음을 애도하는 태도는 보이지 않으며, 댄싱 킷을 향한 애정보다도 비엔나를 향한 질투심이 더 강하다. 그녀의 공격성은 사랑을 미움으로 전화시키고, 미움을 살인으로 성취하려 한다. 포섭할 수 없을 때는 제거하라! 이것이 지배계급의 논리다.

한편으로 이것은 극히 희귀한 페미니스트 서부극이다. 모든 남성은 조연에 불과하고 진짜 주인공은 두 여자다. 자니는 방관자, 킷은 희생자고, 심지어 엠마와 함께 주민을 지휘했던 남성 지주는 결국 "당신과 비엔나의 싸움이니, 혼자 알아서 하시오"라며 최후의 대결에서 슬쩍 비켜선다. 이렇게 해서, 또다시 레이가 애호하는 상하배치형 구도가 재현된다. 도덕적 우위에 있는 비엔나는, 살롱에서도 2층에 서서 오만하게 엠마를 깔보며 이야기했지만, 마지막 은신처에서도 산 아래의 적들을 내려다본다(이 구도는 동시에, 비엔나가 늘 혼자서 상부에 위치한다는 면에서 그녀의 고립감을 강조하는 목적도 갖는다). 자니와 킷조차도 중간 위치에 숨어 갈팡질팡할 뿐이다. 처음에는 비엔나가 계단을 내려와주었지만, 이번엔 엠마가 산을 오른다. 장르 사상 유례가 없는 여성끼리의 결투. 비엔나는 스스로 "훌륭한 총잡이는 네잎 클로버를 믿지 않죠"라고 말했던 것처럼, 떳떳한 대결 끝에 승리한다. 이때도 그녀는 남자의 옷을 입고 있으며, 중간에 단 한 번 드레스를 입어보지만 그것은 싸움에서 거추장스럽기만 하다(비엔나의 옷을 통해 나타나는 색채 상징주의는 면밀하게 설계된 것이다). 험한 세상에서 여성으로서 살아간다는 일은 얼마나 어려운 것인지……. 마침내 영화는 폭포 앞에서 자니와 비엔나가 감격적인 포옹을 하면서 끝을 맺는다. 비로소 그녀는 한 명의 여성으로 인정받게 되고, 폭포는 그 수직강하의 동세로 말미암아 이전의 상하배치형 구도의 갈등 관계를 해소한다.

레이 자신은 〈자니 기타〉를 일컬어, '바로크적인, 매우 바로크적인' 영화라고 자평했다. 과연 이 이상 기괴하고, 정교하며, 매혹적인 서부극은 아직 없다.

• 엠마 역의 메르세데스 매캠브리지는 할리우드가 낳은 희대의 악녀 배우다. 〈자이언트〉에서의 못된 시누이도 그렇지만, 더욱 놀라운 것은, 〈엑소시스트〉에서 악령에 씌인 린다 블레어 목소리의 주인공이 바로 그녀였다는 사실. 엘리아 카잔 이래 가장 탁월한 연기 지도자인 니콜라스 레이조차, 여기서의 그녀 연기는 '강산성强酸性'이었다고 격찬한 바 있다.
• 페기 리의 목소리로 너무나도 유명한 주제가 〈자니 기타〉에는 석연치 않은 점이 있다. 스페인 작곡가 그라나도스의 기타 음악 〈단자 에스파뇰라 NO.5〉와 그 첫 소절이 완전히 일치하는 것이다. 아마도 빅터 영의 표절인 듯.

뽀빠이, 더 폴리스맨

—

프렌치 커넥션
THE FRENCH CONNECTION

누구나 〈프렌치 커넥션〉을 얘기할 때면, '아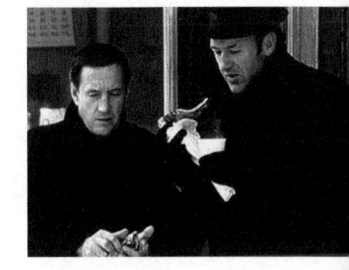
메리칸 뉴웨이브'와 '전후무후한 카 체이스 신'
을 빼놓지 않는다. 한마디로 '아메리칸 뉴웨이
브' 운동은 이 영화로 대표되고, 이 영화는 그
카 체이스 신으로 빛난다. 윌리엄 프리드킨은
TV에서 온갖 장르와 소재의 프로그램을 수천 편 닥치는 대로 만들면
서 훈련을 쌓은 세대였다. TV를 보며 성장하고 TV에 단련된 그들 세
대의 영상 감각은, MTV와 CF의 절대적 영향에서 성장한 1980, 90년
대의 포스트모더니스트 작가들이 그런 것처럼 당시로서는 파격적이
고 괴상한 모습으로 나타났다. 그들의 영화는 빠르고 거칠었으며, 우
상 파괴적이고 사회비판적이었다. 대부분의 작품들이 도시, 특히 뉴
욕을 배경으로 촬영되었고, 전통적 내러티브 방식의 부분적 파괴, 거
침없는 비속어 구사, 많은 클로즈업과 핸드헬드 카메라 촬영, 줌 렌
즈의 빈번한 사용, 불연속적이고 스피드한 편집, 충실한 현장음의 재
현, 불안하고 긴박한 쿨 재즈풍의 음악 등으로 특징지어졌다.

영화사상 실제 미국 경관의 모습과 가장 정확히 일치하는 주인공으
로 일컬어지는 뽀빠이 도일은, 독선적이고 폭력적이며, 과학보다는
육감에 의지하고, 교양이라고는 눈곱만큼도 없는 인간이다. 그가 가

진 미덕이라고는 끈질긴 근성과 일에 대한 집념뿐이다. 여자를 안을 때 형사라는 신분을 눈치챌까봐 권총을 양말 속에 넣고 다니는 남자, 그는 퇴근 후 동료와 한잔하러 간 술집에서 마주친 자를 뭔가 수상하다는 느낌만으로 철야 미행한다. 이때 그는 '재미 삼아' 미행을 자청한다고 말하지만, 우리에겐 그가 달리 할 일이 없어서, 또는 일이라도 하지 않으면 외로워 미칠 것 같아서 그러는 것으로 보인다. 감독과 진해크먼은 전통적인 할리우드 경찰영화가 심어주었던 편견을 철저하게 뒤엎는다. 뉴욕 마약반 형사의 일상을 다룬 다큐멘터리가 있다면 이렇지 않을까 싶을 만큼 사실적인 묘사. 고급 프랑스 식당에서 식사하는 범인을 기다리느라 한길에서 덜덜 떨어가며 파이 한 조각으로 끼니를 때우는 그의 모습을 보라. 카메라가 범인의 푸짐한 식탁에서 천천히 창밖으로 줌인하면, 콧물이라도 흘렸는지 마시던 커피를 길바닥에 쏟아붓는 그의 모습이 보인다. 추위에 빨개진 코와 동상이라도 걸릴 듯한 손발을 클로즈업으로 포착한 뒤에 이어지는 이 숏은 카메라의 위치가 아늑한 실내이기 때문에 더욱 가슴 아프다. 카메라와 같은 시선을 유지하게 되어 있는 우리들 관객은 도일에게 미안한 심정까지 느끼게 되는 것이다.

우리는 또, 도일이 우유부단한 상사와 비열한 동료의 모욕까지 받아가며 왜 그런 고생을 감내해야 하는지 의아해진다. 자발적인 의지로 무모하게 범인을 쫓는 그의 행동은 오히려 불필요하고 지나친 것으로 보인다. 반대로 페르난도 레이는, 폭력을 행사하지도 욕설을 입에 담지도 않는 지극히 신사적인 인물임에도 불구하고, 단지 도일을 고생시키면서 자기만 안락을 누린다는 점에서 충분히 악당의 자격을 갖춘다. 이런 세심한 장치들의 효과에 의해 결국 법 집행 공무원의 사명감은 개인적인 복수심으로 자연스럽게 치환된다. 여기에 당연히, 유럽의 귀족과 미국의 소시민을 교묘하게 대비시켜 미국 관객들의 동점심을 자극하고 분노를 유도하려는 감독의 계산도 단단히 한몫하고 있다. 심지어 할렘에서 마약을 밀매하는 흑인들이 도일에게 걸려들어 매를 맞고 모욕을 당해도 관객의 분노는 프랑스인 밀반입자를 향한다. 결국 〈프렌치 커넥션〉은 도일이 서서히 미쳐가는 과정인 것이다. 그는 자기를 조롱하는 부유한 악당을 향한 증오심으로 터져버릴 것만 같고, 그 이유 때문에 작전에 광적으로 집착한다.

저 경천동지의 추격 장면만 해도, 전철 안에서는 순찰 경관에게 쫓기고 그 전동차가 또 도일의 자동차에 의해 추격당하는 상황이라면 관객의 동정은 범인에게 쏠리기 쉬운 법이건만, 프랑스 깡패가 뉴욕 시민들을 공포의 도가니에 몰아넣는다는 이유만으로 관객은 간단히 도일의 편이 되어버린다. 보통의 카 체이스 장면과 이것이 다른 점은, 눈앞의 자동차를 뒤쫓는 것이 아니라 머리 위의 전동차를 앞지르기 위한 질주라는 것이다. 체이스(추격)이라기보다 이것은 차라리 레이스(경주)에 가깝다. 경주는 자기와의 싸움이라고들 말하듯이, 도일은 좁은 자동차 안에 갇혀 거의 고독해 보인다. 이 장면을 영화사상의 압권으로 만든 원인은 무엇보다 놀라운 긴장감을 불러일으키는 도일의 시점 숏들이지만, 여기서 그보다 더욱 중요한 것은 자동차 앞유리 밖에서 잡은 도일의 모습이다. 거리의 소음과 자동차의 굉음, 자동차 엔진음, 급회전할 때의 브레이크 파열음과 타이어 마찰음에 파묻혀 차 안의 도일이 내는 욕설과 비명은 전혀 들리지 않는다. 앞서의 식당 장면에서 창밖의 도일이 유리에 막혀 침묵 속에 보였던 것처럼, 여기서는 차 안의 도일이 그렇게 처리되는 것이다. 이때의 도일은 공무집행 중인 경관이라기보다는 상처받은 한 개인이다. 총에 맞는 범인을 계단 위의 근경으로, 총을 쏘는 도일을 아래의 원경으로 포착한 클라이맥스 숏은, 특히 그러한 심리를 결정적으로 고정시킨다. 그러나 감독은 속 시원한 분풀이로 영화를 끝맺지 않는다. 미행과 잠복 근무와 추격 장면을 제외하면 아무것도 남지 않는 영화답게 이야기의 끝에서 도일은 악당 두목을 찾아 아무 데나 총을 난사해가며 비틀비틀 어둠 속으로 사라진다. 그리고 에필로그 자막은 결국 두목은 잡히지 않았다는 사실을 알려준다.

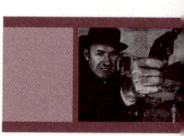

• 전동차끼리의 충돌 장면이 있다. 실제로 카메라가 다가서며 부딪혀버린 것 같은 현실감을 주는 이 트래킹숏은, 사실 가까이에서 뒤로 물러가며 찍은 필름을 거꾸로 회전시켜 얻은 눈속임이다.
• 메가 히트작이라 속편이 없을 리 없다. 〈프렌치 커넥션 2〉는 1975년에 존 프랑켄하이머에 의해, 〈뽀빠이 도일〉은 1986년에 TV용으로 각각 만들어졌다. 특히 전자에서는 진 해크먼이 마르세유까지 가서 페르난도 레이를 뒤쫓는다.

개 같은 날의 오후

—

글로리아
GLORIA

갱스터 장르가 탄생한 지 50년. 할리우드가 최초의 진정한 여성 영웅을 보유하게 되기까지는 이만한 세월이 필요했다. 〈우리에게 내일은 없다〉의 보니조차도 남성에의 종속에서 완전하게 해방되지 못했던 상태, 이 여자 글로리아가 보여주는 독립심과 박력에 비하면 〈에이리언〉의 리플리는 겁쟁이일 뿐이다. 니키타보다 억세고 〈블루 스틸〉의 매건보다 강인한 여자, 필름 라이브러리는 영화사상 가장 용감한 여성 전사로 '대모Godmother' 글로리아를 자신있게 추천한다.

〈글로리아〉는, '남자 주인공을 죽음으로 이끄는 요부Femme Fatale'로 여성성을 규정해놓은, 갱스터 장르의 스테레오타입을 주저하지 않고 박살내버린다. 그 이름부터 '글로리아 스웬슨'―섹스 심벌에서 귀기 어린 요부로 변신해간 할리우드 스타 '글로리아 스완슨'의 패러디 아닌가. 그녀는 더 이상 남성에 의해 자기 아이덴티티를 규정당하려 하지 않는다. 그녀는 남자들보다 먼저 권총을 뽑고 생각은 행동 다음에 하되, 자기가 저지른 짓의 결과에는 반드시 책임을 진다. 언제나 하이힐에 대담한 디자인의 웅가로 원피스를 입는 그녀는 숨이 막힐 정도로 글래머러스하지만 결코 전통적인 방식으로 섹스어필하지 않는다. 심지어 글로리아는 40대다.

독신 여성 글로리아는 우연히 이웃집의 사내아이 필을 떠맡게 된다. 마피아에게 가족이 몰살당한 이 푸에르토리칸 꼬마를 데리고 그녀는 끝없이 도망다녀야 한다. 자신도 그 조직의 일원이었던 적이 있지만 그녀의 모성 본능은 아이의 보호를 원한다. 사투 끝에 여자와 아이는 도주에 성공한다.

우디 앨런과 마틴 스코세이지가 가장 존경해 마지 않는 선배였던 '영원한 인디' 존 카사베츠는, 그로서는 극히 이례적인 메이저사 제작 영화 〈글로리아〉에서도 어김없이 예의 그 직설적이고 즉물적인 태도로 하고 싶은 말을 다 해버린다. 글로리아는 그야말로 카사베츠 '인디' 정신의 화신과도 같다. 그 누구의 도움도 청하지 않고 좌충우돌 목적을 달성해내고야 마는

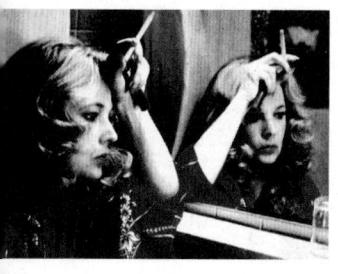

저돌성. 잡힐 가능성에 대해 묻는 필에게 글로리아는 말한다. "그럴 거야. 시스템을 이길 수는 없으니까." 필이 묻는다. 시스템이 무어냐고. "몰라." "그럼 그걸 못 이긴다는 건 어떻게 알죠?" 이 농담을 통해 마피아는 영화산업과 동일시된다. 카사베츠가 할리우드와의 승산 없는 싸움에 뛰어들어 고군분투하듯이 글로리아도 마피아와의 정면 대결을 회피하지 않는다. 카사베츠가 할리우드의 직업 배우(〈악마의 씨〉, 〈전율의 텔레파시〉)였던 것같이 글로리아는 마피아 보스의 정부였다. 적과 나를 알면 된다고 하지 않았던가, 카사베츠도 글로리아도 끝내 승리하고야 만다.

그녀는 또 카사베츠처럼 철저한 뉴요커다. 뉴욕의 구석구석—특히 브롱크스가 주무대인데, 카사베츠도 그곳 출신이다. 뜬금없이 자꾸 등장하는 양키스 스타디움 역시, 영화 관람보다 야구 구경을 더 좋아했던 감독의 흔적—모르는 데가 없고 뉴욕식 슬랭을 마구 뱉어가며

비좁은 공간과 북적이는 인파 사이를 교활하게 누비고 다닌다. 세심하게 선택된 로케이션 장소들과 택시, 지하철, 철도, 버스 등의 이동 수단들은 그 자체로 영화의 한 주인공이다. 크레딧 시퀀스를 보자. 어린이의 수채화로 묘사된 뉴욕 야경이, 항공 촬영된 실제의 그것으로 디졸브되었다가 새벽, 낮으로 바뀌어간다. 이에 맞춰 감미롭게 시작했던 음악도 점차 격렬해지고, 바야흐로 '폭력 도시' 뉴욕의 어느 한 여름날 오후가 열리기 시작한다.

첫 등장인물이 필의 엄마라는 점은 의미심장하다. 그녀가 급정거하는 버스 안에서 무거운 짐을 든 채 넘어지고 아파트 현관을 지켜선 킬러 앞을 지나 흑인 불량배와의 실랑이 끝에 들어선 집 안은 아수라장이다. 식구들을 사지로 몰아넣고도 식은땀만 흘리고 있는 가장, 공포에 사로잡혀 울부짖는 딸, 치맛자락에 매달려 칭얼대는 아들, 아래층에서는 킬러들이 몰려오고……. 한 여자가 처할 수 있는 최악의 상황에서 '구세주' 글로리아가 우연히 찾아온다. 그리고 여자들끼리의 우정은 목숨을 걸고서까지 남의 아이를 책임지게 할 만큼 강하다. 아빠는 조직의 비밀 회계 장부를 '생명을 보호해줄 성경'이라면서 아들에게 넘겨주고 나서 덧붙인다. "넌 사내야!" 전혀 사내답지 못했던 아빠의 한마디가 이 여섯 살짜리 꼬마로 하여금 여자를 깔보도록 만든 것인데, 이렇게 왜곡된 성별의식은 글로리아의 보호 없이는 자기의 안전도 없다는 자각을 통해 뼈아프게 교정받는다. 글로리아가 가고 없는 호텔방에 홀로 남았을 때 비로소 필은 이제 자기가 한 남자로서 누구의 도움도 없이 살아나가야 한다는 사실을 깨닫는다. 한편 이때, 글로리아는 도주 행각을 끝장내기 위해 차라리 적의 소굴에 제 발로 찾아가는데—최선의 수비는 공격—과거 자기의 애인이었던 보스에게

"그 앤 이제껏 같이 자본 남자 중에 최고예요"라고 선언한다. 결국 이 이야기는, 필은 남성우월주의를 극복하고 글로리아는 모성성을 획득해가는 과정이다. 그 획기적인 분기점을 이루는 장면은 이것. 생명의 위협을 느낀 글로리아가 아이를 떼놓으려 하자, 이제 아줌마의 필요성을 알게 된 필은 필사적으로 매달린다. 이때 접근하는 마피아의 차. 꼬마를 넘겨주면 건드리지 않겠다는 제안에 글로리아의 대답은 핸드백 속의 리볼버뿐이다. 느닷없이 불을 뿜는 총구. 달아나던 차는 전복되고, 그녀는 소리친다. "택시!" 좀처럼 안 잡히던 택시가 이 한마디에 즉시 대령하자, 글로리아와 필은 유유히 사라진다. 오로지 약자들—여자, 어린이, 유색인종, 가난뱅이 들만이 선인.

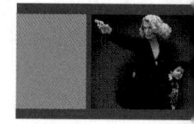

원래 이 각본은 〈챔프〉의 어린 스타 릭 슈로더를 위해 MGM에게 써준 것이었는데, 그 꼬마가 그만 디즈니로 전속을 옮기는 바람에 판권을 넘겨받은 콜럼비아는 존 카사베츠에게 감독까지 맡기기로 결정한다. 처음부터 역을 탐내던 그의 아내 지나 롤랜즈가 타이틀롤을 연기하게 된 것은 물론이다.

누가 조커를 모함했는가

——

배트맨
BATMAN

스티븐 스필버그가 〈레이더스〉에서 파라마운트 상표를 그렇게 했듯, 팀 버튼은 워너브라더스 상표의 배경이 되는 푸른 하늘에서 또다른 하늘로 디졸브하면서 영화를 시작한다. 그러나 그것은 이미 '푸르지' 않다. 〈배트맨〉은 먹구름이 잔뜩 낀 하늘에서 출발하는 것이다. 그리고 다음은 도시다. 고담 시티, 대공황기의 의상을 입은 사람들과 초기 고딕양식을 연상시키는 불균형의 마천루들로 가득 찬 이 도시의 뒷골목을 중산층 가족이 헤맨다. 그리고 노동자 차림의 강도를 만난다. 요컨대 고담은 중산층의 불만으로 폭발할 듯한 도시고, 바로 그곳에 그들의 구세주 배트맨이 나타나 악의 무리를 소탕하는 것이다. 그는 값비싼 자동차를 몰고 다니고, 첨단과학의 장비를 사용하고, 방이 몇 개인지도 모르는 저택에 산다. 그의 충복은 진짜 '영'어를 구사하는 영국식 집사고, 그의 갑옷 컬렉션은 런던탑을 방불케 한다. 그의 부모는 '군주Monarch'란 이름의 극장에서 나오다가 (조커에 의해) 살해당한다. 미남이고, 당연히 백인이다. 의식/낮의 세계에서 브루스 웨인(묘하게도 우리에게 '브루스 윌리스'와 '존 웨인'을 합한 이름으로 들린다)은 부와 법 질서를 중시하는 미국적 부르주아와, 명예와 힘에 의한 지배를 추구하는 영국적 귀족의 결합체이다. 그리고 잠재의식/밤의 세계에서 배트맨은, 복수욕에 불타오른 나머지 지배계급의 폭력 욕구를 초법적으로 충족시키는 위장 흑인(?)이다. 그의 잔인성은, 조커가 부모의 살해범임을 몰랐으면서도 손을 잡아 들어올려주는 척하다가 폐수 속에 빠뜨려버리는 행위에서 적나라하게 드러난다. 한낱 범죄자에 불과했던 조커는 배트맨의 이런 '실수'에 의해 반사회적 악의 영웅으로 거듭난다. 사실상 배트맨은 조커를 지하세계에서 끌어올려주었다는 역설. 조커의 정확한 지적대로, 조커와 배트맨은 '서

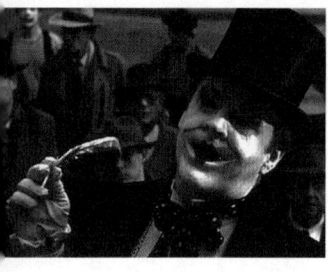

로를 창조'하는 것이다. 그리고 자신의 창조물을 살해한 배트맨은 마침내 고담의 실질적인 지배자로 군림한다. 결국 배트맨은 보수주의자다.

하지만 조커는 무정부주의자다. 그의 일련의 흉계들은 무슨 복수라거나 치부를 위한 것이 아니다. 사회의 혼란, 질서의 파괴, 가치관의 유린만이 그의 목표다. 그는 말 그대로 '농담하는 사람Joke-er'이어서, 그야말로 무정부주의적인 농담(정부를 향해, 1달러 지폐에 워싱턴 대신 자기 얼굴을 박아달라는 요구 조건을 내거는 식이다. 제시 잭슨이 대통령 선거 유세 때 했던 유명한 조크)을 항상 지껄여대지만, 잘 음미해보면 영화에서 진지한 대사("미래의 일을 생각하라구. 노력하면 자네도 옳은 결론을 내릴 수 있어"라는 말은 모든 SF의 주제를 결산하는 경구다)는 그만이 하고 있음을 알 수 있다. 그가 그럴 수 있는 것은, 무엇보다도 그는 슬픔을 아는 사람이기 때문이다. 마스크를 벗어야 제 얼굴을 찾는 배트맨과는 반대로, 분을 칠해야 얼굴이 살색으로 돌아오는 사람. 언제나 무표정인 배트맨과 달리, 속으로는 울어도 겉으로는 늘 웃는 표정이 지어져 있는 사람. 그래서 그는 자기의 비애를 감추기 위해 낄낄거리는 소리를 녹음해서 가지고 다니는 것이다. 살인의 경고로, "창백한 달빛

아래서 악마와 춤춰본 적이 있는가?"라고 묻는 예술적 갱스터, 고색
창연한 예술품에 독창적인 낙서를 가하는, 그러면서도 에드가 드가
와 프랜시스 베이컨을 구별할 줄 아는 갱스터적 예술가, 그가 바로 조
커다.

〈배트맨〉은 할리우드에서 수없이 만들어졌던 코믹 스트립 각색 영
화의 최고봉이자, 포스트모던 필름의 한 분기점이다. 그러나 무엇보
다도 〈배트맨〉은 조커를 주인공으로 하는 필름누아르적 갱스터 필름
으로 읽혀질 필요가 있다. 그런 주객전도의 독법에 의하면, 〈배트맨〉
은 미국 문화의 보수주의에 대한 비판적 텍스트일 수 있다.

고담Gotham은 뉴욕시의 별명으로 영국에 있었다는 바보들만의
마을에서 나온 말이다. 어근은 로마제국을 유린했던 야만인들 고트
족Goth(여기서 파생한 다른 단어로는 고딕Gothic이 있다!). '고담의
현자The Wise Man of Gotham'라는 숙어는 '바보 중의 바보'를 가
리키는 비유로서, 여기서는 아마도 배트맨이 그 경우에 해당할 듯.

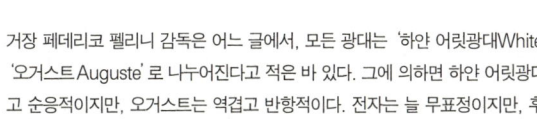

거장 페데리코 펠리니 감독은 어느 글에서, 모든 광대는 '하얀 어릿광대White clown'와
'오거스트 Auguste'로 나누어진다고 적은 바 있다. 그에 의하면 하얀 어릿광대는 기품 있
고 순응적이지만, 오거스트는 역겹고 반항적이다. 전자는 늘 무표정이지만, 후자는 늘 웃
고 있다. 팀 버튼도 그 글을 읽었던 것일까. 〈배트맨〉에서의 조커의 성격과 외모는 펠리니의 오거스트의 것
과 정확히 일치한다.

제4의 사나이

토탈 리콜
TOTAL RECALL

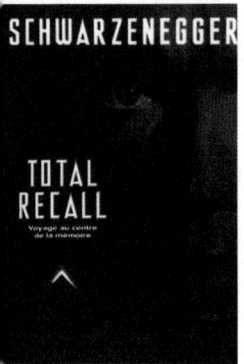

〈로보캅〉에 이어, 폴 버호벤이 또다시 인간의 '존재 증명' 철학에 도전한다. 그에 따르면 인간의 실존의 확인은 곧, '자기정체성Identity'의 회복이고, 그 자기정체성은 현재나 미래보다는 과거, 즉 '기억'에 의해 규정된다. 다시 말해, '나는 기억한다, 고로 존재한다.'

〈블레이드 러너〉가 기억이 아예 없는 자들의 비극이고, 〈로보캅〉이 기억을 도난당한 자의 무용담이라면, 〈토탈 리콜〉은 틀린 기억을 가진 자의 여행기(영화에서 '리콜'은, 만들어진 가짜 추억을 두뇌 속에 입력해주는 여행사 이름이다)이다. 이 경우는 훨씬 복잡해서, 여기서 아놀드 슈워제네거는 자기의 현실이 가짜 기억에 의해 지배당하고 있음을 깨닫고, 본래의 자신 즉 바른 기억을 되찾으려 한다(그 깨달음마저도, 호기심 때문에 찾아간 리콜사의 가짜 여행 추억 주입 과정에서 얻어진 것이다). 그리고 바른 기억은, 바로 과거의 자기가 적에 의해 기억이 제거될 경우를 예상해서 녹화해(기억시켜) 놓은 비디오테이프를 찾음으로써 복구된다. 과거의 슈워제네거가 현재의 자기를 이인칭으로 불러가면서 정체성을 확인시켜주는 것이다. 여기서, 같은 사람이라도 기억이 바뀐다면 그는(또는 그들은) 이미 같은 사람이 아니라는 패러독스가 발생한다.

어쨌든 그는 '기억할 수 없는 기억'을 찾아 화성으로 떠난다. 그곳에서 그는 과거의 자기가 명령하는 일(혁명군에 합류해, 독재자의 공기 독점을 분쇄하는 임무)을 수행하면서, 끊어진 과거와 현재를 이어보려 한다. 그런데 또 혼란이 일어난다. 리콜사 직원을 자처하는 한 사내가 나타나, 그가 지금 가짜 여행 추억 주입 과정 중에 예기치 않은 사고를 만나고 있으니—지금 상황은 모두 환상이니—어서 벗어나라고 하는 것이다. 이제 슈워제네거는 지금의 자기가 현실의 자기인지 조작되고 있는 기억 속의 자기인지조차 알 수 없게 된다. 이제 앞서의 자기정체성 문제가 급기야 실존의 문제로까지 환원된다.

이 악몽 같은 혼돈의 통과제의를 슬기롭게 극복한 그는 드디어 진짜 기억의 한 부분을 되찾는다. 혁명 지도자의 초능력(기억을 단지 적출해가기만 하는 것이 아니라, 일단 상대의 두뇌에 재생시킨 다음 읽어낸다는 점에서 악인들과 구별된다)에 의해 일깨워지는 산소 발생 장치의 모습, 전편을 통해서 그것만이(남이 알려준 것이 아니라) 그가 실제로 탈환한 과거고, 사실상 유일하게 상기될 가치가 있는 기억이다. 왜냐하면 애초부터 과거의 그는, 비디오테이프에 기록된, '양심선언' 정보 요원이 아니었기 때문이다. 그의 모든 기억은 악행의 기록일 뿐, 돌이켜보아야 고통스럽기만 한 것임이 백일하에 드러난다. 혁명 지도자의 독심술 때문에 위장 전향 침투가 불가능하다는 것을 안 독재자의 하수인 '하우저'는 스스로 자기의 기억을 말소시키고, 노동자 '퀘이드'라는 존재하지도 않는 사람의 새 기억을 입력받는다. 그리고 퀘이드가 다시 그 새 기억에 의심을 품게 했다가, 그때 재빨리 양심선언의 거짓 정보를 제공하여 그 과거를 믿도록 만든다. 이로써 정보 요원 하우저는, 퀘이드라는 과도기를 거쳐(독재자의 보복에 의해 기억이 지워진) 전향자 하우저로 완벽하게 위장하는 것이다. 그러나 진상을 알게 된 그는 과거의 자기를 인정할 수 없다. 새로운 정체성을 가진 그는 더 이상 하우저도 퀘이드도 아니며, 악인으로 되돌아가지 않기 위해서는 처절한 사투를 벌여야 한다. 그리고 이제, 적은 독재자가 아니라 자신/기억이다.

'히치콕의 주인공이 미래의 화성에서 벌이는 모험'을 찍고 싶다는 버호벤의 야망은 성공했다. 히치콕적 인간형은 〈오인된 사나이〉와 〈너무 많이 아는 사람〉의 두 가지로 대표되는 바, 전자는 자기가 아닌 사람이 되어 영문도 모른 채 쫓기면서 진정한 자기정체성을 찾아가는 사람이고, 후자는 자기정체성 때문에 악몽의 현실에 빠지게 되는 사람이다. 〈토탈 리콜〉에서 슈워제네거는 너무 많이 알고 있기 때문에 스스로 기억을 제거하고, 끊임없이 자기가 오인받고 있다고 생각하면서 쫓겨다닌다.

퀘이드의 아내는 "당신의 전 생애는 꿈이었어요"라고 말하고, 리콜사의 직원은 "선생은 지금 환각 상태에 있습니다"라고 속삭이며, 독재자는 "넌 아무도 아니야, 넌 무無야"라고 외친다. 그러나 기억 탈환/기억 거부의 이중 투쟁을 통해 그는 다시 태어나고야 만다. 악인 하우저도, 선인 퀘이드도, 전향자 하우저도 아닌, '제4의 사나이'로……

이 기막힌 이야기의 원작은 미국의 유명한 SF 작가 필립 K. 딕이 1967년 발표한 단편 「도매가로 기억을 팝니다We Can Remember It for You Wholesale」이다. 이것은 가짜 여행의 추억을 돈 받고 주입시켜주는 회사의 이야기일 뿐이지만, 영화화 판권이 팔린 후 수많은 각색자와 감독의 손을 거치면서 수년간 갈고 다듬어져, 오늘의 모양을 갖추게 되었다. 딕은 〈블레이드 러너〉의 원작 소설 『안드로이드는 전기 양의 꿈을 꾸는가? Do Androids Dream of Electric Sheep?』의 작가이고, 각색자 댄 오배넌은 〈에이리언〉의 오리지널 각본가이자, 조지 로메로의 좀비 영화를 패러디한 〈바탈리언〉으로 데뷔한 감독이기도 하다. 게다가 공동 제작 로널드 슈셰트는 이 작품의 특수효과팀 '드림 퀘스트'와 함께 또 하나의 심각한 미래영화 〈프리잭〉을 발표하고 있는데, 〈로보캅〉의 감독과 촬영기사를 필두로, 과연 〈토탈 리콜〉은 하나같이 이 바닥의 내로라하는 거물들만 모아서 만든 셈이다.

스팔타커스 혹은 : 그들이 굴종을 멈추고
자유를 사랑하게 된 경위

—

스팔타커스
SPARTACUS

〈영광의 길〉이 비평적 성공을 거두었음에도 불구하고 스탠리 큐브릭은 2년이나 놀아야 했다. 커크 더글러스와 그레고리 펙을 위한 두 개의 프로젝트가 결렬되고 말론 브랜도 주연의 〈애꾸눈 잭〉 사전 작업마저 반 년에 걸친 소모적 논쟁 끝에 무산되자 그는 완전히 지쳐버린다. 할리우드가 얼마나 창조적 재능을 고갈시키는 곳인가를 실감할 무렵, 더글러스로부터 또 다른 제의가 들어온다. 앤서니 만 감독이 자기와 싸우는 바람에 촬영 개시 며칠 만에 현장을 떠나버렸다는 것이었다. 작품명은 〈스팔타커스〉. 큐브릭은 바로 승낙한다. 실질적인 제작자인 더글러스의 비위에 거슬리면 언제라도 메가폰을 놓을 각오가 필요한 자리였다.

우선 큐브릭은 검투사 훈련과 결투 장면의 각본을 바꿀 것을 요구하고 촬영에 임한다. 하지만 얼마 후 개작 불가 판정이 떨어지자 그는 다시 실의에 빠진다. 이때, 당시까지의 촬영 분량을 본 원작자 하워드 패스트가 더글러스에게 어디서 저런 천재를 찾았느냐고 떨리는 목소리로 물어오는 바람에 그의 권위는 회복되고 결국 시련 끝에 영화는 완성을 본다.

그러나 단지 고용된 기능공에 불과했던 처지와 그가 보기엔 진부하고 감상적이었던 각본을 이유로, 큐브릭은 훗날 〈스팔타커스〉를 자기

필모그래피에서 삭제해버린다. 과연 우리가 보기에도 이것은 〈십계〉 이래 할리우드 스펙터클 에픽의 전통을 따르고 있지, '큐브릭 스타 일'의 발전 선상에 놓여 있지는 않다. 그러나 그렇든 아니든, 〈스팔타 커스〉는 걸작이다. 커크 더글러스는—그 노예적인 비천함과 영웅적 인 장엄함이 결합된 용모로 말미암아—스팔타커스의 역할을 하기 위 해 태어난 사람으로 보이고 로렌스 올리비에, 찰스 로턴, 피터 유스티

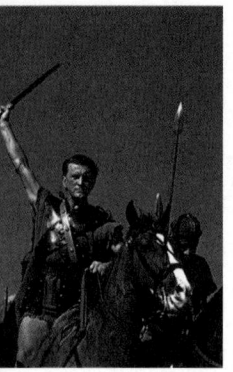

노프 등 세 명의 영국 배우들은 사극 연기에 관한 한 거 의 신적인 경지에 올라 있다는 평판에 조금도 손색이 없 다. 속물적 호사 취미와는 거리가 먼 세트/의상 디자인과 싸구려 인해전술과는 상관없는 엑스트라 용병술은 그 엄 청난 제작비가 결코 낭비된 것이 아니라는 사실을 증명 하기에 충분하다. 당대 최고였던 달튼 트럼보의 각본은 감상적이기는커녕 감동적이고, 큐브릭의 연출은 마지못

해 수행한 것으로 보기엔 너무나 탁월하다. 그의 천재적 상상력의 한 예—검투사 학교를 뛰쳐나오는 장면에서 그가 쇠창살을 어떻게 사용 했는지 보자. 첫째, 물론 그것은 평상시 노예를 가둬놓은 '벽'이다. 둘째, 파옥 시 스팔타커스가 타고 넘어가는 '문'이다. 셋째, 공격 시 적을 무찌르는 '창'이다. 넷째, 탈출 시 단상으로 올라가는 '길'이다. 하나의 장치를 이토록 다양한 용도로 구사하는 연출력은 여간해서 찾아보기 힘든 것이다.

영화는 크레딧 시퀀스 제작 전문가인 사울 바스의 디자인으로 시작 한다. 고대 로마 대리석상의 빅 클로즈업들이 몽타주된다. 이 부위들 은 모여서 커다란 조상을 이루는 것으로 보이고, 당연히 우리는 결국 전체의 모습을 볼 수 있으리라고 기대한다. 그러나 로마인의 얼굴을

잡은 마지막 클로즈업 숏에서 이 희망은 글자 그대로 '깨진다'. 어느 샌가 금이 가기 시작한 대리석은 처참하게 파열한다. '스팔타커스 노예혁명'은 로마제국 붕괴의 전조가 아니었던가. 볼이고 턱이고 여기저기 살점이 떨어져나간 로마인의 어두운 동공을 향해 카메라 전진, 페이드아웃했다가 화면 다시 밝아지면 노예 스팔타커스가 살인적인 중노동에 시달리는 현장이다. 그는 선행 시퀀스의 연장선상에서 석산의 바위를 '쪼아' 나른다. 그리고 죽어가는 동료를 보살피다가 로마 병정의 채찍질을 당하자 주저하지 않고 놈의 발뒤꿈치 바로 윗부분을 물어뜯는다. 제국의 아킬레스건을 끊어라! 이것은 차라리 한 줄의 선동 슬로건 같아 보이는데, 제국 역시 기지를 발휘하여 저항자의 말로를 예시하는 한 장의 명쾌한 포스터처럼 그를 바위에 쇠사슬로 묶어놓는다. 반항하면 죽는다! 이로써 스팔타커스는 프로메테우스가 된다. 일찍이 '스팔타커스단'을 조직했던 19세기 독일의 혁명가들과 칼 마르크스가 그랬던 것처럼 여기서 스팔타커스는, 신에게 예속되었던 인간들에게 불을 전해주고 영원한 고통의 형벌을 강요당한 저 '인류의 은인', '자유의 스승'으로 표상된다.

같은 맥락에서 그는 또 예수의 이미지도 소유한다. 스스로 선택한 십자가에서 죽어간다는 설정도 그렇거니와 최후 결전을 독려하는 '산상수훈' 장면, '애상의 성모Stabat Mater'를 연상케 하는 십자가 아래 바리니아의 눈물 등도 영락없이 예수의 생애와 닮아 있다. 예수는 인류의 구원을 위해 십자가에 달렸다지만, 스팔타커스가 십자가를 택한 목적은 좀더 단순하고 구체적이다. 동료의 편안한 죽음을 위하여. 잔인하고 비열한 크라수스는 스팔타커스와 그의 동료 안토나이너스를 검투 대결시킨다. 살아남은 자를 십자가형에 처한다는 조건이므로 두 노예는 서로 자기가 더욱 고통스러운 죽음을 차지하기 위해 기를 쓰고 싸운다. '너를 사랑하기 때문에 내 손으로 죽이겠다'는 이 기막힌 상황의 비극성은 그야말로 압권이다. 결국 투사가 되고자 했던 시인은, 시인이 되고자 했던 투사에 의해 안락사한다. 그러나 이토록 작은 희망은 이내 더 위대하고 혁명적인 희망으로 변용하고, 크라수스의 계산은 끝내 빗나간다. 스팔타커스를 오래오래 천천히 죽이려 했으나 그 덕분에 그는 마침내 죽은 줄로만 알았던 처자식을 만나게 되는 것이다. 그는 희망에 충만한 채 죽어간다. "스팔타커스가 아니라 스팔타커스의 전설을 죽이려 한다"던 크라수스의 목표가 달성되기는커녕, 노예의 신에게 "아기만큼은 자유인으로 태어나게 해달라"고 빌던 스팔타커스의 기도가 이루어진다. 바리니아는 아기에게 "아버지가 누구였는지, 그의 꿈은 무엇이었는지"를 이야기해주겠다고 다짐한다. "자유인은 죽음으로써 삶의 쾌락을 잃고, 노예는 죽음으로써 삶의 고통을 잃는다"는 그의 말처럼, 아버지는 노예로 죽어 '삶의 고통'을 잊지만, 아들은 자유인으로 살아 '고통의 삶'을 변혁시킬 것이다.

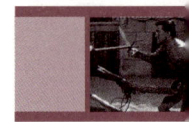

〈스팔타커스〉는 오리지널 198분으로 복원, 전미 재개봉되었다. 여기에는 감독 의사와 무관하게 '무식한' 제작사에 의해 삭제되었던 부분이 추가되었는데, 그 내용은 로렌스 올리비에(크라수스)가 자기의 노예 토니 커티스(안토나이너스)를 성적으로 유혹하는 일련의 에피소드들이다.

락 코리도

알카트라즈 탈출
ESCAPE FROM ALCATRAZ

'탈옥영화'라는 소장르의 설정이 가능하다면—심지어 스튜어트 로젠버그의 〈폭력 탈옥〉마저도 제치고—최걸작의 반열에 올라야 할 작품. 지엽 말단을 제거하고 순수하게 '탈옥'이라는 테마에만 집중하고 있다는 데에서 그 근거를 찾을 수 있을 터인데, 이 점에서 이것은 거의 로베르 브레송의 〈사형수, 탈출하다〉의 수준에 올라 있을 정도다. 그러므로 이 정신을 군이 말하자면 '쇠창살 미니멀리즘'이라고 할 만도 하겠다(본질적으로, 감옥이라는 곳은 쇠창살 하나로 이루어진 공간이 아니던가). 〈알카트라즈 탈출〉은 탈주 행위를 영화의 최소이자 유일한 단위로 인정한다. 사실상 이 영화에는, 탈옥의 과정 묘사를 제외한 그 어떤 내러티브 디테일도 없으며 아무런 시각적 액세서리도 없다. 차근차근 벽돌을 쌓는 자세로 감옥의 벽을 조금씩 허물어가는 돈 시겔의 인내력에는 가히 스릴러 영화의 장인다운 면이 있다 하겠다.

그가 서스펜스를 조장하는 스타일은 분명히 앨프리드 히치콕과는 다른 것이며, 시점보다는 객관적 앵글을, 클로즈업보다는 롱숏 딥 포커스를 선호하는 데에서 잘 드러난다. 요컨대 히치콕이 '따뜻한 시니시스트'라면 이 사람은 '냉정한 휴머니스트'인 셈이다. 일견 냉혈한 같아도 시겔만큼 순진한 사람은 할리우드에 드물었다.

이 영화의 테마 집중도가 어느 정도인가는, 주인공 프랭크에 관한 전기적 정보가 극히 적다는 것만 보아도 알 수 있다. 분명 실화를— 따라서 지금은 관광지로 변한 실제의 알카트라즈에서 로케이션 촬영했다—영화화했음에도 불구하고 그가 무슨 죄를 지었으며 성장환경이 어땠는지 교육은 얼마나 받았는지 취미나 특기가 뭔지 하는 따위의 이력서 항목은 아예 관심권 밖이다. 기껏 주어지는 내용이라고는, "가족은?" "없소", "생일은?" "몰라", "유년 시절이 어땠기에?" "……짧았지" 하는 정도다. 전과기록 파일에서 관객이 알아볼 수 있는 글자라고는 'IQ 출중' 한 가지고, 애틀랜타에서 이감되어 왔다는 그에게 "거기 참 좋은 동네지?" 하고 물어봐야 대답은 딱 잘라서 "본 적 없어"다. 이 마지막의 문답은 감옥을 다룬 숱한 영화 중에서도 특히 명대사로 추앙받는 것으로서, 역사상 이렇게 짧은 문장으로 이만큼 죄수의 소외 상태를 명쾌하게 표현한 예는 없다. 시겔이 관심을 가졌던 부분은 가장 악명 높은 감옥인 알카트라즈가 대도시이자 미항인 샌프란시스코 바로 앞의 섬에 자리 잡고 있었다는 점이었다. 아마도 그의 바람은 훗날 누군가 샌프란시스코가 어떻더냐고 물었을 때 이번엔 프랭크가 "아름다운 곳이지"라고 대답할 수 있도록 해주는 것, 바로 그런 대답을 관객이 듣고 싶어 하도록 만드는 데 있었을 것이다. 실화에서나 영화에서나 프랭크가 탈옥에 성공했는지는 분명히 알 수 없게 되어 있지만 여러 가지 장치를 통해 그 성공 가능성을 암시하고자 했던 감독의 배려는 따라서 참으로 눈물겨운 바가 있다.

예의 그 지형학적 관점을 따라 영화는 뜬금없이 드라마와 아무 상관없는 샌프란시스코의 전경에서 시작한다. 이 도시와 '수용소 군도' 사이의 연결 없음을 역설逆說적으로 역설力說하기라도 하는 듯 첫 풍경은 저 유명한 금문교金門橋다. 땅거미가 져가는 도시를 패닝하면서 저 멀리 외롭게 떠 있는 섬으로, 여기서 느리게 디졸브하면 좀더 근접한 위치에서 선창 야경. 둘 사이에 골든게이트 따윈 있을 리 없고, 오히려 풍요로운 문명에서 황량한 야만으로, 쾌청한 저녁에서 폭우가 쏟아지는 밤으로 가는 바지선이 있을 뿐이다.

이제 헨리 쉬한이 "역사상 가장 뛰어난 사일런트 시퀀스 중 하나"라고 불렀던 입감 장면이 시작된다. 알카트라즈로 떠나는 배를 타려고 걸어가는 프랭크와 두 호위 경관. 첫 등장한 주인공이 화면을 압도할 수 있도록 계산된 망원렌즈 효과는 이내 광각렌즈로의 교체를 통해 무산된다. 이제 그는 어둠과 폭우에 갇힌 불쌍한 죄수로 표상된다. 돈 시겔의 영원한 형사 '더티 해리'에서 알카트라즈의 무력한 수인 '프랭크 모리스'로의 전환. 거센 바람에 프랭크

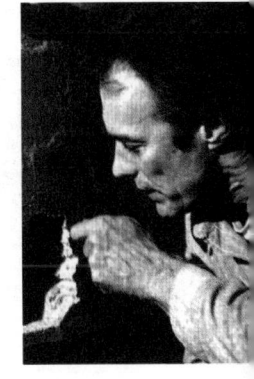

의 모자는 날아가버리고, 그와 문명은 결별을 고한다. 이미 선실에서 철창과 만나는 그는 와이퍼 너머 섬의 등대를 응시한다(여기서 또 하나의 역설—등대란 본시 희망의 상징이었던 같은데……?). 하선. 눈부신 빛의 동그라미로 집요하게 따라다니며 일거수일투족을 감시하는 탐조등(탈출 때도 반복되는 이미지로서, 이 섬에서는 불빛마저도 감옥이다). 닭장차. 빗물에 가려 흐릿하게 보이는 프랭크의 고독한 얼굴이 카메라 앞을 스쳐 지나간다. 이 인서트가 주는 감정적 충격은 대단한 것이어서, 그 짧은 순간에 우리는 그가 지금 가고 있는 데가 어떤 곳인지 몸서리쳐지게 실감한다.

우리가 비유적으로 그의 표정을 '바위'같이 굳어 있었다고 말할 수 있는 것처럼, 죄수들은 알카트라즈를 '락Rock(바위)'이라고 부른다.

그리고 누드. 어서 잠자리로 돌아가고 싶다는 듯 의사는 프랭크가 옷을 미처 다 벗기도 전에 여기저기를 검사하기 시작한다. 세 명의 가드에 둘러싸인 알몸이 플렉시글라스 너머로 잡힐 때 그는 왜소해 보인다. 독방—여기는 전 수감자가 독방을 쓴다—이 2층으로 늘어선 복도로 통하는 문을 여는 버튼의 작동음은 바로 천둥 소리로 사운드 디졸브되고, 그 길을 두 '정복正服' 간수와 함께 걷는 알몸은 역동적인 로 앵글에 의해 영웅적으로 보인다. 이때 그의 시점으로 보이는 복도는 장차 그가 탈출로로 사용하게 될 천장에서 틸트 다운한 다음 지극히 냉정한 느낌의 딥 포커스로 포착된다. 자기 방에 들어간 프랭크를 향해 간수가 "웰컴 투 알카트라즈"라고 건조하게 말할 때 다시 번개와 천둥. 그는 지옥에 떨어진 것이다.

당연한 일이지만, 도입부의 여정은 탈출 경로의 역순이다. 다시 말하자면, 이미 프랭크는 들어올 때부터 나갈 길을 보아둔다. (어항과 새장으로 장식된) 소장의 집무실에서 섬의 모형을 머릿속에 입력시키는 모습을 보라. 한술 더 떠서 그는 거기서 문제의 손톱깎이를 훔쳐낸다. 감옥에서, 더구나 소장의 물건을 수감 이틀날에 바로 절도해버리는 그의 대담성은 그만두고도, 사회의 말썽꾼은 감옥으로 가지만 감옥의 말썽꾼은 알카트라즈로 온다느니, 알카트라즈는 좋은 '시민'을 만드는 데가 아니라 좋은 '죄수'를 만드는 곳이라느니, 너같이 '썩은 달걀이 든 바구니'는 특별 관리하니까 탈옥은 꿈도 꾸지 말라느니 해가며 갖은 무게를 다 잡는 소장의 코앞에서 무언의 야유를 보내는 그 유머 센스만큼은 경탄할 만한 것이 아닐 수 없다. '너의 물건을 써서 전대미문의 탈출을 성공해 보이겠다'는 발상은 일종의 조크가 아닌가. 감독 역시 이 장면에서만큼은 프랭크의 시점 숏을 악센트로 구사해서 그의 도덕적 우위를 강조해주고 있다.

이후로도 소장은 시종 프랭크의 화를 돋워 그의 탈출 욕구를 적극적으로 부추긴다. 또 하나의 손톱깎이 역시 마찬가지. 소장은 닥의 방에 그걸 떨어뜨리고 찾으러 다시 들어갔다가 자기가 정신병자로 표현된 초상화를 발견한다. 그 결과 닥은 그림 그릴 권리를 박탈당하고 급기야 자기 손가락을 도끼로 잘라낸다. 이 사건이 프랭크의 적개심을 결정적으로 자극했음은 불문가지. 결국 그를 탈옥시키는 이는 바로 소장인 셈이다. 평생에 걸친 시겔의 관심사, '사회-미친 시스템 대 반反사회-안 미친 개인'의 갈등 구조는 이렇게 해서 가장 아이로니컬한 형태로 발전된다. 물론 시겔은 역사적 비관론자여서, 다시 쉬한의 말을 빌리면 "알카트라즈의 개혁은 불가능하다." "사이코는 죄수들이 아니라 소장이기 때문에."

모든 탈옥이 다 그렇겠지만 특히 프랭크의 아이디어들은 하나같이 '자유를 구속하는 자'들을 향한 조롱의 성격을 담고 있다. 섬이라서 탈출하기 어렵다니까 바닷바람에 의해 푸석푸석해진 벽을 갉아대고, 금속 탐지기를 지나가라고 하면 두 개의 쐐기를 훔친 다음 하나만 일부러 뺏기고 나서 무사통과하고, 시도 때도 없이 머릿수를 센다니까 아예 가짜 머리를 만들어놓고 나가는 식. 특히 이례적으로 무려 여섯 개의 숏을 몽타주해서 묘사하는 이 인형 제작 과정에는 감독의 각별한 배려가 엿보인다. 껍데기만을 남기고 떠나버린다는 발상은 분명 그다운 것. 텅 빈 머리를 누가 감시하고 속박하고 억압할 것인가. 머리뿐인가. 탈주범들은 환기구와 주위 벽의 일부도 종이 찰흙으로 위장시켜놓는다. 종이 벽으로 누가 이 억센 사내들을 가둬놓을 수 있단 말인가. 죄수용 우의로 만든 고무보트에 공기를 주입하는 장면을 보

라. 희열에 찬 눈빛으로 무생물에 '인간의 숨결'을 불어넣는 이들은, 정말 '썩은 달걀'인가.

프랭크처럼, 그의 두 탈주 동료 앵글린 형제의 전력前歷도 우리는 모른다. 각지의 감방을 전전했다는 것 말고는 우리는 이 세 탈주범의 과거에 관해 아는 게 없다. 전체 죄수 가운데 죄명이 소개되는 사람은 찰리 하나뿐인데, 그는 겁쟁이라 끝내 탈옥에 실패하고 만다. 게다가 마지막 자막은 세 탈주범이 살았는지 죽었는지조차도 알 수 없다고 말한다. 결국 이 셋은 과거도 미래도 없는 인간들. 다만 확실하게 존재하는 것은 빈 감방에 나뒹굴고 있는 가짜 머리뿐이다. 오불관언, 살짝 눈을 감고 약간 냉소적으로 입을 벌리고 있는 이 표정이 클로징 크레딧을 끌어올린다. 유일한 존재 증명으로서.

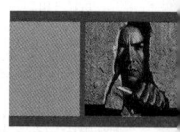

• 놀랍게도 〈알카즈라즈 탈출〉은 흑인 스타 대니 글로버의 단역 데뷔작이기도 하다. 여기서 그를 발견해내는 일은 월리를 찾기보다도 힘드는데, 당신이 힌트를 원한다면 이 정도는 제공해줄 수도 있다. "D 블록을 뒤져라!" 〈리썰 웨폰〉의 노형사는 가장 반항적인 죄수로 시작했다.
• 일반적으로 돈 시겔의 전성기는 1950년대로 알려져 있다. 의미심장한 점은, 이 시절 그의 최초의 걸작이 〈제11형무소 폭동〉이라는 사실이다. 그로부터 정확히 사반세기 후 그는 최후의 걸작으로 〈알카트라즈 탈출〉을 발표하고 있으니, 이를테면 돈 시겔이라는 대가의 경력은 두 개의 감옥 안에 사로잡혀 있는 셈이다.

로프

∎

크루서블
THE CRUCIBLE

모든 것은 상원의원 매카시로부터 시작되었다. 무차별한 빨갱이 사냥 파티에 전율한 극작가 아서 밀러는, 재빨리 17세기 뉴잉글랜드의 작은 마을에서 벌어졌던 마녀 재판의 서류 뭉치 속에서 그 등가물을 발견해낸다. 빨갱이로 몰리지 않기 위해 과거로 우회하는 방법이 필요했던 것이지만—그래 봐야 결국 밀러는 〈크루서블〉의 발표 후 청문회 출두를 요구받는다—이야기가 건국기의 상황으로 거슬러가자 놀라운 일이 벌어지기 시작한다. 논의는 미국이라는 나라의 뿌리를 건드리게 되었고 나아가 민주주의의 가치마저 재고되기에 이른다.

이미 〈주홍글씨〉의 참변을 목격한 일이 있는 나로서는, 여러 면에서 자매작이라고 해도 좋을 〈크루서블〉의 영화화 계획이 발표되었을 때 아연 긴장하지 않을 수 없었다. 밀러의 것은 너새니얼 호손의 것 못지않게 내가 사랑하는 작품이었고, 미국 문학사 최고의 걸작을 삼류 치정극으로 각색해 내놓았던 롤랑 조페 이후 또 누가 어떤 만행을 자행할지 두려웠던 것이다. 하지만 마침내 완성된 영화를 보고, 나는 이 각색을 편들기로 했다. 고전은 애초에 건드리지 않는 게 최선이다. 그러나 기왕 하기로 했다면 이런 정도는 해야 한다.

식민지 시절을 영국 감독이 다루다니. 미국인들로서는 창세기인 셈인데, 그때 거기서 어떤 일이 벌어졌던가를 왜 꼭 영국인의 입으로 들어야 한단 말인가. 더구나 이토록 치욕적인 역사를! 하지만 그런 건 '사극'에서 '사'에만 방점을 찍는 사람들 생각일 뿐이다. 내가 보기에 이것은 영국은 물론이고, 심지어 한국 감독이 더 잘 만들 수도 있는 이야기이다. 인민재판과 부역자 처단의 역사를 가진 민족. 나는 지금, 무조건 다수의 편에 서야 목숨을 부지할 수 있었던 사람들을 말하고 있다. 동서고금을 막론하고, 나치일 수도 있고, 스탈린일 수도 있으

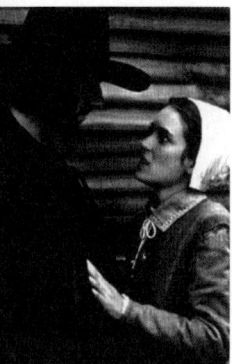

며, 문화혁명, 또는 관동대지진, 박홍과 한총련이기도 하다. '집단적으로 억압되어온 리비도가 소수 선동가의 손가락질을 따라 엉뚱한 희생양을 향해 일시에 분출될 때 어떤 일이 벌어지는지'에 관한 우리 모두의 이야기가 〈크루서블〉에는 있다.

　그런 심오함과 보편성이 영화에도 여전히 살아 있음을 확인한다. 원작에는 없는 프롤로그와 에필로그가 이 매체 특유의 표현력을 과시한다. 영화는 침대에서 벌떡 몸을 일으켜 프레임 인하는 에비게일로 시작해, 교수형당하는 프록터의 프레임 아웃으로 끝난다. 두 이미지는 극단적인 대비를 이룬다. 각각 실내의 암흑 배경과 야외의 맑고 푸른 하늘 배경으로 구별되고, 상승하는 여자와 추락하는 남자로 맞선다. 에비게일의 불안한 옆얼굴은 화면 밖을 향하고 프록터의 당당한 정면은 관객을 마주 본다. '광기의 발흥'과 '정의의 종말'은 이렇듯 명료한 시각적 대비를 통해 묘사된다. 프록터의 얼굴이 화면 아래로 뚝 떨어져 나가버리면 그의 목을 맸던 굵고 거친 동아줄만 화면에 남는다. 그것의 강렬한 이미지는 모순된 두 개의 느낌을 동시에 전한다. 프록터를 죽이는 시스템의 비정함, 프록터를 죽여도 끝내 죽지 않을 양심의 완강함.

품행 제로

━━━

이유 없는 반항
REBEL WITHOUT A CAUSE

우리나라에서는 폭넓게 '하이틴 영화'라고 부르고 있지만, 미국에는 특히 '거친 젊은이 영화Wild Youth Movie'라고 일컫는 미니 장르가 있다. 할리우드는 이미 1950년대에 불만투성이 주근깨 관객들의 스트레스를 해소시켜주는 대가로 돈 버는 방법을 터득했는데, 아직까지 변함없는 인기를 누리고 있는 이 장르의 시조가 말론 브랜도 주연의 〈난폭자〉이고, 최고작이 〈이유 없는 반항〉이라는 데에는 어떠한 이견의 여지도 없다. 여기서 제임스 딘은 단지 반항아에 그치지 않고, 또 다른 반항아를 이해하고 보살피는 진정한 의미에서의 어른의 역할까지를 수행함으로써, 〈이유 없는 반항〉을 '현명한 젊은이 영화 Wise Youth Movie'의 차원으로 격상시키고 있다. 터무니없이 무모한 '겁쟁이 경주(치킨 런)'를 앞두고 깡패 두목 버즈가 "난 널 좋아해"라고 말하자, 딘은 "그런데 왜 이런 짓을 하자는 거지?"라고 반문한다. 버즈의 간결 명료한 대답—"어쨌든 뭔가를 하긴 해야 하니까." 이것이 바로 청춘, 즉 '이유 없는 반항'이다.

부활절 밤, 고등학생 짐이 만취한 채 거리에서 잠자다 경찰서에 끌려온다. 황량한 포도 위에 확 쓰러지며 짐이 첫 등장하는 크레딧 시퀀스에서 감독은 짐으로 하여금 버려진 인형에게 신문지 이불을 덮어주게 함으로써 어린 친구 존의 죽음을 준비시킨다. 영화의 끝에서 짐은 존에게 주었던 자기 점퍼의 지퍼를 채워주면서 마지막 인사를 하게 되는 것이다. 〈이유 없는 반항〉에서 옷옷을 벗어주는 행위는 매우 중요하다. 경찰서에서 처음 만난 존에게 재킷을 벗어주는 짐과 최후의 현장에서 아들 짐에게 역시 재킷을 벗어주는 아버지를 보라. 시작의 존은 그 호의를 거절하지만 마지막의 짐은 아버지의 진심을 받아들인다(결국 이 영화는 나이 많은 자가 어린 자에게 옷을 벗어 감싸주기

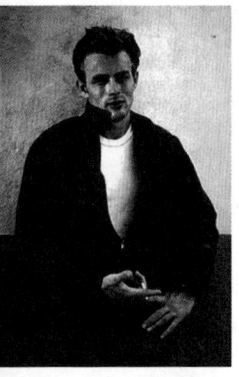

까지의 드라마다). 존의 죽음을 예언하는 설정들은 또 있다. 경찰서에서 짐은 경찰차의 사이렌 소리와 경관의 총 쏘는 모습을 흉내 낸다. 이때 짐은 구두를 신지 않고 있는데, 결국 존도 신이 벗겨진 채 죽는다. 짐이 콧노래로 흥얼거리는 바그너의 〈발퀴레의 비행〉 역시—발퀴레 여신이 죽은 자의 영혼을 영계로 인도하는 존재라는 점을 상기한다면—마찬가지로 의미심장하다. '비행'의 이미지는, 짐의 집이 위치한 '천사Angelo'라는 거리 이름과 함께 '자유롭게 날고 싶다'는 평소의 원망을 표현한다. 또한 플라네타륨에서 짐은 "우주를 떠다니면 멋지겠다"고 말하는데, 이 말을 들은 존이 강한 동조의 뜻을 표하는 데 반해 주디는 "그러다간 떨어지고 말지"라며 비아냥거린다. 결국 짐과 함께 날아보려고 했던 존—이 미소년이 게이라는 점을 암시하는 장치는 많다. 그는 짐을 사랑한다—은 떨어져 죽고 짐은 그 영혼을 수습하게 된다.

〈이유 없는 반항〉이 걸작이 될 수 있었던 이유 중에는 이렇게 첫 10분 내에 영화의 주요한 내용이 모조리 암시되어 있다는 점도 포함된다. 경찰서에서 짐은 주디와 존을 만나게 되고 세 사람 모두 부모, 특히 아버지에게 헛된 기대를 품고 있는 문제아들임이 소개된다(각각

'J'로 시작하는 이름을 가진 셋은, 옷의 색깔을 매개로도 상호 연결되는 데, 영화의 시작에서 짐의 넥타이와 주디의 원피스, 끝에서 짐의 점퍼와 존의 양말 한 짝은 모두 붉다). 짐은 가부장의 역할과 위치에 관해 회의하고 있고, 주디는 성숙한 딸에게 어떤 방식으로 애정을 표현해야 할지 몰라 하는 아버지 때문에 충격을 받았고, 존은 부재하는 아버지의 '보디 더블'을 찾아 헤맨다.

여기서 존의 생일이 바로 오늘, 부활절이라는 사실이 밝혀짐으로써 짐과의 조우가 존에게 새로운 탄생을 예고하는 사건이 됨을 알려준다. 경찰서 대기실에서 이들은 유리방에 갇힌 짐승들 같아 보인다. 셋은 절묘한 구도로 한 프레임에 잡히곤 하는데, 이때 유리는 아이들과 부모 사이에는 벽으로, 아이들 사이에서는 거울로 기능한다. 셋은 서로에게서 조금씩 자신을 읽어낸다. 나중에 플라네타륨에서, 콤팩트 거울에 비친 주디의 얼굴과 저 멀리 짐의 모습을 한꺼번에 포착하는 미장센이나, 버즈가 죽고 나서 주디와 헤어질 때 또 다른 콤팩트 거울을 보여주는 짐의 행동, '겁쟁이 경주' 직전 자동차 창 너머 주디의 키스를 받는 버즈를 동경 어린 표정으로 바라보는 짐의 모습은 모두 거울 이미지의 변주들이다. 존과 짐의 관계는 이윽고 짐의 첫 등교 장면에서, 존이 자기 라커 문짝에 달린 거울로 짐을 살피는 행동과 함께 드러난다. 거울 바로 아래 배우 앨런 래드의 사진이 붙어 있는 것. '앨런 래드=셰인=아버지의 대체 인물'이라는 등식은 미국인들에게 당연한 것이니, 이로써 짐은 존의 정신적 아버지로 자리매김된다. 이렇듯 거울은 다양한 방식으로 동일시/투사의 역학을 드러낸다. 거기 비친 모습들은 적어도 자기의 분신이거나 아니면 감춰진 욕망의 표현이다(등교 시퀀스에서 또한 중요한 장면들은 존의 스쿠터가 성조기

게양대와 충돌하는 모습, 일제히 국기에 대한 경의를 표하는 학생들의 모습, 바닥에 부착된 학교 문장을 밟았다가 호되게 질책당하는 짐의 모습 등이다. 이는 곧이어 플라네타륨 시퀀스에서의 '수위=유니폼=히틀러=파시즘'의 의미 작용과 연결되는데, 매카시 선풍을 겪은 니콜라스 레이로서는 절박한 심경의 표출이었으리라).

이들의 욕망은 물론 억압되어 있다. 경찰서와 짐의 집 실내 장면에서 특히 효과적으로 구사되는 로 앵글 구도를 보자. 레이는 인물과 그 위의 천장을 함께 장면화함으로써 억압의 개념을 시각화하고자 한다. 옆으로 엄청나게 긴 시네마스코프 사이즈의 도움을 받아 거리감은 왜곡되고 길고 낮게 드리워진 천장은 사정없이 주인공들을 압박한다. 그뿐만 아니라 이들은 자의, 또는 타의에 의해 끊임없이 구석으로 내몰리고 벽면 앞에 세워진다. 직선으로 이루어진 방과 가구의 모서리들은 아이들을 움츠리게 만든다. 아이들은 도처에서 파고드는, 또는 내리누르는 힘에 감당하기 어려운 폐소공포증을 느껴야 한다. 폭발할 듯한 외향성을 보이는 '겁쟁이 경주' 장면은 바로 이 공포증에 대한 반대 급부인 것이다. 하지만 이 환희가 곧바로 버즈의 죽음이라는 또 다른 공포를 낳듯이, 개방 이미지는 아이들에게 대가를 요구한다. 무한한 우주의 엄숙함이 주는 공포가 낯선 것이었던 것처럼 절벽과 밤바다도 그렇다. 바다를 내려다보며 버즈가 중얼거리는 말, "저것이 종말이야"는 천문학 교사가 지구의 종말을 설명했던 내용과 조응하고, 마침내 버즈가 자동차와 함께 산화하는 모습은 플라네타륨에서 보았던 지구 폭발의 이미지와 일치한다. "……그리하여 화염과 가스만 남을 것이다."

플라네타륨에서의 수업 장면은 지구 종말의 묵시록적 공포를 탁월하게 묘사하여 짐의 고독과 불안을 인류 전체의 차원으로 비약시킨다. 성적인 흥분과 충동으로 터질 듯한 '겁쟁이 경주' 장면이나 특유의 상하 배치 구도로 아버지에 대한 짐의 도덕적 우위를 표현한 '직계존속 살인미수' 장면에 비해 이른바 '낭만적 무정부주의자'로서의 레이의 면모가 가장 잘 드러나는 이 장면은, 다시 마지막의 파국 장면과 그대로 이어진다. 거기서 존이 "지구의 종말은 밤에 올까?"라고 묻자, 짐은 "아니, 새벽에"라고 답한다. '또다시 태양은 떠오른다'는 희망의 시간대, 새벽에 세계가 멸망하리라는 이 비관주의야말로 레이의 세계관이었는지, 〈이유 없는 반항〉은 바로 그 새벽에 끝을 맺는다. 최후에 이르러, 아버지는 짐을 이해하고 그의 요구를 받아들여 강인한 남자가 되어볼 결심을 하는가 하면, 짐 역시 그런 아버지의 변화를 인정해주고 타협에 응한다. 짐은 존의 점퍼를 여며주고 주디는 구두를 바로 신겨준다. 존은 그토록 원했던 부모의 손길을 죽어서나마 느꼈을 것이다. 짐의 반항의 상징인 붉은 점퍼는 존의 시신과 함께 떠나가고 짐은 이제 아버지의 것을 물려 입는다. 주디의 어깨를 감싸안고 걸어가는 짐의 모습은 그의 어머니와 함께 걷는 아버지의 그것과 완전히 똑같다. 그리고 아버지는 더 이상 아들을 '짐보'라는 애칭으로 부르려고 하지 않는다. 청춘은 끝난 것일까?

그러나 이 모든 화해의 제스처에도 불구하고 단절과 파멸은 막을 수 없는 것 같다. 감독과 같은 이름을 가진 레이 형사의 선의도 파국 앞에서는 속수무책이고, 짐과 부모가 타고 떠나는 마지막 숏의 자동차는 분명 영구차의 모습을 하고 있다. 차와 엇갈려서 플라네타륨으로 들어서는 한 사나이. 니콜라스 레이의 이 카메오 출연은, 그래도 세상은 아무 일도 없었다는 듯이 시작하리라는 냉소 같다. 그 탄생의 빛이 다른 은하에 채 닿기도 전에 지구는 폭발해버리고 말리라는 천문학자의 말처럼 청춘이라는 별은 어른이라는 은하의 무관심 속에 외로이 스러져간다.

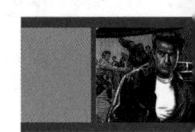

영화 속 버즈 패거리들을 유심히 보라. 그중 각진 턱에 파란 눈을 하고 붉은 가죽 점퍼를 걸친 미소년이 있을 것이다. 그가 바로 십대 시절의 데니스 호퍼다.

양키 시니컬 댄디

카사블랑카
CASABLANCA

미국인들이 가장 사랑하는 영화의 감독이 헝가리인이라는 사실은 그리 널리 알려져 있지 않다. 마이클 커티스는 헝가리, 덴마크, 오스트리아, 스웨덴, 이탈리아, 프랑스, 독일, 미국에서—미완성 영화와 아예 제목을 모르는 영화까지 포함해서—160여 편에 달하는 엄청난 양의 코미디, 사극, 멜로드라마, 공포영화, 전쟁영화, 사회 드라마, 서부극, 뮤지컬, 스릴러, 필름 누아르, 갱스터 필름, 사극, 심지어 스포츠 영화와 종교 영화까지 연출하고, 그중 일부에 출연했다. 〈백경〉과 〈허클베리 핀〉이 있는가 하면, 〈재즈 싱어〉의 리메이크판과 〈천사 탈주〉의 오리지널판이 있고, 엘비스 영화와 〈소돔과 고모라〉가 공존하는, 1912년부터 1962년에 이르는 그의 필모그래피는 영화의 역사, 바로 그것이다. 그가 '근면하고 솜씨 좋고 재빠른 기능공(킹즐리 캔햄)'—그는 1년에 열한 편을 만든 적도 있다—이라는 사실은 당대 그 누구도 부정하지 않았지만, 그가 과연 뛰어난 예술가였는지에 대해서는 후대의 어떤 비평가도 찬성하지 않는다. 그러나 이 영화 〈카사블랑카〉에서만큼은 사정이 다르니, 누가 이것이 할리우드 최고의 걸작이 아니라고 말할 수 있겠는가.

필름 누아르의 어둡고 비정한 분위기에 실존주의 문학의 고독한 주인공을 앉혀놓은 듯한 설정은, 피난민의 집결지라는 이국적, 퇴폐적 배경과 잘 어울려 대중들에게 잊을 수 없는 환상을 심어주는 데 성공한다. 로널드 레이건 대신 캐스팅된 험프리 보가트의 매너리즘 연기—1914년작 〈말타의 매〉에서 샘 스페이드 탐정의 하드보일드한 냉소주의를 상기하자. 조연인 피터 로레와 시드니 그린스트리트도 여기서 비슷한 성격의 뷰가티와 페라리 역으로 또다시 공연한다—는 미국영화는 물론이고 프랑수아 트뤼포와 장 뤽 고다르의 누벨바그 영화에까지 지대한 영향을 끼쳤다. 또 잉그리드 버그만의 유명한 대사는 우디 앨런으로 하여금 희곡 「다시 해봐, 샘Play It Again, Sam」을 쓰게 만들었고 극 중의 두 술집 '카페 아메리캥'과 '블루 패롯'은 수많은 영화, 소설에 재등장한다. 남녀가 사랑하는 노래 〈시간이 흐르면As Time Goes By〉이 이후 블루스 재즈의 스탠더드 넘버가 된 것은 물론이고, 이 밖에도 〈카사블랑카〉가 영화 속 영화로 인용된다든가(〈해리가 샐리를 만났을 때〉), 특정한 장면이나 대사가 그대로 표절되는 경우(〈탐정 페킨포〉)는 헤아릴 수 없을 정도다. 그래서 지금도 이것은 가장 대표적인 컬트무비로 기록된다.

영화 속에 시간과 공간이 명확하게 제시되어 있음에도 불구하고 그 특유의 몽롱한 분위기 탓에 잊혀지기 쉬운 것이, 이것은 미국이 전쟁 중에 당시 상황을 배경으로 하여 만든 영화라는 사실이다. 뉴스 릴 영화 해설자의 목소리와 지도, 지구의의 화면으로 시작해서, 중간에도 몇 번씩 다큐멘터리 자료가 삽입되는 이 영화에는 분명 숨겨진 의도가 있다. 전쟁에 지친 국민들에게 가장 위안이 되는 이야기란 무엇이었을까. 그들이 현실감 있게 받아들일 수 있는 당대의 상황을 바탕으로 설정하고 감정이입의 모티브를 충분히 제공한 뒤, 지극히 낭만적이고 보편적인 사랑 이야기를 보여준다면 그것은 아마도 가장 효과적인 현실 도피의 매개체가 될 것이다. 여기 '유럽의 쓰레기들'은 오직 '자유의 땅' 미국에 가고자 '카사블랑카' — 'White House', 즉 '백악관'이란 뜻의 이탈리아어—로 몰려들고, '미국'이라는 이름의 살롱에 앉아 술을 마실 뿐 아니라, 미국인 릭을 중심으로, 온 유럽을 대표하는 인물들이 사랑과 우정과 증오와 질투를 주고받는다. 그의 'OK' 사인이 있어야 수표의 가치가 인정받고, 그의 도움이 없으면 불가리아인 부부와 레지스탕스 부부는 구원받지 못한다. '탈출 비자'라는 물신을 숭배하지 않는 자는 오직 그뿐이다. 그의 첫 등장을 보자. 험프리 보가트는 훨씬 키가 작은 피터 로레와의 대화 장면에서 처음으로 모습을 보인다. 다음에는 모두 의자에 앉아 있는 홀에 그가 혼자 서 있고, 이어서 역시 자그마한 두 사내 클로드 레인즈와 카지노 지배인과 이야기를 나눈다. 워낙 단구인 보가트를

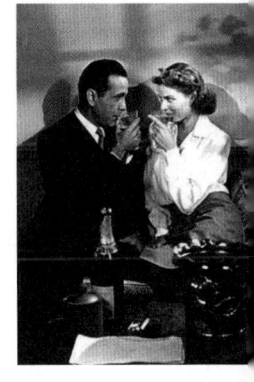

왜소하게 보이지 않게 하려는 감독의 배려가 눈물겨울 지경이다. 결국 처음의 세 장면에서 이미 그의 이미지는 '화면의 지배자'로 고정된다. 제2차 세계대전이 미국의 대 유럽 열등감을 극복하는 계기가 되었듯이, 〈카사블랑카〉는 가장 불행하고 음울한 사나이의 연애담을 통해 교묘하게 미국인의 자부심을 고양하고 참전의 역경을 유럽 구원의 희생으로 승화시킨다.

그리고 유명한 공항 시퀀스. 이 할리우드 고전 명화의 이별 장면에서 놀라운 파격이 일어난다. 릭, 일자, 빅터 세 사람의 모습을 장면화하면서 카메라가 릭을 중심으로 180도 상상선을 넘나드는 것이다. 그가 빅터에게 통행증을 건네줄 때 반대편으로 커팅되면서 파괴된 상상선은, 이어 일자가 릭에게 다가서며 "안녕"이라고 말할 때 카메라

가 그녀를 따라 트랙 이동하면서 다시 연결된다. 단절과 화해의 의미를 변별하고 강조하는 이 오묘한 편집의 뉘앙스가, 마이클 커티스를 단순한 장인 이상의 존재로 만들어주는 것은 아닐까?

여자에게 버림받고 이념을 버렸던 릭은, 결국 여자를 버리고 이념을 되찾는다. 그러나 우리에게 그의 전망과 신념이 그리 희망적으로 보이지 않는다. 그는 본래 어제를 '기억조차 못 할 먼 옛날'이라 여기고, '세월이 흘러도 미래에는 관심이 없는', 그리고 고향인 뉴욕이 현재 몇 시인지도 알 수 없는 사람. 그의 과거는 사랑을 속삭이던 파리의 술집 이름 '아름다운 오로라'처럼 덧없는 것이고, 그의 미래는 마지막 뒷모습을 감싸는 밤안개처럼 전망 부재의 것이다. 정착과 유랑, 이기주의와 사랑, 과거와 현재, 희망과 허무, 냉소와 감상의 대립 항을 절묘한 멜로드라마적 해결로 감싸 안는 정교한 내러티브 컨벤션, 이것이 '할리우드 실존주의'다.

다큐멘터리와 회상 시퀀스의 편집자는 〈더티 해리〉의 돈 시겔이다. 젊은 시겔은 이 밖에도 마이클 커티스의 〈양키 두들 댄디〉와 〈모스코바 특명〉 등의 걸작에 편집자로 참여했는데, 후일 감독이 되어서 그는 옛 스승의 영화 〈한계점The Breaking Point〉을 〈건 러너The Gun Runners〉라는 제목으로 리메이크한다.

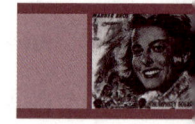

누가 노래하는지 보아라

—

사랑은 비를 타고
SINGIN' IN THE RAIN

'영화로 보는 영화 역사'이자 '지구상 최고의 뮤지컬'. 전세계의 모든 영화비평가들이 만장일치로 역사상 열 편의 영화 중 하나로 꼽는 걸작. 장 뤽 고다르는 미국의 10대 유성 영화를 고르는 설문에 답하면서 〈사랑은 비를 타고〉를 5위에 올려놓은 바 있다. 한국에서는 전쟁이 한창일 무렵 만들어진 이 찬란한 뮤지컬은, 당대에는 〈파리의 아메리카인〉에 비해 예술성이 떨어진다는 무식한 비평을 듣기도 했지만, 또한 아카데미 단 두 개 부문(여우조연과 작곡) 후보 지명에 결국 수상에도 실패했지만—이때의 작품상은 역시 뮤지컬인 〈지상 최고의 쇼〉였다—오늘에 와서는 거의 기적에 가까운 명품이라는 대접을 받고 있다.

그때 MGM은 토키 시스템을 선취하고 버스비 버클리 스타일의 군무 뮤지컬을 유행시켰던 워너와, 프레드 아스테어/진저 로저스 팀의 우아한 드레시 뮤지컬로 선풍을 일으켰던 RKO를 제치고, 전대 양식의 모든 장점에 강력한 드라마성을 추가함으로써 1940, 50년대를 지배할 수 있었다. 특히 작사, 작곡을 포함한 제작 전 과정을 주도했던 프로듀서 아서 프리드의 이른바 '프리드 유니트'의 활약은 눈부신 것이었는데, 훗날 '작가Auteur로서의 제작자'로까지 추앙받게 되는 이 인물과 그의 천재적인 조력자 팀은, 빈센트 미넬리의 〈해적〉에서부터 역시 미넬리의 〈밴드 웨건〉에 이르기까지, 진 켈리, 프레드 아스테어, 시드 채리스, 진저 로저스, 프랭크 시나트라, 주디 갤런드 등의 숱한 뮤지컬 스타들과 함께 일세를 풍미한다. 이 중에서도 진 켈리/스탠리 도넌의 협력은 특기할 만한 것으로서, 이미 1949년에 〈도시에서〉에서 만났던 두 사람은 〈사랑은 비를 타고〉에서 안무가와 연출가라는 단순 결합의 차원을 넘어 유례를 찾아보기 힘든 예술적 플러스 알파

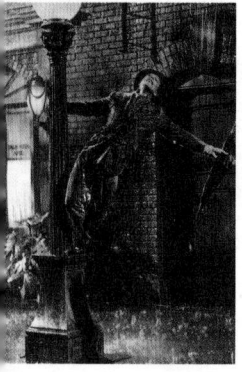

를 창출해낸다. 이들은 1955년에 같은 회사, 같은 작가와 다시 손잡고 〈언제나 쾌청〉을 만들지만 기적은 두 번 일어나지 않았다. 따로따로는 결코 이런 작품을 만들지 못하는 두 인물이 만나, 오직 단 한 번 이룩한 이 성과의 비결은 아직까지도 수수께끼로 남아 있다.

〈사랑은 비를 타고〉는 뛰어난 뮤지컬일 뿐 아니라 미국영화 역사의 한 텍스트이기도 하다. 발성 영화의 개발부터 개봉에 이르기까지의 혼란과 갈등을 철저하게 묘사하고 있기 때문이다. 이렇듯 영화나 극장 무대의 앞뒤를 오가면서 벌어지는 이야기 설정은 당시 뮤지컬 영화에서 애용되던 방식이었는데, 여기서의 쇼 제작은 남녀 주인공의 사랑 이야기와 맞물리면서 전개되기 마련이었다. 쇼의 성공은 곧 사랑의 완성. 폭발적인 성적 욕망이 잠재된 춤 장면은 그대로 성행위의 은유이고, 사랑의 은밀한 속삭임은 스크린/무대 위에 공공연하게 노출된다.

〈사랑은 비를 타고〉에서도 남녀의 사랑은 영화 관객들 앞에서 확인되고, 그 순간 영화 속 영화 〈춤추는 기사〉의 성공이 보장되는가 하면, 곧바로 이어지는 라스트 장면은 놀랍게도 또 다른 영화 속 영화 〈사랑은 비를 타고〉의 광고판 앞에서 키스하고 있는 두 주인공의 모습이

다. 영화와 연애가 완벽하게 동일시되는 것이다. 이 두 편의 영화, 우리가 보고 있는 〈사랑은 비를 타고〉와 간판에 그려진 〈사랑은 비를 타고〉는 어떤 관계인가. 마틴 서튼에 의하면 뮤지컬 장르는 로맨틱한 상상의 세계(노래-이드)와 현실적인 사회 질서(플롯-수퍼 에고) 사이의 전쟁터다. 라스트의 〈사랑은 비를 타고〉 간판은 아마도 이 싸움의 가장 극적인 화해 장소일 것. 스튜디오 실내 세트에서가 아니면 사랑한다는 고백도 할 수 없는 직업 배우 켈리는 〈춤추는 기사〉로 진정한 배우로서의 아이덴티티를 확립하고, 남의 입에 자기 목소리를 맞춰 주던 데비 레이놀즈 역시 비로소 배우로서의 아이덴티티를 회복한다. 이 결말에 이르러, 두 주인공의 환상은 현실로 완성되고, 이를 통해 1950년대 미국의 현실은 환상으로 승화한다.

　영화 텍스트의 내부와 외부, 어느 편에서 보나 욕망은 충족되고야 마는 것이니, 이야말로 할리우드가 자랑하는 고전적 갈등 해소 전략의 본질이 아니겠는가. 그리고 이 긴장 관계가 요절복통의 코미디로 극화된 장면으로 도널드 오코너의 '웃겨라Make Me Laugh' 장면이 있고, 최고 수준의 예술로 승화된 것으로 저 유명한 켈리의 솔로 〈사랑은 비를 타고 Singin' in the Rain〉가 있다. 전자는 대중을 즐겁게 해야 하는 대중 연예인의 운명을 거의 자학적으로까지 보이는 아크로바틱 댄스로 표현하고 있는데, 특히 자기 의지대로 몸을 움직일 수 없는 무골 관절 마네킹을 흉내 내는 대목에서 그 주제가 극단적으로 드러난다. 이것은 3분 반 동안 여덟 개 숏으로 진행되는, 춤의 정수이자 콘티뉴이티 편집의 극치다. 또한 후자에서, 어린애처럼 천진스레 장난치며 춤추던 켈리는 결국 무뚝뚝한 얼굴로 팔짱을 끼고 지켜보는 경관과 마주친다. 켈리의 도취는 끝나고 엄중한 현실의 권위가 홍분의 자리를 대신 차지한다. 자기 몸이 젖는지 마르는지 알지도 못한 채 마냥 들떠 있던 켈리는 경관으로 상징되는 이성의 힘에 압도당한다. 비 내리는 밤거리를 열정에 들떠, 사랑에 취해 거니는 켈리의 연기는 아무런 수사修辭도 필요 없는 천진함과 순결함으로 가득 차 있다. 종종 찰리 채플린과 비교되는 이 명연이, 역시 채플린 영화에 반드시 등장하는 거구의 경관과의 조우로 마무리되는 것이다.

이 밖에도 환상 대 현실의 갈등 구조는 영화 곳곳에서 나타난다. 오프닝 시퀀스—시사회장에 도착한 켈리의 대중 연설 장면—는, 온화한 미소를 지으며 자신과 상대 여배우의 과거를 미화하는 대사에 전혀 엉뚱한 플래시백을 배열함으로써 조작된 현실을 풍자한다. 초현실주의적 세팅 속에서 벌어지는 '브로드웨이 리듬' 시퀀스는, 열정적인 탭에서 우아한 모던 발레로 이어지는 거의 독립된 한 편의 이야기를 통해, 한 스타 지망생이 꿈을 이루는 과정과 그것이 다시 물거품으로 돌아가는 결말을 대사 없이 영상화하여 환상 속의 환상 대 현실 충돌 구도를 재현한다.

영화에서, 무성 스타 리나 라몬트(진 헤이건)의 목소리를 대신 더빙하는 건 물론 데비 레이놀즈가 연기한 캐시로 되어 있다. 그러나 실제로는 영화 속 영화 〈춤추는 기사〉의 리나의 노래 부분은 가수 베티 노이스가, 대사 부분은 놀랍게도 진 헤이건 자신이 녹음했다는 사실. 그러니까 데비는 헤이건을 위해 대신 녹음해준 게 없다는 얘기가 된다. 할리우드의 사기술은 거의 오묘하기까지 하다.

검으나 땅에 희나 백성

얼지 마, 죽지 마, 부활할 거야
DON'T MOVE, DIE AND RISE AGAIN!

어떻게 러시아에서 온 이 꾀죄죄하고 해묵은 영화 하나가 사람을 이다지도 가슴 아프게 만들 수 있는지 모를 일이다. 아마도 생각건대, 무엇보다 가난을 다룬 영화를 너무 오랜만에 만난 탓이다. 언제부터 인지 나라 안팎으로, 궁상맞은 이야기는 영화로 잘 안 만들게 되어버 렸던 모양인데, 〈얼지 마, 죽지 마, 부활할 거야〉에서는 가난에, 추위 에, 스탈린주의에, 탄광촌의 검은 먼지까지 가세해 사람들 사는 꼴이 영 말이 아니다. 좀 극단적이다 싶을 정도로 희망이라곤 보이지 않는 세상 끝 동네. 어느 정도인가 하면, 학교 변소의 똥이 넘쳐나 길 밖으 로 진창을 이룬 위로 스탈린을 찬양하는 학생 퍼레이드가 지나간다. 이것이 사실적인 묘사인지 상징인지 구별하는 일은 무의미하다.

원래 영화에서 극단적인 상황이란, 강한 드라마를 유도해주는 고 마운 요소여서, 감독들은 대개 그것들을 강조하다 못해 과장하고 싶 은 유혹에 빠지기 마련이지만 비탈리 카네프스키는 다르다. "결국 여 기도 사람 사는 동네고, 좀 힘들기는 하지만 뭐 최악이라고까진 볼 수 없죠"라는 식이다. 실제로 처음에 생지옥처럼 보였던 탄광촌은 영 화의 끝에 이르러 봄을 맞으면서 천국처럼 변모하고 주인공 소년 발 레르카의 안락한 도피처였던 블라디보스토크야말로 사람을 죽이는 고장이라는 사실이 밝혀진다. 정치범들의 유형지이기도 한 이 동네는, 그 궁기에도 불구하고 거기에서 아름다움을 찾아내는 감독의 비상한 시선에 포착되어 때때로 뜻밖의 풍경을 선보이기도 한다. 그래봤자 햇빛을 반사하는 철로변 물웅덩이 정도지만 말이다. 게다가 어쨌든 흑백 화면인 덕을 보아, 옷이며 집들에 덮인 탄가루를 잘 알아보기 힘들다.

철부지 소년소녀의 로맨스며 배경이나 줄거리로만 보면 러시아판

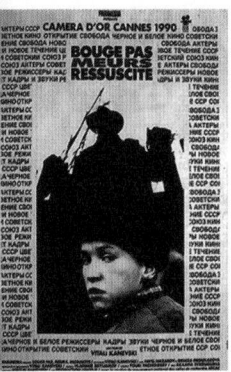

〈금지된 장난〉 같기도 하지만 눈곱만큼도 감상적이지 않고, 차라리 이것은 네오리얼리즘적이다. 영화에 나오는 모든 요소가 진짜다. 사람들이 뿜어내는 입김도, 눈밭도, 안개도, 겨울이고 봄이고 다 진짜다. 작위적인 드라마도 없고 감상적인 미키 마우징Mickey Mousing도, 아름다운 용모의 배우들도 없고, 상이군인들에게는 정말로 팔다리가 없다. 영화 마지막을 장식하는 알몸뚱이 미친 여자도 진짜가 아닐까 하는 생각이 들 정도다.

또 어찌 보면 뮤지컬이기도 하다. 여기 사람들은 하나같이 노래를 즐겨 부른다. 노래 좋아하는 러시아인은 물론이고 심지어 일본군 포로들까지, 아름다운 클래식 기타로 연주되는 〈로망스〉는커녕 대부분이 서툰 발라드여서 더욱 슬픈데, 삭풍에 실려 퍼지는 그 가락은 때로는 아이로니컬하게, 때로는 인물의 심정을 대변하면서 제 기능을 수행한다. 예를 들면, "달에는 보드카가 없다네"라든가 "'날 사랑하지 않는다고? 좋아' 여자는 낙하산도 없이 비행기에서 뛰어내려버렸네" 따위다. 물론 영화에는 달도, 비행기도 안 나오지만 절망과 사랑, 죽음만큼은 제대로 있다.

나팔 위의 인생

——

모베터 블루스
MO' BETTER BLUES

〈블루 스틸〉의 프롤로그가 매그넘의 총신을 훑어가는 빅 클로즈업
으로 이루어진 것처럼, 〈모베터 블루스〉도 트럼펫을 그렇게 하면서
시작한다. 하지만 같은 '블루'라도 분위기는 상이하다. 〈모베터 블루
스〉의 푸른색은 차갑거나 비정하지 않다. 여기에는 그 대신 인간적인
'따뜻한 블루', 그리고 그 음악적 표현으로서의 '블루스'가 있다. 스
파이크 리는 〈똑바로 살아라〉의 대립적이고 투쟁적인 랩의 소란스러
운 거리에서 '일단' 벗어나—이후 그는 〈말콤 X〉의 선동주의로 복귀
한다—내면적이고 조화로운 재즈의 아늑한 클럽 안으로 이동한다.
전작에서의 피자집과 여기서의 재즈홀을 비교해보라. 흑인들은 더
이상 불쌍하고 우매한 프롤레타리아로 표상되지 않는다. 그들은 당
당한 예술가이며, 하릴없이 빈둥거리거나 무분별하게 폭력을 휘두르
지 않는다. 피억압계급으로서의 흑인의 분노가 희석된 것은 사실이
되, 감독은 흑인을 백인과의 상대적 위치에만 놓고 보는 대신, 그 자
체로 독립되고 완성된 주체로 묘사하고자 한다. 여기 주인공들은 그
러므로 '검은' 사람이 아닌 검은 '사람'이다. 그것은 '흑인성'을 팽개
침으로써가 아니라, 오히려 흑인들 내부로 드라마를 집약시킴으로써
가능해진다.
　〈모베터 블루스〉에 백인이라고는 클럽의 경영자 형제와 자이언트

의 채권자만, 그것도 가끔씩 나오지만, 그 존재감은 막강하다. 컴퓨터와 숫자와 엘비스를 숭배하는 비즈니스맨 형제는 가게 2층에 앉아서 흑인 예술가 위에 군림한다. 이들의 비열한 술책은 블릭과 동료들 사이를 갈라놓는 결정적 이유로 작용한다. 한편 채권자는 자이언트를 청부 폭행함으로써 드라마의 결정적 전기를 제공한다. 그로 인해 블릭은 입술을 다치게 되고, 타의에 의해 연주를 그만둔다. 세월이 흐른

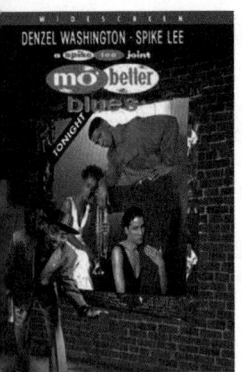

뒤 블릭은 다시 돌아와 재기를 시도하지만, 이번엔 자의로 음악을 포기하게 된다. 이 차이에 영화의 비밀이 숨어 있다. 외부적으로 갈등을 이끄는 것처럼 보이던 요인, 즉 인종 갈등에 의한 억압/피억압의 구도는 블릭 내부의 문제로 환원되는 것이다. 블릭은 자기의 이기주의와 예술 지상주의의 피해자가 된다. 진정으로 동료와 연인들을 사랑하기보다는 재즈 뮤지션으로서의 개인적, 예술적 성

취에만 몰두했던 자신에 대한 깨달음이, 그로 하여금 악기를 팽개치는 지경의 회오리까지 몰아간다. 그는 찰리 파커처럼 마약을 탐닉하지도 않았고, 버드 파월처럼 알코올 중독자도 아니었으며, 존 콜트레인 같은 기독교 광신자는 더더욱 아니었다. 그는 매일 시간을 정해놓고 연습과 작곡을 하며, 약속 시간을 정확히 지키고, 혼자 튀는 긴 애드리브 솔로를 허용치 않고, 정통 밥 사운드를 고수하는, 한마디로 재즈맨답지 않게 보수적인 합리주의자였다. 그런 만큼 또 그는 도박을 이유로 친구 자이언트를 매니저 자리에서 해고하고, 정사 때 두 여자의 이름을 혼동해서 부르며, 음악관이 다른 동료를 포용하지 못하고, 사적인 감정으로 멤버를 내쫓는 식의 이기적인 면모를 가지고 있었다.

그가 작곡을 하고 있을 때 여자가 말을 걸어오는 장면을 보자. 그가 음악에 몰입할수록 그녀의 말소리는 의미 없는 소음이 되었다가 급기야는 아예 들리지 않게 된다. 관심을 호소하는 연인의 음성은 멜로디 라인을 흥얼거리는 그의 허밍에 의해 소거된다. 또 하나의 작곡 장면에서는 360도 원형 트래킹이 쓰인다. 그런데 이것은 매우 독특한 형태여서, 카메라와 인물은 같은 이동차에 올라탄 채 동반 이동한다. 리가 이미 마일즈 데이비스의 MTV 〈투투〉에서 시도했던 이 기법은, 인물은 움직이지 않고 배경이 이동하는 착각 효과를 일으킨다. 이 경우 블릭을 축으로 집이 회전하는 것으로 보이고, 이로써 그의 자기중심주의가 탁월하게 시각화된다. 블릭은 이때 입으로 트럼펫 소리를 흉내 내는데, 이는 그와 악기가 한몸임을 표현한 것이다. 어머니의 레슨 강요에 의해 동무들과 어울려 놀지도 못한 채 프로 연주자로 성장한 그로서는 당연한 귀결이지만, 블릭은 자기의 예술과 인생을 현명하게 조화시키는 데 실패한다. 그 대가로 그는 자기의 분신인 트럼펫에 얼굴을 맞고 입을 다친다. 정사 중에 입술을 깨문 여자에게 지나치게 성을 냈던 그는, 이런 식으로 응징당한다! 자기 장례식에서도 연주를 하겠다던 블릭이 더 이상 트럼펫을 불 수 없게 되었을 때, 그의 존재 의미는 사라진다. 그는 이제 인생의 새로운 진실을 배워야 한다. 간절한 구애와 행복한 결혼, 그리고 득남……. 오프닝에서의 어머니와는 반대로, 영화는 블릭이 아들을 동무들과 놀라고 내보내는 모습으로 해피엔딩된다.

결국 아들의 교사로 남는 블릭은, 할렘의 작은 클럽으로 낙향하는 〈뉴욕 뉴욕〉의 지미 도일과 흡사해 보인다. 한마디로 〈모베터 블루스〉는 〈뉴욕 뉴욕〉의 흑인판으로서, 재즈에의 집념이나 연주자와 가수의 연애, 출세와 사랑의 어려움 같은 모티브들도 그렇거니와, 피아노 작곡 장면이나 마지막 연주 장면 등 많은 부분에서 둘은 구체적으로도 비슷하다. 그뿐만 아니라 스파이크 리는 마틴 스코세이지의 또 다른 영화 〈분노의 주먹〉에서도 영향을 받고 있다. 블릭과 자이언트는 제이크와 조이를 연상시키고, 행복한 시절을 홈무비 형식으로 요약하는 방식과 주먹질 효과음에 여음을 주어 파괴력을 청각화하는 솜씨도 거기서 배워온 것이며, 다섯 개의 연주 장면을 각기 다른 감정과 스타일로 차별화하는 전략은 권투 장면들을 그렇게 찍었던 스코세이지의 성실성에 뒤지지 않는다. 듣자 하니 리는 미국 감독으로는 유일하게 스코세이지를 존경한다는데, 그리고 우디 앨런 영화에서 최초로 대사 있는 흑인 역을 맡고자 한다던데, 그러고 보니 과연 〈모베터 블루스〉는 우디 앨런 각본, 마틴 스코세이지 연출의 영화 같지 않은가. 이 점에서, 그는 성공한 것이다.

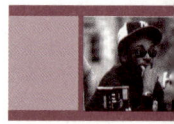

블릭의 집에는 존 콜트레인의 〈러브 슈프림〉 앨범 포스터가 늘 붙어 있고, 그의 적수 섀도가 클라크의 레코드 가게에서 무더기로 집어드는 CD들도 콜트레인의 것이며, 영화의 끝에 나오는 자막도 〈러브 슈프림〉의 라이너 노트에서 인용한 것이다. 한편, 블릭이 섀도에게서 빌렸던 LP는 찰리 파커의 녹음이고, 마지막에 흐르는 랩의 내용은 재즈의 역사를 인물 중심으로 간추린 것이다. 그리고 사운드트랙 작곡자 빌 리는 스파이크의 아버지다.

오픈 워터

━━━

억수탕

이제 고백하거니와, 나도 한때 제이컴에서 저예산 영화를 만들어보려고 노력하다 실패한 적이 있어 곽경택 감독을 꽤나 부러워했던 게 사실이다. 남녀노소 다 벌거벗고 나온다는 얄팍한 기획으로—물론 그중 '남'과 '노'는 쓸 데도 없겠지만—제작자를 꼬셨는가 하고 의심도 했다(실제로 〈억수탕〉을 〈어쭈구리〉와 〈젖소부인〉 옆에 진열해놓은 그 많은 비디오 가게들이 뒤늦게나마 그 주장을 정당화하고 있다고 아직도 나는 생각한다). 하지만 막상 〈억수탕〉을 보자 다 잊어버렸다. 이렇게 기분 좋은 영화에 그런 시샘하는 감정 따위는 어울리지 않으니까. 내가 제작자였대도 내 그 우울하고 비정한 이야기들보다는 이쪽을 택했겠다.

관객이 따뜻한 영화를 찾는다는 건 충무로 사람들 누구나 알지만 안다고 다 되는 법은 없다. 따뜻하게 느껴지도록 노력한 그 계산속이 빤히 들여다보이는 순간 그 영화는 역겨워지기 시작한다. 닭살이다. 그렇다고 계산 없이 영화를 만들 수는 없는 노릇이니, 그저 과장하는 짓을 피하고 작위적이지 않도록 노력하는 수밖에. 물 흐르는 대로 자연스럽게. 말이 쉽지 막상 하려면 참 어려운 일이다. 그런데 화면에 시종 물이 많이 흘러서 그런지, 그런 면에서 〈억수탕〉은 성공하고 있다. 나도 두 번이나 같이 일해봐서 좀 안다면 안다고 할 수 있는 방은

희만 해도, 저 방은희가 그 방은희인가 싶게 아름다웠다. 화장 지우고 옷 벗는다고 다 그리 되는 건 아닐 텐데. 억지라고는 찾아볼 수 없는 자연스러움이 억수탕 욕조 둘레에 찰랑찰랑하고 있었다. 〈억수탕〉은 평소 내가 제일 싫어하는 3대 악—똥폼, 똥무게, 잔재주—을 최대한 제거한 로 콜레스테롤, 로 팻, 슈거리스 영화다.

좋아하는 장면은 김의성이 만화방 주인 이재용한테 혼나는 대목과 김의성, 이정욱이 한증막 안에서 비임균성 요도염에 관해 논하는 대목이다. 특히 앞의 장면에서 이재용이 하는 하품, 일시적으로 턱뼈가 탈골되었다가 다시 맞춰지면서 뿌드득 이를 갈아붙이는 동시에 온몸으로 부르르 전율하는 일련의 그 동작은 정말이지 일품 하품으로서, 영화 역사상 가장 뛰어난 하품 숏으로 기억될 만하다고까지 여기고 있다. 아마추어 배우 이정욱의 스님 연기 역시 자연스러움의 극치를 보여주는데 그중에서도 매표소에서 비누와 함께 면도기 세 개를 주문하는 장면은 아직도 잊히질 않는다. 배코머리와 면도기 세 개. 디테일이 섬세하게 살았다는 칭찬은 바로 이런 걸 두고 하는 말일 텐데, 강조하기는커녕 뭐 대단치 않은 대사라는 듯 슬쩍 흘려보내는 그 태도 덕분에 미덕이 제대로 살았다. 반면 옥에 티라고 생각하는 건 여장 남자와 러시아 글래머 에피소드 두 가지. 강한 이질성을 가진 두 종류의 타자를 다루는 부분만 유독 어색했던 데에는 필시 무슨 곡절이 있었으리라.

그러나 저러나 내 주변 사람들이 하나같이 좋아하는 영화가 어쩌다 저주받은 목록에 오르는 신세가 되었는지 퍽도 딱하다. 스타가 없어서? 선수들은 어떻게 분석하는지 몰라도 내 결론은 그거다. 방은희, 김의성이 아무리 잘해주면 뭐하나? 우리나라에서 저예산 영화를 만드는 데 풀어야 할 핵심 고리는 바로 스타라는 생각이 또 한 번 들면서 윌리엄 허트와 하비 케이틀, 포레스트 휘테이커가 최저임금을 일당으로 계산해 받았다는 〈스모크〉가 떠올랐다. 그러고 보니 〈억수탕〉과 그 영화는 닮은 점이 많다. 〈억수탕〉도 사진작가와 영화감독, 이 두 예술가가 동네 단골가게에서 평범한 사람들을 만나 득도하는 얘기 아니던가. "여기 요래 앉아가 동네 사람들 왔다 갔다 하는 거 보고 테레비나 보면 됐지, 이 나이에 내가 돈 더 벌어 머 하겠노?" 하는 억수탕 주인 할머니의 대사도 하비 케이틀의 담뱃가게 철학과 상통한다.

끝으로 아직도 궁금한 문제 하나. 만화방 주인이 "이현세, 박봉성은 정통이 아이라…… 보소, 진짜로 만화 보는 사람들은 이런 거만 보요…… 정~통한 거" 하면서 내밀어 보이는 그 책이 과연 누구의 어떤 작품이었는지, 〈닥터 K〉 시사회 끝나고 만난 곽 감독에게 그런 걸 물어볼 수는 없었다.

킹덤 오브 헬스

—

로드 투 웰빌
THE ROAD TO WELLVILLE

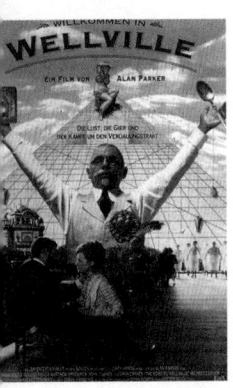

이렇게 재미난 영화를 만들어진 지 무려 5년 만에, 그것도 곧바로 비디오로 보게 되다니. 세계 어느 나라보다 〈미드나잇 익스프레스〉와 〈버디〉, 〈핑크 플로이드의 더 월〉의 열광적인 팬이 많은 한국에서 알란 파커가 이렇게 푸대접을 받는다는 건 확실히 이상하다. 나야 늘 그를 대표적인 '과대평가 감독'으로 여겨온 터이지만 〈엔젤 하트〉, 〈커미트먼트〉 두 편과 더불어 이 〈로드 투 웰빌〉만큼은 예외적인 걸작으로 인정하지 않을 수 없다. 그런데 열두 편 중에 세 편이 이토록 훌륭하다면 그건 예외라고 부르기도 뭣하지 않은가. 이제부터 알란 파커를, 정작 좋은 작품은 과소평가받고 좀 떨어지는 영화들만 과대평가받은, 우스꽝스러운 감독이라고 고쳐 불러야겠다.

콘플레이크로 유명한 켈로그 박사와 그 주변 사람들을 둘러싼 코미디를 통해, 공인된 사회주의자 파커는 자본주의, 미국, 부르주아적 속물근성, 현대인의 건강 염려증, 억압된 리비도, 동물보호주의와 페미니즘, 그리고 똥에 관한 담론을 펼쳐 보인다. 때는 1907년, 바야흐로 새로운 세기를 맞아 흥청거리는 분위기의 미국이다. 미시건주 배틀크릭에 자리 잡은 박사의 요양원은 성업 중이다. 물론 거기 모인 부르주아들의 관심은 오직 건강이다. 첫 장면은 웃음 요법을 받는 귀부인들의 얼굴. 억지로 껄껄 웃는 이들의 표정은 한마디로 가관이다. 한 엑스트라 배우를 잡은 이 첫 숏에 이미 감독의 사상과 스타일이 다 표현되어버렸다. 한눈에도 탐욕스러워 보이는 살집, 건강을 홍보하는 그 뺨의 홍조, 과장된 유쾌함이 자아내는 어색한 분위기, 기를 쓰고 잘 먹고 잘살아보겠다는 광기에 가까운 집념이 거기 있다. 감독 역시 그 어떤 인물보다 요양원의 괴상한 기계장치와 도구에 대해 광적인 집착을 보인다. 이 영화의 진짜 주인공은 그것들이다.

행복해지기 위한 건강이 아니라 오직 건강 그 자체만이 목적인 건강에의 집착은, 오직 자본의 증식만이 목적인 자본가의 욕망과도 닮아 있다. 존 쿠색은 그것을 추구하는 자이고 그의 모델은 켈로그 박사다. 건강을 팔아 자본을 축적하는 자, 앤서니 홉킨스가 연기하는 박사는 광신적인 제7안식일교도, 채식주의자, 운동 예찬자, 섹스 혐오자, 헬스클럽의 창립자, 건강 파시스트다. 그와 그의 추종자가 주장하고 실천하는 건강 요법들은 요즘의 다양한 시도들과도 크게 다르지 않다. 무슨무슨 호흡법, 동양적 신비주의적 비술, 통신판매지를 가득 메운 갖가지 운동기구와 건강 보조식품들, 식이요법과 단식, 장 청소와 숙변 제거……

문제는 그 모든 방법을 총동원하고도 인생이 즐거워지지 않는다는 데 있다. 예를 들어 매튜 브로데릭은 변비 환자다. 잘 누지 못하니 잘 먹지도 못한다. 입에서 항문까지, 두 기관의 처분을 전적으로 박사에게 맡기고 온갖 고생을 마다하지 않는다. 그가 보기에 여기는 요양원이라기보다는 기도원, 차라리 아우슈비츠다. 그럼에도 불구하고 여간해서 행복해질 수 없다. 문제는 다른 데 있기 때문이다. 그의 아내 브리지트 폰다 역시 문제는 입과 항문이 아니라 클리토리스에 있다.

123

아마도 거기서 진정으로 행복한 사람은 켈로그 박사 한 사람뿐인 것 같다. 결국 모두들 잘되면서 끝나지만 숙변이 말끔히 청소된 듯한 상쾌함은 기대하지 않는 편이 좋다. 자고로 냉소적인 해피엔드만 한 독설은 없다.

책과 검의 로맨스

—

소오강호
笑傲江湖

경극과 무협소설, 기담 설화, 궁정 비사, 고대 벽화의 고전성을 구유한 노대가 호금전과, 새로운 중국식 특수효과를 철저히 익힌 중견 서극의 환상적인—히치콕과 스필버그의 만남에나 비견할 만한—조우. 비록 갈등과 분란으로 점철된 과정이었지만, 영화광이라면 누구도 이 역사적인 이벤트를 외면하지 못할 것이다.

〈소오강호〉는 칼싸움에 관한 영화가 아니다. 그뿐만 아니라, 놀랍게도 이것은 '지식'의 문제를 다룬 이야기다. 어떤 의미에서는 움베르토 에코, 장 자크 아노가 만든 〈장미의 이름〉의 중국판이다. 〈장미의 이름〉에서의 종교적 비밀이 여기에서는 무공비급으로 바뀌어 있을 뿐이다. 요르게 수사가, 세인들이 아리스토텔레스의 '퇴폐 서적'을 접하지 못하도록 연쇄살인극을 벌였듯이, 공공, 악장문, 구양총관들은 혼자서 '규화보전'을 차지하려고 혈투를 벌인다. 모두 지식의 독점욕에서 비롯하는 비극들이다. 값진 지식을 독차지하려는 자들은 예외 없이 파멸한다. 공공이나 안진남 같은 악인들이 조정을 좌지우지하는 걸 보면, 규화보전을 합법적으로 읽을 수 있는 유일한 존재인 황제조차도 독점의 대가를 치르는 듯하다.

그에 비해 지식을 세상에 전하고자 하는 이들은 모두 선인이다. 영호충에게 신선의 노래 '소오강호'를 전수해주는 순풍당주와 고장로,

영호충에게 신비의 검술을 교육하는 풍청양 등은 모두 지식을 공유하고자 했다는 점에서 선인이 될 수 있었다. 이 가치야말로 호금전과 서극이 생각하는 공동체주의의 요체이며, 물신으로서의 무술책 규화보전보다 노래책 소오강호의 가치를 더 높이 두는 설정은 통속 무협지의 한계를 뛰어넘는 미덕이다.

무협영화가 늘 그렇듯이 무사들은 가치를 수호하기 위해 힘을 모은다. 악당은 누구도 혼자서는 당해낼 수 없을 정도로 내공이 강하지만, 그들은 강한 만큼 이기적이므로 선인들이 협력한다면 승산은 언제나 이쪽에 있다. 싸움은 항상 서로가 세상의 선과 악을 대표하여 중원의 존망을 거는 관계로 처절하기 이를 데 없다. 장풍은 벽을 허물고 장검은 가차 없이 인체를 절단한다. 허공을 가르는 경공술과 대지를 주름 잡는 축지법, 사람이 사람의 몸을 탄환처럼 관통하고 또 한 사람은 머리부터 사타구니까지 두 동강 나버린다. 채찍을 맞고 폭발하는가 하면, 총탄에 머리를 꿰뚫린다. 수천 마리의 독사가 난무하고, 독배를 마실 위험은 어디에나 있다.

살점이 튀고 피가 뿌려지는 이 아비규환의 지옥도를, 호금전과 서극은 그러나 지극히 아름답고 시적인 영상으로 그려낸다. 현기증이 날 정도로 현란한 원색의 옷감과 거미줄처럼 섬세한 자수로 만들어진 의상, 그 긴 자락이 창공에 펄럭일 때마다 칼날은 찬란하게 햇빛을 반사하고 선연한 피보라를 일으킨다. 싸구려 멜로드라마나 소프트코어 포르노그래피에서나 쓰일 법한 산광散光 필터를 사용하여 아련하게 검광을 흩뿌린다. 이처럼 우아한 피의 제전을 우리는 '검劍의 시詩'라 부를 수 있겠다.

〈소오강호〉에서 사용된 특수효과를 면밀히 관찰해보면 거의 모든 장면이 정교한 눈속임에 의존하고 있다는 사실을 알 수 있다. 역회전 촬영, 어안렌즈 촬영, 순간적인 카메라 전진, 간단한 애니메이션 합성, 피아노선을 연결한 비행, 과장된 효과음, 바람에 날리는 머리칼과 펄럭이는 옷자락의 운동감, 저속 촬영, 고속 촬영, 과감한 점프 컷, 스크린 프로세스……. 거의 원시적이기까지 한 이 편법들을, 이중/삼중으로 결합하고, 믿을 수 없을 만큼 재빠르고 교묘한 편집 속에 감춰 최강의 시각효과를 창출해내고 있다.

대만 작가 김용 원작의 『소오강호』는, 무협지 사상 걸작 중의 걸작으로 꼽힌다. 영호충과 규화보전을 두 축으로 하여 끊임없이 전개되는 투쟁의 전말은 글자 그대로 파란만장. 무협지 팬이 아니더라도, 총 여덟 권으로 우리말로 번역된 이 소설을 읽어봄 직하다. 홍콩에서는 이미 TV 연속극으로 방영된 바 있고—물론 한국에도 비디오와 DVD로 출시되어 있다—영화 〈소오강호〉의 제작자 서극은 자신의 제작, 연출로 그 속편인 〈동방불패〉를 발표한다. 〈미스터 부〉 시리즈의 스타 허관걸 대신, 여기서는 〈황비홍〉의 이연걸이 영호충 역을 맡고 있다. 그리고 서극은 이 이야기를 장대한 시리즈로 기획하고 있다고 한다. 〈소오강호〉는 잃어버린 홍콩판 〈스타워즈〉인 셈이다.

좀비, 신의 분노

죽음의 날
DAY OF THE DEAD

미국 어느 도시의 지하 벙커에 열 명 남짓한 사람들이 갇혀 있다. 이미 지상은 좀비들에게 완전히 점령되어 있는 상태. 날마다 좀비를 생포해 로건 박사에게 실험용으로 제공하는 일과 도시의 생존자를 탐색하는 일이 이들의 유일한 일과다. 그나마 이들은 로즈 대위를 중심으로 한 폭력적 군인 집단 그리고 여의사 사라와 헬기 조종사 존을 중심으로 한 이성적 민간인 집단으로 나뉘어서 심한 내부 투쟁을 겪는다. 좀비를 무력화할 방법은 좀처럼 발견되지 않으며, 시간이 갈수록 외부의 공포와 내부의 갈등이 첨예화된다.

프랑켄슈타인 시리즈의 제임스 웨일, 드라큘라 시리즈의 테렌스 피셔의 뒤를 이어, 좀비 시리즈의 조지 로메로가 있다. 세 사람 모두 B급 공포영화 장르에서 각각의 개성을 확립해낸 독창적인 영화 작가들이다. 철저히 양식화된 컨벤션을 창조하고 그 속에 머무르면서도 변주의 창조성을 부여하며, 교묘한 우회적 방법으로 사회와 인간에 관해 발언하는 이들이야말로 진정한 컬트의 사제들인 것이다. 특히 로메로는 페이퍼백 공포소설의 대가 스티븐 킹과 비견되는—실제로 그는 킹의 원작으로, 다섯 개의 에피소드를 가진 〈크립쇼〉와 〈다크 하프〉를 연출한 바 있고, 친구이기도 한 킹은 여기에 단역으로 출연하고 있다—현대의 거장이고, 적은 예산과 촉박한 공정 속에서도 특유의 스타일의 일관성을 잃지 않는 점으로도 유명한 인물이다.

전작 〈살아난 시체들의 밤〉이 시골 마을을, 〈이블 헌터〉가 도시의 상가를 각각 다루고 있는 데 반해, 〈죽음의 날〉은 드디어 생존자들을 지하의 미로 속으로 끌고 들어간다. 당연히, 지하는 폐소공포증을 유발하는 공간이고, 영화의 시작부터 관객은 지하 하고도 또 좁은 방에 갇혀 있는 여주인공을 보아야 한다. 거기 걸린 달력은 모든 날짜가 X 표시로 지워져 있다. 인류에게는 더 이상 남은 시간이 없는 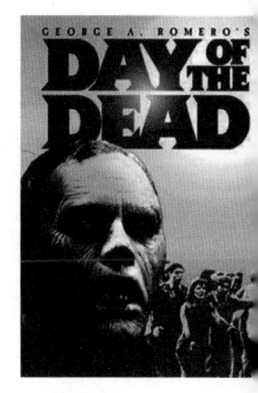 것이다. 그리고 우리의 희망대로 벽이 열리고 밝은 미래가 펼쳐지는 대신, 좀비들의 수많은 손이 벽을 뚫고 나와 그녀를 붙든다. 좀비는 대개 현대과학(특히 군수산업)의 부작용의 산물로 설정되며, 동물 대 인간, 생물 대 무생물의 경계에 서 있는 존재로 묘사되는 이 식인 기계들은, 핵전쟁 이후 인류의 끔찍한 '미래상'이자, 본능적 · 동물적 상태로 퇴화되어가고 있는 인류의 '현재상'이다.

무덤/지하에 있어야 할 시체들은 이미 지상을 장악하고 있고, 정작 생존자들은 오히려 거대한 카타콤과도 같은 벙커에 갇혀 있다. 하긴 '살아 있는 시체'라는, 좀비에 대한 정의부터가 모순이지만, 이런 식의 전혀 웃을 수 없는 코미디적 설정은 이후에도 계속된다. 좀비가 동물적 본능의 상태로 환원된 집단이라면, 인간 역시 생존에의 이기적 탐욕과 권력욕에 지배당하고 있는 집단이다. 양쪽 모두 퇴화된 채 '욕망의 법칙'만을 따르지만, 요컨대 좀비들은 적어도 서로를 죽이고 잡아먹지는 않는다. 그러나 어리석은 군인들의 독재와 억압은 인류를 작전 분열의 벼랑으로 몰아간다. 결국 로즈 대위와 그 졸병 패거리는 총으로 민간인들을 위협하며 횡포를 부리다가 모조리 파멸하고,

살아남는 것은 민간인, 그중에서도 여자, 흑인, 알코올 중독자뿐이다.

생존이라는 절체절명의 과제보다 과학적 탐구 그 자체에만 정신이 팔린 로건 박사는 (프랑켄슈타인 박사처럼) 비인간적인 실험을 거듭하면서 좀비에 대한 교육의 가능성을 발견하지만, 위기 탈출의 유일한 단서를 제공할 듯 보이던 그도 (좀비가 아닌) 로즈 대위에게 살해당하고, 대위조차 (박사에 의해 교육받은) 좀비 버브의 총에 맞아 죽는 이야기…… 여기에는 정말이지 희망의 한 가지 힌트마저도 있을 수 없다. 사라와 두 동료가 탈출에 성공한다지만, 그들은 무인도에 고립무원으로 남겨졌을 뿐 좀비를 물리치거나 변화시키는 데는 결국 실패한 것이고, 그런 결말은 당연하기까지 하다. 존—그는 헬기 조종사이므로 안목이 가장 거시적일뿐더러 신에 가까이 있다—의 말대로, 좀비는 사악한 인류에게 내려진 신의 응징이기 때문이다.

2분 33초/37컷으로 이루어진, 로즈 대위와 버브의 결투 장면은 이 영화의 백미다. 사이즈와 앵글에 변화를 주기가 힘든 복도에서, 로메로는 치밀한 계산으로 긴장과 반전을 이끌어낸다. 특히, 비틀거리며 카메라 오른쪽으로 프레임 아웃하는 로즈의 풀숏과 좀비들의 시점 숏으로 포착된 로즈의 폐소공포증적 바스트 숏(좀비들이 벽을 뚫고 나오는 '사라의 꿈' 장면의 반복)이 일품이다.

운명—피곤한 죽음

죽음의 카운트다운
D. O. A.

원제 D. O. A.는 'Dead on Arrival'의 약어로서, 병원에 도착하자마자 죽은 이를 일컫는 용어다. 흔히 의사들은, 환자가 응급처치 중 사망했을 때 보호자 모르게 자기들끼리 속삭인다. "디 오 에이야." 이것은 그만큼 속수무책의 뉘앙스를 지닌 비정한 말이다. 그런 만큼, 주인공은 영화의 초반부에 이미 음독하고, 48시간 시한부 생명으로 선고받는다. 따라서 그의 탐정 노릇은 여느 미스터리 영화에서처럼 희망적이지 않다. 마르케스식으로 말한다면 '예고된 죽음의 연대기'인 셈인데, 그렇다면 영화가 죽어가고 있는 덱스의 고백으로 시작하고 있는 까닭도 이해가 된다. 폭우를 맞으며 경찰서에 도착한 그에게 당직 경관이 묻는다. "무슨 일이요?" "살인 사건." "누가 살해당했죠?" "내가……." 이 기막힌 대화는 그대로 각본의 기본 발상을 요약하고 있다. 자기를 죽인 범인을 찾는다! 두 친구가 서로를 살해한다는 결말에 이르기까지, 미스터리 역사상 보기 드물 정도로 기발한 착상과 숨 막히는 모험, 충격적인 반전으로 이루어진 이 필름누아르 각본은 너무나 뛰어나서, 1949년에 루돌프 메이트에 의해 오리지널이 만들어진 이래 1981년에도 재제작된 바 있고, 이것은 그 세 번째다.

덱스가 경찰서에 도착하는 흑백의 프롤로그는 바로 심문실 장면으로 연결된다. 비디오 촬영기에서 모니터, 그리고 녹화기로 이어지는 긴 패닝이 암전으로 끝나고, 이어서 본 이야기의 첫 장면, 강의실로 넘어가는 솜씨를 보라. 형사에게 사건의 전모를 설명하기 위해 도입되는 회상의 연결점을 흑판으로 설정하고(화면은 어느새 흑백에서 컬러로 전환되면서) 그 위에 텍스가 '색깔Color'이란 글자를 눌러쓴다. 그리고 학생들에게 '초록'이 은유로 사용된 예를 들어보라고 말한다. 곧 살해될 닉이 「오델로」의 한 대목을 읊는다. 바로 '질투(살인의 동기가 바로 이것 아닌가)'에 관한 내용. 이 도입부는 텍스의 나태성을 포함해서, 영화의 주요 정보를 거의 제공한다. 그는 오래전에 좋은 소설을 딱 한 편 쓴 이래, 그 명성으로 아직까지 먹고사는 사람이다. 그의 작품은 날이 갈수록 나빠지고 있으며, 결혼 생활은 파탄 지경이다. 강의 태도는 무성의하고 내용의 반은 농담이다. 결국, 후에 그는 "그가 날 죽인 게 아냐. 난 벌써 죽어 있었지"라고 자탄한다. 즉 그는 살아서 이미 정신적으로 시체였고, 육체가 죽어가면서 비로소 진짜 삶을 찾는다.

그리고 더위. 영화의 배경인 텍사스 오스틴 대학은, 성탄절인데도 성하盛夏이다. 이 후텁지근한 분위기는 매우 중요한 영화적 장치로서, 여기서 우리는 대부분의 필름누아르가 여름이나 남부 지방을 택해 이야기를 만들고 있음을 상기할 필요가 있다. 〈크나큰 잠〉, 〈보디 히트〉, 〈차이나타운〉, 〈엔젤 하트〉, 〈밤의 열기 속으로〉…… 인물들은 화면마다 땀투성이, 장면마다 기진맥진이다. 이 장르에서 주인공은 늘 수동적이고, 그의 유일한 바람은 주위 사람들이 자기를 혼자 내버려두는 것이다. 그러나 남들은 모종의 음모와 계략을 위해 그를 이용하려 들고, 주인공은 결국 그 파도에 휩쓸리고 만다. 대개 평범한 사람인 우리의 주인공은, 그런 모험을 통해 사회의 표면 아래 감추어진 악의 존재를 발견한다. 닫힌 사회와 폐쇄적인 화면 구도, 게다가 주인공은 무더위에게까지 감금된다. 이 끈적끈적한 열기는, 이 영화에서 타르의 늪으로 훌륭히 시각화된다. 대학 구내에 버젓이 자리 잡고 있는 이 검은 폐기 물질의 웅덩이는 문명사회의 심저에 도사린 악의 상징이다. 이 밖에도, 술집에서의 거미줄처럼 갈라진 유리에 비친 거울 이미지, 자신이 음독했음을 알게 되는 병원에서의 블라인드 커튼 그림자, 죽어가는 아내가 보이는 갈라진 색유리창, 거리에서의 망원 실루엣 숏, 마지막 복도에서의 뒷모습 실루엣 등도 사회 속에 갇힌 나약한 인간상을 표현하기 위해 사용된 필름누아르적 미장센이다. 등장인물의 이름도 그렇다. 덱스터 코넬은 작가 코넬 울리치에서, 시드니 풀러는 배우 실비아 시드니와 감독 새뮤얼 풀러에게서, 닉(니콜라스) 랑은 감독 니콜라스 레이와 프리츠 랑에게서, 각각 차용해온 것들이다. 물론 이들은 모두 필름누아르의 전설적 명인들이니, 이 장르에 대한 감독의 경의는 이 정도다.

여기 참여한 스태프들은 하나같이 일류의 실력자들이다. 〈싸이코 3〉와 〈플라이〉를 쓴 할리우드 각본가, 컬트 SF 〈액체 하늘〉의 소련 출신 촬영감독, 영국의 포스트모던 TV 시리즈 〈맥스 헤드룸〉의 부부 감독(영화 데뷔)……. 구식의 플롯과 대사를 완전히 환골탈태시켜 현대적인 분위기를 만들어낸 각색의 교묘함(36시간 동안 여섯 명이 살해당하며, 아홉 명이 용의자로 떠오른다), 필름누아르 특유의 조명과 흑백/컬러의 절묘한 대비를 통해, 고요함 속의 격정을 담아낸 촬영의 정교함(피츠워링 부인의 복잡한 회상을 한 테이크로 찍어내는 솜씨), 그리고 무엇보다도 공포와 위트, 희망과 절망, 복잡한 미스터리와 간단한 해결의 변증법을 이루어낸 연출의 세련미(살인범이 타이프라이터와 함께 떨어져 죽는 것은 〈미저리〉의 오리지널 아이디어고, 순간접착제로 손목이 연결되어 붙어다니는 남녀의 오리지널 아이디어는 히치콕의 〈39계단〉에 있다), 모두가 상업영화로서는 정상의 수준을 달린다.

사이공의 붉은 장미

—

영웅본색 3
英雄本色 3—夕陽之歌

　오우삼 감독과 적룡과 장국영을 더 이상 이용할 수 없었던 기획자 서극은 이 기상천외한 3편에서, 누구도 상상할 수 없었던 방식으로 한 편의 역사영화를 선보이고 있다. 세 스타 대신에 그는, 앞의 두 편으로 사실상 완결된 '영웅본색 신화' 그 자체를 전혀 다른 목적으로 이용한 것이다. 그가 이 3편의 상업적 실패와 대중으로부터의 비난은 예상했을지 모르나, 비평가와 지식인들조차도 자신의 진지한 걸작에 숨겨진 의미를 외면하리라고는 생각하지 못했을 것이 분명하다. 이만큼 이 영화에는 서극의 진짜 개성과 역량이 모두 투여되고 있고, 그것들은 매우 독특한 형태로 발현된다.

　서극이 중국의 과거 역사를 통해 당대의 현실까지도 은유적으로 풍자하고, 결국은 나름대로의 소박한 결론까지를 도출해내려고 노력해왔다는 사실은, 감독으로서의 그를 이해하고 한 편의 독립된 영화로서의 〈영웅본색 3〉을 파악하는 데 반드시 미리 가져야 할 정보다. 〈상하이 블루스〉와 〈도마단〉이 바로 그런 의도의 산물이었고, 우리는 이미 그 두 편의 영화에서, 역사극의 두 가지 의미를 배운 바 있다. 그 자체가 과거사의 재구성을 통한 성찰과 반성이라는 측면과 현재에 대한 은유적 표현 공간으로서의 과거시제의 이용이라는 측면. 그리고 〈영웅본색 3〉은 여기에, '차용된 역사'를 통해, '아직은 닥치지 않은, 하지만 결론은 뻔한' 미래의 모습을 그린다는, 제3의 의미를 추가한다. 이것은 차라리 '미래영화'다.

1974년의 베트남 통일과 그에 따른 반공적 화교들의 집단 탈출이라는 구체적 사건을, 서극은 1997년 홍콩 반환과 이미 시작된 홍콩 부르주아들의 이민 사태에 대한 훌륭한 역사적 등가물로 생각한다. 그 때문에 그는 시리즈의 최후편을 '그때, 거기'서부터 새로 시작하는 것이다. 영웅 전사前史—소마는 아직 영웅은커녕 풋내기 갱스터도 아니고, 그에게는 부도 명예도 주어지지 않았다. 아버지는 본토에서 행방불명이고, 숙부는 '양주병에 든 오가피주' 같은 베트남 이민. 사선을 넘어 홍콩에 돌아와봐야 갱 조직(그 두목은 일본인이다)에 의해 이내 쫓겨나고, 사촌 형제는 각각 캐나다와 대만을 향해 떠나기로 '거짓' 맹세한다. 그리고 다시 베트남행, 요컨대 이들은 어디서도 정착이 허용되지 않는 유랑 난민과 다를 바가 없다. 물론 영화는 이들이 홍콩에 무사 귀환하면서 끝을 맺지만, 소마의 미래는 이미—홍콩이 반환 시한에 의해 그렇게 된 것처럼—전편에 의해 규정되어 있다. 범죄 조직원, 위조지폐범 그리고 처참한 죽음……. 심지어 그의 쌍둥이 동생마저 미국으로 이주한다!(서극은 베트남에서 태어났다가 부모와 함께 전쟁을 피해서 홍콩에 왔다고 한다. 또한 그는 청년기를 미국에서 보냈으니, 〈영웅본색〉 시리즈는 서극 개인의 이주 편력기이기도 한 셈이다). 여기에 대해 서극은 단호하고 확신에 찬 어조로 결론을 내린다. 헬기 탑승을 거부하고 월맹군 치하의 사이공에 남기를 자처하는 청년 초팔, 그의 마지막 절규에 그 대답이 들어 있다. 잃어버린 부모님을 찾겠다는…….

이렇듯, '영웅의 신화 공간'(1편)은 '복제인간의 만화 프레임'(2편)

136

이 되었다가, '피난민의 역사 현실'(3편)로 급격히 전락한다. 주윤발은 총격전의 와중에서 한 번도 특유의 여유만만한 미소를 지어보지 못한 채, 낯선 이국땅을 하염없이 헤맨다. (일본인들이 이름 붙여준) 저 '홍콩 누아르'라는 장르까지도 이미 해체되고 희미한 흔적만이 남아 있을 뿐이다. 그토록 많은 젊은이들을 흥분시켰던, 때로는 우아하고 때로는 장엄했던 총격전에서의 느린 동작 기법도 이제는 그 용도를 달리한다. 원래 그것은 규칙적으로 프레임을 제거하면서 남은 프레임을 늘려 나가는, 즉 단절된 동작의 연장을 통해 중국적인 유장한 리듬과 갱스터 필름 고유의 역동성을 결합시키려는 방법이었다. 그러나 3편은, 단순히 일률적인 프

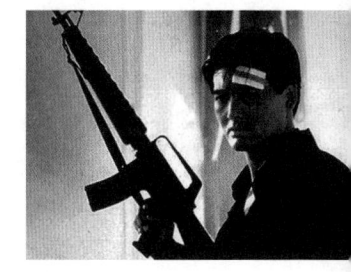

레임 늘리기의 수법을 주로 사용함으로써 전편들과 스스로를 구별 짓는다. 인적 없는 폐허에 던져진 주인공들의 움직임은, 감정을 고조 시키기에는 너무 불길한 음악 속에서 대책 없이 느려진다. 총격전 자체가 전혀 극적이지 않을 뿐더러, 이들의 느린 이동은, 아름다움보다는 차라리 속수무책의 무력감이나 고립무원의 외로움과 가깝다. 그리고 이들이 그렇게 보이는 것은 바로 행위의 무의미성 때문이다. 숙부를 홍콩으로 탈출시키기 위한 전반부의 싸움은, 그가 홍콩에서 살해당하는 바람에 안 하느니만 못한 짓이 되어버리고, 숙부를 위한 보복은, 그 원수가 엉뚱한 군인에게 사살됨으로써 이루어지지 못하며, 여자를 구하려는 노력마저도 마침내 그녀 역시 숨을 거두면서 수포로 돌아간다. 포연 자욱하고 유혈 낭자했던 모든 '대행동'들이 사실상 불필요한 일이 되거나 실패로 돌아가고 마는 것이다. 결국 이것이 서극의 숙명론적 허무주의다.

서극의 잠언록이라고 해도 과언이 아닐 정도로 모든 등장인물이 하염없이 되뇌는 경구조의 대사들, 갈수록 세련되어가는 음악의 절묘한 구사, 집요되게 사용되는 광각 렌즈와 앙각 앵글, 특히 최후의 이륙 장면(이 영화는 베트남 착륙으로 시작해서 이륙으로 끝난다), 140여 초 동안 절정에 달하는 편집 리듬……. 아마도 이 3편은, 시리즈 중 최고의 걸작으로 후세에 기록될 것이다.

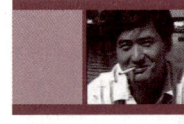

전혀 다른 영화라고는 해도 속편은 속편인지라, 감독은 팬들을 위해 소마의 캐릭터가 만들어지는 과정을 서비스로 제공한다. 트레이드마크인 긴 자락의 검정 레인코트와 둥근 선글라스는 연인 주영걸이 선사한 것으로 밝혀진다. 조준 없이도 명중시키는 사격 솜씨와 무표정으로 쌍권총을 갈겨대는 모습, 심지어는 사랑하는 사람들을 위해 자청하려는 어리석음까지도 그녀에게서 배운 것임이 확인된다.

흐르는 강물처럼

—

텐 미니츠—트럼펫
TEN MINUTES OLDER : THE TRUMPET

전체 상영시간은 92분 남짓이다. 말하자면 '나인티 미니츠 올더'인 셈이다. 그러고도 〈첼로〉라는 부제를 단 속편이 또 곧 완성되었다. 총 15인의 세계적 대가들을 한자리에 불러 모은 이 유례없는 프로젝트는 도대체 누가 시작했고, 이토록 상업성 없는 기획에 대체 누가 돈을 댔을까? 3인 프로듀서들 중 하나이자 최초 창안자인 니콜라스 맥클린토크는 이탈로 칼비노의 강의록을 읽다가 영감을 받았다고 하고, 칼비노는 어느 민담 전승자한테서 들은 이야기였다고 한다.

그러니까 그 연대기는 이렇게 된다. 1962년, 프랑스의 영상시인 크리스 마르케가 시간 여행의 패러독스를 다룬 영화 〈라 주테〉를 만든다. 1975년, 라트비아 다큐멘터리 운동의 핵심 멤버였던 허츠 프랭크가, 인형극을 구경하는 한 소년의 모습을 묘사한 1숏/10분짜리 다큐멘터리 〈텐 미니츠 올더〉를 발표한다. 언제인지 알 수 없는 때, 어떤 시칠리아 할아버지가 자기도 할아버지에게서 들은 이야기를 칼비노에게 들려준다. 칼비노는 어느 대학에서 강연을 한다. 누군가 그 내용을 적어 책으로 낸다. 그걸 읽은 영국인 다큐멘터리 감독 겸 프로듀서는 어떤 컴필레이션 영화를 발상한다. 그는 허츠 프랭크의 영화를 떠올리고 그 제목을 빌리기로 한다. 맥클린토크는 먼저 빔 벤더스에게 전화를 건다. 벤더스가 쓰고 남긴 자투리 필름으로 첫 영화를 찍은 적 있는 짐 자무시가 합류한다. 돈이 떨어지자 빔 벤더스나 켄 로치 같은 사람들의 프로듀서였던 울리히 펠스베르크가 나서 자금을 조달하기로 한다. 벤더스와 자무시의 명성은 다른 감독들을 끌어들이는 좋은 미끼가 된다. 이제 거꾸로 뒤늦게 참여한 기라성 같은 감독들의 이름은 돈을 끌어 모으는 미끼가 된다. 첫 컴필레이션 영화가 완성되자 3인의 프로듀서들은 그것을 허츠 프랭크와 그의 카메라맨이었던 유리스 포드니엑스, 그리고 크리스 마르케, 이 3인에게 헌정하기로 한다.

시칠리아의 할아버지와 프랑스, 라트비아의 다큐멘터리스트, 이탈리아의 소설가, 중세부터 흘러나온 어떤 생각의 강물이 어떤 인연의 접점을 만나 지류로 갈라지고 또 갈라진 끝에 우리 앞에까지 도달한 것이다. 반대로 말하자면 7개의 작은 시내들이 어딘가에서 '합류' 해 이리로 흘러온 것이다. 어쩌면 그 강은 더 먼 샘에서 유래했을지도 모른다. 다음과 같은 에피그램이 〈텐 미니츠—트럼펫〉의 첫머리를 장식하고 있다. "시간은 강물, 모든 피조물의 막을 수 없는 흐름. 사물은 순식간에 존재를 잃고, 다른 사물에게 그 자리를 내준다. 그것들은 오직 사라지기 위해 존재할 뿐이다." 마르쿠스 아우렐리우스.

그 '강' 컨셉트를 강화하기 위해 프로듀서들은 에피소드와 에피소드를 잇는 다리로, 강의 이미지를 따로 찍어다 끼워 넣었다. 일렁이는 물결, 거기 반영된 하늘, 구름, 나무의 모습은 충분히 암시적이다. 카메라는, 휴 마세켈라가 마일즈풍으로 부는 트럼펫 소리, 그 호흡을 바람 삼아 돛배를 타고 흘러가는 듯하다. 물론 미풍이라 느리다. 그리고 검은 바탕에 그어진 흰 줄이 디졸브된다. 지도상의 강인가 했다. 디졸브 끝나면서 카메라 후진하면 그것이 다음 에피소드를 만든 감독의 서명이었음이 밝혀진다. 화면을 가득 채운 이 꼬불꼬불 글자들, 짧게 끊어지지 않고 다음 획, 다음 글자로 슬쩍 이어지곤 하는 필적들은 당연하게도 그 감독의 인생 여정을 상기시킨다.

영화라는 매체가 음악하고 닮은 점이 있다면 그건 뭣보다도 '시간'과 관계있을 것이다. 일단 한번 감상이 시작되면 꼼짝없이 거기 갇혀서 주어진 시간을 보내야 하기 때문이다. 말하자면 우리는 그 일정한 시간 동안 늙어야 한다, 또는 죽어간다. 〈텐 미니츠—트럼펫〉 중 짐 자무시의 에피소드에서 흐르던 음악, 글렌 굴드가 연주하는 〈골드베르크〉 전곡이 우리를 51분 16초에 걸쳐 늙히는 것처럼, 여기 일곱 감독들도 우리를 각자 꼭 10여 분씩 죽이고 있다. 다만, 같은 말이라도, 그 시간만큼 우리가 '자랐다'고 생각할 수 있다면 더 좋겠지. 아니면 '나이 먹는다'는 조선식 표현대로 '10분 먹었다'고 하면 배도 부르고 좋을라나?

아키 카우리스마키

역시 제일 웃긴다. 언제나 그랬듯이 무표정하다. 얼음장처럼 차가운 푸른빛의 화면 속에서 여자들만 약속이라도 한 듯 빨간 옷을 걸치고 나와 돌아다닌다. 하는 짓, 하는 말마다 말이 안 된다. 철로에 누웠다가 체포된 사람이 한단 말이, "기차를 기다리다 잠이 들었다"니, 강에 들어가 헤엄치면서 배 기다리는 사람 봤나? 더 웃기는 건 시계들이다. 여기저기 시계들은 마치 이 얘기가 10분 안에 벌어지는 것처럼 거짓말을 하고 있다. 유치장 나와 직장 들렀다 역에 가서 시간표 확인하고 여자 데리고 와 반지 사고 표 사고 출발하는 데까지 단 10분. 생각건대 카우리스마키는 이랬을 것 같다. 스토리를 하나 만든다, 돈이 없어 찍지는 못한다, 프로듀서의 제의를 받자 일단 수락하고 본다, 그러나 꾸며놓은 스토리와 〈텐 미니츠—트럼펫〉의 주제는 안 맞는다, 궁리 끝에 시계 숏들을 찍어 삽입하기로 한다, 그러고 보니 이치에는 안 맞지만 뜻밖에도 주인공이 마구 조바심을 내며 동분서주하는 기분이 난다, 맘에 든다.

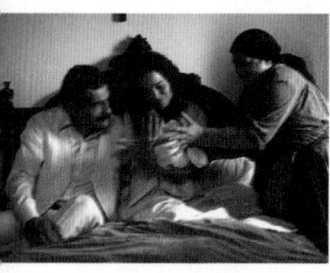

빅토르 에리세

역시 제일 시적이다. 언제나 그랬듯이 스페인 시골 풍경이다. 유난히 고요하고 느린 이 에피소드 안에, 좁은 공간 짧은 시간 속에도 온갖 모순된 것이 한데 모여 뒤섞인 게 세상이라는 깨달음이 있다. 지주의 낮잠과 농부의 노동이 대비된다. 여름날 오후의 권태와 아기 배내옷에서 번져 나오는 피의 공포가 교차된다. 노인과 아이, 탄생과 죽음, 사람과 동물, 기계와 자연, 현실과 환상, 정체와 운동이 병행한다. 손목에 펜으로 그린 시계가 째깍째깍 소리를 내는가 했더니 다음에 이어지는 화면에서 낫을 두드리는 농부의 망치 소리였음이 밝혀진다. 그건 실망이지만 아기가 살아난 건 다행이다. 하녀는 아기의 상처를 치료해주고 산모는 아기를 어르며 나지막이 자장가를 부르기 시작한다. 세상, 다시 돌아간다. 방긋 웃는 아기의 얼굴에 이어 디졸브되는 버려진 신문지, 거기 인쇄된 사진과 글씨는 제2차 세계대전의 시작을 알리고 있다. 먹구름처럼 피가 신문지에 번진다. 일곱 편 가운데 단연 백미.

베르너 헤어초크

역시 제일 파격적이다. 언제나 그랬듯이 오지로 들어간다. 아마존은 그에게 낯선 곳이 아니다. TV 다큐멘터리처럼 쉴 새 없이 지껄이는 보이스 오버 내레이션이 깔린다. 예술 지향적인 감독들도, 비판적인 감독들도 좋아하지 않는 방법이다. 그러나 헤어초크는 거리끼지 않고 꽤나 설명적인 해설을 늘어놓는다. 우리로서는 뭐 아무래도 좋다. 기름진 성우 음성이 아니라 건조한 헤어초크의 육성이니까. 지구상 최후의 야만인들이 1만 년의 시간을 단박에 건너뛰는 바로 그 순간에는 모골이 송연해진다. 숨겨진 카메라를 눈치채고 불안하게 응시하는 타리의 얼굴은 평생 못 잊는다. 내 생각에 이 전사들은, 그 순간 카메라를 찾아 박살내고 백인 탐사대원들을 학살한 다음 다 먹어버렸어야 했다. 그랬다면 불과 1년 후에 부족 대부분을 문명의 질병으로 잃는 일은 없었을 것이다. 타리가 사발시계를 들고 이리저리 들여다보는 장면만으로도 〈텐 미니츠—트럼펫〉 기획에 가장 잘 어울리는 에피소드가 되었다.

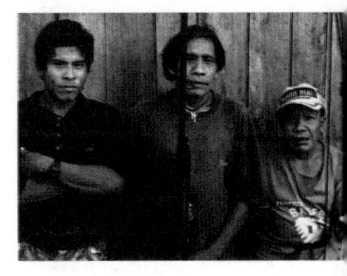

짐 자무시

역시 제일 미국적이다. 언제나 그랬듯이 흑백 화면이다. 데이비드 린치와 자주 일하는 카메라맨 프레더릭 엘름스는 아무래도 로비 뮐러보다는 강한 콘트라스트를 선호한다. 남의 인생을 대신 살다가 잠깐—물론 10분—짬을 내 자신으로 돌아온 여배우 이야기라니, 뭐니 뭐니 해도 여배우들이 보면 제일 좋아하겠다. 클로에 셰비니가 폴라

143

네그리처럼 분장하고 나온다. 출발은 좋다. 따뜻하고 쾌적한 트레일러에서 바흐를 들으며 담배 한 대, 그리고 애인과의 통화. 그러나 이내 훼방이 시작된다. 스태프들은 모두가 조심스럽게 그녀를 대하지만 하도 자주 들락거리니까 보는 사람까지 짜증이 난다. 좀 쉽게 내버려두지! 그래도 녹음기사가 여배우 엉덩이와 가슴을 마구 주무르면서 무선 마이크를 점검하는 장면은 되게 우습다. 모두가 어려워하는

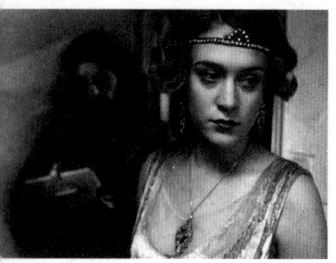

스타라도, 애인과의 통화 내용은 여느 처녀와 하나도 다를 바 없다. 아무래도 자무시는 할리우드 여성 스타들에게 잘 보이기 위해 이걸 만들지 않았나 싶다.

빔 벤더스

역시 제일 실험적이다. 언제나 그랬듯이 '길'이고 디지털이다. 백주 대로에서의 디지털 악몽. DV캠의 효능을 테스트하려고 만든 파일럿 같아 보인다. 아니면 '일스EELS'의 뮤직비디오거나. 한 여피 사내가 멋진 스포츠카를 몰고 사막지대 고속도로를 달린다. 약물 과용 상태라, 어서 병원을 찾아 위세척을 해야 한다. 부유한 여피가 가난한 시골 소녀의 도움으로 목숨을 건진다는 결말은 다소 교훈적이기까지 하다. 그러나 영화의 대부분은 중독자의 시점으로 보이는 풍경의 왜곡을 전시하는 데 바쳐진다. 카스테레오에서 줄곧 '일스'의 노래가 흘러나오고 있음은 물론이다. 이중 삼중으로 겹쳐서 출렁이는 이미지, 부분적으로만 바뀐 색깔, 여기에 일그러져 들리는 음악과 자극적인 효과음이 겹쳐져, 보기만 해도 속이 울렁거리고 메스꺼워진다. 무

슨 엽기적인 영상 하나 없어도 거의 구토를 유발할 지경이다. 영화가 짧아 다행이지.

스파이크 리

역시 제일 전투적이다. 언제나 그랬듯이 정치를 다룬다. 플로리다 투표를 둘러싼 숨 막히는 하루의 증언. 공정하 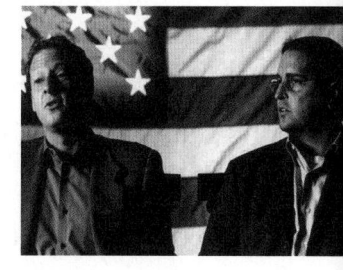 고 객관적이겠다는 자세는 아예 처음부터 없다. 미리 결론 내놓고 시작한다. 편파적이려고 작정 한 듯 고어 캠프 쪽 사람들만 인터뷰했다. 어떻 게 찍었는지, 존 말코비치의 외모에 토미 리 존 스의 음성을 가진 선거 본부장 마이클 울리를 비롯해 모든 등장인물이 쿨해 보인다. 이건 그냥 내 짐작이지만, 고어는 지나치게 쿨해 보이고 싶어한 나머지 너무 일찌감치 패배를 인정하는 연설을 하려 들었던 것 같다. 그러나 현실적인 측근들은 그 성급한 행동을 만류하고 긴 싸움 에 들어갔던 것이다. 이 에피소드에서의 '결정적 10분'은 부통령의 승 복 연설을 말리는 데 걸렸던 시간이다. 하지만 압권은 역시 자기가 진 줄 알았던 부시가 고어에게 했던 한마디, "그렇다구 그렇게 우쭐 댈 거 없시다." 어서 빨리 패배를 인정하고 싶어 안달이 난 대선 후보 이야기라니, 이 영화, 이인제 보여주면 좋겠다.

첸 카이거

역시 제일 동화적이다. 언제나 그랬듯이 전통과 현대의 갈등을 다룬다. 요즘 베이징이나 상하이에 가본 사람이라면 실감날 것이다. 새마을운동은 저리 가라다. 바로 어제 집 있던 곳이 오늘 공터로 바뀌었다고 해서 이상할 것 하나도 없다(아마 다음 주쯤이면 고층 빌딩이 들어서 있을걸?). 정신 나간 의뢰인에게서 돈을 받아내려고, 없는 짐 옮겨주는 마임을 연기하는 이삿짐센터 직원들의 모습은 약삭빨라 보이기도 하지만 동시에 바보스러워 보이기도 한다. 감독에게는 현대 중

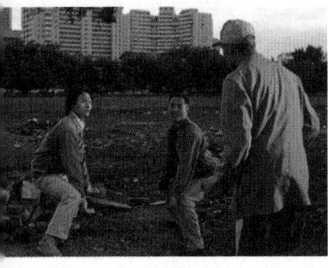

국인들이 그렇게 보이나 보다. 없는 화병이 떨어져 박살 나는 소리가 들리는 등, 여기서는 모든 게 상징적이다. 작은 종 하나를 풍경처럼 서까래에 매달아놨었다고 우기는 노인. 결국 인부들은 트럭 바퀴에 깔린 종을 발견하기에 이른다. 그 종이, 발전과 현대를 대표하는 트럭의 전진을 가로막는 구덩이 안에서 발견되었다는 점 또한 상징적이지 않은가. 전통 가옥이 되살아나는 수묵 애니메이션이 꼭 필요했던 것도 그래서였으리라. 현실에서는 고층 빌딩이 올라가고, 감독의 판타지 속에서는 기와집이 올라가고.

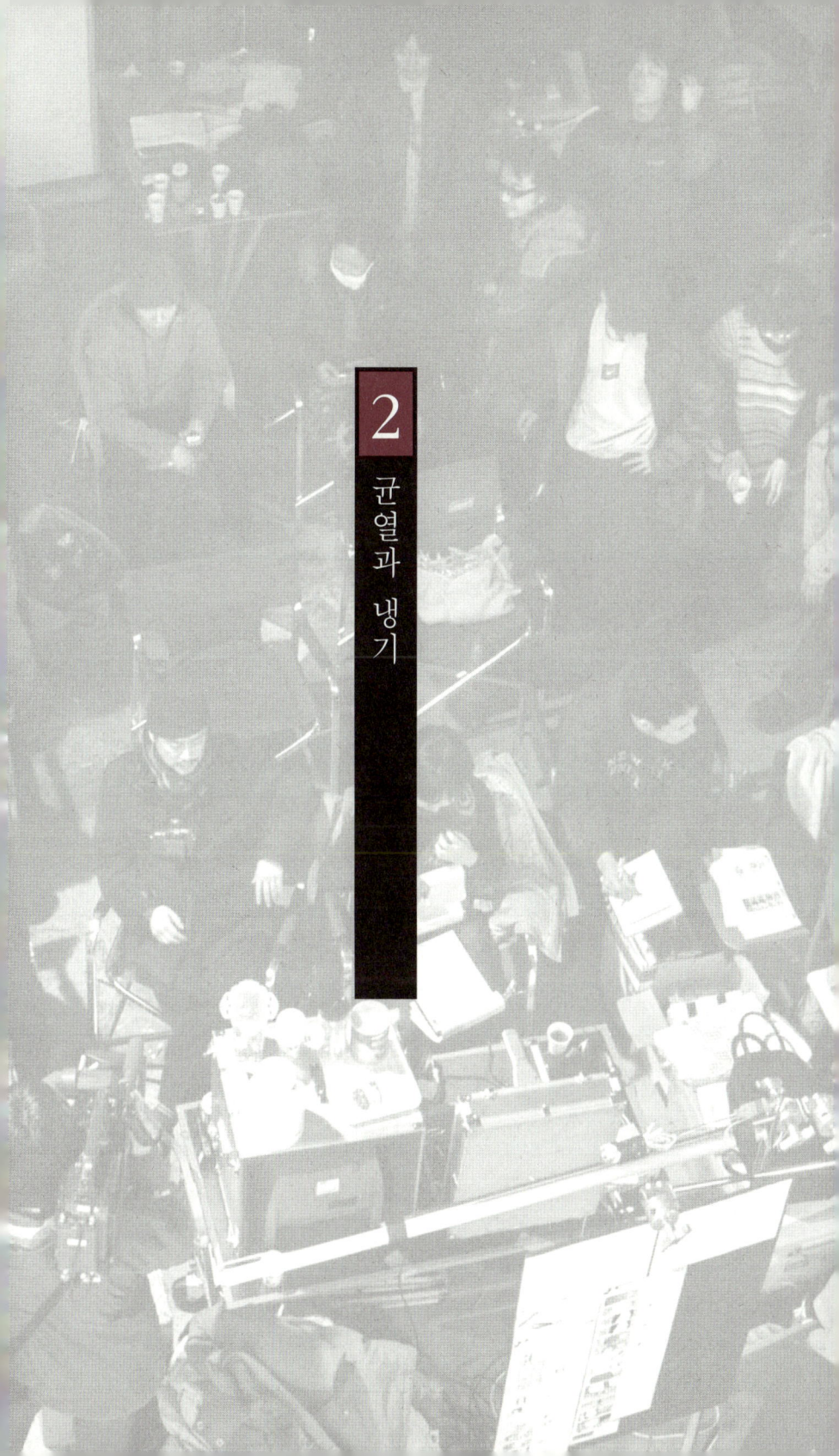

2

균열과 냉기

거대한 환영 歡迎

아이스 스톰
THE ICE STORM

밤. 영화는 낡은 전차의 이미지로 시작된다. 인디언 플루트의 선율이 흐르는 가운데 그것은 거대한 화석처럼 보인다. 주렁주렁 고드름을 매단 매머드의 화석. 하지만 어느 순간 전차는 거짓말처럼 다시 움직이려 한다. 그것은 죽은 게 아니라 단지 멈췄을 뿐이며 그 때문에 꽁꽁 얼어 있었던 것이다. 전차가 역에 도착할 즈음에는 해가 뜨고 고드름은 녹는다. 〈아이스 스톰〉은 아마도 결빙과 해빙의 과정을 탐구하는 영화가 되리라는 예감이 든다. 마중 나온 세 식구의 표정은 지극히 평온해 보이지만 속으로 어떤 사연을 숨기고 있는지도 모른다. 이 영화는 또한 그 무표정 너머에 자리한 고단했던 밤의 기억을 뒤지는 이야기일 수도 있고, 한편으로는 전차가 연착한 까닭을 파고드는 드라마일 가능성도 있다.

도착과 동시에 시간은 며칠 전으로 거슬러간다. 1970년대 초, 베트남전은 끝났고 60년대 말의 혁명에의 순진한 기대도 박살났다. 닉슨은 거짓말만 늘어놓고 지식인들은 무력감에 빠져 있다. 코네티컷 부촌에 사는 두 집안 얘기가 펼쳐진다. 배울 만큼 배웠고 가질 만큼 가졌으되 인생은 공허하다. 이상을 잃었기 때문이다. 대학 때 읽었음 직한 사르트르 따위는 이제 개라지 세일garage sale에 나와 있어도 아무도 안 산다. 대신 그들은 '키 파티'를 연다. 부부가 상대를 바꿔 자

149

며 놀 때 한 집 딸은 이웃집 두 아들과 번갈아 잔다. 출장 다녀온 아빠가 "나 왔다" 하면 아들은 "언제 가셨더랬어요?" 하고, 추수감사절 기도를 하라고 강요하는 아빠에게 딸은 "인디언과 베트남 민중이 학살당할 때 이렇게 잘 처먹게 해주셔서 감사합니다"라고 말한다. 그래도 엄마는 딸을 흉내 내서 오랜만에 자전거를 타보려고 노력한다. 그것을 자유라고 보았고 '자전거 타는 법은 결코 잊지 않는다'고 믿었기 때문이다. 그래 봐야 자전거 타고 가서 모녀가 하는 일이라고는 각각 같은 가게에서 물건을 훔치는 것이다. 양가兩家 공히, 도무지 가망이 없다.

파티가 벌어지던 날 밤, 집 보던 아들은 애인을 만나러 나갔다가 쓰러진 전봇대를 발견한다. 눈보라 때문에 정전, 정전 때문에 운행 중단. 과연 전차는 다시 움직일 것인가. 불통인 전화는 복구될 것인가. 절단된 고압선에 감전사하는 소년은 부모 세대의 죄를 대속하는 것처럼 보인다. 바람 피운 남편이 그 외도 상대인 옆집 여자의 장남을 발견한다. 이미 세 번이나 보드카 잔에 넣을 '얼음을 꺼내는 사나이'로 표상된 바 있는 그가 이제 빙판길에서 얼어붙은 소년, 자기가 아내에게 주지 못한 사랑을 자기 딸에게 바쳤던 아이, 그 옷 색깔로 보아 자기 아들과 동일시되기도 하고 어쩌면 죽어버린 자신의 소년 시절이기도 할 그 시신을 정성껏 수습하자마자, 놀랍게도 저 멀리서 자기 아들이 탄 열차가 움직이기 시작한다. 이와 동시에 아내는, 옆집 둘째 아들과 벌거벗고 부둥켜안은 채 잠든 딸을 발견하고 있다. 아침이 밝아오고 도입부의 기차 도착 장면이 반복된다. 우리는 마중 나온 가족을 전혀 다른 눈으로 보게 된다. 처음으로 찬란한 햇빛에 노출된 아빠는 처자식 보는 앞에서 울음을 터뜨린다. 얼음이 녹아 흘러내리는 눈물이다. 1997년 미국 최고의 영화.

150

불 질러!

광란의 사랑
WILD AT HEART

스크린은 다짜고짜 불길에 휩싸인다. 클로즈업된 성냥으로 발화되
자마자 바로 다음 숏은 거대한 화염의 파도. 황이 긁히는 마찰음에,
바람 소리 같은 것이 이어진다. 불길이 산소를 잡아먹으면서 부르는
노래. 일찍이 〈블루 벨벳〉의 데니스 호퍼는 산소 마스크를 쓰고 가슴
속 불길을 태우며 외쳤다. "아빠가 집에 오셨어요." 〈광란의 사랑〉에
서 룰라의 아빠는 엄마와 그 정부의 음모에 의해 소사燒死한다. 성냥
불은 기름으로 아빠를 태우기도 하지만 타는 가슴을 담배로 식혀주
기도 한다. 여기 등장인물들이 다 그런 것처럼 룰라와 애인 세일러도
대책 없는 체인스모커들이다. 오르가슴의 흥분을 가라앉히며, 살인
의 쾌감을 진정시키며, 기다림의 초조감을 달래며 이들은 담배를 피
운다. 팔을 쭉 뻗어, 자신을 죽이려고 했던 여자(룰라의 엄마)를 가리
키는 세일러. 그의 손가락 사이에 끼어 있는 담배는, 그 손짓을 권총
발사의 상징적 행위로 인식케 한다. 심지어 룰라의 임신 사실을 알게
된 세일러는 두 대의 담배를 한꺼번에 피워 물어야 한다. 그리고 담뱃
불을 당길 때마다 어김없이 남녀 공통의 기억이 덩달아 달아오른다.
이 회상 장면이 몸부림치는 아버지가 아니라 타오르는 집의 모습인
까닭은 〈광란의 사랑〉이 왜 로드무비여야 했는가를 밝혀준다. 이것은
집 잃은 자들의 이야기인 것이다.

거대한 음악당의 높다란 천장을 훑어가는 본편 첫 숏과, 남녀가 늘 타고 다니는 지붕 없는 자동차를 견주어보라. 안락하게 꾸며진 어머니의 집과 싸구려 모텔방과의 비교는 어떤가. 고아 세일러는 감옥을 나오자 갈 데가 없어서, 룰라는 세일러와의 사랑을 반대하는 어머니와는 함께 살 수가 없어서 길을 떠난다. (마음의) 안식처는 이미 불타버린 지 오래고, 이들에게는 자동차만이 거실이고 모텔방만이 침실

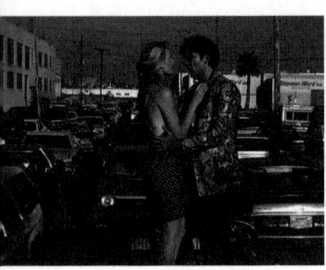

이다. 그러나 출발지로 선정된 케이프 피어 Cape Fear(공포의 곳)는—영화 〈케이프 피어〉에서 우리가 충분히 실감했듯이—앞바다의 무시무시한 암초 덕분에 그런 이름을 얻었던 곳. 우리의 항해자(세일러Sailor)가 순탄한 운항을 할 수 있으리라는 기대는 애초부터 무리다. 크레딧이 끝나기가 무섭게 그는 룰라의 어머니 마리에타에게 고용된 살인 청부업자와 맞닥뜨리고 그를 죽인 다음 형무소행, 룰라와 여행하는 동안 처참한 교통사고 현장과 조우하는가 하면, 또 다른 청부업자인 줄도 모른 채 '검은 천사' 바비 페루와 함께 강도질을 하다가 또다시 체포된 다음, 출소 직후 깡패들은 만나 죽도록 얻어맞는다.

케이프 피어가 어엿이 실재하는 지명임에도 불구하고, 데이비드 린치는 자막을 통해 '노스캐롤라이나와 사우스캐롤라이나의 경계선 근처 어느 곳'이라는 보충 설명을 굳이 달고 있다. 분명 노스 쪽에 속해 있는 위치를 이렇듯 애써 모호하게 만들어버리는 짓을 포스트모더니즘의 전략으로 이해해도 좋다면, 영화 어디에도 사건이 벌어지는 시간대가 제시되지 않고 있다는 점 또한 용납할 수 있으리라. 뉴올리언스 재즈에서 스윙을 거쳐 리하르트 슈트라우스와 크쥐시토프 펜데레

츠키, 엘비스 프레슬리와 크리스 아이작, 헤비메탈에 이르기까지 종횡무진으로 구사되는 음악 또한 배경의 역사성을 완전히 해체한다. 프레드릭 제임슨이 〈보디 히트〉를 분석했던 바대로, 린치가 전작들에서 이미 사용했던 식대로, 〈광란의 사랑〉에서 명백한 배경은 아무것도 없다. 〈블루 벨벳〉의 사건들이 꼭 럼버튼 마을에서 일어날 필요가 없었던 것처럼, 케이프 피어 역시 단지 그럴듯한 이름 때문에 선택되었는지도 모른다. 〈듄〉에서 배경으로 설정된 서기 10991년이 '먼 미래'라는 표현보다 오히려 사실상 무의미하듯, 세일러의 두 차례 복역 기간 '22개월 18일'과 '5년 10개월 21일'은 이 이야기에 어떤 사실성이 있는 것처럼 보이게 하려는 속임수에 불과하다. 남녀가 마침내 도착한 빅 튜나 또한 그 실재성이 의심스러운 마을이다. 텍사스의 황야 가운데 있으니 이때의 '튜나'는 분명 멕시코산 선인장의 일종을 가리키는 이름일 텐데, 어찌된 일인지 동네 어귀에는 난데없는 참치 조형물이 보란 듯이 서 있는 것이다. 튜나가 가진 두 가지 뜻 중에 하필 참치 쪽을 택한 의도는 뭘까, 하는 순간 린치는 뻔뻔스럽게도 그 뒷면에 적힌 낙서를 보여준다. "Fuck You."

이런 고의적인 시/공간의 구체성 무시는 두 가지 효과를 낳는다. 첫째, 이것은 재현된 세계가 아니다. 즉, 특정 시/공간에 전속된 이야기가 아니다. 둘째, 따라서 이 상상적 세계는 보편적이다. 종합한다면, 언제 어디도 아니기 때문에, 동시에, 언제 어디서라도 벌어질 수 있는 이야기다. 그래서 이것은 동화일 수밖에 없다. 룰라 모녀와 세일러, 바비 페루가 현대 영화의 주인공들답지 않게 지극히 전형적이고 피상적으로 묘사되고 있는 점도 이제 설명 가능하다. 〈광란의 사랑〉을 두고 영화에 역사가 없고 인물에 깊이가 없다고 비판한다면, 〈신데렐라〉에 토마스 만을 요구하는 꼴과 같다. 린치에게 역사는 혼성모방의 재료로 파편화되고, 깊이는 이미지로 대체된다. 그리고 이성은 아예 박살나버린다. 영화의 현재 시제에서 살해당하는 세 명은 한결같이 머리가 깨지거나 파열되고 있다. 노상에서 만난 아가씨는 교통사고를 당해 머리를 다쳤으면서 현실을 인식하지 못하고 갈라진 두개골에 손가락을 넣어 긁적거린다. 주인공 남녀는 지능을 조금이라도 가졌는지 의심스러운 엘비스와 마릴린의 복사본들이다. 그래도 룰라 엄마의 애인 산토스는 꼭 세일러의 '머리'를 부숴버리겠다고 약속한다. 이 세계에서, 이성은 무용지물이거나 파괴의 대상일 뿐이다. 그 대신 중요한 건 마음Heart인 모양이다. 비록 그것이 황량한Wild 상태일지라도.

　무도회나 유리 구두 때문에라도 〈신데렐라〉에 봉건시대 유럽이라는 조건이 필요한 것처럼 〈광란의 사랑〉에도 최소한 현대와 미국은 주어져 있다. 개척 시대의 유랑민들처럼 룰라와 세일러는 텍사스를 향해 남서진한다. 사랑의 뉴프런티어. 프런티어 정신이란 글자 그대로 경계를 넘어 나아가는 자세일 테니, 우리가 룰라와 세일러의 무개차를 그 선조들의 포장마차와 동일시하지 못하란 법이 없어 보인다. 빅 튜나의 모텔방에 걸린 황야의 풍경화와 라디오 위에 놓인 말 조각도 마찬가지. 보안관은 세일러를 '미스터 카우보이'라고 부르는가 하면 바비 페루는 공장의 금고를 '엘도라도'라고 부른다. 물론 세일러가 찾는 것이 황금은 아니다. 다만 여비가 필요할 따름이고 진정한 목적지는 가정이다. 정확히 말하자면 세일러는 어머니를, 룰라는 아버지를 찾는다. 캐슬린 마치가 지적한 '영원하고 평안한 사춘기 이전 단계'도 결국 그 말이다. 그녀는 사춘기에서 성장을 멈춰버린 듯한 이 소년 소녀에게 '피터 팬과 팅커벨'이란 별명을 붙여주었거니와, 다만 룰라와 세일러가 특히 불쌍한 것은 끊임없이 어른 세계의 추악한 진실과 직면해야 하기 때문이다. 도입부에서 세일러는 차마 그 지저분한 욕설을 참지 못해서 살인 청부업자를 죽이는 것 같다. 마찬가지로 룰라는 라디오에서 흘러나오는 살인, 시간, 강간, 공해에 관한 참담한 뉴스를 듣고 너무나 괴로운 나머지 황야에서 광란의 춤을 춘다. 교통사고를 당한 여자가 죽어가면서까지 엄마한테 혼나지 않으려고 지갑만 찾고 있을 때 룰라는 마녀처럼 자신을 뒤쫓는 엄마를 떠올린다. 한편 세일러는, 바비 페루의 머리가 떨어져 나가는 모습을 보며 이전에 자신이 저지른 살인이 얼마나 무서운 일이었는지 절감한다. 또한 바비의 음란한 유혹에 자기도 모르게 넘어갔음을 발견하고 룰라는 애정 없는 성욕의 가능성을 배운다. 몸서리치며 아무리 빨간 구두의 양 뒤축을 맞부딪혀봐도—〈오즈의 마법사〉에서 도로시를 고향에 데려다주는 마법—그것이 에메랄드 신이 아니어서인지 텍사스의 모텔은 토사물의 악취를 풍기는 채 그대로 있을 뿐이다. 흡연할 적마다, 담배를 너무 피우다 폐암으로 죽은 엄마를 생각하는 세일러. 아빠의 긴 코를 닮은 남자를 사랑하는 룰라. 뒤통수에 총알을 박아 코를 뚫고 나오게 하겠다는 산토스의 저주에 대해, 세일러는 깡패들에게 코가 퉁퉁 붓도록 맞음으로써 액땜을 해버린다.

　다시 '경계'의 문제로 돌아와, 그러나 세일러의 월경越境은 불법이다. 그의 가출옥 규정은 주 경계선을 허가 없이 통과하지 못하도록 되어 있기 때문이다. 그래도 불길처럼 타오르는 정열을 누를 길 없어, 이들은 망설이지 않고 선을 넘는다. 뉴올리언스의 술집에서 세일러가 켜든 라이터 불꽃이 어디로 디졸브되는지 보라. 황색의 길쭉한 모양을 매개로 하여 그것은 어느새 질주하는 아스팔트 위의 중앙선으로 바뀐다. 황색 선은 화면의 가운데에 위치한다. 중앙선 침범이다. 어디로 넘어가는가. 몰매를 맞고 기절한 세일러에게 착한 마녀가 나타나 말한다. "네 황량한 마음이 문제라면, 꿈을 위해 싸워라." 결국 현실에서 꿈으로의 이행이었던 셈이다. 케이프 피어의 클럽에서 세일러가 불렀던 〈러브 미〉에 '부드럽게'만 더 붙어, 라스트의 〈러브 미 텐더〉로 바뀌는 발전이다. 잃어버린 부모를 찾던 젊은이들이 그 자신이 부모가 되면서 상실감을 보상받는 과정이다. 야성이 순치되면서 가정으로 재편입되는 길이다. 사막 도시에서 잉태하고, 거친 포도 위에 기적처럼 착한 마녀가 나타나고, 교통지옥의 자동차 위에서 가정이 결속된다면 이건 아마도 현실 속에 실현될 꿈일 것이다. 이를테면 "경계를 넘어—간극을 메우며". 레슬리 피들러가 이미 1969년에 발표한 논문의 제목이자 포스트모더니스트들의 슬로건 그대로다. 거기서 피들러는 이렇게 말하고 있다. "(우리는) 우리의 신화적 순수성이 서부극 속에 보존되었다가 우리 자신이 이제는 순진하다고 더 이상 믿을 수 없게 되었을 때 점잖게 그것을 환상 속에서 되찾는 그런 시대를 기다려왔다."

샤를 페로가 수집한 판본에는 착한 마녀가 신데렐라의 죽은 생모로 되어 있다. 이제 우리도 텍사스 하늘에 나타난 이 아름다운 요정이 세일러의 애연가 엄마였기를 기원하자. 그러면 그녀의 마술 지팡이(= 담배?)는 세일러를 〈러브 미 텐더〉의 무도회로 데려다줄 것이다. 거기서 룰라를 부둥켜안고 빙빙 돌아가는 사람은, 잔뜩 붓기는 했어도 여전히 긴 코를 가진 어떤 남자일 것이다.

〈뱀가죽을 입은 사나이〉(1959)라는 영화가 있었다. 시드니 루멧 감독에, 말론 브랜도, 안나 마냐니, 조앤 우드워드 주연이었다. 원작은 테네시 윌리엄스의 희곡 「오르페우스의 하강」. 모든 면에서 〈광란의 사랑〉이 이 영화의 모방작임은 분명하지만, 브랜도의 뱀가죽 재킷을 빌려 입은 것은 특히 움직일 수 없는 증거다. 더욱이 윌리엄스는 로라 던의 사촌 오빠가 되고, 로라 던의 부모―〈광란의 사랑〉에서 어머니 역을 하는 다이언 래드와 〈블랙 선데이〉의 테러리스트 브루스 던―가 처음 만났던 것도 이 「오르페우스의 하강」을 오프 브로드웨이에서 공연할 때였다고 하니 더 할말이 없겠다. 캐슬린 마치는 여기서 더 나아가, 세일러의 취한 듯 반쯤 감은 눈의 계보까지 추적하고 있다. 말론 브랜도―엘비스 프레슬리―로버트 미첨(J. 리 톰슨의 오리지널 〈케이프 피어〉).

결혼한 여자의 마지막 숨결

—

사랑과 경멸
CONTEMPT

이탈리아에 사는 프랑스인 작가가 미국인 제작자와 독일인 감독을 위해 그리스 서사시, 호메로스의 「오디세이아」를 각색한다. 내키지는 않지만 돈에 팔려서. 아름다운 아내는 남편의 비굴한 모습에 경멸감을 느껴 사랑을 배반한다. 제작자와 아내는 윤사輪死하고 작가는 영화 현장을 떠난다.

〈사랑과 경멸〉은 장 뤽 고다르로서는 가장 전통적인 문법의 구사를 시도한 작품이다. 해를 거듭할수록 난해해지는 그의 필모그래피에서, 이 초기작은 그래서 이채롭다. 당대 최고의 영화 재벌 카를로 폰티(이탈리아)와 조셉 레빈(미국)—고다르의 '경멸' 어린 호칭으로는 '무솔리니' 폰티와 '킹콩' 레빈—의 지원으로 만들어졌기 때문이기도 하고, 감독 자신이 할리우드 고전주의의 영광에 이 작품을 헌정하려고 마음먹었던 탓이기도 하다. 제작자가 바란 것은 '쉬운 영화'였고 감독이 원한 것은 내러티브가 분명한 영화였던 셈. 양자가 만날 수 있었던 지점은 거기였으되, 이 '우정 없는 설복'의 결과가 극단적인 양상으로 드러난 곳은 에로티시즘의 표현에 관계된 부분이었다. 브리지트 바르도의 성적 매력을 더욱 살릴 것을 강요해오는 제작자에게 고다르는 생각할 수 있는 한 가장 너그러운 방법으로 응해주는 '척' 한다. 바르도의 누드를 롱테이크로 보충 촬영한 다음, 오프닝 바로 다음 위치에 추가 편집해버린 것이다. 타이틀 숏이 끝나자마자, 영화는 그 전설적인 몸매의 클로즈업으로 시작한다. 그러나 이 장면은, 그야말로 여체의 구석구석을 핥듯이 미끄러져가는 카메라의 미세한 움직임에도 불구하고 전혀 부도덕해 보이지 않는다. 고다르의 카메라는 바르도의 몸뚱이를—할리우드 상업영화들이 그렇게 하듯이—물화하는 대신, 영화 속 남편(미셸 피콜리)의 대사처럼 '총체적으로 Totally, 섬세하게Tenderly, 비극적으로Tragically' 애무한다. 과연 고다르는 고다르, 그는 적의 총으로 적의 심장을 겨눈다.

감독(프리츠 랑)의 심각한 태도 때문에 골치를 썩던 미국인 제작자(잭 팰런스)가, 여인의 누드가 찍힌 러시 필름을 보고 좋아서 어쩔 줄 몰라 하는 장면은, 바로 영화 장사꾼들을 향한 고다르의 경멸감이 그대로 묘사된 부분이다. 감독 랑으로서는 율리시즈를 유혹하는 바다 요정들의 흡인력을 그런 선정성으로 표현한 것뿐이지만 제작자는 단지 그녀들이 벗었다는 이유만으로 즐겁다. 시간이 흐를수록 각색자 폴은 율리시즈를 자신과 동일시하게 되는데, 이 비유에 따르면 이들 파멸의 유혹자는 제작자 자신이 된다. 그는 거액의 각본료를 미끼로 폴을 함정에 끌어들이기 때문이다. 따라서 그는 자기의 벌거벗은 몸을 보며 파안대소하는 격이니, 고다르의 독설은 가히 천의무봉. 손톱만 한 크기의 소책자에서 경구 인용하기를 즐기는 이 제작자는—그 첫 등장 장면에서—황폐한 촬영용 세트 벽면을 배경으로 수평 트래킹에 의해 얄팍하고 속이 텅 빈 인간으로 묘사된다. 게다가 이 요정들의 이름은 사이렌Siren, 영사실 건물 벽에 붙어 있는 포스터는 하워드 호크스 감독의 〈하타리!Hatari!〉—Hatari는 '위험'이라는 뜻의 스와힐리어다—가 아니던가. 앞으로 닥칠 폴의 불운은 이 시사회 장면에서 이미 요란하게 경고받는다.

그의 불운에는 두 가지의 충돌 구조가 나선을 그리며 교차한다. 「오디세이아」의 각색 노선에 따른 제작자와 각본가 대 감독의 대립과, 폴의 매춘 행위 여부를 둘러싼 남편 대 아내의 대립. 전자는 신화적 세계관의 이해 차이에서 비롯한다. 율리시즈를 단순하고 자아 통합적인 인물로 보느냐 복잡하고 분열증적인 인물로 보느냐의 문제. 작

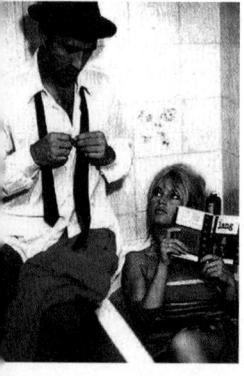

가 중의 작가 프리츠 랑이 직접 자기 이름으로 연기하는 감독은—그래서 〈사랑과 경멸〉은 '영화로 보는 작가주의 이론 교과서'이기도 하다—고대 그리스의 영원한 문제로서의 영웅과 신의 투쟁을 상정하는 데 반해 탐욕적인 제작자는 율리시즈와 페넬로페의 치정 멜로드라마를 만들고 싶어한다. 횔덜린을 인용해 '신의 부재가 인간을 구원한다'고 믿는 감독과 "난 신을 좋아하지. 그들의 생각을 알 수 있을 것 같아"라고 떠벌리는 제작자.

두 번째 대립은 아내가 좋아하는 아파트를 사기 위해 원치 않는 일을 맡은 남편과, 흑심을 뻔히 알면서도 제작자와 자신을 단둘이 있도록 방치한 남편을 경멸하는 아내 사이에서 벌어진다. 고다르의 집요한 관심사 중의 하나인 '매춘' 테마는 여기서 지적인 국면으로 확장된다. 돈과 두뇌를 맞바꾸는 행위가 지적인 창녀짓이라면, 무뢰한에게 아내를 넘겨주는 행위는 미필적 고의에 의한 포주 노릇일 터이다(물론 실제로는 폴은 각본을 한 줄도 쓰지 않았고 아내도 강간 따위는 당하지 않았지만 말이다). 미셸 마리의 불어식 말장난에 의하면 이들의 비극은 '오해Méprise가 경멸Mépris을 잉태하는' 데 있다.

결국 영화의 후반에 이르면 위의 두 가지 대립은 하나로 묶인다. 폴

은 제작자와의 의견을 따르는 척하면서 자신의 감정을 텍스트에 이입한다. 이제 「오디세이아」는 아내의 사랑을 과신한 율리시즈와 남편의 나태를 경멸하는 페넬로페의 이야기로 변모한다. 고민 끝에 그는 자기의 이론을 철회하지만 그래도 아내의 경멸은 끝까지 철회되지 않는다. 폴이 지니고 있던 권총의 탄창을 비워놓고 아내는 사라진다. 낮잠에서 깨어난 폴은 잠시 후 아내와 제작자가 죽었다는 소식을 듣고, 쓰다 만 희곡을 완성하기 위해 제작자의 별장을 떠난다. 고다르의 정의— "폴은 아이덴티티를 찾는 고통의 몽상가"—는 이렇게 해서 완성된다.

폴은 현장을 떠나기에 앞서 랑 감독을 만난다. 이때 그는—불한당 제작자의 간섭 없이—율리시즈가 10년의 모험 끝에 돌아와 고향 이타카를 발견하는 장면을 찍고 있다. 고다르의 카메라는 촬영팀의 움직임을 따라 이동하다가 마침내 랑의 카메라와 같은 앵글로 율리시즈의 시야를 포착한다. 급기야 영화와 영화 속 영화가 결합하는 것이다. 처음으로 돌아가보자. 〈사랑과 경멸〉의 첫 숏은 제작자의 여비서가 폴을 기다리며 촬영소를 거니는 모습과 그녀를 수평 트래킹으로 쫓는 카메라의 모습으로 구성되어 있었다. 그것은 「오디세이아」의 촬영 현장이 아니라 바로 〈사랑과 경멸〉 자체의 현장 풍경이었다. 고다르는 이 장면을 트랙과 수직되는 위치에서 촬영하여 화면에 굉장한 깊이를 부여하고자 했다. 그리고 이 딥 포커스/롱테이크 숏은 여비서를 따르던 카메라가 이동을 멈추고 정확히 우리들 관객 쪽으로 패닝하여 고정되면서 끝난다. 말하자면 이때 영화 속 카메라와 그것을 또 찍는 카메라(관객의 눈)는 서로 마주 보게 되는 것이다.

이 유명한 오프닝—프랑스의 어느 영화 소개 TV 프로그램은 타이

틀 백으로 이것을 사용했다고 한다—은 여러 가지 의미에서 라스트
와 대조된다. 인공 세트와 자연, 3차원의 입체감과 2차원의 평면성,
마주 보는 카메라와 나란히 한 방향을 향하는 카메라……. 고다르는
말한다. "이 영화의 요점은 서로를 응시하고 심판하던 사람들이 결국
은 영화에 의해 응시당하고 심판받는 데 있다." 결국 영화는 복잡성
에서 단순성으로, 대결에서 화합으로 전진해온 것이다. 그러나 이 완
벽한 결말에도 하나의 의문이 남아 있다. 영화는 이렇게 끝난다—감
독의 말과는 달리 이 프레임에 고향 섬은 보이지 않고 잔잔한 바다뿐,
조감독(고다르 자신의 카메오 출연)의 고함 소리만 파도 소리 너머 보
이스 오버로 들려온다. "조용히! Silence!" 결국 최후의 승자는, 프리
츠 랑으로 상징되는 '영화', 율리시즈로 상징되는 '신화', 바다로 상
징되는 '자연' 들이지만 왜 여기에 정작 이타카는 없는 것일까…….
두 손을 치켜들고 환호하는 율리시즈는 도대체 무엇을 보며 저러는
것일까……. 그는 너무 오랜 고생 끝에 헛것을 보는 것일까? 다시 고
다르는 말한다. 〈사랑과 경멸〉은 서구 사회의 표류자, 현대성이라는
난파선의 생존자들에 관한 이야기다. 이들은 어느 날 신비의 무인도
에 도착한다. 이들이 느끼는 신비는, 신비의 냉혹한 결여다.

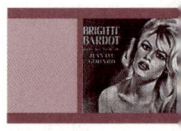

고다르는 평소 가장 좋아하는 영화 중 하나였던 〈조용한 미국인〉(조셉 L. 맨케비츠 감독)이
성우들의 더빙 때문에 그 다중언어의 묘미가 사라진 것에 심한 혐오감을 가져왔다. 그래서
그는 제작자의 여비서를 4개 국어 동시통역자로 설정함으로써 영, 불, 이, 독어의 뉘앙스
를 온존시키려 했던 것이다. 그러나 그의 이런 노력마저도 이탈리아와 미국 개봉판에서는 찾아볼 수 없다.
배급업자들이 한 나라 말로 모두 통일시켜 더빙해버렸던 것. 미국판을 수입해 찍어낸 한국 비디오는 그래
서 엉터리다. 더구나 놀라운 것은, 이들이 그림에도 손을 댔다는 사실이다. 있을 장면은 다 있되, 지루함을
피한답시고 몇 초씩 줄여낸 숏들 때문에 배우들의 동작은 마구 튄다.

금발은 신사를 안 좋아한다

마돈나의 수잔을 찾아서
DESPERATELY SEEKING SUSAN

로버타는 부자다, 아니 정확하게는 부자의 아내다. 무료한 주부 노릇에 지친 그녀에게 신문의 작은 광고 문구는 커다란 자극을 준다. "애타게 수잔을 찾습니다. 짐." 광고에 지정된 장소로 나가 짐이 수잔과 재회하는 광경을 지켜보는 로버타. 그러나 수잔이 아무 생각 없이 훔쳐서 달고 다니던 귀고리가 값비싼 골동품일 줄이야. 수잔의 재킷을 얻어 입은 채 기억을 잃은 로버타는 그녀를 수잔으로 오인한 킬러에게 쫓기고, 짐의 친구인 데즈와 사랑을 나눈다. 재킷 속에 든 열쇠가 필요한 수잔과 로버타의 남편이 힘을 합쳐 그녀를 찾아 나서면서 모든 인간관계와 아이덴티티는 뒤죽박죽으로 엉켜버린다.

시작 숏은 미장원에서 다리의 털을 제거하는 여성의 모습이다. 다음에 제시되는 헤어 컷, 손톱 손질의 장면들도 그렇지만 특히 이 첫 이미지는 인위적인 여성성 강조의 욕망을 보여준다. 무엇 때문인가. 멋진 남성에게 아름답게 보이기 위해서다. 여성은 항상 남성에 의해 선택당하는 존재니까. 왕자를 기다리며 잠만 자는 숲속의 미녀처럼 여성은 늘 욕망의 대상이었다. 따라서 로버타가 그 광고의 문안 중에서도 특히 '애타게'에 관심을 갖는 것은 당연하다. "이 말은 정말 좋아. 얼마나 로맨틱해!" 옆에 있던 시누이 레슬리는 로버타가 직장의 구인 광고Want Ads를 읽고 있는 줄 알았는데 웬 '애타게'냐고 핀잔을 준다. 이 역시 선택받으려는 여성에 대한 언급으로서, 이어지는 레슬리의 "연봉 5만 불 이하는 거들떠보지도 마"라는 대사는 직장을 두고 하는 말인지, 남편감을 두고 하는 말인지 혼동을 일으키기에 충분하다. 다시 말해 로버타는 남자가 그토록 간절하게 원하는 여자가 되기 원하는 것이다. 이를 '욕망되려는 욕망', 또는 '피동형의 욕망'이라고 불러두자.

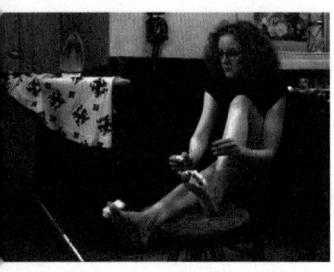

하여간 로버타의 남편 게리가 자기 아내를 '애타게' 사랑하지 않는 것만은 분명하다. 그는 무감각한 부르주아일 뿐이며 오직 사업, 아니면 기껏해야 카스테레오에만 관심이 있다. 그가 세일즈하는 욕조 세트가 일등품인지는 몰라도 자기 아내까지 편안하고 행복하게 만들어주지는 못한다. (루시 피셔의 재치 있는 지적대로) 회사 이름 '게리의 오아시스'도 아내의 갈증을 해소할 수는 없는 것이다. 게리의 성姓은 '글래스Glass' 즉 유리이므로, 게리의 성城은 깨지기 쉽다. 나중에 수잔이 로버타의 집에 와서 하는 말, "여기가 '글래스 씨의 집Glass House'이란 말이죠?"도 바로 그런 뉘앙스를 담고 있다.

남편이 직접 출연해서 떠들어대는 TV 광고 문구 "당신의 모든 꿈이 실현됩니다!"를 들으면서, 로버타는 유리에 비친 자기 얼굴을 쓸쓸히 바라본다. 그러고는 답답한 듯 창을 열어젖힌다. 그러면 펼쳐지는 뉴욕 야경. 로버타의 시점 숏은 바로 자연스럽게 수잔의 뉴욕 입성 장면과 연결된다. 그녀는 '자유Liberty'라는 이름의 고속버스에서 내린다! 이 교묘한 사이비 시점 숏의 편집을 통해 감독은 수잔을 로버타의 시선 속으로 끌어들인다. 그리고 이어서 수잔과 짐의 만남을 로버타가 구경할 때에도 이 점을 강조하느라고 일부러 동전 넣고 보는 망원경을 사용케 한다. 여성을 훔쳐보는 일은 남성의 몫이었으나, 이제 로버타로 하여금 그 특권을 분쇄하도록 만들겠다는 이야기. 결국 허용된 시간이 지나고 검은 셔터가 내려오면서 망원경 시선은 차단당하지만, 계속되는 미행 장면에서 로버타는 색안경을 사라는 남자 장사꾼의 제의를 거절하고 심지어 좌판을 뒤집어버리기까지 한다. 그녀는 편견을 가지고 수잔을 보고 싶지 않은 것이다. 그 때문에 영화 막바지에 이르러 그녀는 남편을 향해 이렇게 외칠 수 있었는지도 모른다. "날 똑바로 봐요!" 똑바로 본다는 건 무얼까. 로버타는 수잔을 통해 자기 욕망의 정체를 알고자 한다. 수잔은 로버타의 욕망이 투사된 대상이다. 그녀는 아직 자기의 욕망이 뭔지도 모르는 여자지만, 수잔을 따라가다보면 어떤 결론에 이르리라고 막연히 기대한다. 그녀가 몰래 읽는 성생활 가이드북을 통해 우리는 알 수 있다. 로버타는 성욕을 어떻게 느끼는지 알고 싶어 한다는 것을. 페미니스트 영화이론가 메리 앤 도앤의 저서 제목을 빌려 이것을 '욕망하려는 욕망'이라고 부른다. 즉, '간접 화법의 욕망'이다.

앞서 언급한 로버타 글래스와 '유리의 로버타Roberta on Glass'의 비교는 여기서 또 다른 의미를 생산한다. 분신 테마를 다룬 영화이므로 거울 이미지가 수시로 사용되는 것은 당연한 일. 약속 광고가 실리는 신문 이름부터 '미러Mirror'인가 하면, 수잔은 폴라로이드로 자기가 자기 사진을 찍으면서 첫 등장하고, 로버타가 똑같이 흉내 내는 TV 요리 프로그램도 일종의 거울이다. 혼자 보는 TV 영화가 앨프리드 히치콕의 〈레베카〉인 것도 우연은 아니다. 여기서 로렌스 올리비에는 새 아내 조안 폰테인에게 말한다. 내 전처에 관한 불결한 진실을 안 이후 당신의 순수성이 훼손되었다고. 현모양처는 진실을 알면 안 된다! 특히 남성에 의해 거부된 여성에 관해서. 오염될 수 있으니까. 반항할지도 모르니까. 그 말을 듣는 폰테인을 로버타는 거울 보듯이 본다. 수잔의 거울이 나르시시즘이라면—수잔 세이들먼 감독이 자기 이름을 따서 〈마돈나의 수잔을 찾아서〉를 만든 것도 일종의 나르시시즘일까?—로버타의 그것은 주부로서의 아이덴티티에 대한 성찰일 테고, 이 모두가 전통적 남성 우월주의 영화에서 여자 주인공에게 금지되었던 행위임은 물론이다. 더 나아가 수잔은 로버타의 거울이다. 비록 속옷과 겉옷, 평상복과 수영복, 남성복과 여성복의 구분이 없고 무책임하며 도덕관념이라고는 전무한 쾌락주의자이자 도둑일망정, 금지된 욕망을 대리 수행함으로써 수잔은 로버타의 감춰진 분신이 된다. 같은 금발, 비슷한 체구—서로 옷을 바꿔 입는 데 전혀 무리가 없다—에 비슷한 몸무게, 한 세트의 귀고리를 서로 반대쪽 귀에 나눠 달고 다니는 이들은 한 쌍이다. 펑크 정서, 팝 문화에 끌리기 시작하는 로버타—원래 지미 헨드릭스의 것이었다는 수잔의 재킷을 가진 데 대해 자부심을 가질 정도로—와, 풀까지 딸린 호화롭고 쾌적한 교외 주택에 대한 동경을 숨기지 않는 수잔.

「왕자와 거지」처럼 처지를 바꾼 이 두 여자는 한편으로 로버타 개인에 내재한 양면이기도 하다. 로버타가 창녀로 오인됐을 때, 레슬리는 게리에게 창녀 중에 절반은 레즈비언이라고 말한다. 따라서 로버타는 레즈비언? 그럴지도 모른다. 확실히 수잔을 향한 그녀의 애정—한 번 본 적도 없으면서—은 절실한 바가 있다. 하지만 아니다. 사실은 그 애정이 향한 곳은 바로 자기 내부다. 로버타의 침대 옆 서랍에서 발견된 또 한 권의 책을 보라. 『자기 자신에게 최고의 친구가 되는 법』. 그녀의 자아는 분열되어 있다! 가부장 시스템이 강제한 대로 역할할 것인가, 반항할 것인가. 남성에 의해 선택당할 것인가, 선택할 것인가. 로버타가 '애타게' 찾는 사람은 수잔이라기보다는 자신의 나머지 한쪽이다. 세이들먼 자신의 전작 제목처럼 '파편'이다. 마술 쇼에서 이등분된 신체의 하반신이다. 자기 속의 이방인. 게리와 데즈는 아무 근거도 없으면서 이방인을 남자라고 짐작하지만 수잔만은 그 사람이 자기 재킷을 가져간 여자임을 안다. 그리하여 이제 역으로 수잔이 로버타를 찾는 광고를 내기에 이른다. "수잔을 찾는 이방인을 애타게 찾습니다." 드디어 로버타는 누군가가 애타게 찾는 사람이 되어본다. 남편의 광고대로 그녀의 꿈은 실현된 것이다. 그것도 여자에 의해.

반면, (데즈를 제외한) 남자들이 해준 일이라고는 그녀를 분열시키는 것뿐이다. 자의 반 타의 반으로 떠맡게 된 마술사의 조수 역할을 수행하느라고, 로버타는 아예 톱에 썰리는 신세까지 된다. 멋대로의 기준으로 현모양처와 요부, 요조숙녀와 창녀를 가르는 남성 위주의 이분법에 대한 풍자가 절정에 달하는 대목. 이 남성 마술사는 허공에서 비둘기를 낚아 조롱에 가두는 묘기도 선보이는데, 이 역시 가정 안주 이데올로기의 은유일 터. 로버타가 그 조롱을 지닌 채 창녀로 오인되어 경찰에 끌려갈 때 경찰차에 먼저 타고 있던 진짜 창녀가 퉁명스럽게 묻는다. "그 새를 갖고 뭘 하는 거지?" 신종 섹스 서비스의 도구인 줄 알았던 모양이지만, 여기서 그 직업적 호기심보다 중요한 은유는 비둘기는 희고 창녀는 검다는 데 있다. 좋은(순종적인) 여자와 나쁜(반항적인) 여자의 이분법은 이렇게 피상적이다. 결국 이 영화는 그 구분을 무력화하는 데 목적을 두고 있는 셈이다. 로버타가 기억을 되찾고, 수잔과 마침내 감동적인 만남을 갖고, 킬러를 물리치고, 남편과 멋진 욕조가 있는 집을 팽개치고, 진심으로 자기를 사랑해주는 남자와 결합하면서 목표는 달성된다. 가난한 영사기사 데즈와 재회하면서 먼저 다가가 키스하는 로버타의 모습. 이는 능동형의 욕망, 직접화법의 욕망으로의 전환이다. 욕망 그 자체의 성취다. 수잔이 묵었던 호텔의 방 번호 1313, 그녀가 좋아하는 동시상영 영화, 그녀가 애지중지하는 구두와 헤드폰, 모든 것이 쌍으로 이루어져 있었음을 상기하면서 영화 끝을 장식하는 대서특필의 기사 제목을 보자. "얼마나 멋진 한 쌍인가! What a Pair!" 문화재 도둑 체포의 수훈자 로버타와 수잔도 그렇고 다시 찾은 귀고리도 그렇다. 하지만 무엇보다도 로버타의 균형 잡힌 자아가 특히 그렇다. 또한 수잔과 짐, 데즈와 로버타, 게리와 욕조의 연애는 또 얼마나 멋진가!

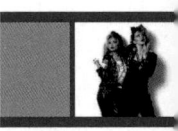

시나리오 작가 레오라 배리시는 놀랍게도 남자이고, 더 놀랍게도 이 영화가 데뷔작이다. 배리시와 세이들먼은 뉴욕 인디펜던트 영화계에서 잔뼈가 굵은 작가들. 당연히 여기에는 뉴욕 인디 전문 배우들이 심심치 않게 얼굴을 내민다. 〈바톤 핑크〉의 존 터투로는 매직 클럽의 사회자로, 〈스쿨 데이즈〉를 비롯한 거의 모든 스파이크 리 영화에 조연을 도맡아 하는 잔카를로 에스포지토는 거리의 선글라스 장사치로, 〈천국보다 낯선〉의 주연이자 가수인 존 루리는 수잔에게 신문을 권하는 건달로 각각 단역 출연한다.

매춘의 은밀한 매력

세브린느
BELLE DE JOUR

자크 리베트는 루이스 부뉴엘을 일컬어 '의심하는 법을 가르쳐준 사람—영화의 디드로'라고 적었다. 그에게 회의의 대상이 아닌 이념은 없으며, 비판의 표적에서 벗어나는 사물이란 없다. 특히 부르주아는 그의 생애 일관된 공격의 주제이자 소재였는데, 그런 면에서 대단히 불운한 이 계급에게서, 마르크스주의자 부뉴엘은 착취자의 탐욕을 포착했고, 프로이트주의자 부뉴엘은 신경증 환자의 무의식을 읽었으며, 초현실주의자 부뉴엘은 관습에 갇힌 자의 부자유를 보았다.

〈세브린느〉에서는 가슴높이/2인 숏이 반복된다. '개인의 내면을 드러내기엔 너무 멀고, 집단의 움직임을 묘사하기엔 너무 가까운' 이 사이즈에 의해, 부르주아의 의식의 흐름이나 자본주의의 풍경보다는 둘 사이의 접점, 즉 '관계'가 조명된다. 늘 같은 프레임 속에서 세브린느를 차지하려는 남자들만 바뀌는 가운데, 부르주아의 애정관계가 객관화되어 사랑과 성욕을 이율배반한다.

영화는 남편과 함께 사랑을 속삭이던 세브린느가 갑자기 마차에서 끌려 내려오면서 시작한다. 사랑의 공간이던 숲은 형장으로, 행복의 안내자였던 마부들은 고문자로 화한다. 남편은 불륜을 이유로, 아내의 (성욕을 상징하는) 붉은 옷을 찢고 채찍질을 하게 한 다음, 윤간을 명령한다. 그러나 남편의 이 가학적인 행위는 아내의 피학적인 환상이었음이 곧 드러난다(정상적인 내러티브 영화에서라면 이야기의 끝에 붙었어야 할 이 환상 장면은, 일단 세브린느의 플래시 포워드로 볼 수 있다). 세브린느는 외간 남자와 통정하고 남편에게 학대받고 싶어 하는 것이다. 그녀의 문제는 불감증으로, 부르주아 부부의 공식적/합법적 성욕 배출 경로가 권태에 의해 차단되었음을 암시한다.

남편의 친구인 위송은 세브린느에게 고급 유곽의 주소를 알려주는 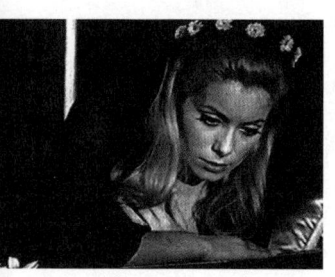데, 이때 그녀는 (순결의 상징인) 흰옷을 입고 있다. 마찬가지로, 위송에 의해 모욕당하는 환상 장면에서도 세브린느는 흰옷 차림이다. 위송이 그녀를 사랑하는 것은 그녀가 '걸스카우트처럼' 청순하기 때문이며, 이후 다시 만났을 때 그는 세브린느의 옷이 '여중생 교복처럼' 아름답다고 말한다. 이는, 돌연히 끼어드는 두 개의 회상과 함께 세브린느의 억압된 무의식에 접근하는 단서가 된다. 그녀의 소녀 시절 과거는 첫째, 집 안에서 (남성기를 상징하는) 두 개의 병을 실수로 떨어뜨린 다음 삽입되는 것으로서, 더러운 배관공이 그녀의 몸을 더듬었던 사건이고, 둘째, (타락을 상징하는) 검은 옷을 입고 유곽 계단을 오를 때 떠오르는 것으로, 미사에서 영성체를 거부한 기억이다. 전자에서 세브린느는 병을 잇달아 깨뜨리고 "내가 왜 이러지?"라고 중얼거리고, 후자에서 신부는 그녀에게 "너 왜 이러니?"라고 묻는다. 매우 비슷한 이 두 개의 질문은 모두 초자아의 목소리다. 성인으로 안정된 정서의 유지를 원하는 의식과, 타락을 감시하는 의식.

창녀로서 그녀의 애칭은, '벨르 드 주르Belle de Jour'. 직역하면 '오후의 미인'이지만, 사실 이것은 '메꽃'의 프랑스어 이름이다. 낮에

피고 밤에 진대서 붙은 명칭으로서, 이것이 창녀의 호칭이 될 때는 좀 묘한 역설이 깃들게 된다. 본래 창녀는 '밤의 꽃'이라고 불리는 것이 보통인데, 세브린느는 '낮의 꽃'인 셈이니. 의사인 남편이 퇴근하기 전에 집에 가 있어야 하므로, 그녀의 영업 시간은 오후 두 시부터 다섯 시—이 시간대는 또 하루 중 가장 권태로운 때이기도 하다. 즉 부르주아의 시간인 것이다. 이 메꽃을 향해 날아드는 꿀벌은 누구인가. 1) 사탕공장 사장—교양 없는 낙천가. 신흥자본가의 전형. "나는 뭐 땅 파서 돈 버는 줄 아니?" 2) 의사—침실에서만큼은 프롤레타리아가 되고자 한다는 의미에서 마조히스트. "내가 사랑한다고 말했으니, 내 얼굴을 밟고 짓이겨." 3) 일본인—어느 민족의 것도 아닌 언어를 지껄인다. 아마도 새디스트. 4) 귀족—세브린느를 죽은 자기 딸로 분장시키고 그 앞에서 자위 행위를 한다. 근친상간과 시체 애호증. "오, 죽어버린 꽃의 향기여!" 5) 마르셀—범죄로 돈을 벌지만 근본적으로 프롤레타리아. 반짝거리는 에나멜 부츠 속에 감춰진 구멍 난 양말. 그녀의 신분과 본명을 알아낸 그는 절망에 휩싸인 나머지, 남편을 저격해 식물인간으로 만들고 경찰에게 피살된다. "남편 얼굴에 어둠이 깃들어 있군. 당신을 이해할 수 있겠어. 안녕, 세브린느." 6) 위송—'부자이며 무위도식자'. 그녀를 타락으로 이끌고, 그 결과를 즐긴다. 자본주의하에서의 위선적인 애정관계를 대변한다. "불구가 된 당신 남편은 아내의 수발을 미안하게 생각하고 있을 거요. 당신의 불륜을 알게 된다면 그 죄책감이 줄어들 테니, 내가 다 얘기하겠소."

성욕이 해소될수록, 남편에 대한 사랑은 점점 강해진다. 그녀를 '물심양면으로' 사랑한 것은 프롤레타리아 마르셀뿐이었지만, 세브린느에게 그는 성욕의 대상이고, 남편은 정신적 사랑의 대상이다. 그러나 마르셀은 죽고, 남편은 전모를 알았으니, 이제 그녀가 할 일은 금욕과 봉사뿐이다.

쾌락의 마감 시각 다섯 시를 알리는 괘종 소리가 울려 퍼지는 호화 아파트, 하녀 같은 옷을 입고 정숙한 부르주아 주부답게 수를 놓고 있는 세브린느, 이제 아내의 비밀을 알게 된 앉은뱅이/장님/실어증 남편……. (잠시 정적) 갑자기 남편이 색안경을 벗고 명랑한 표정으로 일어나 말을 걸어온다. "당신이 다친 후부터 꿈을 꾸지 않아요"라는 고백을 포함해서, 이제까지의 모든 이야기가 세브린느의 백일몽이었던 것이다! 창밖을 내다보는 그녀의 시야에 프롤로그의 환상이 재연된다. 그러나 이 마차에는 아무도 타고 있지 않고, 따라서 고문이나 학대 따위는 더 이상 없다. 마찬가지로, 마차에서 나누었던 남편과의 사랑의 대화나, 마부들이 주었던 피학적인 쾌락도 없다. 마차가 지나가고 남은 길의 낙엽을 보여주며 영화는 끝난다. 긴 환상을 통해, 일상으로부터의 해방이 얼마나 참담한 결과를 초래하는가를 알게 된 세브린느. 유리병처럼 깨지기 쉬웠던 부르주아의 행복은, 곧 바스러질 듯한 낙엽의 안락으로 남는다.

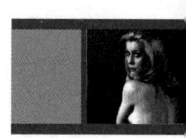

• "파브르의 작품에서 영감을 얻은 이야기를 하나 구상한 적이 있었죠. 곤충의 성격을 가진 인물들이 등장하는……. 예를 들어 벌 같은 여자, 딱정벌레 같은 남자, 뭐 이런 거 말이에요. 이 영화가 어째서 못 만들어졌는지 짐작이 가시겠죠?" —프랑수아 트뤼포와의 인터뷰에서, 루이스 부뉴엘
• "지금 세계에서 가장 뛰어난 영화감독은 루이스 부뉴엘입니다." —앨프리드 히치콕

노 브라, 노 머시

━

어둠의 표적
STRAW DOGS

어느 미국 비평가는 샘 페킨파를 일컬어 '영화계의 007'이라 했다. 살인 면허를 가졌다는 뜻이다. 오죽하면 그런 말이 다 나왔을까. 물론 그만큼 많이 죽이기도 했지만 한편으로는 면책 사유를 가진 살인이라는 점, 그리고 공인할 만한 살인 기술을 가졌다는 점 때문이다. 자신의 영화 제목처럼 그는 진짜 '킬러 엘리트'였던 셈이다. 그는 잘 죽일 뿐만 아니라 즐기면서 죽일 줄 아는 멋쟁이기도 했다. 총 맞거나 칼 찔리는 사람을 묘사할 때 그가 서명처럼 빼놓지 않고 사용하는 슬로 모션도 일종의 가학 취미였던 것—고통의 시간을 조금이라도 연장시켜보려는, 또는 죽음의 순간을 안무하려는.

미국인 학자 데이비드(더스틴 호프먼)는 저서를 집필하기 위해 아내 에이미(수전 조지)의 고향에 함께 온다. 영국의 시골 사람들은 처음엔 친절한 것 같더니 차츰 적개심을 드러내기 시작한다. 왜소하고 나약한 남편을 경멸하면서, 섹시한 아내를 음흉한 눈길로 바라보는 이들 앞에 부부는 무력하다.

여기 '시골'에 관한 묘사는 시작부터 우리의 통념을 뒤집어버린다. 대저 영화에서 도시의 상대적인 개념으로서의 지방은 인심 좋고 풍광 아름다운 고장으로 그려지는 법이거늘, 여기 잉글랜드 하고도 콘월의 고원지대는 기껏해야 히드만이 드문드문 덤불을 이룬 황량한 벌판일 뿐이고, 환경이 그래서 그런지 주민의 대부분은 무식하고 거칠고 비열하기만 하다. 어쩌면 이곳은 말로만 콘월이지 실제로는 이전에 페킨파가 다뤘던 미국 서부—〈어둠의 표적〉은 그의 여섯 번째 작품이자 서부극이 아닌 첫 번째 영화다—의 초원이나 사막인지도 모르는 일이다. 백면서생 데이비드는, 존 포드의 〈리버티 밸런스를 쏜 사나이〉에서 심약한 변호사 제임스 스튜어트가 총 한 자루 없이 법률책 몇 권달랑 들고 동부에서 서부로 이주해 온 것처럼, 이 미개 야만의 땅에 무방비로, 속수무책으로, 적수공권으로 던져진 것이다. 악당 리 마빈의 무리는 사방을 에워쌌으되 구원의 친구 존 웨인은 간 데 없다.

더 나쁜 건 아내마저 우방이 아니라는 점이다. 그녀는 본질적으로 자기의 고향, 즉 남편의 적 편에 서 있다. 그녀의 말씨, 억양, 과거는 모두 이 고장에 속해 있다. 확실치는 않지만 건달 패거리—이들은 데이비드 부부가 전세 낸 집 창고를 고치기 위해 고용되어 있다—의 두목 찰리는 이미 처녀 시절의 에이미와 동침했던 것 같다. 게다가 그녀는 남편의 연구에 대해 아무 이해가 없는 정도가 아니라 적극적인 훼방꾼이기까지 하다. 자기에게 관심을 가져주지 않는다고 칠판에 쓰인 복잡한 수식에서 '+'를 '-'로 살짝 바꿔버리는 치기는 어떻게 이해해줘야 할까. 그녀는 분명 데이비드에게 도움(+)이 되기보다는 해(-)만 주는 응석받이다. 첫 등장부터 노 브라에 꽉 끼는 스웨터를 입고 나오는 것은 그렇다 치더라도 그녀는 이후로 줄곧 건달들의 음탕한 시선을 즐기는 듯한 행동을 서슴지 않는다. 그래 놓고는 무뢰한들을 혼내주지 않는다고 남편을 들볶는다면 그로서도 짜증이 나지 않을 수 없다. 이 대학교수가 원했던 것은 '평화와 고요'였건만, 전원은 전원적이지 않고 가정은 가정적이지 않다. 아내가 소녀 시절을 보낸 그 집에서 남편은 묻는다. "이 의자도 당신 아버지 것이었소?" 도발적인 표정으로 대답하는 아내. "이 집 의자는 몽땅 우리 아빠 거예요". 그 아버지는 딸에게 숭배의 대상이었던 모양인데, 그 강력한 부권—이 어리광쟁이 아가씨에게는 남편보다는 아버지가 더 필요해 보인다—을 불행히도 데이비드는 가지고 있지 못하다. 혼자 다니지 않으면 놈들이 그렇게 쳐다보지 않을 거라는 말에, 에이미는 당신이 못질을 할 줄 알았다면 인부를 부를 필요부터 없었을 거라고 응수한다. 이는 물론 남편의 허약한 육체, 즉 성적 무능력을 향한 조롱이다. 더스틴 호프먼의 키를 생각해보라. 어린아이의 몸을 가진 남편과 어린아이의 정신을 가진 아내는 잘

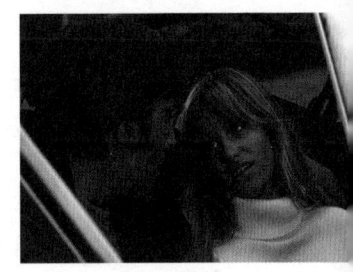

어울리기 힘든 법이다. 설상가상, 이 남자는 침실 테크닉까지 딸리는 것 같다. 이미 도입부에서 그 백색 이미지에 의해 에이미와 동일시되었던 승용차를 운전하는 데이비드의 솜씨는 형편없이 서툴 뿐 아니라, 심지어 핸들이 어느 쪽에 달렸는지조차 헷갈리고 있다. 부부는 서로 다른 문명에서 왔고, 남편은 결코 '기술 좋은 남자Smooth Operator'가 아니다.

결국 그는 (아내의 공간인) 이층 침실에서 난로를 가져다가 (자기만의 공간인) 서재에 들여놓고 거기 틀어박힐 수밖에 없다. 에이미의 대사를 통해 데이비드가 미국에서 어떤 문제에 봉착했기 때문에 영국으로 도피했다는 내용이 전달되는데, 그는 여기서마저 또 서재로 숨어야 하는 것이다. 그러고는 고작 한다는 말이, 고양이가 또 서재에 들어오면 죽여버리겠다는 엄포다. 그놈은 에이미가 애완하는 동물이므로 이 말은 아내에게 자기 영역을 침범하지 말라고 경고하는 게 된

다. 부실한 남편 데이비드는 고양이 앞에 쥐? 건달 중 하나인 쥐잡이 사내는 데이비드에게 이렇게 말한다. "쥐의 죽음이 곧 저의 삶이죠". 놈들은 '자기네가 원한다면 언제든 침실에 드나들 수 있다는 사실을 과시하기 위해' 옷장 속에 고양이 시체를 넣어놓더니, 급기야는 데이비드를 사냥터로 유인한 뒤 몰래 돌아와 에이미를 겁탈한다. 이때 찰리가 그녀를 '사랑스러운 고양이'라고 부르고 있음은 물론이다.

문제는 이것이 강간이자 화간이라는 점이다. 남녀는 같은 블루의 옷을 입고 맞닥뜨린다. 데이비드의 시점에 의해 둘이 다정한 부부처럼 2인 숏으로 포착되었던 영화 첫 장면을 상기한다면 여기서의 색채 상징도 쉽게 이해될 것이다. 그녀는 뒷걸음질 쳐 커다란 구식 괘종시계 옆에 선다. 아마 그것도 아빠의 물건일 테고, 이로써 찰리가 그녀와 동향이고 강력한 남성성을 지닌 사람이라는 점, 따라서 에이미는 끝까지 저항하지 않을 수도 있다는 예감이 표현된다. 그동안 뇌쇄적인 섹스어필로 부주의하게 뭇 사내들을 충동해온 그녀에게 강간이란, 미필적 고의로 자초한 예정된 결과라는 혐의가 짙다. 강제로 시작했던 섹스는 차츰 여자의 호응을 얻어가고, 아무것도 모르는 남편은 무심히 하늘을 향해 헛총질만 해댄다. 간신히 뇌조 한 마리를 잡는 데 성공하지만 소심한 그는 새를 놓아주고 만다. 이것으로 장차 그가 할 행동—약자를 보호하기 위해 악당들과 싸우는—이 암시되기도 하거니와, 악당들도 이쯤에서 그를 조심하는 편이 좋았다. 어쨌든 데이비드는 이미 피를 본 것이다.

찰리와 즐기면서 남편 생각을 했던 에이미는 반대로 남편이 애무할 땐 찰리를 떠올린다. 좀 묘한 역설이 아닐 수 없는데, 형식상 반대되는 내용 같아도 사실상 그녀의 죄의식을 나타낸다는 점에서 동일한 효과를 내기 때문이다. 그래서인지 사건 이후로 에이미는 착실하게 브래지어를 착용하기 시작하고, 모든 주민이 모이는 교회 자선파티에 가서도 줄곧 죄의식에 시달린다. 이 시퀀스에서의 성적 상징은 너무나 노골적이어서 차라리 낯이 뜨거워질 지경이다. 입으로 불면 말려 있던 종이 테이프가 뻗어 나오는 장난감 나팔은 발기를, 신문지를 찢는 목사의 마술은 옷을 찢는 폭행을, 컵은 여성기를, 거기 담긴 우유는 정액을, 그것을 저어대는 마술 지팡이는 남성기를, 각각 에이미에게 상기시킨다.

파국은 엉뚱한 곳에서 닥친다. 실수로 소녀를 살해한 정신병자 헨리를 역시 실수로 다치게 한 데이비드는 의사가 올 때까지 그를 자기 집에 눕혀놓으려 하고, 그 바람에 헨리를 잡아다 린치를 가하려는 주민들과 격돌하게 된다. 데이비드가 도우려 하는 헨리는 본래 절름발이고, 데이비드를 도우려 하는 퇴역 소령은 외팔이란 점을 눈여겨보자. 이는 거세의 이미지로서, 성적 무능력자 데이비드가 누구와 한편인가를 잘 보여주고 있다. 하지만 그런 건 아무래도 좋다. 데이비드에게 중요한 건 헨리의 안전이 아니라, 자기 울타리를 유지하는 것이니까. "여긴 내가 사는 곳이야. 이 집이 곧 나라구!" 천체에 관해 연구한다면서 별 따위는 한 번도 보지 않고 칠판의 수식에만 매달리던 그지만 공격을 받자 비로소 자기의 위치와 역할을 분명히 인식한다. 비폭력주의자인 그는 발작을 일으킨 헨리의 뺨을 때려 진정시키면서 폭력의 효용성을 스스로 증명한다. 비록 테 없는 안경을 쓰고는 있지만 이제 그도 자기가 사수해야 할 테두리를 설정한다. 안경마저 잃어버렸을 땐 지식이 아니라 본능에 기대서 자신을 지켜야 한다. 아내는 위급할 때 남편 대신 찰리의 이름을 부르고 있고 그는 이제 거꾸로 폭력에 서서히 중독되어간다. 안경을 벗고 눈에는 눈, 이에는 거대한 쥐덫의 톱니바퀴 이빨! 마침내 사투를 끝내고 즐비한 시체들을 보며 그는 중얼거린다. "세상에, 내가 이놈들을 다 죽였단 말이지?" 자부심 가득한 그의 표정은 복잡한 방정식을 명쾌하게 풀어낸 학자처럼 마냥 흐뭇하다.

1960년대 말, 70년대 초의 청년들을 지배했던 가장 중요한 사고방식은 비폭력 평화주의였고, 이 시대를 풍미했던 여권운동은 그 부산물로 젖가슴 해방의 패션을 유행시켰다. 데이비드의 사디즘과 에이미의 부정한 성욕을 통해 1971년의 샘 페킨파는 무엇을 말하고자 했는가? 그 어떤 숭고한 이념에도 불구하고 과연 파괴와 타락은 인간의 본성인가?

샘 페킨파의 아동 혐오증은 유명하다. 〈와일드 번치〉나 〈관계의 종말〉을 비롯한 그의 주요 작들에는 예외 없이 아이들이 부정적인 이미지로 그려진다. 〈어둠의 표적〉도 마찬가지. 크레딧 시퀀스를 보자. 어렴풋하게만 보이던 유동체에 초점이 맞춰지면서 공동묘지에서 뛰노는 아이들의 원경이 나타나기 시작한다. 높게 솟은 비석 위에 홀로 앉아 있는 소년과 그 주의를 빙빙 도는 꼬마들의 모습은 영락없이 데이비드와 불한당 패거리의 축소판이다. 이후 교회 파티에서도 아이들은 고막이 찢어질 듯한 소음을 내며 에이미를 조롱하는 까마귀 떼처럼 묘사된다. 페킨파에게 어린이는 '불길한 조짐Omen'이다.

불꽃 속에 죽다

에이리언 3
ALIEN 3

멀쩡히 잘 자고 일어난 여자가, 자신이 잠든 사이 강간당했다는 사실을 알게 되었다면? 그리고 불현듯, 자궁 속에 깃든 악마의 씨를 인식했다면? 그런데 낙태가 불가능하다면? 우리가 아는 한, 세상에 이보다 더한 악몽은 없다. 로만 폴란스키의 〈악마의 씨Rosemary's Baby〉를 보고 났을 때, 그래서 우리는 다시는 이런 이야기와 마주치게 되지 않기를 바랐다. 인류의 가장 신성한 가치—사랑, 잉태, 탄생, 생명, 모성 등등—가 근본적으로 재검토되는 시대를 살아야 한다는 건 그 자체만으로도 충분히 고달픈 일. 미래에 대한 가일층 묵시록적인 비전까지 수용하기에는 이 세기말이 너무 끔찍했다.

그래도 폴란스키의 로즈마리는 임신 사실을 알고라도 있었다지만, 데이비드 핀처의 리플리는 여자라는 최소한의 아이덴티티마저 잊기를 강요당한다. 미래 우주공간의 유형지에서, 그녀는 영화가 시작하자마자 자기의 가족으로 인식했던 사람들을 한꺼번에 빼앗겨버리고 혼자 된다. 전편에서 그녀와 함께 상징적인 핵가족을 구성했던 힉스 대위와 소녀 뉴트는 죽은 채로 모선을 탈출하고, 안드로이드 비숍만이 일시적인 작동을 통해 가공할 만한 사건에 대해 진술할 수 있을 뿐이다. 전편에서의 격전지를 벗어나면서부터 이미 이 가족과 동반 여행을 시작했던 에이리언은, 인간들이 초수면에 들어갔을 때를 틈타

179

일을 저지르고 고의적으로 화재를 일으켰던 것으로 밝혀진다. 리플리의 몸은 고치로 이용되는 것이다. 아무것도 모르는 대리모는 28명의 남자들만의 행성에 불시착, 거기서 괴물들을 번식시킬 의무를 부여받는다.

오프닝 시퀀스는, '우주의 시궁창 속'으로 나아가는 우주선의 시야와, 수면 유지 장치를 깨고 리플리의 몸속에 새끼를 위탁하는 에이리언의 모습이 번갈아 보이면서 구성되는데, 이때 영화의 주요 모티브인 '삽입'과 '분리'가 미리 제시되는 것은 물론이다. 태중에 아기를 가진 리플리가 태중의 아기처럼 평화로운 표정으로 잠자고 있는 가운데, 그녀 얼굴의 빅 클로즈업에 디졸브되는 숏은, 떨어져나가는 구명보트를 모선 내부에서 잡은 이미지. 그것은 모체에게서 분리되는 태아와도 같다.

리플리는 강간범, 살인범들의 리더로, 독신 서약자들의 동료로 통합된다. 삭발을 통해 시각화된 것처럼 성별의 개념은 사라진다. 남는 것은 생존의 논리뿐. 그러나 자기의 생존이 바로 인류의 종말을 뜻한다는 결론에 이르렀을 때, 이 원초적 본능마저도 거부되어야 한다. 자기를 죽여달라며 돌아서서 치명타를 기다리는 리플리. 죄수들의 지도자 딜런에게 그녀는 말한다. "다 필요 없어요. 연설도, 기도도……." 그녀의 이 비장한 말은 사실 일종의 냉소이기도 하다. 힉스와 뉴트의 장례식 장면을 돌이켜보면 알 수 있다. 소장이 기도문을 낭독한다. 그러자 딜런이 돌연 암시적인 연설을 시작한다. 죽음은 끝이 아니다, 꽃이 지지만 씨앗을 뿌리는 것처럼 죽음은 새로운 삶, 새로운 시작이다……. 이때 지하실 한구석에서는 강아지의 몸을 찢고 에이리언이 태어나고 있으며 상주喪主 리플리의 코에서는 한 줄기 피가 흘러내린다. 죽음을 애도하는 딜런의 '아멘'은, 결국 괴물 탄생 축복 기도의 마무리였던 셈이다. 용광로에 시신을 던지는 장례 방식은 리플리의 죽음에서 반복되고, 그때에도 또 다른 에이리언은 태어나고 있으니, 기도하지 말라는 대사는 바로 그녀의 유언이나 마찬가지다.

한편, 그녀 애인의 유언은 또 무엇일까. 의사 클레멘스가 리플리에게 각성제를 투여하는 주사 장면을 보자. 두 번 반복되는 이 상황은 명백히 섹스를 은유한다. 핀처는 실제 정사의 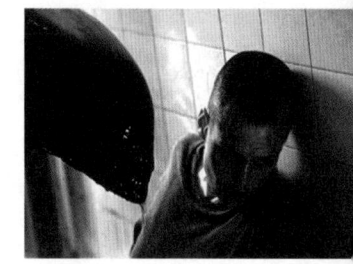 묘사는 아예 생략하는 대신 이 '약물을 매개로 한 통정'을 매우 정성 들여 찍고 있는데, 여기서 주사기의 검정 피스톤은, 커튼 너머 다가오는 에이리언의 검은 몸과 곧바로 동일시된다. 마약 중독자/대량 살인자였던 클레멘스가 "날 믿을 수 있겠소?"라고 묻자 리플리는 말없이 팔을 내밀고, 바늘을 꽂은 상태에서 그는 놈의 기습을 받아 머리를 뚫리고 만다. 에이리언은 클레멘스를 질투한다! 그러고 나서 저 유명한 장면—에이리언은 리플리에게 다가가 그녀의 얼굴을 가만히 들여다본다. 둘을 쌍둥이, 거울 영상, 또는 분신인 양 표현한 이 클로즈업/2인 숏에서, 에이리언은 리플리의 모성애에 강한 신뢰를 보내는 것 같다.

믿음의 테마는 마지막에 다시 나타난다. 회사는 리플리의 거부감을 조금이라도 줄여보기 위해 비숍과 똑같이 생긴 자를 구조대 책임자로 보낸다. 바로 안드로이드 비숍의 설계자. 굳이 비교하자면 〈블레이드 러너〉에 나오는 복제인간 설계자 타이렐 박사의 동료가 될 이 '인간' 비숍 역시 그녀에게 줄곧 '나를 믿으라'고 강요한다. 이때도 리플리에게 요구되는 것은 여성성이다. 비숍은 '당신도 아기를 가질 수 있다'며 투항을 종용하지만 사실상 그녀는 이미 임신을 하지 않았던가. 미련 없이 그녀는 잔 다르크의 길을 간다. 결국 리플리는 용광로에 몸을 던짐으로써 에이리언/자식과의 동반 자살을 도모한다. 칼 드레이어의 잔 다르크처럼 삭발한 채 화형을 당하는 것이다. 다만 다른 게 있다면 리플리의 '수난'에는 제왕절개수술이 포함된다는 사실. 살을 찢고 불거져 나오는 괴물을 부둥켜안고 그녀는 낙태권을 반납한 모성의 비애를 체현한다. 말하자면 〈에이리언 3〉는 탄생당하는 아기의 공포—모체로부터의 분리—로 끝나는 영화인 셈이다.

물론 헌신이고 희생이지만, 우리에게는 이 행위가 하나의 통과제의로도 보인다. 이의 창궐을 막기 위해 삭발을 해야 하고, 죄악에서 구제되기 위해 '묵시록적 천년왕국설/금욕적 기독교 근본주의'를 의도적으로 채택해야 했던 이 행성에서, 리플리는 태중에 동반한 괴물이 아니라도 그 자신 이미 하나의 에이리언이었던 것. 여자를 용납치 않는 이유란 물론 성적 방종을 경계함. 처음에 리플리는 한 인간이기보다는 성적 대상으로만 인식된다. 수인의 표지인 뒤통수의 바코드 문신처럼 그녀에게도 여성의 섹슈얼리티라는 바코드가 숙명처럼 각인되어 있는 것이 아닌가. 지도자 딜런은 그녀 때문에 야기된 도덕적 혼란을 다스리느라 늘 몽둥이와 펀치를 준비해야 한다. 리플리를 강간하려던 동료 죄수들을 두들겨 패면서 그는 "이 친구들과 영적 문제들을 토론한다"고 말한다. 여자가 괴물을 수태한다는 건 단순한 이물감이나 전염병 감염의 공포와는 차원을 달리하는 문제일진대, 핀처는 리플리로 하여금 기생충 제거를 위해 가차 없이 숙주의 생명까지도 버리도록 요구하고 있다. 인류 구원을 위해 한 목숨 기꺼이 내던짐으로써 비로소 여성은 '인간' 축에 끼이게 되는 것이다.

원시기독교 공동체 내지는 12사도를 연상케 하는 죄수들이 (한 명만 남기고) 전멸한 가운데, 십자가의 모양을 하고 투신하는 그녀의 모습은 분명 여성 예수의 출현을 연상시키기에 충분하다. 그런데 그것은 누구 죄의 대속인가? 남성만의 사회가 호모 섹슈얼리티를, 흑인 지도자가 아프리카 녹색원숭이를 상징한다면? 전과자로 낙인 찍혀 유배중인 이들은, 에이즈의 원인 제공 용의자가 아닌가? 리플리는 '은유적인 차원에서' 에이리언의 은신처는 '지하실'에 있을 것이라고 말하는데, 그렇다면 프로이트식으로 에이리언은 이드, 또는 성욕? 〈에이리언〉 시리즈가 에이즈 시대의 공포를 반영한 문화 현상이라는 의견에 동의하고 있는 분석가들에게 핀처가 내밀고 있는 질문이다. 그는 전통적으로 여성이 영화에서 맡아왔던 역할 못지않게 흑인, 동성애자 들에 대한 편견에 도전장을 던진다. 흑인 지도자 딜런과 여성 리플리는 모두 장엄한 희생을 통해 인류를 구원하는 것이다. 그리고 마침내 회사에서 보낸 지원군이 도착했을 때, 우리는 더욱 비열한 '내부의 악'의 정체를 목격하게 된다. 그것은 백인/남성/기업/기술 관료, 이들은 에이리언을 군사용 무기로 이용하려 한다(한때 미국 극우파는 에이즈 바이러스를 소련이 서구에 살포한 생물학전 무기라고 주장했다). 결국 인류는 이들에 의해 강간당한 줄도 모르고 살아온 존재가 아니었던가, 〈에이리언 3〉는 경고한다.

그러나 솟아나는 눈물을 훔치느라 관객 중 누구도 상기하지 못하는 사실이 하나 있다. 에이리언은 끓는 쇳물을 뒤집어쓰고서도 용솟음쳐 올라온다는, 즉 리플리의 아기가 용광로에서 그냥 죽을 것이 분명하다는 증거는 어디에도 없다는……. 어쩌면 리플리의 투신은 자식을 위한 침례의 의식인지도 모른다. 진혼미사가 아니라 영세식? 에이리언은 부활하는가? 그렇다면 우리는 리플리 없는 〈에이리언 4〉를 보아야 하는 것일까? 에이미 토빈의 재치—그녀의 비평문은 R. I. P. Ripley(편히 쉬라, 리플리)로 끝난다—를 흉내 내어 이렇게 빌어보자. Replay, Ripley!(재격돌, 리플리!)

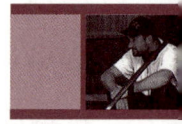

MTV의 영웅답게 데이비드 핀처는 시종 가장 그래픽한 감각으로 일관한다. 파인우드 스튜디오 사상 가장 웅장하고 뛰어난 세트로 꼽히는 교도소 내부의 분위기, 기계문명의 종말을 보여주는 듯한 산화철 색채의 리얼리티, 또한 극단적인 로 앵글은 압박감을, 최소구경의 광각렌즈는 폐소공포증을 각각 역설적으로 표현한다. 그 답답함을 보상이라도 하려는 것처럼 카메라는 종횡무진으로 이동하다 못해 수직으로 회전까지 하고, 점프 컷은 계속 빅 클로즈업으로만 이어진다. 미술에서의 이미지 차용도 많다. 절규하는 얼굴은 프랜시스 베이컨, 건물 밖 행성의 풍경은 카스파르 다비드 프리드리히, 그리고 특히 패배감에 잠긴 죄수들의 군상은 오귀스트 로댕의 〈칼레의 시민〉.

마리는 더 이상 여기 살지 않는다

—

니키타
NIKITA

시간과 공간이 불분명한—그러나 세기말의 파리일 것이라는 추측은 가능한—상황 속에 뤽 베송은 한 여인을 무자비하게 던져버린다. 니키타는, 단지 비행 청소년이라는 이유만으로 사회적 죽음을 강요받는다. 빈 무덤에 거짓 매장되고 일종의 살인 청부업자로 새롭게 탄생 '당하는' 그녀는, 정부기관 청사의 탈색된 듯한 흰 방에서 깨어나 살인 수업의 교관에게 묻는다. "여기가 천국인가요?" 이 지독한 농담에 우리는 차마 웃을 수 없다. 살인을 저지르고도 자기가 천국에 가리라고 믿는 소녀! 그러나 그 몽매한 천진난만함은 곧바로 혹독한 시련을 겪는다. 그녀는 몇 년 동안 완전히 감금되어 지내야 하는 것이다. 친구도, 가족도 없는 그 삭막한 빌딩 속에서 처음 잠을 깼을 때 방바닥에 발을 대는 것도 주저하던 그녀는, 컴퓨터의 마우스를 조작하는 교관에게 살아 있는 '마우스(생쥐)'를 선물하고, 탈색된 방을 온통 원색적인 문양과 구호로 페인팅함으로써 시스템에 반항한다. 그러나 거역할 수 없는 운명에 따라 니키타는 명실상부하게 '거듭난다'. 부랑 소녀의 폭력 성향은 국가기관의 합법적 폭력 메커니즘에 귀속된다. 이전의 그녀가 LSD에 중독되어 있었다면, 이후의 그녀는 기관의 임무에 중독된다. 최후의 작전이 틀어졌을 때, 무작정 적들을 쓸어버리기 위해 파견된 빅토르에게 "이건 내 임무야. 망치지 마!"라고 소리치는 그녀의 사명감을 보라. 한 사람의 경관을 살해했다는 죄를 보상하기 위해 그녀는 무수한 사람을 죽여야 한다.

여기서 진행되는 훈련의 과정은 그 자체로 현대사회에서의 젠더 문제를 다루는 영화적 장치로 기능한다. 니키타라는 러시아 남자의 이름을 가진 그녀는 이미 처음부터 여성으로서의 정체성을 상실한 채 등장하는데, 훈련소의 독방에서 그녀가 보는 TV 영화 속의 여주인공은 "당신은 누구지?"라고 묻는 남자에게 "몰라요"라고 대답한다. 결국 영화 〈니키타〉는 그녀가 여성 정체성을 찾아가는 여행담인 것이다. 남성성과 관련된 총 쏘기, 맨손으로 때려눕히기 등의 육체적 단련은, 우아하게 옷 입기, 사랑스럽게 미소 짓기 등의 '여성스럽게 되기' 훈련으로 비로소 마무리된다. 여교관—역사상 가장 사랑스러웠던 여인이었던 〈쥴 앤 짐〉의 잔 모로—은 말한다. "어떻게 해야 할지 모를 땐 미소하라. 남성들의 도움을 받을 것이다……. 자신이 약한 존재임을 시인할 때 여성은 아름다워 보인다." '미소는 피부의 향기'라는 교관의 말처럼, 니키타는 향기 나는 여성의 피부를 가진 남성으로 재창조되는 것이다.

생일을 맞아 화려한 이브닝드레스로 단장한 그녀는 여성으로서의 설레는 기분을 안고 첫 외출을 하지만, 그녀의 그런 기대는 처참하게 배반당할 수밖에 없다. 그녀를 사랑하는 교관 밥은 남성기의 상징인 권총을 내밀고 니키타에게 남성이 되기, 즉 살인을 강요한다. 그러나 남자 화장실(!)에 있다던 탈출구는 봉쇄되어 있고, 그녀는 격렬한 총격전 끝에 주방 구석의 긴 관을 통해 탈출한다. 이 모든 과정이 일종의 졸업시험으로 계획된 것이었다는 사실이 나중에 밝혀지거니와, 이는 그녀가 통과의례를 무사히 거치고 자궁을 벗어나 사회인으로 탄생함을 상징한다. 그녀가 쏜 탄환이 총구를 벗어나 적을 향해 전속력으로 날아가는 저 유명한 '탄환의 시점 숏'은 무엇인가. 그녀는 마치 총탄처럼 사회를 향해 발사된 것이다. 여기서 또다시 정도가 지나친 농담 하나—그 출구는 더스트 슈트였던 것, 니키타는 쓰레기로서 재창조된다.

감독은 여기서 그치지 않고 더욱 커다란 곤경 속으로 그녀를 밀어넣는다. 니키타는 마리라는 새 이름과 조세핀이라는 암호명, 그리고 세 자루의 권총을 지급받는다. 전문 킬러의 위장 직업이 간호사라면 아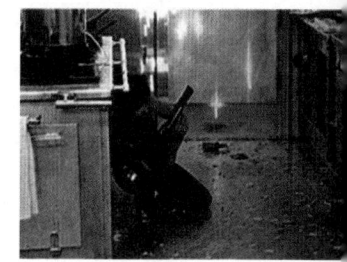무래도 좀 악의 섞인 장난(그녀는 사람을 죽이러 갈 때, "병원에 간다"고 말한다) 같지만, 어쨌든 그녀는 정상적인 여성으로서 사회에 잘 적응해나간다. 집을 장만해 정착도 하고 여자처럼 부드러운 남자 마르코와 살림도 차린다. 잔 모로도 제대로 가르칠 수 없었던 '미소 짓는 법'을 그녀는 마르코를 통해 비로소 배운다. 그러나 그와의 행복이 오래 지속될 수 없는 것은 당연한 일이다(가구 정리가 채 안 된 아파트 바닥에 앉아 밥을 먹고 섹스를 하는 이들의 모습은 〈악마의 씨〉에 나오는 신혼부부와 닮아 보인다). 밥은 또다시 선물로 위장된 사명을 하달한다. 허니문인 줄 알았던 베니스 여행이 요인 암살을 위한 직무상의 출장이었음이 밝혀지고, 남녀의 유쾌한 섹스는 결정적으로 방해받는다. 앞의 식당에서처럼 이번에도 화장실 창은 닫혀 있으며, 나체의 니키타는 라이플을 겨누어 여성 요인을 저격한다. 이는 사실상 자기를 쏘는 행위로서, 이것으로 그녀의 여성성은 완전히 파괴된다. 그리고 마지막 작전에 이르러 급기야 남자의 역할을 하도록 내몰린다. 적들의 시체 얼굴에 황산을 부어 그들의 정체성을 제거해버린 뒤, 남장을 한 니키타와 빅토르는 적성국 대사관에 잠입한다. 빅토르가 밤에도 끼고 다니는 선글라스는 무자비한 폭력을 휘두르는 남성의 맹목성을 표상한다. 그 무모함으로 말미암아 그는 불필요한 죽음을 자초한다. 시신을 지켜보며 오열하는 니키타의 얼굴 뒤 창밖에는 진로 차단의 붉은 신호등이 번쩍이고 여기서 그녀는 남성 변장용 모자와 안경을 벗어던진다. 이튿날 그녀는 마르코도 밥도 버리고 떠난다. 그녀는 이제 더 이상 마리도, 조세핀도 아니다. 아마도 경찰의 추적을 따돌리자면 니키타라는 이름도 사용하지 못할 터, 그녀는 다만 '여자'로만 남을 것이다.

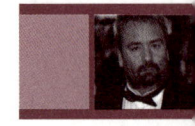

감독 뤽 베송은 이른바 프랑스 누벨 이마주 세대의 대표 격이다. 괴상한 묵시록적 미래 활극〈마지막 전투〉를 무성영화로 찍어 충격적인 데뷔를 했던 그는 졸작〈서브웨이〉를 거쳐〈니키타〉와〈그랑 블루〉로 일약 비평/흥행의 총아로 성장한다. 프랑스가 할리우드에 대항해 내놓을 수 있는 가장 강력한 카드. 음악가 에릭 세라와의 지속적인 공동 작업은 유명하다.

메건 · 매그넘 · 메트로폴리스

━━

블루 스틸
BLUE STEEL

《블루 스틸》의 주인공은, 여성 전사 메건이나 '44구경 매그넘 킬러' 유진이라기보다는, '스미드 앤드 웨슨' 사의 리볼버형 권총이다. 영화의 타이틀 시퀀스에서부터 그것은 지극히 아름다운 모습으로 첫 등장한다. 정교하게 연마 처리된 강철의 '육체'와, 푸른 조명을 받아 차갑게 빛나는 청동빛 '피부'의 구석구석을 집요하게 훑어가는 내시경 렌즈의 거의 물신숭배적인 탐욕은, 권총의 이미지를 남근 사회의 정신분열증과 멋지게 결합시킨다. 여기서 권총은, 총신의 그 돌출된 모양과 탄환을 뱉어내는 기능으로 남성기男性器를, 회전식 탄창의 그 구멍의 모양과 탄환을 받아들이는 기능으로 여성기女性器를, 각각 정신분석학적으로 상징한다. 또 권총은 강력한 폭력의 수단인 동시에, 견고한 기능미와 촉감적인 재질로 말미암아 일종의 성애와도 같은 소유욕을 불러일으키는, 이 시대의 상품 미학적 상징물이기도 하다.

크레딧이 다 지나가고 나면, 권총을 집어넣은 메건이 옷을 입고 있다. 그 첫 숏은 경관의 유니폼(제목의 '블루'는 이것의 색이기도 하다) 과 그 속의 브래지어를 함께 보여줌으로써, 또다시 남성 대 여성의 두 대립항을 시각화하거니와, 나중에 그녀는 남자 경관을 때려눕히고 그의 권총과 유니폼을 착용한다. 제이미 리 커티스의 외모 또한, 여성적 남성 데이비드 보위처럼 몹시 중성적이어서, 메건은 말하자면 남성의 외피를 한 여성인 셈이다. 그리고 그녀의 본질인 여성성은 전편을 통해 끊임없이 남성들에 의해 왜곡되고, 침해당하고, 공격받는다. 그런 그녀의 유일한 방어 수단은 물론 블루 스틸/권총이다. 그것은 메건에게는 비겁한 남성 우월주의를 향한 폭발적 대응물인 한편, 편집광 유진에게는 물신화된 권력으로서 매혹적이다. 권총을 향한 유진의 집착은 일종의 광기로, 메건의 그것은 보편타당하고 정당한 애착으로 설명되지만, 어쨌든 영화는 메건이 권총을 잡는 데서 시작해서, 버리는 것으로 끝난다.

검은 화면에 여자의 비명이 들려오면서 시작하는 프롤로그의 인질극 실습 장면에서, 메건은 가해자/남편을 성공적으로 사살하지만, 잠시 방심한 사이 피해자/아내의 기습 총격을 당해 감점당한다. 이 장면은 두 개의 측면에서 중요한 복선으로 기능한다. 첫째, 그 의미의 표층에서, '남편과 아내'는 곧 이어질 슈퍼마켓 장면에서의 '무장 강도와 유진'에 정확히 대응한다(실습장에서 아내가 메건의 총을 맞고 쓰러진 남편의 총을 몰래 빼돌려, 이후 메건을 공격하는 무기로 삼는다). 둘째, 그 의미의 심층에서, 실습장에서 여성이 여성에게 총을 겨누는 행위는, 메건에의 동일시에 의해 유진의 마음속에 형성된, 또 하나의 여성이 가진 공격성을 암시한다(유진은 한 창녀를 살해하고 그녀의 피묻은 옷으로 갈아입는가 하면, 메건과의 대화중에 그녀의 '총기聰氣 Brightness'와 자신의 총기를 혼동한다).

영화에서 남성은 모두 악당 아니면 바보로 묘사된다. 유진은 말할 것도 없고, 메건의 아버지는 아내를 상습적으로 구타하는 비열한이고, 친구에게서 소개받은 회계사는 그녀가 경관이라는 것을 알고 달아나버린다. 심지어는 유일하게 긍정적인 인물인 강력 반장 닉조차도, 총격전에서는 무용지물이고, 기껏해야 부하인 메건과 동침하다가 유진에게 두들겨 맞고 벌거벗은 채 기절한 모습으로 발견되는 지경이다. 이에 비해 메건은 가장 전투적이고 용맹한 캐릭터로 표상된다. 그녀는 세 차례에 걸쳐 경관이 된 이유를 질문받는데, 그 대답은 '사람들을 쏘고 싶어서', '남자들을 벽에 처박고 싶어서', '유진 그놈 때문에'다. (점차 구체화되어가는) 그녀의 욕망은, 바로 남성에 대한 공격 본능인 것이다. 〈블루 스틸〉은, 메건이라는 여성이, 주체할 수 없는 남성에 대한 증오심을 유진이라는 구체적 대상을 통해 해소해가는 이야기이기도 하다.

부드러운 수평 이동으로 포착한 메건의 긴장감 어린 모습과, 호흡을 따라 조금씩 흔들리는 메건의 핸드헬드 시점 숏으로 보이는 강도의 모습. 그리고 44구경 매그넘에 매혹당한 유진의 얼굴 빅 클로즈업이 절묘하게 편집된, 박력의 슈퍼마켓 시퀀스를 포함해 캐스린 비글로의 연출력과 아미르 M. 모크리의 촬영술은 시종 빛을 발한다. 감독은 기회 있을 때마다 메건을 창이나 문, 자동차 새시의 액자형 틀을 사용하여 '프레임 속 프레임'에 가둬놓는다. 이는 가부장제의 볼모로 설정된 여형사의 사회구조 내 위치를 암시하는 미장센이며, 결국은 영화의 마지막 숏에서 자동차 새시의 틀을 벗어남으로써 메건은 해방된다.

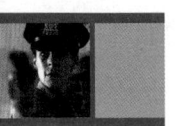

여기 제작자 에드워드 프레스먼은 〈크라임 웨이브〉 등을 만든 컬트 전문가, 공동 제작의 올리버 스톤은 그 자신 거물 감독이면서 일찍이 비글로의 재능을 발굴한 장본인, 촬영의 모크리는 웨인 왕의 모든 작품을 도맡아 찍어온 젊은 대가, 공동 각본의 에릭 레드는 컬트 〈힛처〉의 각본가이자 〈분리 인간〉의 감독. 〈블루 스틸〉은 애초부터 졸작이려야 졸작일 수 없는 영화였다.

여피, 지옥에 가다

━━

장미의 전쟁
THE WAR OF THE ROSES

우선 사울 바스 디자인의 타이틀 시퀀스를 눈여겨보자. 살짝 주름이 잡힌 흰 천을 따라 카메라가 부드러운 여행을 한다. 조금 눈치 있는 관객이라면 그 천이 부부의 침대 시트이리라 짐작한다. 그러나 다음 순간, 그것은 대니 드비토가 들고 있는 손수건임이 드러난다. 그리고 그는 그것으로 천연덕스럽게 코를 풀어버린다! 이혼소송을 의뢰하러 온 고객에게 호흡기 질환을 호소하는 변호사 드비토는, 그럼에도 불구하고 자기가 담배를 끊지 못하는 이유(결국, 부부생활은 담배와 같은 것이다?)를 설명하면서 로즈 부부의 전쟁 연대기를 전하기 시작한다. 물론 이 고객과 우리들 관객은 시점상 동일시된다. 그리고 마침내 이야기 속 이야기가 끝나자, 고객은 이혼에 진절머리를 치면서 사무실을 떠나고, 변호사는 미소를 머금으며 아내에게 돌아간다.

이러한 액자 형식의 내러티브 구조는, 이 영화에서 무척 중요하게 기능한다. 끝내는 비참한 동반 추락사를 당하고야 마는 로즈 부부의 처절무비한 드라마를 따뜻한 설득의 리본으로 묶어줌으로써, 이 공포에 가득 찬 가정 비극은 산뜻한 해피엔드의 코미디로 선물 포장되는 것이다. 그 포장지는 고급스러운 개그와 스타들의 매력, 수려한 촬영술이라는 무늬로 장식되며, 바로 이 구조에 의해 영화는 상업적인 탄력을 지니게 된다. '죽음에까지 이르는 부부 싸움'이라는 소재의 황당무계함을, '옛날옛적에……'식의 화법을 통해 슬쩍 잊게 만드는 부수적인 효과와 함께 말이다.

이제, 저 유명한 '장미전쟁'의 전말은 무엇인가. 요크와 랭커스터의 왕위 계승권 쟁탈전과의 유사점은 두 가지다. 가족 간의 싸움이라는 점, 민중(영화에서는 자식들)의 안위와는 전혀 상관없는 소모전이라는 점. 로즈 부부는 '가정Home'은 팽개친 채 '집House'을 차지하기 위해 사투를 벌인다. 그러나 영국의 장미전쟁이 두 가문의 결혼으로 튜더왕조를 탄생시키는 해피엔드였다면, 미국의 장미전쟁은 생명과 결혼을 한꺼번에 파탄시키고서야 끝을 본다.

자동차와 집과 가구, 크리스털을 장만하기 위해 가정을 방기한 남편, 그런 남편에게 자신을 맞춰가며 공허한 삶을 영위해온 아내, 두 사람의 물신숭배는 가정의 소외를, 소외는 증오를, 증오는 파국을 낳는다. 이것은 미국 여피의 도덕적 종말을 예언한 일종의 묵시록이지, 무슨 혼인의 신성함이나 사랑의 위대한 힘 등의 의미를 주입하려는 홍보 영화가 아니다.

경매장에서 장식품 쟁탈전을 벌이다가 만난 남녀는, 그토록 차지하려고 안달했던 크리스털 샹들리에와 함께—〈배트맨〉에서, 발에 매달린 사탄 석조상이 조커를 지옥으로 끌고 내려가는 것처럼—추락사한다. 부부를 상징하는 이중 연결선이, 물신을 상징하는 샹들리에의 무게를 이기지 못하고 끊어지는 것이다. 또한 가정의 행복을 상징하는 크리스마스 트리는, 부부의 불화를 상징하는 장식 전구의 누전으로 인해 잿더미가 된다.

탐욕과 이기주의로 가정을 망친 여피 부부는 이렇게 해서 지옥으로 간다.

세 여자와 아기 바구니

이스트윅의 악녀들
THE WITCHES OF EASTWICK

〈매드 맥스〉 시리즈의 조지 밀러가 돌아왔다. 영화광으로서의 편집 증적인 패러디 정신과 외과의사로서의 피비린내 나는 잔인성이 결합된 초기의 컬트적 태도에서 벗어나 이제는 자타가 공인하는 명장으로서, 미국이 세계에 자랑하는 대가 존 업다이크(『켄타우로스The Centaur』, 『커플스Couples』의 작가)의 소설 각색작을 들고. 변방 호주를 떠나 본토 미국을 역공하기 위해, 미국과 중산층과 여성들의 허위의식을 해부하기 위한 날카로운 메스를 품 안에 숨긴 채.

잭 니콜슨의 글자 그대로 악마적인 명연기와 셰어, 수전 서랜던, 미셸 파이퍼, 이 세 여배우의 각자 최선을 다한 호연, 환상적인 세트 디자인, 고의로 배려된 사상 최악의 의상 디자인(일부는 저 유명한 니노 세루치의 작품), 거침없는 연출력과 감독의 뜻을 정확하게 따라주는 촬영(빌모스 지그몬트는 〈서바이벌 게임〉, 〈미지와의 조우〉 등을 찍은 미국 제일의 테크니션이다), 기지가 넘쳐흐르는 유려한 대사들, 음악마저도 최상급의 수준을 유지한다. 조지 밀러는 멋지게 할리우드에 들어왔다.

미국 뉴잉글랜드의 작은 마을 이스트윅. 너무나 평온한 나머지 따분하고, 이웃끼리 너무나 화목한 나머지 사생활의 비밀이 없는 그곳에, 스스로 마녀라는 사실을 모르는 세 명의 삼십대 독신 여성들이 살고 있다. 알렉스—조각가. 남편과 사별. 세 친구들 중 가장 용기 있고 현명한 리더. 제인—초등학교 음악교사이자 첼리스트. 아이를 낳지 못해 이혼. 소심하고 머리가 좀 나쁜 편이다. 수키—신문 기자. 지나치게 임신이 잘돼 딸만 여섯을 두었다. 바로 그 이유로 이혼을 당했다. 가장 아름답고 영리하다. 「맥베스」에서처럼 이 세 마녀들이 동시에 같은 생각을 하면 그 일은 이루어진다. 그녀들이 멋진 남성을 바랐을 때 악마 데롤이 나타난 것은 그 때문이다. 당연히 데롤은 그녀들을 유혹한다. 알렉스에게는 언제나 똑같은 일상에서의 탈출을 부추김으로써, 제인에게는 억압받고 있던 정열을 일깨워줌으로써, 수키에게는 아름다운 수사로 여성성을 찬미함으로써. 그러나 행복에는 대가가 따르는 법. 여자들은 데롤이 악마이고, 자기들도 마녀라는 사실을 깨닫는다. 여자들에 대한 데롤의 광적인 집착, 악마로부터 벗어나기 위한 그녀들의 동지적 단결. 이야기는 이들의 처절한 성 대결의 국면으로 돌입한다.

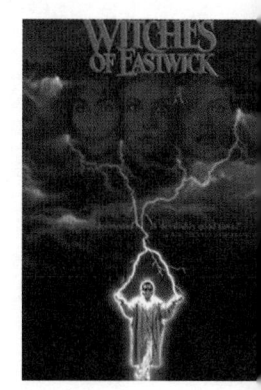

　미국 독립 정신의 본고장인 뉴잉글랜드의 독립기념식장에서 벌어지는 도입부의 해프닝은, 미국 자체에 대한 지독한 조롱을 담고 있다. 초등학교 교장(그는 비열한 호색한이다)의 지루한 연설이 세 마녀의 저주 때문에 내린 폭우로 중단되고, 미국 찬가를 부른 주부 대표 역시 결국 저주를 받아 비명횡사한다. 그리고 세 여주인공들은 그들의 머리 색깔(검정, 빨강, 블론드의 절묘한 배치)과 직업(미술, 음악, 문학의 적절한 설정)으로 미국과 그 문화를 대표한다. 이 정숙한 지식인 여자들의 그 현실 도피 욕구, 성욕, 식욕, 독점욕, 시기심, 허영심에 대한 감독의 응징은, 그 자체로 미국을 지탱하는 기초에 침을 뱉는 행위와 마찬가지다. 게다가 미국을 대표하는 대스타 니콜슨의 모습은 또 어떠한가. 역사상 가장 지저분하고 거만하고 혐오스러우며 징그럽고 비열한 남성상을 연기하고 있다. 무엇보다도 그는 악마인 것이다. 그러나 그는 여성의 욕망의 산물인 동시에 응징자로서의 악마다. 그와 누렸던 행복과 그로부터 가해지는 고통을 경험하고 여자들은 자기 존재의 의미를 되찾는다. 사투 끝에 악마는 모든 것을 빼앗기고 무자비하게 쫓겨난다. 결국 남자는 모니터 속에 갇히고, 리모트 컨트롤러는 각성한 여자들 손에 쥐어진다.

가족 게임

한나와 그 자매들
HANNAH AND HER SISTERS

안톤 체호프를 의식했는지 아닌지 알 수 없으나, 우디 앨런은 여기서 부유하고 지적인 '세 자매'의 사랑과 인생을 이야기한다. 성공한 여배우이자 현모양처인 한나(미아 패로), 실패한 여배우 지망생 할리(다이앤 위스트), 섹시한 용모에 비해 지식욕이 강한 리(바버라 허시). 한나에게는 회계사 남편 엘리엇(마이클 케인)이, 리에겐 늙은 은둔 화가 남편 프레더릭(막스 폰 시도우)이 각각 있고 할리는 독신이다. 또한 한나의 전 남편이자 방송국 연출자 미키(우디 앨런)의 이야기가 세 자매 이야기와 물렸다 떨어졌다 하며 진행된다. 〈세 자매〉에서의 영명축일처럼 〈한나와 그 자매들〉도 온 가족이 모이는 추수감사절 파티로 시작하고, 전체는 연극의 장/막처럼 십수 개의 단위로 나누어졌으되 각각의 에피소드에는 별개의 소제목이 붙는다는 것이 구성상 특징. 물론 위의 인물들이 그 에피소드들의 주인공을 번갈아가며 맡고 있고, 그때마다 보이스 오버의 독백이 조금씩 제시된다. 예를 들어, 첫 번째 이야기는 "맙소사, 그녀는 너무 아름다워"라는 제목을 달고 있는데 영화가 시작하자마자 정면을 응시하는 리의 얼굴에다 엘리엇은 바로 이 대사를 던지고 있다. 물론 속으로 하는 소리다. 리는 바로 그의 처제가 아닌가. "안 돼! 내가 지금 무슨 생각을 하는 거야?"

시작부터 이런 식이니 영화는 온통 불륜으로 얼룩질 수밖에. 결국 형부와 처제는 호텔로 간다. '베풀 줄만 알고 요구는 모르는 여자' 한 나에게 환멸을 느낀 엘리엇은 정열적인 리에게, '고집불통' 노인네에게 염증을 느낀 리는 자상한 엘리엇에게 사랑을 느낀다. 엘리엇에게 한나는 '구역질 날 정도로 완벽'하고, 리에게 프레더릭은 남편이기보다는 스승이다. 그렇다고 해서 이 사랑이 정당화될 수 있는가(프레더릭은 유일하게 끝까지 구제 불가능의 이기주의자로 남지만). 한나는 처음부터 죄가 없다. 장녀고 가장 부유하고 가장 착하다는 이유만으로 그녀는 불공정한 가족관계의 희생자로 설정된다. 부모의 불화를 중재하는 일도, 할리의 마약 구입비와 사업 자금을 도맡아서 빌려주는 일도, 매년 추수감사절 파티를 여는 일도 그녀의 몫이다. 한나가 오랜 은퇴 기간을 청산하고 왜 하필이면 〈인형의 집〉을 택해 무대에 복귀했는지를 헤아려주는 사람은 아무도 없다. 두 동생과 부모는 도무지 실현 가능한 목표를 찾지 못하고 우왕좌왕 헤매기만 할 뿐, 아쉬울 때면 찾아와 한나에게 손을 벌리기만 하는 형편이다.

그녀의 고독은 남편 엘리엇과의 단 한 번 부부 싸움 장면에서 소름 끼치도록 선명하게 묘사된다. 부부의 가장 사적인 공간인, 침실에 딸린 화장실에서 부부는 치열한 언쟁을 벌인다. 여기서, 동생들에게 자기의 험담을 늘어놓은 남편에게 대드는 한나의 모습은 철저하게 외로워 보인다. 화면 밖의 남편을 보며 말하는 모습에서 시작해서, 욕실 문 뒤로 들어가 대꾸하자 다시 혼자 되는 한나, 겨우 모습을 보이는가 했더니 이번엔 뒷모습, 돌아서자마자 벽에 가려지고 또 뒤통수, 언성이 높아지자 아예 문을 닫아버리는 남편, 그의 얼굴은 마지막에 버럭 소리를 지르고 나가버릴 때에나 겨우 보일 뿐이다. 결국 한나는 또다시 혼자 화면에 남는다. 항상 특징 없는 미장센으로 일관하는 듯하다가도 결정적인 대목에 이르면 놀라운 스타일리스트의 면모를 발휘하곤 하는 우디 앨런의 솜씨가 특히 돋보이는 장면에서, 한나의 소외감은 소름끼치게 표현되고 있다.

그런데 그 싸움은 할리가 처음으로 쓴 희곡에서 비롯된 것. 그녀는 연기와 출장 요리 사업에 실패하고 마지막으로 잡은 일거리의 이야기 소재를 언니 내외의 불화에서 취한다. 이것을 읽은 한나가 대로한 것은 당연한 일이고, 안나의 반응을 본 할리의 좌절도 당연하다. 무엇 하나 성공해보지 못했고 똑똑한 언니와 섹시한 동생 사이에 끼어 단 한 번의 스포트라이트도 받은 적이 없는 불안증 환자 할리는 가장 친한 친구(캐리 피셔)에게 배역과 남자까지 빼앗기고 나서도 다만 이렇게 중얼거릴 수 있을 뿐이다. "집에 가서 책 좀 보다가 수면제 먹고 잠이나 자야지."

자매 이야기와 평행 진행하는 것은, 한나의 전 남편 미키의 심기증心氣症 투병기다('Hypochondria'는 흔히 '우울증'으로 번역되지만, 협의의 우울증을 뜻하는 'Melancholia'와 구별할 때에는 '심기증'이 맞다. 즉 '자기가 중병에 걸렸다고 여기고 고민하는 신경쇠약증세'). 감독은 미키를 이용해 두 가지 생각을 한꺼번에 보여준다. 첫째 단계에서 그는 건강 문제에 편집광적으로 몰두하는 현대인을 풍자한다. 단순한 귀울림 증세만으로 뇌종양이라고 단정 내려버리고 어쩔 줄 몰라 하는 미키를 통해 우리는 삶에의 구차한 집착이 얼마나 삶을 피곤하게 만드는지 실감한다. 그러나 정밀검사 끝에 불치병이 망상이었음을 확인한 미키의 환호를 보며 덩달아 기뻐한다면 당신은 아직 우디 앨런을 잘 모르는 관객이다. 그는 이 정도에서 풍자를 끝낼 위인이 아니다. 미키의 고민은 이제부터 시작. 기뻐 날뛰며 몇 발자국 가기도 전에 그는 더 큰 고민에 빠진다. 그렇지만 언젠가는 죽지 않는가? 종말이 오늘이나 내일이 아니라고 해서 영원히 사는 건 아니잖은가? "인간이 얻을 수 있는 유일하게 절대적인 지식은, 인생은 무의미하다는 것이다"—톨스토이. 이 단계에서 그는 염세주의자를 풍자하고자 한다. 철학과 종교에 의지했다가 실패만 거듭하고 결국은 자살 기도에 이르는 미키의 모습에서 우리는 죽음에 관한 망집으로 삶을 채워가는 자들의 어리석음을 본다. 죽느냐 사느냐를 결정도 채 못 지은 상태에서, 이마에 댄 총의 방아쇠를 잘못 건드린 미키는, 그러나 땀 때문에 총부리가 미끄러지는 바람에 겨우 죽음을 모면한다. 이건 순전히 실수에 우연이 겹쳐서 일어난 사건. 오발탄이 방 안의 거울을 산산조각 내듯 미키의 망상은 깨져버린다. 그는 불현듯 인생이란 자기 의지와 상관없이 진행되는 것이라는 사실을 깨우친다. 이제 보니 몇 번이고 주인공들의 내적 독백과 그 직후의 행동이 상반되도록 해온 것도 단순히 개그를 만들기 위해서만은 아니었던 셈이다.

　뇌종양 소동을 겪으면서 삶의 무의미성을 깨닫고, 자살 소동을 겪으면서 의지의 무의미성을 깨달은 미키는, 무심코 들어간 영화관에서 막스 형제의 일대 소동극을 보고 삶의 의미를 되찾는다. "있지도 않은 대답을 찾으려고 삶을 낭비하는 건 어리석다. 짧은 인생이지만, 즐기기엔 충분한 시간이야." 선물가게 진열장에 있던 십자가상의 예수는 입체영상으로 만들어져 미키가 머리를 좌우로 움직이는 데 따라 눈을 떴다 감았다 한다. 보는 이의 시점 변화에 따라 죽었다 살아났다 하는 셈. 미키의 인생도 마찬가지다. 새로운 시점을 얻게 되자마자 인생은 새롭게 다가온다. 한 번 데이트한 적이 있는 할리와 우연히 만난 그는 솔직하고 쾌활한 태도로 반가움을 표현한다. 하드록만을 듣기 고집하던 그녀가 음반을 고르고 있는 장소가 재즈 섹션이라는 것을 보여줌으로써 앨런은 간단하게 이 재회의 희망적 전망을 전달한다. 전처럼 음악 취미를 가지고 싸우는 대신 이들은 할리의 대본을 놓고 오순도순 이야기를 나눈다.

1년 후, 다시 추수감사절. 이전에 서로의 신뢰를 배신하고 거짓말하고 상처받고 미래를 두려워하고 자신의 입지가 뿌리부터 흔들림을 느꼈던 주인공들은 이제 모든 난관을 극복하고 행복해져 있다. 훌륭한 작가가 된 할리가 마지막으로 입장, 미리 와 있던 남편에게 말한다. "미키, 나 임신했어요." 놀라는 미키, 포옹, 키스, 암전……. 정자수의 부족으로 한나를 임신시키는 데 실패했던 그가 아닌가. 그래서 한나는 미키 친구의 정자를 받아 인공수정까지 해서 아이를 낳지 않았던가. 그런데 임신이라니! 모든 분석가가 사랑의 기적을 말하지만 우리는 그런 낙관적인 설명을 유일한 해석으로 받아들일 수 없다. 무엇보다도 이 영화의 마지막 10분은, 우디 앨런으로서는 지나치게 희망적인 것 같다. 오히려 그 말을 할 때 왜 배경은 어두워지며, 포옹할 때 왜 할리의 얼굴에는 빛이, 미키의 얼굴에는 어둠이 깃드는가. 왜 할리는 웃지만 미키는 무표정한지 우리는 곰곰이 생각해본다. 만약 기적이 아니라면 가능성은 단 하나—할리는 불륜을 저지른 것이다.

〈한나와 그 자매들〉은 실로 7년여 만에 앨런이 영원한 고향 맨해튼 이야기를 본격적으로 다루기 시작한 영화라는 점에서 일단 의미심장하다. 뉴욕 순례를 하면서 "사람들은 자기들이 얼마나 아름다운 건물들에 둘러싸여 사는지 모른다"고 말하는 건축가를 보라. 그리고 또 하나의 중요성은 집단 주인공들의 앙상블 연기다. 앨런이 많은 주인공들을 이렇게 훌륭하게 다룬 예는 전무후무하다. 본문에서 언급한 이들 말고도, 왕년의 명배우 모린 오셜리번과 로이드 놀란이 한나의 부모로 나올 뿐 아니라, 앨런의 단골 배우 샘 워터스톤은 건축가 역으로 무보수 출연하고 있고, 〈바튼 핑크〉의 존 터투로는 미키에게 대드는 방송 대본 작가로 잠깐 등장한다. 그리고 한나와 미키의 아들 쌍둥이는 미아 패로가 앙드레 프레빈과의 사이에서 얻은 아이들.

모르는 여인으로부터의 고백

▬

또다른 여인
ANOTHER WOMAN

대학 교수인 마리온 포스트(지나 롤랜즈)는 의사 남편 켄(이안 홀름)과 안락한 생활을 영위하고 있다. 철학서 집필을 위해 아파트를 세낸 그녀는 어느 날 환기구를 통해 옆집에서 들려오는 소리에 귀 기울이게 된다. 정신분석의에게 삶과 죽음에 관한 고민을 토로하는 여인(미아 패로)의 목소리는 마리온으로 하여금 자기를 돌아보게 만든다. 그녀는 흔들리기 시작한다.

영화는 마리온이 집필실로 가기 위해 외출 준비를 하는 모습으로 시작한다. 긴 복도를 지나 카메라 쪽으로 다가오는 그녀. 그 집치레와 옷치레로 우리는 주인공이 상류사회 사람임을 금방 알 수 있다. 액자에 끼워진 사진들을 통해 주변 인물들이 소개된 다음 그녀는 집을 나간다. 이때 계속 들리는 것은 째깍거리는 시계 소리다. 이로써 그녀에게 친지들은 단순히 대상화된 존재라는 전제가 던져지고, 쉰 살 먹은 유부녀의 초조감이 전달된다.

우디 앨런의 인물들은 감독 자신의 국제적 명성의 확산 추세에 따라 끊임없이 신분 상승하고 있다. 데뷔작 〈돈을 갖고 튀어라〉(1969)의 좀도둑에서 〈애니홀〉(1977)의 중산층 작가를 거쳐 〈부부일기〉(1993)의 대학교수에 이르기까지 그의 주인공들은 점점 부유해지고 있다(여기에는 물론 〈그림자와 안개〉 따위의 예외도 있다). 이것은 무엇보다도 앨런 영화의 자기 고백적 성격에 근거한 현상이겠지만 그가 나이를 먹을수록 존재의 근본 문제에 대한 회의에 집착하고 있기 때문이기도 하다. 가장 존경해 마지않는 잉마르 베리만 감독의 〈산딸기〉를 통째로 표절한 이 영화에서 그가 택한 것은, 극한 상황에서의 인간 조건 탐구가 아니라 모든 현실 문제가 해결된 다음에 찾아오는 허무감의 규명이다. 쉰이란 나이 역시 그렇다. '다른 선택의 여지가 없어진 나이', '다시는 쉰이 될 걱정을 안 해도 된다는 것만이 유일한 기쁨인 나이'를 맞아, 마리온은 하이데거의 철학 말고 자신의 인생을 성찰해 보도록 내몰린다.

〈싸이코〉와는 달리— '마리온'은 〈싸이코〉에서 자넷 리가 맡았던 역할의 이름이다—여기서는 엿보는 대신 엿듣는 행위가 문제의 발단이다. 다만 이 경우는, 타인의 사생활을 훔침으로써 얻어지는 게 변태적인 쾌감 대신 쓰디쓴 고통이라는 점이 다를 뿐이다. 애초에 이 여자가 아파트에서 원했던 것은 집필을 하기 위한 완벽한 고독이었다. 그러나 계속 들려오는 '또다른 여인'의 목소리와 그것으로 촉발된 자기 성찰은, 그녀에게 필요한 것이 고독이 아니라 타인과의 교감이라는 사실을 가르쳐준다. 먼저, 목소리는—그녀의 이름은 '호프Hope', 즉 '희망'이다—결혼생활의 비밀부터 털어놓는다. 어느 날 갑자기 진정으로 사랑하지 않는 남자와 살고 있는 자신을 발견했을 때의 충격. 마리온은 이 고백을 남의 이야기로 생각하지 않는다. 그리고 이때부터 그녀의 고통은 시작된다. 나름대로 견고하다고 생각해온 자기 인생의 여러 미덕들, 예컨대 행복한 결혼생활, 친정 식구들과의 유대감, 아름다운 우정과 추억 등이 사실은 자기기만적인 믿음 내지는 근거 없는 가정에 불과하다는 증거가 속속 발견되는 것이다. 존재의 참을 수 없는 '깨지기 쉬움'. 남편이 더 이상 자기에게 정열을 못 느낀 다는 사실이 일깨워지고, 잠깐 사귀었던 소설가 래리(진 해크먼)와의 못 이룬 사랑은 다시금 추억으로 되살아난다. 이어서, 올케의 입을 통 해 남동생이 자기를 미워하고 있다는 정보가 입수되는가 하면, 남편 이 전처에게서 낳은 딸도 자기를 존경하는 한편 두려워한다는 것이 밝혀진다. 가장 절친했던 친구 클레어는 마리온이 뛰어난 재능과 이

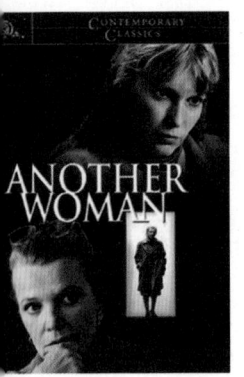

지적인 매력을 동원해서 자기 애인을 가로챘다고 믿고 있으며, 우수한 사학자인 아버지는 죽은 아내와의 결혼 생활을 포함해 자기 삶 자체를 전면적으로 후회한다. 이 쯤 되면, 이것은 모든 인간관계의 총체적인 파탄이며, 인 생의 성공 여부에 대한 기준의 실종이다.

한편, 호프의 목소리는 차츰 비관의 영역을 확대하며 염세의 지경에까지 이른다. 삶의 무가치함, 죽음의 불가 피함에 관한 역설이 마리온에게 설득력을 발휘하면서 그녀 역시 좀 더 근본적인 존재의 문제에 접근해간다. 어머니의 유품인 릴케의 시 집을 다시 펼쳐드는 마리온. 이미 열여섯 살 때 릴케의 시「표범」에 관해 썼던 논문에서 그녀는, 우리를 부수고 뛰쳐나오려는 표범을 '죽 음'의 이미지로 규정하지 않았던가. 이제 마리온의 성찰은 두 개의 클 라이맥스 시퀀스를 거치며 깊이를 더해간다. 첫째 연극이 나오는 악 몽. 마리온은 꿈속에서 호프의 안내를 받아 극장에 들어간다. 거기서 는 그녀 인생의 중요한 순간들을 소재로 한 연극이 리허설 중이다. 남 편과의 애정 없는 생활, 래리와의 해후, 첫 남편이었던 노철학자 샘의 쓸쓸한 자살 이야기가 담담하게 펼쳐진다. 처음에 관객이었던 그녀 는—자칭 브레히트주의자임에도 불구하고—결국 극에 개입하게 되

지만 호프는 마지막까지 침착한 관찰자로 남는다. 씁쓸한 느낌만을 가진 채 끝내 극장을 뛰쳐나오고야 만 그녀는 집에서 다시 샘과의 생활을 회고한다. 그에게 선물했던 연극용 마스크. 눈 부분만 뚫린 그 흰색의 가면은 마리온의 위선을 섬뜩한 느낌으로 상징한다. 국제 앰네스티 위원회에서 활동하면서도 오히려 자기 주위 사람들은 사랑할 줄 모르는 위선. 지금의 남편은 마리온의 심장 이상을 진찰하다가 친해져서 결혼한 사이라는 점을 상기하자. 신체 기관으로서의 '심장'과 정신으로서의 '마음'을 'Heart'라는 한 단어로 나타내는 영어의 심신 일원론에 대해 문제 제기를 했던 우디 앨런은 다시 여기서 '얼굴'의 물질성을 형상화하는 것이다. 그리고 숨 돌릴 틈도 없이 두 번째 클라이맥스—호프와의 상견이 이어진다.

남편의 결혼기념일 선물을 사기 위해 들렀던 골동품 가게에서 그녀는 호프를 만난다. 구스타프 클림트의 복제품을 보며 울고 있는 호프에게 마리온은 위로의 말을 건넨다. 슬퍼하지 말라, 저래 봬도 클림트로서는 제일 낙관적인 작품이다……. 그러나 마리온은 진실을 눈치채지 못한다. 그림의 주인공이 호프처럼 임신한 여자라는 점, 그림의 제목 '희망The Hope'이 바로 그 '또다른 여인'의 이름이라는 점. 결국 호프는 그려진 '자기'를 보며 눈물지었던 것이다. 이 상황은 교묘한 형태로 반복된다. 마리온과 호프의 점심 식사 장면. 호프의 모습이 벽에 의해 가려지고 마리온만 포착되는 앵글이다. 마리온이 아무리 열심히 이야기해도 그것은 혼잣말처럼 보일 뿐이다. 여기서, 호프가 마리온처럼 수채화를 즐겨 그리던 아마추어 화가였다는 사실이 새삼스럽게 떠오른다. 그렇다면 호프는 바로 마리온 자신? 마리온의 숨겨진 내면을 비추는 거울? 한없이 딱하게만 여겨지던 위로의 대상이 바로 자기였다니, 무서운 진상이다. 게다가 이 레스토랑에서 마리온은 남편이 자기 친구와 바람 피우는 장면을 목격한다. 우디 앨런의 절묘한 심리 통제술이 발휘되는 것은, 이 사건을 현장에서 바로 보여주는 게 아니라 호프가 분석의에게 하는 말을 마리온이 엿듣게 함으로써 고통스러운 기억을 환기하게 만드는 대목에서다. "오늘은 참 딱한 여자를 만났어요……." 가장 불행한 여자의 입을 통해 자기를 동정하는 말을 들었을 때 그녀의 절망은 극대화된다. 불행은 체험되는 순간보다 객관화되었을 때 더욱 고통스럽다. 끝으로 호프는 의사에게 한마디를 덧붙인다. "그 나이 되어서 그 여자처럼 인생이 허무하다고 느끼고 싶지 않아요." 이 말을 끝으로, 호프는 다시는 진료실에 나타나지 않고 행방을 감춘다. 최후의 충격을 마리온에게 가한 것으로 그녀의 임무는 완료된 것일까? 마리온의 무의식 속에 자리하고 있던 무서운 기억, 즉 샘의 자식을 낙태했다는 죄의식이 밝혀지면서 우리는 호프의 이름이 왜 호프인지를 비로소 알 수 있게 된다. 그녀는 임부였던 것이다.

마리온은 결혼기념일 바로 전날 남편과 헤어지고 친지들과의 인간관계를 처음부터 새로 정립하려 한다. 그 노력이 희망적으로 보이는 것은, 그녀가 다시 만난 사람들과의 신체적인 접촉을 자연스럽게 시도하고 있기 때문이다. 남동생의 어깨에 손을 얹는가 하면 남편의 딸과 팔짱을 끼고 걷는 그녀의 모습은 아름답다. 마지막으로 그녀는, 래리가 자신과의 짧았던 사랑을 기술해놓은 소설을 읽는다. 그 내용이 남자의 일인칭 회고 형식인데도 불구하고 래리의 목소리가 아니라 마리온의 목소리로 낭독되는 것은 타당하다. 그렇게 함으로써 마침내 그녀는 자기의 행복을 객관화하고 있지 않은가. 어머니의 눈물 자국으로 얼룩진 릴케의 시구는 바로 여기서 인용되어 마땅하다. "더 이상 당신이 숨을 곳은 없으니, 당신은 삶을 변화시켜야 한다."

영화에 사용된 음악에 귀 기울여보기를 권한다. 바흐를 좋아하는 아마추어 재즈 클라리네티스트답게 우디 앨런은 클래식과 재즈의 명곡들을 효과적으로 가져다 쓰고 있다. 사랑의 테마로 설정된 에릭 사티의 짐노페디 3번을 비롯해, 역시 바흐의 무반주 첼로 조곡, 첼로 소나타가 흐르고 연주회 장면에서는 말러의 4번 교향곡, 그 밖에 에롤 가너와 테디 윌슨의 피아노와 데이브 브루벡 사중주단……. 가장 효과적인 것은 연극 장면에서 쓰이는 에드가 바레즈. 이는 앨런이 현대음악을 사용한 극히 드문 예에 속한다.

꿈을 꾸듯이 잠들고 싶다

■

아이다호
MY OWN PRIVATE IDAHO

영화 자체의 형식을 모범 삼아 여기서도 '기면발작증'이란 게 뭔지
부터 밝히고 시작해보자. 그것은 어떤 충격을 받으면 갑자기 깊은 수
면 상태로 돌입하는 정신질환의 일종이다. 곳과 때를 가리지 않고 그
냥 쓰러져버리면 그것으로 끝이다. 이 대책 없는 희귀병에 대해 의학
사전은 '원인 불명'을 말하고 있지만 영화는 다르다. 마이크(리버 피
닉스)는 정서가 불안한 상태, 특히 어머니를 상기시키는 어떤 상황과
조우할 적이면 어김없이 약간의 정신 경련을 일으킨 다음, 푹 잔다.
숙면일지는 몰라도 안면은 아닐 수밖에 없는 것이, 진자리 마른자리,
여름 겨울을 가리지 않는 데다가 언제 불한당한테 끌려가 몽땅 털리
고 겁탈까지 당할지 모르기 때문이다. 마이크는 '누울 데를 보고 다
리를 뻗는' 성격이 아니다. 워낙 빈털터리 떠돌이라 아까운 물건도 없
지만 그 아름다운 용모와 청춘의 매력은 능히 성적 착취의 대상이 되
고도 남음이 있다. 실제로 그는 고객의 성별을 불문하는 매춘남인 것
이다.

이야기는 두 개의 축으로 나뉜다. 마이크가 어머니를 찾아가는 과
정과 스콧(키아누 리브스)과의 로맨스. 마이크는 같은 직종에 종사하
는 친구 스콧과 함께─가출한 부잣집 아들 스콧을 마이크는 짝사랑
한다─자기 어머니를 찾으러 고향 아이다호로 돌아온다. 형을 만나

서 추적의 단서를 얻지만 그나마의 실마리조차 어느 순간 끊겨버리고 친구도 자기의 목적을 위해 도중하차한다. 어쩌면 일종의 허니문 같기도 했던 여행이 끝났어도 마이크는 혼자서 다시 길을 간다. 스콧 역시 그 여정의 한 동반자였다고 생각한다면 이것은 단일한 이야기다. 그러나 마이크의 입장에서 두 개의 사랑은 불가분인 채로 다르다. 이 아름다운 로드무비에서, 어머니는 길의 목적지이지만 스콧은 바로 그 길 자체인 것. 물론 이 노선이 종점을 향해 가는 올바른 과정인지는 끝내 알 수 없어도, 어차피 어느 편이 정도正道인지 아무도 모를 바에야, 아니면 아닌 대로 어디로든 가봐야 할 터다. 결국 모든 길은 로마로 통한다지 않던가. 연어는 오직 본능만을 나침반 삼아 탄생지를 향해 가지 않는가.

그래서 마이크와 스콧은 어머니의 행적을 좇아 로마로 간다. 그래서 〈아이다호〉의 앞과 끝에는 물살을 거슬러오르는 연어떼의 이미지가—영화의 열린 구조에도 불구하고—마개처럼 꼭 끼워져 있다. 마이크의 성姓이 워터스Waters인 것도, 연어처럼 가정이라는 수원지를 찾아가야 한다는 뜻이리라. 자기 몸을 산 어느 부잣집 마나님의 침실에서 장식용 소라껍데기를 집어 귀에 대보는 마이크를 보라. 그는 웅웅거리는 소음 대신 파도 소리를 듣는다. 바다로, 물로, 가정으로 돌아오라는 유혹의 소리. 그 석회질의 나선형 물체는 바로 소라의 집이자 그 속에 살던 섬유질의 소라와 함께 생겨서 함께 자라난 소라 자체의 일부다. 육체가 정신의 집이자 인간 자체인 것처럼 집과 사람은 별개가 아니다. 가정의 제유提喩로서의 집은 이 영화에서 가장 중요한 모티브로 쓰인다. 마이크의 꿈 비슷한 회상은 대개 어머니와 집을 동일시한다. 지금 집 없는 천사인 그를 과거 속의 어머니는 두 팔과 가습으로 포근하고 안전하게 감싸준다. 마치 튼튼한 요새처럼. 물론 집 앞에서. 그러나 이 비전은 불행하게도 매우 단편적일 뿐 아니라 조잡한 화질에 편집도 안 된 홈무비의 형식을 갖고 있다. 그리고 그때마다 그는 발작을 일으킨다. 아마도 충격 때문이라기보다는, 어서 잠들어서 그 꿈을 온전하게 이어가고 싶어서가 아닐까? 길 위에 쓰러짐은 길 위에 집을 세움과 같지 않을까? 꿈꾸는 정신은 과거를 떠돌아도 잠자는 육체는 현재에 정착한다? 그 가정이라는 것이 어머니와 형이 근친상간하는, 그래서 형이 곧 아버지이기도 한 그런 것이라도 좋은가? 그럴지도 모른다. 〈오즈의 마법사〉에서의 도로시 역시 아름답고 황홀한 도시 오즈를 버리고 우울하고 가난한 켄터키 옛집에 기필코 돌아가고자 하니까.

그러나 켄터키의 돌개바람이 결국에는 도로시의 집을 온전히 내려놓는다고 해서 마이크네까지 그러라는 법은 없다. 아이다호 노상에서의 첫 번째 발작에 이어지는 환상에서, 마이크의 집은 하늘에서 떨어져 박살이 나버린다. 그래도 상관없다. 집은 다시 세우면 되니까. 스스로 망가뜨린 가정을 복구라도 하려는 듯, 형은 남의 가족 초상화 그리는 일을 직업으로 삼고 있다. (리지 프랭키의 지적처럼) 정상적인 가정을, '엄마, 아빠, 강아지'라고 규정하는 마이크의 키치적인 낭만성만큼이나 형의 그림은 키치스럽다. 이 형제/부자의 꿈은 어쩌면 이토록 단순한 것이다.

한편 어머니는 엉클어진 족보를 바로잡기라도 하려는 듯, '족보 Family Tree'라는 이름의 호텔 레스토랑에서 일하다가 돈을 모아 로마로 갔다고 한다. 부랑자의 지도자 밥과 포틀랜드 시장의 후계자 스콧이 셰익스피어의 〈헨리 4세〉의 팔스타프와 핼 왕자를 패러디한 인물이라는 점을 잊지 않는다면, 우리는 이 이야기가 현대 미국에서 엘리자베스 왕조의 영국을 거쳐 르네상스의 이상향 고대 로마로까지 거슬러가는 서구 문명사의 역진화 기행담이라는 사실을 깨달을 수 있다. 마이크 일행은 모터사이클을 팔아 로마행 비행기표를 산다. 작은 이동을 큰 이동과 바꾸는 셈이고, 큰 공간 이동은 다시 더 큰 시간 이동을 성취한다. 그런데 그곳 유럽의 끝에는 무엇이 이들을 기다리고 있었나. 로마에서 다시 시골 농가로, 거기에 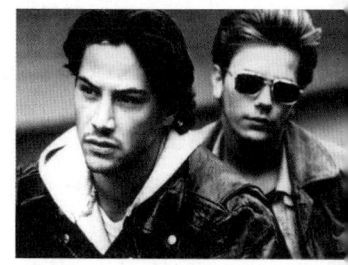 어머니는 없고 그녀에게서 영어를 배웠다는 이 탈리아 처녀만. 마이크는 좌절하고 스콧은 사랑에 빠진다. 후자는 이 말수 적고 요리 잘하는 촌 아가씨를 만나면서 자기가 '진정한 남자'임을 느꼈다고 고백한다. 이전 아이다호의 벌판에서 이루어졌던 마이크의 구애는 이제 무효다. 그뿐만 아니라 그는 결국 부랑자도 심지어 반항아도 아니다. 그는 이역만리 황량한 땅에 친구를 홀로 남기고 여자와 함께 떠나간다. 유복한 가정도 마다했던 친구가 엉뚱하게도 새 가정을 꾸릴 계기를 포착하고, 정작 가정을 찾아온 자기는 그나마 사랑하는 친구마저 잃어야 하는 게 세상살이라면, 누구라도 기면발작의 무책임한 가사假死 상태로 도피하고 싶어질 테지만 희한하게도 마이크는 쓰러지지 않는다. '여기는 내가 잠들 곳이 아니다'라는 생각에서였을까, 그는 미국에 돌아온다. 스콧이 미래를 위해 그랬다면 마이크는 과거를 위해 귀향한다.

건달 친구들과 함께 마이크는 신사가 된 스콧과 재회한다. 여기서 스콧은 자기를 보고 반가워하는 밥을 비정하게 외면함으로써 그의 죽음에 원인을 제공하기를 서슴지 않는다. 이미 생부는 그에게 유산을 상속하고 죽은 상태, 스콧은 한때 스스로 정신적 아버지라고 불렀던 이마저 죽게 하고 당당히 지배계급의 적자로 편입한다. 모터사이클에 몸을 싣고 평원을 질주하던 이지 라이더는 보수주의자들의 총에 맞는 대신 그들과 손을 잡고 되레 동료를 저격한다. 그 모터사이클은 스콧이 훔쳤던 물건이고, 그걸 팔아서 이탈리아에 갔고, 거기서 여자를 만났으니, 애초부터 그에게 속한 물건이 아니었다. 애마를 처분한 돈으로 동부행 기차표를 사는 카우보이라면 이미 카우보이이기를 포기한 자일 터, 승자는 승자로 남고 패자는 패자로 남는다. 이것이 아메리칸 드림의 죽음인가? 두 개의 장례식이 동시에, 서로 빤히 바라다보이는 곳에서 거행된다. 밥의 관에는 사실상 마이크가 사랑하던 스콧의 시신이 들었고, 스콧 생부의 장례식은 실질적으로 스콧의 대관식이다. 검은 정장에 넥타이를 매고 마이크를 바라보는 스콧의 시선은 영락없는 가부장 남성의 그것이다.

다시 아이다호. 영화가 시작할 때 거기 서서 "난 이 길을 알지……. 길은 누군가의 얼굴 같아. 일그러진 얼굴"이라고 중얼거렸던 마이크가 영화의 끝에 또 구면舊面을 찾아왔다. 어떤 의식처럼 예정된 식순에 의해 그는 발작을 일으키고 길의 품에 안긴다. 맨발로 새출발하라는 신의 계시인지, 길 가던 트러커들은 그의 신마저 벗겨 가버리고, 잠시 후에야 누군가 차를 세우더니 그를 태우고 사라진다. 이 운전자가 착한 사마리아 사람인지 인신매매범인지 우리는 모른다. 중요한 건 마이크가 어디론가 떠난다는 점이다.

에이미 토빈의 말처럼, 가장 정신이 없기 때문에 가장 올바른 정신을 가진 마이크는 또 누군가와 동반해서 여행을 시작한다. 원점에서부터 새로. 여기는 원점이되 출발점은 아니다. 〈오즈의 마법사〉가 성장영화인 한, 〈아이다호〉 역시 성장영화인 것이다. '노란 벽돌길 Yellow Brick Road'을 따라 '무지개 너머Over the Rainbow'를 향해 가든, 아스팔트 하이웨이를 따라 아이다호로 오든, 역정은 성숙을 동반한다. 모든 로드무비는 성장영화다. 시야를 확대한다면 어머니조차 성장이라는 목적지를 향해 가는 하나의 길에 불과한 것, 또 어떤 의미에서 목적지 또한 길의 한 부분이라는 것. 거기가 어느 막다른 골목 끝 담벼락만 아니라면, "이 길은 영원히 끝나지 않는다. 세상 어디로라도 이어질 것이다."

구스 반 산트 감독은 스콧처럼 부잣집 아들이었고 포틀랜드에 살고 있다. 아마도 스콧이 그의 분신인 모양인데, 2만 5천 불 예산의 〈말라 노체〉로 데뷔하고 6백만 불짜리 〈드럭스토어 카우보이〉로 일약 주목을 받았던 반 산트는 대작 연출의 제의를 다 마다하고 오히려 전작의 반에도 못 미치는 제작비로 〈아이다호〉를 찍었다. '공공연한 게이'인 그는 이 작품도 "게이 영화가 아니라고는 못 한다"고 말하면서도 자기를 규정하는 가장 적합한 용어로는 '포스트모더니스트'를 제안한다. 데이비드 번을 비롯한 토킹 헤즈 멤버들과 로드아일랜드 디자인 학교를 함께 다녔던 그는 또 아직까지도 앤디 워홀의 영향권 안에 있다고 밝히고 있다. 여기서의 〈헨리 4세〉 패러디는 오슨 웰스의 〈심야의 종소리〉를 보고 착상했다고.

홍콩보다 낯선 곳을 향해 가는 미스터리 트레인

———

아비정전
阿飛正傳

〈아비정전〉에서 1997년 홍콩의 중국 귀속 증후군은 매우 간접적으로 노출된다. 그것은 차라리 무의식적인데, 어디에도 홍콩의 정치 현실에 대한 언급은 없고 일견 따분한 5각 관계 연애담만 있는 이 영화에도 그 징후는 보인다. 우선, 과거시제로 진행된다는 점. 간간이 들려올 뿐이지만 이야기의 매듭을 지어가면서 구성의 뼈대를 이어주는 '내러티브의 관절'은 여기에서 독백이다. 장국영, 유덕화, 장만옥의 독백은 모두 일종의 회고 형식으로 이루어지는데, 이들이 언제 어떤 상황에서 그 회고를 하고 있는지는 관객이 알 수 없다. 우리가 아는 게 있다면 이들의 과거뿐. 그것은 행복한 추억이라기보다는 혼란스러운 꿈이고, 꿈이되 악몽이라기에는 아름답고, 길몽이라기에는 우울한 꿈……. 〈아비정전〉은 수수께끼의 미몽迷夢이다.

이렇듯 현재를 말하기 위해 과거로 돌아가고, 현실을 보여주기 위해 꿈의 분위기를 조장하는 방식은 홍콩 영화에서 어제 오늘의 일이 아니다. 〈영웅본색 3〉을 보라. '베트남 탈출＝홍콩 탈출'의 등식은 〈첩혈가두〉에도 있다. 후자는 특히 악몽의 느낌을 선연히 풍기고 있다. 그러나 〈아비정전〉은 현재를 피하기 위해 과거를 찾고 현실을 잊기 위해 꿈처럼 몽롱한 세계로 숨어든 것이 아닌가 하는 혐의가 짙은 영화다. 여기서 또 하나의 중요한 모티브가 발견된다. 인물들의 과거 지향적 성격. 이들은 모두 과거지사에 얽매여 있다. 장국영은 자신의 출생 비밀에, 유덕화는 장만옥과의 짧은 인연에, 장만옥은 장국영과의 영원한 기억의 순간에, 유가령은 장국영에의 헌신에, 장학우는 장국영과의 우정에 각각 집착한다. 여기에 비극의 원인이 있다. 생모를 만나고 돌아가는 장국영을 보자. 어머니가 자기의 뒷모습을 지켜보고 있었다는 독백과 함께, 그의 동작은 진행 중에 돌연 커팅 없이 느려진다. 이 독특한 슬로 모션은 거의 냉소적으로까지 들리는 음악 소리와 어울려, 씩씩해 보이던 그의 걸음걸이를 갑자기 우스꽝스러울 만큼 애처롭게 만든다. 그는 열심히 다리를 내어 뻗지만, 좀처럼 나아가지 못한다(본편 첫 숏에서 장만옥을 향해 힘차게 걸어가던 그의 뒷모습과 비교해 보라). 마치 과거의 포로인 양……. 그런데 과연 이들의 과거에 무슨 의미가 있기는 한가? 장국영과 장만옥은 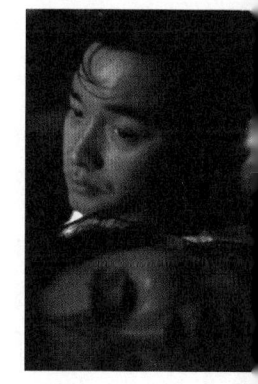 1960년 4월 16일 오후 3시를 잊어버렸다고 말하고, 유덕화는 장국영을 본 적이 없다고 대답하며, 생모는 아들에게 자기 존재를 부정한다. 장학우는 친구의 차를 판 돈으로 사랑하는 여자를 떠나보내고, 유가령은 이미 죽은 연인을 찾아 이국의 거리를 헤맨다. 남자가 기다릴 때 여자의 전화는 오지 않고, 여자가 전화할 때 남자는 거기 없다. 이들에게 미래가 없는 것처럼, 과거는 억지로 부정되거나 질곡으로 화한다. 어느 쪽이거나 집착의 결과이기는 마찬가지, 절망은 과거 자체가 아니라 과거에의 집착에서 온다. 남자는 말한다. "이 1분은 지울 수 없어. 이미 과거가 되었으니까." 훗날 여자가 탄식한다. "1분이 짧은 줄 알았는데……. 영원할 수도 있더군요."

시간과 관련해서 인물들을 둘러싼 공간과 그 표현 방식이 결정된다. 이들의 광장공포는 관객에게 폐소공포를 유발한다. 스스로의 닫힌 전망을 상징하듯 그들은 늘 숨 막힐 정도로 좁은 공간에서 생활한다(마지막 양조위 장면은 머리가 천장에 닿을 정도로 좁은 방에서 벌어진다). 그곳은 또한 홍콩의 상징이기도 한데, 그 안에서도—어두운 조명과 망원렌즈의 사용으로—화면의 초점 심도는 낮아 인물들 사이의 단절감만이 강조된다. 카메라가 초점을 이동시켜주지 않는 한, 근경의 인물과 원경의 인물 사이의 커뮤니케이션은 불가능해 보인다. 그리고 이들이 거기서 벗어나 드넓은 필리핀으로 갔을 때, 죽음은 닥친다. 총격전이 벌어지는 식당 역시 광장처럼 뻥 뚫린 곳이다. 그러나 장국영과 유덕화가 마주 앉아 홍콩의 이야기를 나누는 곳은 다시 비좁은 여인숙(여기서 가장 긴 테이크와 정교한 블로킹이 구사되는데, 이 역시 공간의 협소성을 강조하기 위함이다)이고, 시간과 인생을 이야기하며 장국영이 죽어가는 곳은 그보다 더 좁은 열차 안이다. 그렇지만 열차라도 문이 모두 열린 열차다. 밖으로 펼쳐진 광활한 정글, 그가 꿈속에서 그리던 바로 그 열린 공간(발 없는 새가 쉼 없이 날아다녀야 하는 하늘)과 그대로 통하는 완행열차의 삼등칸. 이 열차가 열두 시간을 달린 끝에 결국 어디에 가 닿을지는 우리에게 알려지지 않았지만, 그곳이 적어도 홍콩보다 낯선 어떤 곳일 것임은 분명하다.

시체 강탈자의 침공

▬

스탠 바이 미
STAND BY ME

언제나 그렇듯이 여기서도 장소는 캐슬록이라는 시골 마을이지만, 이번에는 스티븐 킹다운 환상과 공포가 없다. 그 대신 원작 소설 「시체The Body」에는 킹으로서는 이례적인 순수문학의 야심이 있다. 자전적인 내용으로 알려진 이 이야기를 통해 작가는, 소년은 어떻게 어른이 되는지, 그리고 몽상가는 어떻게 작가가 되는지를 보여주고자 한다. 여기에 환상이 있다면 잘난 형 대신 못난 네가 죽었어야 했다고 말하는 아빠의 악몽뿐, 공포가 있다면 태어나서 처음으로 시체를 보았을 때 느껴지는 낯섦뿐이다. 그렇다면 이것은 스티븐 킹스럽다기보다는 차라리 마크 트웨인적이라는 느낌이 들 정도인데, 과연 톰 소여나 허클베리 핀의 모험담들이 절대로 동화가 아닌 것처럼, 〈스탠 바이 미〉도 어린이 영화가 아닌 것은 분명하다.

정석대로, 이야기는 소설가가 된 주인공 고디의 회상으로 시작한다. 지프의 롱숏에 풀숏, 그리고 운전석에 앉은 그의 미디엄숏을 연결하는 3단계 접근 편집을 통해, 감독은 그 형식을 제안한다. 마지막 숏의 방향을 앞의 두 개와 정반대로 잡음으로써 상상선을 완전히 파괴하고, 다음에 이어질 이야기가 앞이 아니라 뒤, 즉 과거로 향할 것임을 암시하는 것이다. 그리고 내레이터의 시야로 두 소년이 자전거를 타고 스쳐 지나가는 모습이 보이면서 무대는 자연스럽게 열두 살 적

217

의 과거 공간으로 옮아간다.

1959년, 오레곤 주에 자리 잡은 인구 1281명의 마을. '나'에게는 그 좁은 동네가 온 세상이나 다름없었다는 내레이션. 네 명의 악동들이 소개된다. 이들은 열등감을 매개로 뭉친 사이다. 고디는 죽은 형만 생각하는 부모 때문에, 크리스는 불량소년이라는 손가락질 때문에, 테디는 미친 아버지 때문에, 번은 뚱뚱한 몸 때문에 제각기 영혼에 상

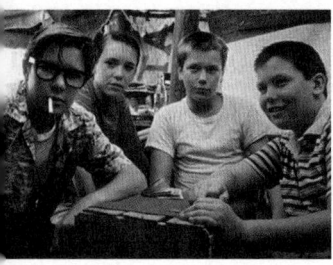

처를 입고 있다. 대개 사람들이 그런 것처럼, 이들은 열등감을 잊기 위해 더욱 열등해지려고 애쓴다. 고디는 자학적인 망상을 거듭하고 크리스는 점점 더 불량해지고, 테디는 전쟁광이 되며, 번은 끝없이 음식 타령을 늘어놓는다. 전편을 통해 단 한 번, 모닥불 가에서 고디가 들려주는 이야기만이 이들 모두에게 카타르시스를 제공한다. 뚱보라고 놀림받던 소년이 블루베리 파이 먹기 대회에 나가 구토를 함으로써 온 동네 사람들의 구역질을 유도하고 복수를 성취한다는 내용. 어른들을 향한 적개심을 공유하고 있는 네 소년들에게 이 이상 통쾌한 이야기는 없지만 그래봐야 대리 만족에 지나지 않는다.

과연 이들이 진짜로 행복해질 수는 없는 것일까? 물론 이들이 찾는 것이 무슨 무지개나 보물섬이 아닌 이상 그런 기대는 터무니없다. 아이들 노는 모습이 귀엽고, 보이는 풍경마다 아름답다고 해서 이 작가가 낙관주의자이기를 바라는 건 억지다. 아이들은 고통받기 위해 천진하고, 자연은 인생의 가혹함을 돋보이기 위해 아름다운 것이다. 레이 브라우어라는 소년도 천진했을 것이다. 야생의 블루베리 나무는 아름다웠을 것이다. 그러나 레이는 블루베리를 따러 갔다가—아무래

도 블루베리는 캐슬록의 특산물인 모양이다—기차에 치여 죽었다. 그 시체를 만나러 가는 철도길은, 바로 그 고통과 가혹함으로 이어지는 길이나 마찬가지다. 일행을 둘러싼 자연경관이 시간 경과에 따라 칙칙한 색조와 어두운 톤으로 변해간다는 사실에 주의하면서, 늪을 건너는 대목을 보자. 숲을 걷다가 늪을 발견하고 놀란 아이들은 물이 그리 깊지 않다는 걸 알고 안도하지만 몇 발자국 못 가 쑥 들어가버리는 바람에 기겁하고 허우적댄다. 그러나 당황한 것도 잠시, 아이들답게 물장구를 치며 장난을 하는가 했더니 이번엔 물에서 나오자마자 몸에 붙은 거머리를 보고 비명을 지른다. 법석을 떨며 그것들을 떼어내는 소동이 우스꽝스럽게 묘사되고 일단 상황이 정리되면서 장면이 마무리되느냐 하면 그것도 아니다. 마지막 거머리가 색출되는 곳은 코디의 팬티 속. 그놈이 빨다 만 피를 보면서 아이는 그만 정신을 잃는다. 그리 길지도 않은 시간 안에 여러 번의 반전을 배치한 솜씨가 놀라운 이 장면에서, 아이들은 인생의 희로애락을 집약적으로 경험하고 있다. 결국 늪 건너기라는 상징적인 통과의례의 결말은 사타구니에서 나온 피, 바로 초경이다(고디는 일행 중 가장 여성적인 외모와 성격을 지녔으며, 가장 남성적인 크리스와 동성애적인 관계에 놓여 있다. 또한 소설 창작이라는 생산 행위의 주체이기도 하다. 그런 그가 모험의 막바지에 이르면 깡패들을 물리치기 위해 권총을 들게 되는데, 이 역시 성적인 암시를 지닌 행동이라 하겠다).

그 경험 이후로—시체를 보려는 생각이 점차 강박관념으로 되어가더라는 고디의 내레이션처럼—죽음은 그의 머릿속에 붙은 거머리인 양 붙어서 떨어지지 않는다. 그때 왜 자기가 아무도 따라오지 않아도 시체를 보러 가기로 결심했는지 모르겠다는 대사도 나오겠다, 이쯤

해서 이 불길하지만 불가피하기도 한 하이킹을, 시체의 머리를 따 오기 위해 떠나는 샘 페킨파의 〈가르시아〉의 여행과 비교해보는 건 어떨까? 여기서 아이들이 실종자의 시체를 찾아내 영웅이 되어보려고 하듯 〈가르시아〉의 베니는 현상금을 받기 위해 여행한다. 그러나 어느 시점에 이르면 양자 모두 애초의 목표를 잊고 자기도 모를 충동에 휩쓸리고 만다. 게다가 레이 브라우어나 알프레도 가르시아는, 주인공들과 일면식도 없다는 점에서 같지 않은가. 마치 죽음처럼.

초면이기로는 차퍼도 마찬가지. '도끼'라는 뜻의 이름을 가진 이 맹견의 악명은 캐슬록에서 아주 대단했던 모양인데, 아이들은 막상 만나고 보니 차퍼가 별것 아닌 놈이라는 사실에 몹시 실망한다. 이때의 느낌을 고디는 이렇게 술회한다. "신화와 현실 사이의 엄청난 괴리에 관한 첫 수업이었다." 말하자면 이런 과정들을 통해 아이들은 세상을 깨쳐갔다는 얘긴데, 문제는 세상이 차퍼처럼 만만하지는 않다는 데 있다. 반대로, 아이들은 엄청난 시련을 겪어가면서 인생의 비밀에 도달한다. 다만 그 비유는, 지난한 과정 끝에 맞닥뜨리는 진실이 그 자체로는 평범하다는 점에서 유효하다. 마침내 레이의 시신을 찾아냈을 때 아이들이 의외로 차분할 수 있었던 것도 그래서일지 모른다. 죽음은 현실로서 거기 그냥 있었다. "레이는 잠든 것 같았다"는 상투적 은유 대신, 여기서는 "레이는 병든 게 아니었다. 잠자는 것도 아니었다……. 그 아이는 죽어 있었다"는 지극히 당연하면서도 냉정한 묘사가 행해진다. 이 현실 인정의 의식은 고디로 하여금 형의 죽음 역시도 움직일 수 없는 사실로 받아들이도록 만들 것이고, 그렇게만 된다면 그의 콤플렉스도 끝이다. "The Kid was Dead"라는 한마디로 한꺼번에 세 개의 죽음이 선언되는 순간. 레이와 형, 그리고 고디

자신의 소년시대는 이렇게 해서 종말을 고한다.

아이들은—더 이상 '아이'들이 아니겠지만— '많은 생각과 적은 말'을 하며 밤길을 걸어 돌아온다. 그때는 노동절 전날. 일을 해서 먹고사는 성인이 되기 직전에 이르렀음이다. 불과 이틀이 지났건만 마을은 달라 보였다. 더 작아진 것 같았다. 카메라는 근경의 철교 아치로 프레임을 만들고 그 안에 마을 원경을 배치하여 이 느낌을 시각적으로 전달해준다. 번이 먼저 작별하고 가다가 땅에 떨어져 있던 동전을 줍는다. 포치 아래 땅에 묻어두었던 동전을 찾다가 시체에 관한 정보를 엿들었던 번은 이렇게 해서 손실을 보상받은 셈이다. 다음으로 테디가 '갑옷도 없이 야만의 땅을 가는 기사'의 노래를 부르며 떠나간다. 마지막으로 크리스는 "난 절대로 이 동네를 뜨지 못할 거야"란 말을 남기고 고디와 헤어진다. 그의 뒷모습이 고디의 시야 안에서 유령처럼 증발하고 나면 영화는 현재로 돌아온다.

소설가가 된 어른 고디의 컴퓨터 모니터에, 죽은 크리스를 영원히 그리워할 거라느니, 그런 친구는 다시없을 거라느니 하는 말들이 타이핑된다. 그러나 영리한 로브 라이너가 제아무리 상업영화다운 감상주의로 이야기를 마무리하려고 했어도 우리가 이미 깨달아버린 진실까지 잊게 할 수는 없다. 늪을 건너려면 거머리에게 피를 빨려야 하듯, 아이를 잉태하려면 초경을 겪어야 하듯, 어른이 된다는 일은 죽음에 관한 이해를 뜻하는 것. 결국 모든 성장의 끝은 죽음이라는 것……

〈스탠 바이 미〉. 성장을 다룬 가장 불쾌한 영화, 죽음을 다룬 가장 유쾌한 영화.

로브 라이너가 원작을 개정하여 〈스탠 바이 미〉라고 한 까닭은? 주제가로도 쓰인 벤 E. 킹의 동명 노래의 가사는 이렇다. "밤이 오고 세상은 어둠에 잠기네. 빛을 내는 것은 달님뿐. 하지만 난 두렵지 않아. 당신이 내 곁에 있는 한. 하늘이 쪼개지고 산이 무너진대도 난 울지 않을 거야. 당신이 내 곁에 있는 한. 내 사랑, 내 사랑, 내 곁에 있어주오……." 어떤가, 적어도 〈몸뚱어리〉나 〈시체〉보다는 이편이 낫지 않겠는가.

나는 고백한다

마더 나이트
MOTHER NIGHT

키스 고든이라면 연전에 〈휴전〉이라는 영화로 우리를 놀라게 했던 바로 그 감독이다. 브라이언 드 팔마의 〈드레스 투 킬〉에서 과학 영재로 출연했던 소년 배우가 갑자기 영재 감독이 되어 들고 나타났던 그 아름다운 전쟁영화 이후, 포스트모던 작가 커트 보니것의 소설을 각색한 전혀 포스트모던하지 않은 영화 〈마더 나이트〉로 재회하면서 우리는 이 젊은 감독이 어째서 이토록 제2차 세계대전이라는 과거사에 집착하는지 궁금할 뿐이다.

하워드는 독일에서 출세한 미국인 작가. 미국 스파이가 되어, 유대인 학살을 선동하는 라디오 방송을 하면서 암호화된 첩보를 전송한다. 종전 후 미국은 그의 공적을 인정하지 않고 다만 뉴욕에 은신처만 제공한다. 죽은 줄 알았던 아내가 살아 돌아온 기쁨도 잠시, 그녀가 사실은 처제였고 게다가 러시아 스파이라는 점을 깨닫고 절망한다. 극우단체가 그를 영웅으로 부활시키려 하고 이스라엘 정부는 처형을 선언한다.

생명의 'mother'와 죽음의 'night'가 만나자 어떤 일이 벌어졌는가. 영화는 모순을 다룬다. 미국인이면서 나치였던 한 사내, 전범인 동시에 애국자였던 사람, 제3제국과 연합국 양측에서 공히 전쟁 영웅일 수 있었던 인간, 범죄자이자 예술가이자 스파이, 정치에 무관심한

데도 유대인 600만 학살의 종범이 되어야 했던 자, 서류상 존재하지 않는 이름을 고수하는 사라진 남자, 미국은 존재를 인정하지 않고 이스라엘은 죽이고 싶어 하고 네오나치 조직은 영웅으로 떠받들고 소련에서는 납치하기를 원하는 자, 이미 죽어버린 여인을 만나 다시 사랑에 빠지는 바그너적 낭만주의자, 그러나 그 어떤 낭만도 허락하지 않는 비정한 역사와 현실에서 허우적대는 〈25시〉적으로 비천한 인생. 이런 이야기를 감독은 흑백과 컬러라는 모순된 두 가지 양식을 섞어가며 묘사한다.

여기에는 역사의 주인공이면서도 그 역사에 희생되는 개인의 비극이 있다. 뉴욕에 은거하면서 그가 듣는 유일한 음악은 미군 군수물자인 펫 분의 캐롤 음반이다. 〈화이트 크리스마스〉는 이 영화에서 주제곡처럼 쓰이고 있는데, 이 노래의 설정은 구세주로서의 예수를 신봉하느냐의 여부를 놓고 유대교와 기독교가 갈라진다는 점을 상기할 때 비로소 의미심장해진다. 아리안 제일주의를 선전하는 방송을 할 때마다 그는 스스로를 '최후의 자유 미국인'이라고 일컫는다. 역사의 소용돌이 속에서 단 한순간도 자유롭지 못했던 하워드로서는 참으로 역설적인 표현이지만 그 아이러니를 그 자신은 깨닫지 못한다. 암호화된 정보를 읽기만 하는 단순한 메신저 하워드는 아내의 죽음을 방송하면서도 정작 자기는 그 내용을 알지 못한다. 이 모든 비극은 그가 뱉거나 쓴 말과 글의 힘에서 비롯되었는지도 모른다. 그는 자기 방송 대본을 자기가 썼으면서도—나치의 사상을—믿지 않고, 자기가 읽으면서도—고급 첩보를—알지 못하기 때문이다. 따라서 이스라엘의 수용소에서 타자기의 리본을 묶어 목을 매 자살하는 그의 행동은 필연적인 귀결일 것이다. 펜으로 흥한 자, 펜으로 망하리라.

인형의 삶으로부터

베로니카의 이중생활
THE DOUBLE LIFE OF VERONIQUE

도펠갱어(Doppelgänger=Double Goer) : 분신分身, 또는 생령生 靈. 살아 있는 사람의 또 다른 닮은꼴로서, 때에 따라 알터 에고가 되 기도 하고 도덕적 카운터 파트로 표상되기도 한다. 정확히 일치하는 외모를 가지고 있으나 당사자 아니면 알아볼 수 없다. 그것을 만나는 자는 곧 죽는다. 독일 민담의 분석에서 처음 사용된 개념이지만 이와 유사한 모티브는 세계 어디서나 발견되고 있다. E. T. A. 호프만, 표 도르 도스토옙스키, 조셉 콘래드, 단테 가브리엘 로세티 참조.

"사람들은 모두 근본적으로 닮아 있다. 그렇다면 왜 똑같은 타인이 존재해서는 안 되는가?" 크쥐시토프 키에슬로프스키의 화면은 마법 에 걸린 듯 알 수 없는 힘으로 우리를 잡아당긴다. 그 속에 보이는 모 습들은 하나하나 우리의 잠재된 기억을 되살린다. 공중에 떠도는 먼 지, 어두운 골목에 좁게 떨어지는 햇빛의 작은 영토, 비 온 뒤 흙길에 고인 물을 첨벙거리며 뛰어가는 소녀, 유리창에 흐르는 빗물이 흰 벽 에 영사하는 그림자, 팔을 다쳐 방에 갇힌 소년의 거울빛 장난, 차창 밖 풍경, 홍차의 김, 인형극, 낙엽, 별⋯⋯. 사춘기 이전의 가슴에 각 인되었으나, 사회라는 마녀의 성장이라는 흑마술에 걸려 얼어붙었 던, 잠자는 숲속의 미녀와도 같은 이미지들은 키에슬로프스키의 키 스를 받아 겨우 풀려난다. 그 해동解凍, 혹은 전신마비 증세에 대한 물리치료 과정은, 또 사진의 인화와도 비슷하다. 빛을 쪼인 인화지는 이미지를 간직하고만 있다가 인화액 속에 담겼을 때 비로소 서서히 그것을 드러내곤 하지 않는가. 감광된 인화지 표면의 약품 성분은 인화액의 성분과 친화한다. 친화력 : 화학에서, 원소가 결합할 때 특히 어떤 원소와 선택적으로 결합하는 경향이나 힘.

베로니크와 베로니카도 영문을 모른 채 그 힘에 서로 이끌린다. 괴테의 『친화력』의 인물들과는 달리 여기서의 두 여인은 단 한 번도 눈이 마주친 적이 없다. 크라쿠프의 광장에서 둘은 잠깐 만났지만 상대를 발견한 것은 폴란드인 베로니카뿐. 프랑스 관광객 베로니크는 아무 눈치도 채지 못한 채 무심히 사진만 찍다가 떠나버린다. 그 때문인지 베로니카는 얼마 못 가 죽음을 맞고 베로니크는 살아남는다. 도플갱어를 보면 죽는다고 할 때의 '본다'는 말에는 자기 분신임을 인식해야 한다는 뜻이 담겨 있다. 베로니크는 카메라 파인더를 통해 분명히 상대를 보았겠지만 그녀가 자기와 똑같다는 사실은 발견하지 못했다. 나중에야 밀착 인화된 사진을 보고서 도플갱어와의 만남을 확인하지만 사진은 사진일 뿐이므로, 그녀는 이미 '죽기엔 늦었다.' 그러나 사진 속의 베로니카가 놀란 표정으로 뚫어지게 카메라를 쳐다보고 있으므로 베로니크는 상대가 자기를 인식했다는 걸 알 수 있고, 정말 그랬다면 그녀는 죽었을 것이므로 비탄의 눈물을 흘려야 하는 것이다. 어려서부터 불분명하게나마 서로의 존재를 느껴왔던 이 '영혼의 쌍둥이'에게 서로는 언제나 고독의 동반자였다. 누군가가 늘 자기와 함께하고 있다는 느낌 때문에 외롭지 않았고, 외롭지 않으므로 혼자여도 좋았다. "세상에서 혼자가 아니라는 이상한 기분이 들어요."―베로니카. 둘은 똑같이 1966년 생이고, 세 살 때 난로에 손을 데었고, 성악에 특출한 재능이 있고, 홀아비인 아버지를 사랑하고, 안에 세 개의 별이 든 작고 투명한 고무공과 가죽 줄이 달린 커다란 악보첩을 가졌고, 피로할 때면 가락지로 눈자위 아래를 마사지하는 습관을 가졌으며, 매우 위험한 심장질환을 앓고 있다. 광장에서의 만남 때 둘은 비슷한 모양의 검정 코트를 입고 있었는데, 베로니카는 그 안에 붉은 스웨터를 받쳐 입었고 베로니크는 붉은 목도리를 둘렀다. 둘 다 붉은 장갑을 끼고 있음은 물론이다. 결국 둘은 서로에게 거울이다. 볼 수 없는 거울.

짐작만 하고 있던, 그러나 눈으로 직접 보기 전에는 인정할 수 없었던 그 미지의 그리움을 위로하려는 듯 화면은 대개 거울 이미지로 채워진다. 애인과 함께 누워 있던 침대에서 베로니카는 빗소리를 들으며 벽에 붙은 자기 사진을 응시한다. 크라쿠프로 가는 기차의 창에 비치는 베로니카의 영상. 베로니카가 죽던 당시의 녹음을 들으며 거울을 보는 베로니크. 심지어 베로니크는 인형극을 연출하는 알렉상드르의 눈과 거울을 통해 마주친다. 그리고 인물들은 끈으로 연결된다. 일찍이 베로니카가 성악 오디션을 하며 손가락에 감았다가 노래를 마침과 동시에 탁 풀어버렸던 끈. 그때 이미 죽음의 상징이었던 그것을 알렉상드르에게서 전해받은 베로니크는 자기의 불안한 심전도 그래프 위에 놓고 팽팽하게 잡아당긴다. 그 직선의 그래프는 또다시 죽음을 암시한다. 어째서 죽음일까?

키에슬로프스키라는 신비주의자가 놀라운 것은 그의 묵상이 근원자, 보편자로 향해 가기보다는 당대의 현실을 대상으로 하고 있기 때문이다. TV용이었던 〈십계〉 시리즈 중 두 편을 극장용으로 전환하는 과정에서 독일의 자본이 유입된 이래, 〈베로니카의 이중생활〉은 그가 다국적 자본으로 제작한 첫 번째 장편이며 폴란드 밖에서 촬영한 첫 번째 픽션 영화이다. 토니 레인즈가 공동 제작의 가장 정교한 형태로 규정한 이 영화에서 키에슬로프스키는 크라쿠프와 클레르몽페랑을 아무렇게나 고른 게 아니었다. 평범한 감독들이 대개 그렇게 하듯 그는 동구와 서구의 두 도시를 대조의 방법으로 묘사하지 않는다. 면밀하게 선택된 로케이션과 색채 설계는 철저하게 양자를 동일시하고 있다. 왜인가? 1990년 현재의 유럽을 묘사한 정치 영화로 다시 볼 때 〈베로니카의 이중생활〉은 전혀 새롭게 느껴지기 시작한다. 동구 몰락과 유럽 통합의 대격변기를 보내면서 키에슬로프스키는, 똑같지만 다른 두 여인을 통해 두 개 유럽의 관계 변화를 추적하려 한다.

도입부에서 합창단원으로서 야외 공연을 하다가 소나기를 맞는 베로니카를 보라. 하나둘씩 대열을 이탈해 비를 피하러 달아나는 동료들은 아랑곳하지 않고 그녀는 길게 고음을 뽑아낸다. 혼자서, 전신이 젖어가며, 만면에 미소를 지으며 독야청청한 그녀의 모습은 이내 친구들과 깔깔대며 빗속을 뛰어가는 장면으로 이어진다. 이때 길을 가득 채우며 카메라 앞으로 다가오는 트럭과 그 짐칸에 실린 거대한 석상. 역광 때문에 얼굴이 자세히 보이지는 않으나 그것이 마르크스의 상임을 짐작하기란 어렵지 않다. 여기서의 공연은 훗날 크라쿠프에서의 공연으로, 좌대에서 내려온 모뉴망은 광장의 시위로 그 의미가 발전된다. 합창이라는 전체주의적인 형식에서 베로니카는 튀어나간다. 그녀의 비에 젖은 미소는 획일에서 벗어난 쾌감의 표현이나 마찬가지다. 그녀의 열망은 연주회에서 절정에 달한다. 이제 합창단을 뒤로하고 당당한 솔리스트로 무대에 선 그녀에게 이상하게 세상은 일그러진 영상으로 보이기 시작하고 곧 죽음이 닥친다. 그녀에게 죽음의 느낌은 그리 낯선 것이 아니다. 전에 그녀는 두 명의 늙은이를 응시한 적이 있다. 가뜩이나 꼬부라진 허리에 무거운 짐까지 들고 걸어가는 노파와, 점잖게 정장을 차려입고 성기만 밖으로 내놓고 다니는 노신사. 그는 심장발작으로 괴로워하는 베로니카에게 프록코트의 앞자락을 열어 보인다. 민중이 짊어진 고통과 관료주의의 정신질환을 여기서 보는 건 무리일까? 아무 일 없었다는 듯 다시 성기를 가리고 지나가는 신사를 보면서 베로니카는 안간힘을 다해 입술에 약을 발랐다. 잔뜩 찌푸린 하늘과 스산한 바람에 날리는 마른 낙엽, 그리고 베로니카의 튼 입술에 생명의 물기는 오를까? (베로니카가 고등학생 때 친구 아버지에게 당했던 것처럼) 러시아에 의해 강간당한 나라 폴란드의 운명은 일단 베로니카와 함께 종말을 고하는 것 같다. 그러나 그녀가 죽자마자 연주회장의 청중들 머리 위로 날아가는 영혼의 시점 숏은 우리에게 영원성과 부활에 대한 강력한 암시를 남긴다.

그녀가 죽는 순간 프랑스의 베로니크는 "엄마가 돌아가셨을 때와 비슷한 감정"을 느끼고 공연히 눈물 짓는다. 이 시점부터 영화는 그녀가 이미 세상을 떠난 동구의 여인과 일체감을 느껴가는 과정, 그 통합의 역사에 바쳐진다. 마리오네트의 조종자 알렉상드르는 역사의 신비를 주도하는 신으로 나타나고, 베로니크는 그가 움직이는 줄의 운동을 따라 베로니카를 향해 다가간다. 알렉상드르가 쓰는 소설의 줄거리를 따라 두 여인의 운명이 결정되는지, 두 여자의 이야기에서 힌트를 얻어 알렉상드르가 소설을 쓰는지의 여부는 감춰둔 채 감독은 결정론과 자유의지론의 논쟁 지대를 교묘히 빠져나간다. 베로니카의 애인 안텍이 크라쿠프에서 묵었던 호텔방 번호와 베로니크가 파리에서 잡은 '트윈' 베드룸의 번호는 어찌하여 같은가. 베로니카의 죽음으로 좌절된 사랑은 베로니크에 의해 부활하는 것이다. 알렉상드르가 공연하는 인형극도 죽은 발레리나가 천사로 부활하는 내용. 그는 나중에 베로니카/베로니크를 닮은 인형을 두 개 만들어 보여준다. 베로니크가 알렉상드르를 찾아내는 파리의 기차역은 나자르 Nazare, 바로 예수의 기적에 의해 무덤에서 살아난 자의 이름이다. 하지만 정말 놀라운 사실은 이것이 '통합된' 부활이라는 점이다. 알렉상드르가 보낸 녹음 테이프를 듣는 그녀를 보자. 자동차 사고음과 폭발음, 소방차의 사이렌 소리를 듣던 그녀는 갑자기 인기척을 느끼고 돌아보지만 집에는 아무도 없다. 의아해하는 그녀의 귀에 두 여인을 묶어주던 그 음악이 들려오기 시작한다. 그 소음이 채집된 장소로 달려가는 베로니크. 나자르 역에서 제일 먼저 만나는 사람은 죽음의 사자使者인 '모자 쓴 여인'이요, 그녀가 발견한 장면은 문제의 사고 자동차다. 베로니크 자신의 것과 같은 모양의 자동차! 사실상 그녀는 그때 죽었고 알렉상드르의 사랑으로 부활하는 것이다. 먼저 죽은 베로니카와 함께. 사랑을 버리고 음악을 택한 베로니카와, 음악을 버리고 사랑을 택한 베로니크.

베로니카의 사진을 확인한 베로니크에게 알렉상드르는 자기의 소설 제목을 일러준다. 「베로니카의 두 삶」. 아버지—베로니카의 아버지(동구)는 아티스트, 베로니크의 아버지(서구)는 엔지니어라는 설정은 자못 의미심장하다—에게 달려가던 그녀는 갑자기 차를 세우고 손을 내밀어 커다란 나무줄기를 만진다(이때 실내에서 아버지는 전기톱으로 나무를 자르고 있다). 그 나무의 정체를 알고 싶다면 마지막 음악이 들려올 때쯤 우리는 다시 영화의 처음으로 돌아가야 한다. 프롤로그—어린 베로니카에게 엄마가 말한다. "크리스마스야. 기다리던 별이 왔단다." 다음은 어린 베로니크에게 엄마가 말한다. "첫 잎이야. 봄이 왔나보구나."

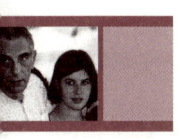

몇 가지 뒷이야기.
- 이렌느 야곱은 폴란드어를 하지 못하므로 베로니카의 목소리는 나중에 더빙된 것이다. 노래 부르는 장면은 또 다른 사람, 소프라노 엘즈비에타 토바르니카의 목소리로 녹음되었다.
- 음악의 즈비그뉴 프라이즈너, 촬영의 슬라보미르 이지아크, 각본의 크쥐시토프 피에즈비는 한결같이 키에슬로프스키와 함께 일해온 환상의 파트너들이다. 1993년 베니스 영화제에서 황금사자상을 수상한 〈세 가지 색 : 블루〉에서도 이 멤버는 부동이다. 특기할 만한 것은 〈베로니카의 이중생활〉의 아트 디렉터가, 〈태양의 해〉 등의 작품으로 키에슬로프스키와 함께 폴란드를 대표하는 감독인 크쥐시토프 자누시라는 사실.
- 완벽주의자 키에슬로프스키는 지금의 형태에 이르기까지 무려 스무 개의 편집판을 만들었다. 마지막 장면으로 쓰기 위해 촬영한 장면만도 일곱 개. 그러나 그는 마음에 드는 것이 아무것도 없었다고 한다.

와일드 번치

—

아메리칸 히스토리 X
AMERICAN HISTORY X

　오래된 TV 연속극 〈뿌리〉에서, 네오나치를 연기했던 말론 브랜도
는 인터뷰를 하러 온 흑인 기자를 향해 천연덕스럽게 살충제를 뿌리
고 있었다. 해충이라는 것이다. 그러나 〈아메리칸 히스토리 X〉에 등
장하는 그의 후예들이야말로 파리 떼 같아 보인다. 불결하고 성가신
사회의 해충. 스파이크 리 이후 세대의 흑인 영화가 흑인 그룹 내부의
갈등과 편견을 고발하고 단결과 연대투쟁을 선동하는 방향으로 나아
가다가 그나마도 시들해지고 있는 요즈음, 난데없이 등장한 이 백인
영화는 충분히 충격적이다. 아주 노골적이기 때문이다. 여기 묘사된
네오나치 세력은 굉장히 솔직하다는 면에서 우선 마음에 든다. 〈오데
사 파일〉 유의 스릴러에 흔히 나오는, 밀실에 숨어 국제적인 음모를
꾸미는 엘리트 잔당과는 전혀 다르다. 이들은 젊고 무엇보다도 노동
계급이기 때문이다. 바로 새로운 스킨헤드들이다.

　영화 역사에서 〈아메리칸 히스토리 X〉는 다른 어떤 것보다 우선해
서, 1990년대 미국 대도시, 특히 LA의 스킨헤드 무리에 관한 민속지
리포트로 기억될 공산이 크다. 이들은 '단지 미움받고자 하는 욕망으
로' 나치 문장을 장식물로 선호했던 1970년대 영국의 원조 스킨헤드
와는 달리 아주 적극적이고 의식적으로 인종주의를 추종하는, 훨씬
질이 나쁜 아이들이다. 그러나 찢어진 청바지에 러닝셔츠, 하켄크로

이츠 문신, 그리고 박박 밀어버린 머리로 특징지어지는 그들이 영화에서 늘 운수 나쁜 날 뒷골목에서 마주치는 깡패 정도로만 대접받아 온 것도 사실이다. 말하자면 소외된 것이다. 따라서 〈아메리칸 히스토리 X〉는—그 유치한 설교 투와 선정주의, 싸구려 MTV 스타일에도 불구하고—그들을 주인공으로 삼은 최초의 상업영화라는 가치를 지닌다. '상업주의와 부르주아화의 침입에 저항하여 전통적인 노동계급 문화의 퇴색되어가는 쇼비니즘을 부활하려는 집단'으로 정의되어온, 이 어찌 보면 불쌍한 아이들은 이제서야 자기네에 관한 구체적인 묘사를 얻게 된 셈이다. (비록 관계는 역전되었지만) 마티와 카소비츠의 〈증오〉에 대한 미국식

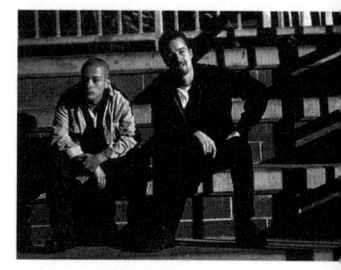

응답으로 볼 수도 있는 이 영화에서, 그들은 타고난 악마가 아니며 잘못 인도된, 또는 그런 방식으로밖에는 계급 갈등을 폭발시킬 수 없는 궁지에 몰린 자들로 그려진다. 이 점, 근래의 흑인 영화에서 겁 없이 총을 휘둘러대고 코카인을 들이마시는 그 녀석들과 본질적으로 같다는 주장이 설득력 있게 전개된다. 그런 면에서 또한 이것은 앨버트 휴즈와 앨런 휴즈의 〈사회에의 위협〉에 대한 백인식 응답이기도 하다. 가난과 불평등의 원인을 남에게서 찾지 말라는, 주인공 데릭이 흑인을 비난하는 장광설은 그대로 스스로에게 적용해도 전혀 무리가 없는 일종의 부메랑이다.

　데릭의 영특함, 청결함, 남성적 매력, 마약에 대한 혐오, 육체를 건강하게 유지하려는 편집증적 노력, 애국정신, 질서와 권위를 중시하는 태도, 노동에의 예찬, 종교적 경건함 따위의 특징은 근본적으로 청교도적인 것이다. 결국 스킨헤드의 폭력 숭배, 마초주의, 인종주의는

다 거기에서 나온 것이다. 데릭은 백인 지배계급이라는 동전의 어두운 이면이다. 〈지옥의 묵시록〉에서의 민머리 로버트 듀발은 '베트남의 스킨헤드'가 아니었던가. 우리는 여기서 〈케이프 피어〉의 맥스 케이디가 조직 지도자로 변신한 모습을 볼 수 있다. 천재적인 에드워드 노턴은 거기서의 로버트 드 니로 부럽지 않은 문신 미학을 선보이고 있으며, 헤어스타일에 대한 관심은 〈택시 드라이버〉에까지 닿아 있다. 의식화되고 조직화된 이 백인 쓰레기white trash 집단은 자기들이 KKK와 동일시되기를 거부한다. 그따위 무식한 시골뜨기 농사꾼 redneck 무리와는 다르다는 것이다. 가소로운 소리만은 아닌 것이, 남부의 그 백가면들이 부유한 농장주 내지는 자영업자였던 데 반해, 우리의 주인공들은 유색인종에게 일자리를 빼앗겨 오갈 데 없어진 룸펜 프롤레타리아이기 때문이다.

태어나기는 했지만

트루먼 쇼
THE TRUMAN SHOW

　마른하늘에 날벼락이라고, 화창한 아침에 트루먼은 웬 조명용 라이트가 하늘에서 떨어져 박살나는 현장을 목격한다. 곧이어 라디오 방송은 시헤이븐 상공을 지나던 비행기가 떨어뜨린 것으로 서둘러 변명하지만 우리는 그게 뭔지 안다. 거기 붙은 흰 반창고에는 분명히 '시리우스'라고 적혀 있다. 라이트는 트루먼의 하늘에 달린 수만 개 별들 중 하나였던 것이다. '축소된 우주'라는 주제가 도입부부터 제시되는 순간이다. 하기야 놀랄 일도 아닌 것이, 그가 달이라고 알고 있는 공중의 커다란 구체도 사실 거대한 방송국이 아니던가.

　〈트루먼 쇼〉는 완벽하게 창조된 인공세계 안의 개인을 다룬다. 트루먼은 '사상 최초로 방송사에 입양된 태아'였으며, 단 하나의 자궁내시경 카메라로 촬영되기 시작한 이래 서른 살인 현재, 지상에서 가장 큰 스튜디오에 살면서 약 5천 대의 몰래카메라에 의해 일거수일투족이 전 세계로 24시간 생방송되는 TV쇼의 스타이다. 다만 한 가지 안타까운 사실은 트루먼 자신만이, 전 지구인 중에 오직 그 한 사람만이 그 사실을 모른다는 것뿐이다. 이미 1979년의 베르트랑 타베르니에는 〈데스워치〉에서 하비 케이틀의 뇌에 카메라를 설치하고 그가 만나는 세상을 생중계한 바 있다. 여기서 주인공은 카메라, 세계는 피사체였다. 피터 위어는 거꾸로 간다. 이제 세계 자체가 카메라가 되어버렸으니, 주인공은 피사체로 전락한다.

이 모든 것을 창조한 프로듀서는 말하자면 트루먼의 신神이다. 달에 가려는 인간들을 다룬 〈아폴로 13〉에서 관제소를 지휘했던 에드 해리스가 이번에는 달 속에 들어앉아 인간들을 이리저리 조종한다. 미디어 시대의 신은 소돔과 고모라를 멸하기를 포기하고 그 대신 자기 이상에 맞는 새로운 작은 세계를 창조한 셈이다. 거기 사는 자는 이름 그대로 '진짜 인간'이다. 나중에 진상을 깨달았을 때 자신이 허상이라고 절규하는 트루먼에게 신은 너야말로 '리얼하다'고 답한다. 터무니없는 궤변은 아니다. 이는 제한적으로 진실이다. 시헤이븐의 모든 주민은 트루먼을 속이기 위해 연기하는 배우이기 때문이다. 따라서 적어도 그 안에서만큼은 트루먼만이 유일한 진짜다. 나머지 인간들이 가짜라는 사실이 밝혀지는 순간은 섬뜩하다. 흥분한 트루먼이 아내를 추궁한다. 그녀는 어찌할 바를 모르고 허둥지둥하다가 갑자기 코코아통을 집어들고 광고 멘트를 던진다. 그 얼굴 가득 머금은 가짜 미소를 보라. 여기서 우리가 느끼게 되는 공포는 〈에이리언〉에서 과학자 애쉬가 안드로이드로 판명되는 순간과 근본적으로 동일한 성질의 것이다. 트루먼이 사라지자 달은 서치라이트로 변하고 주민들은 줄을 지어 행진하며 그를 찾아나선다. 그토록 친절했던 자들이 무표정하게 주위를 두리번거린다. 그중에는 부모와 죽마고우도 있다. 이는 명백한 〈신체 강탈자의 침입〉의 오마주다. 결국 자유의지를 예찬하는 〈트루먼 쇼〉는 가장 신성모독적인 공포영화였던 것이다.

그나저나 앤드루 니콜은 가장 뛰어난 각본을 피터 위어에게 팔아먹고 정작 자기는 그보다 훨씬 못한 〈가타카〉로 감독 데뷔하는 기분이 어땠을까?

그들은 말들을 쏘았다

——

네트워크
NETWORK

미국 전역을 커버하는 NBC, CBS, ABC의 TV 3사와 함께 가상의 '제4 네트워크'가 벌이는 가공할 만한 시청율 점유 전쟁의 연대기. 공공성을 지상의 가치로 알아야 할 거대 방송국이, 공정성을 생명으로 하는 뉴스 프로그램의 오락화를 시도하면서 국민을 오도하고 한 인간의 존엄성을 유린한다. 스탠리 큐브릭이 〈닥터 스트레인지러브〉를 통해 냉전시대의 이데올로기 비판을 시도했던 것처럼, 〈네트워크〉는 자본 지배하의 매스미디어 비판에 도전한다. 전자가 사용한 무기가 새타이어satire(풍자)라면, 후자의 그것은 패러디. TV 모니터에서 시작해서 역시 모니터로 끝나는 이 영화는, 무미건조한 목소리의 내레이터가 과거의 사건을 해설하는 구성 형식을 취하고 있다는 점에서 뉴스 릴 같기도 하고, 거대 직장 내에서의 갈등과 애환은 〈제너럴 호스피탈〉을 연상시킨다.

어떤 의미에서 이 이야기는 방송국 간부들의 반복되는 해고와 재기용의 전말기이다. 하워드(피터 핀치)는 한때 인기가 좋았던 앵커였지만 지금은 날로 하락하는 시청률에 책임을 지고 해고당할 운명에 놓여 있다. 그는 홧김에 생방송에서 자기의 자살을 예고하고 해고당하지만, 친구이자 보도 본부장인 맥스(윌리엄 홀덴)는 하워드의 탄원을 받아들여 고별 방송을 허락한다. 여기서 욕설과 선동으로 일관하는 하워드. 뜻밖에 시청률은 급등하고 해고는 철회된다. 그러나 친구의 정신 건강을 염려한 맥스는 그를 다시 해고한다. 한편, 사장은 부사장 해킷(로버트 듀발)의 재단 내 입지를 제거하여 해고해버리기 위해 편리한 대로 맥스를 해고했다가 금방 재임용하고, 사장이 노환으로 쓰러지자 해킷은 하워드를 해고시킨 맥스를 재해고하고 하워드를 재기용한다. 그리고 해킷은 하워드의 방송이 통제 불능의 상태에 빠지자

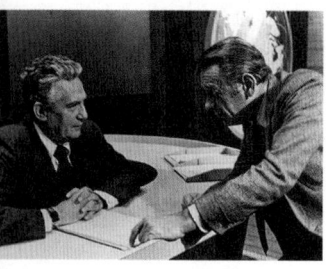

자기가 해고될까 두려워 전전긍긍한다. 영화의 마지막, 하워드를 자기 이념의 메신저로 생각한 재단 이사장(네드 비티)이 시청률 하락에도 불구하고 하워드의 해고를 허락하지 않자, 해킷은 하워드를 청부 살해해버린다. 그것은 일종의 영구 해고였다(〈블레이드 러너〉에서, 블레이드 러너가 복제인간을 잡아 죽이는 일은 '처형이 아니라 해고'로 간주되었다!).

이처럼 도무지 그 경위를 기억조차 하기 힘들 정도로 복잡하게 진행되는 '해고의 역사'는 자본주의 사회에서의 인간의 실존을 극적으로 표현하는 수단이 된다. 시청률 하락은 곧 광고의 감소, 지방 방송으로의 판매 부진을 뜻하고, 이는 회사의 이윤 저하로 연결된다. 그리고 당연한 결과로서의 책임자 해고, 이 사회에서 해고는 죽음을 뜻한다. 하워드가 피살의 방식으로 해고당한 것처럼, 역으로 해고는 살해의 한 방식이다. 이 살벌한 생존 경쟁의 현장과 그 목격자 맥스의 퇴직 후 사생활을 대비하는 구성은 그래서 유용하다. 성취욕을 거세당한 맥스는 성취욕의 화신 다이애나(페이 더너웨이)와 불륜의 애정 행각을 벌인다. 자기를 내몰고 그 자리를 차지한 여자를 사랑한다는 것은 일종의 마조히즘. 밀월여행 장면을 보자. TV에서 매일 보는 통속

멜로드라마처럼, 노을 진 바닷가의 롱숏으로 시작해 방갈로 침대의 미디엄/2인 숏으로 끝나는 이 시퀀스에서, 다이애나는 한시도 쉬지 않고 일에 관한 말만 해댄다. 로맨틱한 영상과 비정한 대사의 충돌 끝에 엄습하는 오르가슴. 마침내 그녀는 비즈니스와 섹스를 동일시하는 단계에 이른다.

그런가 하면 TV는 종교와 동일시된다. 하워드는 더 이상 뉴스를 보도하지 않고 독설과 예언과 선동을 일삼는다. 뉴스는 오락으로 변질되고 급기야 종교가 된다. 하워드에게 '계시'를 주었다는 신은, 막대한 수의 시청자를 좌지우지하는 TV 출연자라는 이유만으로 그를 메신저로 선택한다. 현대사회에서 TV는 이미 종교적인 매체가 되어 있는 것이다. 사이비 점쟁이들과 함께, 노트르담 사원의 저 유명한 스테인드글라스 '로즈 윈도'를 배경으로, 하워드는 사자후를 토한다. 처음에 그는 방송의 위선을 폭로하고("방송은 사창굴이고, TV는 쇼비즈니스요. 화면에 나타나는 것들은 모두 환상, 당장 꺼버리시오!"), 소외된 대중의 울분을 촉발시키며("삶은 개똥이야. 난 화가 날 대로 났고 더 이상 못 참아!"), 자본의 비리를 성토한다("아랍의 오일 달러가 방송을 지배하려 한다. 이를 저지하자!"). 폭발적인 호응에 시청률 급상승, 하워드는 일약 '전파의 미친 예언자', '미국인의 우울증 치료자', '인스턴트 신'으로 추앙받는다.

그의 이런 비판적인 태도에 격분한 재단 이사장 젠슨(그는 미국의 전설적인 거부 모건과 비슷한 외모를 가지고 있다)은 전 세계의 자본가를 대표하여 하워드에게 새로운 교시를 전수한다. "세계를 움직이는 건 더 이상 이데올로기도 민주주의도 아니다. 달러! 국제통화시스템이야말로 이 세상 유일하고도 성스러운 시스템이다." 이제 젠슨과 달러가 신의 자리를 차지하고, 하워드는 이들의 길을 닦아주러 온 광야의 선지자 세례 요한이 된다. 그러나 대중은 이 종교를 신앙하려 하지 않는다. 종교로 받아들이기에는 너무나 현실적이고 고통스러웠던 것. 시청률 다시 급전직하. 대중의 스트레스를 풀어주기 위해서라면 체 게바라는 물론이고 극좌 단체의 테러 행위까지도 쇼의 대상으로 삼아 상품화할 수 있는 해킷과 다이애나는 그 '범세계 해방군'을 시켜 중인환시衆人環視하는 가운데 하워드를 암살한다(시청자의 종교가 TV라면, TV의 종교는 시청율─신앙의 악순환이다). 이로써 하워드 '요한'은 자본의 순교자로서의 임무를 완수하는 셈. 그렇다면 해킷은 헤롯, 다이애나는 살로메? 살로메의 동기는 질투와 증오였으되, 다이애나의 동기는 이용 가치의 상실이다. 일제히 하워드의 죽음을 보도하는 4대 네트워크의 모니터에서 그의 모습이 하나씩 지워지면서 화면은 CM으로 바뀌고, 이어 다음 주 프로그램의 예고편, 결국 그나마 다 꺼지고 나면 암흑만이 남는다. 언론 자유의 법적 보장 뒤에 오는 건 자본에의 예속. 〈네트워크〉를 '매스커뮤니케이션 묵시록'이라 부르자. 하워드는 '세례' 요한인 동시에 '묵시록의 기자' 요한이 아닌가.

시드니 루멧 영화 비디오 출시작 목록 : 〈침묵의 살인〉, 〈숀 코네리의 도청 작전〉, 〈신문〉, 〈형사 서피코〉, 〈알 파치노의 뜨거운 오후〉, 〈네트워크〉, 〈에쿠우스〉, 〈도시의 제왕〉, 〈죽음의 게임〉, 〈폴 뉴먼의 심판〉, 〈살의의 아침〉, 〈허공에의 질주〉, 〈파워〉, 〈패밀리 비지니스〉, 〈사랑과 슬픔의 맨하탄〉. 그의 진짜 걸작 〈12인의 성난 사람들〉과 〈전당포 주인〉이 흑백이라는 이유만으로 제외되었다는 사실은 좀 서글프다.

80일간의 세계일주

이 세상 끝까지
UNTIL THE END OF THE WORLD

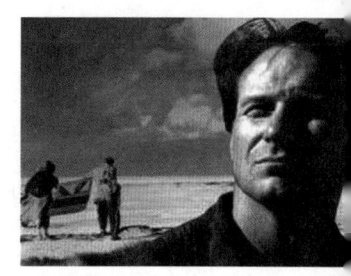

모두가 서로 쫓고 쫓긴다. 여자는 신비의 사나이를, 남편은 자기 아내인 그 여자를 뒤따르고, CIA와 KGB, 야쿠자와 현상금 사냥꾼, 은행 강도 들이 뒤엉켜 누군가를 찾아 헤맨다. 1999년의 미래 세계에 사람들의 신원은 너무나 쉽게 파악되고 행동은 간단히 노출된다. 4개 대륙, 15개 도시를 누비고 다녀도 사람들은 아무 데서나 만나진다. 체제와 인종을 초월하여 세계는 하나가 되어 있고 언제든지 시청각 커뮤니케이션이 가능하다. 이런 세상은 천국일까?

여행 이야기의 뒷부분은 사나이의 아버지가 발명한 기계장치로 모인다. 장님도 볼 수 있게 한다는 이 발명품은 그러나 좀 수상쩍다. 그냥 보는 게 아니라 남이 본 영상을 전달받아 본다는 것이다. 말하자면 남의 시선을 한정적으로 복사하는 시스템. 아들이 시력을 잃어가며 사냥해온 이미지 파편들을 어머니는 고통스럽게 바라본다. 핵 위기에 처해 있는 이 세계의 재현된 실상은 생각처럼 아름답지 않으므로 어머니는 오히려 눈 멀쩡한 사람들을 동정하게 된다. 이런 세상은 지옥일까?

유럽의 두 거장 중 베르나르도 베르톨루치는 절로 가고(〈리틀 부다〉)

빔 벤더스는 실험실로 갔지만, 결국 세계화 시대에 이들이 걷는 길은 하나다. 여기서 시공은 구별되지 않는다. 탈역사와 탈지역은 동시에 진행되는 것이다. 시간과 공간의 끝이 동시에 내포된 제목이 말해준다. 자동차에서 잠을 깬 여자가 "내가 얼마 동안이나 잤죠?"라고 물었을 때 남자는 "500킬로미터쯤"이라고 답한다.

언제나 인간의 아이덴티티를 물어왔던 빔 벤더스의 로드무비는 이제 그 사명을 스스로 얘기하고 문명, 좀더 엄밀히 말해 테크놀로지의 아이덴티티를 그 대상으로 삼는다. 그리고 깊이 있는 성찰 끝에 나온 결말은 싱거운 예찬론이다. 우리는 이 태도를 중립이라기보다 타협이라고 불러야 할 것이다.

로스트 인 스페이스

너바나
NIRVANA

가브리엘 살바토레에게 무슨 일이 벌어졌는지는 모르겠으나 〈지중해〉, 〈푸에르토 에스콘디도〉, 〈치로와 엘리아〉의 감독이 이 영화를 만들었다는 건 확실히 좀 이상한 일이다. 세기말을 살아가는 예술가로서 나름의 비전을 가지고 미래를 묘사해보겠다는 야심은 이해한다. 예컨대 장 뤽 고다르가 〈알파빌〉을, 프랑수아 트뤼포가 〈화씨 451도〉를, 안드레이 타르콥스키가 〈솔라리스〉를 만들었던 것처럼. 하지만 선배 대가들에게는 전작에서 이어지는 세계관의 일관성이 있었다. 이에 비해 지중해의 '햇빛 찬란한 나날'을 즐겨 찍었던 살바토레가 〈너바나〉에서 묘사한 미래 세계는 너무 우울해 우리를 당황케 한다. 어쩌면 살바토레는 뜻밖에 과거지향적인 인물인지도 모를 일이다. 그래도 살 만했던 과거, 어찌 살까 걱정스러운 미래. 그가 보기에 인류의 장래는 심히 염려스럽다. 기업이 지배하는 도시에는 전자 스모그가 짙게 깔리고 우범지대에서는 경찰도 별 힘이 없다. 컴퓨터게임이 인간 의식을 지배하고 그나마 좀 쓸 만한 사람을 만나려면 빈민가나 지하조직을 뒤져보는 수밖에 없다. 물론 신체 기관을 훔쳐가려는 인간 사냥꾼들을 피할 수만 있다면 말이다.

살바토레의 이 고상한 근심을 시각화하는 장치로는 이런 것들이 있다. 역시 공해의 소산인 '따뜻한 눈', 크리스마스 직전 상황이라 화면엔 비듬 같은 지저분한 눈이 끊임없이 내린다. 인구 과잉으로, 거리마다 사람들로 넘친다. 동양인, 중동인이 특히 많다. 여기저기 거대한 전광판마다 광고의 유혹이 차고 넘친다. 그런데 이런 이미지는 어디선가 벌써 본 듯하다. 데자뷰다. 눈만 산성비로 바꾸면 〈블레이드 러너〉 아닌가. 아닌 게 아니라, 이 분야에서 뭔가 신작이 나왔다 하면 〈에이리언〉 아니면 〈블레이드 러너〉니, 리들리 스콧이 대단하긴 대단한 모양

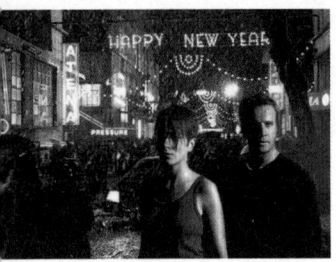

이다. 거기서 블레이드 러너와 레플리컨트의 관계가 신/인간관계의 은유였듯 여기서의 게임 프로그래머와 사이버 캐릭터의 관계가 또 그렇다. 살바토레가 필립 K.딕(〈블레이드 러너〉의 원작소설가)의 팬이라는 소문이 거짓말은 아닌 것

같다. 차이가 있다면 〈너바나〉에는 사이버스페이스가 적극적으로 활용된다는 점일 텐데, 감독은 딕뿐만 아니라 윌리엄 깁슨도 열심히 읽지 않았나 싶다. 사이버스페이스란 말을 발명해낸 그의 출세작 『뉴로맨서』의 영향이 강하게 느껴지기 때문이다. 헤드기어를 쓰고 가상현실에 접속한 남자가 슈퍼컴퓨터와 일대 격전을 벌인다는 내용은 이미 거기 다 나왔다.

또한 캐스린 비글로의 비운의 대작 〈스트레인지 데이즈〉도 필요하다. 남자는 떠나버린 여자를 찾아, 연말 분위기로 떠들썩한 도시를 헤매기 시작한다. 그리고 사람의 기억을 추출, 보관했다가 재생하는 장치 덕분에, 곁에 없는 여자와의 동반도 가능하다. 끝으로 여기에 브렛 레너드의 〈킬링 머신〉만 더하면 세팅이 대강 완료되는 셈이다. 자기 정체성을 깨닫고 불만에 가득 찬 사이버 캐릭터를 거기서 데려오는 것이다. 다만 〈킬링 머신〉의 비현실 캐릭터가 현실로 나오고 싶어 안

달한다면, 〈너바나〉의 그는 차라리 죽기를 원하고 있다. 죽었다가도 CD만 다시 돌리면 또 살아나 게임 플레이어의 마음대로 움직여야 하는 운명. 게임 개발자를 졸라서 어떻게든 이 운명을 끝내고 싶어 하는 그의 심정은 이해가 가고도 남는다. 어느덧 그를 자기의 분신으로 여기기 시작한 개발자는 이제 다국적 거대기업을 상대로 자기가 만든 프로그램의 제거를 위한 투쟁을 벌여야 한다. 그리고 이는 일종의 상징적 자살행위나 마찬가지일 것이다. 외견상의 해피엔드에도 불구하고, 자신의 사이버 분신은 제거하고 잃어버린 아내는 다른 여자에게 이식된 기억의 형태로 만난다는 이 결말은 꽤나 비극적이다.

강철 헬멧, 강철 주먹

로보캅
ROBOCOP

〈오이디푸스 왕〉처럼 잃어버린 아이덴티티를 찾아 헤매고, 〈매드 맥스〉처럼 떠나버린 처자를 못 잊어 절규하는, 한 비극적인 영웅에 관한 신화. 〈로보캅〉은 〈죽음의 카운트다운〉처럼 '자기를 죽인 자'를 죽이려 하는 처절한 복수담이자, 〈마음의 행로〉나 〈후크〉처럼 일종의 기억상실증을 다룬 진부한 멜로드라마인 동시에, 〈터미네이터〉처럼 인류의 미래를 참혹하게 예견한 비정한 묵시록이다.

인간 '머피'는 사실상 죽었고 부활한 '로보캅'은 명백한 기계인데, 머피의 모든 기억은 제거되었고 로보캅의 머리는 컴퓨터로 이루어졌는데, OCP 부사장의 말대로 그는 '이름은 없고 프로그램만 있는 공산품'인데, 결국 머피와 로보캅은 전혀 별개의 유기체인데, 그럼에도 불구하고 마침내 로보캅은 머피일 수밖에 없었다. 컴퓨터 프로그래밍으로도 완전히 제거할 수 없었던 아내와 아들에 대한 사랑, 그리고 불타는 복수심. 자기가 죽었다는 사실을 알아낸 후, 로보캅은 옛집을 찾아간다. 인간 시절의 추억이 단편적으로 되살아나는 가운데 텅 빈 공간을 이리저리 배회하는 그의 시점 숏들, 그 흐르는 듯한 스테디 캠과 아련한 디졸브……. 현재(기계)의 시야는 깨끗하고 분명한 화면. 과거 속의 아내와 현재의 로보캅은 서로 마주 보는 것처럼 교묘히 교차편집되고, 아내에게 다가가는 회상 속의 일인칭 시점은 키스 직전에 연기처럼 꺼진다. 부상당한 로보캅이 폐쇄된 공장에 은신한다. 헬멧을 벗고 인간의 얼굴을 되찾는다. 거기는 머피가 살해당했던 곳, 한번 죽었다가 기계로 부활했던 그는, 바로 자기의 무덤이었던 곳에서 인간으로 재부활한다(인간-기계-인간의 2차 변용). 기계가 된 인간에게 과거란 무엇인가, 기억은 무슨 의미를 갖는가. 그것들은 원칙적으로 존재하지 않지만, 일단 되살려지면 격심한 고통의 원천이 된다. 아이덴티티를 갖는다는 것은 이토록 아픈 일이나, 극도로 정교한 사이보그의 경우 기억은 인간/기계를 가르는 유일한 기준이다. 이 때문에 〈블레이드 러너〉의 복제인간은 모조의 기억을 안타깝게 부둥켜안았던 것이다.

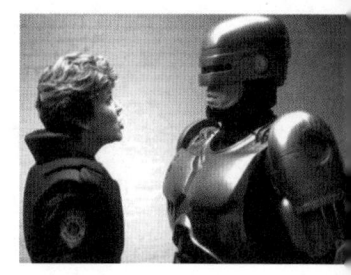

　로보캅을 다시 만났을 때, 동료 경관은 "당신 이름이 뭐죠?"라고 묻고, 갱스터는 "넌 죽었더랬어!"라고 외친다. 두 문장을 결합하여, 그는 의심한다. '내가 죽었다면 죽기 전의 나는 무엇이었는가? 그리고…… 지금의 나는 누구인가?' 여기서 현재는 과거에 의해 규정된다. 마찬가지로 현재는 미래를 규정한다. 그리고 〈로보캅〉의 미래는 악몽이다. 로보캅에게 머피로서의 과거 회상이 고통인 것처럼, 우리에게 테크노피아로서의 미래 예상 역시 고통이다. 신도시 델타 시티로 상징되는 '미래의 미래'는 더한 고통이 될 것임이 분명하다.

　우선 로보캅의 적수들을 분석해보자. 진짜 적은 여기서 두 명의 부사장도, 그들의 하수인 갱스터 집단이나 로봇 ED209도, 디트로이트 경찰도 아니다. 이들 모두가 머피/로보캅을 파멸시키려 하거나 자기 뜻대로 이용하려 하지만 그 누구도 독자적이진 못하다. 정말 완전하고 강력한 적은 바로 OCP라는 다국적기업 그 자체다. 이 거대 자본이 지닌 무소불위의 능력이 그 악당들을 제멋대로 부리고 통제한다. OCP는 치안 업무를 위임받아 수행함으로써 시민의 지지를 받으며, 델타 시티 건설의 부산물인 노동자 상대의 마약, 매춘, 도박 산업의 이권을 미끼로 깡패 집단을 사병화한다. 전투용으로 개발한 로봇을 민생치안 유지에 동원하여 그 성능을 테스트한 후 국방성에 납품할 계획을 세움으로써, 군수 산업의 희생양으로 시민을 몰아세우려고까지 한다. 깡패들은 델타 시티에 마약을 팔아 돈을 벌고, 회사는 그 마약으로 건설 노동자의 반발을 달래려 한다. 이렇듯 자본과 노동자와 국가기관, 그리고 범죄집단의 이해관계가 복잡하게 얽히고설킨 와중에 로보캅은 그 공익을 보장하기 위한 핵심 고리의 하나로 창조된다. OCP의 사활이 걸린 델타 시티 건설의 전제 조건, 즉 디트로이트 시의 치안 유지를 위한 최후 프로젝트의 소산으로써. OCP는 더러운 비즈니스를 수행하기 위해 범죄조직의 도움이 필요하지만, 그 결과 범죄가 지나치게 흉포해지자 이번에는 그들을 제어할 치안력이 필요해진다. 범죄조직과 로보캅은 자본의 쌍둥이 자식인 것이다! 이러한 자본의 파렴치한 속성이 어느 깡패의 비유로 정식화된다. "돈을 훔쳐 콜라를 사고, 콜라를 팔아 돈을 번다. 이게 투자라는 것이다."

자본의 힘은 기술에서 나오고, 기술의 원천은 자본이다. TV를 보자. CF—야마하제 인공 심장, 가정용 워 게임머신, 고릴라조차 탐내는 스포츠카……. 뉴스—정전된 인공위성에 갇힌 미국 대통령의 엉덩이, 인종 차별이 심화되어 폭동이 일어난 남아공에 중성자탄 투하 고려, 멕시코 소요에 미국 개입으로 전쟁 발발 우려, 군사위성이 오발한 레이저포로 전직 미 대통령 두 명 사망……. 세계는 여전히 제국주의가 지배하고 기술 문명은 파탄하는 가운데, 포스트모던한 가짜 표상이 판을 친다. 그리고 여기에 해결책은 없다. 로보캅은 스스로 머피임을 선언하지만, 그는 여전히—아이작 아시모프의 유명한 '로봇공학 3원칙'을 연상케 하는— '로봇 경관 3지침'에 우선하는 '제4지침 : OCP의 간부는 체포할 수 없다'의 프로그램이 내장된 반기계일 뿐이다. 그의 운명은 근본적으로 '중간자'다. 갑옷이 피부가 되어버린 중세/미래의 전사, 〈메트로폴리스〉의 여성 로봇의 남성 모조품이면서 성별 정체성을 상실한 중성인, 그리고 영화 광고 문안대로 '반인-반기계Half Man-Half Machine', 이것이 로보캅이다. 그에게 어느 한쪽을 선택할 권리란 이미 없다.

〈로보캅〉 이전의 폴 버호벤 영화들이 몇 편 비디오로 출시되어 있다. 〈사랑을 위한 죽음〉, 〈데빌 프린스〉 등이 그것인데, 룻거 하우어와 일하던 네덜란드 시절의 그는 급진적이고 실험적인 영화를 만들던 좌파 지식인 작가였다. 수학 박사이기도 한 그가 〈로보캅〉의 시나리오에 끌렸던 이유는 자신이 만화광이기 때문이라고 한다. "처음엔 로봇 더티 해리를 만들어달라고 하더군요. 안 될 말이죠. 〈더티 해리〉는 사실성에 기초한 영화지만 〈로보캅〉은 환상성이 강조되어야 합니다. 난 관객들이 로보캅을 만화에서 뛰쳐나온 인물로 인식해주기를 바랄 뿐입니다."

오스왈드 오리손

배트맨 2
BATMAN RETURNS

거두절미하고, 우리가 이 괴상한 박쥐 인간의 두 번째 방문을 거절하지 못하는 것은, 말할 것도 없이 우리를 둘러싸고 있는 암담한 현실 때문이다. 전후좌우 꽉 막힌 현대의 도시 생활은 이런 파괴적 카타르시스를 요구한다. 대도시 대중을 미끼 삼아 벌어지는 영웅 대 악마의 활극은 그 자체 우리의 정치적 무력감을 그대로 반영하고 있거니와, 반면에 교묘하게 설정된 인물들의 내력과 성격은 우리네 정서의 근본을 형성하는 열등감에 적극적으로 조응한다. 솔직하게 말하자. 펭귄의 총탄을 용케 피했는가 하면 이번에는 배트모빌의 질주에 희생당하는, 누가 자기의 친구이고 적인지 분간 못 해 우왕좌왕 휩쓸리는 저 고담 시티의 우매한 군중이 나의 분신이 아니라고 말할 수 있는 사람이 몇이나 될 것이며, 부모에 의해 버림받은 기형아와 남자의 손에 밀려 고층빌딩에서 떨어진 독신녀를 동정하지 않을 이 누구겠는가.

감독 팀 버튼의 관심과 애정은 전편에서도 그랬듯이 여기서도 역시 정신병자들에게 향해 있다. 이들을 일컬어 과감하게 민중이라고 부를 수는 없지만, 이 환자들은 적어도 아웃사이더이기는 할뿐더러 현대사회에 의해 소외된 희생자인 것도 분명하다. 일말의 동정의 여지도 없는 유일한 인물이 재벌이라는 설정은 그래서 더욱 의미심장한 것이다. 이 악당들은 전편의 카리스마 조커로부터 잔인성이라는 공통점 말고도 각기 몇 개씩의 악덕을 상속받고 있다. 시궁창의 황제 펭귄은 열등감과 쇼맨십과 파괴의 충동을, 악덕 자본가 맥스는 교활성과 권력욕을, 밤의 여왕 캣우먼은 타오르는 복수심……. 여기에 또 하나의 정신분열증 환자 배트맨까지 가세함으로써 이 희대의 괴물들의 무채색 스펙트럼은 완성된다.

사실상 〈배트맨 2〉의 비밀은 위의 네 주인공들 사이의 사도-마조히즘 역학과 동일시/투사의 관계에 있다. 펭귄과 캣우먼은 행복한 가정에 대한 증오와 반복되는 추락의 이미지와 억눌린 성욕, 생선을 좋아하는 입맛을 공유하고, 배트맨과 캣우먼은 이중 성격과 검정색 의상과 복면 이미지—가장무도회 장면에서는 거꾸로 이 둘만이 가면을 쓰지 않고 있다—를 함께한다. 펭귄과 맥스는 도시의 아래 위를 나누어 지배하는 제왕의 역할과 정경유착의 밀월

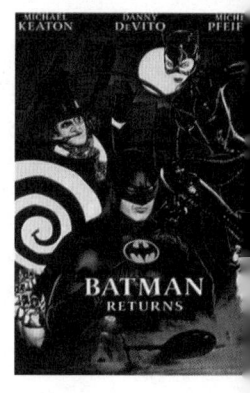

관계로, 펭귄과 배트맨은 고아로서의 애정 결핍증과 지하 생활자의 고독감, 그리고 반인반조성半人半鳥性으로 서로 연결된다. 심지어 맥스 회사의 마스코트는 고양이고, 맥스와 브루스 웨인은 투자 협상을 위해 한 테이블에 앉기도 하는, 똑같은 대자본가다. 세 악당의 유일한 공통점은 배트맨을 미워한다는 것이고, 세 남자의 유일한 공통점은 캣우먼을 추락사시킨다는 것이다. 고양이의 혼이 씌워져 아홉 개의 목숨을 가지게 된 그녀는 그때마다 악착같이 되살아나 남자들을 괴롭힌다. 이들 모두는 서로를 증오하는 한편 때에 따라서는 상부상조하기도 한다. 맥스는 펭귄을 시장으로 당선시키려 하고, 펭귄과 캣우먼은 힘을 모아 배트맨을 모함하며, 캣우먼과 배트맨은 맥스의 총탄을 사이좋게 나눠 맞는다. 사정이 이 지경이니, 여기에서 선악 구분의

절대 기준이라든가 권선징악형 해피엔드 따위를 기대하는 것은 하수
구에 달이 뜨기를 바라는 격이다.

여기 그래도 무언가 일관되고 중요한 게 있다면, 그것은 펭귄이 말
하는 '비극적 아이러니와 시적 정의' 뿐이다. 그리고 그 표현 방법으로
서의 표현주의 스타일이 있다. 프리드리히 W. 무르나우의 걸작 〈노스
페라투〉에서 흡혈귀 역할을 했던 배우에게서 따온 이름 '맥스 슈렉'
이라든가, 프리츠 랑의 〈메트로폴리스〉의 영향을 받아 디자인되었음
이 분명한 마천루 이미지들, 에드거 앨런 포의 소설 『붉은 죽음의 가
면』과 유사한 설정(피터 월렌의 견해)과 1920년대 영화 〈오페라의 유
령〉을 연상시키는 의상(킴 뉴먼의 지적) 등은 그 작은 단서들일 뿐,
〈배트맨 2〉에 표현주의적이지 않은 요소란 사실상 없다. 가장 순결해
야 할 '사랑' 조차도 여기서는 분열증적으로 묘사되고 있을 뿐이다.
'박쥐 뒤에 숨은 남자Man Behind the Bat'와 '고양이 뒤에 숨은 여
자Woman Behind the Cat' 사이의 사랑은 이루어질 수 없다. 더구나
그 아래 함께 있는 이성에게는 키스해도 된다는, 미슬토 나뭇가지의
전설을 따라 입을 맞추는 남녀의 발밑에서 폭탄이 터지는 상황에서
라면 특히 그럴 것이다. 고담 시티에서 인간적인 관계를 유지할 수 있
는 사람이라고는 배트맨과 그의 집사 앨프리드밖에 없어 보인다.

평화와 안식의 시절, 크리스마스 시즌을 배경으로 이들은 파렴치한
음모와 무자비한 파괴의 카니발을 끝없이 되풀이한다(어찌 보면 이것
은 〈가위손〉의 에드워드가 벌이는 복수담, 음화 처리된 〈가위손〉인 듯도
하다. 에드워드처럼 펭귄은 '기형적인 손' 때문에 소외되고, 〈가위손〉에
서처럼 〈배트맨 2〉의 강설량은 엄청나다). 구약의 모세처럼 바구니째로
버려져 하수구로 흘러드는 펭귄을 보라. 전편이 배트맨의 지하 동굴

을 누비고 날아가는 카메라에 의해 열렸다면, 이 속편의 시작은 기형아 오스왈드가 펭귄들의 은신처를 향해 하수도를 떠내려가는 모습으로 시작한다. 영화 〈로보캅〉의 광고 카피 —Half Man, Half Machine, All the Cop—를 흉내 낸 표현대로 '반은 사람, 반은 펭귄, 합치면 공포Part Man, Part Penguin, All Horrifying', 또는 배트맨과의 상사성을 겨냥한 표현대로 '인간과 조류 사이의 잃어버린 고리 Missing Link Between Man and Bird', '두꺼비가 된 왕자'인 희대의 악한 펭귄은, 도시의 '어둠의 심장Heart of Darkness'인 그곳에서 쓰레기를 자양분 삼아 성장한다.

예수와 생일이 같은 그는 예수가 죽었다가 부활한 나이 33세에, 메트로폴리스의 인간 쓰레기들(또는 열두 제자)을 규합해 일약 금의환향을 시도한다. 그것은 올라간다는 의미에서 '승천'이고 인간으로 되살아난다는 점에서 '부활'이며, 성탄절에 아기를 안고 맨홀(도시의 질膣)을 통과해 나오는 이미지로 봐서는 '탄생'이다. 이 투쟁을 구약식으로 말하자면 '엑소더스'일 것이고, 묵시록적으로 비유한다면 '아마겟돈'이 될 것이다. 그의 증오심은 너무나 강해 신약의 헤로데처럼 도시의 아이들을 모조리 학살하라는 명령을 내릴 정도지만, 결국 그는 산업폐수의 웅덩이에 잠겨 시궁창 구정물을 토하면서 무참히 죽어간다. 이때 그의 펭귄 군대는 그의 시신 좌우로 늘어서서 자기들의 군주를 하수도로 떠나보낸다. 이 장엄한 바이킹식 장례를 통해 기형아 오스왈드 코블포트는 비로소 지하수로의 지배자, 모든 소외된 자들의 지도자로 추서된다(이것은 시각적으로 영화 첫 부분—바구니에 실려온 오스왈드를 펭귄들이 맞이하는 장면—의 역전이거니와 악당의 죽음을 묘사하는 데에서만큼은 유례가 드물게 감동적인 장면이다). 캣우먼 역시 셀리나 카일이라는 본래의 아이덴티티를 포기하고 사랑하는 남자 배트맨/브루스 웨인 곁을 떠나버린다. 그리고 도시의 전력을 모조리 장악하려 했던 맥스는 바로 그 고압 전류에 감전사한다.

마침내 도시는 안정을 되찾고, 브루스와 그의 하인은 평화롭게 성탄 축복의 덕담을 주고받는다. 그러나 이 모든 화해의 제스처에도 불구하고 고담 시티에 진정한 행복이 찾아오리라는 희망은 어디에도 없어 보인다. 오죽하면 앨프리드의 "메리 크리스마스" 앞에 '어찌 됐든'이라는 단서가 붙어야 했겠는가. 전편에서부터 거듭되어온 추락 이미지의 역전으로서, 카메라가 마천루 사이를 뚫고 용솟음치듯 상승하면 그곳 악몽의 미래 도시 고담의 밤하늘을 비추는 배트맨 서치라이트(그것은 시민들의 긴급 조난 신호이다). 숨 돌릴 틈도 없이 또다시 위기가 찾아오고, 이제 단 하나의 목숨만을 남겨 가진 캣우먼의 뒷모습이 보인다. 결국 배트맨의 남성 우월주의는 페미니스트 캣우먼의 '시선'에 의해 포착된 것인가. 팀 버튼은 브루스의 입을 빌려 조용히 뇌까린다. "인류에게 평화가 깃들기를……. 그리고 여성들에게도." 길 잃은 검정고양이를 쓰다듬으며.

한국판 비디오에는 셀리나가 캣우먼으로 변신하는 과정이 빠져 있다. "여보, 나 왔어요…….참, 난 독신이지"라는 독백이 처절한 느낌으로 되풀이되고, 평범한 여성의 행복과 희망을 상징하는 물건들이 파괴되고, 스스로 PVC 의상을 지어 입는 과정 모두가 생략되었으니, 이야기 진행에 무리는 없으되 가장 의미심장한 표현 한 묶음이 사라진 꼴이다. 특히, 네온사인으로 벽면에 씌어진 문장 "안녕Hello There"의 두 글자가 깨지면서, '여기는 지옥Hell Here'으로 변하는 재치는 더욱 아까운 것. 단지 두 시간에 영화를 구겨넣기 위해 이런 악행까지 서슴지 않는 상혼이니만큼, 마지막에 붙어 있는 수지 앤 더 밴시스의 멋진 주제가 〈얼굴을 맞대고Face to Face〉 역시 남아나지 못했음은 당연하다.

벽 너머의 비밀

—

4차원의 난장이 E. T.
TIME BANDITS

소년 케빈은 어느 날 자기 방에 돌연히 나타난 여섯 명의 난쟁이들과 함께 시간 여행을 떠난다. 시간의 문이 표시된 지도를 들고 다니며 도둑질을 계속하던 일당은, 그 지도를 탐내는 악마의 유혹에 넘어가 위기에 몰린다. 이때 난쟁이들의 본래 주인인 '신'이 출연해 이들을 구하고 자기의 각본을 공개한다.

케빈까지 포함해 일곱 명의 꼬마들이 벌이는 모험담이기는 하지만, 천만에, 이것은 〈백설공주〉가 아니다. 여기서 여섯 난쟁이들은 천지창조 기간 엿새를 상징한다. 이들은 신—영화에서는 이 말 대신 '초월자The Supreme Being'로 불린다—의 천지창조를 돕는 팀으로서, 신이 선/악이나 하늘/땅 같은 거창한 것들을 창조할 때 풀이나 나비 따위의 사소한 사물을 만들어내는 일을 맡았었다. 그러나 주인의 대우가 기대에 못 미치자 문제의 지도를 훔쳐서 달아났던 것. 이 작은 모반자 그룹은 자유로이 시간대를 이동해가면서 교활한 절도 행각을 일삼는다. 여기서 우리는 한 가지 부조리를 목격하게 된다. 속세의 물건이라는 것은 시대와 지방에 따라 그 가치가 상대적인 법인데 대체 이들은 언제 어디서 소비하기 위해 보물을 탐낸단 말인가. 18세기에서 이들은, 15세기의 태피스트리를 훔쳐 들고 13세기로 간다. 그렇다면 뭔가? 미래의 골동품? 난쟁이들은 지도를 원하는 신과 악마에게

255

이중으로 쫓기면서도 또 다른 무가치한 보물을 좇는, 어리석은 무한 추격전을 계속한다. 이 게임의 배경은 서양사 전체이고, 테리 길리엄 은 서구의 역사 지식에 해박한 만큼 그 결과에 대해 냉소적이다. 시간 의 지도가 도둑질에 쓰이는 모습을 보노라면 서구의 지도 제작 기술 이 식민지 노략질의 역사와 맞물려 발전했다는 사실이 상기되는 것 이다.

이 도둑질의 관찰자 케빈은 중산층의 소외된 아동이다. 부모는 자 식에게 관심이 없다. 음식을 대신 맡아 해주는 자동요리기구의 광고 문안은 '다른 일할 시간을 벌어주는 기계'라는 것이지만, 이 집 주부 의 경우 그 '다른 일'이란 TV 시청이다. 게다가 자기는 엄청나게 큰 소리로 TV를 즐기면서 아들에게만 정숙을 강요하는 아버지. 아들은 홀로 힘겨운 여행에 뛰어들 수밖에 없다. 그러나 이 여행은 소년에게 〈엑설런트 어드벤처〉가 아니다. 그는 자기의 꿈과 환상을 키워주었던 역사와 동화 속의 인물들을 친견하는 행운을 누리는 대가로 그 꿈과 환상이 깨지는 아픔도 겪어야 한다. 막상 만나보니 나폴레옹은 '작은 키 콤플렉스' 환자이고 로빈 후드는 무책임한 이상주의자일 뿐이다. 신화의 영웅 아가멤논 장군은 악처 클리템네스트라의 부정으로 괴로 워한다. 이것이 인생이고, 어른이 되려면 이런 통과의례를 거쳐야 하 는 것일까. 일행이 위험에서 벗어나 호화 여객선에 탔을 때, 난쟁이는 급사에게 '얼음'을 많이 넣은 샴페인을 주문한다. 급사가 프레임 아 웃하면 뒤에 걸린 구명 튜브에 '타이타닉'이라고 쓰인 글씨가 보이 고, 그 순간 배는 '더 많고, 더 큰 얼음'—빙산에 부딪혀 침몰한다. 이 승객 전원 몰살의 대참사에서 살아남기 위해선 악마의 유혹을 받아 들여야 한다. 구조된 일행은 이제 사막으로 간다. 악마의 거처 '암흑의 성'으로 표시된 곳에는 역시 끝없이 펼쳐진 사막과 하늘뿐, 바로 여기서 르네 마그리트를 연상케 하는 초현실주의적 상상력이 발휘된다. 케빈의 안락한 침실 벽 너머에 나폴레옹의 포연 자욱한 전쟁터가 존재했던 것처럼, 난쟁이가 해골을 들어 던지자 사막과 하늘은 산산조각으로 '깨진다'. 유리에 그려진 풍경 뒤로 펼쳐지는 어둠의 심연! 감독은 말한다. 일견 평화로운 정적 너머에 악마의 음모가 숨어 있다고. 하지만 상상력의 힘만 빌릴 수 있다면 그까짓 위장쯤이야 깨지기 쉬운 한낱 유리에 지나지 않는다고.

테리 길리엄의 악마는 과학기술문명 옹호론자다. 그는 오직 컴퓨터 테크놀로지를 배우기 위해 암흑의 성을 벗어나려 한다. 시간의 지도는 그래서 필요했던 것이고 그는 자기가 그 기술만 익히면 신의 지배를 벗어날 수 있다고 믿는다. 악마가 보기에 신은 과학의 위력을 이해하지 못하는 고리타분한 늙은이일 뿐이기 때문이다. 앵무새를 44종이나 만들어놓지를 않나, 나비, 수선화, 괄태충, 남자의 젖꼭지 따위의 쓸데없는 것들은 또 왜 그렇게 많은가! 악마는 바야흐로 컴퓨터를 이용해 천지창조를 역전시켜버리려 한다. 이 기계문명에의 광신을 교리로 하는 악마교의 가장 충실한 신도는 케빈의 부모다. 일행에게 악마는 케빈의 부모가 즐겨보는 TV 퀴즈 쇼처럼 생명을 담보로 일확천금할 것을 제안한다. 이름하여 '돈 아니면 목숨'이라는 프로그램으로, 여기서 부모는 쇼의 진행자로 위장한 악마의 조수로 출연한다. 물론 이 역시 케빈을 꾀어내기 위한 요술이었지만 감독은 영화의 끝에서 기어코 속물 부모를 응징하고야 만다. 고장난 요리기구는 음식 대신 시커먼 숯덩어리를 조리해내고, 그 과학의 산물은—그것이 신이 태워버린 악마의 시신 한 조각이었음이 밝혀지는 순간—폭발하여 부모의 몸을 아예 해체시켜버리는 것이다. 어차피 이 모든 사건은 신의 각본에 의한 해프닝이었던 터, 길리엄은 라이프니츠의 전통을 따라 악은 필연적으로 선에 속한다고 생각한다. 음악에서 불협화음이나 회화에서의 그림자의 존재가 궁극적으로 예술의 한 부분을 이루듯, 〈4차원의 난장이 E. T.〉의 악마는 신의 존재를 돋보이게 하고 우회적으로 그 섭리를 성취하려는 하나의 장치인 것이다. 이 여섯 명이 난쟁이인 것은 인간이 왜소한 존재이기 때문이고, 케빈이 어린아이인 것은 인간이 연약한 존재이기 때문이다.

과연 반이성, 반기독교, 반역사 성향의 낭만주의자답게 길리엄은 기술문명 발달 이전 고전 고대의 세계로 퇴행하고자 한다. 기계 맹신의 친부모를 잃은 대신 케빈은 영웅 비극의 주인공 아가멤논을 정신적 아버지로 받아들인다. 그런가 하면 난쟁이들은 다시 신의 충복이 되어 아직도 손볼 데가 많은 천지창조의 보수공사 현장으로 복귀한다. 악을 포함하여 불완전하게 시작된 세계가 완전선의 세계로 발전한다는 이른바 진화론적 범신론의 이단 신앙만이, 이 뜻밖의 우울한 결말을 가진 〈4차원의 난장이 E. T.〉에 잠재한 유일한 희망이다.

테리 길리엄과 마이클 폴린, 데이비드 래퍼포트, 존 클리즈 등은 모두 영국의 '몬티 파이튼' 소속이다. 고전 지식과 신성한 착상으로 무장한 이 팀은 수많은 연극과 TV 쇼를 거쳐, 영화로도 진출했는데 이미 길리엄의 〈몬티 파이튼과 성배〉, 그리고 테리 존스의 〈몬티 파이튼의 브라이언의 삶〉과 〈몬티 파이튼의 삶의 의미〉 등을 제작한 바 있고, 〈완다라는 이름의 물고기〉 역시 이들의 아이디어로 만들어진 히트작이다.

내가 마지막 본 파리

▬

플라이
THE FLY

첫 장면은 마치 어떤 생물의 염색체지도 같아 보인다. 그것이 자꾸 색을 바꾸더니 본래의 모습을 드러내는데, 어처구니없게도 초점이 흐려진 파티장 전경이다. 과학자들의 칵테일 파티. DNA인 줄 알았던 형상이 사람으로 밝혀지면서 우리는 중요한 한 가지 단서를 제공받는다. 이것은 인간의 아이덴티티 문제를 세포유전학의 차원으로 환원한 이야기라는 것. 덤으로 하나의 농담—이것은 또한 인간과 파리 유전자의 '칵테일'에 관한 영화라는 것이다.

과학잡지의 여기자 로니는 파티에서 정체불명의 과학자 세스 브런들과 인사한다. 그녀가 일하는 곳은 모놀리스(단일체) 출판사의《파티클》(입자) 지. 즉 그녀는 '순수한 인간의 유전자를 소유한' 인간이다(물론 '모놀리스'는 〈2001 스페이스 오디세이〉에 나오는 신비의 석판이기도 하다. 인류의 진화와 역진화를 다룬다는 점에서 〈플라이〉의 형제?). 과학자는 이 미녀를 유혹하기 위해 자기 자랑을 늘어놓고, 여기자는 직업적 호기심 때문에 유혹을 받아들인다. 애초부터 두 사람은 서로 다른 목적으로 결합되었다는 말이다. 여자의 매력에 눈이 멀어 발설해서는 안 될 내용을 공개한 브런들과 특종에 정신이 팔려 사기꾼 같은 남자의 집까지 끌려간 로니는 이내 자기들의 욕망에 대해 후회한다. 어쨌든 서로의 (속 들여다보이는) 욕심에 부응하고자 이들은

259

각자 가진 유혹의 무기를 사용한다. 브런들은 신발명품 공간 전송기를 선보이고, 로니는 남자의 눈앞에서 치마를 걷어 올리고 스타킹을 벗는다. 스타킹을 전송 실험의 대상으로 이용하는 행위를 통해, 두 사람의 이해관계는 비로소 일치하게 된다.

'전송'이란, 어떤 대상을 원자 상태로 분해해서 다른 곳으로 운반한 다음 재결합시키는 기술이다. 모든 것이 빛의 속도로 이루어지므로, 전송은 인류로 하여금 시간과 공간을 초월할 수 있게 만들어준다. 말하자면 이것은 하나의 '운송 수단'인 셈인데, 그 때문에 영화 도입부에서 브런들이 로니에게 자동차 공포증을 토로하면서 "난 타는 것 Vehicle이라면 다 싫어하죠"라고 말하는 것도 중요한 영화적 농담이 된다. 그 자신의 전송 실험에 '인사도 없이' 무임승차한 불청객 파리는 저 비극적인 '교통사고'를 통해 브런들의 세포에 침투한다. 비유적으로 브런들은 복제품. 복사기는 고장을 일으켰고, 원본은 분실된다. 무생물의 전송에서 생물체의 전송으로 실험 단계가 진전하면서 남녀의 관계 역시 이해타산의 단계에서 사랑의 단계로 격상하지만 이 사랑의 순수성 문제는 끝까지 의심의 대상으로 남는다. 컴퓨터가 대상을 전송하기 전에 먼저 수행하는 성분 분석은 아이덴티티와 사랑의 순도를 점검하는 과정이기도 한 것이다. 근본적으로 가족 멜로드라마의 성격을 지닌 이 영화—1950년대의 오리지널 시리즈나 80년대의 리메이크 시리즈 모두 그 아들을 속편의 주인공으로 삼고 있다는 점도 한 가지 증거—에서, 중요한 것은 '인간은 괴물을 죽일 수 있나'의 문제가 아니라, '인간은 괴물을 사랑할 수 있나'의 질문이다.

로니가 '전화 부스', '주크박스', '전자레인지', '홀로그램 영사기' 등으로 오해했던 전송기(텔레포드Telepod)는 사실상 '고치'였음이 밝혀진다. 브런들이 그 기계를 '포드'로 부른 것은 외관이 (누에)고치와 닮았기 때문이었지만, 불행히도 명칭은 현실을 불러낸다. 고치는 곤충이 겪는 변태metamorphosis의 집이다. 브런들은 그 집에서 변태의 과정을 시작한다. 포드는 급기야 지구상 최대의 곤충을 창조하는 것이다. 최초의 생물 실험의 도구였던 비비가 참혹한 모습으로 전송되자마자 D. O. A(도착 즉시 사망)하는 사고 이후, 브런들은 생명체에는 컴퓨터로 성분 분석될 수 없는 어떤 다른 것이 있다고 여기게 된다. 그가 마침내 알아냈다고 생각한 생명의 비밀이 어쩌면 진실일 수도 있겠으나, 신의 영역에 도전한 과학자가 무사할 리는 영화에서 만무하다. 자신의 전송에 성공한 브런들이 경이적인 점프력으로 복도 천장에 높이 달린 램프를 건드리는 장면을 통해, 데이비드 크로넨버그는 '미친 과학자'의 오만한 태도를 시각화하고 있거니와, 이런 유형의 주인공에게는 항상 '불의의 기술적 착오'라는 사고가 따르기 마련이다. 그러나 그 사고가 다른 종과의 합성이라는 설정은, 이제 영화를 다른 각도로 보아주기를 요구한다. 금지된 존재와의 섹스, 그것에 대한 공포를 〈플라이〉는 말하고자 한다.

그 첫 번째 징후가 나타나는 것은 브런들의 등에 생긴 상처에서다. 거기서 자라난 뻣뻣한 털은 파리의 것. '상처를 통한 전염'의 개념은 이 '죽음에 이르는 병'이 한센병 내지는 에이즈의 상징이라는 연상을 가능케 한다(브런들은 스스로 자기의 병을 '유전자의 혼란과 격변에 의한' 일종의 암과 비슷한 것이라고 진단하고 있으며, 어떤 점에서는 매독 따위의 성병과 유사성을 보이기도 한다). 신체 부위가 허물어지고 떨어져나가는 상황은 전자의 증세를 명백하게 재현하고 있고, 후자의 추정은 브런들의 증세가 이성異性, 즉 로니와의 섹스가 불가능해지는 상황—이른바 '브런들 자연사 박물관'에는 이전에 그의 신체 기관이었던 귀나 손가락 등과 함께 성기도 전시되어 있다—으로 진전됨으로써 설득력을 얻는다. 게다가 합성으로 인한 일시적인 정력 증진 현상에 도취된 브런들은 잠재적 에이즈 환자인 마약 중독자로 표상된다. 좀더 강한 섹스를 위해 다시 한번 스스로를 전송하는 브런들. 그는 과학 중독—섹스 중독—전송 중독의 과정을 착실히 밟아나간다.

컴퓨터는 전송 당시 브런들과 함께 포드 안에 있던 존재가 무엇이었냐는 질문에 '파리'라는 간단한 설명 대신 이렇게 대답한다. 'Not-Brundle'. '타자他者'라는 소리다. 공포영화의 영원한 악마를 우리는 이렇게 부른다. 〈에이리언〉의 경우처럼 타자는 우리 편의 내부에 들어와 있다(에이리언과 플라이는 강산성의 체액으로 사물을 녹여버린다는 점에서도 비슷한 존재다). 이 경우엔 내부로도 부족해서 아예 하나의 존재로 합쳐지지만 이것도 좀 엉뚱하나마 '잉태'의 한 방식으로 볼 수 있지 않겠는가. 거인과의 팔씨름에서 승리하자, 창녀가 말한다. "당신 보디빌더야?" 물론 브런들의 대답은 예스. 그는 신체Body를 만드는 사람Builder이니까. 〈에이리언〉이 여성 전사까지 등장시킴으로써 성 역할의 완벽한 전복을 꾀하고 있는 데 반해, 〈플라이〉의 로니는 남자를 '사랑하기 때문에 죽여야 하는' 전통적인 멜로드라마의 여성상을 연기한다.

비극은 여기서 멈추지 않는다. 한마디로 '질병의 현상학', 또는 '임상병리 드라마'라고 부를 수도 있을 법한 이 영화에, 또한 기형아와 낙태의 문제가 빠질 리 없다. 《파티클》지가 표지를 브런들의 사진으로 장식하면서 '새 세대의 젊은 아버지'라는 제목을 붙인 것이 괜한 장난은 아닐 테고, 로니는 〈에이리언 3〉에서의 리플리처럼 괴물을 수태하는 여성의 역할도 맡아야 한다. 이 입장은 분명히 브런들과는 반대되는 것으로서, 그녀는 사랑하는 이의 자식을 제거해야 한다는 고통을 쉽게 잊을 수 없다. 자궁에 든 것은 외계인이나 이물질이 아니라, 그녀 자신과 애인의 유전자가 '일부' 포함된 생명이다. 브런들이 "난 이제 브런들이 아니야"라며 스스로를 '브런들-플라이'라고 부르는 식으로, 로니 또한 그것을 '베이비-플라이'라고 부를 수 있을지는 몰라도, 낙태만큼은 어려운 일이다. 가족의 해체를 의미하기 때문이다. 현실처럼 처리된 꿈 장면에서 로니가 분만하는 거대한 구더기는, 파리를 수태했다는 공포보다는 로니 자신이 암파리가 되어버린 게 아닐까 하는 공포를 형상화한 것에 불과하다. 악몽 이후, 작별 인사를 하기 위해 연구실을 방문한 로니를 보는 브런들의 시점 숏은 이 점을 뚜렷이 하고 있다. 문 앞에 선 그녀의 주위를 유심히 보면 블라인드 사이로 들어온 햇빛이 벽에 비쳐 어떤 낯익은 형상을 이루고 있음을 알 수 있다. 그녀는 가상의 텔레포드 안에 갇힌 것이다!

이 방문 직전에 브런들은 자기를 정화하는 방법으로, 순수한 인간과 합성하는 계획을 수립 중이었다. 이 단계에서 브런들의 이성(초자아)이 곤충의 야만성(이드)을 잠시 이기는 바람에 로니는 일단 무사하게 풀려나지만, 이 균형상태는 오래가지 못한다. 인공유산을 위해 병원에 온 로니를 납치해 가는 브런들을 보라. 여자를 품에 안고 사라지는 모습은 그대로 〈킹콩〉에서 가져온 것이 아닌가. 〈미녀와 야수〉에서 기원하는 이 오래된 이미지는 분명 '선한 괴물'을 표상하지만 크로넨버그에 이르면 이미 선악 구분 따위는 무용지물. 성부, 성모, 성자의 성聖 가족은 바야흐로 한 몸 안에 융합되려 한다. 또는 성부(브런들)와 성자(아기)와 성신(파리)의 삼위일체? 그러나 연결선의 단절로 말미암아, 브런들-플라이는 로니 대신 텔레포드 자체와 합성되어버린다(눈 좋은 관객이라면 섬광과 동시에 텔레포드의 문짝과 그 주변의 금속이 뭉텅 사라지는 장면을 볼 수 있다). 과학의 맹신자가 기계와 한 몸이 되어버리다니 저주치고도 지나친 것 같지만 어쩌겠는가, 감독이 이 사람인 것을……. 마침내 이루어진 브런들-플라이-텔레포드의 3당 통합은, 마치 멜로드라마-공포영화-SF의 3장르 이종교배 이념을 구체화한 것으로 보인다. 그리고 크로넨버그는 스스로 창조한 이 포스트모던한 현상을 로니의 탄환으로 박살내버린다. 잡종에 대한 순종의, 타자the other에 대한 우리 편us의, 복제품에 대한 원본의, 이드에 대한 초자아의 힘겨운 승리. 그런데 이렇게 머리통이 산산조각 나는 모습쯤은 우리도 어디서 본 적이 있다. 바로 〈스캐너스〉. 크로넨버그 앞에서는 우리 모두 머리를 조심하는 게 좋다. 그는 언제 어떻게 우리의 이성을 파괴해버릴지 모른다.

델리카트슨 부부

━━━

공포의 계단
THE PEOPLE UNDER THE STAIRS

웨스 크레이븐이라면 아는 사람이 드물 것이다. 좀더 큰 자극을 찾아 헤매는 불행한 젊은이들이나 영화를 직업으로 봐야 하는 불행한 어른들은 빼고 말이다. (특히 한국에서) 이 사람은 거의 무명이지만 그래도 그가 연출한 영화 〈나이트메어〉만큼은 유명하다. 이 B급 공포 영화를 가지고 사람들은 선정 영화Exploitation Film라고도 하고, 슬리퍼Sleeper, 또는 컬트Cult Movie라고도 부른다. 선정 영화란 특정 계층만을 대상으로 하여 졸속 제작된 센세이셔널리즘 영화, 슬리퍼란 뜻밖에 엄청난 성공을 거둔 영화, 컬트는 일단의 광신도를 거느린 영화를 말하는데, 바로 〈나이트메어〉는 이런 조건들을 다 충족시켰던 모양이다. 일류 대학에서 중세 영문학을 가르치던 교수의 전업轉業이 성공적이었는지는 책임지고 말할 수 없지만 어쨌든 크레이븐은 그 밖에 〈공포의 휴가길〉, 〈영혼의 목걸이〉, 〈위험한 친구〉 그리고 〈공포의 계단〉 따위의 유혈낭자한 악몽에만 집착해오고 있다. 어쨌든 이제는 전에 제임스 웨일이나 토드 브라우닝, 테렌스 피셔, 조지 로메로에게 비춰졌던 뒤늦은 각광이 그에게도 할애되고 있다. 유수의 영화 전문지들이 다투어 그의 작품 세계를 분석하고 인터뷰를 게재하게 된 이유는 간단하다. 장르 관습과 저예산의 한계 내에서—그는 절대 큰 예산의 주류 영화는 찍지 않는다—비타협적인 자세로 일관된 스타일과 비판적 정신을 유지하기 때문. 집요하게 미국 중산층의 가치관을 조롱하는 자, 웨스 크레이븐은 안락한 가정을 유린하는 테러리스트다.

검은 화면에 글자 모양의 구멍이 뚫려 있고 그 너머에서 푸른빛이 관객을 향해 비춰진다. 제목 글자들은 우리의 시신경을 자극하면서 차례로 명멸한다. 이 타이틀 시퀀스를 통해 우리는 이 영화가 뭔가 벽 뒤에서 벌어지는 사건을 담고 있으리라고 기대한다. 거기 구멍 너머

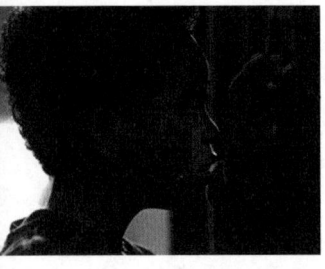

내쏘는 빛을 조심해야겠다고 마음 먹게 하면서, 〈공포의 계단〉은 전형적으로 시작한다. 카메라는 펼쳐진 타로 카드를 부감 클로즈업으로 훑어 간다. 제법 무슨 마녀 같은 목소리로—누나의 목소리였음이 밝혀진다—어느 소년의 운명이 진술되는데, 이때 보이는 카드는 심판, 죽음, 악마 따위다. 그리고 바보. 트럼프의 조커에 해당하는 이 어릿광대는 그림 속에서 절벽 앞에서 있다. 위험하다는 뜻이다. 강아지는 그걸 경고하느라 열심히 짖고 있고, 하늘엔 햇빛이 쨍쨍하다. 역시 화면 밖에서 소년이 묻는다. 낭떠러지에서 떨어지기 싫다면 어떻게 해야 하느냐고. 점쟁이는 돌아서서 태양빛을 뚫고 가라고 한다. 타버리면 어쩌지? 마녀는 답한다. 소년의 껍질만 타고 그 안에 들었던 어른이 모습을 드러내는 거야. 그러면 누구도 너를 더 이상 바보라고 부르지 않을 거야…….

결국 이것은 성장을 다룬 또 하나의 영화다. 흑인 소년—이후로 그는 '바보'라는 별명으로 불린다—은 암에 걸린 엄마와 곧 미혼모가 될 누나를 둔 소년 가장인데, 어떻게든 가정을 일으켜보겠다고 나서서 실컷 고생을 겪는다. 소년으로서는 단지 생존하기 위한 사투였지만 알고 보니 그건 불평등한 경제구조와 인종문제와의 일대 전쟁이

었다. 악을 물리치고 생존권을 수호하는 데 성공한 그는 더 이상 소년도, 바보도 아니다. 성장은 오직 투쟁을 통해서만 얻어진다는 교훈.

전쟁은 소년이 강도짓을 하러 부잣집에 침입하면서 선포된다. 집세를 못 내 쫓겨날 위기—그래봐야 사흘 연체인데 악덕 가옥주는 무자비하다—에 처했기 때문이므로, 그 목표가 가옥주/부동산 투기꾼임은 당연한데, 백인 부모와 소녀로 구성된 이 가족이 좀 이상하다. 도덕과 종교에 광적으로 매달리면서 게걸스럽게 돈을 모으고 방문객이란 방문객은 모조리 죽여버리는 부부와, 한 번도 집 밖에 나가보지 못한 순결의 화신 같은 소녀. 동행했던 두 어른 도둑은 얼마 못 가 시체로 변하고 소년 혼자 갇혀서 가슴 졸이는 숨바꼭질을 계속한다. 그 과정에서 부부의 악덕이 하나씩 드러나기 시작하는데, 크레이븐이 특유의 재치로 많은 끔찍한 장면을 코믹하게 처리했으니 망정이지, 이건 차라리 외면하고 싶어지는 광경의 속출이다. 사람을 죽여놓고는 부둥켜안고 춤을 추질 않나, 개와 함께 그 고기를 나눠 먹질 않나, 10여 명이나 되는 아이들을 지하에서 사육하질 않나, 악마와 지옥이 따로 없다. 서로를 여보, 당신이 아니라 엄마, 아빠로 부르는 이 부부는 아마도 부모를 살해했던 것 같다. 그런 호칭을 씀으로써 부모의 생존을 환상 속에서 연장하고 죄의식을 회피하려 하는 것이다(물론 영화 〈싸이코〉에 근거한 해석이다. 커다랗고 낡은 집의 설정부터 그렇고, 어른 도둑이 공격당해 계단을 굴러떨어져 죽는 장면은 〈싸이코〉에서 사립탐정이 살해당하는 모습과 비슷하다. 희생자가 도둑이라는 점까지). 그 때문에 되레 더 금욕주의자 행세를 하려드는 건 당연하고, 눈, 귀, 입을 가린 원숭이 삼형제 조각을 장식품으로 진열해놓는다. 거기 씌어 있는 경구는 "악은 보지도, 듣지도, 말하지도 마라"다. 경구는 경고다. 이

지시를 어기는 아이는 '완벽한 백인 어린이'가 될 자격이 없으므로 그를 사악하게 만든 감각기관을 제거해서 지하에 가둔다. 오직 한 명 앨리스라는 소녀만 이 부모의 악행을 안 보고, 안 듣고, 말하지 않음으로써 무사히 살아남을 수 있었을 뿐이다. 그녀의 유일한 친구는 지하 감옥을 벗어나 벽과 벽 사이에 난 좁다란 통로로 돌아다니는 혀 잘린 소년뿐이다. '바퀴벌레'라는 뜻의 '로취'가 그 이름. 그리고 여기에는 예언대로 개가 있다. 〈퍼플 레인〉의 그 흑인 가수를 비웃자는 의도인지, 부부는 이 검정개를 '프린스'라고 부른다.

이야기의 90퍼센트가 벌어지는 저택의 구조에도 주목하자. '사치스럽고 안락한 거실과 침실 대 컴컴하고 먼지 낀 지하실과 벽 사이 공간들'의 대조는 명확하게 계급 갈등을 시각화하고 있다. 후자는, 악당 커플 생각에는 지옥이지만, 사실상 멀쩡한 중산층 부부로 행세하는 이 남녀의 이드를 상징하는 곳이고, 한편으로 이들의 폭력에 억압당하는 피지배 계급의 슬럼 또는 감옥이다. 특히 로취의 주 활동 무대인 벽 틈의 통로와 난방용 덕트는 장 발장의 하수도와 같다. 로취는 빨치산 레지스탕스, 앨리스는 그와 내통하는 첩자. 지배자는 자기들의 폭정을 은폐하기 위해 갖가지 위장술을 동원한다. 지하로 내려가는 계단은 창고 선반으로 가리고 무기를 숨기는 곳은 필기용 서랍장, 온갖 악행에 쓰이는 여러 물건들도 하나같이 교묘하게 숨겨져 있다. 이곳은 전체가 위험의 집이다. 소년의 현명한 할아버지는 이 집안이, '대를 거듭할수록 조금씩 미쳐가고, 미칠수록 돈에 집착하고, 벌면 벌수록 더 탐욕스러워지고, 탐욕스러워진 만큼 더 미치는' 전통을 가지고 있다고 설명한다. 자본주의가 생산하는 욕망과 광기의 악순환을 이보다 더 명쾌하게 정식화할 수 있을까? 지하실에 가득 쌓인 금화와 지폐를 발견하고 소년은 중얼거린다. "와! 이러니 게토 사람들이 못 살 수밖에……."

WASP(백인/앵글로 색슨/개신교도)의 보수성과 위선, 폐쇄성과 탐욕의 극단적인 전형인 이들 부부—나중에 남매지간임이 밝혀지면서 영화는 근친상간의 이슈로까지 확대된다—는 소년을 죽이려고 혈안이 되고 그 딸은 소년과 한편이 되어 탈출을 도모한다. 적과 싸울 때면 검은 가죽옷으로 몸을 감싼다는 점에서 아버지는 배트맨을 패러디한 인물이고—그의 적은 바보 즉 조커니, 여기 인물 관계는 〈배트맨〉의 역전이다—무지와 몽매에서 벗어나기 위해 몸부림치는 소녀는 잠자는 숲속의 미녀와 닮았다. 약간 문제라면 악마를 물리치고 여자를 차지하는 영웅이 흑인/가난뱅이/범죄자/꼬마라는 점인데, 지하실에 감금된 사람들을 탈출시키는 장면에 이르면 소년은 드디어 인디애나 존스의 지위로까지 격상된다. 빈민가에서 납치당해 수십 년간 햇빛도 못 보고 살아온 이들은 좀비의 용모를 하고 있지만 피억압자이므로 선하다. 소녀가 천사처럼 흰옷을 입고 하늘(천장)에서 내려와 좀비들과 힘을 합쳐 어머니를 처단하고, 소년은 마지막으로 금고와 함께 악당의 몸을 폭파해버린다. 사악한 수단으로 모은 돈은 공중으로 흩어졌다가 빈민들의 머리 위로 떨어져 내린다. 재산의 사회 환원? 부의 공정한 분배? 죽은 두 사람만 빼고 모두 행복해진다.

하지만 따지고 보면 소년은 타로 카드 점괘의 충고를 거꾸로 수행한 셈이다. 절벽으로 나아가지 말라고 했건만 겁도 없이 두 번이나 악마의 집으로 기어들어 갔고, 개의 충고를 귀담아듣기는커녕 놈을 죽여버렸다. 뒤돌아가는 대신 앞으로만 나아갔다. 그래도 그는 훌륭하게 성공한다. 그럼 누나의 점은 오류였던가? 아니다. 카드의 그림엔 백인 바보가 그려져 있었지만 소년은 흑인이 아닌가. 현명하게도 그는 그 비결을 읽어냈던 것이다. 백인과 반대로 해야 성공한다는 사실을. 결국 영화는 소년 소녀의 키스가 아니라, 빈민들의 환호성과 좀비들의 해방으로 끝을 맺는다. 앨프리드 히치콕(《싸이코》)으로 시작해서 조지 로메로(《죽음의 날》)를 거쳐, 스파이크 리(《말콤 X》)로 끝나는 영화. 비판적인 영화가 꼭 심각할 필요는 없고, 모든 오락영화가 다 쓰레기는 아니라는 교훈을 어떤 미국영화들은 잘 보여준다.

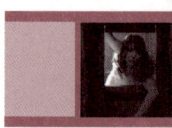

본문에 언급된 것 말고도 다른 많은 영화들이 인용되어 있다. 소년의 대사에도 나오지만, 마지막 크레딧이 올라갈 때 나오는 노래의 제목은 스파이크 리의 〈똑바로 살아라〉고, 로취가 메고 다니는 톱과 인육을 선호하는 식성은 토브 후퍼의 〈텍사스 전기톱 대학살〉을 연상시킨다. 식칼을 든 엄마와 싸우는 딸의 모습은 브라이언 드 팔마의 〈캐리〉와 비슷하고, 지하에 갇힌 좀비는 조지 로메로의 〈살아난 시체들의 밤〉을 거꾸로 만든 설정이다. 바퀴벌레라는 별명과 벽돌 한 장을 뜯어내고 소녀를 들여다보는 소년은 〈원스 어폰 어 타임 인 아메리카〉와 똑같다. 다만 부부와 인육 먹는 〈델리카트슨 사람들〉과의 관계는 확인할 길이 없다. 같은 시기에 만들어진 영화이기 때문이다. 1991년은 끔찍한 해였다.

빅 슬립

━━

나이트메어 3
A NIGHTMARE ON ELM STREET 3 : DREAM WARRIORS

속편은 늘 오리지널만 못하다는 속설이 늘 맞는 건 아니다. 워낙 걸작이니까 속편이 나왔을 테고 걸작은 자주 나오지 않아서 걸작이니, 논리적으로 그 속설이 그럴듯하기는 하지만, 영화 세상에는 예외도 많다. 〈프랑켄슈타인〉, 〈대부〉, 〈배트맨〉, 〈그렘린〉, 〈스타워즈〉, 〈에이리언〉, 〈터미네이터〉…… 속편이 더 낫거나 최소한 비슷한 수준을 유지한 시리즈는 얼마든지 있다. 예외가 많으면 더 이상 예외라 부르기도 힘들어질 터, 그런 편견 따위는 이제 그만 잊어버리자.

요즘 〈스크림〉이 떠들썩하지만 사실 웨스 크레이븐 감독은 〈나이트메어〉로 유명한 사람이다. 이 시리즈는 그의 오리지널로 시작되어 다섯 번째 〈파이널 나이트메어〉로 일단 종결되었다가 다시 전혀 새로운 접근의 외전外傳 〈뉴 나이트메어〉로 부활했다. TV 판까지 치면 모두 일곱 편이 발표된 셈인데, 그중 '꿈의 전사들'이란 부제를 가진 세 번째가 특출하다. 특수효과를 운용하는 상상력과 재치가 발군이다. 오랜만에 직접 연출한 〈뉴 나이트메어〉를 제외하면 유일하게 크레이븐이 각본에나마 참여한 작품. 그 말고도 여기서 일한 사람들 면면이 제법 화려하다. 공동 각본 프랭크 대러본트는 뛰어난 소품 〈생매장〉으로 인정받아 저 유명한 〈쇼생크 탈출〉까지 연출하게 된 재주꾼이고, 감독은 B무비 리메이크작 〈블롭〉을 컬트로 만든 척 러셀이다. 그 밖에도 데이비드 린치의 음악을 도맡아 하는 안젤로 바달라멘티, 패트리샤 아퀘트와 래리 피시번 같은 예비 스타들에 이르기까지 크레딧 자막은 당시 무명/현재 유명 인사들로 만원이다.

도입부의 "잠. 그 죽음의 작은 조각들. 나는 그것들을 증오한다"라는 에드거 앨런 포의 멋진 인용문만 봐도 알 수 있듯, 이것은 잠에 관한 영화다. 잠만 들면 꿈에 괴물이 나타나 죽이려 드는 통에 십대 아이들이 괴롭다. 아이들은 면도칼로 눈꺼풀을 도려내가면서까지 잠과의 전쟁을 벌인다. 프레디 크루거, 칼날 손톱을 휘둘러대는 이 괴물이 이번엔 작전을 바꿔 아이들의 자살을 유도하고, 어른들은 자살 미수자 십대들을 정신장애 문제아로 몬다. 이번엔 어른과의 전쟁이다. 그래도 전편에 비하면 많이 밝아진 셈. 미국과 자본주의, 기성세대를 보는 크레이븐의 비관적인 시선은 워낙 유명하지만 여기서는 아이들을 이해하는 착한 어른도 등장한다. 1편에서 구사일생으로 살아났던 낸시가 악몽을 연구하는 의사가 되어 나타난 것이다. 그녀는 꿈의 좋은 면도 부각시킨다. 평소 갖고 싶었던 재능이 꿈에서는 마음껏 발휘된다. 아이들은 그 능력을 무기로 프레디와 맞선다. 지체장애인은 휠체어에서 벌떡 일어서고 벙어리가 고함을 지른다. 바로 '꿈의 전사들'이다. 그들은 스스로 단결, 투쟁하는 법을 배우며 리더는 크레이븐 취향대로 여자와 흑인이다. 어른들의 죄악의 결과로 탄생한 프레디를 아이들이 대신 상대해야 하는 현실, 마이너리티 집단만이 희망이라는 주장, 그것이 천대받는 싸구려 공포영화 〈나이트메어〉 시리즈의 핵심이다.

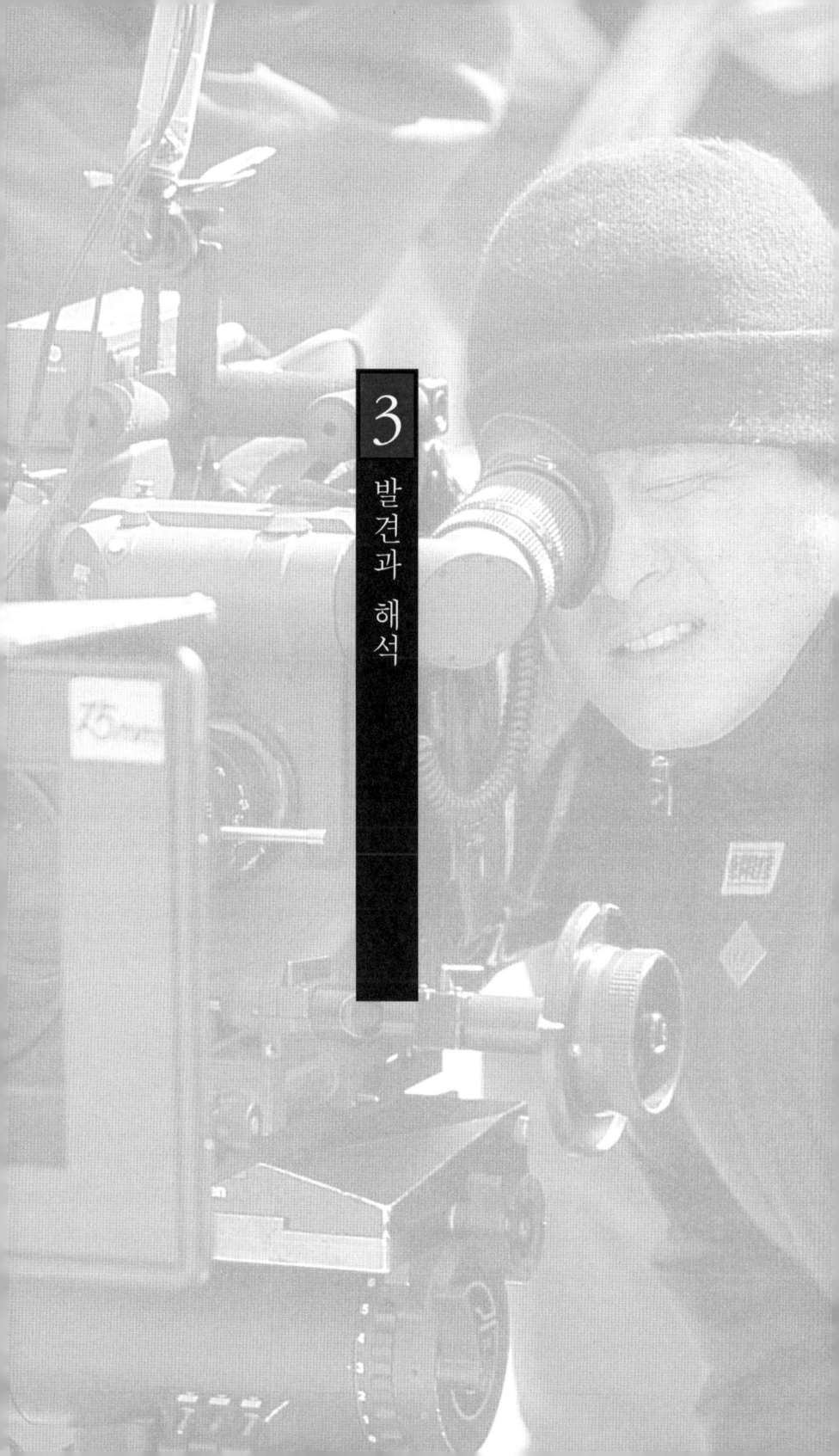

3

발견과 해석

부드러운 피부

양들의 침묵
THE SILENCE OF THE LAMBS

대다수의 전문가와 팬들은 〈양들의 침묵〉이 원작의 충실한 각색에 기초하고 있다고 말한다. 렉터의 현란한 말장난이나 두뇌 게임, 수사 절차에 대한 묘사 등을 적당하게 간추린 것 말고는 별로 달라진 게 없다는 뜻이다. 이 광범하게 유포된 편견을 뒤집기 위해서는 소설과 영화에 대한 면밀한 독해가 요구된다.

먼저 주목해야 할 부분은, 클라리스의 상관 잭 크로퍼드의 비중이다. 소설에서 그는 매우 중요한 인물로서, (렉터와 함께) 클라리스의 정신적 아버지 역할을 수행한다. 그는 전설적인 명수사관이요, 풋내기 훈련생을 당당한 FBI 요원으로 성장시키는 스승이고 수사의 배후 지휘자인 동시에 따뜻한 위로자. 클라리스는 한마디로 FBI의 화신인 크로퍼드에게 일종의 엘렉트라적인 애정을 가진다. 그녀의 죽은 아버지도 시골 보안관이었다는 점을 상기한다면 이런 사랑은 어쩌면 당연한 것인지도 모른다. 그러나 그의 아내가 와병 중인 고로 그녀의 애정은 죄의식을 동반한다. 따라서 사건이 모두 해결되고 클라리스가 아카데미를 무사히 졸업했을 때 크로퍼드가 악수를 청하면서 하는 말, "아버님께서 자랑스러워하셨을 거야"는 소설에서 각별한 의미를 지니게 된다.

하지만 위의 관계들이 대폭 축소된 영화에서는 똑같은 상황, 똑같은 대사라도 그 강도가 떨어질 수밖에 없다(처음 시나리오에는 클라리스의 내레이션, 렉터 박사가 등장하는 악몽 장면, 그리고 꽁꽁 묶인 칠튼 앞에서 "자, 시작해볼까?" 하고 빙그레 웃으면서 주머니칼을 치켜드는 렉터의 마지막 장면 등과 더불어, 크로퍼드의 아내, 크로퍼드와 클라리스 간의 애정관계가 설정되어 있었다고 한다. 그러나 감독 내정자였던 진 해크먼이 물러나고 조나단 드미가 연출을 맡으면서 이것들은 과감히 삭제되었다). 이런 차이를 강조라도 하듯이 이때의 조디 포스터는 크로퍼드의 그 말을 무심하게 웃어넘겨버리고 만다. 렉터 박사가 크로퍼드와의 성적 관계에 관해 조소적으로 언급했을 때 그랬던 것처럼.

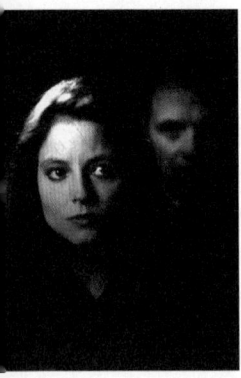

　결국 이런 변화에 의해 클라리스는 수사나 렉터와의 관계에서 단연 주체적이고 능동적인 위치를 확립할 수 있게 된다. 영화에서 그녀는 분명한 중심인물이고, 이는 희생자 검시 장면을 보면 분명해진다. 지방 보안관의 가부장적 자존심을 추켜세워주기 위해 '남자끼리의 대화'를 하자며 다른 방으로 옮겨가는 크로퍼드. 그리고 거구의 남자들로 꽉 찬 방 안에 홀로 남는 클라리스. 이미 훈련소 엘리베이터에서 비슷한 상황을 겪었던 그녀는 또다시 남성 우월주의 사회에 외롭게 저항하는 여성 전사의 불리한 입장을 절감하는 듯하다. 조디 포스터의 왜소한 체구는 이럴 때 더욱 효과적으로 이용되는데, 이는 칠튼 원장에게 역습을 당하고 비참한 처지가 되어 공항을 걷는 장면에서도 마찬가지다. 여기서도 그녀는 덩치 큰 남자들 틈에서 외톨이로 보인다.

　하지만 클라리스는 물러서지 않는다. 검시가 시작되자, 당돌하게도 그녀는 여수사관을 무슨 구경거리쯤으로 여기고 있는 남자 경관들을 모조리 내보내버리고 능란한 솜씨로 작업을 이끌어간다. 자기 또래 여성의 시신을 보며 버팔로 빌에 대한 적개심에 휩싸이기가 무섭게, 그녀는 냉정을 되찾고 여자만의 안목을 발휘해 놀라운 성과를 올린다. 이후 또 다른 희생자의 방을 수색하는 대목에서 클라리스의 비탄은 절정에 달하는데, 이때에도 어김없이 그녀는 분노를 이성으로 담금질해가며 결정적인 단서를 찾아낸다. 희생자의 누드 사진을 보면서 항상 성적인 욕망의 대상이 되어야 하는 여성의 운명에 대해 하는 한탄은, 더 넓은 면적의 피부를 오려내기 위해 뚱뚱한 여인을 선택하는 살인자를 향한 분노로 옮아간다. 그리고 마침내 그 누드에 걸치기 위해 짓다 만 원피스를 발견했을 때 클라리스는 범인이 재단사임을 알아낸다. 이 절묘한 전개 과정은, 원작에 이미 분산된 형태로 제시되어 있던 아이디어들을 의식적으로 결합시켜 새로운 의미를 창출해내는 감독의 놀라운 재능을 다시금 확인하게 해준다.

클라리스는 렉터 박사와의 면접권을 빼앗긴 이후 오히려 더욱 강해진다. 누가 시키는 것도 아니고 그렇게 할 자격이 주어진 것도 아니건만 그녀는 독립적으로 수사를 진행시켜간다. 그녀의 무기는 물론 '크로퍼드의 아카데미와 렉터의 감옥'이라는 두 학교에서 습득한 기술과 지식. 클라리스는 스스로가 가진 재능과 집념에, 뛰어난 남자들로부터 전수받는 힘을 보태 여성 학살자를 응징하는 것이다. 아카데미에서 남학생들을 적으로 삼아─특히 격투기와 인질범 체포 실습 장면─훈련을 거듭해온 그녀. 렉터에게 자신의 유년기 정신외상을 고백한 대가로─원래는 양의 도살 장면이 회상으로 삽입될 예정이었으나, 앤서니 홉킨스와 조디 포스터의 명연기에 만족한 감독이 이를 취소해버렸다고 한다─정보를 얻어낸 그녀. 클라리스는 이제 크로퍼드의 사무실, 렉터의 지하 감옥, 라스파일의 창고에 이어 네 번째 미로/제4의 '남자의 방'에 진입하고, 그 순간, 폐소공포증에 사로잡힌다. 남자들의 편협한 울타리. 새끼 양과 클라리스 못지않게, 여성 희생자를 대표하는 캐서린도 지하실의 우물이라는 '폐소 속의 폐소'에 감금당한다. 반대로 행복한 순간들은 항상 개방 이미지로 표상된다. 클라리스가 강인하게 장애물을 극복해가는 훈련 코스, 아버지와의 아름다운 추억이 어린 거리, 렉터가 먹이를 뒤쫓는 거리, 그리고 누에고치를 벗은 아름다운(?) 해골 무늬 좀나방(이 이미지는 루이스 부뉴엘의 〈안달루시아의 개〉에서 유래된 것이다)의 비상, 거미줄에 붙들린 나방 모양으로 매달린 경비관의 절개된 복부…….

한편 그 나방의 고치로 스스로의 욕망을 상징하는 버팔로 빌은 누군가. 여자의 피부로 지은 옷을 입음으로써, 여자로 변태하기를 욕망하는 변태성욕자, 네오나치 장식물과 육군 헬멧, 성조기 등으로 집을 치장한 극우파다("연쇄살인자란 말을 들으면 조지 부시와 댄 퀘일이 생각납니다. 이들은 우리 모두의 마음을 공포에 떨게 할 능력을 가졌죠. 우리는 부시와 퀘일이 좌지우지하는 대로 살아가는 겁니다"—조나단 드미). 사실 그는 누구보다도 철저한 여성미 예찬자지만, 그의 집착은 글자 그대로 여성성의 '외피'에만 국한되어 있는 것이기도 하다. 그가 클라리스에 의해 제거되어야 하는 까닭은 바로 그것이다.

반대로 렉터는 그렇지 않기 때문에 클라리스와 사랑을 나눌 수 있다. 그는 우선 클라리스의 여성미에 관심이 없을 뿐 아니라, 옆 감방의 믹스가 "네 질 냄새가 난다"며 그녀에게 모욕을 주었을 때, "난 못 맡겠는걸?" 하고 슬쩍 넘겨버린다든가, 정액을 얼굴에 뿌림으로써 상징적인 강간을 자행한 믹스를 대신 죽여주기까지 한다. 크로퍼드의 안경 렌즈도, 버팔로 빌의 야간 투시경도, 렉터와 클라리스가 교환하는 시선 사이에는 놓여 있지 않다. 지하 감옥의 플렉시글라스마저 둘이 '정을 통하는' 임시 감옥에는 없다. 지하 감옥에서조차 유리는 존재하지 않는 것처럼 촬영되어 있고, 유일한 예외라고는 렉터의 모습이 반사되어 두 얼굴이 한 화면에 자리할 때뿐이다. 그는 클라리스의 정신외상을 치유해주고자 하며, 실제로 새끼 양을 안은 그녀의 초상을 그린다. 피렌체를 그리워하는 르네상스적 만능인 렉터가, 중세의 아이콘에서 어린 양치기가 상징하는 바를 모를 리는 없고, 클라리스는 급기야 소년 예수에까지 비유된다. 여기에 캐서린을 구해내면 양들의 울음소리가 멎으리라는 렉터의 처방과, 그녀의 입을 죽음의 나방이 침묵시키고 있는 포스터 디자인을 연관시켜보면 이 영화에서 '양'의 상징성이 확대 재생산되는 경로가 추적된다. 클라리스 자신으로부터 캐서린이라는 타인을 거쳐, 여성 일반으로까지.

그리고 렉터는 손가락의 접촉(!)으로 아담에게 생명을 불어넣는 조물주의 역할을 맡는다. 그에게 압도되지 않고, 독립된 상태를 유지하고자 하는 안간힘에도 불구하고, 클라리스는 결국 렉터의 충고를 나침반 삼아 이 악몽 같은 지하 여행에 성공한다. 그러나 이 처절한 심리적 결투에서 정말 이긴 사람은 클라리스. 어쨌든 그녀는 렉터를 설득하는 데 성공한 것이다. 게다가 버팔로 빌과의 권총 대결에서도 그녀는 깨끗이 승리하지 않았던가. 졸지에 쫓는 자에서 쫓기는 자로 전락한 그녀가 어둠 속을 헤맬 때, 관객은 살인자의 시점을 동일시하면서 남성 우월주의의 쾌감을 만끽하지만, 그것도 잠시뿐, 민첩한 클라리스는 이렇게 완벽하게 전복시켜버린다. 그리고 그 방법은 간단하다. FBI의 장애물 훈련교장에 나붙은 경구 "상처, 번민, 고통—이것들을 사랑하라. 아니면 죽음뿐"을 실천하는 것이다.

마지막, 렉터의 전화를 받는 클라리스—자기도 모르게 도움을 바라는 표정으로 크로퍼드를 돌아보면 무심한 사내는 유유히 사라지고, 안타깝게 "렉터 박사님"을 불러대는 그녀로부터 카메라마저 무정하게 서서히 멀어져간다. 다시금 여성들에게 경고하고자 함인가. 〈양들의 침묵〉이 불길한 것은, 렉터의 자유 때문이 아니라 클라리스의 부자유 때문이다. 어느 정사 장면보다 더 에로틱한 저 '손가락 통정'을 보고서도 누가 이들의 사랑을 플라토닉하다고 말할 수 있겠는가.

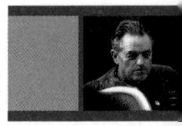

이것이 일종의 사제관계에 관한 이야기인 이상, 여기에 감독의 스승 두 명이 특별 출연하고 있는 것은 당연한 일이다. 크로퍼드와 통화하는 FBI 국장 역의 로저 코먼은 조나단 드미를 제작자, 각본가, 감독으로 훈련시킨 장본인—"코먼 감독님은 제게, 영화에서 가장 무서운 장면은 닫힌 문을 향해 천천히 다가가는 핸드헬드 카메라에 의해 만들어진다고 말씀하셨죠. 과연 클라리스가 검브의 방으로 걸어가는 시점 숏은 만든 제가 봐도 오금이 저리는 장면입니다."
렉터의 임시 감옥에서, 클라리스를 붙잡고 끌고 가는 털보 지휘자 역의 조지 로메로는 '좀비 3부작'의 명감독—"피츠버그에서 공포영화를 찍으려는 사람이 그 장르의 제왕에게 존경을 표하는 건 당연한 일입니다."

환상이 허락하는 모든 것

거미 여인의 키스
KISS OF THE SPIDER WOMAN

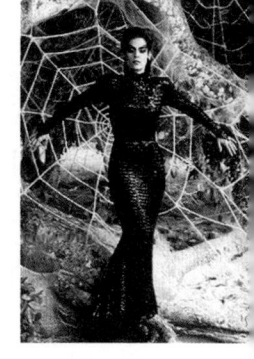

천사 같은 미소년도, 엽서처럼 예쁜 그림도 없다. 〈거미 여인의 키스〉에 나오는 게이는 소년을 추행한 혐의로 수 감된 파렴치범이고, 영상도 꼭 달콤하지만은 않다. 다만 이 게이는—대개의 동성애자가 그렇듯이—착하기 이를 데 없고, 적어도 그의 환상 장면은 그의 성격만큼이나 아 름답다.

군부독재 치하의 남미 어느 나라, 동성애자 몰리나는 정치범 발렌틴과 한 방에 갇혀 있다. 발렌틴은 그의 혁명적 투쟁 의지 를, 몰리나는 여성성의 발현을, 국가권력에 의해 각기 억압당하고 있 다. 이 점에서 둘은 같지만, 그 사실을 누구도 깨닫지 못한다. 발렌틴 은 몰리나의 소극성과 현실도피주의를 경멸하고, 몰리나는 발렌틴의 경직성과 맹목성을 이해하지 못한다. 그러나 얼마 가지 않아 발렌틴 의 사회과학적 냉철함은 몰리나의 낭만적 감수성에 의해 중화되기 시작한다.

몰리나는 영화 이야기를 들려준다. 그 하나는 프랑스 레지스탕스를 매도하고 나치의 정당성을 역설하는 반동적 선전영화이고, 또 하나 는 스스로 자아낸 거미줄에 갇힌 신비의 여인에 관한 예술영화이다. 몰리나의 기억 속에서, 나치 영화의 여주인공과 거미 여인은 같은 사람이다. 먼저 몰리나는 나치의 장교를 이상적인 남성상으로 설정하고 그를 사랑하는 여가수와 자신을 동일시한다. 그러나 두 번째 들려주는 이야기에서 몰리나의 동일시 투사는 거미 여인으로 향한다. 여기서는 거미 여인이 발렌틴의 얼굴을 한 조난자를 구해줌으로써, 몰리나의 사랑의 대상이 발렌틴으로 바뀌었음을 보여준다. 두 편의 영화 속 영화는, 몰리나의 휴머니즘이 거짓에서 진실로 발전하고 있음을 보여준다. 형식적으로도, 전자가 무성시대의 할리우드 상업영화의 속물성을 취한다면 후자는 라틴아메리카 현대예술 특유의 환상적 전위성을 드러낸다. 그리고 관객은 발렌틴의 플래시백 시퀀스를 통해, 그의 연인 마르타까지도 몰리나가 동일시하고 있는 허구의 두 여인과 같은 사람('마르타'와 '몰리나'는, 둘 다 M으로 시작해 A로 끝나는 이름이다)임을 알게 된다. 그러나 마르타는 발렌틴이 그렇게도 혐오하는 부르주아의 딸이다. 그녀에 대한 사랑은 바로 그 자신의 신념 체계에 의해 억압당한다. 그에 비해 발렌틴에게 향하는 몰리나의 사랑은 숨김없이 솔직하고, 대가를 바라지 않는 희생으로 승화한다. 바로 이 지점에서 감독은 묻는다. 초자아에 의해 억압받는 이성애의 사랑과, 자유롭고 헌신적인 동성애의 사랑 중 과연 어느 쪽이 변태적인 것인가.

발렌틴의 현실적 고통(고문)과 몰리나의 낭만적 환상(영화)이 공유되면서, 둘은 영향을 주고받는다. 투사는 사랑을 배우면서(그전까지는 몰리나에게만 주어졌던) 따뜻한 황색 촛불 조명을 선사받고, 몽상가는 자존심을 깨우치면서 환한 햇빛과 마주 선다. 그러나 석방된 몽상가는 혁명가의 총탄을 맞고—나치 영화에서 주인공 레니가 프랑스 동포의 총에 맞아 죽듯—쓰레기 더미에 버려지고, 수감된 투사는 모르핀 주사를 맞고 마르타—거미 여인의 섬으로 그를 이끄는—의 꿈을 꾼다. 발렌틴과 몰리나(=거미 여인=마르타)와의 행복한 결합은 마침내 이루어진다.

감독 헥터 바벤코는 본래 부에노스아이레스 태생의 아르헨티나 사람이지만, 후일 브라질로 귀화했다. 〈밤의 제왕〉, 〈루치오 플라비오〉, 〈피호테〉 등의 하층민 소재의 영화들을 연출한 뒤, 이 〈거미 여인의 키스〉를 미국 · 브라질 합작으로 만들었다. 그 덕분에 미국 배우 윌리엄 허트가 몰리나로 캐스팅될 수 있었고, 그는 여기에서의 최선을 다한 연기로 칸영화제, 영국과 미국의 아카데미 영화제에서 주연상을 받게 된다. 또한 발렌틴 역의 라울 훌리아와 레니, 마르타, 거미 여인 등 1인 3역의 소나 브라가도 이 작품을 통해 일약 세계적 스타로 발돋움한다.

플라이, 버터플라이, 트루 라이즈

———

M. 버터플라이
M. BUTTERFLY

"〈M. 버터플라이〉는, 나로서는 메인스트림 영화지만, 워너 브라더 스가 보기엔 언더그라운드 영화였던 셈입니다."
——데이비드 크로넨버그

감독 자신의 이름이 각본가로 크레딧되지 않은, 그리고 캐나다 바 깥에서 순수한 할리우드 메이저 스튜디오 자본만으로 찍은 크로넨버 그 최초의 작품인 〈M. 버터플라이〉는, 확실히 추앙자들의 예상을 배 반하는 감이 있다. 〈벌거벗은 점심〉 이후 SF/공포 장르의 세계에서 벗어나려는 그의 야심이 여기서처럼 잘 드러난 예는 없다. 전자를 통 해 아방가르드 상업영화를 실험했다면 이것으로는 아리에르가르드 실험영화의 타당성 조사를 수행한 것인지도 모른다. 유혈 대신 눈물 이, 묵시록 대신 오페라가, 파리 대신 나비가, 초능력 대신 인간의 나 약함이 텍스트를 가득 채운다.

그러나 크로넨버그가 아주 딴 세상으로 가버린 건 아니다. 짐 호버 만의 표현을 빌리자면 오히려 이것은 그의 관심사가 총집결된 영화 이다. '신체의 공포, 자궁 선망, 섹슈얼리티는 구조물이라는 생각, 새 로운 육체의 출연에 대한 기대, 외계 생명체에 의한 식민지화의 공 포'야말로 그 구성 요소인데, 다만 그 표현의 방식이 달라졌다는 것이다. 놀랍게도 이 '성병적 공포의 제왕'은 더 이상 컬티시한 제스처를 취하지 않는다. 거의 〈소레카라〉의 모리타 요시미츠를 연상케 할 만큼 단아한 미장센 속에서 기이한 연애담은 숨 막힐 정도로 조용하게 진행된다.

항상 비교되곤 하는 '또 다른 데이비드' 린치의 나날이 도를 더해 가는 키치적인 천박함과 소란스러운 광기와는 완전히 구별되는 방향이 아닐 수 없다. 북미권에서 가장 지성적인 감독이라는 평판에 어울리게도 그는 이제 선정주의와는 결별하고자 하는 것처럼 보이며, 불온한 사상을 온건하게 전달함으로써 세상과 싸워나가려고 맘먹은 듯하다. 이 노선은 비수로 찔러 외상을 입히는 대신 병균이 되어 내장으로 침투하려는 전략의 산물이다. 공기 중에 떠도는 이 치명적인 세균을 흡입하지 않는 길은 숨을 멈추는 것뿐이다.

1960년대 베이징 주재 프랑스 외교관이 경극 배우와 사랑에 빠져 국가 기밀을 누설했다가 체포된다. 그는 18년 동안의 연애를 통해 자기 상대가 남자라는 사실을 전혀 몰랐다……. 이 어처구니없는 실화는 헨리 황의 희곡과 그 자신에 의한 각색을 거쳐 크로넨버그의 손에 의해 복잡미묘한 뉘앙스를 지닌 드라마로 재탄생한다. 여기서 갈리마르(제레미 아이언스)는 동양에 대한 자신의 편견을 수정했다고 자신하는 서구 지식인으로 표상된다. 그는 어느 날 오페라 〈나비 부인〉을 보고는 거기 프리마돈나 릴링(존 론)에 매혹된다. 이렇게 해서 시작된 사랑은 그가 남자라는 사실을 알게 될 때까지 계속되고, 영화 마지막은 다시 〈나비 부인〉이다. 감옥에서 여장을 한 채 〈나비 부인〉의 마지막 아리아를 들으며 죽어가는 갈리마르.

그 아이언스에게 두 개의 오스카를 수여해야 한다고 크로넨버그 자신이 농담했던 〈데드 링거〉를 생각해보자. 거기서 그는 아이언스가 1인 2역 한 쌍둥이 형제의 외모를 아주 비슷하게 설정해놓았었다. 평범한 감독이라면 어떻게 해서든지 외견상 둘을 쉽게 구별할 수 있도록 했을 테지만 크로넨버그는 그런 간편한 방법을 완전히 무시해 버린다. 〈M. 버터플라이〉에서도 그런 자세는 여전하다. 〈크라잉 게임〉에서 닐 조던이 했던 것처럼 그는 관객들로 하여금 릴링을 여자로

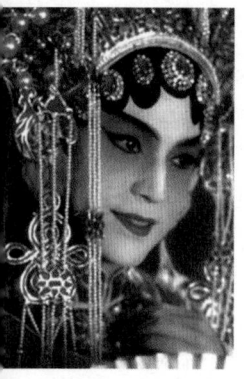

착각하도록 속임수 부리지 않는다. 잘 알려진 존 론을 캐스팅한 까닭도 그래서였으리라. 감독은 갈리마르만 바보로 보이기를 원했던 것이다. 세상이 다 아는데 그 혼자 속고 있다면 이는 일종의 소외효과인 셈이다. 관객은 반전의 재미를 놓치는 대신 한 서양 남자의 파멸의 전말을 냉정하게 관찰할 수 있게 된다. "어떻게 스스로를 객관적으로 평가할 수 있을까요?"라는 릴링의 질문에 갈리마르는 이렇게 대답한다. "거리를 두고 보면 되지."

문제는 제국주의와 남성성의 상관관계다. 동양과 동양인에 관한 갈리마르의 편견은 〈나비 부인〉을 접하면서 이국 정서에의 매혹으로 바뀌고 그에 따라 정치적 견해도 변화한다. 푸치니 오페라가 아름답다고 말하는 그에게 릴링은 일침을 놓는데, 훌륭한 동양 여성이 형편없는 서양 남성에게 헌신하고 희생하는 이야기란 제국주의적이라는 것이다. 이 지극히 공산주의자스러운—그럼에도 불구하고 릴링은 끝내 문화혁명의 소용돌이 속에서 혹독한 고초를 겪게 된다—비판에, 갈리마르는 진심으로 반성한다. 하지만 그것은 핑커튼이 나비 부인을 버렸다면 자기는 우희—경극 〈패왕별희〉에서 론이 맡아 하는 여자 역할 역시 가부장에게 목숨을 바치는 여성—를 끝까지 사랑하겠다는

결심 이상이 아니다.

그가 그토록 오랫동안 상대의 진짜 성별을 몰랐던 이유는, 고대에서부터 내려온 중국식 성교 방법을 고집하는 릴링을 존중했기 때문. 물론 그런 전통 따위는 릴링이 죄다 지어낸 것이었다. 그렇다면 과연 갈리마르의 오류는 타자의 정체성을 인정했던 데서 온 것일까? 그보다는 이 기이한 성생활이 자기희생적인 여성에 대한 동정에서 비롯했다는 데 문제가 있다. 인정은 동정과 다른 것. 서구 지식인의 자기기만적인 타자 이해와 거기에 대한 그릇된 자부심이 크로넨버그의 도마에 오른다. 그가 휘두르는 칼은 두말할 나위 없이 성의 정치학이다.

릴링과의 관계가 진행되면서 갈리마르의 정치적 입장은 오히려 반동적으로 되어간다. 그 논리야말로 영화의 백미라 할 만한 것으로서, 월남은 결국 미국에 무릎을 꿇으리라는 상황 판단을 간과한다. 근본적으로 희생적이고 복종적인 여성성을 지닌 동양인으로서 월남 지도부는 미국의 무력武力에 무력無力할 것이라는 분석은 그를 정보부서 책임자의 위치에서 끌어내리는 데 결정적으로 작용한다. 부하들에게 중국인에 대한 우월감을 가지지 말라고 가르쳤던 그가, 중국인과의 사랑을 통해 누구보다도 그들을 제대로 이해하고 있다고 자부하는 그가 내릴 수 있는 결론은 고작 이것이다. 파리로 돌아와서 그가 스스로를 위안할 수 있는 공간은 〈나비 부인〉이 공연되는 오페라좌뿐이고, 거리에서조차 마오이스트 학생 데모대와 마주쳐야 한다.

할리우드 유일의 동양계 섹스 심벌이었던 안나 메이 윙이 표지로 실린 잡지를 보면서 자신의 입장과 동일시하곤 했던 릴링은 서서히 진심의 게이로 변모해가고, 마지막 만남에서 남자로서 갈리마르에게 구애하지만 차갑게 거절당하고 만다. 이때 갈리마르는 철창 속으로 달아나 스스로를 감금한다. 자기의식 속에 엄존하는 양성성의 인정을 거부하고 편협한 이성애주의자의 울타리 안에 숨고 싶어 한 그는 자신이 여성이 아니라 여성의 이미지를 사랑했었음을 고백해야 한다.

〈나비 부인〉 아리아의 대사인 "불명예스럽게 살기보단 명예롭게 죽음을 택한다"를 중얼거리며 자살하는 그를 보라. 이때의 여장은 그마저 게이가 되었다는 뜻이 아니다. 이 철저한 이성애주의자는 자신의 불명예를 스스로 조롱하는 것이다. 나비 부인이 아들의 손에 성조기를 쥐여주고 죽는 것처럼. 이 얼마나 깊은 골이냐! 영화는 릴링이 탄 비행기의 문짝이 우리의 눈앞에서 탕 하고 굳게 닫히는 데서 끝난다. 아무래도 크로넨버그가 보기에 우리와 타자 사이의 소통은 불가능한 것 같다. 나비가 아닌 이상 고치를 벗고 변태하는 건 애초부터 불가능하다.

인생은 싸구려다⋯ 하지만 각막은 비싸다

———

첩혈쌍웅
牒血雙雄

이전 작품들에서 이수현은 늘 담배를 끊지 못해 고민하는 말단 형사였다. 조금이라도 덜 피우겠다는 생각으로 반을 잘라낸 담배에 불을 붙일까 말까 우물쭈물하다가 영화 끝날 때쯤에는 연통같이 연기를 뿜어대곤 하던 이 인물은 오우삼의 세계에 편입되어서도 여전한 것 같다. 그는 아직도 금연에 완전히 성공하지 못하고 있으며 승진도 가망 없어 보인다. 적을 동정하고 사랑한다는 점까지 그대로지만 조금 달라진 게 있다면 처음으로 '우아하고 지적이며 꿈꾸는 듯한 눈에 정열을 감추고 있는' 적을 만났다는 점이다.

이 매혹은 거의 동성애적인 감정에까지 이르고 있는 지경인데, 이들의 사랑이 특히 감동적인 것은 극 중에서 유일하게 신뢰를 공유하는 관계라는 사실 때문이다. 자세히 들여다보면 여기 주요 등장인물들은 그 극진한 애정에도 불구하고 서로를 속이면서 관계를 유지하고 있음을 알 수 있다. 주윤발의 친구 시드니는 고용자가 주윤발까지 죽이려고 한다는 것을 숨기고 있고, 주윤발은 탄환 없는 권총으로 친구를 시험한다. 재빨리 집어 들고 주윤발을 향해 겨누는 시드니. 가방엔 돈 대신 백지 다발만 들었고, 친구는 지체하지 않고 방아쇠를 당겨버린다. 찰칵 하는 공허한 금속음은 탄환보다 더 큰 힘으로 사나이의 가슴을 갈가리 찢어버린다. 한바탕의 총격전 직후, 마지막 탄환 하나가 남았지만 쏘지 않고 살려주겠다는 친구에게 시드니는 묻는다. "정말 남기는 남은 건가?" 그토록 믿었던 친구의 의심에, 주윤발은 거의 울기 직전의 표정으로 장전된 탄환을 튕겨낸다. 하지만 주윤발도 여가수에게 자신이 그녀를 실명시킨 장본인이라는 사실을 감춘 채 연애를 시작하고, 여가수는—물론 남자의 신변을 보호하기 위해서지만—경찰과 짜고 남자를 유인하려 한다. 이후에도 주윤발은 다시는 살인을 하지 않겠다는 그녀와의 약속을 지키기는커녕 아마도 1개 중대 이상의 적 병력을 쏴 죽인다. 악당만 죽인다면서 자기 직업에 정당성을 부여하려고 노력했던 주윤발은 결국 사랑하는 친구 시드니를 안락사시킴으로써 최후의 자부심마저 스스로 저버린다. 영화의 시작에서, 살인을 청부하기 위해 주윤발과 만난 시드니가 무기를 건네주며 점검해보지 않아도 괜찮겠느냐고 묻지만 그는 "자네를 믿어"라고 말한다. 반대로, 이수현이 자기를 수사에서 배제하는 이유가 뭐냐고 물었을 때 상관은 "자넬 못 믿으니까"라고 대답하고 있으며, 자기를 고용한 자가 희생자가 신뢰하는 조카였다는—사실 자기하고 아무 상관도 없는—이야기를 듣는 주윤발의 표정은 절망으로 일그러진다. 그리고 심지어 이 영화의 첫 대사는 "신을 믿나?"이다

시드니의 "누구도 믿어선 안 돼"라는 대사처럼, 홍콩에서 사람들은 아무도 믿지 못한다. 그러나 유일한 신뢰의 대상은 역설적이게도 적뿐이다. 주윤발과 이수현은 적대관계에 놓여 있음에도 불구하고 몇 가지의 공통점으로 연결된다. 이들은 우선 사회 변화 부적응자다. 한때 동업자였던 주윤발과 시드니의 현재를 보자. 총상으로 마비된 손 때문에 더 이상 총을 잡을 수 없는 시드니는 일종의 청부 살인 중계업자로 변신해 있다. 비즈니스맨 차림의 그는 그 열등감과 상관없이 댄

디 주윤발보다 훨씬 부유하다. 그가 소유한 별장은 호화롭기 짝이 없으며 총기 컬렉션은 무기고를 방불케 한다. 이에 비해 주윤발은 작은 아파트에 살며 제니에게 각막 이식 수술을 시켜줄 돈도 없다. 최고의 살인 청부업자는 이미 기업화된 폭력 조직의 시대에 뒤떨어진 존재다. 해상 범행 당시의 노인 변장은 그 낙후성의 인정이고, 공항에서의 일본인 사업가 변장은 자본주의 부적응성에의 자조인지도 모른다. 이 점에서는 최고의 강력계 형사도 마찬가지.

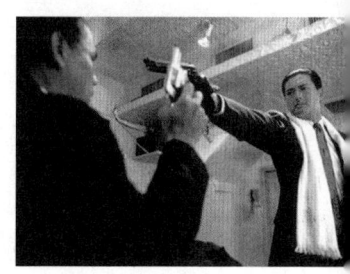

승진과 보신에 무관심한 이수현은 경찰이라는 조직과 사사건건 충돌만 일으킨다. "세상은 변해가는데 나만 낙오자가 되는 느낌이야"라는 주윤발의 고백은 그에게도 고스란히 해당된다. 주윤발이 범죄조직의 두목에게 살해당하듯, 이수현은 놈을 죽이고 동료 경관들이 일제히 총을 겨눈 가운데에서 오열한다. 둘은 또 우정을 생명보다 중시한다는 점에서 비슷하다.

  주윤발은 자기를 죽이려 했던 친구를 용서하고 그가 돌아오기를 기다리다가 적의 집중 공세를 받는다. 이수현은 파트너의 죽음을 목격하고는 자기가 맡지 않아도 될 사건에 다시 뛰어든다. 또한 이들은 주윤발의 지적대로 "똑같이 총으로 먹고산다"는 유사성을 가지고 있을 뿐더러, 끝으로 심한 건망증조차 공유한다. 한창 총격전을 벌일 때면 자기 총에 탄환이 남았는지 어떤지, 자기가 부상을 당했는지 어떤지 이들은 다 잊어버린다. 그러면 탄환은 끝없이 발사되고 흐르는 피도 멎는다.

  끝내 잊히지 않는 게 있다면 죄의식이다. 실수지만 제니의 눈을 멀게 했다는 자책은 스스로를 죽음으로 몰고 간다(존 스타일의 오리지널을 더글러스 서크가 리메이크했던 〈장엄한 강박관념〉에서, 록 허드슨은 자기 때문에 눈이 먼 여인을 돌봐주며 사랑에 빠진다). 돈을 벌려다 여자의 각막을 손상시키고, 새 각막을 이식하기 위해 목숨 바쳐 돈을 벌어야 하는 피의 악순환은, 돈을 벌다 자기 각막마저 파괴되는 라스트에서 절정을 이룬다. 자기가 죽으면 여자에게 각막을 이식해달라는 그의 유언은 지켜질 수 없다. 경찰이 현장을 장악하고 이수현도 체포되는 상황에 이르렀으니, 주윤발이 피로써 지킨 돈이 그 수술에 사사로이 이용되리라는 보장도 없다. 결국 주윤발은 아무것도 한 일이 없다. 여자는 그대로 장님인 채로, 남자만 무책임하게 죽어버리는 것이다. 〈첩혈쌍웅〉이 홍콩제 갱스터 누아르 장르의 한 절창인 것은 무엇보다도 이 지독한 비극성 때문이다. 모두 죽고, 겨우 살아남은 자에게조차 희망은 없다. 이 희망 없음은 물론 홍콩 사회의 전망 없음에 근거한 것일 테고, 그 길 안 보임은 두 연인의 실명으로 은유된다. 한 달안에 수술해야 한다는 의사의 선언은 1997년이라는 홍콩 반환의 시점처럼 인간의 운명을 시간의 감옥 속에 가둬버린다.

물론 그 시간은 상상적으로 역전될 수 있는 것이기도 하다. 격전의 현장에서 이수현은 바퀴 의자를 굴려, 앉은 채 저격자를 사살한 주윤발의 행위를 재현해 보인다. 그것을 머릿속에서 재구성하는 이수현의 모습은 창밖에서 수평 트래킹을 통해 총격전 직전의 주윤발의 모습과 교차편집된다. 창틀이 시커멓게 카메라 앞을 가릴 때마다 대화하듯 주고받는 이미지를 통해 두 사람은 완벽하게 동일시된다. 그리고 그때마다 깨끗하게 정돈된 주윤발의 배경과 처절하게 파괴된 이수현의 배경까지 그렇게 됨은 물론이다. 프리즈 프레임과 슬로모션과 플래시백만 제거한다면 홍콩 상업영화로서는 이례적으로 긴 러닝

타임도 반으로 줄어들 수 있었을 터, 우리에게는 이 모든 영화적 장치들이 최후의 순간에 이르기 싫어 미적거리며 조금이라도 시간을 벌어보려는 소극적인 저항의 제스처로만 보일 뿐이다. 또 하나의 저항—제니는 앞이 보이지 않음에도 불구하고 집 안의 불이란 불은 모두 환하게 켜놓고 산다. 하지만 그녀의 시야는 계속 어두워져만 간다. 주윤발의 의상은 처음의 흑에서 마지막의 백을 향해 꾸준히 밝아지지만 그녀는 자꾸 어둡다고만 한다. 주윤발과 시드니가 우정에 관한 대화를 나누는 장면은 두 번 모두 석양에 촬영되고 있다. 밤에 시작해서 밤에 끝나는 이 영화의 앞과 끝의 무대로 사용되는 성당은 오직 촛불에 의해서만 조명된다. 총소리에 놀란 비둘기는 그 촛불마저 꺼뜨리며 날아오르고—안드레이 타르콥스키의 〈노스탤지아〉에서 빌려온 성모상/비둘기/촛불의 이미지—"신은 믿지 않지만 조용해서 좋다"던 그곳은 이내 시산혈해屍山血海의 전장으로 변모하며, 시력 회복의 염원은 성모상과 함께 박살나버린다.

거룩한 신의 공간을 살인 청부업자의 접선 장소로 무단용도 변경한 죄로 킬러는 바로 그 자리에서 살해되어야 했고, 따라서 여러 차례 노골적으로 제니와 동일시되었던 성모는 그에게 어떤 기적도 선사하지 않는다. (산산조각 나는 성모상보다 오히려) 자유무역의 도시 홍콩과 돈과 인명을 바꾸는 더러운 거래의 현장으로 변모한 성당의 상징적 입지야말로 〈첩혈쌍웅〉이 지닌 신성모독의 진짜 증거다. 성당은 내부 수리로 폐쇄 중, 시간이 지나도 공사가 진척되는 기미는 전혀 없어 보인다. 홍콩은 이렇듯 수리되어야 할, 그러나 수리 불가능한 집인가? (여자의 수술을 위해서라고 하지만) 결국 이 영화는 홍콩을 벗어나려고 발버둥 치다 죽어가는 남자에 관한 이야기다. 산에서 내려다본 홍

293

콩의 야경으로 구성된 크레딧 시퀀스는 이후 주윤발이 제니에게 전화를 거는 부둣가로—멀리 보이는 바다에는 배가 지나가고 그 하늘에는 비행기가 날아간다—연결되면서 이 도시를 탈출해야 할 어떤 곳으로 느껴지도록 만든다. 시드니는 친구에게 "왜 홍콩을 뜨지 않았지?"라며 되풀이해서 묻고 있으며, 제니는 바닷가에 살고 싶어 한다. 제니가 발표한 음반의 제목조차 방랑한다는 뜻의 '표飄'. 그렇다면 어디로? 그걸 누가 알랴마는, 적어도 홍콩의 장기臟器 은행에는 이식받을 단 하나의 각막도 기증되어 있지 않은 것이다.

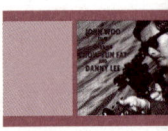

이것은 일련의 주윤발 갱스터영화에 일련의 이수현 경찰 영화를 결합시킨다는 발상의 산물이었다. 〈영웅본색 1, 2〉, 〈강호정〉 시리즈를 〈공복〉, 〈벽력선봉〉, 〈적단정〉과 비교해보자 (〈지하정〉과 〈의담군영〉에서만은 서로 역할을 바꿔서 연기한다). 스타일리시한 정장과 캐주얼 룩, 고급 술집과 빈민가의 뒷골목, 미끄러질 듯한 트래킹과 현기증 나는 핸드헬드, 저심도와 고심도, 클로즈업과 롱숏, 무차별한 대학살과 주저 끝에 겨우 쏘는 한 발, 추상적인 대의명분으로서의 우정과 땀냄새 나는 현실로서의 공감, 센티멘털리즘을 빼고는 완벽한 영웅과 직업의식을 빼고는 장점이 없는 반영웅, 그리고 입에 문 성냥개비와 부러진 맨 담배의 콘트라스트……. 결국 〈첩혈쌍웅〉에서의 일대 격돌 이후 이 두 장르는 모두 슬그머니 자취를 감추고 만다.

보석에 손대지 마라

—

조지 클루니의 표적
OUT OF SIGHT

　잘 알려지지는 않았어도 원래 엘모어 레너드는 서부 소설 작가였다. 버드 보에티처의 저 유명한 〈키다리 T〉나 델머 데이브스의 〈유마로 가는 길〉 따위의 1950년대 후반 걸작 서부극들 중 상당수가 레너드의 소설을 각색한 것이었다. 하지만 역시 그는 뭐니 뭐니 해도 범죄 이야기의 대가. 플로리다 지방을 배경으로 펼쳐지는 그의 소설들은 놀라울 정도의 리얼리즘으로 가득하다. 그가 묘사하는 사기꾼, 전과자, 형사, 마약 밀매꾼 들은 한결같이 생생하게 살아 있다. 이들을 선인, 악인으로 구별하는 일은 전적으로 무의미하나, 대개는 그래도 그 중 덜 나쁜 자가 목표한 바의 반쯤을, 즉 사랑과 돈 중에 하나를 얻으면서 어정쩡하게나마 해피엔드를 보이곤 한다. 그런 식이다. 훈계는 물론이고, 쓸데없는 과장이나 작위적인 반전 따위는 그가 가장 싫어하는 장치다. 존 프랑켄하이머의 〈52 픽업〉이나 아벨 페라라의 〈캣 체이서〉가 나온 1980년대도 좋았지만, 90년대는 레너드에게 가장 행복한 시기였다. 몹시 괴상한 각색작인 알랭 로브그리예 감독의 〈블루 빌라〉를 제외하고도 특히 뛰어난 세 편, 〈겟 쇼티〉, 〈재키 브라운〉, 그리고 이것이 발표되었기 때문이다.

　레너드의 유머 센스가 처음으로 제대로 살아난 〈겟 쇼티〉, 캐릭터 스터디가 압권인 〈재키 브라운〉에 비해, 〈조지 클루니의 표적〉은 그

두 특징이 잘 결합된 영화가 되었다. 참여한 사람들 면면만 봐도 그렇다. 제작을 맡은 대니 드비토와 배리 소넌필드, 각색자 스콧 프랭크는 각각 〈겟 쇼티〉의 주연과 감독, 각색자였다. 거기서 마피아였던 데니스 파리나는 여기서 보안관을 연기한다. 게다가 또 드비토는 〈펄프 픽션〉의 제작자가 아니었던가. 그 감독 쿠엔틴 타란티노는 〈재키 브라운〉에서 마이클 키튼과 새뮤얼 잭슨을 기용했는데 이 둘은 〈조지

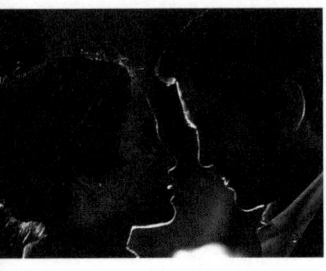

클루니의 표적〉에서도 크레딧 없는 카메오 출연을 하고 있다. 물론 남녀 주연 조지 클루니와 제니퍼 로페즈는 타란티노 제작의 〈황혼에서 새벽까지〉에서도 공연했던 사이고, 〈조지 클루니의 표적〉에서 클루니의 친구로 나오는 흑인 빙 레임스는 〈펄프 픽션〉에서 조직의 보스를 연기했던 바로 그 사람이다. 모두가 '범죄의 제왕' 팬클럽의 멤버인 것이다.

바로 전에, 로버트 시오드맥의 위대한 〈크리스 크로스〉를 리메이크한 〈언더니스〉를 만듦으로써, 〈카프카〉에 이어 필름누아르 장르에 대한 헌신을 다시 한번 선언한 바 있는 스티븐 소더버그는 여기서, 굳이 이름하자면 '밝은 누아르', 또는 '즐거운 누아르'를 선보이고 있다. 이런 말은 모순이지만 레너드를 잘만 따라가다 보면 그게 가능해지니 참 신기한 노릇이 아닐 수 없다. 어른스러운 캐릭터들이라 염세주의를 쉽사리 드러내지 않고 겉으로는 자못 유쾌한 척하기 때문이다. 감독도 원작자의 태도를 본보기 삼아 조용하고 소박한 연출을 일삼는다. 플래시백과 플래시포워드, 프리즈 프레임, 점프 커팅이 자주 사용되는데도 전혀 현란하다는 생각은 들지 않는다. 때때로 아주 효과적으로 구사되는 핸드헬드 카메라도 그렇고, 햇빛 찬란한 마이애미

와 한겨울 디트로이트를 난색과 한색으로 한눈에 구별시키는 색채 설계도 마찬가지. 스타일을 과시하지 않는 성숙함 덕분에 이런 다양한 테크닉의 사용에도 불구하고 영화는 물 흐르듯 자연스럽게 진행되어간다.

작은 아씨들

———

1000에이커
A THOUSAND ACRES

반갑다. (1997년작이지만) 이제라도, (그리고 〈양들의 침묵〉의 후지모토 탁이 최선을 다해 찍은 아름다운 와이드 스크린 화면이지만) 비디오로라도 볼 수 있으니 그나마 다행 아닌가. 〈아메리칸 퀼트〉로 알려진 조슬린 무어하우스의 연출도 좋고 퓰리처를 수상한 제인 스마일리의 원작 소설도 훌륭하거니와, 여기서 우리가 정말 즐길 건 뭐니 뭐니 해도 배우들이다. 제시카 랭, 미셸 파이퍼, 제니퍼 제이슨 리를 자매로 맺어준다는 발상은 얼마나 기막히며, 언제나 일을 제대로 해내는 최고의 여배우 셋을 한꺼번에 보는 우리는 얼마나 행복한가. 가만히 보고 있노라면 이들 셋이 신기하도록 닮았음을 발견할 수도 있다. 하나같이 얇은 입술에 금방이라도 바스라질 것 같은 섬세하고 약해 보이는 외모지만 그 안에 강인한 고집을 감춘 얼굴들이다.

이 작품은 한마디로 배반의 드라마다. 안락한 전원생활을 회고하는 따뜻한 영화인 척하고 시작하더니 어느 순간부터 영화는 무자비하고 잔인한 양상으로 돌입한다. 놀랍게도 이것은 현대 미국의 시골로 무대를 옮긴 〈리어 왕〉이다. 늙은 아버지가 갑자기 세 딸에게 농장을 물려주겠다고 했지만, 막내가 싫다고 하는 장면에 이르러서야 나는 탄성을 지르며 손바닥으로 이마를 탁 쳤다. 그러고 보니 아버지 이름은 래리, 딸들은 순서대로 지니, 로즈, 캐롤라인인데, 그 이름들은 리어,

고네릴, 리건, 코델리아라는 셰익스피어 인물들 이름과 그 머리글자가 정확히 일치한다. 어쨌든 그때부터 영화는 새롭게 보이기 시작하는데, 그러자마자 또 이야기는 〈리어 왕〉을 배반하고 엉뚱하게 흘러가기 시작한다. 왕은 딸 강간자였고, 진정한 희생자는 위의 두 언니들, 막내는 아무것도 모르는 철부지일 따름이다. 상속을 거부한 막내를 미워하던 아버지는 자기가 위의 두 딸들에 의해 농장을 도둑 맞았다고 여긴다. 결국 '막내와 작당한 아빠' 대 '강간당하면서 자라난 두 딸'의 대결이 펼쳐진다.

지니와 로즈 사이에도 내분이 벌어진다. 한 남자를 둘러싼 갈등 속에서 언니를 농락하고 동생까지 차지한 사내는 끝내 그녀마저 배신하고 떠난다. 가장 가슴 아픈 건, 막내만큼은 건드리지 않겠다는 아빠의 약속을 믿고 두 언니가 몸을 허락했다는 사실이다. 그러나 유일한 지식인인 막내는 아마도 〈리어 왕〉을 너무 열심히 읽었는지, 두 언니를 탐욕스러운 여자들로 섣불리 단정해버리고 아버지 왕을 돕는다. 모두가 모두를 배신하고 있다. 더구나 지니의 습관성 유산과 로즈의 유방암 원인이 우물에 살포된 농약일지도 모른다는 암시는, 그것이 아무리 희미해도 우리를 경악케 하고도 남는다. 아름다운 농장 풍경과 전원생활에 대한 우리네 선입견을 여지없이 박살내는 또 하나의 배반이다. 이 모든 것을 참아내고 이후로 펼쳐질 통쾌한 복수담을 기대한 관객은 마지막으로 결정적인 배반을 당해야 한다. 사악한 아버지가 치매에 걸려 사리판단 불능 상태가 되자 두 딸은 허탈감에 빠진다. 복수의 달콤함을 즐길 수 없기 때문이다. 고난 끝에 주어지곤 하는 그럴듯한 보상 따위는 꾸며낸 이야기에만 존재한다는 인생의 진실을 〈1000에이커〉는 아주 아프게 전해주고 있다.

도둑 잡기

━

제너럴
THE GENERAL

피카레스크 소설이라는 게 있다. 악한의 모험을 에피소드 나열식으로 묘사한 소설을 일컫는 말이다. 영화에도 만약 그런 장르가 가능하다면 〈제너럴〉이야말로 대표작으로 꼽을 만하겠다. 북아일랜드에서 1980, 90년대를 주름잡았던 전설적인 도둑 이야기인 데다가, 딱히 줄거리랄 것도 없이 그의 악행을 연대기순으로 늘어놓은 구성이기 때문이다. 본명은 제쳐두고 그 동네에선 대개 '장군'으로 통했다고 해서 제목이 이렇다. 그는 어찌나 간이 크고 영리한지 영국 경찰이 범행을 뻔히 알면서도 체포할 방법을 몰라 쩔쩔맸다던, 말하자면 대도大盜다. 〈엑스칼리버〉 같은 걸작을 만들어서 칸영화제에서 상도 여러 번 받았던 존 부어맨 감독이 환갑을 넘은 나이에, 그것도 자기 돈을 들여 이 무뢰배의 일대기를 영화로 찍은 데에는, 게다가 여기에 칸이 또다시 감독상을 수여한 데에는 필시 그럴 만한 이유가 있었을 것이다.

무엇보다도 장군은 멋진 영화적 캐릭터다. 익살맞은 동시에 뻔뻔하고, 때로는 자애로운가 했지만 필요하다면 얼마든지 잔인해질 수 있는 인간. 아내의 동의하에 처제와 딴살림을 차리고 평화롭게 가정을 지켜간 사내. 철옹성과도 같은 보석상을 터는가 하면 오락실 동전 꾸러미를 훔치다가 감옥을 가기도 하는 엉뚱한 도둑. 배반자의 손바닥에 못질을 하는 냉혹함에다가, 그가 배반자가 아니었음이 밝혀지자 직접 병원까지 데려다주는 인간미를 겸비한 보스. 이 도무지 미워할 수 없는 악당을 감독은 놀라울 정도로 객관적으로 묘사한다. 게리 올드먼을 비롯한 많은 스타들이 자청했지만 다 돌려보내고 무명의 뚱보 배우를 캐스팅한 배짱도 대단하다. 여기서의 브렌던 글리슨이라는 배우의 연기는 어디서도 보지 못한 대단히 능청스러운 것이어서 이 괴짜 주인공의 매력을 한껏 살리고 있다.

또한 장군은 한 시대의 모순을 몸으로 보여주는 인물이다. 북아일랜드 독립을 주장하는 IRA와 영국 경찰, 즉 정치적으로 앙숙 관계인 두 집단이 공모해서 장군을 암살했으리라는 추측으로 영화가 끝나는 것만 봐도 알 수 있다. 여기에 잉글랜드의 과격 왕당파 테러리스트들까지 끼어들어 일이 한층 복잡해진다. 그는 그곳 빈민의 영웅이었으며 극우보수 대처 수상 시대의 희생자였다. 사법제도를 우롱하고 자본주의 질서를 파괴하는 일에 일로매진한 타고난 무정부주의자였다. 결코 살인하는 법이 없었다. 비둘기 기르는 취미를 강조하는 태도로 미루어 짐작하건대 감독은 장군이야말로 평화주의자였다고 주장하고 싶었던 것 같다.

BBC에서 다큐멘터리를 찍으며 경력을 시작한 부어맨답게 다큐멘터리 출신 카메라맨을 기용해서 만들어낸 화면은 이 실화의 영화화에 더없이 잘 어울린다. 흑백과 컬러의 두 가지 버전을 동시에 상영하는 방식도 초유의 것이어서 관객은 입맛에 따라 골라볼 수 있다. 물론 감독이 권하는 쪽은 흑백이지만 원한다면 두 가지 다 보는 것이 이상적이다. 두 번 볼 가치가 충분하며, 한 영화, 그것도 위대한 영화를 흑백으로도 컬러로도 본다는 경험은 언제나 할 수 있는 일이 아니기 때문이다. 〈대부〉의 프랜시스 포드 코폴라 감독은 재즈로 이루어진 이 영화의 음악들이 너무도 훌륭해서 다시 볼 때에는 눈을 감고 보겠다고 말하고 있거니와, 그렇다면 결국 세 번을 봐야 하나?

찰리와 그의 형제들

비열한 거리
MEAN STREETS

우리는 〈대부〉에서 프랜시스 포드 코폴라가 묘사한 마피아 세계의 '고결함 뒤의 비열함'을 거의 경외에 가까운 심정으로 응시했다. 이제 우리는 또 다른 마피아 영화를 보게 되는데, 여기 표현된 양상은 〈대부〉와는 완전히 다른, 오히려 정반대의 것들이다. 〈비열한 거리〉의 마피아에게 '비열함 뒤의 고결함'이 자리 잡고 있다. 〈대부〉가 '점잖은 거리'의 풍경화라면, 〈비열한 거리〉는 '대자The Godson'의 일대기다. 결국 둘은 뉴욕 이탈리안이라는 동전의 양면이다.

보스의 조카로서 누구도 건드리지 못하는 존재인 찰리에게 두 명의 골칫거리가 있다. 간질병 환자인 애인 테레사와 정신분열증 친구 자니 보이. 자니 보이는 친구 마이클에게서 많은 돈을 빌려 쓰고도 도통 갚을 생각을 않는다. 찰리도 고리대금업자인 마이클로부터 언제까지나 그를 보호해줄 수는 없다. 마침내 마이클은, 돈을 갚기는커녕 자기에게 총을 겨눈 자니 보이를 살해한다.

〈비열한 거리〉는 그때까지의 마틴 스코세이지의 모든 이력과 경험의 집대성이다. 뉴욕의 '리틀 이탈리아'에서 평생 살아온 그의 작품에는 언제나 그 지역적 특성(이탈리아적이면서도 동시에 뉴욕적인)이 배어 있다. 거기서 그가 들어온 음악, 로큰롤과 오페라 아리아, 취주악대의 행진곡은 바로 이 영화 사운드트랙을 구성한다. 또한 한 해 전에 발표된 〈대부〉의 마피아 세계가 준 영향력과 로버트 올트먼에게서 배워온 즉흥 연출, 즉흥 연기의 구사는 이 영화에 형언할 수 없는 리얼리티와 파괴력을 부여하고 있다. NYU 영화과의 실험 영화들이 공통적으로 가졌던 '황량한 거리와 음침한 침실'에의 집착이 여기서는 최고조로 나타나고 있으며, 〈우드스톡〉 등에서 쌓은 다큐멘터리의 경험은 유례없이 박진감 넘치는 화면을 창조하게 만들었다.

그뿐만 아니라, 데뷔작 〈누가 내 방문을 두드리는가?〉에서 이미 다루었던 리틀 이탈리아의 공간과, 두 번째 작품 〈바바라 허쉬의 공황시대〉에서의 폭력 묘사는, 또다시 〈비열한 거리〉를 떠받치는 중요한 두 개의 기둥으로 역할을 한다. 게다가 감독은 스스로 워너브라더스 갱스터 무비의 모방을 인정하고 있지 않은가.

8밀리 화면에서 확대되는 영화의 오프닝은, 〈비열한 거리〉가 하나의 '영화', 그것도 스코세이지 개인의 '홈무비'에 불과하다는 사실을 미리 전제하려는 듯하다. 인물을 보자. 찰리는 분열된 세계에 '양다리를 걸쳐놓고 있는' 마조히스트다. 그는 파멸을 향해 스스로 치닫는 친구와의 우정과, 그를 멀리하기 원하는 보스에의 충성심 사이에서 방황한다. 더 크게는 순결해지려 하는 가톨릭 광신자로서의 도덕주의와 마피아 똘마니로서의 현실의식 사이에서 번민한다. 그의 첫 대사는 "교회에서도 죄를 용서하지 못해. 어디서나 죄를 저지르지. 모든 게 허망하다"는 독백이고, 이어서 그는 신에게 봉헌된 양 촛불에 손을 지지는 고행을 시도한다. 그 밖에도 그는 테레사 : 자니 보이, 테레사 : 보스, 자니 보이 : 보스, 자니 보이 : 마이클을 놓고 갈팡질팡한다. 모두 그에게 둘 중 하나를 선택하라고 강요하는 가운데, 그는 우왕좌왕, 판단유보, 진퇴양난의 상태에 빠진다. 그의 꿈은 보스가 차려주는 식당에서 죄 짓지 않고 살아가는 것이지만 애초부터 그 실현은 불가능하다. 그러려면 사랑과 우정을 다 팽개쳐야 할 텐데, 그렇게되면 그의 도덕성이 손상되고 마는 것이다. 결국 그는 마지막까지 이러지도 저러지도 못하는 불쌍한 마피아로 남는다. 그러면서도 그는 "내 왕국은 이 세상이 아니야"라고 뇌까리며 자신을 예수와 동일시하거나 성 프란체스코를 들먹이며 친구들의 부도덕성을 꾸짖는 과대망상증적 경건성을 유지한다. 하지만 어느 것도 그의 책임은 아니다. 그는 최선을 다하는데 환경이 그렇게 몰고 갈 뿐이다.

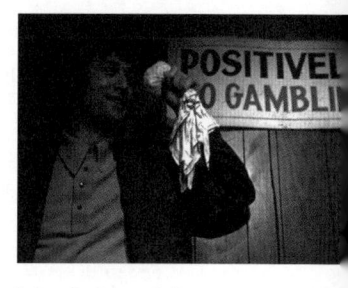

자니 보이는 생존을 위해 찰리에게 매달리지만 찰리는 자기의 구원을 위해 자니 보이를 돕는다. 이 관계의 사슬에서 빠져나올 수가 없다. 그러나 자니 보이와 마이클은 쉽사리 그 올가미를 벗어난다. 자니 보이는 오직 충동에 의한 무정부주의적인 선택으로써, 가장 비열하고 지저분한 태도의 귀결로써, 살해당한다(스코세이지와의 첫 만남에서 로버트 드 니로는 열연한다. 정말이지 이런 연기는 전무후무한 것이다). 이는 단순하고 일관성 있는 자기주장이다. 마이클 또한 결정적인 순간에는 우정을 완전히 무시한 채 친구들에게 총탄을 퍼부을 수 있는 그 이기심과 야만성의 혜택으로 아무 고민이 없는 인간이다. 또 한 명의 친구, 술집을 경영하는 토니의 경우는 더욱 간단하다. 어디에도 간섭하지 않는 것이다. 돈을 빌려주지도, 친구를 감싸주지도 않는 엄정 중립이 그의 살길이다. 그래서 그는 피해를 입지 않는 유일한 인물로 남는다. 이 모든 성격은 인물들의 첫 등장 장면에서 각각 다 드러난다. 토니는 술집에서 불쌍한 마약 중독자를 몰인정하게 내쫓고, 마이클은 밀수품으로 돈 벌 궁리에 바쁘고, 자니 보이는 이유 없이 우체통을 폭파하며, 찰리는 성당에서 죄의식에 시달린다.

〈대부〉의 범죄 귀족이 가르쳐주지 못하는 삶의 진실이 〈비열한 거리〉에는 있다. 폴린 카엘이 '중기의 비스콘티를 연상케 하는 오페라적 스타일'이라고 부른 화려함에, 데이비드 덴비가 '도덕적 사실주의'라고 명명한 엄격성이 기묘하게 버무려져 있는 이 지독한 저예산 영화는 그래도 끝까지 비관적이거나 냉소적이지는 않다. (자니 보이의 목에서 뿜어져 나오는) 피로써 보상되고, (소화전에서 뿜어져 나오는) 물로써 정화되는, '두 개의 분수로 이루어진 라스트'는 차라리 카타르시스에 가깝다. 이제 어느 쪽이든 찰리는 분명한 선택을 하게 될 것이기 때문이다.

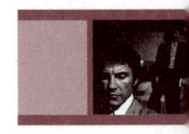

찰리가 영화관에서 나올 때 옆에 붙어 있는 포스터는, 존 부어맨의 〈수평 사격〉과 존 카사베츠의 〈남편들〉의 동시상영을 알리고 있다. 전자는 마피아의 폭력성을, 후자는 남자들의 우정과 파탄을 그리고 있다는 점에서 〈비열한 거리〉와 무관하지 않다.

워킹 걸

재키 브라운
JACKIE BROWN

재키 브라운은 정말 브라운색의 피부를 가졌지만 머릿결만큼은 곱
슬거리지 않고 백인처럼 죽죽 뻗었다. 살아가는 일에 지쳤을 정도로
나이를 먹었지만 어떤 때는 아주 젊은 아가씨처럼 매혹적이기도 하다.
살아남으려고 발버둥 치지만 늘 침착하다. 속마음은 어떤지 몰라도 겉
으로는 포커페이스다. 1970년대 〈폭시 브라운〉 시절 팸 그리어는 쿵푸
발차기를 날리고 기관단총을 난사하는 액션 여걸이었지만 여기서는
말로 다 때운다. 이런가 하면 저렇고, 이런 생각을 하는가 했더니 저런
행동을 해버리는, 한마디로 종잡을 수 없는 여자. 사람들은 〈재키 브라
운〉을 놀라운 캐릭터 스터디라고 평하지만 내가 보기에 타이틀 롤인
그녀와 그녀가 사랑하는 남자 맥스, 이 두 남녀 주인공—팸 그리어와
로버트 포스터라는 한물간 B급 스타들을 재발견한 쿠엔틴 타란티노
의 재치에 대한 경탄은 사실 과장된 것이다. 이미 그 바로 전에 둘은
래리 코헨의 〈핫 시티〉에 나란히 출연한 바 있다—에게는 이렇다 할
성격이 없다. 재키는 숨기는 여자고 맥스는 바라보는 남자일 뿐이다.
사실 이 영화의 재미는 새뮤얼 잭슨의 오델과 로버트 드 니로의 루
이스, 브리지트 폰다의 멜라니, 마이클 키튼의 니콜렛 같은 흥미롭고
사실감 넘치는 캐릭터 그룹과 그들 사이에 낀 두 덤덤한 남녀 사이의
긴장에서 온다. 무슨 짓을 저지를지 알 수 없는 인간들 틈에 던져진

조용한 남녀. 영화가 끝날 때쯤 되면 정말 일을 저지른 쪽은 바로 그들임을 알게 된다. 고분고분한 척하면서 몰래 양다리 걸치고 가다가 막판에 양쪽 뒤통수를 다 치고 빠지는 재키의 행보, 거기서 오는 통쾌함은 대단하다.

영화 시작에서 그녀는 공항의 무빙워크를 타고 등장한다. 당당하게 서 있다가 유유히 걷고, 황급히 뛰어온 끝에 활짝 웃는 그 롱테이크는

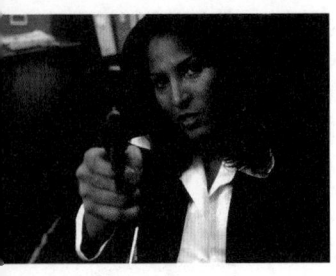

드라마와는 아무 상관도 없이, 단지 그녀가 스튜어디스라는 정보만 전달하는 장면이지만 바로 그 (글자 그대로의) '행보'에 영화 전체의 리듬과 플롯이 다 들어 있다. 정말 재키는 당당하게 입국해서 유유히 문제를 해결해나가다가 곤란에 빠지는 시늉만 좀 해주고는 끝으로 돈을 다 차지하고 빙긋 웃어버리는 것이 아닌가.

물론 그 마지막 순간 직전까지의 무표정과 잔머리는 다 같이 세월이 만들어준 것. 따라서 이 영화는 비평가들이 떠들어댄 대로 블랙스플레이테이션 필름의 패러디로서가 아니라, 〈화려한 도박〉, 〈포인트 블랭크〉, 〈찰리 배릭〉, 〈킬러〉, 〈롱 굿바이〉 따위의 구식 범죄영화를 흑인 여성판으로 새로 만든 기획으로 봐야 한다. 그때 그 영화들에서 좀 늙은 무표정 건달들은 예외 없이 피곤에 지친 나머지 마지막 한 건을 노리곤 했던 데 반해, 당시 젊었던 노먼 주이슨, 존 부어맨, 돈 시겔, 스탠리 큐브릭, 로버트 올트먼 등의 감독들은 복잡하게 꼬인 스토리를 혁신적인 방법으로 표현하려고 애쓰고 있었던 것이다. 늙은 예술가가 그려낸 빛나는 청춘도 좋지만 젊은 작가가 묘사한 쓸쓸한 중년도 잘만 하면 멋진 법이다.

패닉 룸

—

알비노 앨리게이터
ALBINO ALLIGATOR

거의 한 장소에서만 사건이 벌어지는 이 저예산 영화에 맷 딜런 같은 스타가 나오는 건 확실히 반가운 일이다. 하지만 거기에 게리 시니즈와 윌리엄 피츠너, M. 에멧 월쉬, 페이 더너웨이, 비고 모르텐슨, 조 만테냐 등이 줄지어 출연하고 있다면—단 한 편의 영화에 말이다!—당신은 그저 반갑다는 정도를 벗어나 이런 행운을 만난 것에 감사하고 싶은 심정이 될 것이다. 한 장소에 많은 스타, 이건 차라리 〈포세이돈 어드벤처〉의 저예산 인디 버전이 아닌가. 그리고 케빈 스페이시는 그 자신이 배우답게 차분히 이 기막힌 체임버 앙상블을 이끌어간다.

많은 훌륭한 폭력영화들처럼 케빈 스페이시의 관심사는 인물들이 처한 도덕적 딜레마에 가 있다. 딜레마란 진퇴양난이지만, 이 말 그대로 꼭 선택 가능성이 두 가지만 있는 건 아니다. 당신은 여기서 나아갈 수도 있고, 물러설 수도 있을 뿐더러, 가만히 있을 수도 있다. 아니, 나아갈 수도, 물러설 수도, 가만히 있을 수도 없다는 편이 맞다. 이 영화의 경우, 문제는 '자기가 살기 위해서 남의 목숨을 희생시킬 수 있을 것인가'이다. 자기가 죽긴 싫고 남을 죽이는 건 두렵고, 그렇다고 아무 일도 안 하고 있기는 좀 뭣하다. 아무래도 맷 딜런은 지금 인질극을 벌이는 중이니까.

이 좀도둑 삼인조는 경찰이 포위한 술집에 갇혀 벌벌 떨고 있다. 실

수로 바텐더를 죽여버렸으니 잡히면 큰일이다. 형은 더 큰 죄를 피하
자는 쪽이고, 부하는 점점 폭력에 맛을 들여가는 중이다. 그러다 경찰
이 범인으로 알고 있는 인물이 바로 인질 중 한 명이라는 사실을 알게
된 일당은 가공할 생각에 사로잡힌다. 인질들과 범인을 모조리 죽여
버리고 자기네가 가까스로 생존한 인질인 척하고 빠져나간다는 아이
디어다. 살고는 싶고 대량 학살의 용기는 안 나고, 리더는 고민에 빠

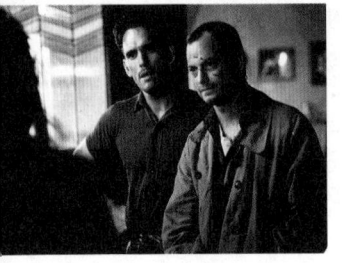

진다.

　　"살인하지 않겠다." 엄마의 무덤을 두고 친형
과 한 맹세를 잊어버려야 했을 때 맷 딜런의 심
정은 오죽했겠는가. 아들을 살리기 위해 친구를
죽여야 하는 페이 더너웨이의 처지는? 모두들
자기 맘속에 간직한 선을 발휘할 기회를 잃고 본의 아니게 악을 행해
야 하는 기막힌 현실이야말로 우리 모두가 처한 생존의 조건이 아닐
까 하고 생각하게 만드는 전염성을 지니고 백색 변종의 악어는 트로
이의 목마처럼 우리 안으로 들어온다.

　어느 TV 인터뷰에서 케빈 스페이시가, 자기가 주연한 〈유주얼 서
스펙트〉를, 영화라는 매체 자체에 관한 도덕적 풍자라고 규정하는 모
습을 보며 저 사람은 좀 지나칠 정도로 진지한 배우가 아닐까 걱정한
적이 있었다. 그 한참 후에는 영화를 하나 연출했다며 데이비드 레터
맨 쇼에 출연한 걸 봤는데, 거기서 그는 찍어놓은 네거필름을 몽땅 분
실했다가 다행히도 도로 찾았다는 일화를 떠들어대고 있었다. 과연
그랬다. 〈알비노 앨리게이터〉를 보고 나니, 케빈 스페이시 감독은 대
단히 진지한 작가였고 그런 그가 잃어버렸던 필름을 되찾은 일은 무
엇보다도 세계 영화팬들에게 잊지 못할 행운이다.

협박처럼 즐거운 인생은 없다

플레이어
THE PLAYER

먼저, 관객에게 던지는 질문. 당신이 진정으로 영화에서 맛보기 원하는 메뉴는 무엇인가? 적어도 〈플레이어〉에 나오는 제작자가 생각하기에 그것은 개그, 서스펜스, 폭력, 누드, 섹스, 스타의 매력 그리고 무엇보다도 해피엔드다. 당신이 모욕감을 느끼건 말건 그들은 그렇게 생각하며, 모든 시나리오 작가와 감독에게 그것을 요구한다. 그러면 이 불쌍한 예술가들은 싫어도 그 제안을 받아들이든지 아니면 거부한 다음 뒤에서 제작자에게 야유를 보내든지 둘 중에 하나를 택해야 한다. 그런데 로버트 올트먼 감독에겐 제3의 길도 있을 것 같았던 모양이다. 제작자의 모든 요구를 들어주면서 제작자를 야유하는 영화 〈플레이어〉는, 장 뤽 고다르가 〈사랑과 경멸〉에서 했던 것과 같은 방식을 따른다. 그건 마치 뒤집으면 다른 색깔로 입을 수 있는 방수 점퍼와도 같아서, 하나의 옷이되 입은 사람에 따라 빨강도 되고 파랑도 된다. 게다가 너무 완벽해서 물 따위는 스며들 틈이 없다.

영화사의 눈에 들기 위해선 우선 두 개의 중심축을 세워야 한다. 첫째, 자기를 채용하지 않았다는 이유로 회사 중역에게 협박 편지를 보내는 실업자와, 홧김에 그 불한당 대신 엉뚱한 실업자를 죽여버린 중역의 이야기. 둘째, 자기가 죽인 남자의 애인과 사랑에 빠진 살인자의 이야기. 물론 전자의 중역과 후자의 살인자는 동일 인물. 이건 말이 된다. 서스펜스와 섹스가 완벽하게 결합되어 있기 때문이다. 남은 건 해피엔드인데, 그것도 별문제는 아니다. 중역이 혐의를 벗어나고 여자와 행복하게 살면서 끝내면 된다(하지만 좀더 간단하게 말할 수 있어야 한다. 할리우드의 어떤 제작자는 늘 작가들에게 25단어 이내로 줄거리를 요약하라고 주문한다고 하니까).

다음은 파란 옷 차례. 그런데 이 중역이 일하는 회사가 바로 영화사이고, 실업자는 무명의 시나리오 작가라면? 이 모든 상황이 할리우드에서 벌어진다면? 이건 문제가 다르다. 올트먼은 전형적인 장르영화인 척하고 엉뚱한 이야기를 찍어내려는 것이다(그 영화 속에서 영화사 중역과 감독의 대화를 통해 자기 영화의 성격을 우회적으로 정의한다. 즉 '알맹이가 있는, 냉소적 급진적 정치 스릴러 코미디'). 여기서의 타협점은 이곳이다. 수십 명의 스타들이 출연하되 그들은 모두 단역. 정작 중요한 역할들은 모두 무명 내지는 초년생 스타들의 차지. 그나마 유명 배우, 감독, 작가 들 거의 대부분이 실명의 영화인으로 나오기 때문에 대중에 대한 환상의 조작 따위는 있을 수 없다. 그들은 다만 무미건조한 작업인일 따름이다.

올트먼은 자기의 악명을 훼손시키지 않으려는 듯이 자못 심술궂은 태도로 영화를 시작한다(오슨 웰스의 〈악의 손길〉의 오프닝과 닮은 이 첫 숏에는 실로 스무 명에 달하는 대사를 가진 인물들이 등, 퇴장을 반복한다. 롱테이크를 두고 1신 1컷이라는 말을 흔히들 쓰지만, 이쯤 되면 여기서 다多신 1컷이다). '스타 총출연!'의 광고 문안을 스스로 비웃자는 건지, 이 8분 7초에 이르는 엄청난 길이의 숏에서 그는 단 한 명의 스타도 보여주지 않는다. 다만 마틴 스코세이지를 닮은 어떤 감독, 레베카 드 모네이를 닮은 어떤 배우 지망생이 나올 뿐이고, 스타라고는 골디 혼, 줄리아 로버츠, 돌리 파튼, 베르나르도 베르톨루치, 오슨 웰스, 앨프리드 히치콕 등이 주인공들의 대사 속에서만 등장한다. 이 스타들은 인물들이 자기의 주장을 정당화하거나 의견을 구체화하기 위해 언급하는 수단에 불과하다. 말하자면 그들이 본래 지닌 엄청난 퍼스널리티는 사상되고 도구적 가치로만 인정되는 셈. 이 할리우드 특유의 소외야말로 〈플레이어〉에서 말하고자 하는 바인지도 모른다.

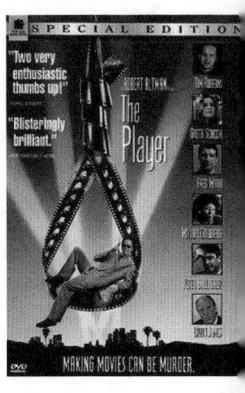

　그런 식으로 보자면 그야말로 대가적 연출 기량에 의해서만 가능했을—브라이언 드 팔마나 마틴 스코세이지조차 무색해지는—저 경이적인 카메라 움직임과 롱테이크마저도 소외의 한 형식으로 다가올 법하다. 어떤 의식을 가진 존재가 선택적으로 시선을 의식하지 못한 채 분주히 돌아다니고 지껄여대는 사람들을 자유자재로 따라가거나 때로는 무시해가면서 필요한 정보만을 수집한다. 주인공은 다만 전체 흐름 속에 한 부분으로만 자리 잡고 있을 뿐이다. 이 전지전능한 시선은 어쩌면 협박자의 그것일 수도 있다. 자기가 보내는 살인 경고 엽서가 제대로 배달되었는지, 우리의 주인공 그리핀이 어떻게 반응하는지 살피기 위해 여기저기 기웃거리는, 협박자의 시점 숏으로 보아도 큰 무리는 없다는 말이다. 이때 카메라는 창문 밖에서 피사체를 들여다본다는, 가장 전형적인 훔쳐보기의 포즈를 취한다. 여기서 중요한 건, 그리핀은 처음부터 덫에 걸려 있다는 사실이다. 씩씩하게 출근해서 작가들을 마음대로 다루면서 능란하게 업무를 수행하는 그는, 그러나 이미 첫 숏에서 협박 엽서를 받는다. 게다가 관객은 회의를 마치고 나오는 중역들의 잡담을 통해 그리핀이 곧 쫓겨날 위기에 몰려 있다는 소식까지 전달받는다. 이토록 광범위한 정보 수집 능력을 지닌 카메라를 본 적이 있는가? 결국 이 기법은 첫째, 수많은 톱니바퀴(영화 종사자)들로 구성된 하나의 메커니즘(흥행)을 드러내 보이기 위해 시도된 것이다. 그러나 둘째, 역으로 이것은 톱니바퀴들이 메커니즘에 의해 얼마나 소외되고 있는가를 표현하기 위한 것이기도 하다.

그리핀은 스스로를 핵심 부품이라고 여기지만 사실상 그는 언제라도 교체 가능하다. 상업영화의 마지막이 그런 것처럼. 이 세계에서 행불행, 생사의 전환은 순식간이다. 그리핀은 자기가 죽인 사내의 장례식장에서 앞으로 결혼하게 될 여인과 처음으로 상면한다. 또 그는 협박자의 선물인 방울뱀에 의해 죽음의 위기를 겪은 직후에 그녀에게 프러포즈할 용기를 얻는다. 영화 속 영화 〈영장〉에서 줄리아 로버츠는 가스실 처형을 면하자마자 브루스 윌리스와 감격의 포옹을 나눈다. 그리핀도 해고당할 위기에 몰렸을 때 경쟁자에게 져주는 척하고 결국에 이겨버린다. 물론 그 승리는 경쟁자가 망쳐놓은 영화의 엔딩을 멋지게 바꿈으로써 가능하다. 가스실의 줄리아를 브루스가 구출하게 만드는 것이다. 그 수정본의 시사가 끝나자마자 협박자는 자기와 그리핀의 이야기를 각본으로 쓰겠다는 제안을 그리핀 자신에게 하고, 그리핀은 이를 받아들인다. 다시 말해 그리핀은 살인을 함으로써 여자를 얻고, 협박을 당함으로써 기막힌 각본을 얻는 셈이다. 그 자신이 주인공이 되는 영화, 그 제목은 〈플레이어〉다.

여기에는 3중의 영화 이야기가 있다. 우리가 보는 영화 〈플레이어〉, 그 속에서 곧 제작될 또 다른, 그러나 내용은 똑같은 〈플레이어〉, 그리고 이미 제작이 끝난 〈영장〉. 두 번째의 〈플레이어〉는 당연히 〈영장〉이 제작되는 이야기까지 포함할 것이므로, 3중이 아니라 4중이 맞을

지도 모르겠지만 근본적으로 이것은 안팎 두 겹의 옷과 비슷하다. 〈플레이어〉라는 협박자 대 피협박자의 이야기 쪽과 그 영화 〈플레이어〉를 기획하게 되기까지의 영화사 중역 대 작가의 이야기 쪽. 그보다 논리의 순환성을 더 정확하게 지적하는 표현이 요구될 경우에 한해, 우리는 이것을 뫼비우스의 띠라고 부를 수 있을 것이다. 이 띠에 새겨진 무늬에 관해 25단어 이내로 요약해 말할 수 있을지는 몰라도.

그리핀이 내내 입버릇처럼 뇌까리는 상업영화의 원칙들은 바로 이 영화 〈플레이어〉 자체에 적용되어 있는 그대로고, 〈플레이어〉가 야유하려고 하는 제작자와 스튜디오 시스템의 저열한 상업주의는 그리핀이 몸으로 보여주는 바로 그것이다. 더욱 절묘한 것은 영화와 영화 속의 영화의 상사성이다. 〈영장〉은 제작 초기의 '신인 기용/반反 해피엔드' 원칙이 실종되고 브루스 윌리스, 줄리아 로버츠 주연의 해피엔드 영화로 변질된다. 리얼리티를 이유로 반反 해피엔드를 주장했던 작가는, "관객이 해피엔드를 원한다는 사실이야말로 진짜 리얼리티다"라는 말로 간단히 자기의 변절을 정당화한다. 그리하여 영화 속 영화 〈영장〉은, 그것을 감싸고 있는 영화 밖 영화 〈플레이어〉와 거의 똑같은 모양으로 끝난다. 이미 부부가 된 살인자와 피살자의 애인은 줄리아 로버츠와 브루스 윌리스 커플처럼 감동적으로 포옹한다. 그리핀이 새 영화 〈플레이어〉를 기획하듯 여자는 아기를 잉태하고 있다. 그리고 〈영장〉과 똑같은 대사. "왜 이렇게 늦었죠?" "길이 막혀서."

쇼 비즈니스에서 원칙을 거부하고자 하는 모든 시도는 기껏해야 '교통체증'에다 비교될까, 자본은 끝내 목적지에 도달하고야 만다. 여기서 결코 잊어서는 안 될 금언 한 가지—살인자의 성공은 해피엔드일지는 몰라도 권선징악은 아니다. 권선징악이 아닌 해피엔드까지 좋아하는 영화 관객은 없다. 악한의 행복, 그것은 다만 리얼리티일 뿐이다.

혼히 쓰는 말로 '우정 출연' 이라고만 해두기엔 좀 뭣하고, 굳이 말하자면 '존경 출연' 이라고나 할까, 미국이 마지막으로 보유한 예술영화의 노대가에게 보내는 할리우드 스타들의 일치단결 경의는 자못 감동적이다. 특히 엘리엇 굴드, 제프 골드블럼, 루이스 플레처, 릴리 톰린, 스콧 글렌, 카렌 블랙, 셰어, 브레드 데이비스 등은 이전에 로버트 올트먼과 작업을 해봤다는 인연 탓에, 수전 서랜던은 남편 팀 로빈스가 주연이니까, 앨런 루돌프 감독은 왕년의 조감독이었다는 이유로 각각 단역도 불사하고 있다. 형사 역의 라일 로벳은 여기서 줄리아 로버츠를 만나 결혼까지 했다.

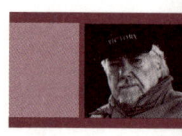

하나를 위한 오중주
—

퀸테트 살인게임
QUINTET

『베트남에서 레이건까지』에서, 로빈 우드는 로버트 올트먼을 혹독하게 비난하면서 그의 속물근성에 특히 논의를 집중하고 있다. 견해에 도발성을 부여하기 위해 우드는, 올트먼이 과대평가받은 대표적인 작가인 것처럼 썼지만, 내가 보기에 우드 식의 올트먼 비판이야말로 오히려 일반적인 것인 듯싶다.

로버트 올트먼은 기이한 존재다. 그는 사생아, 또는 서자다. TV에서의 오랜 경력—그는 〈히치콕 극장〉, 〈보난자〉, 〈매버릭〉, 〈전투〉 등과 같이 우리에게도 유명한 시리즈에서 무려 10년 동안 일을 했다—으로 봐서는 아서 펜, 시드니 루멧, 존 프랑켄하이머의 동료 같기도 하고, 연극이나 오페라 무대의 연출 경력을 보자면 엘리아 카잔이나 마이크 니콜스와 동류인 듯도 싶다. 그러나 그의 작품은 전혀 TV적이거나 연극적이지 않다. 그는 무엇보다도 로케이션을 잘 활용하고 다중적인 내러티브의 구사에 능하며 사운드 구성에 천부적인 재능을 보인다. 〈결혼〉 같은 극단적인 실험영화에서 〈야전병원 매쉬〉 유의 오락영화에 이르기까지, 〈맥케이브와 밀러 부인〉을 위시한 장르영화에서 〈빈센트와 테오〉 식의 노골적인 아트 필름에 이르기까지, 〈내쉬빌〉이라는 자타 공인의 걸작에서 〈치료를 넘어〉 따위의 태작에 이르기까지, 그의 작품들은 성공작이건 실패작이건 한결같이 철저히 영화적이다.

그러나 작가auteur라고 부르기에는 일관성이 부족하고, 장인이라기엔 지나치게 주관적이다. 미국인들의 입장에서 그는 유럽 모더니스트들의 강한 영향권에 들어 있는 얼치기 예술 감독이고 유럽인들 시각으로는 저 찬란한 할리우드 전통의 시네마틱한 흥분을 결여한 위선적인 지식인 감독일 수 있다. 실제로 올트먼은 미국에서는 유럽 대가들의 아류쯤으로 취급되어왔고, 미국영화를 광적으로 동경하는 유럽에서는 관심권 바깥으로 밀려나 있었다. '이 친구 뭔가 진지하고 열심인 것 같기는 한데, 이도 저도 아니고 좀 어정쩡하군……. 이름 값을 못하는 사람 아냐?' 〈플레이어〉와 〈숏컷〉에 와서야 비로소 올트먼은 그 모든 의혹과 비난을 일거에 쓸어버리면서 자신이 대가임을 입증하는 데 성공했지만, 그전까지의 그는 확실히 좀 미심쩍은 구석이 있는 예술가였다.

어느 선진국의 비디오 대여점에서도 찾아보기 힘든 편에 속하는 〈퀸테트 살인게임〉이 우리나라에 출시되어 있는 건 분명 흥미로운 일이다. 올트먼의 다채로운 경력에서도 이 작품은 가장 실험정신이 충만해 있던 시기에 만들어졌고, 그만큼 이것은 대중이 쉽게 접근할 수 있는 영화가 아닌 것이다. 주연이었던 페르난도 레이는 이 영화가 완성된 대본 없이 촬영되었으며 그때그때 감독과 배우들 간의 즉흥적인 상의에 의해 대사와 연기 패턴이 결정되었다고 회고한다. 그것이 "지극히 초현실주의적인 방식이었고, 루이스 부뉴엘처럼 올트먼은 위대한 시인"이었건 아니건 간에 〈퀸테트 살인게임〉은 매우 지루한 영화임에 틀림없다.

〈야전병원 매쉬〉와 〈기나긴 이별〉, 〈내쉬빌〉 이후 상업·비평 양면에서 명성을 확고히 한 올트먼은 독립 프로덕션을 설립하고 상당한 자율권을 행사하며 메이저 스튜디오와 거래를 해나갈 수 있었다. 바로 이때가 그의 창작열이 최고조에 달했던 무렵. 폴 뉴먼(미국), 페르난도 레이(스페인), 비비 안데르손(스웨덴), 비토리오 가스만(이탈리아), 브리지트 포시(프랑스) 등의 다국적 스타들이 각본도 읽지 않은 채, 영화에 대해 아무런 정보도 없이 출연에 동의했다는 사실만 보아도 당시 올트먼의 위치가 어떠했는지를 짐작케 한다.

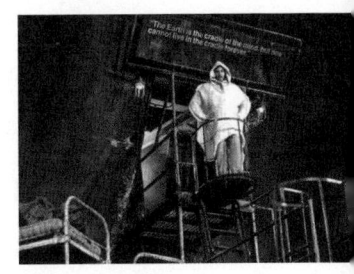

1979년 당시 백만 달러라는 과히 적지 않은 예산을 투자해서 만든 이 괴상한 미래영화는 물론 흥행 참패를 기록했다. 주요 대도시에서만 개봉, 그나마 단 일주일 상영으로 끝이 났고, 스튜디오는 아무런 홍보도 시도하지 않았다. 비평가들도 일제히 혹평을 기고했는데, 그 대부분은 〈퀸테트 살인게임〉이 지나치게 주관적인 영화라는 견해를 담고 있었다. 말하자면 이것은 일대 재앙이었던 것이다.

다시 빙하가 닥쳐 문명이 파괴된 미래 세계를 묘사한 이 영화는, 아마도 작가가 생각할 수 있는 가장 암울한 분위기에 사로잡혀 있다. 도입부에서 설원을 헤치고 도시에 다다른 부부는 행복해 보인다. 불모의 자연, 불임의 사회에서 그녀는 가장 어린, 게다가 아기를 잉태한 유일한 인간이다. 따라서 이 부부는 자연스럽게 우리로 하여금 베들레헴에 도착한 요셉과 마리아를 연상케 한다. 폴 뉴먼의 모피옷 상의 뒤판은 십자가 모양의 이음매를 보이고 있으며 브리지트 포시의 의상은 예수 탄생 당시 유대인들의 것과 유사하게 생겨 있다. 도시 주민들은 이 경이의 잉태 사실에 감동한다. 그러나 헤로데의 유아학살이

닥친다. 영화 시작 10분도 안 되어 아내는 태중의 아기와 함께 살해당한다. 우리를 구원하러 오신다는 예수가 이미 임신 5개월 만에 죽고 나면 어떤 희망이 남는가?

이제 영화는 폴 뉴먼이 그 살해범을 찾아 헤매는 탐정극으로 급변한다. 〈기나긴 이별〉에서의 필립 말로의 미래판이라고나 할까. 온통 '하얀' 눈밭에서의 필름누아르(누아르는 '검다'는 뜻)라면 모순이 아닌가. 완전히 얼어붙은 폐허의 도시에서 뉴먼은 퀸테트라는 이름의 주사위 도박에 참가한다. 그 멤버 중에 범인이 있기 때문이다. 그리고 그는 그 게임의 판돈이 생명이라는 사실을 깨닫는다. 우리가 흔히 도박에서 '죽었다'는 표현을 쓰는 것처럼 이 도박판의 구성원들은 정말 상대를 죽이는 것이다. 이유는 무료해서다. 생의 의욕을 느낄 만한 계기가 없기 때문이다. 역시 이글루 같은 뉴먼의 호텔방에 단 하나 붙은 전등의 노란 불빛을 올트먼이 자주 클로즈업하는 것도 그래서이다. 그것은 살고자 하는 생명의지의 상징이다. 뉴먼의 추적과 대항과 살인은 이 묵시적 도시에서 적극적으로 희망을 가지려는 인간의 발악이다.

올트먼과 그의 오래된 동료 촬영감독 장 보페티는 이 영화를 위해 특수한 기법을 개발해냈다. 스틸 카메라용 필터를 파나비전 카메라에 장착함으로써 그들은 여러 가지 효과를 창출한다. 그 가운데 괄목할 만한 것으로 일면 '아이리스 초점'이 있다. 화면 가장자리만 뿌옇게 흐려지고 중심부만 깊은 심도로 초점을 유지시키는 방법이다. 빙하기의 환경하에서 생존을 위해 몸부림치는 영웅의 노력을 부각시키기 위해 감독은 이런 방식을 시종일관 구사한다.

그러나 내가 이 영화를 좋아하는 진짜 이유는 단 한 가지, 입김이다. 엄선된 장소—몬트리올 근교—에 축조된 촬영용 가상도시는 실제로 추웠던 것이다. 이 가장 표현주의적인 공간에 인간성의 더운 기운을 느끼게 해주는 것, 할리우드 영화들이 제아무리 재주를 부려도 만들어내지 못하는 것, 심지어 〈폭주기관차〉 같은 영화에서조차 무시되었던 것, 최고의 스타들이 리얼리티를 위해 군말 없이 악조건을 감수했다는 증거, 살아 있는 사람이 추운 곳에서 내뿜는 증기, 입김이야말로 〈퀸테트 살인게임〉의 진정한 주제다.

나의 영화는 당신의 인생보다 아름답다

———

사랑의 묵시록
DAY FOR NIGHT

〈사랑의 묵시록〉은 영화 촬영 현장을 다룬 영화다. 페랑 감독(프랑수아 트뤼포)을 비롯한 스태프와 배우들은 커다란 종합촬영소에서 〈파멜라를 찾아서〉라는 영화를 찍는다. 그것의 내용은, 시아버지를 사랑한 여인과 그녀의 자살, 자기 아버지를 살해하는 남편의 이야기로 이루어져 있다.

〈사랑의 묵시록〉은 제목 짓기의 가장 아름다운 예라 할 만하다. 사실상 이것에 대한 분석만으로 이 영화의 비밀이 모두 풀린다고 해도 과언은 아니다. '미국식式 밤'이라는 뜻을 가진 프랑스어 원제(La Nuit Americaine)부터 살펴보자. 낮 촬영에 밤의 효과를 주기 위해 특별히 어두운 필터를 사용하는 것을 프랑스에서는 이렇게 부르는데, 〈파멜라를 찾아서〉에서는 며느리 줄리(재클린 비셋)의 자살/자동차 사고 장면을 이 방식으로 찍고 있다. 하지만 트뤼포는 여기에 새로운 상징적 의미를 추가한다. 할리우드 스튜디오 시대에 대한 향수. '미국식 밤'은 1940, 50년대 서부극에서 특히 자주 사용되었던 테크닉이었고, 트뤼포는 그래서 이것을 자기가 그토록 짝사랑해온 이 시대의 거장들과 동일시하기에 이르렀던 모양이다. 거대 스튜디오에서 크고 작은 인공 세트를 사용해서 영화를 찍는다는 설정부터가 앨프리드 히치콕, 하워드 호크스, 마르셀 오퓔스 등이 활약하던 저 영화롭던

'작가의 시대'로의 회귀를 열망하는 의지의 산물일 터, 시아버지 역을 맡았던 왕년의 스타 알렉상드르(장 피에르 오몽)가 불의의 교통사고로 사망하자 오픈 세트의 중심 광장을 빙빙 도는 자동차를 보여주며 트뤼포/페랑은 담담한 어조로 이렇게 선언한다. "이제 진정한 영화의 시대는 끝났다. 스튜디오도, 스타도, 스크립트도 없는 영화의 시대가 온 것이다." 두말할 나위 없이 이는 트뤼포 자신의 시대 '프랑스 누벨바그'를 두고 하는 소리다. 이 시기에 없어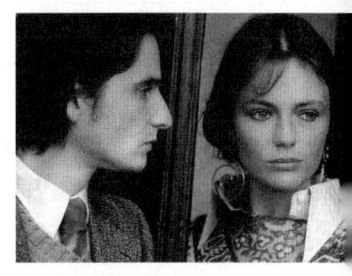진 게 있다면 바로 위의 세 가지 S가 아니겠는가. 그러나 알렉상드르의 죽음이 그랬던 것처럼 새로운 조류의 등장은 아무래도 불가피하다(한국 비디오 제목 〈사랑의 묵시록〉은 이 트뤼포 특유의 종말론을 표현하려고 한 것이었다고 믿어보자). 이 영화가 단순히 할리우드 스튜디오 전성기를 추모하는 레퀴엠으로 그치지 않는 것은, 이 변화에 대한 성찰이 있기 때문이다. 프로이트의 아이디어를 살짝 빌려, 트뤼포는 역사 발전은 부친 살해에 의해 추동된다고 말한다. 알퐁스(장 피에르 레오)가 연기하는 아들은 알렉상드르가 연기하는 아버지를 권총 살해한다. 오버하우젠의 아이들(뉴 저먼 시네마) 식으로 말한다면, 이렇게 해서 '아버지의 영화는 죽었다.' 그리고 그 아버지의 권력을 이양받은 누벨바그의 총아는 누구였던가, 바로 트뤼포가 데뷔작 〈400번의 구타〉에서 첫 등장시켰던 이래 배우와 함께 영화에서도 성장을 계속했던 앙투안 드와넬. 그 한 가지 역으로 26년 동안 다섯 편의 영화에서 트뤼포 자신의 성장을 재현했던 장 피에르 레오. 프랑수아 '나르시스' 트뤼포의 영원한 알터-에고인 레오는 〈사랑의 묵시록〉에서도 어김없이 앙투안의 기질을 계승하고 있다. '알퐁스'마저도 앙투안 사이클 제4편 〈침대와 탁자〉에서 앙투안이 자기의 아들에게 붙여준 이름이었던 것이다.

젊은 장 피에르(레오)가 늙은 장 피에르(오몽)를 죽이면서 성립하는 알렉상드르-앙투안-알퐁스의 대문자 3A의 관계는 이제 영어 제목의 의미로 이어진다. '밤을 위한 낮'. 프랑스어명에서 '밤'에 주어졌던 강세는 드디어 '낮'으로 이동한다. 영화 용어로는 똑같은 뜻이지만 트뤼포는 이렇듯 미묘한 뉘앙스의 차이를 활용하고자 한다. 이 '낮'이 (누벨바그가 열어온) '리얼리즘의 새로운 새벽'을 암시하고 있다는 제임스 모나코의 분석은 분명 다소 과장된 수사인 듯해도, 우리는 여기서 적어도 트뤼포식 세대교체의 변증법은 간파할 수 있다. 낮은 낮이되 밤이 되기 위한 낮, 이것이야말로 '새로운' 작가주의가 아니고 무엇일까.

또한 낮과 밤의 영화적 통합은 이 작품이 가지는 또 하나의 중요한 이슈를 동시에 포함한다. 밤이 만들어진 현실, 즉 영화의 현실을, 낮이 실제의 현실, 즉 현실의 현실을 은유한다고 밝혀지는 순간, 이 이야기는 영화와 인생의 상관관계를 추적하는 드라마로 읽히기 시작한다. 실제로 여기서 다뤄지는 내용이라고는 영화가 만들어지는 자세한 과정과 거기에 종사하는 스태프와 배우 들의 잡다한 사생활뿐이다. 낮을 밤으로 바꾸는 일 말고도, 비나 눈, 벽난로의 장작불, 집과 거리, 자동차 사고 따위를 촬영할 때 동원되는 각종 트릭의 공개는 영화에서 아주 중요한 부분을 차지하고 있고, 심지어 영화의 도입부는 거리 촬영 장면을 실제인 양 보여주다가 감독의 "컷!" 소리와 함께 전체 현장의 모습을 드러내는 방식으로 이루어져 있기까지 하다. 진부한 속임수지만 이로써 트뤼포는 영화와 현실의 상호 침투성을 탐구하겠다는 의지를 처음부터 표명한다.

사랑의 삼각관계도 마찬가지. 영화 속 영화에서 아들은 '늙은' 아버지에게 아내 파멜라를 빼앗긴다. 반대로 현실에서 알퐁스는 '늙은' 남편에게서 줄리를 빼앗으려고 든다. 줄리가 기자들에게 남편을 숨긴다든가, 남편에게 키스하면서도 몰래 주위의 눈치를 살핀다든가 하는 것들은 모두 현실에서의 떳떳한 사랑과 영화 속에서의 불륜의 사랑을 혼동하는 행위로 보인다. 그녀는 스타였던 어머니의 분신으로서 처음 세상에 알려지기 시작했는데, 영화 〈파멜라를 찾아서〉에서는 반대로 자기 남편이 그 아버지의 분신에 불과하다는 사실을 깨닫자 애정의 대상을 격상시킨다. 파멜라가 남편과 만난 것도 '병이 난 사촌을 대신해서 데이트를 해주다가'였고, 자동차 사고 장면에 기용되는 대역 스턴트맨 역시 줄리 아이덴티티의 이중성을 상징한다. 이러한 그녀의 혼란감이 정점에 달하는 건 알퐁스와의 동침을 계기로 해서다. 영화에서는 남편이지만 현실에선 외간 남자인 그는 실연으로 충격을 받고 영화 일을 중도에 포기하려 하고 있다. 반드시 영화를 완성시켜야 한다는 생각은 그녀로 하여금 알퐁스를 달랠 수만 있다면 무슨 짓이든 하게 만들고, 충동적인 알퐁스는 이튿날 아침 줄리의 남편에게 동침 사실을 밝혀버린다. 이 상황이야말로 영화와 현실을 명확하게 구분하지 못하는 줄리의 면모가 가장 잘 드러나는 대목이다. 결국 신경쇠약 증세가 재발한 줄리는 히스테리성 발작을 일으킨다. 자살 미수의 경력이 있는 그녀가 결국 무사히 파국을 극복할 수 있었던 것은, 어쩌면 영화 속 인물 파멜라로서 이미 자살에 성공하고 있기 때문인지도 모른다.

줄리만이 아니다. 영화 속에서 아들에 의해 살해당하기로 되어 있던 알렉상드르는 애인이자 양아들인—그는 동성애자였다—청년과 함께 사고를 당해 사망한다. 페랑으로 분한 트뤼포는 영화 곳곳에 자기 전작들의 흔적을 심어놓는가 하면 그 이름만 빼놓으면 실제의 트뤼포 자신과 전혀 분간할 수 없도록 연기한다. '부드러운 피부'를 가진 그지만, 자세히 들여다보면 페랑처럼 비정하고 치사한 인물은 여기 없다. 동료들이 하나같이 누군가와 사랑을 나누고 있을 때 그만은 혼자다. 책임을 진 자의 고독일 수도 있겠지만 그보다는 그가 오직 영화만을 사랑하기 때문이다. 그에게는 어떤 사생활도 부여되지 않는다. 알렉상드르가 죽었을 때 그가 제일 먼저 보이는 반응은 영화를 어떻게 완성할까 하는 고민이다. 자기 분량을 다 끝낸 줄리를 먼저 떠나보낼 때 그는 작별의 아쉬움을 표현하는 대신 파리에서의 녹음 약속을 상기시킬 뿐이다.

더 나아가 그는 본질적으로 도둑이다. 꿈의 형식을 빌린 회상은 페랑이 어려서부터 절도에 취미를 붙이고 있었음을 분명히 해준다. 영화관 광고판에 붙은 〈시민 케인〉의 스틸 사진을 훔치는 소년 영화광은 자라서 감독이 된 다음에도 호텔 복도에 놓인 꽃병을 소품으로 쓰기 위해 훔치는가 하면 스태프의 자동차를 멋대로 징발하고 비탄에 찬 여배우의 고백을 영화 대사로 써먹는 데 주저함이 없다. 그는 자기 행동의 정당성을 한마디로 주장한다. "모든 개인 문제는 보류되어야 한다. 영화는 왕이다." 트뤼포에게 지대한 영화적 도움을 주었고, 〈사랑의 묵시록〉의 공동 각본가이기도 한 수잔 쉬프망을 모델로 했다는 스크립터 아가씨도 덩달아 말한다. "영화를 위해서라면 남자쯤은 얼마든지 버릴 수 있어." 배우도 죽고 매우 힘든 상황이었다는데 어느 정도였느냐는 기자의 질문에 소품 담당자는 딱 잘라 대답한다. "악조건이요? 그런 건 없었어요. 저희가 즐겁게 만들었듯이 관객 여러분도 즐겁게 봐주시기 바랍니다." 도대체 무엇이 이들을 이 지경으로 만들었는가? 낭만주의자 트뤼포의 분신 알퐁스가 '영화는 인생보다 중요한가?'라는 의문을 가지자, 현실주의자 트뤼포의 분신 페랑은 이렇게 위로한다. "영화는 인생보다 조화롭지……. 거기엔 교통지옥도, 끔찍한 기다림도 없어. 영화는 기차처럼 질주하는 거야……. 밤을 달리는 기차처럼……." 이들에게 낮(인생)은 '밤(영화)으로의 긴 여로Long Day's Journey into Night'에 불과하다.

1971년, 프랑수아 트뤼포는 〈두 영국 여인〉을 편집하기 위해 니스에 있는 빅토린 스튜디오를 방문한다. 거기서 그가 본 것은 영국 감독 브라이언 포브스가 〈샤일로의 광녀〉를 찍으려고 세워둔 거창한 오픈 세트였고, 이때 그는 촬영 현장에 관한 영화 제작 계획을 구체화하게 된다. 존경하는 앨프리드 히치콕에게 그런 발상을 밝히고 커다란 격려를 받았던 게 이미 1966년의 일이었으니, 완성에 이르기까지 실로 7년 만의 결실이었던 셈이다. 그의 생각은 '모든' 진실에는 못 미칠망정, 적어도 '오직' 진실만을 보여주겠다는 것. 따라서 여기에는, 촬영 중에 주연 여배우─프랑수아즈 도를레악─가 교통사고로 죽었던 자신의 전작 〈부드러운 피부〉를 비롯해 그가 직간접으로 경험한 수많은 촬영 현장의 모습이 담겨 있다. 다만 한 가지, 실제의 트뤼포는 청각장애인이 아니다. 극 중에서 페랑 감독이 보청기를 사용하는 것은, (스탠리 카우프먼의 추측에 의하면) 만년에 청각을 상실했던 루이스 부뉴엘에 대한 오마주일 뿐이다. 또 하나, 감독에게 영화적 압력을 행사한 영국인 보험업자 역을 하는 배우는 작가 그레엄 그린이다.

거짓말

─

페이탈 서스펙트
DECEIVER

'사기꾼'이라는 뜻의 원래 제목이, 영화가 〈유주얼 서스펙트〉와 닮은 점이 있어 보였던지 우리나라에서는 이렇게 바뀌었다. 추궁하는 형사를 오히려 '페이탈한' 궁지로 몰아넣는 맹랑한 용의자를 다루고 있으니 일리가 없는 건 아니다. 그렇다고 이것이 아류작이라고 말하려는 건 아니다. 좁은 방에서 벌어지는 설정의 한계를 극복하기 위해 지나칠 정도로 많은 숏으로 쪼개고 그것들을 또 짧은 이동으로 찍어낸 조나스와 조수아 페이트 쌍둥이 형제의 솜씨는 특출하다. '말'에 관한 영화답게, 매끄럽고 냉소적인 용의자 팀 로스의 음성과 우직한 심문관 마이클 루커의 꺼칠꺼칠하고 새된 음성이 충돌하는 매 순간마다 긴장으로 가득 차 있다. 소리를 내는 이도 훌륭하고 잡아내는 이도 훌륭하다.

그러나 무엇보다도 〈페이탈 서스펙트〉의 가장 탁월한 부분은 거짓말탐지기를 이야기의 중심 소재로 삼은 아이디어다. 사실 돌이켜보면, 위대한 존 르 카레가 〈러시아 하우스〉에서 부분적으로, 그러나 절묘한 방법으로 다룬 이래 아직까지 이 의미심장한 기계장치가 본격적으로 예술적인 조명을 받지 못해왔다는 건 좀 부당한 일이다. 복잡다단한 인간의 내면을 몇 줄의 그래프로 환원시키는 이 멋진 고안품은 근대 서구 사상의 유물론적 성격을 강하게 반영하고 있다. 예/아니오의 대답과 땀의 분비량과 심장박동 수 따위로 진심을 파악할 수 있다고 믿는 저 순진함은 참으로 코웃음칠 일이다. 그러나 사람들은 막상 그것의 센서를 자신의 가슴에 다는 순간 더 이상 그럴 수 없게 된다. 믿지 않으면서도 두려워한다는 것, 바로 거짓말탐지기의 패러독스다. 이는 역설적이게도 우리가 신을 떠올릴 때면 다가오는 느낌과 비슷하다.

그러나 가끔은 전혀 두려움을 갖지 않는 이도 있는데, 예를 들면 여기서의 용의자 같은 사람이다. 그는 말하자면 이 기계의 효용성을 테스트하기 위해 창조된 인물이다. 지능이 높고 심리학을 전공했으며 타고난 거짓말쟁이에다 궁지에 몰리면 발작을 일으키는 간질 환자니, 도무지 먹혀들지를 않는다. 더욱 중요한 건 그가 창녀 살해범이 아니란 점이다. 시체를 반토막 내어버리기는 했어도 죽이지는 않았다. 그러므로 형사들이 "죽였나요?" 하지 않고 "잘랐나요?" 했다면 해결은 쉬웠을 것이다. 거짓말탐지기의 가치는 전적으로 정확한 질문을 하는 능력에 달려 있다. 마찬가지로 형사 자신이 진범임이 드러나는 반전은, 형사가 창녀를 구타한 적이 있다는 사실을 증명하는 비디오테이프가 공개될 때보다는, 교활한 용의자가 정확한 질문을 던지는 순간 이루어진다. "창녀를 죽였나요?"가 아니라, "아내를 죽였나요?"다. 정신분열의 형사가 자신이 아내를 죽였다고 착각하고 있음을 용의자가 간파해냈기 때문이다. 앞의 질문에 평탄하던 그래프는 이제 미친 듯이 날뛰기 시작하고 이 '섹스, 거짓말 그리고 비디오테이프'에 관한 영화는 절정을 향해 치닫는다. 탐지기는 정말 거짓말을 잡아낸 것일까? 그러나 우리가 잊지 말아야 할 게 있다. 중간중간 삽입된 자막에 의하면 이날은 4월 1일, 만우절이다.

권총은 말로 싸우지 않는다

━━

석양의 무법자
THE GOOD, THE BAD, AND THE UGLY

많은 이들이 알고 있는 것처럼 세르지오 레오네가 이탈리아제 서부극의 비조鼻祖는 아니다. 그 이전에 무려 25편이나 그런 종류의 영화들이 만들어져 있었기 때문이다. 하지만 영화 역사는 스파게티 웨스턴의 페이지를 이 배불뚝이 털보 사나이의 이름에서 시작한다. "새 영화의 시작, 여기서 멈추지 않는다!"라는 〈황야의 무법자〉 광고 카피는 사실이었다. '무법자 3부작The Dollars Trilogy'—〈황야의 무법자A Fistful of Dollars〉, 〈속 황야의 무법자For a Few Dollars More〉, 그리고 〈석양의 무법자〉로 이루어진 클린트 이스트우드 주연작들—에 〈석양의 갱들Duck, You Sucker, 일명 Once Upon a Time in Revolution〉과 〈옛날옛적 서부에서Once Upon a Time in the West〉를 더한 다섯 편의 레오네 웨스턴은, 이 단명했던 서부 장르의 알파요 오메가이다. 왕년의 제자—토니노 발레리는 〈속 황야의 무법자〉의 조감독이었다—를 지도해서 만든 〈무숙자〉까지 포함한 레오네의 탄환만으로도, 스파게티 웨스턴이라는 6연발 리볼버의 탄창은 꽉 찬다.

투코는 현상범이다. 블론디는 그를 체포해서 현상금을 받은 다음 교수대의 로프를 끊어서 탈출시킨다. 둘의 동업관계는 보물찾기로 이어진다. 금화가 묻힌 공동묘지 이름은 투코만, 묘비의 이름은 블론디만 안다. 여기에 처음부터 금화를 좇던 엔젤 아이즈까지 끼어들어 생명을 건 각축의 3파전이 벌어진다.

시작부터 서부극 팬은 배신당한다. 광활한 평원이 와이드 스크린으로 펼쳐지면 우리는 잠시 느긋하게 그 롱숏의 풍경과 곧이어 따라나올 장중한 남성 합창을 감상할 준비를 하게 된다. 하지만 레오네는 용서 없다. 느닷없이 웬 사내의 지저분한 얼굴이 빅 클로즈업으로 화면을 침입해 들어오면서 뻔뻔스럽게 카메라를 노려본다. 이 고의적으로 조장되었음이 분명한 불쾌감을 꾹 참고, 맞은편에서 나타난 또 다른 불한당들과의 멋진 결투를 기대하고 있노라면 레오네는 보란듯이 다시 한번 배반하기를 서슴지 않는다. 양편은 한 패거리였던 것, 이들이 어디론가 몰려 들어가고 총성이 몇 번 울리고 나면 창을 깨고 나오는 사나이 투코The Ugly가 소개된다. 주인공의 첫인사 치고는 참으로 어처구니없기도 한데, 더욱 희한한 건 그러고 나서 엔젤 아이즈The Bad—Angel Eyes, 리 밴 클리프의 저 뱀눈에 붙은 이름이라니!—와 블론디The Good가 차례로 모습을 드러낸다는 점이다. 이렇게 제목의 순서를 뒤집어서 등장시키는 구성에서 우리가 발견할 수 있는 미덕은 감독의 심술뿐이다. 그리고 그 심술은 아마 불만에서 왔을 것이다.

그의 야심은 '미국이라는 거대한 나라의 탄생에 대한 프레스코화'를 완성하려는 데 있었다. 서부는 곧 미국이고, 개척 시대는 곧 근대이기 때문, 그는 20세기 초 미국 남서부를 통해 자본주의를 보려고 했다. 그러기 위해 그는 호랑이굴로 들어간다. 공항 세관이 아니라 장르의 미로를 통해. 라이플 대신 카메라를 들고. 흔히 '비평으로서의 영화'라고 일컬어지는 바대로 레오네는 이 야심을 '서부극에 관한 서부극'을 만듦으로써 수행하려고 했던 것이다. "할리우드의 서부는 엉터리다. 실제의 서부는 폭력과 공포, 본능의 세계였다. 명보안관 와이엇 어프는 150명을 살해했고, 그 대부분은 등 뒤에서 쏜 것이었다. 이 살인 전통은 현대 미국의 마피아와 수많은 범죄조직, 그리고 베트남에 계승되었다. 이래도 나의 미국관이 지나치게 비관적이라고 욕할 수 있는가?"—세르지오 레오네.

존경과 경멸을 반씩 섞어, 존 포드를 '위대한 낙관주의자'라고 불렀던 레오네는 특히 이 〈석양의 무법자〉에 이르러 본격적으로 미제 서부극을 난도질하기 시작한다. 장르를 해체하여 역사를 복원한다는 것. 그러나 이때의 태도는 반대의 양상을 띤다. 거장들이 대를 이어가며 작성한 컨벤션에는 경의를, 그러나 그들이 묘사한 역사에는 냉소를! 모자를 벗어들고 침을 뱉는 레오네에 의해 초원과 말, 모자와 부츠, 권총과 결투는 살아남되 서정과 사랑과 희망과 가족은 산산조각난다. 개척은 폭력과, 발전은 억압과, 노예해방전쟁은 대량학살과 동일시된다. 이전 두 작품들과는 다르게 구체적인 역사의 현장—남북전쟁—속에 주인공들을 던져놓고 파란만장한 '고양이 쥐잡기' 게임을 연출시킨 뜻은 명백하다. 자세히 보면 알 수 있다. 투코의 부하들이 블론디를 습격할 때 닥친 정적 속에서 그는 살금살금 다가오는 박차의 짤그락거리는 소리를 듣고 총을 든다. 투코가 블론디를 교수형에 처하려 할 때는 북군이 쏘는 포탄을 맞고 호텔이 무너진다. 그 틈에 블론디는 달아난다. 사막—앤드루 새리스가 예수의 고행과 비교했던, 그리고 알레한드로 조도로프스키가 〈엘 토포〉에서 표절했던 저 유명한 사막 횡단 시퀀스—에서도 블론디는 남군의 마차를 만났기 때문에 살 수 있었으며, 다시 북군에 체포되는 바람에 엔젤 아이즈를 만나게 된다. 요컨대 이들의 운명은 군대가 좌지우지한다. 애초에 그 금화라는 것도 잭슨 일당이 남군의 군자금을 횡령해서 은닉해놓은 장물이 아니었던가. 돈을 위해서라면 살인도 불사하는 스파게티 캐릭터들은 아무렇게나 만들어진 존재가 아니다. 그들은 폭력적인 역사의 산물인 것이다.

그 역사, 남북전쟁이 노예를 해방시키기 위한 성전이었는지에 대해서는 관심도 없다(크리스토퍼 프레일링에 따르면, 레오네는 수백 년간 남북간의 투쟁으로 물든 이탈리아 근대사에 대한 등가물로 미국 남북전쟁을 상정했다고 한다). 레오네가 보기에 이 전쟁은 자본주의가 산업화 과정의 장애를 제거해나가는, 역사 발전의 한 단계일 뿐이다. 시체만 잔뜩 싣고 달리는 남군의 포장마차와 거대한 대포를 장착한 북군의 증기기관차를 비교해보라. 이 전쟁은 필연적이다. 금화가 묻힌 곳도 결국 수천의 전사자가 묻힌 무덤이 아닌가. 양키들을 상대로 돈 벌욕심에 가득 찬 가게 주인은 패주하는 남부군을 조롱하고, 체포된 남군 병사는 자기가 들어갈 관을 메고 와서 총살당한다. 마치 예수처럼. 그렇다고 해서 어느 한편이 절대선이라는 건 아니다. 엔젤 아이즈가 북군의 포로수용소에서 온갖 악행—의도적으로 나치를 연상케 한다—을 자행하는 동안, 남군도 그에 못지않은 짓—기록에 의하면 식인 행위까지 있었다고 한다—을 하고 있을 것임이 암시되고, 투코와 블론디는 자기들 편한 대로 남군 유니폼도 입었다가 북군에 자원 입대하기도 한다. 여기서, 조지 스티븐스(〈셰인〉)와 함께 레오네가 가장 존경했다는 찰리 채플린을 상기해도 좋으리라. 〈살인광 시대〉의 베르두 씨는 말한다. "루스벨트와 스탈린에 비하면 난 아마추어죠. 한 사람을 죽이면 악당, 백만 명을 죽이면 영웅, 숫자가 범죄를 정당화합니다." 이에 대해 레오네는, "베르두야말로 모든 도둑과 바운티 헌터의 모델이다. 그에게 부츠와 모자만 씌워보라. 바로 서부 개척자다"라는 해석을 가한다. 폭력으로써만 유지되는 사회에서 범죄자들은 동정받을 만하다는 뜻, 또는 개인의 범죄가 처벌된다면 마찬가지로 시스템의 폭력도 응징되어야 한다는 뜻이다.

어쨌든 이런 상황에서 생명의 존엄성 따위가 인정받을 리 없다. 살아남기 위해선 돈이 필요하고, 돈을 차지하려면 끝까지 살아남아야 한다. 상대를 쏘면서 "삶이 무가치한 곳에선 때때로 죽음이 가치를 지닐 수 있지"라고 태연스레 말할 수 있는 곳, 여기에 도덕이 끼어들 틈이란 없다. 말로야 '선인The Good, 악당The Bad, 비열한The Ugly'이지만 사실 이 인간들에 그런 구별은 무의미하다. 선한 자는 하나도 없는 대신 모두가 악하고 비열하기 때문이다. 처음에 정했던 제목도 그래서 '두 위대한 사기꾼Two Magnificent Rogues'이었다지 않은가. 나머지 둘은 말할 나위도 없거니와, 블론디 역시 보물찾기 말고는 무엇에도 관심이 없다. 서로가 가진 정보를 털어놓기로 했을 때 정작 거짓말을 하는 건 블론디 쪽이고, 투코의 총에서 탄환을 몰래 빼어놓는 자도 그다. 묘비명을 적어놓겠다던 돌멩이에 아무것도 안 씌어져 있음은 물론이다. 최후의 3각 결투 때, 엔젤 아이즈는 투코와 블론디 둘을 상대해야 하지만 블론디는 안심하고 엔젤 아이즈만 쏘면 된다. 운이 나빠 자기가 죽는다고 해도 금화는 누구의 차지도 되지 않는다. 블론디는 가장 영리한 사나이.

한편 엔젤 아이즈의 악덕은 그의 잔인함에 있지 않다. 이윤을 취하면서 그에 합당한 노력을 기울이지 않는 자세, 이것만이 그가 나머지 두 주인공과 구별되는 특징이다. 등장하자마자 그는 청부 살인을 하고, 돌아가 의뢰인마저 죽인다. 양자에게서 돈을 다 받음은 물론이다. 금화의 행방을 아는 빌 칼슨을 찾기 위해 군에 입대해서도 그는 포로들의 재산을 강탈해 부수입을 올린다. 투코를 고문해서 장소를 알아낼 때에도 손에 피를 묻히는 건 그의 부하뿐이다. 묘지에도 나중에야 나타나서 투코와 블론디더러 땅을 파라고 명령한다. 그는 어떤 고난이나 불이익도 감수하지 않은 채 불로소득을 노리는 사람이다. 즉 무엇이든 거저먹으려 드는 것이다. 묘지에 도착하기까지 투코와 블론디가 겪은 산전수전을 보아온 관객으로서, 그의 죽음은 경축해 마땅할 일이 아닐 수 없다.

이에 비해 투코와 블론디는 노勞/자資의 대립구도를 상징한다. 시작부터 투코가 가진 것은 현상금 걸린 목 하나뿐, 블론디는 그 목을 활용하는 두뇌와 멀리서도 그 목에 걸린 로프를 조준해서 끊을 수 있는 기술을 가지고 있다(나중에 투코가 총포상에서 보여주는 총기에 관한 전문가적인 식견도 기껏해야 기계를 능란하게 다룰 줄 아는 숙련공의 그것과 다를 바 없다). 결국 목숨을 거는 쪽은 언제나 투코지만 그의 생사여탈권은 블론디가 쥐고 있는 셈이다. 이전 작품에서도 언제나 클린트 이스트우드가 해온 역할은 바운티 헌터였다. 그런데 여기에 와서 그의 장사 수완은 급진전한다. 한 수배자를 잡았다 풀어주기를 반복하면서 돈을 버는 수법—게다가 탈출이 거듭될수록 투코의 현상금은 올라간다—은 얼마나 쉬운가. 수렵에서 목축으로의 진보! 자본가는 노동자를 착취하는 한편 착취의 연장을 위해 최소한의 생계를 보장한다. 투코의 정의대로 세상은 '줄에 목을 거는 자와 그 줄을 자르기만 하는 자의 두 부류'로 나뉘어 있고 배당은 마땅히 전자가 더 많이 차지해야 할 터, 그러나 블론디의 반응은 '내 배당을 자르면 네

줄을 자르지 않겠다'는 식이다. "난 돈을 가질 테니까, 넌 줄을 가져."
여기서 한 술 더 떠, 마구 욕설을 퍼부어대는 투코를 보며 중얼거린
다. "배은망덕한 놈, 그렇게나 여러 번 목숨을 구해줬건만……." 단순
히 조크로만 받아들이기엔 너무나 파렴치한 말. 도대체 투코는 얼마
나 가련한 인간인가. 신부가 된 형이 가족에게 무관심하다고 질책했
을 때, 투코는 이렇게 대꾸한다. "가난해서 살기 힘들어지면 신부가
되거나 도둑이 되는 수밖에 없지. 형은 신부가 되겠다고 우리만 남겨
놓고 가버렸지만, 도둑질은 더 힘들어." 하지만 블론디는, 결투가 끝
나고 자기 총이 비었음을 발견한 투코에게 삽을 던져주며 이렇게 말
할 따름이다. "세상엔 두 부류의 사람들이 있지. 총을 가진 자와 땅을
파는 자……. 땅을 파." 어차피 세상은 이런 것이다. 다만 총을 가진
부류가 (블론디처럼) 금화의 반만으로 만족하기를 바랄 뿐.

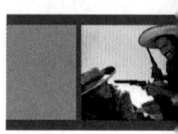

- "많은 위대한 서부극 감독들이 유럽에서 이주해온 사람들이다. 존 포드는 아일랜드에
서, 프레드 진네만은 오스트리아에서, 프리츠 랑은 독일에서, 윌리엄 와일러와 자크 투르
뇌르는 프랑스에서……. 왜 유독 이탈리아인은 이 부류에 들 수 없다는 건지 난 알 수가
없다." —세르지오 레오네
- 레오네는 '무법자 3부작'을 완성하고 나서 1920년대의 뉴욕 갱스터 이야기를 찍을 계획을 세웠다. 이름
하여 〈옛날옛적, 미국Once Upon a Time, America〉. 그러나 유나이티드 아티스트는 〈석양의 무법자〉를
대규모 예산으로 리메이크할 것을 요구해온다. 커크 더글러스, 찰턴 헤스턴, 그레고리 펙 주연의 그 프로젝
트를 마음에 들지 않아 한 레오네는 하는 수 없이 파라마운트의 돈으로 〈옛날옛적 서부에서〉를 찍기로 타
협한다. 그는 여기 프롤로그에 '무법자 3부작'과의 결별을 상징하는 장면을 넣고 싶어 했다. 즉 클린트 이
스트우드와 리 밴 클리프, 일라이 월라크가 새 주인공 찰스 브론슨과의 결투에서 모조리 사살당하는 도입
부. 결국 나머지 둘은 승낙했으나 이스트우드의 거절로, 서부극 사상 가장 화려했을 1 대 3 결투 신 구상은
물거품이 되었다.

프롬 헬

—

용서받지 못한 자
UNFORGIVEN

이 영화가 있기 오래전에, 서부극은 죽었다는 선언이 있었다. 로렌스 캐스단의 야심만만한 대작 〈실버라도〉가 1985년에, 청춘스타 총집합의 〈영 건〉이 1988년에 각각 만들어져서 앞의 것은 망하고 뒤의 것은 흥했지만 사람들은 어쨌든 이제 끝이라고 여겼다. 〈실버라도〉는 장르의 부흥을 예감케 할 정도로 뛰어난 걸작이었지만 시대 흐름을 거스르기에 역부족이었고, 〈영 건〉은 장르 전체의 생명력을 논하기에는 너무 엉터리였으므로 일과성의 해프닝으로 생각되었던 것이다. 이미 1976년 돈 시겔의 〈최후의 총잡이〉에서 존 웨인과 제임스 스튜어트라는 영원한 카우보이 영웅의 황혼이 묘사됨으로써 사망선고를 받은 바 있었던 이 장르는, 뮤지컬과 함께 할리우드 장르영화의 역사에서 자취를 감추리라고 예측되었다.

바야흐로 비평가들은 서부극의 이념과 관습의 파편들을 〈스타워즈〉나 〈매드 맥스〉 같은 엉뚱한 동네에서나 찾게 되었다. 개척의 모티브는 우주 공간으로 넘어갔으며 보안관과 무법자들은 경관과 범죄자의 옷으로 갈아입었다. 장르의 진화는 벌써 오래전에 끝났으되 화석만큼은 곳곳에서 출토되고 있다. 여기에 〈백 투 더 퓨처 3〉가 패러디라는 방식을 통해, 이제 이 장르가 하나의 노스탤지어에 지나지 않는다고 말함으로써 역사는 종결된 것으로 보였다. 하지만 이 과정에서 사람들이 잊은 게 하나 있었다. 합법적으로 사망 증명을 발부받으려면 누군가의 서명이 필요하다는 것을. 클린트 이스트우드의 동의 없이 누가 섣불리 서부극의 죽음을 운운한단 말인가.

그는 이미 속물화된 TV 서부극 시리즈 〈로하이드〉의 주인공이었던 1960년대에 그런 말을 들은 적이 있었다. 그러나 1964년 이탈리아의 무명 감독 세르지오 레오네의 부름을 받은 그가 스페인에서 〈황야의 무법자〉를 찍자 서부극은 간단하게 부활되었다. 스파게티 웨스턴이라 불렸던 이 유럽산 모조품 연작은 유럽과 일본에 이어 미국을 휩쓸었고 이후 레오네의 '달러스' 3부작의 완결과 〈옛날옛적 서부에서〉, 〈무숙자〉를 통해 완성되었다(정확히 말하자면 '달러스' 3부작이 완성된 이듬해에 가서야 그 첫 편이 미국에 개봉되는 형편이었다). 이 열풍에 힘입어 스타가 된 이스트우드는 감독이 되어 〈고원의 방랑자〉, 〈무법자 조시 웨일스〉, 〈페일 라이더〉 3부작을 연출했으며, 한편에서 샘 페킨파는 〈와일드 번치〉로 정점을 이루는 일련의 웨스턴 걸작을 생산하고 있었다. 페킨파의 마지막 서부극 걸작 〈관계의 종말〉은 1973년이었지만 이스트우드의 3부작은 1985년에 가서야 완결되었다. 말하자면 그는 한시도 고향을 잊어본 적이 없는 것이다. 그리고 정말 의미심장한 사실은, 〈용서받지 못한 자〉의 각본이 이미 1970년대 초에 완성되었다는 점이다.

지금도 많은 할리우드 사람들이 우수한 각본이 가장 많이 생산되었던(모두 영화화되지는 않았지만) 시기로 여기고 있는 1970년대에 이 이야기는 무시되었다. 관계자들은 이것이 지나치게 음울한 내용을 담고 있어서 상품성이 없다고 생각했으며, 작가 데이비드 피플스는 헛고생을 한 셈이었다. 이렇게 떠돌아다니던 끝에 각본이 클린트 이스트우드의 손에 들어간 때가 1984년 무렵. 새 각본을 접할 때마다 출연만 할 영화(《사선에서》), 연출만 할 영화(《버드》), 두 가지 함께 할 영화(《추악한 사냥꾼》)로 처음부터 구별해서 생각한다는 그는, 애당초 이것을 연출만 할 프로젝트로 점찍었다고 한다. 그러나 시간이 갈수록 연기에 욕심이 생기면서, 〈용서받지 못한 자〉야말로 자신이 주연·감독할 만한 완벽한 스토리라는 결심을 굳히게 된다. 그렇다면 다만 한 가지 문제는 나이. 그는 기다리기로 한다. 배우 이스트우드의 자연 연령이 극 중의 윌리엄 머니의 그것에 이르기까지, 무려 8년을 기다린 끝에 영화는 완성된다.

같은 각본가에 의해 씌어진 〈블레이드 러너〉와 〈용서받지 못한 자〉사이에는 결정적인 유사성이 있다. 즉 퇴역한 총잡이의 일선 복귀와 재은퇴의 과정을 그리고 있다는 점이다. 그는 마지못해 다시 총을 잡았다가 결국에는 아무 미련 없이 놓는다. 상대적으로 적은 대사와 액션 장면을 포함한 이 과정은 주인공에게 악몽 같기 그지없으며, 주인공은 악한과의 대결을 통해 정의를 구현하려는 모험을 펼치기보다는 시종일관 인간의 구원 문제에 관해 사색한다. 어느 경우에나 폭력은 영화적 볼거리이기를 거부하고 인간끼리 관계하는 여러 양식 가운데 하나로써 성찰의 대상이 된다. 그리하여 장르론적 관점에서 볼 때 전자가 SF 누아르라면 후자는 웨스턴 누아르이다.

영화 〈용서받지 못한 자〉에서 막상 가장 감동적인 장면은 영화가 끝나고 나서 찾아온다. 검은 바탕 화면에 엔딩 크레딧이 다 지나간 다음 떠오르는 두 줄 자막에는 다음과 같이 씌어 있다. "세르지오와 돈에게 바친다". 이스트우드의 공인된 두 스승, 세르지오 레오네와 돈 시겔은 〈페일 라이더〉와 〈용서받지 못한 자〉 사이에 서거했다. 제자로서는 자신의 최졸작을 마지막으로 보고, 정작 최걸작은 보지 않은 채 세상을 떠난 두 스승이 원망스럽기도 했으리라.

당연히 많은 인용과 헌사가 곳곳에 숨어 있다. 제목부터 존 휴스턴의 서부극과 같다(이스트우드가 〈추악한 사냥꾼〉에서 연기한 역할이 휴스턴을 모델로 했음은 주지의 사실). 주인공 윌리엄 머니의 라이벌로 설정된 사람은, 〈속 석양의 무법자〉에서 리 밴 클리프처럼 프록코트를 입고 가방 가득 여러 종류의 총기를 휴대한 전문가이다. 눈 덮인 산과 진흙투성이의 마을은 〈셰인〉과 유사하고, 늙은 총잡이의 안쓰러운 코미디는 존 웨인이 말년에 연기한 〈루스터 콕번〉 스타일이다. 〈최후의 총잡이〉에서 최후의 총잡이라는 역할이 존 웨인 자신과 불가분하듯, 〈용서받지 못한 자〉에서 용서받지 못한 자라는 역할은 클린트 이스트우드 자신과 그러하다. 전반부의 내러티브는 〈무법자 조시 웨일스〉와, 후반부 내러티브는 〈고원의 방랑자〉와 유사하다. 특히 마지막 부분은 이스트우드가 가장 좋아하는 서부극이라는 윌리엄 웰먼 감독의 〈옥스 보 사건〉의 영향이 선명하다. 잉글리시 밥을 연기하는 리처드 해리스는 샘 페킨파의 〈던디 소령〉과 TV 연속극 〈서부인〉에 출연했던 적이 있는 배우다. 특히 전자에서 그가 표현했던 귀족주의자의 면모는 여기 그대로 계승되고 있다. 머니가 샌프란시스코로 갔다가 죽었다는 마지막 자막은 그가 다시 태어나 〈더티 해리〉가 되었으리라는 추측을 가능케 하고, 창녀와의 교감은 역시 돈 시겔과 이스트우드가 함께 만들었던 〈호건과 사라〉를 연상시킨다. 카메라맨 잭 그린마저 〈더티 해리〉 등을 찍은 촬영감독 브루스 서티스의 제자, 음악 레니 니하우스는 샘 페킨파의 단골 작곡가 제리 필딩의 제자이다.

레오네가 이스트우드를 '이름 없는 사나이'('달러스' 3부작에서 그는 한 번도 이름이 알려지지 않는다)로 성격지었다면 시겔은 '더티 해리'의 이미지로 굳혀버렸다. 사실상 이 두 인물은 연속선상에 있는 것. 냉혹 비정, 클린트 이스트우드라는 배우는 평생을 하나의 캐릭터만을 연기하면서 살아왔는지도 모를 일이다. 미국 평단을 한때 지배했던 폴린 캐얼은 "이스트우드는 배우가 아니다. 따라서 그를 형편없는 배우라고 부르기는 힘들다. 연기를 잘 못한다기보다는 그는 연기를 하지 않는다"고 말했다. 나도 "단 한 종류의 표정, 그것도 무표정으로 일관한다"고 쓴 적이 있거니와, 그는 영화에서 단지 우뚝 서 있거나 총을 쏘아대지 않으면 말을 달릴 뿐이다. 이런 것을 연기라고 하기는 좀 뭣하다.

그런 그가 존 웨인 이래 최고의 서부 영웅이 될 수 있었던 건 순전히 얼굴 때문이다. 그의 안면은 그대로 하나의 풍경이다. 그것도 와일드 웨스트의 풍경이다. 그의 눈두덩은 계곡과 같이 움푹 들어갔고 콧등은 산맥처럼 준엄하다. 눈가 주름은 강줄기처럼 갈라졌으되 그 강은 이미 말라버린 지 오래다. 피부는 사막과 같이 거칠고, 지저분한 수염은 덤불 내지는 선인장이다. 그 가운데 얇은 입술은 방울뱀처럼 시니컬하게 누웠고, 치열이 어떤지는 한 번도 보여주지 않았으니 알 길이 없다. 눈동자 역시 거의 보이지 않는데, 너무 가늘고 눈썹 아래 그늘에 가린 나머지, 안 그래도 고온 건조한 풍경에 최소한의 습기도 제공하지 않는다. 요컨대 그의 얼굴은 황량하다.

젊어서도 노인 같았던 그의 얼굴은 당연히 세월과 잘 어울린다. 예순이 훨씬 넘었다고 해서 낯설어 보이지는 않으며 변화라야 원래 많던 주름에 몇 줄이 조금 늘었을 뿐이다. 하지만 이스트우드는 이제 자신의 서부극 인생에 어떤 종류의 정리를 원하고 있다. 이제껏 그는 열두 편의 서부극에 출연하고 그 중 세 편을 감독해왔다. 어디에서고 보안관이었던 적이 없었던 그는, 자의건 타의건 영화사상 마지막 무법자로 표상되어왔던 터이고, 이제 경솔하게 그 죽음을 떠들어댄 자들에게 복수할 때가 온 것이다. 이스트우드는 아예 장르 자체의 운명을 두 어깨에 짊어지고 고독하게 나아가려 한다.

영화는 앞뒤로 비슷한 화면에 자막을 가지고 있다. 노을을 배경으로, 농장의 익스트림 롱숏에 한 사내가 보인다. 말하자면 한 서부 사나이의 황혼이다. 시작에서의 그는 아내의 무덤을 파는 중이고, 끝에서의 그는 아내의 무덤에 돌아와 인사한다. 그리고 유령처럼 사라진다. 윌리엄 머니는 잔인한 살인자였으나 천사 같은 아내를 만나 그 생활을 청산한다. 그러나 현상금 추적자의 길로 돌아오지 않을 수 없어 살인을 저지른 다음 다시 한번 은퇴한다. 앞의 자막은 본편에 묘사된 이야기 전, 그러나 살인자 시절 이후의

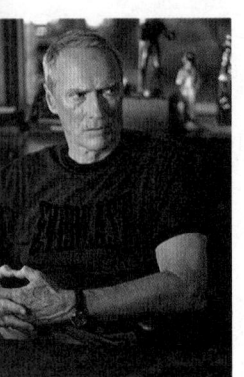
클린트 이스트우드

그를 설명하고, 뒤의 자막은 이야기 후, 그러나 죽기 전까지의 그를 설명한다. 그러니까 평화롭고 조용한 인생 사이에 낀 한 에피소드가 이 이야기인 셈이다.

마지막 자막에 의하면 그는 도시로 이주해 포목점을 연 것으로 되어 있다. 결과론적으로 말하자면, 처음 아내를 묻으면서 그는 회개한 신앙인으로서의 자신도 묻었던 것이고, 나중에 무덤에 돌아옴으로써 그는 서부인으로서의 인생 전체를 망각 속으로 매장해버리고자 하는 것이다. 과거에 그는 무법자로서 전설적인 존재였거니와 그 전설에 새로운 모험 하나를 보태고 또다시 전설 속으로 사라지려 한다. 이 농장은 캔자스 어디쯤의 이름 없는 고장이고 그가 정말 대도시로 갔는

지는 사실 불분명하다. 대지와 하늘만 남기고 증발하듯 사라지는 그의 마지막 실루엣은 '결여'된 존재로서의 이스트우드 캐릭터를 시각적으로 웅변한다. 이름도 없고 정처도 없었던 그의 역할들은 여기에 이르러 완성된다. 바로 리처드 콤스가 말했던 '영웅을 믿지 않는 영웅'이다.

그러나 여기에는 커다란 역설이 있다. 신화 대신 리얼리즘이 자리하는 것이다. 잉글리시 밥(리처드 해리스)의 전설은 날조된 것이었음이 드러나고 머니는 자기의 전설에 대해 기억나지 않는다고 말한다. 건맨 간의 총싸움은 정정당당한 결투와는 거리가 멀다. '공평한 조건'은 누구의 관심사도 아니다. 무슨 수를 써서라도 먼저 죽이면 그만이다. 총을 뽑는 속도는 전혀 중요한 생사 결정 요인이 아닐뿐더러, 중요한 건 술에 취한 상태에선 싸우지 않는다는 원칙, 또는 총기의 성능 따위이다.

돼지 농장에서 고생하는 그의 모습에서 본 줄거리가 시작된다. 과거에 여자와 어린아이를 포함한 수십의 인명을 닥치는 대로 학살했던 윌리엄 머니는, 이름 그대로 돈을 위해(Munny는 money와 발음이 같다) 다시 총을 든다. 가엾은 동료에게 린치를 가한 카우보이 두 놈을 없애주면 1천 달러를 내겠다는 창녀들 때문이다. 10년 만이니 뭐든 옛날처럼 능숙하지는 않다. 깡통을 하나 맞히는 일까지 산탄총이 동원되어야 가능하고 심지어는 안장에 올라타는 일마저 힘들다. 이건 심각하다. 도대체 승마가 잘 안 되는 건맨이 어디에 있다는 말인가! 건강하게 자라주지 않는 돼지들과 말을 잘 듣지 않는 말을 보며 그는 전에 동물을 학대했던 죗값이라고 자조적으로 중얼댄다.

아직 그리 비관적인 뉘앙스는 보이지 않아도 이 도입부에는 처절한 비극의 조짐이 만연하다. 여성 학살자 머니는 여성 구원자가 되기 위해 떠나는 척하지만 사실은 돈이 일차적인 목표다. 이런 위선은 파국을 잉태할 것 같다. 과거에 저지른 죄에 대해 아직 충분한 벌을 받지 못했기 때문이다. 게다가 그는 총도 제대로 못 쏘는 노인이 아닌가. 아내의 말을 듣고 위스키를 끊었던 그가 빅 위스키라는 이름의 마을로 떠난다는 것부터가 수상쩍다. 아무래도 이 사업은 처음부터 불길해 보인다. 아니나 다를까. 머니는 일에 착수하기도 전에 병부터 걸린다. 폭우를 맞고 열병에 시달리는 그는 자기가 기르는 돼지의 열병에 전염된 것 같아 보인다. 이 역시 동물의 복수인가……. 인과응보는 계속된다.

보안관 빌 대깃(진 해크먼)은 창녀 박해자를 방면한 바로 그 사람이다. 물건이 작다고 놀렸다는 이유로, 딜라일라의 얼굴을 난자해버린 놈을 그렇게 쉽게 풀어줬다면 보안관 빌의 별명이 왜 '리틀'인지 알 수 있겠다. 나중에, 잉글리시 밥이 물건이 작아서 애인을 빼앗겼다는 이야기를 하는 자도 역시 리틀 빌이다. 그런 열등감 때문인지 그는 사디스트이다. 무장해제된 잉글리시 밥과 열병에 걸려 꼼짝도 못하는 머니를 무자비하게 두들겨패는 것은 물론이고 머니의 동료인 네드(모건 프리먼)를 고문 끝에 절명시키기까지 한다. 흑인인 네드에게 채찍질을 하는 그의 모습은 흑인 노예를 다루는 백인 농장주의 그것과 전혀 다르지 않으며, 정의의 구현은 아랑곳없이 치안의 유지만을 바라는 보안관은 파시스트가 아니고 무엇이겠는가. 그가 안락한 집을 지으려고 아무리 애를 써도 잘 안 되듯이, 그가 노력하면 할수록 마을의 치안은 엉망으로 되어간다. 머니 일당은 폭풍우와 함께 마을로 들어서고, 이때 빌의 새집은 온통 비가 새고 있다.

빌이 폭우를 대비해서 미리 지붕을 손보고 있는 동안 노숙 중인 머니는 집의 지붕이 그립다고 중얼거린다. 법의 이름으로 만행을 저지르는 리틀 빌이나, 여자를 못살게 구는 놈은 죽어 마땅하다고 달려오는 윌리엄 머니나, 따지고 보면 거기서 거기. 지금 머니가 정의로운 응징자의 행세를 하고 있듯이 리틀 빌은 예전에 머니와 같은 무법자였다.

머니 역시 성적으로 무능한 자이고, 무엇보다도 원래 '빌'이란 이름은 '윌리엄'을 줄여서 부르는 애칭이다. 또한 빌이 삼류 전기작가 보상에게 말해주는 총싸움의 비결을 정작 실천하는 사람은 머니이다. 다시 말해 머니와 빌은 한 인격의 두 측면이다. 바로 그래서 머니는 빌이 자기의 정체를 알아냈다는 말을 듣는 순간 처음으로 다시 술을 마시기 시작한다.

아름답고 화사한 태양광 아래에서 시작한 이야기는 차츰 어둡고 불결한 환경과 실내로 옮겨간다. 머니는 자신이 결코 과거에서 자유로울 수 없으며, 자신이 차츰 폭력에 중독되기 시작했다는 것, 그리고 결국은 지옥에 떨어지리라는 사실을 깨닫는다. 바로 이어지는 편집을 통해 딜라일라와 아내가 동일시되기는 해도 구원은 이미 늦었다.

남부식 정원 살인사건

—

미드나잇 가든

MIDNIGHT GARDEN OF GOOD AND EVIL

또 한 편의 크리스마스 스토리. 이번에는 남부 지방의 따뜻한 크리스마스, 이런 걸 두고— '화이트'가 아닌— '푸른green' 크리스마스라고 하던가? 작가 존은 남부 전통이 살아 있는 소도시 사바나를 방문해 상류계급의 크리스마스 파티를 취재한다. 그러나 영화에서 크리스마스트리 장식등은 흔히 패트롤카의 경광등으로 바뀌는 경향이 있지 않은가. 호스트인 짐이 살인을 저지르게 되자 존의 기사는 법정 취재기로 바뀐다. 얼떨결에 사립탐정이 된 존은 이 낯선 도시, 낯선 사람들을 관찰하기 시작한다.

〈버드〉와 〈추악한 사냥꾼〉을 거쳐, 〈용서받지 못한 자〉로 정점에 오른 클린트 이스트우드 감독의 경력은 〈퍼펙트 월드〉, 〈매디슨 카운티의 다리〉, 〈앱솔루트 파워〉를 거쳐 〈미드나잇 가든〉에까지 일관된 하향 곡선을 그리는 중이다. 그가 이미 거장이라는 건 부인할 수 없는 사실이지만 다만 '늙은' 거장이라는 점이 좀 마음에 걸릴 따름이다. 우리에게 이것은 두 시간 반 이상이나 지켜볼 만한 이야기로는 보이지 않는다. 요컨대 너무 느리다. 이야기가 풍부해서 긴 게 아니라, 느려서 길다면 문제가 아닐 수 없다. 그러나 감독은 영화의 진행을 정체된 남부 소도시 삶의 템포에 맞출 필요를 느꼈을 법하다. 과연 이스트우드의 관심은 부호와 그의 동성 애인 사이의 치정 미스터리, 또는 법정극 특유의 지적 게임과 현란한 말싸움보다는 오랜 전통이 생생하게 살아 있는 이 지방과 주민에 대한 문화인류학적 고찰에 있었던 듯하다. 노예를 거느린 대지주의 귀족 취미에서 부두voodoo식 굿에 이르기까지, 옷차림과 말투, 풍습, 건축, 식문화, 성생활 모두를 망라한 지리지로서의 영화. 짐을 연기하는 케빈 스페이시는 숱 많은 콧수염과 느린 말투(그가 말을 조금만 빨리 했어도 러닝타임은 상당히 줄었을 것이다), 여유만만한 미소와 굵은 시가로 무장하고 남부 신사의 역할을 완벽하게 연기해낸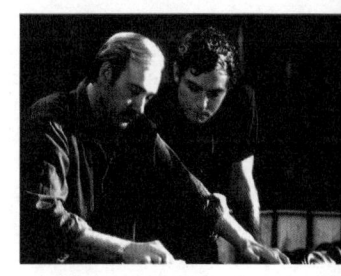다. 결국 감독이 하고자 하는 이야기는 부두 무당인 미네르바의 대사에 함축되어 있는 셈인데, 그것은 현대인에게는 "산 자를 이해하려면 죽은 자와 이야기를 나누어야 한다", 남부인에게는 "죽은 자와 너무 오래 이야기하느라 산 자를 잊어서는 안 된다"이다.

대도시 지식인 존의 눈에, '대초원'이라는 뜻을 가진 이 고장의 주민은 희귀한 동물들 같아 보인다. 사바나의 '푸른' 풀숲 아래 감춰진 약육강식의 살벌한 세계가 차츰 드러난다. 이는 미술품 수집가이기도 한 짐이 애지중지하다가 영화 끝에 존에게 선물하는 유화 한 점에 잘 표현되어 있다. 조지 스터브스의 이 그림은 좀 수상쩍다. 스터브스는 본래 동물 그림, 초상화에 능한 작가. 그의 풍경화는 흔하지 않은 데다가 존의 감정에 의하면 '덧칠을 많이 한' 물건인 것이다. 그 아래 뭐가 있는지 궁금하지 않느냐는 질문에 짐은 모르는 편이 낫다고 답한다. 그러나 미술 애호가라면 그 캔버스에 엑스레이를 쬐었을 때 드러날 원래 그림을 짐작할 수 있으리라. 스터브스가 가장 몰두했던 주제는 사자와 말의 사투 장면이었던 것이다. 바로 사바나에서.

그녀는 내부에서 나왔다

—

드레스 투 킬
DRESSED TO KILL

중년 부인 케이트는 미술관에서 만난 남자와 동침하고 미지의 여인에게 살해당한다. 목격자이자 고급 콜걸 리즈는 용의자로 지목되자, 케이트의 아들 피터와 힘을 합쳐 범인을 찾는다. 케이트가 정신분석을 받으러 다녔던 병원의 환자 리스트를 훔치려는 목적으로 엘리엇 박사를 유혹하는 리즈. 그러나 범인은 바로 의사였고, 리즈는 살해되려는 위기에서 가까스로 구출된다.

영화는 앞뒤로 두 여인의 환상 장면을 달고 있다. 케이트와 리즈—당연하게도 둘 다 히치콕스러운 '금발' 여인들이다—의 샤워 장면이 그것인데, 물론 같은 장소에서 벌어지는 사건들이다. 전자는 남편이 보는 앞에서 상상의 인물에게 피습당하는 유부녀의 피학성향적 쾌락을, 후자는 탈출한 살인범에게 살해당하는 주인공의 피해망상증적 공포를 다루고 있다. 양자 모두 〈싸이코〉의 유명한 샤워실 살인 장면을 패러디하고 있는데, 말할 것도 없이 이는 가장 은밀하고 편안한 사적 공간에서의 기습을 통해 인간의 나약함을 표현하려는 계산을 보여준다. 그러나 더욱 중요한 것은, 둘 다 도덕적 응징의 의미를 숨기고 있다는 점이다. 케이트는 남편을 바로 옆에 둔 채 마스터베이션을 즐기는 것처럼 보이고 리즈는 순진한 사춘기 소년을 유혹해서 잠자리를 같이하려는 듯한데, 바로 이런 도덕적으로 비난받을 만한 '가정 파괴적'인 행위나 심리에 대해 공포영화의 오래된 관행은 피의 보상을 요구하고 있는 것이다.

현실의 케이트는 이어서 정신분석의를 만나 심리 치료를 받는다. 그리고 여기에서도 그녀의 도덕적 결함들이 노출된다. 남편과의 불만스러운 성생활을 비롯하여, 어머니의 방문을 기피하려는 마음에 대한 죄책감을 토로하고, 결국에는 의사까지 성적으로 유혹하려 드는 이 여자 케이트는, 한마디로 평온한 가정을 언제든지 내팽개칠 수 있는 잠재력을 가지고 있다(결국 그녀는 미술관에서 남자를 사귐으로써 시어머니와의 점심 약속마저 어기고 만다). 〈싸이코〉에서 마리온 크레인이 금전에 대한 유혹을 뿌리치지 못했던 것처럼 여기서 케이트는 성욕을 주체하지 못한 대가로 살해되어야만 했던 것이다. 여기서 가장 중요한 윤리적 덕목은 물론 '가정의 평화'이며, 어린이가 심리적 상징으로 반복 표현되는 까닭도 거기에 있다. 메트로폴리탄 미술관에서 그녀가 관찰하는 동양인 가족을 보라. 소녀는 엄마의 주의를 거역하고 가족의 통제 범위 밖으로 달아난다. 그렇게 달아난 소녀-케이트는 미지의 남자에게 유혹당한다. 그와 동침하고 내려가는 엘리베이터에서는 또 다른 소녀가 그녀를 뚫어지게 바라본다. 무례한 짓을 그만두라는 엄마의 귓엣말에도 불구하고 소녀는 케이트가 무안해서 몸 둘 바를 모를 때까지 시선을 거두려 하지 않는다. 그리고 그 직후 케이트는 소녀-살인범에 의해 무참히 난자당한다. 정확한 일대일 대응. 전자의 소녀는 케이트에 의해 응시당하고, 후자는 그녀를 응시한다. 전자가 그녀의 욕망을 표현하는 대리인이라면 후자는 비행을 심판하는 응징자이다. 여기서 시선은 그대로 유혹과 살인의 수단이 아닌가.

이 '바라봄'의 냉혹한 성격은, 케이트와 미술 애호가의 정사를 훔쳐보는 택시 운전사, 리즈에게 유혹당하는 엘리엇 박사를 훔쳐보는 피터, 그 피터까지를 먼발치에서 지켜보는 여형사로 계속 이어진다. 그러나 무엇보다도 미묘한 것은 (히치콕의 〈현기증〉을 패러디한) 메트로폴리탄 미술관에서의 미행 게임이다. 낯선 남자에게 호감을 품었던 케이트가 결국 그의 교묘한 유혹의 덫에 걸리게 되는 과정을 담은 이 시퀀스에서 우리는 가장 정밀한 영화 형식의 운용 사례를 본다. 고정 카메라에서 이동 카메라로, 안정 구도에서 불안정 구도로, 느린 템포에서 빠른 템포로, 정적에서 소란으로, 평온에서 격정으로 점층해가는 가운데, 케이트는 자기가 한낮의 악몽에 빠졌음을 깨닫는다. 한 차례의 추격전 끝에 그녀가 잃은 것은 장갑 한 짝이고(그녀는 한쪽 장갑을 벗음으로써 이미 몸을 허락하고, 남자는 그것을 자기가 주워 낌으로써 여장 남자에 의한 살인을 예고한다) 얻은 것은 은밀한 수치심뿐이지만, 한마디 대사도 없이 단지 몇 차례의 의미심장한, 또는 전혀 무관심한 시선의 주고받음에 의해 브라이언 드 팔마는 신경이 끊어져버릴 것 같은 서스펜스를 조장한다.

여기서 시선의 주체는 기본적으로 케이트로 설정되어 있다. 곁눈질하고 쏘아보고 두리번거리는 쪽은 분명 그녀. 그러나 보이지 않는 시선에 의해 지배당하는 것도 그녀 쪽이니, 프레임 바깥에서, 또는 선글라스—변장한 박사도 항상 선글라스를 착용한다—너머 안쪽에서 그녀를 바라보며 그 심리를 자유자재로 조종해가는 남자에게 그녀는 꼼짝없이 사로잡혀 있는 것이다. 이 절묘한 시선의 게임에서, 여자의 행위적 우월성은 남자의 심리적 우월성에 철저하게 패배하고 마는 셈이다. 시각적으로 남자는 여자의 시점 숏의 대상에 불과하지만 화

면 밖의 비시각적 논리는 여자를 관찰 대상으로 삼고 있었음이 밝혀
지는 것이다. 더구나 이 모든 상황을 숨어서 지켜보는 '제3의 눈—
여장한 엘리엇 박사—까지 있음에랴! 이렇듯, 르네상스에서 팝아트
에 이르는 서구 회화의 '시선의 역사'를 배경으로 펼쳐지는 남녀 시
점의 일대 역전극은 결국 페미니즘의 패배로 일단락된다.

　여기서 한 걸음 더 나아가본다면 우리는 관객의 눈까지 상정해볼
수 있다. 감독은, 근본적으로 관음주의적이라고
규정되는 영화 관람의 태도에까지 저 용서 없는
면도날을 들이대고 있다. 내러티브상 아무 쓸모
없음에도 불구하고—따라서 엄숙주의 비평가
들의 엄청난 혹평을 초래한—앞뒤에 붙어 있는

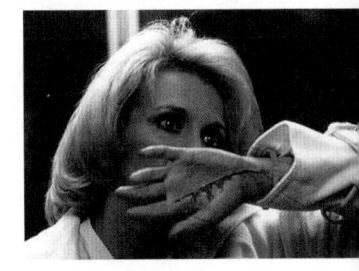

두 개의 샤워 장면은 바로 이 관객의 관음주의에 주목하라는 드 팔마
의 요구와도 같다. 포르노그래피를 기다리게 하는 전자와 유혈 낭자
한 공포를 기대하게 만드는 후자 모두 환상(또는 꿈)이었다는 사실이
밝혀지면서 관객은 배신감과 함께, 자신이 헛되이 가졌던 욕망에 대
해 반성하지 않을 수 없게 되는 것이다. 이것은 또 하나의 도덕적 응
징의 성격을 띠고 있는 것인데, 다만 희한한 것은 분명히 보여줄 것을
보여주면서도 맥이 빠지게 만든다는 점이다. 여자의 음모—물론 우
리나라에 출시된 비디오에는 삭제되었지만—와 면도날에 잘린 목까
지 보았어도, 관객은 그게 환상이었음을 아는 순간 흥미를 잃어버린
다. 허구의 이야기를 보면서 그 속의 실재와 환상을 구별하려는 관객
의 심리는 참으로 묘하다는 이야기.

　어쨌든 프로페셔널답게 드 팔마는 반대로 전혀 예상치 못했던 시점
에 갑작스런 택시 안 섹스와 엘리베이터 살인을 준비함으로써 두

번의 배신을 보상한다. 물론 그 보상은 충분하고도 남을 정도로 자극적이다. 영화 역사에서 이만큼 에로틱하고 무서운 장면들이 또 있었던가. (역시 히치콕의 〈39계단〉을 흉내 내어) 오르가슴에 오른 케이트의 외침에 자동차 경적 소리를 디졸브시키면서 끝나는 전자와 〈싸이코〉의 샤워실을 엘리베이터로 대치해버린 후자는 케이트의 불륜과 그 응징의 절정을 각각 형상화한다. 그런데 이 두 상황을 관통하는 동력은 단일하다. 케이트의 '분실' 모티브. 그녀는 미술관에서 장갑 한 짝을 떨어뜨린다. 그것을 유혹자가 집어들게 되고, 낙심한 그녀가 나머지 한 짝마저 내버리자 미행하던 살인자가 또 그것을 줍는다. 결국 케이트의 장갑은, 남성미를 미끼로 그녀를 유혹하는 남자와 여성성 때문에 그녀를 살해하는 남자에게 사이좋게 한 짝씩 소유 이전되는 셈. 이로써 유혹자와 살인자가 사실은 분열된 한몸이라는 암시가 자연스럽게 표현된다. 이어서 그녀는 또 택시에서의 정사 후에 팬티를 거기에 놓고 내려버린다. 그녀의 성적 방종은 이제 만천하에 공개된다. 게다가 끝으로 남자의 아파트에 반지마저 두고 나오는 케이트. 외간 남자와 섹스를 즐기다가 결혼반지를 빠뜨리다니, 이쯤 되면 그녀의 죽음은 거의 불가피해 보일 지경이다. 마침내 케이트는 온갖 물건을 흘리고 다닌 끝에 목숨조차 분실하고 만다.

그리고 그 아들 피터. 의붓아버지에게 일말의 애정도 느끼지 못하는 그는 어머니마저 잃게 되자 일단 고아가 되지만, 영화의 마지막에 엄마의 침대에서 리즈—새로운 어머니이자 첫 여인—를 부둥켜안음으로써 그의 오이디푸스 콤플렉스는 위안받는다. 그는 영화광이자 아마추어 발명가라는 점에서 드 팔마의 사춘기를 정확히 대신한다. 그렇다면, 고아 드 팔마는 히치콕을 아버지로, 창녀를 어머니로 삼는 것인가? 적어도 〈드레스 투 킬〉에서 그것은 사실인 것 같다. 엄마의 죽음에 한 방울의 눈물도 흘리지 않는 소년을 보라. 공포영화 장르에서, 여성은 언제나 원인 유발자이자 희생자. 동정의 가치는 없다.

우연이든 아니든, 이것은 〈싸이코〉 이후 정확히 20년 만에, 게다가 히치콕이 죽은 바로 그 해에 발표되었다. 이 유례를 찾아보기 힘든 '히치콕 원전 주석자' 드 팔마의 〈싸이코〉 필사본을 읽는 우리의 감회는 그때나 지금이나 그래서 새롭다. 이전에 〈자매들〉, 〈강박관념〉, 〈전율의 텔레파시〉가 있었고, 이후에 〈필사의 추적〉과 〈침실의 표적Body Double〉, 최근에 〈카인의 두 얼굴〉이 있거니와, 도합 일곱 편에 이르는 그의 '다시 쓰는 히치콕' 시리즈 중에서 유독 이 작품 〈드레스 투 킬〉이 최고의 걸작이 된 것도 그래서인지 모르겠다. 히치콕은 결국 죽자마자 부활한 셈이고, 드 팔마는 그의 '보디 더블'로서 전혀 손색이 없다.

천국으로 가는 라스트 엑시트

엑소시스트
THE EXORCIST

우선 스타일상의 특징에서 그 단서를 찾을 수 있겠다. 한마디로 이 것은 오랜 고딕 전통에 일상성이 결합된 모양을 하고 있다. 표현주의 와 리얼리즘은 여기서 교묘하게 병치된다. 그 충돌과 융합의 증거들 을 보자. 〈엑소시스트〉는 가톨릭과 밀접하게 연관되어 있다. 가톨릭 과 할리우드는 다같이 이미지를 숭배한다. 아이콘에 대한 천착은 두 문화의 공통점이다. 가톨릭을 다룬 영화치고 표현주의적이지 않은 영화가 거의 없는 것도 이 때문이다. 십자가, 성모상, 종교화, 제단과 스테인드글라스, 신부가 입는 화려한 제의와 영대, 묵시록에 묘사된 시각적 스펙터클, 흰 밀떡과 붉은 포도주의 색채 상징주의……. 모든 것은 지극히 시네마틱하다. 여기에 리건(린다 블레어) 가족을 둘러싼 상황은 반대로 지극히 일상적이다. 특히 전반부의 장면들은 별다른 시각적 강조점 없이 평범하게 묘사되고 있다. 영화의 도입부인 이라 크의 이국 정서와 본 줄거리가 펼쳐지는 워싱턴 근교 조지타운의 주 택가는 얼마나 다른가.

두 명의 주인공 신부도 그렇게 구별된다. 고고학자이자 늙은 신부 인 메린(막스 폰 시도우)과, 정신과 의사이자 젊은 신부인 다미안 카 라스(제이슨 밀러)는 각각 완벽하게 다른 스타일로 표현된다. 전자가 과거, 이국, 수도원, 은둔, 엄격한 의례, 신화, 아이콘을 대표한다면,

후자는 현재, 미국, 교구, 사회 생활, 소탈한 생활, 의학, 현실성을 대표한다. 메린이라는 이름은 '아서 왕' 전설에 등장하는 마법사 머린에서 나왔고, 다미안은 실존했던 '나환자의 성자' 다미안 신부에서 나왔다(다미안 신부가 나환자를 돌보다가 자신도 전염되어 죽었듯이, 카라스도 리건을 구하기 위해 악령을 자기에게 옮아오게 한 채 죽는다). 리건의 집에 도착하는 메린의 모습을 보라. 그것은 전형적인 공포영화에서 흔히 사용되는 방식으로 밤안개, 외로운 가로등, 가방을 든 남자의 뒷모습 실루엣의 구성이다. 반대로, 킨더맨—킨더kinder는 어린이를, 맨man은 어른을 각각 뜻하므로, 이 사람의 분열적 성격을 드러내는 이름이다—경위를 만나는 카라스는 조깅 중이다. 땀에 젖은 운동복에 흰 타월을 목에 걸친 그는 철저하게 리얼리스틱해 보인다. 그러나 한편으로 카라스 신부는 그 자신이 분열된 존재이다. 예수회 신부가 그의 표현주의적 측면이라면, 하버드와 존스 홉킨스를 졸업한 의학박사는 리얼리즘적 측면이다. 또는, 신부와 학자가 전자라면 빈민가 출신 전직 권투선수는 후자이다. 인간의 정신을 다루고 구원으로 이끄는 그의 뒤엔 가난한 어미가 있다.

대치가 아니라, 두 노선의 결합은 병원에서 잘 표현되고 있다. 리건의 뇌를 정밀검사하는 모습 자체는 거의 다큐멘터리적으로 감정 개입 없이 사실적이나, 장르론적 맥락에서 여기서의 거대한 기계들은 프랑켄슈타인 박사의 실험장비 내지는 중세의 고문기구를 방불케 한다. 특히 리건의 목에서 분수처럼 솟구치는 핏줄기는, 관객으로 하여금 드라큘라 백작을 생각하지 않을 수 없게 만든다. 더욱 절묘한 것은, 뢴트겐 촬영된 뇌의 클로즈업이다. 그것을 보며 의사는 극히 정상이라고 진단하지만, 사진 속에 꿈틀거리고 있는 무수히 많은 실선의 소용돌이는 우리에게 광란과 발작의 이미지를 제공한다.

이렇듯 〈엑소시스트〉는 해머 프로덕션 이래의 고딕 공포 장르의 컨벤션과 정서를 기본적으로 유지하면서, 〈악마의 씨〉의 성공에서 배워온 일상성의 도입을 적극적으로 시도함으로써, 전통과 혁신을 한꺼번에 이루고, 고전 공포영화 팬들과 젊은 지식인 관객 모두를 강력하게 유인할 수 있었던 것이다.

영화는 지는 태양의 강렬한 노란색 원형 이미지로 시작된다. 이제 선한 신이 지배하는 낮이 끝나고 바야흐로 악마의 시간, 밤이 찾아오려 한다는 불길한 전조임은 물론이다. 상징 숏이 지나고 이라크 북부, 사막에서는 발굴 작업이 한창이다. 메린 신부가 땅을 파들어가는 행위는 그가 장차 인간의 마음속으로 깊이 내려가게 됨을 의미한다. 그가 악령 퇴치 의식에서 교회 내 유일한 전문가임은 나중에 드러나거니와, 악령의 퇴치는 바로 인간 의식의 탐사 및 발굴을 통해서만이 가능하다.

메린은 거기서 두 개의 출토품을 뚫어지게 바라본다. 아기 예수를 안은 요셉상이 새겨진 은제 메달과 흙으로 빚어진 악마의 두상. 이 두 가지 아이콘은 영화의 핵심적 테마를 표현한다. 예수와 요셉은, 리건과 악마로부터 그녀를 지켜주려는 두 신부를 뜻한다(그러나 리건 Regan은 '리어 왕'의 못된 두 딸 중 하나의 이름이기도 하다). 이 원형은 앞서의 태양과, 그 도회적 변형으로서의 전등, 악령에 의해 정지되는 시계추, 메린을 심장마비로부터 보호하는 알약(그 약갑 역시 원동형의 은제품이다), 카라스가 미사 집전하는 장면에 보이는 밀떡, 즉 예수의 몸으로 계속 확산되어간다. 또한 토기 악마상은 리건이 빚어 장난감을 만드는 찰흙으로 연결된다. 나중에 킨더맨 경위는 살인 현장에서 이 찰흙 조각을 발견함으로써 리건이 범인임을 알아챈다.

그러나 메달과 토기가 가지는 가장 중요한 의미는 선악의 공존이
다. 〈엑소시스트〉의 철학적 제1원칙으로 지목할 만한 이 사상은 영화
전체를 일관해서 흐른다. 스탠리 큐브릭과 아서 펜과 피터 보그다노
비치, 마이크 니콜스가 잇달아 거절한 각본을 겨우 차지할 수 있었던
감독 윌리엄 프리드킨에 의하면, 선은 선이고, 악은 악이다. 여기에
모호함 따위는 없다. 하지만 둘은 나란히 이 세계에 편재하면서 내부
에서 대결한다. 사막에서 메린은 어디선가 나타난 두 마리 개가 사투
를 벌이는 광경을 본다. 백구와 검둥개의 싸움은 말할 것도 없이 선악
의 영원한 대결을 보여준다. 카라스 신부가 권투 선수이기도 하다는
설정은 또 어떤가. 그가 킨더맨 경위와 대화할 때 뒤로 보이는 건 테
니스를 즐기는 사람들이다. 두 팀이 승패를 가르는 스포츠의 규칙, 상
대를 거꾸러뜨리지 않으면 진다. 첫번째 단락의 마지막 장면, 사막의
거대한 악마상과 메린 신부가 화면 양끝에 마주 서서 노려보는 숏은
가장 드라마틱한 미장센으로 장엄하게 이 구도를 시각화한다. 리건
의 마음 안에 악령과 리건이 함께 깃들어 있듯이, 이라크의 시장에서
메린이 목격하는 애꾸 노인의 눈동자는 한쪽만 흰자위 일색이다(비슷
한 발상으로, 카라스의 어머니는 한쪽 다리만 쓰지 못한다). 발작이 절
정에 달했을 때 하얗게 뒤집히는 리건의 눈동자를 떠올려보자. 인간
은 한쪽 눈만 뒤집힌 존재, 반쯤은 악령에 사로잡힌 영혼이다.

명쾌한 선악이분법을 적용하면서도, 그것의 공존을 제시함으로써
프리드킨은 단순성과 복잡성을 동시에 포용하려 한다. 전통적인 상
업영화다운 설정과 현대적인 예술영화의 개념이 하나가 되자, 평범
한 관객과 지식인 관객은 나란히 앉아 영화를 감상할 수 있었다.

선과 악 못지않게 육체와 정신을 뚜렷이 분리해서 사고하는 프리드킨의 심신이원론(킨더맨은 카라스더러 영화 〈몸과 마음〉에 나오는 배우 존 가필드와 닮았다고 말한다. 그리고 그것은 물론 권투영화다)에서는 인간의 육신은 마음을 담는 '집'이다. 그래서 〈엑소시스트〉는 줄곧 집에 관한 건축학적 관찰이 지배한다. 리건 일가가 사는 조지타운의 집은 임시 거처로 설정되어 있고, 이는 악령이 그녀의 마음을 일시적

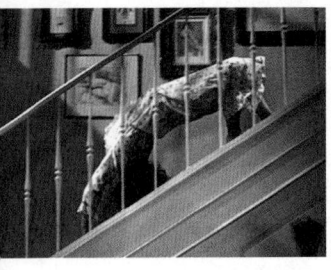

으로 장악하는 상황과 조응한다. 악령은 침실 창을 통해 침입했거나 천장 다락에 숨어 있다가 들이닥친 것으로 보이며, 집 옆의 계단은 더크와 카라스가 떨어져 죽는 현장이 된다. 여기서 '악령에 사로잡혀 죽음'은 추락의 이미지로 표현된다. 리건의 침실은 선악의 일대 사투를 벌이는 격전장. 적을 찾아내지 못해 샌드백을 상대로 혼자 복싱을 연습하거나 고독하게 조깅을 즐기던 카라스는, 사각의 링처럼 쿠션으로 감싸진 리건의 침대에서 실컷 싸움을 벌일 수 있다. 심지어 카라스의 친구인 다이어 신부는 천국을 '희게 인테리어된 나이트클럽'으로 상상한다며 '즐거운 집' 운운하는 노래를 부른다. 또한 카라스의 병든 노모는 아들의 오랜 설득에도 불구하고 절대로 집을 떠날 수 없다며 버티다 정신병원에 끌려간다.

악마는 어떤 영혼을 찾아와 깃드는가? 그는 공허한 영혼을 좋아한다. 널찍하게 텅 빈 자리는 들어와 차지하기에 편하지 않겠는가. 리건은 따로 사는 아버지가 자신에게 무관심하고, 어머니마저 일에 쫓겨 자주 만나지 못하는 사춘기 소녀(유명한 '십자가 마스터베이션' 장면에서 흐르는 피는 초경을 뜻한다)이다. 카라스는 목자로서 양 떼를 구

원하기에는 역부족이라는 자책으로 괴로운 데다가, 노모를 편히 모시지 못했다는 죄의식으로 번민하는 사제이다. 임종조차 보지 못한 채 어머니를 떠나보내자 그의 마음은 결정적으로 텅 빈다.

리건의 배우 엄마가 촬영 중인 영화는 대학에서의 시위를 담은 '호치민 스토리의 디즈니판'이다. 〈샤이닝〉처럼 이것이 1960년대 혁명이라는 꿈의 종말에 붙은 일종의 추신이라는 견해에 동의한다면, 〈엑소시스트〉는 바로 꿈을 상실해서 공허해진 대중에게 적극적으로 어필한 영화로 얽힐 수 있다. 그리고 그 자리를 파고든 악령의 실체는 역설적으로 '무無'이다. 테이프를 거꾸로 돌려 들은 악마의 음성은 "난 아무도 아니야"가 아니었던가. 〈엑소시스트〉가 진정한 공포영화일 수 있는 건, 마음속의 공허 그 자체가 악마, 즉 공포라는 사실 때문이다.

시종 파란색이나 흰색의 잠옷, 또는 환자복만 입고 등장한다는 점에서 시각적으로 연결되는 어머니와 리건은 카라스의 마음속에서 한 인물이다. 그가 어머니를 만나는 장면은 꿈을 포함해서 세 번인데, 그때마다 번번이 사제복을 입지 않고 있다. 특히 정신병원에서는 다른 환자들에 의해 로만 칼라를 빼앗겨버린다. 마찬가지로 리건을 처음 만날 때에도 그는 유니폼을 입고 있지 않다. 그 만남에서는 리건 엄마가 준 셔츠로 갈아입고 있다. 그 옷은 초록색, 그렇다면 카라스는 악마의 선물을 아예 통째로 받아들였는가?

결국 카라스는 악령을 스스로 받아들이고, 신부이자 정신분석의이자 복서이자 악마로서 죽는다. 이로써 리건은 구원된다. 엄마 말에 의하면 그녀는 아무것도 기억 못 한다고 하지만 다이어 신부의 로만 칼라를 유심히 바라보는 눈동자는 다른 사실을 담고 있는 듯하다. 그래도 메린 신부가 발견하고 카라스 신부가 걸고 있다가 다이어 신부 손에 양도된 목걸이는 일말의 희망을 남겨둔다. 카라스가 떨어져 죽은 계단 위에 서서 다이어가 내려다보는 길에는 '기대의 거리Prospect Avenue'라는 표지판이 여전히 붙어 있다.

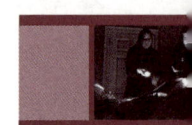

〈엑소시스트〉가 2000년 디렉터스 컷으로 재개봉되기 전에 썼다. 상당 부분 손질된 그 버전을 다루려면 새로운 글이 필요할 듯하다.

심증으로는 유죄

━━

폴 뉴먼의 심판
THE VERDICT

앙드레 바쟁이 윌리엄 와일러를 '부재로서의 미장센', '스타일 없는 스타일'로 규정했을 때와 비슷한 뉘앙스로 우리는 〈폴 뉴먼의 심판〉을 '공백으로 충만한 내러티브', '침묵의 소리' 같은 역설로 표현할 수 있을 것 같다. 데이비드 마멧과 시드니 루멧은 보여주기보다는 감추기, 들려주기보다는 침묵하기, 채우기보다는 비우기의 미학으로 일관하는 것이다.

스토리를 검토해보자. '수술 사고로 혼수상태에 빠지게 된 한 여자를 놓고, 그녀가 마취 담당 의사의 실수 때문에 그리 되었음을 밝혀내기까지의 이야기'라면 이것은 페리 메이슨 유의 법정 미스터리 영화일 것이다. '가톨릭계의 병원과 명망 있는 의사가 비겁한 책략을 마다하지 않는 일류 변호사와 결탁하여 진실을 은폐하려 들다가, 원고 측 변호사의 정의감에 굴복하는 이야기'라면 이것은 〈저스티스〉 유의 사회비판 드라마일 것이다. '중년의 나날을 술과 나태한 생활로 일관하던 남자가 변화의 계기를 포착하고 거듭나게 되기까지의 이야기'라면 이것은 잉마르 베리만 유의 심리극일 것이다.

그러나 〈폴 뉴먼의 심판〉은 셋 모두를 아우르면서 어디에도 한정되지 않는다. 세 다리 솥鼎처럼 안정된 균형. 아마도 벤 헥트 이래 미국 최고의 시나리오 작가일 데이비드 마멧은 여기서 이야기의 많은 부분을 드러내놓고 말하지 않으려 한다. 프랭크(폴 뉴먼)는 어째서 적당히 병원측과 합의해서 수수료나 챙기려는 생각을 포기했나, 프랭크는 결정적으로 원고측 증인이 될 카스텔로 간호사를 어떻게 설득시켰나, 프랑크는 재판에 이기고 나서 어떻게 되었나……

프랭크는 식물인간이 된 피해자를 방문해서 자료로 제출할 폴라로이드 사진을 찍는다. 사건의 중심 인물인 그녀의 얼굴은 전편을 통해 단 한 번도 제시되지 않고—그녀의 소외는 그녀에게 마땅히 할애되어야 할 숏의 부재로 말미암아 강화된다—이 장면에서 흐릿한 사진 몇 장으로 그 외모를 간신히 짐작할 수 있을 뿐이다. 프랭크는 자기가 맡은 사건의 이 가련한 여자가 기계에 생명을 위탁한 채 죽어가고 있음을, 역시 기계에 의해 복제된 이미지를 통해 '문득' 깨닫는다. 그 충격을 표현하는 데에는 아무 말도 필요 없으며 새롭게 느껴지는 책임감을 천명하는 것은 단 한마디로 족하다. 중환자실에서 나가달라는 간호사의 말에 프랭크는 짧게 대꾸한다. "난 이 여자의 변호사요."

신문 부고란이나 뒤적이고 장례식장을 들락거리며 사건을 구걸하던 알코올중독의 삼류 변호사는 이렇게 해서 약자의 옹호자로 변모한다. '구급차 꽁무니를 쫓아다니는 자The Ambulance Chaser(교통사고 피해자를 등쳐먹는 변호사를 일컫는 말로서, 악덕 변호사 일반을 이렇게 부르기도 한다)'에서 '독립 씨Mr. Independent(타협을 거부하는 프랭크에게 타락한 판사가 비아냥거리며 붙여준 별명)'로의 일대 변신. 상대는 대주교가 관장하는 종합병원과 저명한 전문의, '사술邪術의 왕자Prince of Fucking Darkness'로 불리우는 노회한 변호사 콘캐넌(제임스 메이슨)과 그 휘하의 엘리트 집단, 그리고 콘캐넌에게 매수된 언론사와 판사와 증인 들이다. 이에 비해 프랭크의 편은 은퇴한

동료 미키(잭 워든)뿐이다. 환자의 언니 부부마저 진실의 폭로보다는
더 많은 보상금만을 바란다.

세트와 야외 배경, 의상, 심지어 뉴먼의 낯빛까지도 철저하게 무채
색으로 설계함으로써 감독은 이런 세상의 황량함, 정의의 부재를 표
현하려 한다. 콘캐넌의 호화로운 사무실에서 열리는 대책 회의와 프
랭크, 미키가 단둘이 자료를 준비하는 장면들은 두 번이나 바로 연결
되어 그 규모와 치밀성의 대조를 보인다. 법정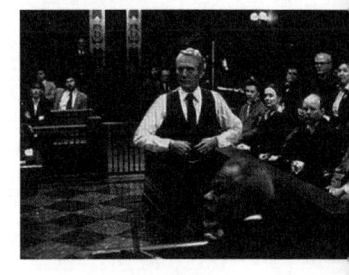
증언시 환자 이름을 반드시 애칭으로 부르도록
훈련받는 피고 의사와 널리 쓰이는 의학 용어도
잘 모르는 원고측 증인 의사. 프랭크는 절망한
다. 이때 프랭크로 하여금, 그가 사랑하는 여인
로라(샬럿 램플링)가 사실은 콘캐넌에게 고용된 스파이였다는 사실과
피고측에 결정적으로 불리한 증언을 해줄 수 있는 간호사의 존재를,
거의 동시에 알게 하는 구성은 그야말로 마멧다운 것이다. 무릇 희망
조차 없는 불행, 고통의 대가 없는 행운이란 없는 법. 이야기가 여기
에 이르면 프랭크가 그 간호사의 마음을 돌리는 장면 따위는 불필요
해진다. 그 정도의 좌절과 아픔을 겪는 남자라면 세상에 설득하지 못
할 사람이 누가 있겠으며 그 설득의 무기는 진실과 정직 말고 또 무엇
이 있겠는가. 오히려 관객의 호기심은 강화되고, 이제 영화는 최후의
'평결The Verdict'을 향해 줄달음친다.

시드니 루멧이라는 감독의 특징들, 즉 미스터리 구조의 선호, 대배
우의 명연기와 치밀한 각본에의 강한 의존, 사회적 구조악과 의로운
개인의 대결 구도에의 천착 등은 기본적으로 법정 드라마 장르에 잘
어울리는 것이고, 특히 이 선고 공판 장면에서 일제히 폭발하듯 만개

한다. 증인의 한마디 한마디에 술렁대는 방청객들이라든가, 무슨 말이 떨어지기가 무섭게 전화통으로 달려가는 기자들도 없다. 피고 둘 중의 하나는 단 한 줄의 대사도 하지 않고, 환자 언니의 감동적이었을 증언도 생략이다. 재판이 끝난 후 숙적이었던 프랭크와 콘캐넌이 한 번쯤 만나 의미심장한 대화를 나눌 법도 하건만—메이슨과 뉴먼이라는 영미의 최고 배우들이 불꽃 튀기듯 벌여온 명연기가 그런 기대를 더욱 부추긴다—숫제 프랭크는 최후 변론 이후 영화의 끝까지 3분 반 동안 단 한마디도 하지 않는다.

그러나 루멧은 최소한의 것에서 최대한의 감동을 이끌어낸다. 이때의 감동은 '정의는 반드시 이긴다'라기보다는 '정의가 이길 때도 있다'는 깨달음에서 비롯한 것이지만, 깨달음이 이렇게 소박할수록 감동은 절실하다. 그러나 감독은 이나마의 흥분도 프랭크에게 보상해주지 않으려 한다. 다시 한번 그는 승리의 기쁨과 실연의 슬픔을 병치시킨다. 법정을 나서는 프랭크의 눈앞에서 로라는 자취를 감춘다. 그리고 전화. 프랭크처럼 알코올 중독이 되어버린 로라가 이제 술 대신 커피잔을 든 프랭크에게 대화를 시도한다. 그러나 그는 '용서에의 유혹'마저도 뿌리친다. 전화벨은 자명종처럼 혼자 울고 잔인하게도 영화는 여기에서 그대로 끝나버린다.

시드니 루멧의 영화 데뷔작은 1957년 〈12인의 성난 사람들〉이었거니와, 이제 그가 또다시 법정 드라마로 자신의 후기 최걸작을 완성했다는 사실은 흥미롭다. 열두 명의 배심원들을 주인공으로 한 집단 드라마에서, 한 고독한 변호사의 내면 풍경으로 카메라를 옮겨가는 데에는 사반세기의 세월이 필요했던 것일까. 뉴먼의 백발만큼이나 시간의 흐름을 실감케 하는 변화가 아닐 수 없다. 다만 잭 워든만큼은 그때 이래 루멧의 가장 믿음직한 조연으로서 그 자세에 흔들림이 없고 배심제도에 대한 루멧의 '비판적 지지'도 여전하다.

ER

휴 그랜트의 선택
EXTREME MEASURES

원제 'Extreme Measures'를 번역한다면 '극단적인 조치'쯤이 될 것이다. 전형적인 메디컬 스릴러 영화이므로—병원과 수술이라면 사족을 못 쓰는 데이비드 크로넨버그도 카메오 출연한다—우리는 이 말이 '어떤 질병을 치료하는 데 예상되는 모종의 위험을 무릅쓰고서라도 취하게 되는 특별 수단'을 가리키는 일종의 의료용어임을 알 수 있다. 또 'Measure for Measure'란 영어 표현도 있다. 쉽게 말해 '눈에는 눈을, 이에는 이를'이다. 베스트셀러 작가 마이클 파머의 소설을 각색한 이 영화의 내용은 바로 이 '되갚음'으로 이루어져 있다.

마이릭 박사(진 해크먼)는 의학사에 길이 남을 위대한 진보를 이룩하기 위해 인체 실험을 불사한다. 악행인 줄 알지만 더 큰 휴머니즘을 위해 어쩔 수 없다는 생각이다. 말하자면 불가피한 '극단 조치'인 셈이다. 그러나 부랑자들을 납치하고 고문하고 살해하는 과정에서 문제가 발생한다. 결국 비밀을 눈치챈 젊은 의사 가이(휴 그랜트)에 의해 그는 '응분의' 대가를 치르게 된다. 마이릭 박사는 죽으면서 말한다. "도와줘…… 제발……." 이 대사는 영화 초반, 가이의 응급실로 실려 온 환자가 했던 것과 정확히 일치한다. 그 환자가 마이릭의 비밀 연구소에서 탈출한 모르모트였음은 물론이다. 정확한 인과응보다.

이때 마이릭 박사가 총 맞은 데는 후두부인데, 그 부위는 우리가 먼저 보았던 곳이다. 도입부에서 가이는 두 명의 응급환자를 동시에 받는다. 하나는 경관, 하나는 흉악범이다. 수술실 문제로 둘 중 하나를 택해야 하는 상황에서 의사는 법집행자의 생명을 먼저 구한다는 결단을 내린다. 바로 그 행동 때문에 마이릭 박사는 가이가 근본적으로 자기와 생각을 같이한다고 믿어버린다. 인간에게 등급이 있다는 것, '더' 중요한 생명이 존재한다는 믿음. 요컨대 가이는 마이릭을 비난할 자격이 없는지도 모른다. 경관이 목에 입은 총상은 그래서 중요한 의미를 갖는다. 게다가 가이에게는 의사 자격을 박탈당한 영국인 아버지가 있다. 말기 암 환자인 절친한 친구의 안락사를 도왔기 때문이다. 아마도 주위의 눈총 때문에 미국에 와서 의사 노릇을 하는 것으로 짐작되는 아들은, 아버지의 그런 행동에 대해 어떤 도덕적 판단도 내릴 수 없다고 토로한다.

우리 역시 결정적인 순간에 떨어진 가이의 한마디, "Yes"에 쉽게 비난을 가하기 힘들다. 기절했다 깨어난 가이는 자기가 목 아래로는 손끝 하나 움직일 수 없는 불구자가 되었음을 알고 죽으려 한다. 이때 나타난 마이릭은 다시 걷게 해주는 대가로 자기 일에 협력할 것을 요구한다. 그의 연구는 생을 스스로 포기한 부랑자 몇을 희생시켜 불구자들을 휠체어에서 일어나게 하려는 것이다. 가이는 다시 걷기 위해 그 비인간적인 실험의 성과를 취하고, 나아가 악마의 실험에 동참할 것인가를 결정해야 한다. 이것은 교묘하게 설계된 도덕적 딜레마이다. 이 영화 전체가 여기에 초점을 맞추고 있다. 〈넬〉이나 〈브링크〉 따위의 상업영화를 만드는 틈틈이 탁월한 다큐멘터리를 꾸준히 발표하고 있는 마이클 앱티드 감독다운 진지한 태도가 아닐 수 없다.

엽기적인 그녀

—

어딕션
THE ADDICTION

칼 테오도르 드레이어가 최초로 〈뱀파이어〉를 발표한 이래 흡혈귀 영화는 하나의 장르로 독립시켜도 좋을 만큼 확산되어왔다. 흡혈귀에 한 번 물리는 것만으로 그 끔찍한 식성을 물려받게 되는 것처럼, 한 편의 흡혈귀 영화를 본 감독은 곧 자신도 그런 영화를 만들고 싶은 유혹에 빠지게 된다. 수없이 많은 감독이 어린 시절부터 흡혈귀 영화를 꿈꾸어왔다고 고백하고 있거니와 예를 들어 장 자크 베네 감독 같은 사람도 수십 년간의 소원을 이루기 위해 아직까지 노력 중이라고 한다. 흡혈귀 이야기의 핵심은 그 번식력이랄까, 자기복제의 과정, 전염성, 또는 굳이 그렇게 불러야 한다면 '중독성addiction'에 있다고 해도 좋다. 그런 의미에서 아벨 페라라가 이 '혈통'에 동참했다고 해서 놀랄 필요는 없다. 그는 이미 〈바디 에이리언〉을 통해 그 비슷한 외계 생명체를 다룬 바 있고, 어떤 의미에서 그의 필모그래피는 폭력과 살인의 충동에 중독된 인물로만 채워졌다고 해도 과언이 아니기 때문이다.

하지만 페라라 자신이 의도했건 아니건 〈어딕션〉은, 다른 무엇보다도 자기의 출세작이었던 〈복수의 립스틱Ms. 45〉을 다시 만든 영화다. 강간당한 처녀가 남성 학살을 자행하다가 죽는다는 20년 전 플롯은 아직까지 유효해 보인다. 한마디로 〈어딕션〉은 밤에 찍은 〈복수의 립스틱〉이다. 명문대 철학과 대학원생은 예전의 의상실 재단사와는 좀 다르지만, 타인과의 소통에 어려움을 느끼는 자폐적인 성격의 여자라는 설정만큼은 귀머거리 벙어리였던 그때 그 아가씨를 다시 생각나게 한다. 확실히 여기에는 하나의 의도된 아이러니가 있는데, 성별을 확실히 마무리 짓는 옷 만들기에 종사하던 (전작에서의) 그녀가 남성의 폭력성에 희생당했다면, 죄의식에 관해 사색하는 (신작에서의) 그녀는 죄의식이라곤 눈곱만치도 없는 흡혈귀를 만나 피를 빨린다는 것이다. 이후 둘은 모두 가해자의 폭력성을 전염받아 살인에 중독된다. 그리고 자기가 당한 방법 그대로 복수한다. 재단사는 바늘 대신 강간범의 45구경 권총을 들고, 철학자의 펜은 날카로운 송곳니로 변모한다. 결국 영화의 끝에 이르러, 경악을 금치 못할 일대 학살 파티를 벌인 다음 두 여자 다 죽는다.

페라라 필생의 화두, '폭력의 악순환'이란 문제를 생각해보면 그가 왜 이제야 이 장르에 손을 댔는지 의아해질 지경이다. 생존을 위해 남을 죽여야 하고, 희생자는 죽음에서 부활해 새로운 가해자가 되어야 하는 이들 흡혈귀 집단의 생태만큼 이 주제에 잘 어울리는 소재가 어디 있을까. 그의 견해에 따르면 누구도 죄악의 먹이사슬에서 자유롭지 못하다. 살아가자면 악행은 필수적이다. "결정론자에게는 죄의식이 없다. 죄의식은 신이 준 면죄부다." 어차피 지을 죄이니, 끝없이 죄의식으로 고통받는 것만이 그나마 인간이 할 수 있는 최선이다. "죄를 지어 죄인이 아니라, 죄인이므로 죄를 짓는다." 다시 말해, 남의 피를 빠니까 흡혈귀가 아니라, 흡혈귀이기 때문에 남의 피를 빤다.

베이비 키우기의 가족 음모

아리조나 유괴사건
RAISING ARIZONA

이것은 '결핍'에 관한 영화다. 하이 부부는 그토록 원하는 아이를 가질 수 없다. 각각의 직장을 잃고 나자 이들은 돈도 부족하다. 그리고 무엇보다도 하이는 가장으로서의 책임감이 결여되어 있다. 이 세 가지의 결핍으로 말미암아 부부는 자기들이 '가정'을 이루는 데 실패했다고 여긴다. 이들이 생각하는 가정이란 당연히 자식이 포함된 개념인데 아내의 임신은 불가능, 인공수정이라도 하자니 돈이 모자라고 전과자라 입양마저 허가해주지 않는다. 그래서 남의 아이를 훔쳐왔더니 양육은 납치보다 훨씬 어렵다. 자식을 얻기 위해 고생도 할 만큼 했건만 주위 사람들은 모두 부부가 행복해하는 꼴을 못 봐 한다. 도대체 날더러 어쩌란 말이냐! 하이의 동분서주와 좌충우돌은 눈물겹기만 하다.

이에 비해, 남들은 하나도 못 낳는 자식을 다섯이나 한꺼번에 얻은 아리조나 씨 부부는 완벽한 가정의 표상이자 결핍의 반대, 풍요의 상징이다. 간이 주택에 사는 하이 부부에 비해 아리조나 부부의 보금자리는 견고하고 안락하다. 아리조나 씨의 직업은 가구상. 실용적이고 아름다운 가구야말로 행복한 가정의 필수품이 아니던가. 납치 사건 직후 집에 들이닥친 경관들이 가구를 상하게 할까봐 전전긍긍하는 그의 모습은 탈옥수 친구와 온 집 안을 쑥대밭으로 만들면서 싸움을 벌이는 하이의 모습과 대비된다. 불쌍하게도 간이 주택의 벽과 기둥들은 어이없을 정도로 쉽게 무너지고 부서진다.

일단 아기를 데려온 후 하이는 엄청난 심리적 압력에 시달린다. 보험과 예방접종, 심지어 기저귀를 사대는 일까지 그에게는 모두 부담이다. 기저귀를 얻기 위해 권총을 들고 상점을 털어야 하는 비애를 누가 알랴. 하이는 경찰과 종업원과 개 떼에 쫓기고 자동차에 치여가면서도 기어이 '하기스'를—그러나 코엔 형제는 하기스 사에서 한 푼의 제작비도 도움받지 않았다고 한다—차지하고야 만다. 이 처절무비, 포복절도의 추격 장면은 가히 〈아리조나 유괴사건〉을 대표할 만한 명장면인데, 그 배경이 되는 장소로 흔해빠진 하이웨이나 러시아워의 도심지 대신 주택가를 택했다는 점에서 특히 의미심장하다. 하이가 도망다니는 곳은 슈퍼마켓과 중산층의 주택 등으로서, 그는 또다시 가정생활의 안락함과 충돌한다. 그는 아내에게서조차 버림받고 종이 기저귀를 옆구리에 낀 채 진퇴유곡의 밤거리를 경중경중 뛰어다닌다. 이번에도 사방엔 적들뿐이고 그는 고립무원의 상태에 빠져 헤맨다. 아무리 도둑질이 직업이라지만 훔쳐온 아기에게 훔쳐온 기저귀를 채우는 따위의 일들은 그 자체가 쉽지도 않을뿐더러 상당한 중압감과 죄의식을 수반한다(유능한 가장이 된다는 것은 얼마나 어려운 일인가!). 그 중압감에서 벗어나기 위해 그는 탈옥한 친구들과 함께 은행을 털러 갈, 즉 처자를 버리고 달아날 궁리도 해보지만 이 역시 아무나 할 수 있는 일은 아니다.

그가 아기를 얻은 기념으로 가족사진을 찍을 때의 표정은 지극히 처량한데, 이어서 들리기 시작하는 폭풍우 소리와 양쪽 귀에서 뿜어져 나오는 화염으로 인해 그는 거의 폭발 직전으로 보인다. 물론 그것은 곧 등장할 추격자, 이름하여 '묵시록의 고독한 바이커'의 모터사이클 배기통이 하이의 얼굴과 디졸브된 결과지만, 이 두 이미지의 만화적 결합은 영화에서 매우 중요하다. 하이의 악몽에서 처음 모습을 드러냈던 추격자는 이제 생시에도 그의 머리를 들쑤셔놓는가 하면, 잠시 후에는 아예 실재하는 존재로 육화된다. 그의 정체는 무엇인가. 두말할 것도 없이 그는 하이의 무의식을 억압하는 초자아다. 그가 하이 바로 그 자신이라는 것은, 팔뚝에 하이와 똑같은 모양으로 새긴 딱따구리 문신에 의해 일언지하에 드러난다. 딱따구리 우디는 그 뾰쪽한 부리로 하이의 의식을 쉴 새 없이 쪼아댄다(추적자가 가진 또 하나의 문신에는 "엄마는 날 사랑하지 않았어"라고 씌어 있다. '가정 파탄'을 가장 순수한 형태로 요약한 이 문장은, 하이의 불우한 어린 시절과 엄마라기보다는 기숙사 사감같이 생긴 아리조나 부인을 동시에 연상시킨다). 그러니까 하이는 아기를 훔친 죄를 지은 후부터, 이 무서운 인간 사냥꾼을 자기의 응징자로 창조해내고 그에게 끊임없이 시달림으로써 현실에서의 형벌을 대신하고자 했던 것이다.

감옥을 '세상 사람들이 생각하는 것보다는 살 만한 곳'으로 여기고, 강도질의 죄악에 대한 반성도 전혀 없었던 그에게 이것은 하나의 극형이다. 하지만 인정사정 없는 형제 감독은 이 정도에서 만족할 줄 모르고 급기야는 응징자를 실제로 보내 하이에게 '진짜로' 아픈 주먹을 선사한다. 그리고 하이가 상대의 문신을 확인하는 순간, 응징자는 자기 수류탄에 의해 폭사하면서 마스코트로 달고 다니던 유아용 가죽신과 분리된다. 이로써 그와 하이와 아기를 연결하던 끈이 떨어지고 아리조나 씨는 아기를 돌려주러 온 하이 부부를 용서하기로 한다. 영화의 끝에서 하이는 침대에 누워 자손번성한 만년을 상상하는데,

이런 식의 수직 부감 숏을 우리는 어디에선가 본 적이 있다. 그렇다. 그것은 하이가 마지막으로 들어갔던 감옥 안에서였다! 그렇다면 가정은 낙원이 아니라 감옥? 고독한 자유인인 인간 사냥꾼은 사회 부적응자 하이의 초자아/응징자가 아니라 무의식/욕망의 대리수행자? 아무래도 〈아리조나 유괴사건〉에서 아기와 가정은 일종의 자본주의적 물신인 것 같다.

영화 마지막 대사는, 꿈속의 장소가 "아무래도 유타 주 같았다"는 것이다. 거기는 일부다처를 허용하는 모르몬 교도가 많이 살기로 유명한 곳이다. 하이의 욕망은 정말 끈질기다.

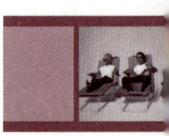

배리 소넨필드는 로브 라이너와 코엔 형제의 전속 촬영기사이자, 〈아담스 패밀리〉, 〈사랑 게임〉의 감독이다. 그의 카메라는 활력 있는 이동 촬영에 특히 능한 것으로 알려져 있다. 바이커가 도로를 질주하다가 사다리를 타고 아리조나 씨 집 이층 방까지 올라가는 하이의 꿈 장면을 보자. 이것은 세 개의 숏으로 연결되어 있는데, 1) 9.8밀리 광각 렌즈를 장착한 셰이키 캠(부드럽게 흔들리는 느낌을 강조하기 위한 장치가 달린 카메라)을 자동차에 싣고 마구 흔들면서 사다리 앞까지 달려간다. 2) 원격 조정 카메라가 사다리를 훑고 올라가 커튼 앞에서 멈춘다. 3) 비명을 지르는 아리조나 부인의 편도선 클로즈업─이때 카메라 주위에는 물론 광섬유 라이트가 설치되어 부인의 목구멍 안을 조명한다─에서부터 카메라는 커튼이 렌즈를 가릴 때까지 달리로 급후진한다. 3번은 역회전 촬영된 다음, 커튼을 매개로 2번과 연결된다. 이렇게 해서 길에서 편도선에 이르는 경천동지의 트래킹숏이 완성되었던 것인데, 이상하게도 코엔 형제는 마지막 목구멍 클로즈업을 잘라버린다. 그 이유는 이동이 멈춘 후에 비명을 질렀기 때문에 속도감이 반감된다는 것, 다음에 연결되는 하이의 눈동자 클로즈업과 시각적으로 어울리지 않는다는 것 등이었다고 한다.

아빠는 출장중

햇빛 쏟아지던 날들
陽光燦爛的日子

〈붉은 수수밭〉을 보면서, 저런 얼굴로 어떻게 주연 배우가 되었나 했던 그 강문이 이번에는 그 명성을 바탕으로 감독까지 되어서 나타났다. 뭐니 뭐니 해도 배우 출신 감독들이 가장 놀라운 데뷔작을 만드는 이 시대가 아닌가. 좀 묵은 영화이긴 하지만 이 〈햇빛 쏟아지던 날들〉의 찬란한 햇빛의 매력은 전혀 스러지지 않는 듯하다. 온통 '노란 햇살밭'이다. 중국영화 특유의 활달하고 거침없는 힘과 에너지에 실린, 선뜻 이해하기 힘들 정도로 대범한 낙관주의에 거의 어리둥절해질 지경이다. 이른바 5세대 감독들과 함께 작업해오면서 문화혁명에 대한 비판에 신물이 났던 것일까. 강문이 그려내는 그 시기는 전혀 다른 뉘앙스로 다가온다. 그의 기억 속에 남아 있는 북경에서의 문혁시대는 '동네 엉아'들이 모두 군대가고 하방되느라 골목을 비운, 따라서 꼬마들이 제 세상 만난 듯 설쳐대는 게 가능했던, 한마디로 신나는 시절인 모양이다. 하긴 아이들이란 어떤 시대에도 나름대로의 방법으로 재미나게 놀면서 살아가게 마련이다.

어른들이 아래로부터의 혁명에 골몰하고 있을 때 그보다 더 아래의 아이들은 혁명의 사각지대에서 첫사랑의 몸살을 앓고 있다. 성장 이야기를 다룬 기성 영화들과 다른 게 있다면 바로 이런 '권위 부재'의 상황이겠다. 주인공 소년의 아버지는 권위의 상징과도 같은 군인이지만 지방으로 전속되어 어쩌다 한 번 집에 오는 처지이므로 한마디로 있으나 마나다. 허구한 날 '아빠는 출장 중'이다. 모든 권위를 경멸하고 거기에 도전하는 일이 장려되었던 때라 학교 교사에게조차 아무런 힘이 없다. 이런 영화에 흔히 나오는 선생님 골려먹기 장면도 그래서 좀 달리 보인다. 개구쟁이들의 짓궂은 장난을 보며 그냥 웃어넘길 수 없게 하는 시대 분위기가 거기 있다. 가정 안팎에서 체계적인 교육은 부재, 공개적인 장소에서의 음주와 흡연은 기본이고 사제총까지 든 패싸움도 서슴지 않는다. 무슨 짓을 하든 꾸짖는 어른이 없거나, 어쩌다 있더라도 잘 먹히지 않는다. 소년이 수업 까먹고 하는 짓은 남의 빈집 무단침입인데, 그건 아마도 다른 가정도 자기 집처럼 엉망인지 확인하는 작업일 터이다. 요컨대 아이들은 완전히 내팽개쳐졌다. 거리가 학교이고 또래 집단이 가정이고 동네 형이 아빠이고 짝사랑 누나가 엄마인 상황이다.

아버지가 부재하면서 생긴 빈 공간을 대신 채우는 것은 바로 햇빛이다. 실내외를 막론하고 엄청난 양의 자연광이 주위를 감싸면서 하나의 캐릭터처럼 역할을 해낸다. 〈붉은 수수밭〉의 햇빛이, 인물을 압도하면서 내리쪼이는 일사병과 가뭄의 햇빛이라면, 여기서의 그것은 인물을 어루만지는 풍요의 햇빛이자 에너지원이다. 그것은 그 시대 아이들에게 강요된 아버지, 모毛 주석님의 은혜처럼 아이들을 골고루 비춰주면서 성숙시킨다. 그리하여 아이들은 마치 곡식이나 과일처럼 거리에서 익어간다. 다만 이 아이들은 재배되지 않고, 씨 뿌리고 거두지 않아도, 알아서 저희끼리 자생할 뿐이다.

소년, 영화를 만나다

시네마 천국
CINEMA PARADISO

화분이 있고, 거기 이름을 알 수 없는 작은 풀 한 포기가 뾰족하게 꽂혀 있다. 그 너머로는 바다가 펼쳐졌으며, 카메라가 천천히 후진하면 화분이 자리한 곳이 어느 집 발코니의 낮은 담 위임을 알 수 있다. 계속해서 창문과 거실 풍경이 프레임 인한다. 먼저 테이블 위에 놓인 시든 모과 몇 개가 보이고, 이어서 그 옆에 앉아 있는 노파가 모습을 드러낸다. 그녀는 토토의 어머니, 30년이 지나도록 돌아오지 않는 자식에게 전화를 건다. "알프레도가 죽었다."

한 개의 숏으로 이루어진 간결하고 소박한 도입, 그러나 소나타 양식에서의 주제 제시부처럼 앞으로의 내용을 지배할 모티브가 이미 암시되어 있다. 단순해 보이지만 여기에는 몇 개의 의미의 층위가 존재하는데, '지중해-화분과 식물-창-접시와 모과-어머니'가 그것들이다. 우선 구도는 바다/화분의 열린 공간과 모과/어머니의 닫힌 공간으로 나뉜다. 토토의 젊은 날, 알프레도는 시칠리아를 떠나라고 말한다. 그때 그곳도 바다였다. 그리고 토토는 그 바다를 건너 로마로 갔던 것이다. 화분의 어린 싹은 말할 것도 없이 작은 마을에 갇힌 채 넓은 세상을 동경하는 어린 토토다. 그는 아직 실내도 바다도 아닌 중간에 놓여 있는 상태고, 실내에선 늙었어도 아직 은은한 향기를 풍기는 모과, 즉 알프레도와 어머니가 그를 기다리고 있다. 카메라는 그래서 발코니의 화분과 거실의 모과 접시를 깊은 심도의 한 프레임으로 잡아 상하 대칭시킨다. 그 둘 사이에는 창이 있으나, 지금 그것이 열려 있음은 물론이다. 창은 그 용도의 첫째로 벽의 일부로서 집의 안팎을 구획하는 차단물이지만, 둘째로 그 투명함으로 말미암아 저편을 건너다볼 수 있는 조망대며, 셋째로 위의 두 용도를 폐기하고 열어젖혔을 때 자유로이 들락거릴 수 있는 길이기도 하다. 〈시네마 천국〉은 결국 이 '창'에 관한 영화다. 여기서 창은 시종일관 영화를 지배하는 가장 중요한 장치로 기능한다. 관객 토토는 영사실 창 안을 들여다보며 세상을 배워나간다. 또한 토토는 카메라 렌즈라는 창을 통해 연인 엘레나를 첫 발견하게 되며, 이어서 그녀에게 처음으로 사랑을 고백하는 것도 고해소 창 너머서이고, 엘레나의 집 앞에서 몇 달이고 밤마다 서성댔던 까닭은 그녀가 발코니 창을 열고 자신의 사랑을 받아들여주기를 기다렸기 때문이다(이 사랑의 맹세는 알프레도가 들려준 옛날이야기에서 비롯하는 것으로, 전설 속의 근위병은 공주의 침전 창 아래서 99일을 기다리다가 마지막날 스스로 떠나버림으로써 알프레도에게 미스터리를 던져준 바 있다. 그러나 해결은 간단한 것이어서, 공주/엘레나는 창을 여는 대신 몸소 달려나가 근위병/토토의 품에 안겨버렸던 것이다). 그리고 마침내 성인이 된 토토가 30년 만에 시칠리아로 돌아오는 과정은 모두 비행기나 자동차의 창에 반사된 풍경과 그것을 내다보는 얼굴 표정의 겹쳐진 이미지를 통해 묘사된다.

마지막으로 이 작품에서 가장 중요한 창은 바로 영화다. 알프레도와 토토는 영화를 매개로 세상과 연결된다. 〈대지는 흔들린다〉, 〈역마차〉, 〈스카페이스〉, 〈무방비 도시〉, 〈율리시즈〉, 〈망향〉, 〈복서〉…….
인생 공부에 다른 방법은 불필요하다. 영화는 충분히 많고 그 영화들은 제각기 다른 진실을 두 사람에게 가르쳐준다. 알프레도의 명언들은 모두 같은 영화를 수없이 반복해 보면서 외운 대사들이고, 전쟁 나간 아버지에 관해 묻는 토토에게도 "클라크 게이블처럼 생긴 남자"였다고 대답할 정도다. 아버지의 전사 소식조차 정부의 뉴스 릴 필름을 통해 알게 되는 토토는, 그래서 눈물 흘리는 엄마의 손을 잡고 전후의 폐허를 지나면서도 게이블이 주연한 〈바람과 함께 사라지다〉의 포스터를 보며 행복한 상상에 잠길 수 있었던 것이다.

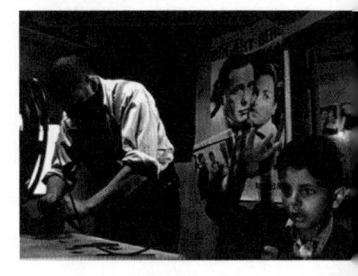

이미 아버지의 사진을 태워먹었던 토토는 이렇게 해서 새로운 아버지-영화를 받아들인다. 이 아버지는 결코 죽지 않는다. '시네마 파라디소'가 없어져도 '누오보新 시네마 파라디소'가 곧 다시 생기듯, 필름은 불에 타도 영화는 살아남는다. 그래서 알프레도는 자기의 죽음을 토토에게 알리지 말라고 유언했는지도 모른다. 그는 영화처럼 토토의 가슴속에 영원히 살아 있고 싶었던 것이다. 그 영원성과 지속성이야말로 시간의 비밀이 아니던가. 그토록 오래 잊고 지냈던 추억이, 구석에 팽개쳐두었던 낡은 필름이 영사되듯이 생생하게 되살아난다. 그것은 글자 그대로 '봉인된 시간'이니, 망각의 봉투/녹슨 필름 깡통에서 개봉—그래서 우리는 영화를 처음으로 공개 상영할 때 '개봉한다'고 말하는 것일까?—되자마자 그 사랑의 명장면들은 입을 맞추고 포옹하고 옷을 벗는다. 신부의 검열에서 잘려나간 덕분에 화마火魔를 피할 수 있었던 '키스 장면 퍼레이드'를 보면서 토토는 일시에 모든 시간이 부활함을 느낀다.

일찍이 시네마 파라디소에서 관객이었으며, 누오보 시네마 파라디소에서는 영사기사였는가 하면 훗날 로마를 주름잡는 감독이 되는 토토는, 알프레도의 죽음을 기점으로 첫사랑의 여인이 찍힌 단편 영화를 집에서 다시 틀어보는 영사기사로 돌아갔다가 마침내는 알프레도의 영화를 감상하는 관객으로 남는다. 이것도 하나의 귀향이라면 귀향이고, 〈시네마 천국〉의 이야기 구조는 결국 이 '전직轉職'과 그리와인드의 과정이다. 명감독이 되었다지만 토토는 결국 알프레도가 창조한 걸작을 보며 눈물 짓는다. 진짜 명감독은 알프레도였다. 영화 〈시네마 천국〉은 알프레도의 영화가 끝나면서 떠오르는 '끝' 자와 함께 정말 끝나버린다.

그러나 영화광들이여, 잊지 말라. 당신의 영화가 인생의 모든 것을 가르쳐주지는 못한다. 창 너머로 보기보다는 직접 몸을 담글 때 바다는 더 잘 이해되는 법. 알프레도는 시력— '눈은 마음의 창'—을 잃어 다시는 영화를 볼 수 없게 되지만 그 후, 오히려 그 심안心眼으로 더욱 지혜로워지지 않는가.

알프레도 역의 필립 누아레는 '프랑스의 허장강'이라고나 할까, 특유의 뚱한 표정으로 온 유럽의 은막을 종횡무진으로 활약하는 모습은 가히 경탄할 만하다. 유럽 감독치고 그를 탐내지 않는 이가 없고, 그의 출연작치고 명화 아닌 것이 없다. 한편 성인 토토를 연기하는 자크 페랭은, 코스타 가브라스의 〈제트〉에서 신문기자 역과 제작자 노릇을 병행하기 시작한 이래, 연기보다는 제작으로 더 성공한 사람.

4

진실과 농담

그 남자, 여전히 흉포하다

━━━

하나비
花火

언제나 영화제들은 한발 늦다. 정작 그 감독의 최고 걸작은 망설이다가 그냥 흘려보내버린 다음, 아차 싶어 그 다음에 발표된 영화가 태작이건 말건 그제야 부랴부랴 큰 상을 안겨주는 식이다. 칸의 경우 코엔 형제나 데이비드 린치 등이 그랬고 베니스에서는 기타노 다케시가 엉뚱한 영화로 황금사자를 얻었다. 〈그 남자 흉포하다〉나 〈소나티네〉에 상 줄 기회를 놓쳤는지도 모르고, 좀더 지켜보자는 식이었을 수도 있다. 어쨌든 〈하나비〉는 다케시로서는 그리 뛰어난 영화가 아니다.

다만 가장 그다운 영화이기는 하다. 매너리즘. 그때까지 여섯 작품을 만들어오면서 확립한 다케시 스타일이 유감없이 발휘된다. 먼저 그 자신이 연기하는 무표정 형사의 이미지. 이번엔 안면근육까지 몹시 씰룩대면서—누구는 교통사고 후유증이라고 하고 누구는 계산된 연기라고 한다—특유의 축 늘어진 어깨를 하고 안짱다리를 부지런히 놀려 여기저기 왔다 갔다 한다. 인물은 대개 얼굴을 정면으로 하고 화면 한가운데 떡하니 위치한다. 세련된 상업영화들이 그런 식으로 찍지 않은지 이미 7, 80년이 지났으니 이런 고지식하다 못해 서툴러 보이기까지 한 화면은 오히려 관객에게 불안감을 준다. 인물들은 관객에게 정면으로 대드는 것 같다. 나 이런 놈이야, 하고 한번 해보자는 식이다.

촬영보다 더 아마추어 같은 건 편집이다. 언제나 한 템포 늦게 시작하고 끝난다. 감독들이 "액션!" 하고 외치기 전에 이미 돌아가기 시작한 카메라에는 배우가 본격적으로 연기하기 이전의 표정이 찍히게 마련이다. 말하자면 눈만 껌뻑거리며 대기하는 모습이다. 그리고 연기가 끝나면 감독들은 조금 더 여유를 주었다가 "컷!" 한다. 이때 필

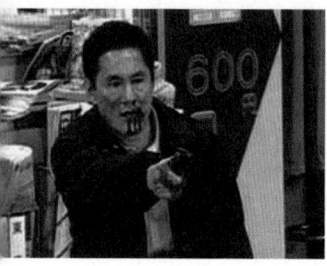

름에 담기는 건 연기의 마지막 표정을 얼굴에 억지로 고정시킨 채, 왜 컷 사인이 빨리 안 떨어지나 기다리는 모습이다. 다케시는 이 앞뒤의 불필요한 부분을 그대로 살려두기를 즐긴다. 보통의 편집기사라면 감독이 편집실에 도착하기도 전에 미리 알아서 잘라내버릴 부분을 다케시는 손도 못 대게 한다. 그렇게 하면 중간에 아무리 연기를 잘해도 전체가 우스워 보일 수밖에 없는데, 그는 배우들의 그 엉거주춤 어색한 꼴이 그리도 좋은 모양이다. 심술궂다.

이를 일러, '영화 독학자의 스타일'이라 할 만하다. 제대로 배운 게 없으니 멋대로 찍어버린다는 뜻이다. 정교하게 연출할 자신이 없어 그런지, 다른 감독이라면 공들여 촬영할 장면을 대충 생략해버린다. 거기서 엉뚱하게도 예술이 삐져나온다. 남이 버릴 장면은 기어이 붙여서 쓰고 남이 반드시 넣었을 신은 아예 안 찍어버리는 데서 생기는 예술. 여기에 〈하나비〉에는 시공간을 흩뜨리는 구성까지 가세한다. 플래시백과 플래시포워드, 교차 진행, 느닷없는 이미지의 삽입으로 말미암아 내러티브는 토막토막 분절되고 관객은 혼란에 빠지게 된다. 예를 들어 다케시가 도움을 주는 미망인이 누군지 나는 거의 영화

가 끝날 때가 돼서야 알 수 있었다. 이 영악한 독학자는 이제 비평가에게 어필하는 법, 즉 매우 오만한 태도를 내보일 때가 되었다는 사실을 깨달은 것 같다.

누가 토마토를 두려워하랴

———

토마토 공격대
THE ATTACK OF THE KILLER TOMATOES
돌아온 킬러 토마토
RETURN OF THE KILLER TOMATOES

과연 사상 최악의 영화는 어떤 것일까. 여기에 선정되려면 기획에 서부터 연출, 음악, 미술, 연기 등 영화를 구성하는 제반 요소 모두가 고르게 형편없는 질을 고수하고 있거니와, 무엇보다도 중요한 것, 이 세상 어느 누구에게도 감동은커녕, 저절로 튀어나오는 욕설을 제어 할 수 없도록 만든다는 조건을 충족시켜야 할 것이다. 여기 그 희귀한 예가 있다. 〈토마토〉 3부작!(한국에 출시된 두 편 말고도 시리즈 완결편 〈킬러 토마토의 역습〉이 있다). 도대체 야채 따위가 인류를 공격한다는 발상부터 황당하기 짝이 없을뿐더러, 여기에는 영화적으로 그럴듯한 장면이 단 하나도 존재하지 않는다.

그러나 이것은 흔히 말하는 엉터리 영화가 아니다. 엉터리이긴 하 되 일부러 못 만든 엉터리이기 때문이다. 이런 식으로 한 술 더 뜨는 〈핑크 플라밍고〉의 감독 존 워터스가 자기 영화를 규정한 용어대로, 이것은 '쓰레기 예술Trash Art'이고, 여기서 '일부러 엉터리' 기법은 나름대로 하나의 세계관의 표현인 것이다. 이들의 슬로건은 '전통과 관습의 파괴'이며 '가치관의 전복'이다. 그렇지만 이들은 초현실주의 자나 다다이스트도 아니고 아방가르드는 더더욱 아니다.

〈토마토 공격대〉는 영화 문법을 해체하거나 제거하는 대신, 패러디 한다. 우선 장르 컨벤션을 폭로(1950년대의 공포-SF영화를 조악한 형

태로 답습한다)하는 데서 출발하여, 일반적인 영화의 '게임의 규칙'을
교란(갑자기 감독과 스태프가 화면에 끼어들어 2편의 제작비 부족을 한
탄한다)시키고 관객의 기대를 고의적으로 배신(뻔히 샌프란시스코로
보이는 거리 장면에 태연스럽게 '뉴욕'이란 커다란 자막을 넣는다)하는
나머지, 끝내는 영화 자체를 조롱(〈돌아온 킬러 토마토〉에서는, 〈가슴
이 큰 계집애들, 해변으로 간다. 그리고 브래지어를 벗다〉라는 허구의 영
화 속 영화가 본 영화와 수시로 뒤섞인다)하는 지경에까지
이른다.

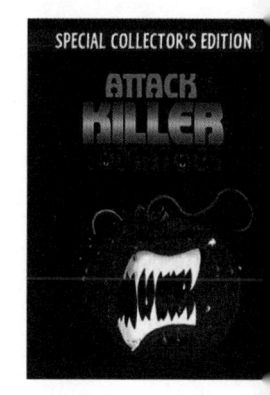

그리고 그 조롱의 표현 방법은 '무성의(식인 토마토의
습격을 받아 패닉 상태에 빠진 미국 각 도시의 모습을 촬영
한 TV 뉴스에서, 똑같은 담벼락 앞을 달려가는 똑같은 사람
들을 계속 보여주면서, 자막만 '뉴욕', '볼티모어', '디트로
이트' 등으로 바뀐다)'다. 이른바 걸작이라는 것들에서 보
이는 철저한 성실성과 이 무성의의 비교에 의해, 그 성의의 차이에도
불구하고 모든 영화에서 불변하는 어떤 원칙의 존재가 확인되는 것
인데, 이로써 그 어떤 교과서보다도 〈토마토 공격대〉는, 영화의 기본
원칙이 과연 무엇인가를 효과적으로 설명하고 있는 셈이 된다. 여기
서 더 나아가 〈토마토 공격대〉는 역으로, 그렇다면 이 영화와 고상한
영화 사이에 아무런 차이도 없는 게 아닌가 하는, 참으로 불경한 의문
까지를 제기한다(감독은 시작 전 자막을 통해, 영화를 〈새〉에 헌정하는
척하면서 음흉하게도 자기가 히치콕의 정당한 계승자인 양 우쭐댄다).
'내게는, 비록 엉터리이긴 하지만 개그가 있다. 단지 성의가 없을 뿐
이다'라며.

아마도 그런 무성의를 낳은 원인은 '자포자기'의 심정일 듯하다.

걸작 만들기를 포기한 인디 작가가 할 수 있는 가장 가치 있는 일에는, 자기의 상황을 적나라하게 드러내는 것도 포함될 수 있을 터, 그렇다면 이런 장면은 또 어떤가. 영화가 진행되다 말고 감독이 직접 출연해 제작비 문제를 호소하자, 배우 중 하나가 영화 속 상품 광고를 제안한다. 특정 상표의 소품을 필요 이상으로 자주 크게 보여주고 돈을 타내자는 작전. 그 이후로 다시 이어지는 장면에서 모든 배우들은

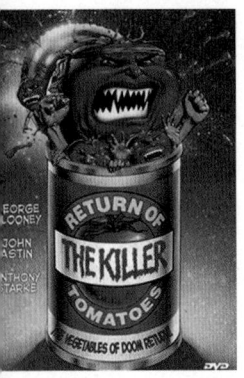

틈만 나면 카메라를 향해 "음~ 펩시는 역시 시원해!" 따위의 대사를 읊어댄다. 이는 〈백 투 더 퓨처〉에서 나이키 광고를 하는 것과 같은 할리우드의 치사한 계략에 대한 풍자인데, 결국 영화의 끝부분에 가면 배우들이 죽도록 고생하는 동안 감독은 그렇게 번 돈으로 술만 먹고 있다.

결국 이것은, 할리우드 장르영화의 낡아빠진 관습(공포영화+SF+멜로드라마+코미디+전쟁영화+스파이영화+뮤지컬+바이크 필름+틴에이저 영화+〈세서미 스트리트〉+CF+오페라)이 악취를 풍겨대며 썩어가고 있다는 뜻에서 일종의 배설물 영화이며, 수많은 영화에서 이미 사용 후 폐기 처분된 아이디어(〈토마토 공격대〉는 존 포드 식의 남성 합창으로 시작하고, 〈돌아온 킬러 토마토〉에는 E. T. 대신 F. T.가 착한 괴물로 나온다)가 모여 있다는 뜻에서 재활용 쓰레기 영화다.

하지만 여기에서는 분리수거될 가치가 있는, 창의적인 유머도 많다. 토마토로 변장하고 적들 사이에 잠입한 첩보원이 샌드위치를 먹으며 케첩을 찾다가 살해당하는 이야기라든지, 영화가 다 끝나자 웬 노파가 갑자기 나타나 카메라/관객을 향해 "어딜 가? 내 아들과 친구들이 정성을 쏟아 만든 영화인데, '만든 사람들' 자막을 다 읽고 가야

지!"하고 꾸짖는 대목은 그야말로 기상천외하지 않은가. 통렬한 비판 정신도 있다. 중동에 자유의 여신상을 팔아먹는 대통령, 귀머거리에 장님인 교통순경, '더 큰 토마토로는 더 큰 피자를 만들 수 있다'면서 국민을 안심시키려 드는 광고회사, 방금 토마토한테 남편을 잃은 부인에게 재혼 의사를 묻는 기자, 언제 어디서나 잠만 자는 고위 장성, 자식이 코앞에서 토마토에게 잡아먹혀도 TV만 보는 중산층, 아무 결의도 못하다가 더 이상 결의를 하지 않기로 결의하는 상원, 히틀러로 변장하고 돌아다니는 흑인 첩보원……. 이런 야유가 패러디라는 형식과 맞물려, 〈토마토〉 3부작은 전복적인 영화가 된다.

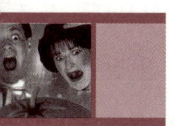

사정이 이 지경에 이르면 누구라도 감독의 정신 건강을 의심하지 않을 수 없을 터인데, 어찌된 일인지—또는 너무나 당연하게도—〈토마토 공격대〉는 미국에서 컬트 중의 컬트 무비로 손꼽힌다. 과연 이런 영화는 미국에서가 아니면 만들어질 수 없었을 테고, 미국은 이런 영화로 해서 비로소 미국다워진다고도 할 수 있겠다. 어차피 미국은 이 얼토당토 않은 이야기를 가지고 어린이용 TV 만화 시리즈까지 만들어내는 나라.

그리고 신은 여자들을 창조했다

키카
KIKA

　페드로 알모도바르 영화의 주인공들은 언제나 우왕좌왕 바쁘고 정신없이 수다스럽다. 그 손짓 발짓하며 과장된 감정 표현에는 그만 넋이 빠질 지경이다. 금방 자살하겠다고 설쳐대다가 언제 그랬느냐는 듯 남의 일에 참견하는가 하면, 우리 같으면 평생 원수로 삼았을 사람과 마주 앉아 깔깔대는 등 도무지 일관성이나 지속성과는 아예 담을 쌓은 인종이다. 그래서 알모도바르 영화를 볼 적마다 궁금한 게 하나 있다. 스페인 사람들은 정말 다 저럴까?

　국제적 명성에도 불구하고 늘 형편이 넉넉지 못한 알모도바르는 사실 비참한 저예산 작가다. 그러나 그의 영화에 궁기라고는 전혀 없는데, 마땅히 여기에는 어떤 비밀이 숨어 있겠다. 우선, 워낙 수다가 심해 딴 데 신경쓸 겨를이 없다. 막상 세어보면 몇 개 안 되는 장소에서 벌어지는 이야기인데도 하도 이리저리 옮겨 다니면서 사건을 전개시키니 깜빡 속게 된다. 주인공을 복수複數로 설정하는 덕택에 수많은 엑스트라를 기용한 어느 영화보다도 풍성해 보인다. 의상과 인테리어를 현란한 원색과 대담한 디자인으로 구성함으로써 별 스펙터클도 없으면서 시각적으로 풍요롭다. 〈키카〉는 이런 장기가 가장 잘 발휘된 영화다. 의상만 해도 장 폴 고티에, 잔니 베르사체, 조르조 아르마니, 폴 스미스 같은 대가들이 총동원되었으니 알 만하지 않은가.

그 예쁜 옷과는 무관하게, 상처받고 버림받아 급기야는 열받은 여성이어야 알모도바르의 진짜 주인공이 될 자격을 얻는다. 여기 키카도 그런 여자다. 또 한 명의 주인공 안드레아도 그렇다. 앞의 여자는 바람둥이 소설가 니콜라스에게 버림받고 그 의붓아들 라몽과 동거한다. 뒤의 여자는 라몽에게 차이고 그 분풀이를 니콜라스에게 한다. 라몽은 엄마를 사랑한 오이디푸스 아들이어서 연상의 여인 키카에게서 위안을 찾는다. 키카의 하녀 파나는 레즈비언인데 주인이 사랑을 받아주지 않는다. 그러나 사촌 동생인 폴이 키카를 강간하여 그 욕망을 대리 충족해준다. 도무지 무엇 하나 제대로 조준이 안 된 난장판이다.

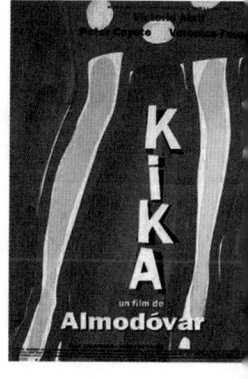

하지만 한 번 더 따져보면 얘기가 달라진다. 니콜라스는 자살로 위장해서 라몽의 어머니를 죽였다. 그걸 보고 기절한 라몽이 죽은 줄 안 니콜라스는 시신 화장을 부탁하기 위해 분장사 키카를 부른다. 키카는 라몽과 사랑에 빠진다. 버림받은 안드레아는 원한을 품고 TV의 폭로 프로그램 프로듀서로 변신한다. 그녀가 니콜라스를 감시하게 된 것도 그 직업 때문이다. 감시하다보니 그가 연쇄살인범인 걸 알 수 있었고 그 폭로 문제를 놓고 옥신각신한 끝에 니콜라스는 총 맞아 죽는다. 이야기는 돌고 돌아, 마침내 니콜라스는 라몽 어머니를 죽인 벌을 받은 셈이니, 보라, 신통하지 않은가!

그렇긴 해도 이게 시나리오 작법의 모범이라고 할 수는 없다. 알모도바르의 이야기에는 우연이 너무 많다. 예컨대 니콜라스가 안드레아에게 실수로 TV 대본 대신 자전 소설 원고를 주어 의심을 사지 않았던들 위의 그 순환 구조는 성립하지 못한다. 이런 편의적인 스토리

텔링이야말로 그의 한계이자 매력이다. 단점을 매력 포인트로 전환
시키는 방법은 단 하나, 알모도바르는 '뻔뻔함'이라는 작가로서는 희
귀한 능력을 타고났다.

지구를 지켜라!

—

화성침공
MARS ATTACKS!

B무비에의 경배라면, 이미 〈에드 우드〉에서 충분히 했으련만 아직도 성에 차지 않았던가보다. 팀 버튼은 이 사람의 전기 영화를 너무나 감동적으로 찍어냄으로써 역사상 최악의 감독 에드 우드와, 우드의 작품들과, 우드가 흠모했던 컬트 배우 벨라 루고시와, B무비와, SF 장르와, 나아가 1950년대에 경의를 표한 바 있다. 그리고 나서 바로 이어지는 작품은 놀랍게도 바로 에드 우드 자신이 만들었음 직한 그런 영화다. 에드 우드에 '관한' 영화에 이어, 아예 에드 우드 '의' 영화를 찍어버리다니! 과연 〈화성침공〉은 에드 우드가 다시 태어나 좋은 스태프들을 데리고 돈 많이 들여서 만든 것 같은 영화임에 틀림없다. 이건 업적이다. 일찍이 브라이언 드 팔마가 히치콕이 부활이라도 한 것처럼 영화를 찍어냈다거나 멜 브룩스, 우디 앨런 등이 예술영화를 흉내 내 코미디를 시도한 적은 있어도, 이토록 재능 없고 형편없는 감독의 스타일을 복원하면서 이같은 오락영화를 만들어낸 예는 없었다. 팀 버튼은 거장의 고전적 스타일을 답습하거나 개구지게 패러디하는게 아니라, 옛날 싸구려 영화의 스타일을 새롭게 조명한다.

〈화성침공〉이 영화 역사에 세운 또 하나의 기념비는, 영화 이론을 영화화한 최초의 블록버스터라는 것이다. 본래 1950년대 할리우드의 SF/공포 장르에는 하나의 정형화된 해석이 꼬리처럼 따라다니는데,

이에 따르면 외계인이란 러시아 공산주의에 대한 공포가 형상화된 존재나 마찬가지다. 전체주의적인 느낌을 주는 외계인의 습격에, 방종한 인류의 대응은 허약하기 짝이 없어 보인다. 민주주의의 약점이다. 단결해야 한다. 내부의 적부터 색출해야 한다. 겉으로는 인류(=미국인)로 보이지만 속은 에이리언(=빨갱이)인 놈들을 처단하고 전선으로 나아가자……. 이후 이 반동적인 이데올로기에 반발한 수정주의

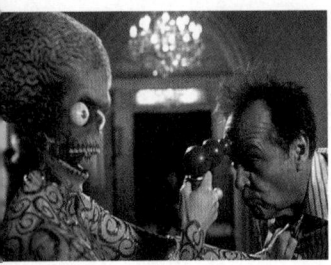

자들이 진보적인 장르영화를 속속 발표해왔지만 엉뚱한 팀 버튼은 이를 또다시 뒤집어보려 한다. 그가 에드 우드와 다른 게 있다면, 이번엔 이론을 충분히 알고 하는 접근이란 점이다. 화성인들은 〈에이리언〉처럼 위협적이라기보다는 〈그렘린〉처럼 우스꽝스러운 존재다. 교활한 공산주의자의 은유란 생각은 안 들고 무슨 치명적인 바이러스 같아 보인다. 대통령 잭 니콜슨을 필두로, 과학자 피어스 브로스넌, 대변인 마틴 쇼트, 초월적 명상주의자 아네트 베닝 등 주요 캐릭터들이, 적을 적으로 보지 못하고 지구를 위기에 빠뜨리는 우유부단한 자유주의자로 묘사되는 한편, 군사적 해결만을 주장하는 강경파 역시 멍청하기는 매한가지라는 냉소가 전편을 지배한다. 매파와 비둘기파를 싸잡아 비웃다가, 영화의 끝에 이르러 일단의 생존자들 어깨에 매와 비둘기가 차례로 날아와 앉게 하는 팀 버튼. 에드 우드가 엉터리인 주제를 모르고 지나치게 진지한 나머지 코믹했다면 팀 버튼은 매우 계산된 코미디 전략으로 진지한 열정과 싸늘한 비웃음을 표현한다. 하지만 에드 우드가 본의 아니게 자아내는 웃음을 당할 수 없다는 것쯤은 자기도 알고 있으리라. 결국 그래 봐야 〈화성침공〉은 A급 영화밖에 못 된다.

고스트버스터즈

프라이트너
THE FRIGHTENERS

도무지 종잡을 수 없는 스토리다. 과연 이게 영화 한 편의 내용이 맞는지 다 보고 나서도 고개가 갸우뚱해질 지경이다. 귀신들이 소동을 부리고 나면 그 집에 가서 놈들을 쫓아주는 척하고 돈을 받는 사기꾼 퇴마사 프랭크 이야기, 아내 살인범으로 몰리게 된 프랭크의 과거사, 현재 벌어지고 있는 원인 모를 연쇄살인극, 수십 년 전에 발생했던 엽기적인 학살 사건과 당시의 공범으로 추정되는 패트리샤의 후일담, 패트리샤의 치료를 맡은 여의사 루시와 프랭크의 사랑, 미친 듯이 사람들을 지옥으로 끌어가는 학살범의 악귀, 여기에 연쇄살인을 수사하러 나타난 정신병자 FBI 요원까지 끼어든다. 도대체 어울리지 않는 갖가지 인물과 요소들이 온통 뒤섞여 소용돌이를 친다.

어떻게 해서 피터 잭슨이라는 자가 저 뉴질랜드라는 오지에서 그 형편없는 싸구려 영화들을 가지고 나와 단박에 컬트적 명성을 얻을 수 있었는지는 아무도 모른다. 〈고무인간의 최후〉나 〈데드 얼라이브〉가 정말 해괴한 영화들이었던 건 사실이지만—이들 영화의 원제는 각각 〈악취미Bad Taste〉와 〈뇌사Braindead〉이다!—이토록 악취미로 일관하는 연출, 각본가가 뇌사 상태가 아닐까 의심스러우리만큼 어리석은 이야기로 만들어진 영화들은 사실 이것 말고도 꽤 많다. 그러나 이런 영광을 얻을 수 있는 감독은 흔치 않다. 거의 순수한 예술

영화에 가까웠던 세 번째 영화 〈천상의 피조물들〉은 베니스에서 은사자상을 받았고, 곧이어 할리우드의 거물 로버트 저메키스의 전폭적인 후원 아래 무려 3천만 불이 넘는 예산으로 이 〈프라이트너〉를 찍게 되었던 것이다. 무엇이 그를 위대하게 만들었던가? 엽기적인 잔인성이 극도로 그래픽하게 묘사되는 나머지 코믹해지기 때문이다. 공포가 도를 더해갈수록 급기야는 우스꽝스러워지고, 한참 웃다보면 등골이 오싹해지곤 하는 이상한 관람 경험은 아무 데서나 할 수 있는 게 아니다.

그래서 그런지 과연 이 프로젝트에는 어딘지 저메키스가 연출했던 또 하나의 공포 코미디 〈죽어야 사는 여자〉의 그림자가 느껴진다. 컴퓨터로 만들어낸 시각효과가 주인공이라는 점 말이다. 이 시각효과야말로 이 영화의 주제이자 소재이고, 궁극의 목표이고 존재 이유일 것이다. 그것은 엄청난 수의 숏에, 유례가 없을 지속 시간으로 시종일관 구사된다. 피터 잭슨은 이 일을 뉴질랜드 시골뜨기들을 데리고 '고작(!)' 3천만 불에, 그것도 몹시 잘해냄으로써 효자가 되었다.

그러나 이 현란한 특수효과의 급류에 영화의 나머지 요소들이 그렇게 휩쓸려 가버려도 괜찮은 건가? 편의에 따라 뒤죽박죽 아무렇게나 전개되는 줄거리 속에서, 캐릭터들은 우왕좌왕하고 나아갈 바를 몰라 갈팡질팡, 오직 효과를 위한 효과가 남발되는 가운데 좌충우돌하는 장난기만 가득한 영화가 되고 말았다. 앞의 반과 뒤의 반은 마치 딴 영화 같다. 들어갈 땐 〈고스트버스터즈〉인 줄 알았는데, 나와보면 〈텍사스 살인마〉라니! 정신이 하나도 없다. 피터 잭슨은 밤사이 집 안을 온통 뒤집어놓고 해 뜨기 전에 사라져버리는, 분탕질 좋아하는 요정 같다.

황금광 시대

워킹 맨
SEARCH AND DESTROY

포스트모던 시대가 좋은 점이 있다면 경계가 마구 허물어지는 나머지 화가들이 영화를 연출해도 전혀 주제넘은 짓으로 보이지 않는다는 것이다. 미국 포스트모더니즘의 삼총사, 로버트 롱고, 줄리언 슈나벨, 데이비드 살르가 최근 일제히 영화를 발표했던 건 우연이 아니다. 지난 10여 년 동안 이들은 미국의 지식인 사회에서 할리우드 배우 못지않은 스타로 군림해왔고 이제 앤디 워홀의 명성에 도전할 때가 온 것이다. 사람들은 롱고의 영화가 제일 볼 만할 것이라고 생각했다. 처음부터 순수미술보다는 상업영화가 어울리는 사람이었으니까. 그러나 〈코드명 J〉는 재난 취급을 받았다. 슈나벨의 〈바스키아〉 역시 매우 개인적인 회고담에 불과하다는 평가 속에 잊혀지는 중이다. 그렇다면 살르는? 〈워킹 맨〉은 몹시 서툴지만 활력이 넘쳐나는 통렬한 코미디다. 허황되고 경박한 자본주의 사회 속 인생 이야기가 바로 그런 식으로, 즉 꽤나 허황되고 경박하게 펼쳐진다.

한 캔버스에 비구상과 구상을 병치시키는 작업으로 유명한 이답게 살르는 영화에서도 여러 이질적인 요소들을 뒤섞어놓는 일을 즐기고 있다. 여기엔 개똥철학과 비속한 범죄 세계, 유머와 폭력, 플로리다와 뉴욕, 공포영화와 예술영화, 현실과 비현실이 공존한다. 진지한 존 터투로가 〈스카페이스〉의 알 파치노를 흉내 내는가 하면, 제작비를 댄 마틴 스코세이지 감독은 세무서 직원으로 출연해 주인공에게 세금을 내라고 닦달하고 있다. 흉내만 낸다는 게 빤히 보이는 데니스 호퍼의 바이올린 연주에 뒤질세라, 크리스토퍼 워큰은 괴상한 탭댄스를 추어가며 루이 암스트롱을 부른다.

위대한 종교개혁가와 이름이 같은 사이비 철학자 루터(데니스 호퍼)의 책 한 권이 말썽이다. 니체적 초인의 성장기를 묘사한 이 엉터리 교양소설에서 감명받은 두 인물이 만난다. 같은 책을 통해, 사기꾼 마틴(그리핀 던)은 하면 된다는 신념을 얻고, 파렴치한 사업가 킴(크리스토퍼 워큰)은 모험 없는 인생은 무가치하다는 교훈을 구한다. 전자가 터무니없는 아메리칸 드림을 좇는 자라면 후자는 그 꿈에 신물이 난 사람이다. 달려가는 남자와 썩은 물처럼 고여 있는 남자의 정체성이 시각적으로 잘 표현된다. 이 둘, 그리고 선동가 루터 사이에 공통점이 있다면 도덕관념의 부재다. 내키는 대로 행동하고 누구에게도 미안해하지 말라. 요컨대 '힘이 최고다'. 나약한 소시민을 질타하는 파시스트적 슬로건. 마틴은 소시민이어서 매료되고 킴은 파시스트여서 매료된다. 마틴은 그 소설을 영화화하기 위해 돈이 필요하고, 킴은 돈을 구해준답시고 그를 범죄에 끌어들인다. 에드 우드가 메피스토를 만난 격이다. 결국 마틴은 싸구려 슬래셔 필름을 찍어 번 돈으로 철학을 영화화한다. 어쨌든 〈워킹 맨〉은 희망에 가득한 마틴의 모습으로 끝난다. 그 마지막 뒷모습은 루터의 책 표지에 나온 소년의 포즈와 똑같다. 미래를 향한 이 시선에 구원은 보일 것인가? 처음으로 돌아가 타이틀 시퀀스를 다시 볼 필요가 있다. 데이비드 호크니가 그린 것 같은 수영장. 구명 튜브가 던져진다. 그리고 악마의 것인 듯싶은 커다란 손바닥이 카메라를 시커멓게 가리면서 이 영화는 시작했던 것.

너무 많이 알았던 원숭이

▬

사투
MONKEY SHINES : AN EXPERIMENT IN FEAR

제프리는 원숭이에게 인간 뇌의 혈청을 주사하는 실험을 한다. 그 목적은 동물의 지능을 급속도로 진화시키는 것인데, 친구 앨런이 사고를 당해 전혀 몸을 쓰지 못하게 되자, 제프리는 암컷 원숭이 엘라를 그에게 선사한다. 훈련 전문가 멜라니에 의해 새로 교육받은 엘라는, 앨런의 헌신적인 보조자가 된다. 그러나 주인과 사랑에 빠지게 된 엘라는 그 발달한 정신력으로 앨런의 감정을 고스란히 전달받아 온갖 악행을 대리 수행한다. 사실을 알게 된 앨런은 엘라와의 고리를 끊기 위해 처절한 '사투'를 벌인다.

이번에는 조지 로메로가 정통의 밀실 스릴러에 도전한다. 좀비를 포함한 그 어떤 괴물도 등장하지 않고, 악당은 단지 영리한 원숭이 한 마리뿐이다. 카니발리즘의 유혈 낭자한 비극 대신, 여기에는 심리의 드라마와 도덕적 복수극이 자리한다. 컬트 신도들의 무조건적인 추앙을 배반하고, 놀랍게도 로메로는 다분히 메인스트림적인 미학으로 새롭게 승부하고자 한다. 이 '공포 장르의 샘 페킨파'가 우리를 안내하는 곳은 안락한, 그러나 위선적인 부르주아의 가정이고, 우리는 거기에서 가족관계와 문명과 과학의 붕괴를 목격한다. 전례 없이 얌전한, 〈사투〉의 형식적 특성은 이런 맥락에서 파악되어야 한다. 이것은 부르주아의 이야기고, 적은 바깥이 아니라 안에 있다.

영화는, 앨런의 아침 조깅으로 '평화롭게' 시작한다. 부부의 건강한 누드에 이어 한적한 중산층 주택가가 보이고, 나이키 운동화가 거침없이 상쾌한 공기를 가른다. 그러나 법대생의 출세 길은 갑자기 출현한 트럭에 의해 끊어지고, 짊어지고 있던 배낭 속의 벽돌이 바닥에 떨어져 산산조각 남으로써, 완강했던 가정의 벽이 무너져 내릴 것임이 암시된다. 또한, 앞서 묘사됐던 남편의 탄탄한 육체가 무용지물이 되어버리자, 역시 육감적이었던 아내의 육체도 남편 주치의와의 불륜으로 타락해간다. 그리고 그에게는 새로운 네 명의 '아내'가 영입되는데, 첫째는 아들에 대해 편집광적 애정을 보이는 부자 어머니(그녀는 고집을 부려가며 부끄러워하는 아들을 목욕시킨다), 둘째는 권태기에 빠진 악처의 표본 같은 간호원 매리앤(아이로니컬하게도 그녀는 부부애의 상징인 잉꼬를 키운다), 유일하게 긍정적으로 묘사되는 원숭이 훈련 전문가 멜라니(그녀는 앨런과 성교를 나누는 단 한 사람이다), 그리고 헌신적인 원숭이 엘라. 결국 엘라는 앨런의 증오를 전해 받아, 전처와 어머니를 죽이고 매리앤을 쫓아내며, 자신의 질투심을 이기지 못해 멜라니까지 죽이려 한다.

한편 엘라에게 뛰어난 지능과 텔레파시 능력을 갖게 해준 장본인인 제프리는, 과학자의 끝 모를 탐구심의 상징인 프랑켄슈타인 박사의 현대판이다. 비단 로메로 영화뿐 아니라, 수많은 여타의 SF/공포 장르에 반복해서 등장하는 이 인물형은, 신의 영역에 도전하는 인간 의지의 화신이고, 무책임한 문명 진보의 원인 제공자이자 가장 처참한 피해자다. 제프리는 사흘에 한 번씩은 각성제 주사를 맞아가며 철야 연구를 하는 과학 편집광이다. 그런 식으로 잠을 줄이면, 남들 50년 살 때 자기는 65년을 산다는 것인데, 그는 결국 40년도 살지 못하고 자기의 실험 대상에 의해 피살된다. 그의 실증주의에의 집착은, 앨런과 엘라와의 감정적 동일시 현상을 규명하기 위해, 문제의 혈청을 자기 몸에 주사하는 데에서 극에 달한다. 그러나 그가 대표하는 문명은, 마지막 인간과 원숭이의 대결 시퀀스에서 철저하게 파탄한다. 엘라는 헤어드라이어를 목욕물에 담가 누전시킴으로써 앨런의 어머니를 감전사시키고, 배전반의 퓨즈를 꺼버림으로써 앨런의 행동반경을 급격히 제한하며, 제프리가 자기에게 사용하려 했던 독물 주사로 오히려 그를 찔러 스스로를 보호한다. 이에 비해 인간 앨런은 엘라를 유혹하여 자기를 포옹하게 했다가 재빨리 목덜미를 깨물어 죽인다(원숭이는 문명의 이기를 악용하고, 인간은 가장 원시적인 무기—이빨의 전투적 기능을 회복한다!). 그리고 영화 앞뒤에 붙은 척추 수술 장면은, 인간의 근본인 '직립'의 의미를 우리에게 다시 한번 되새기게 한다. 인류의 진화는 척추 직립으로의 발전에 별반 다르지 않으며, 그 역사의 맨 앞에는 원숭이가 자리하고 있다는 이야기. 잔인하게도 로메로는 (앨런의 악몽을 통해) 절개된 척추 부위에서 피투성이 원숭이 엘라가 튀어나오는 모습을 기어이 보여주고야 만다(이 장면에서 관객은 자기도 모르게 손으로 자기 몸의 꼬리뼈를 더듬고 있는 자신을 발견하게 된다).

그야말로 〈사투〉는 '입'에 관한 영화로, 장애인 앨런은 모든 행동을 입으로 처리할 수밖에 없다. 휠체어 조종은 물론이고, 멜라니와의 오럴 섹스, 비닐을 이용한 질식사 기도, 어머니를 향한 욕지거리, 입술을 깨물어 분노를 표현하는 방식(엘라는 그 피를 핥아먹음으로써 앨런에 대한 사랑을 표현한다)과 엘라를 죽이는 수단에 이르기까지……. 그는 본의 아니게 구순기口脣期 고착 성격으로 퇴행당한 셈이다. 프로이트는, 이런 범주에 속한 사람은 의타심이 많고 비꼬기를 좋아하

399

며, 소유욕이 강하고 자기 물건과 일체가 되려는 욕구를 가진 나머지, 특히 애완동물(!)에 집착하기 쉽다고 가르치고 있다.

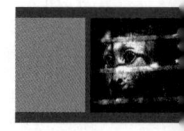

엘라가 앨런의 어머니를 살해하는 장면을 보자. 그것은 욕실에서 이루어진다는 점에서 앨프리드 히치콕의 〈싸이코〉와 같은데, 로메로는 여기서도 특유의 패러디 정신과 블랙유머를 구사해 텍스트를 뒤집고 있다. 〈싸이코〉에서 아들의 연인은, 아들의 마음속에 형성된 어머니에 의해 피살된다. 그러나 〈사투〉에서는 실제의 어머니가, 아들의 연인에 의해 살해당한다. 전자의 범인은 아들의 몸을 빌린 어머니고, 후자의 범인은 원숭이의 몸을 빌린 아들이다. 이 밖에도 홀어머니가 애인을 시기하는 상황, 앨런을 괴롭히는 잉꼬의 모습, 애인의 이름이 멜라니라는 설정 등은 〈새〉에서, 몸을 움직이지 못하는 자의 무력감과 공포는 〈이창〉에서 각각 빌려온 것들이다.

나의 계곡은 푸르렀다

—

48시간의 킬링게임
2 DAYS IN THE VALLEY

LA에서도 특정한 지역, '밸리'를 배경으로 묘한 사람들이 뒤엉켜 이틀 동안 난장판을 벌인다. 로버트 올트먼의 〈숏컷〉을 연상케 하는 구상이지만 그 야심만만한 노인보다는 좀더 소박하고 아기자기한 편이다. 서로 상관없어 보이던 사람들이 결국에는 하나의 이야기로 통합되어가는 전개 방식이 신선하고, 무엇보다 각각의 캐릭터를 개성 있게 소화해내는 연기진이 볼 만하다. 결국 〈48시간의 킬링게임〉은 요즘 미국에서 유행하는, 저예산에 독특한 각본, 자원봉사 스타들이 결합된 전형적인 인디영화다.

개를 무서워하는 강도 대니 아이엘로는 살인 청부업자 제임스 스페이더에게 고용된다. 테리 해처의 남편 피터 호튼을 살해하는 일이 끝나자 스페이더는 아이엘로를 쏜다. 겨우 목숨을 건진 아이엘로가 얼떨결에 들어간 갑부의 집에서 인질극이 벌어지고 그는 갑부의 비서 아가씨와 눈이 맞는다. 몰락한 영화감독 폴 마주르스키는 집주인 루이스 플레처에게 집세 독촉을 받지만, 괜찮은 과부 마샤 메이슨을 만나는 바람에 자살을 잠시 미루기로 한다. 그 과부가 남동생의 집에 마주르스키를 데려오자 거기서 인질들을 잡고 있던 아이엘로는 당황한다. 그가 개를 안고 있기 때문이다. 풍기 단속반의 풋내기 형사 에릭 스톨츠는 고참인 제프 다니엘스의 만류를 무릅쓰고 살인 사건에 몰두한다. 다니엘스는 밸리 지역의 안마 시술소를 일소해버리는 일에 더 관심이 있다. 돈을 찾으러 현장에 다시 간 스페이더는 강력계의 키스 캐러딘 반장을 살해한다. 해처가 스페이더의 애인과 격투를 벌이자 아래층의 노인 로렌스 티어니가 짜증을 낸다. 인질들과 함께 달아나던 아이엘로는 그 집 앞을 지나다가 스페이더와 재회한다. 사건 현장에 한번 들러본 스톨츠와 스페이더, 아이엘로 사이에 총격전이 벌어지고 마무리는 마주르스키가 짓는다.

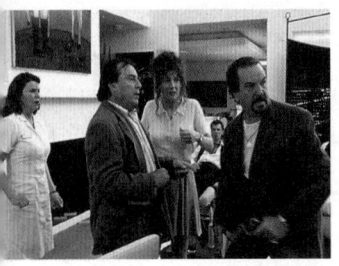

10여 명의 스타들 이름이 줄을 잇지만, 도무지 요약이 불가능한 뒤죽박죽 스토리와 인물들이다. 억지로 요약해놓고 나니 거의 부조리극같아 보인다. 너무나 엉뚱한 상황이 속출하는 바람에 관객은 어디서 웃고 어디서 긴장해야 할지 정신 차리기 힘들다. 예를 들면 이런 식이다. 기껏해야 보험금을 노린 청부 살인을 저지르면서 스페이더는 호튼을 북조선 간첩으로 몰아세운다. 인질을 붙잡은 아이엘로는 그 집에서 스파게티를 손수 만들어 집주인을 대접한다. 마주르스키의 결정적인 실패작에 대해 언급할 때마다 사람들은 '중간에 코끼리가 나오는 이상한 영화'라고 한다. 이건 마치 네 귀퉁이부터 동시에 놓기 시작한 직소 퍼즐 같다. 정체를 알 수 없는 조각들이 하나씩 맞춰져가면서 마침내 하나의 그림을 이룬다. 그런데 그 그림 자체가 미완성인 셈이다. 한 동네를 묘사한 풍경화를 완성하기 위해 몇 개의 스케치를 띄엄띄엄 그려놓은 캔버스. 여기에는 냉혹 비정한 스페이더나 어리숙한 아이엘로같이 제대로 채색까지 된 부분도 있고 목탄으로 대충 위치만 잡고 만 대목도 있다. 완결성을 버리는 대신 엉뚱한 재치를 취한 묘한 영화.

문스트럭

━━

파리의 늑대인간
AN AMERICAN WEREWOLF IN PARIS

역사상 컬트영화를 가장 많이 발표한 감독은? 데이비드 린치? 데이비드 크로넨버그? 내가 생각하는 정답은 존 랜디스다. 엉뚱하지만 사실이다. 존 워터스나 알레한드로 조도로프스키처럼 감독 자신이 숭배에 가까운 추앙을 받는 인물은 아니어도, 17세 때 초저예산 코미디 〈슐록!〉을 제작, 각본, 주연, 감독하여 컬트 아이템으로 만들어버린 바 있는 천재 존 랜디스, 그가 만든 영화는 거의 모두 컬트다. 〈런던의 늑대인간〉이 발표된 지 벌써 20년이 다 되어간다. 그 엄청났던 반향을 생각하면 너무 늦은 기획. 앤서니 윌러란 이 신참은 최연소로 국립영화학교를 입학한 신동이다. 데뷔작 〈무언의 목격자〉는 재기 발랄한 테크닉 구사가 돋보인 공포영화로 높이 평가받았다. 이제라도 존 랜디스의 뒤를 이을 재능이 나타났으니 그나마 다행 아닌가.

웨어울프 또는 울프맨 족속은 서양 전설에 단골로 등장하던 괴물이다. 보름달 뜨는 밤이면 늑대로 변한다. 놈들에게 물리면 동족이 되지 않을 수 없다. 괴물치고는 꽤 비극적인 것이, 평소에는 얌전한 시민으로 살아가다가 특정 시기만 되면 본의 아니게 악마가 되어야 하기 때문이다. 그들은 내재한 악마성의 희생자다. 따라서 그가 늑대로 변해가는 과정은 고통의 시간이다. 그는 악마가 되기 싫어 절규한다. 〈런던의 늑대인간〉의 마지막 장면에서처럼, 늑대로 총을 맞고 잠시 후 사람의 시체로 발견되는 거꾸로의 변신 역시 가슴 아프다. 1935년에 유니버설이 〈런던의 늑대인간〉을 발표한 이래 최근 잭 니콜슨의 〈울프〉에 이르기까지 대개의 늑대인간 영화들은 그런 비극적 정체성에 초점을 맞춰왔다. 같은 해에 발표된 존 세일즈 각본, 조 단테 연출의 〈하울링〉이 그런 심각한 전통의 극점에 섰다면 존 랜디스는 공포와 비극에 엉뚱한 유머를 결합하는 쪽으로 간다. 그리고 앤서니 월러는 여기에 엉뚱함을 덜어내고 로맨스를 더해 한층 가볍게 가려 한다. 안개와 엄격함이 지배하는 런던에서 햇빛과 낭만의 파리로 무대를 옮겼으니 그럴 만도 하겠다.

이제 미국 청년은 역경에 처한 프랑스 공주를 구출하는 기사로 변모한다. 도입부 에펠탑에서의 투신 장면을 보라. 자살하려는 아가씨를 구하지만 그녀는 달랑 구두 한 짝만 남기고 사라진다. 신데렐라는 변신한 상태를 유지하지 못할까봐 달아났지만 줄리 델피는 변신할 것이 두려워 달아난다. 이 새로운 이야기에서는 미녀 자신이 야수인 것이다. 바다 건너온 왕자는 야수의 육체에 갇힌 공주의 영혼을 구해내야 한다. 애초에 탑에 올랐던 까닭도 거기서 번지점프에 성공해 보임으로써 정복의 상징으로 삼으려 했음이 아니던가. 우리는 마땅히 이 이야기를 '구대륙을 역정복하는 신대륙의 우화'로 읽어야 할 것이다. 영화의 끝에 이르러 납치된 공주는 왕자의 나라에서 혼인을 치르게 된다. 자유의 여신상에서 점프하며 구속의 상징인 결혼반지를 끼는 모습은 아이로니컬하다. 달아나려는 여자를 악착같이 쫓아가 포획하려는 몸짓으로 보이기 때문이다.

살인광 시대

—

1985년, 곧장 비디오로 출시시키기 위해 마이크로 예산에 16밀리로 촬영된 독립영화 〈헨리〉는 이듬해부터 몇몇 군소 영화제에 출품되면서 눈 밝은 비평가, 영화광 들의 찬사를 불러일으키기 시작했다. 1989년, (비록 X등급으로나마) 전국적 규모의 배급이 개시되자 할리우드 영화에 조연으로 얼굴을 조금씩 내밀고 있었던 마이클 '무표정' 루커와 무명의 존 '무자비' 맥노턴 감독은 일약 스타로 떠올랐고, 이제 영화 역사상 가장 엽기적인 캐릭터로서의 헨리의 악명은 태평양 너머에서조차 확고해진 지 오래다.

여기에는 스타일을 암시하는 부제— '연쇄살인범의 초상' —가 붙어 있다. 한마디로 기록영화적 접근이다. 교외에서 시내로 진입하는 단계를 차례로 묘사한 도입부에서부터 시종 영화는 시카고라는, 부자와 빈자를 가장 효과적으로 분리하는 데 성공했다고 알려진 도시의 지형학을 충실하게 복습시킨다. 헨리 리 루카스란 이름의 전설적인 텍사스 연쇄살인범의 실화에 느슨하게 기초한 이 스토리에는 그어떤 틀에 박힌 드라마나 상투적인 클라이맥스도 없다. 첫 번째 숏—한 여자의 얼굴에서 서서히 카메라가 빠지면 풀밭에 유기된 벌거벗은 여인의 시신. 〈블루 벨벳〉에서의 저 유명한 귀가 좀 커졌을 뿐이라는 생각이 드는 이 '어느 연쇄살인 희생자의 초상'은, 영혼이 떠나버린 육체란 어떤 것인가를 소름끼치는 하이퍼리얼리즘으로 증언한다. 그런데 영혼은 어떻게 육체에서 퇴출되느냐고? 첫 번째 희생자의 시신을 보여준 다음 바로 이어지는 숏을 보라. 재떨이에 담배를 비벼 끄는 헨리의 손, 이것은 살인을 일상의 사소한 행위에 비교하는 악의에 찬 농담이다. '어느 담배 끄는 사나이의 초상!' 헨리와 맥노턴의 인명 경시가 어느 정도인지는 이제 더 보지 않아도 뻔하다.

심지어 헨리는 자기가 엄마를 어떻게 살해했는지도 잊어버린 놈이다. 처음에는 야구 배트로, 다음엔 칼로, 나중엔 총으로 죽였다고 자꾸 번복한다. "난자했다며?" 하면, "아, 그런가?" 하는 식이다. 엄마를 향한 증오 때문에 아무 여자나 마구 죽이는 그는 그때마다 마음속으로 모친 살해를 반복하는 모양이다. 수십 명의 엄마를 수십 가지 다른 방식으로 죽였으니 흉기쯤은 혼동하고도 남겠다. 이렇듯 여기 묘사된 결손가정의 비극은 충분히 끔찍하다. 하지만 이 영화가 정말 섬뜩한 진짜 이유는 무엇보다도 헨리의 살인 행각을 헨리처럼 찍어냈기 때문이다. 짐 자무시가 〈천국보다 낯선〉에서, 동구권을 보는 미국인의 시선을 거꾸로 미국으로 돌려 찍어낸 이래, 이런 일은 처음이다. 감독은 주인공의 심정으로 주인공을 다루고 있다. 즉 피도 눈물도 없다. 맥노턴이 헨리를 '다큐멘터리적 거리'를 두고 바라보고 있다면, 그건 헨리가 자기 희생자들을 그렇게 보기 때문이다. 헨리에게 여자들이 아무렇게나 다뤄도 좋을 나무토막이나 다를 바 없다면 맥노턴에게 헨리도 그렇다. 눈곱만큼의 동기도, 일말의 동정심도 없이 차분하고 담담하게 살인을 자행하고, 한 점의 후회나 죄의식도 느끼지 않는 헨리와 맥노턴. 〈헨리〉는 만약 헨리가 영화를 찍었다면 아마 이렇지 않았을까 하는 바로 그 짐작에 기초해서 만들어진 영화다.

난 아무도 아니다

다크맨
DARKMAN

초저예산 16밀리 영화 〈이블 데드〉로 그 영화 경력을 시작한 샘 레이미의 네 번째 작품은 놀랍게도 메이저 스튜디오인 유니버설 제작의 블록버스터였다. 이로써 이 컬트 감독은 메인스트림에 합류하게 되었는가? 익사당하지 않고? 적어도 이 〈다크맨〉에서 레이미는 어리석게 돈의 무게에 짓눌리기보다는 그것을 어린애처럼 즐겁게 가지고 논 것 같다. 그 놀이의 방식은 어른들 흉내 내기고, 레고 블록의 해체와 재구성이고, 퍼즐의 그림 맞추기이며, 술래잡기, 닌텐도 전자 게임 또는 월리의 숨은그림찾기다. 그래서 당연히 이 영화는 제멋대로다. 무섭다가 후련해지고, 슬퍼질 만하면 웃긴다. 경쾌한 비장미? 엄숙한 오락?

이 혼란은 무엇보다도 스타일의 혼합, 장르의 상호 침투, 기성 영화의 혼성모방에 기인한다. 레이미를 한마디로 규정하라면 '패러디하는 사람'. 〈이블 데드〉는 조지 로메로 유의 좀비 영화(〈살아난 시체들의 밤〉)와 EC 코믹스 유의 공포 만화(〈크립쇼〉 시리즈)를, 〈크라임 웨이브〉는 수많은 액션/코미디 영화의 컨벤션을, 〈이블 데드 2〉는 〈이블 데드〉를 각각 패러디하고 있거니와, 물론 〈다크맨〉도 예외는 아니다. 강산성의 공업용수에 빠지는 바람에 제 얼굴을 잃는다는 비극은 이미 〈배트맨〉의 조커가 충분히 겪었던 것이고, 가면을 쓰고 숨어서 옛 애인의 변절을 훔쳐본다든가, 자기를 그렇게 만든 놈을 잔인하게 처단하는 일은 〈오페라의 유령〉이 벌써 몇 번이나 리메이크되면서 모범을 보인 바 있다. 미래도시를 건설하려는 자본가와 거기서 이권을 챙겨보려는 깡패 두목 사이의 하도급 계약을 먼저 체결했던 영화는 〈로보캅〉이었고, 폐쇄된 공장을 부활의 근거지로 선택한 이도 로보캅이었다. 전신을 감은 붕대로 의상을 대신했던 사람은 〈미이라〉와 〈투명인간〉, 괴물로 변신하는 과학자는 〈지킬 박사와 하이드 씨〉와 〈투명인간〉, 그리고 〈플라이〉에 나온다. 타인의 얼굴로 변해 악당을 혼내준다는 발상은 〈이너 스페이스〉에서 본 것이고, 빗물이 빠져나가는 하수구 구멍에 눈동자를 디졸브하는 아이디어는 〈싸이코〉의 모방이다. 강철 못을 발사하는 총은 〈죽음의 카운트다운〉에서, 케이블에 매달려 철제 빔에서 빔으로 이동하는 줄타기는 〈타잔〉에서……. 이 명세서는 끝이 없다. 결국 〈다크맨〉은 역사상 가장 비싼 패러디 영화인 셈이다.

1930년대를 풍미했던 유니버설제製 공포영화의 전통. 스튜디오 전성기가 시작되었던 그 시절, 이른바 '프로덕션 아이덴티티'라고 하는, 상품 차별화 정책 또는 특정 상품 집중 개발 전략에 의해 유니버설은 공포영화에 사운을 걸었다. 그 덕분에 제임스 웨일, 토드 브라우닝, 로버트 플로리 같은 대가들이 〈드라큘라〉, 〈미이라〉, 〈프랑켄슈타인〉, 〈투명인간〉, 〈모르그 가의 살인〉, 〈늑대인간〉 등의 고전을 속속 발표할 수 있었음은 물론이다. 당연히 여기서도 반복되고 있는 '미친 천재', '오해받은 괴물'의 테마를 영화적으로 확립한 공헌은 절대적으로 유니버설의 몫. 그로부터 60년 후, 레이미는 할아버지 세대의 은공에 〈다크맨〉으로 보답하고 있는 것이다. 바로 여기가 메인스트림과 영화광이 만나는 지점이며, 어쩌면 우리는 이것을 컬트 정신의 계보학으로 부를 수 있을지도 모른다.

문제는 인공 피부 조직의 지속 시간이다. 빛에 노출된 채 100분을 지속하지 못한다는 치명적인 결점 때문에 페이튼의 연구는 실패를 거듭한다. 그러나 갱들이 습격하기 직전, 연구실의 전원을 차단하는 바람에 이 세포벽 해체의 원인이 밝혀진다. 어둠 속에서 피부는 제한 시간을 넘겨 유지된다. 세포가 감광성이었던 것이다. 본의 아니게 듀란 갱들은 페이튼의 교사가 된다. 나중에, 페이튼의 애인 줄리가 페이튼/다크맨의 은신처를 방문함으로써 미행하던 악당들에게 그의 은신처를 본의 아니게 폭로하듯이 말이다. 페이튼이 괴력의 소유자가 되는 것도 자기가 원해서가 아니다. 의사들이 화상의 통증을 제거하기 위해 아예 통증 전달 신경을 절단해버렸기 때문이다. 이로써 그는 고통을 잃고 그 대신 고독감, 분노, 완력을 얻는다. 이렇듯 여기서는 영웅, 악한을 막론하고 모두들 '자기 의사와는 상관없이' 자신을 실험 대상으로 삼는가 하면, 원대한 계획을 망쳐버릴 숙적을 창조해내고 있다. 공통점이라면 어느 쪽이나 그 결과는 '다크맨의 탄생'이라는 점.

페이튼이 다크맨일 수밖에 없는 이유는 깨끗한 피부의 마스크가 밝은 곳에서는 100분 이상 못 견디는 저 게임의 규칙 때문이다. 마스크를 벗으면 화상으로 흉측하게 일그러진 얼굴로 돌아가야 하는 페이튼은 그것의 착탈 여부와 무관하게 음지 신세를 벗어날 길이 없다. 영화 〈다크맨〉이 지닌 비극성의 핵심은 바로 이것이다. 정상인으로서의 그에게 유예된 시간은 너무 짧고 괴물로서의 그에게 열등감은 너무 크다. 누군가의 얼굴을 닮은 마스크를 쓰기만 하면 번번이 시간을 초과하는 바람에 그것은 연기를 내며 문드러져버리기 일쑤인데, 이때 얼굴을 가리고 고통에 몸부림치며 달아나는 그는 최초의 화상 체험을 몇 번이고 반복하는 것이 아닌가. 얼마든지 새로운 인물로 몇 번이고 탄생할 능력을 지녔으되, 그때마다 그는 100분 만에 죽어야 한다. 인조 피부의 '완전 부식Total Decay'은 바로 죽음의 은유라는 이야기. 그리고 이 죽음과 부활의 모티브는 그가 예수처럼 못 박히는 최후의 결투 장면에 이르러 분명해진다(더 나아가, 이 괴물 예수가 헬리콥

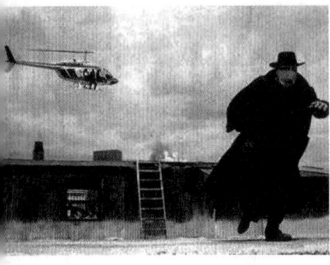

터에 매달려 날아가는 모습에서 페데리코 펠리니의 〈달콤한 인생〉의 유명한 예수 대리석상 운반 장면을 떠올릴 수 있으리라).

마스크만 있으면 누구로라도 변신할 수 있다는 설정은, 얼굴이 바로 그 사람의 아이덴티티라는 가정에 기초하고 있는데, 이를 가장 효과적으로 역이용하는 페이튼이야말로 사실은 이 유물론의 가장 큰 피해자이다. 얼굴을 잃은 그는 사실상 '아무도 아닌 사람'이 된 것이고, 자기의 원래 얼굴을 만들어봤자 그것은 타인의 원래 얼굴과 아무런 차이도 없는 하나의 마스크에 불과할 뿐이다. 스스로를 '타자'로 인식하게 되었을 때의 공포. 마스크를 자기로 간주한다 하더라도 역설은 남는다. 원상을 잃었으니, 마스크는 사진을 근거해서 만들어질 수밖에 없다. 즉 오리지널이 복제를 낳는 것이 아니라, 복제가 오리지널을 낳는다. 마침내 주체와 오리지널의 개념은 완벽하게 증발해버린다. 레이미가 눈동자의 이미지에 그토록 집착하는 까닭도 여기에 있다. 앞의 하수구 장면과 현미경을 들여다보는 숏들을 빼고도 여기에는 숱하게 많은 동공 빅 클로즈업 숏들이 있는데—주로 페이튼의 분노와 광기를 표현할 때 쓰인다—이 눈의 중요성은 자아와 외계를 연결시키는 창구라는 점과

그의 얼굴에서 유일하게 손상되지 않은 부분이라는 데 있다. 다시 말해, 그것은 오리지널리티를 보존하고 있는 기관이다. 레이미는 참으로 적절하고도 탁월한 방법으로 그 점을 지적한다. 가스 폭발 장면을 보라. 이 대참사는 단지 페이튼의 동공이 급속하게 수축하는 단 한 컷으로 요약된다.

(심지어 〈킹콩〉을 포함해) 괴물 공포영화에 자주 등장하는 '괴물의 육체/천사의 마음' 테마의 또 다른 변형으로서 〈다크맨〉은, 〈미녀와 야수〉와 같이 편리한 결론에 손쉽게 도달하지 못한다. 얼굴의 왜곡에 심리의 왜곡이 뒤따르는 것이다. 시간이 지날수록 페이튼은 광폭해진다. '그녀는 내면의 나를 사랑할 거야'라던 믿음은, 얼마 못 가 '가면을 만들자, 내면의 내가 변하기 시작했다'는 성찰에 의해 공격받는다. 이제 설사 줄리가 그의 망가진 얼굴을 받아들인다 하더라도 사랑은 유지될 수 없게 된다. 그 때문에 그는 모든 적을 처단하고도 여자에게 돌아가지 못한다. 철근의 정글에서의 대회전, 그 복수의 밤이 지나고 아침이 밝아오자 출근길의 인파에 섞여 사라지면서 그는 말한다. "페이튼은 이제 갔소…… 난 모든 사람이면서 아무도 아니오…… 어디에나 있으면서 어디에도 없소…… 날 다크맨이라 불러주오." 미리 준비한 새 마스크를 뒤집어 쓴 그가 돌아본다. 그것은 익명의 얼굴이지만 그 배우는 브루스 캠벨. 레이미의 트레이드 마크인 〈이블 데드〉 3부작의 주인공이다. 단골로 출연하는 동생 테드 레이미(듀란의 심복 릭 역)와 함께 캠벨의 등장은 레이미의 영화적 서명이다. 얼굴은 아이덴티티니까…….

아직은 끝이 아니다. 영화가 꺼졌을 때 우리는 또 하나의 무서운 농담을 실감해야 한다. 페이튼의 100분은 바로 상업영화의 평균 상영시간을 나타내고 있음을. 이 허구의 아이덴티티가 견딜 수 있는 한계 시간임을.

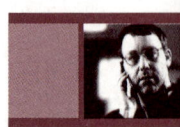

서울 양천경찰서는 12일 폭력 비디오의 범죄를 모방해 비디오 가게를 턴 뒤 여주인을 가스 폭발 사고로 위장, 살해하려 한 양희모 씨에 대해 살인미수 등 혐의로…… '평화 비디오' 가게에 들어가 주인 김모 씨를 흉기로 위협…… 김씨의 손발을 묶어놓고 안방 장롱에…… 이어 부엌에 들어가 LPG 가스레인지를 켠 뒤 고무호스를 잘라 가스가 새어 나오도록 하고…… 4곳에 담뱃불을 놓아 김씨를 가스 폭발로 위장 살해하려…… "평소 자주 보던 비디오 장면처럼 범행을 저지르고 싶은 충동을 일으켜 이같은 짓을 저질렀다"고……
—1993년 4월 12일 자 《문화일보》 19면

네버 엔딩 어드벤처

▬

바론의 대모험
THE ADVENTURES OF BARON MUNCHAUSEN

〈4차원의 난장이 E. T.〉, 〈브라질〉에 이어지는, 이른바 '이성에 대한 상상력의 승리 3부작'(비평가 제프 앤드루의 명명) 완결편.

터키군의 공격이 가해지고 있는 영국의 어느 도시, 뮌하우젠 남작의 전설적인 모험담을 각색한 연극 공연 중에 진짜 남작을 자처하는 한 노인이 나타나 극단의 꼬마 배우 샐리에게 회고담을 들려준다. 전쟁의 원인이 바로 자기였다는 이야기. 달나라와 화산국과 물고기의 배 속에서 초능력을 가진 네 명의 옛 부하들을 다시 찾아낸 남작은 활약 끝에 적군을 격퇴한다.

영화는 "18세기 후반—이성의 시대"라는 자막과 함께 시작한다. 당연히 관객은 계몽주의나 백과전서파의 고상하고 근엄한 이미지를 떠올린다. 그런데 바로 이어지는 화면은, 피난민처럼 살아가는 민중의 비참한 모습과 터키군의 무차별 포격 장면이다. 악랄한 농담. 그리고 무대에 진짜 남작이 나타나 수라장을 벌인다. 그가 혐오하는 것은 복잡한 기계장치와 과장된 묘사다. 그는 철저한 낭만주의자여서, 이런 식의 기만적인 환상을 용납할 수 없는 것이다(그러나 우리들 관객은, 영화 속 연극의 아름다움에 매료된다. 그 세트와 소도구, 조명의 황홀함은 〈아마데우스〉에서의 오페라 '돈 조반니' 장면을 훨씬 능가한다). 그가 또 하나 싫어하는 것은 모두 똑같은 옷을 입은 공무원과 서류 뭉치에 둘러싸여 있는 집정관의 관료주의다. 테리 길리엄의 관심은 늘 현대사회의 경직성과 반인간성에 대한 비판에 있는데, 이 점, 〈브라질〉이 미래에서 수행했던 역할을 〈바론의 대모험〉은 과거에서 한다. 이른바 근세의 시민정신이라는 것은, 고작해야 평범한 시민/병사들의 사기를 꺾었다는 죄목으로 전쟁 영웅을 처형시키는 정도다(이 불쌍한 영웅을 연기하는 단역 배우는 놀랍게도 스팅이다). 남작은 이 현실주의자의 현실관—논리, 과학, 이성, 진보, 계몽—에 대한 숭배를 비웃는다. 그의 비현실성을 비난하는 집정관에게 남작은 말한다. "당신의 현실은 거짓과 환상. 내가 당신의 그 현실을 파악하지 못했다니 기쁘군."

그리고 남작은 직접 연출자가 되어 참 모험담을 무대에 올린다. 카메라가 세트와 배우들을 보여주다가 서서히 패닝하면, 어느새 화면은 커팅 없이 실제의 배경과 사람들로 변모한다. 이 절묘한 플래시백 기법에 이 영화의 비밀이 숨어 있다. 현실과 환상은 그 경계가 모호한 정도가 아니라, 사실상 하나라는 것이다. 연극은 그 본질상 환상이면서 이 내러티브 속에서는 현실이고, 남작의 회상은 실제로 일어났던 현실이면서 영화적 환상이다. 즉 연극 무대와 회상은 모두 현실인 동시에 환상이다. 그렇기 때문에, 남작의 회고가 터키군의 포격 재개로 중단됐을 때, 현실로 돌아온 샐리는 이렇게 외칠 수 있는 것이다. "그만 쏴! 얘기가 어떻게 끝나는지 모르잖아." 이 아이의 말은 옳다. 남작이 이야기 속에서 도시를 구해야 실제로 도시는 구원될 수 있으니까. 또 달나라의 왕이면서 조물주를 자처하는 로빈 윌리엄스는—정확히는 그의 머리는—"나는 생각한다. 고로 너는 존재한다 Cogito, ergo es"라며 자신의 창조성을 과시하지만(수사학적인 반어법만은 아니다. 데카르트가 존재 증명을 자신에서 구했던 것을 뒤집어내는 철학적

조크), 남작은 다음과 같이 그의 말을 일축해버린다. "나의 모험이 없으면 당신도 없다." 이 또한 현실과 환상의 상호작용을 표현하는 한 단서가 아닌가. 그의 모험은 이런 혼란으로 가득 차 있다. (바다가 사막으로 바뀌는) 모순, (자기 머리카락을 자기 손으로 치켜들어 수면 위로 솟구치는) 비논리, (보통 인간의 능력을 훨씬 상회하는 부하들의 능력 같은) 초자연 현상, (지구의 반대편에서는 모든 것이 거꾸로라는) 역설, (유일하게 진짜 남작을 알아볼 수 있는 어린이의) 직관, (몸에 대한 머리의 우월성을 부르짖는 달나라 왕을 비웃는) 심신 일원론, (각기 다른 먹이를 쫓다가 쪼개져버리는 로봇 삼두조三頭鳥를 비웃는) 문명 불신, (물고기 배 속이 천국일 수도, 지옥일 수도 있다는) 상대성의 세계관, (힘겨운 모험을 겪을수록 오히려 젊어지는) 아이러니……. 그러면서 감독은 기억과 자기정체성을 잃어버린 부하들이 왕년의 능력을 되찾아가는 과정을 묘사한다.

모험은 전쟁을 끝낸 남작이 사탄=의사=집정관에 의해 살해당하면서 '일단' 끝이 나는가 싶을 때, 영화는 다시 처음의 무대로 돌아와 남작이 자기가 죽는 데까지의 회상을 마친 다음—그는 한두 번 죽어본 게 아니다—자기 이야기처럼 실제로 적군이 물러갔음을 대중들에게 확인시키면서 비로소 마무리된다. 이 어처구니없는 구조는 필경 내러티브상의 모순을 이야기한다. 그러나 어쩌겠는가, 바로 모순을 이야기하는 이야기가 〈바론의 대모험〉인 것을.

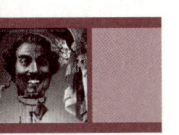

영화에는 서양의 문화 전통이 여러 가지 섞여서 인용된다. 볼칸과 비너스의 관계는 로마 신화에서, 비너스의 탄생 장면은 산드로 보티첼리의 회화에서, 물고기 배 속의 설정은 구약성서에서, 지구 반대편에 관한 생각은 〈이상한 나라의 앨리스〉에서 각각 빌려온 것이다.

우리 생애 최고의 해

백 투 더 퓨처 2
BACK TO THE FUTURE 2

이 놀라운 속편을 두고, 점잖은 영국 비평가 제프 앤드루가 "복잡한 트위스트와 아이러니, 패러독스로 가득 차 있으며 결코 스필버그유의 감상주의로 퇴보하지 않았다"고 격찬했던 데 반해, 미국 대중의 정서를 가장 충실히 반영하는 레너드 맬틴의 《무비 앤드 비디오》는 "재미와 기쁨이 없는 사기극"이라고 반응했다. 한걸음 더 나아가 맬틴의 책은 3편, 1편, 2편의 순으로 이 시리즈의 가치를 결산하고 있다. 어느 편이 옳건 간에, 이것이 예상을 뒤엎는 후속편이었던 점은 분명하다. 누구도 저 프랭크 캐프라식으로 흐뭇했던 전편에 이런 괴상한 후일담이 이어질 줄은 예측할 수 없었을 것이다.

이 이야기의 줄거리를 요약하기란 거의 불가능하다. 1985년에서 시작해서 2015년으로 갔다가 '다른' 1985년으로 돌아오고, 결국에는 1955년에서 끝을 맺는 이 현란한 '시간의 점프 컷'은, 전편에서 타임슬립의 논리와 한계를 예습했던 관객의 머리조차도 혼란스럽게 만들기에 충분하다.

행복한 현재에서 마무리했던 전편이 다시 반복되고 마티와 애인은 박사와 함께 미래로 향한다. 그러나 전편의 라스트에 몇 개의 컷이 주의 깊게 삽입되면서 그 분위기는 완전히 변모한다. 미래의 마티에게 심각한 문제가 있다는 것이 설명되고, 비굴한 자동차 서비스 가게 주인이 된 비프가 드로리언의 이륙 장면을 목격함으로써 심상치 않은 전개가 암시된다. 신나는 모험을 찾아 떠나는 듯했던 결말이, 어느새 미지의 공포를 향해 가는 도입으로 역전되는 것이다. 이것은 매우 의미심장한 설정이다. 똑같은 상황에 새로운 컷 몇 개가 추가되고 나니 이렇게 딴판이 되어버린다는 깨달음은 우리에게 놀라운 경험이 아닐 수 없다. 어차피 이야기란 이렇게 선택적으로 말해지는 것이다. 〈백 투 더 퓨처〉의 구조는 바로 이런 '발견'의 연속체이다. 아무리 사소한 것이라도 무엇 하나가 삐끗 잘못되면 미래는 엉망진창으로 뒤틀려버리고, 그것을 고치기 위해 다시 과거로 돌아가면 문제는 더 꼬이기만 한다. 작은 발단이 엄청난

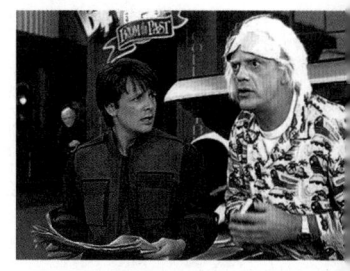

파국을 초래한다는 개념은, 기상예보의 어려움을 표현할 때 곧잘 언급되는 나비효과를 연상케 한다. 한 권의 스포츠 연감에 의해 1955년 이래의 지구 역사가 모조리 다시 쓰이는 것이다. 영화 전반부에서, 처음으로 묘사되는 미래상을 보고 실망했던 관객은 새롭게 변모한 1985년의 상황을 보고 놀라게 된다. 로버트 저메키스가 보여준 미래는 철저하게 현재의 연장선상에 놓여 있는 단순하고 안정된 모습에 불과하지만, 달라진 1985년의 악몽 같은 무정부 상태는 같은 해에 만들어진 〈배트맨〉의 고담 시티를 방불케 할 정도로 끔찍하다. 말하자면 로버트 저메키스와 밥 게일은 흔해빠진 디스토피아 필름들처럼 미래를 지옥으로 만드는 대신 현재를 그렇게 하고 있는 것이다. 이것은 물론 일종의 경고성 비유여서, 현재가 이 지경이면 이런 추세로 계속 나아갔을 때 미래의 꼴은 안 봐도 뻔한 게 아니겠느냐는 식이다.

비프가 아버지이고, 어머니의 유방은 수술로 거대해지고, 친아버지

는 살해당한 지 오래고, 박사는 정신병원에 가 있고, 자기 집에는 흑인이 살고 있고……. 그런데 이 모든 혼란은 마티의 탐욕에서 비롯하지 않았던가. 전편에서의 아버지처럼 미래의 마티는 무능력하고 비굴한 인간으로 전락해 있고, 우리는 이번에도 그가 과거의 교정을 통해 밝은 미래를 보장받게 되기를 기대한다. 그렇게 해서 나온 대안, '스포츠 연감'은 그러나 늙은 비프의 수중에 들어감으로써 결정적인 '타임 패러독스'를 발생시킨다. 박사의 설명에 의하면 정상적인 역사 진행선이 하나 있고, 젊은 비프가 늙은 비프에게서 연감을 입수한 1955년을 기점으로 새로운 역사가 분리되어 독자적인 진행을 하게 된다는 것이다. 그렇다면 역사는 하나가 아니라는 말인가? 과거의 현실에 작은 흠집만 생겨도 별개의 역사가 탄생한다면, 개인들은 각각 다른 역사 위에 따로 존재하게 된다. 성공한 마티와 실패한 마티가 '동시에' 살아간다?

의문은 끝이 없지만 한 가지 분명한 것은, 〈백 투 더 퓨처〉가 가장 순수한 지적 퍼즐을 통해 '역사'의 문제를 제기하고 있다는 사실이다. 전편이 현실을 유지하기 위해 분투하는 마티를 다루고 있는 데 반해, 여기서는 현실을 '수리'하기 위해 동분서주하는 마티를 보여주고 있다. 전자가 현실 유지를 위한 노력의 부산물로서 더욱 좋아진 현재를 선사받았다면, 후자는 현실을 수리하려는 노력의 부산물로서 더욱 나빠진 현재를 부여받는 셈이다. 이것은 역사결정론과 자유의지론의 한판 전쟁과도 같다. 인간의 의지로서 주어진 단서는 논리 사슬의 연쇄 반응에 의해 파문을 확산해 나가고, 다시 자유의지를 강제한다.

19세기부터 보관되어왔다는 박사의 전보를 받고 아연실색하는 마티와 방금 1985년으로 돌려보낸 마티가 다시 돌아오는 모습을 보고 기절하는 박사. 이들은 이제 '역사의 미아'가 되어버린 것이다. 고치려고 하면 할수록 뒤죽박죽되어버리는 이 극심한 혼란 속에서 우왕좌왕하는 둘의 모습을 보여주면서 영화는 가차 없이 끝을 맺는다.

로버트 저메키스와 밥 게일은 USC 영화과 출신의 친구들이다. 스티븐 스필버그의 직계 후배인 이들은 그의 후원으로 〈너의 손을 잡고 싶어〉와 〈고물차 소동〉을 만들고 〈1941〉의 각본을 쓰게 된다. 이후 〈백 투 더 퓨처〉 3부작과 〈제시카와 로저 래빗〉, 〈죽어야 사는 여자〉에 이르기까지 이 '두 명의 로버트들 2 Roberts (Bob은 Robert의 애칭)'의 활동은 눈부시기만 하다. 방대한 스필버그/루카스의 계보 속에서 가장 독창적이고 예술적이며 우수한 인재들.

아웃 오브 아프리카, 욕망의 날개를 타고

엑소시스트 2
EXORCIST 2 : THE HERETIC

워너는 〈서바이벌 게임〉의 그로테스크한 공포 분위기를 믿기로 했다. 〈레오 더 라스트〉의 칸 감독상도 그럴듯했지만, 〈수평 사격〉의 초현실주의적 필름누아르의 매력을 못 잊었던 건지도 모른다. 〈자도즈〉의 과욕은 한때의 실수였다고 치고, 공포영화 사상 최대의 흥행작 〈엑소시스트〉의 야심만만한 속편 프로젝트는 존 부어맨에게 맡겨졌다. 그리고 이 희대의 판단 착오는 할리우드 역사에 길이 남을 치욕을 낳고야 만다. 개봉 직전, 시사회 이튿날 7분이 잘려나가고 많은 수정이 가해졌지만 상황을 돌이킬 수는 없었다. 일제히 비난의 포문을 연 비평가들은 이것을 최악의 재난으로 규정했고 관객은 개봉 초기에는 야유, 이후에는 무관심으로 대답을 대신했다. 〈엑소시스트 2〉는 누구도 원치 않는 영화였다. "난 지금도 그 영화에 대해 사과하고 싶은 생각이 없습니다. 거기에는 내 최상의 장면들이 있거든요. 하고 싶은 것을 했고 그 값은 충분히 치렀습니다. 전편과 똑같은 영화를 원했던 관객들은 사기를 당했다고 생각한 모양입니다만." 부어맨은 '이단자 Heretic'가 되기를 자청했다.

메린 역을 맡았던 막스 폰 시도우는 그 전편을 지독하게 혐오했다고 한다. '고문당하는 어린아이를 구경하며 열광하는 관객'을 이해할 수 없다는 것. 재출연을 일언지하에 거절한 그를 설득하기에 부어맨처럼 적당한 감독은 없었다. 이미 폰 시도우와 같은 이유로 1편 연출을 거부한 바 있기 때문이다. 그는 자기 영화는 다르다고 말한다. 이것은 '치유'의 영화다! 단지 일시적으로 리건의 몸에서 악령을 몰아내는 치유가 아니라 선의 힘으로 악을 제압하는 방법으로서의 치유. 부어맨은 아주 근본까지 나아가려고 했다. 이전에 젊은 신부가 개인적인 고뇌로 인하여 신앙에 균열을 초래했다면 여기서의 라몬트 신부는 강철 같은 의지에도 불구하고 선의 징후를 발견하지 못한 자의 회의를 반영한다. 그는 악령의 시험을 본격적으로 받기도 전에 무심코 "그것은 무서운 한편 매혹적이기도 하다"고 중얼거린다.

영화의 시작에서 그는 남미의 어느 공소에 있다. 벽 틈으로 새어 들어오는 햇빛도 그의 침울한 얼굴을 밝히기에는 부족한 것 같다. 몇 방울의 성수와 한두 마디 기도문으로 마녀를 치유하기엔 그 안에 든 악령이 너무 민첩하다. 겨우 차지했는데 도로 내주자니 아깝기도 했으리라. 악마는 차라리 여자를 죽게 만든다. 신께 봉헌된 촛불로 자살을 '당하는' 마녀. 이건 소신공양이 아니다. 불길에 휩싸인 채 미소 짓는 여자에게서 라몬트는 악마의 얼굴을 본다. 그 표정은 이렇게 말하는 듯하다. "한번 포착한 대상은 절대 놓지 않는다." 그렇다면 전편의 리건은 어찌 되는 건가! 관객의 호기심은 당연히 그리로 향하고, 카메라는 지체하지 않고 뉴욕으로 옮아간다. 이 첫 등장에서 그녀는 아무 문제도 없어 보여 다행이다. 학교생활도 행복하고 정신과 의사 진과의 관계도 원만하다. 오히려 불안해하는 쪽은 의사다. 자긴 괜찮다는 아이에게 그녀는 "네 안에 아직도 뭔가가 있어"라고 말한다. 그녀로서는 리건의 무의식에 남아 있을 그 처절했던 사투의 기억을 지적한 것이겠지만 우리에겐 같은 말도 달리 들린다. 악령은 아직도 리건을 포기하지 않았을지 모른다.

치유자로서, 과학자 진은 신부 메린보다 유능할까? 종교의 힘은 속편에서도 유효한가? 이제 무대는 바티칸으로 이동하면서 추기경을 알현하는 라몬트를 소개한다. 두 개의 문 너머로 조그맣게 보이는 그는 무릎을 꿇고 추기경의 반지에 키스한다. 이 깊은 심도에 의한 롱숏은 거대한 교회의 권위에 완전히 포위된 자를 표현한다. 메린의 의문사에 대한 조사를 명하는 추기경께 그는 아뢴다. "도처에서 악마를 보지만 주께서는 침묵하십니다." 이때 그의 배경이 되는 벽화는 예수의 죽음을 보여주고 있고, 추기경도 "예수처럼 메린 신부는 우리가 따르기 힘든 길을 가셨소"라고 말한다. 두 사람의 위치 역시, 추기경은 왼쪽 도둑 앞, 라몬트는 예수 앞이다. 그런데 라몬트는 메린의 제자가 아니던가. 예수-메린-라몬트의 계보. 이로써 우리의 투사 앞에 죽음이 기다리고 있다는 사실을 알게 된다. 게다가 수많은 화살을 맞고 죽어가는 성 세바스찬의 순교화까지 보면서 불안은 확신으로 바뀐다. 그러나 다음 순간 앵글은 바뀌고 라몬트의 뒤에는 예수의 부활 사실을 기록한 벽화가 자리한다. 자리에서 일어난 추기경이 라몬트와 마주설 때 부어맨의 미장센은 비로소 완성된다. 프레임의 양 끝에 사람을 배치하고 벽면이 꺾이는 모서리를 정확히 가운데에 두면서 이 두 성직자의 대치 관계가 설정되고, 추기경은 죽음의 그림 앞에, 라몬트는 부활의 그림 앞에 섬으로써 각자가 대표하는 세계를 상징한다. 또한 근경의 책상 위에는 메린 신부의 사진이 둘 사이에 세워져 있어, 메린의 죽음을 둘러싼 해석상의 차이가 둘을 갈라놓으리라는 점을 암시한다. 이전에 이미 교묘한 프레이밍과 조명을

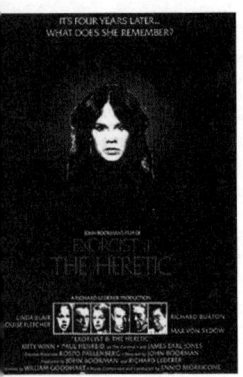

통해 배경의 벽화와 그 앞에 선 인물들을 일체화해서 사람이 그림 속에 들어가 있는 듯한 효과를 창출했던 것도, 죽음을 통해 부활로 나아가는 경로를 시각화하고자 함이었으리라. 이제 우리의 관심은 라몬트가 어떻게 죽음을 극복할 것이냐에 모이기 시작한다.

리건의 참고인 진술을 받기 위해 병원을 방문하는 라몬트의 이미지는 그러나 별로 희망적으로 보이지 않는다. 유리문에 반사된 그의 얼굴은 어두운 조명 속에 음울하게 떠 있다. 문이 열리고 리건이 들어와 마주 서면 활기찬 그녀의 진짜 얼굴과 암흑에 둘러싸인 그의 거울 이미지의 대조가 더욱 두드러진다. 이 롱테이크는 진과 라몬트가 함께 나가고 나서 다시 닫힌 유리문에 이번엔 리건의 얼굴이 반사되는 데까지 이어진다. 혼자 남은 그녀는 아까처럼 발랄한 처녀가 아니다. 결국 라몬트와 리건은 똑같이 '사로잡힌 영혼'인 것이다(이후로도 리건의 분열된 자아는 숱한 거울 이미지를 통해 표출된다). 이렇게 두 사람의 동일시가 이루어졌다면 이제 신부와 의사가 충돌할 차례. 과학과 종교라는 상이한, 어떤 의미에서는 상반되는 영역으로부터 리건에게 접근하는 두 사람은 벌써 사용하는 용어부터 다르다. 신부가 '영혼 Soul'에 대한 책임감을 운운하자 의사는 그걸 '마음Mind'으로 정정한다. 내재한 악령은 정신질환으로 해석되고 그 원인으로 사회병리가 강조된다. 요컨대 의사 진은 합리주의자고 과학의 가치 및 효용을 신봉하는 진보주의자다. 하지만 신부는 어떤가. 완고한 고집불통들의 집단으로 유명한 예수회 소속인데다가 진보 신학이 악마에 관한 논쟁을 기피한다며 불평을 늘어놓는 보수주의자다.

여기서 문제는 부어맨이 보수파는 아니어도 적어도 과학의 진보에 대해 미심쩍어하는 일종의 원시주의자라는 점이다. 〈서바이벌 게임〉

과 〈환상의 숲〉의 처녀림, 〈엑스칼리버〉의 마술 세계, 〈자도즈〉의 디스토피아적 야만 사회, 〈태평양의 지옥〉의 무인도는 부어맨의 작가주의를 구성하는 가장 중요한 공간들이다. 그는 라몬트의 주도하에 과학의 도구적 가치를 제한적으로 수용하도록 하는 선까지만 물러난다. 이를 위해 과학은 종교에, 제도로서의 종교는 본능으로서의 샤머니즘에, 인간은 신에, 이성은 섭리에 자수하여 광명을 찾아야 한다.

두 사람의 뇌파를 공조시키는 기계와, 착한 무당이었던 소년 시절 악령에 씌었다가 메린 신부에 의해 치유되었던 코쿠모의 곤충학 연구는, 그 자체가 과학의 위력을 과시한다기보다는 인간 사이의 커뮤니케이션의 중요성을 강조하는 비유에 불과하다. 기계의 전구는 서로 다른 리듬으로 깜빡거리다가 어느 순간 일치한다. 그때 두 사람의 생각은 하나로 된다. 코쿠모는 착한 메뚜기 한 마리가 날개를 비비는 행위를 통해 전체 무리에게 비폭력의 사상을 전파시키도록 노력한다. 리건의 선한 능력은 언어자폐증 소녀로 하여금 말을 되찾도록 하는 데에서 발현된다. 라몬트는 현대 가톨릭 최고의 신비주의자 테이야르 드 샤르댕 신부의 말을 빌려, 텔레파시에 의해 단일해진 세계정신으로 인류가 하나되는 미래상을 피력한다. 온통 커뮤니케이션 이야기뿐이다. 종교도 그렇다. 가장 신성한 수도자들의 이디오피아 절벽 교회는 초기 고딕양식, 러시아정교의 아이콘과 전례 음악, 부두교의 광란, 무슬림의 의상, 가톨릭의 의식, 아프리칸 샤머니즘의 무속성이 하나로 결합된 형태다. 흑인 사제가 내미는 성체를 영하는 상징 행위를 통해, 라몬트는 이단의 영역으로 거침없이 나아가고 이후로 절대 로만 칼라를 두르지 않는다.

악의 실체에 접근하겠다는 라몬트의 욕망은, 공기의 악령 파수수의 배려로, 그의 전령인 메뚜기의 날개를 타고 날아간다. 그러나 메뚜기는 바로 그의 내부로 들어간 것이었다. 리건의 모습을 한 파수수의 유혹에 넘어가려는 찰나, 메린의 영혼이 파멸을 경고하고 이제 정신을 차린 라몬트와 아프리카에서 날아온 메뚜기떼의 사투가 벌어진다. 히치콕의 새 떼가 그랬듯 이놈들은 인간의 선한 의지를 시험하고자 한다. 신부가 파수수의 심장을 제거하고 소녀가 메뚜기들을 잠재우면서 십자군 전쟁은 끝난다. 메린과 라몬트, 코쿠모와 리건, 성인 코쿠모와 소년 코쿠모는 모두 한 마리의 착한 메뚜기였던 것이다. 산 자와 죽은 자, 남자와 여자, 신부와 샤먼, 종교인과 과학자, 문명인과 미개인은 이렇게 해서 하나가 된다. 뒤늦게 달려온 진의 얼굴에 경찰차의 불빛이 비치고 그것은 다시 뇌파 공조기의 불빛으로 바뀐다. 선인들의 단일한 세계정신은 성취될 것인가. 이미 폐허가 돼버린 집을 바라보며 옆에서 경관이 묻는다. "저 안에 누구 없었나요? Anyone Inside?" 우리 안에 파수수는 없는가?

존 부어맨의 야심은 스태프 기용에서도 나타난다. 그는 1편의 뛰어난 멤버들을 다시 기용하기보다는 자기 사람들로 새로 구성한다. 촬영감독도 박진감과 기동력이 우수한 오웬 로이즈먼에서 스타일리스트인 윌리엄 프레이커로 바뀌었고, 마이크 올드필드와 크지쉬토프 펜데레츠키의 기성 음악을 효과적으로 차용했던 음악은 민속성을 중시하는 엔니오 모리코네로, 각본 역시 소설 원작자인 윌리엄 피터 블래티 대신 윌리엄 굿하트로 각각 물갈이를 한 것이다. 특수효과의 대가 릭 베이커조차 물러났고, 특히 주목할 만한 점으로는 〈엑스칼리버〉, 〈환상의 숲〉의 공동 각본가 로스포 폴렌버그가 제2유닛 감독직과 함께 '창작 협력Creative Associate'이라는 특이한 역할을 동시에 수행하고 있다는 것.

메멘토

스트레인지 데이즈
STRANGE DAYS

요즘에야 'Y2K'를 모르면 이상한 사람이지만 〈폭풍 속으로〉의 캐스린 비글로가 오랜만에 신작을 발표했던 1995년만 해도 이 말은 귀에 설었다. 내가 알기로 〈스트레인지 데이즈〉는 '2K'란 단어를 처음으로 쓴 영화다. 이렇게 앞서갈 수 있었던 데에는 감독의 전 남편이면서, 이 영화의 각본과 제작을 맡은 제임스 캐머런의 공이 크다. 뭐니 뭐니 해도, 즉 〈타이타닉〉의 대성공에도 불구하고, 후세 사람들은 그를 〈에이리언 2〉와 두 편의 〈터미네이터〉를 쓰고 연출한 감독, 20세기 미국 최고의 SF 영화 작가로 기억할 것이다.

캐머런은 여기서 인간의 기억을 기록하고 재현하는 장치를 둘러싸고 벌어지는 1999년 12월 31일의 모험담을 놀라운 아이디어로 묘사해내고 있다. 전선을 머리에 연결하고 레코드 버튼만 누르면 그 사람이 겪은 모든 감각이 자그마한 디스크에 저장된다. 어떤 다른 사람이 그 디스크의 내용을 자기 머리에 다운로드하면 남의 기억을 고스란히 생생하게 체험할 수 있는 것이다. 따라서 남자가 여자로 되어본다든가, 불구자가 해변을 달린다든가, 얌전한 가장이 두 미녀와 동시에 섹스를 즐기는 일도 가능해진다. 그렇지만 과연 그게 그렇게 좋기만 한 일일까? 〈이 세상 끝까지〉에 나오는 꿈을 기록하는 장치가 빔 벤더스다운 미래 동화의 핵심이었던 데 반해 이 '헤드와이어'는 캐머런

식 테크 누아르가 묘사하는 디스토피아적 세계를 대표한다. 주인공은, 이 '기억의 캠코더'로 기록한 디스크를 밀매하는 자칭 '경험의 세일즈맨'. 그가 모조 기억을 파는 〈토탈 리콜〉의 여행사 같다면 구매자들은 히치콕적 관음증 환자로 보아 무방하다. 남의 기억은 미래의 포르노로 변모한다. 그는 떠나간 여인과 함께했던 자기 기억을 저장해 두었다가 틈만 나면 그것을 재생해 보면서 과거로 돌아가는 현실 부적응자이다. 세상은 세기가 바뀐다고 만나기만 하면 "해피 밀레니엄!"을 외치고 난리인데 그만 홀로 과거를 헤매는 것이다. 아마도 바깥이, 그리고 현재가 엉망이기 때문일 것이다. 세기말의 미국은 최악의 불황과 범죄로 폭동 직전 상태로 설정된다(이 대목에서 캐머런과 비글로의 미래 예측은 완전히 빗나가고 있다). 주인공은 거기서 도피하려 한다. 좋은 필름누아르는 언제나 도피자가 현실

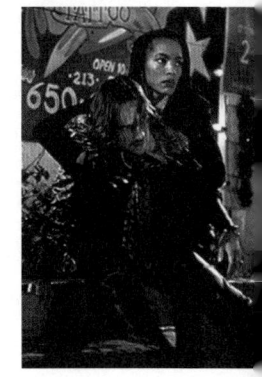

을 바로 보도록 그 어깨를 잡고 돌려놓느라 애쓰는 법이다. 그를 사랑하는 또 다른 여인이 "기억은 잊혀지게 돼 있어. 그게 순리야!"라고 절규하는 장면이 바로 그것이다. 변화의 몸살을 앓는 지금 우리에게 필요한 충고가 아닌가.

만약 당신이 이것을 보게 된다면, 클라이맥스를 이루는 카운트다운 시퀀스, LA 한복판에 설치된 초대형 전광판에 주목하기 바란다. 세기가 바뀌는 순간, 거기 '2천'이라는 한글이 뜬다. 할리우드의 어느 백인 여자 감독이 우리에게 보내는 작은 인사다.

파 프롬 헤븐

—

이벤트 호라이즌
EVENT HORIZON

2047년, 미 공군의 수색 및 구조선 루이스 앤 클라크 호는 과학자 위어 박사를 태우고 미지의 임무를 수행하기 위해 해왕성으로 떠난다. 이벤트 호라이즌이라는 우주선이 실종되었다고 알려진 곳이다. 블랙홀을 인공적으로 만들어 새로운 차원으로 여행하려 했던 이벤트 호라이즌은 처참한 시체들만 태운 채 표류 중이다. 그리고 옮겨 탄 승무원들은 가장 기억하기 싫은 순간들을 다시 만나 정신착란을 일으킨다. 설계자 윌리엄 위어 박사(샘 닐 분)는 이 거대한 우주선이 미지의 차원으로 갔다가 살아 돌아왔다고 선언한다. 그리고 모두를 끌고 그 지옥으로 귀환하려는 이벤트 호라이즌에 대항하는 선장의 사투가 전개된다.

〈이벤트 호라이즌〉의 폴 W. S. 앤더슨 감독은 〈리노의 도박사〉나 〈부기 나이트〉를 만들어 최고의 화제를 일으킨 폴 토머스 앤더슨과는 '불행하게도' 다른 사람이다. 이 앤더슨은 적어도 이 영화만 보아서는 그리 뛰어나 보이지 않는다. 스타들과 뛰어난 특수효과, 상당한 규모의 예산도 그를 구제하지는 못했다. 샘 닐이야 더 말할 것도 없고 로렌스 피시번은 덴젤 워싱턴이나 웨슬리 스나입스를 능가하는 재능의 소유자 아닌가. 영국 악센트를 가진 젠틀맨 닐과 가장 터프한 흑인 피시번의 대결은 흥미로운 세팅이다. 여기에 조연진도 탄탄하고 매우 경제적으로 설계된 시각효과도 만만치 않다. 프로덕션 디자인은 특히 우수하다. 하지만 문제는, 언제나 그렇듯이 각본과 연출이다.

우주선 자체가 생명을 얻었다는 건 〈2001 스페이스 오딧세이〉인데 그 우주선이 승무원으로 하여금 지우고 싶은 기억을 억지로 떠올리게 만든다는 건 〈2001 스페이스 오딧세이〉에 대한 안드레이 타르콥스키의 대답으로 일컬어지는 〈솔라리스〉다. 위어 박사의 아내가 결혼생활에 비관하여 자살했다는 과거는 아예 똑같다. 전체 분위기가 다 그렇지만 특히 알아듣지 못할 신호가 포착되어 확인하러 간다는 도입부와, 생존자가 구조를 기다리며 동면에 드는 결말은 영락없는 〈에이리언〉이다. 지옥을 현실로 불러들이는 어린이 장난감 모양의 기계장치는 〈헬레이저〉 시리즈에서 벌써 보았던 것이다. 파멸을 자초하는 미친 과학자 이야기는 너무 흔해서 예를 들 필요도 없거니와 그 역을 하는 샘 닐의 연기는 〈매드니스〉와 다를 바가 없다. 이것저것 빼고 나면 남는 게 없다. 독창성 말이다.

관념적인 주제를 장르영화의 관습으로 풀어낸다는 야심은 그것이 성공할 수만 있다면 언제나 환영할 일이다. 그중에서도 SF/공포영화는 전통적으로 신, 영혼, 존재, 기억, 시간 따위의 형이상학적 개념과 친숙한 장르다. 그러나 남의 것을 가져다 쓸 때와 마찬가지로 통속성을 빌려 철학을 하려고 할 때에도 가장 필요한 건 독특한 비전이다. 할리우드와 가장 거리가 먼, 또한 서로 가장 거리가 먼 두 편의 예술영화를 핵심적인 모티브로 삼음으로써 당연하게도 〈이벤트 호라이즌〉은 처음부터 실패를 자초한 꼴이 되어버렸다. 그리하여 실종과 표류와 재난이라는 이 영화의 소재는 바로 현실이 되어버린다. 사상의 실종은 스토리의 표류를 낳고 예술적, 흥행적 재난으로 이어진다.

지상에서 영원으로

—

씬 레드 라인
THE THIN RED LINE

　　무릇 전쟁영화라면 주인공이 빗발치는 총탄을 무릅쓰고 전우를 구하러 달려가는 장면 하나쯤은 꼭 나온다. 이때 감독은 둘 중 하나를 택해야 한다. 발을 떼자마자 그 자리에 탄환이 날아와 박히는 식으로 짜릿하게 찍느냐, 조금은 여유 있게 멀찍이 떨어진 곳에 쏟아지는 식으로 가느냐. 앞의 것은 좀 거짓말 같아 보일 우려가 있고 뒤의 것으로는 손에 땀을 쥐게 하는 효과를 보기 힘들다. 테렌스 맬릭이 과달카날 전투를 영화화한다는 소식을 듣고 내가 궁금해한 건 그가 어떤 방식을 취할까 하는 것이었다. 〈불모지〉와 〈천국의 나날〉, 단 두 편으로 거장이 되어버린 이 신비의 사나이가 20년 만에 돌아올 결심을 했을 때에는 뭔가 대단한 각오가 있었을 테니까.

　　결론부터 말하자면 〈씬 레드 라인〉에는 둘 다 있다. 한 10분 동안 남태평양 풍경만 지루하게 스케치해놓고 또 10분은 주요 캐릭터 소개, 총소리는 언제 나나 싶게 뜸만 한참 들이다 드디어 출동 명령이 떨어지는가 싶지만 숨 막히는 긴장을 한껏 조성해놓고는 막상 작전이 개시되자 뭍에서는 아무 반격도 없고 미군은 무혈상륙한다. 맥이 빠진다. 그렇다고 여기에 '조마조마'와 '아슬아슬'이 없는 건 아니다. 한번 시작하더니 이번에는 아예 영원히 끝나지 않을 듯 이어지는 전투 신들에는 충분한 장르적 쾌감이 있다. 게다가 대가가 무거운 몸을

430

움직이자 스타들이 재빨리 줄을 서는 바람에 작은 역할 하나하나에도 중후한 얼굴들이 즐비하다.

존 트라볼타 장군 밑에서 출세에 혈안이 된 닉 놀티 대령이 부하들을 사지로 내몰자 숀 펜은 부하를 구하기 위해 탄막을 헤치며 달리고 우디 해럴슨은 경황없는 통에 수류탄 핀을 잘못 뽑고 폭사한다. 이런 꼴을 보고도 항명하지 않는다면 엘리어스 코티어스 중대장은 휴머니스트 주인공으로 자처할 자격이 없으리라. 그가 "자식과도 같은 내 병사들은 죽일 순 없다"고 할 때의 가족의식과, 그가 파면되고 새로 부임한 야심가 조지 클루니가 지껄이는 가족 어쩌고 하는 소리는 그 뉘앙스가 영 다르다. 어쨌든 이

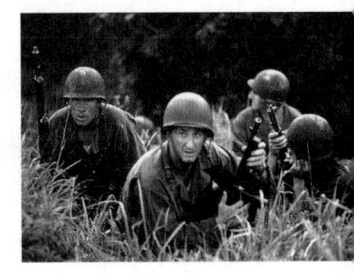

와중에도 벤 채플린은 고무신 돌려 신은 아내의 편지를 읽으며 질질 짜고 존 쿠색이 자원 특공대를 이끌고 적의 벙커를 공략하는가 하면, 제임스 카비젤은 신병에게 "여긴 내게 맡기고 넌 가서 위험을 알려라"며 단신으로 적을 유인하다 죽는다.

경건한 이상주의자 카비젤과 냉소적인 현실주의자 펜의 대비, 무모한 놀티와 신중한 코티어스의—둘의 연기는 이 영화 최고의 볼거리다—충돌이라는 틀에 박힌 설정하며, 1966년작 소설을 각색한 탓인지 여느 전쟁영화에서나 익히 보던 광경들로 가득하다. 일본군을 박멸해야 할 해충으로 보지 않고 똑같은 인간으로 묘사했다는 칭찬은 하나 마나다. 하버드 철학박사 맬릭은 스필버그가 아니며 그에게 이정도는 기본이니까. 문제는 재료를 요리하는 스타일이다. 우선 복수複數 주인공의 도입이 그 첫 번째 특징이다. 여러 인물들이 시퀀스별로 릴레이하듯 주인공 자리를 차지한다. 전쟁의 복합적인 성격, 다양

한 측면을 드러내는 데 이 처방은 특효를 보였다. 두 번째, 보이스 오버 독백의 전면적인 활용. "사랑과 미움은 하나의 근원을 가졌다" 식의 알쏭달쏭한 문장들이 정말이지 지겹도록 이어진다. 테렌스 맬릭은 긴 소설을 영화로 옮길 때 저질러서는 안 될 첫 번째 실수를 아주 교과서적으로 수행하고 있다. 셋째, 한참 싸우고 있을 때 엉뚱하게 삽입되곤 하는 자연 풍경. 집중포화가 휩쓸고 지나가자 숭숭 구멍 난 나뭇잎의 클로즈업, 졸지에 날벼락을 맞고 피투성이가 된 새끼 새, 포복전진하는 앞을 태연히 지나는 연둣빛 뱀, 전투 직전, 돌격 명령을 기다리며 무심코 건드린 미모사 잎새의 움츠림과 전투 직후, 풀잎에 맺힌 핏방울의 영롱함, 앵무와 박쥐들, 구름이 걷히면서 찬란한 햇빛이 정찰조를 서서히 에워싸는 롱숏 따위는 천 마디 독백보다 강력하게 어필한다. 그것들이 있어서 비로소, 〈불모지〉가 아니라 '비옥한 대지'에서 보낸, 〈천국의 나날〉이기는커녕 '지옥에서의 한철'이라는 역설이 제대로 살 수 있었다.

아마도 악마가

셀레브레이션
THE CELEBRATION

·

이것은 두 가지 이유로 끝까지 참아내기 힘든 영화다. 우선 그 화질
과 카메라 흔들림. 인공 조명을 철저히 배제한 채 비디오 카메라로 찍
은 다음 필름에 옮기는 바람에 대부분의 장면들이 거친 입자로 뭉개
져버렸다. 예를 들어 밤의 야외 장면 같은 대목은 광량 부족으로 거의
인물을 식별하기 힘들 지경이다. 게다가 비디오 특유의 기동성을 자
랑하느라고 시도 때도 없이 카메라를 휘둘러대는 통에—삼각대에 고
정시켜 찍은 숏은 단 하나도 없다!—관객은 현기증 정도가 아니라
끝내는 두통을 얻고야 만다. 달콤한 음악도 없고 화려한 세트도 없다.
모두가 '도그마 95'라는 해괴한 원칙에 입각해 제작된 탓이다. 그 어
떤 영화적 트릭도 인공적인 손길도 거부하는 영화를 만들자고 작당
한 네 명의 덴마크 감독 중 하나인 토마스 빈터베르는 정말 철저하게
일을 해낸 셈이다. 그리고 이런 조악한 가공 이전의 상태로 담아낼 내
용이 어떤 것일지 짐작하기란 그리 어려운 일이 아니다.

인내력을 시험하는 두 번째 시련은 물론 내용과 전개 방식에서 온
다. 시골 호텔에서 파티가 벌어진다. 주인의 회갑을 축하하기 위해 두
아들과 딸 하나, 그 밖의 친지들이 몰려온다. 관객도 4대를 망라한 대
가족이 모여 벌이는 이 행복한 '셀레브레이션'에 초대된 기분이다.
아름다운 풍경, 찬란한 여름 햇살, 쾌적한 시설과 산해진미, 오랜만의

433

가족 상봉, 즐거운 악수와 포옹, 반가운 인사와 유쾌한 농담들, 다 좋다. 장남이 아버지께 보내는 축사에 묻어두었던 폭탄이 터지기 전까지는. 영화 시작 37분 만에 하객들은 이런 말을 듣게 된다. "아버진 우릴 강간했죠."

나머지 한 시간 동안 우리는 이 더러운 얘기를 지겹도록 들어야 한다. 장남은 참으로 집요하게, 아들딸을 어려서부터 강간하고 끝내 딸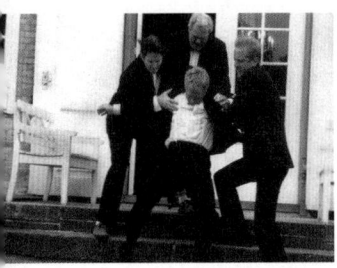을 자살에 이르게 만든 아버지, 그 모든 사실을 알고도 모르는 척해온 어머니에 관해 이야기한다. 몇 번이고 되풀이해서, 점점 더 자세하게. 사람들이 믿어주지 않아서가 아니다. 안 믿는 척하기 때문이다. 여기 모인 부르주아들은 이미 끝장나버린 잔치를 어떻게든 무사히 마무리해보려 무진 애를 쓴다. 평화를 깨는 진실은 아예 못 들은 척한다. 한마디로 이것은 '모르는 척', '못 들은 척'의 영화다. 아버지에게 복수하고자 시작된 아들의 노력은 하객들의 귀를 뚫으려는 처절한 몸부림으로 전환된다. 그들은 기를 쓰고 진실과 직면하는 것을 회피한다. 절규하는 아들의 비극은, 마치 그가 실내에 없다는 듯이 행동하는 나머지 사람들의 코미디로 인해 몇십 배로 증폭된다. 마침내 그토록 인자하고 자상해 보이던 아버지가 "너희 연놈들한테 쓸모라고는 그것밖에 없었다"고 실토할 때까지 이 잔인한 축제는 계속된다.

장남의 폭탄선언은, 마치 또 다른 복수극 〈햄릿〉에서 왕자가 극중극을 상연하면서 숙부와 어머니의 반응을 살폈던 것처럼, 사람들의 반응을 시험하는 계기가 된다. 영국에서 태어난 덴마크 왕자는 이렇게 조국으로 귀환한 것이다. 또 음울한 스칸디나비아 정서와 가족관계의 파탄을 묘사하는 실내극의 전통으로 보자면 헨리크 입센과 초기 아우구스트 스트린드베리에 직접 닿아 있다. "자연주의자는 신을 없앰으로써 죄의식을 없앴다"고 말한 사람은 바로 스트린드베리였고, 과연 이 영화의 아버지에게는 어떠한 죄의식도 보이지 않는다. 감독은 단지 죄악의 결과와 인물의 반응을 관찰할 뿐이다. 한편 이것은 〈대부〉이기도 한데, 가부장 파시스트 아버지를 둘러싼 가족의 드라마로 사회 전체를 요약해보고자 하는 야심 때문이다. 또 어떤 이는 "〈화니와 알렉산더〉의 세계로 쳐들어간 부뉴엘"이라고도 했지만, 무엇보다도 〈셀레브레이션〉은 화질로 보나 뭘로 보나, 가정용 캠코더로 촬영한 '세상에서 제일 끔찍한 홈비디오'라는 편이 더 맞겠다. 큰딸의 유서에 적힌 "저승엔 '빛과 아름다움'이 있겠지"라는 표현을 그대로 빈터베르에게 돌려주고 싶을 뿐이다. 이 영화에는 좀더 많은 촬영용 라이트와 인생의 아름다움에 대한 묘사가 필요하다.

무방비 도시

에너미 오브 스테이트
ENEMY OF THE STATE

영국에서 할리우드로 팔려온 지 어언 20년이 다 되어가는 데다가, 벌써 여러 편의 메가 히트작을 쉴 새 없이 터뜨려왔으니 토니 스콧도 어느덧 백전노장이다. 명 제작자 제리 브룩하이머와 줄곧 함께해온 그의 행보는 언제나 영화광들마저 흥분시키고도 남음이 있었다. 사람에 따라 〈크림슨 타이드〉의 폐소공포증적 긴장감을 선호하기도 하고 좀더 젊은 관객이라면 뭐니 뭐니 해도 쿠엔틴 타란티노 각본의 〈트루 로맨스〉겠거니와, 나로서는 흥행 실패작 〈마지막 보이스카웃〉을 열정적으로 옹호하는 편이다.

그의 필모그래피는 언제나 극단적인 스피드와 슬로 템포로 양분되는데, 이번 신작 〈에너미 오브 스테이트〉는 그 중에서도 〈탑 건〉 쪽의 전통을 따라, 몹시 빠르다. 이렇게 빠르면서 이렇게 지루하기도 어렵지 않을까 하는 생각도 해봤지만, 한 번만 더 따져보면 그건 당연한 일이기도 하다. 시작 5분 만에 지루해지기 시작하곤 하는 모든 포르노그래피의 예에서 알 수 있듯이, 관객은 자극의 파상공세에 이내 지치고 허덕이게 마련이다. 그래도 토니 스콧은 완급 조절 없이 줄곧 달려가기만 하기로 단단히 작정한 모양이다. 〈탑 건〉이 전투기로, 〈폭풍의 질주〉가 레이싱 카로, 〈비버리 힐스 캅 2〉가 에디 머피의 혀로 달리는 영화라면 이번에는 인공위성이다. 시작부터 현란한 편집으로 정신없이 제시되는 수직 부감 숏들은 모두 정찰 위성의 카메라로 포착된 이미지들이다. 여기에 갖가지 감시용 폐쇄회로 카메라 장면, 경찰과 방송용 헬리콥터로 찍은 다큐멘터리 화면, 내시경 카메라에 의한 몰래 찍기, 불필요한 경사 앵글의 남용까지 가세해 눈을 어지럽힌다.

제일 먼저 우리는 프랜시스 포드 코폴라 감독의 〈도청〉을 떠올릴 수 있다. 한 도청 전문가의 모험을 통해 현대 도시에서의 소외를 다루었던 그 영화는 '소리로 만든 〈이창〉'이었고, 바로 거기서 주연했던 진 해크먼은 〈에너미 오브 스테이트〉에서도 같은 직업을 연기한다. 물론 도청에 도시盜視까지 겸하고 있지만 말이다. 정보기관 사람들이 해크먼의 신상 기록 파일을 보는 장면에 사용된 젊은 시절 사진은 바로 〈도청〉의 한 장면, 결국 〈에너미 오브 스테이트〉는 '그림으로 만든 〈도청〉'인 셈이다. 훔쳐보기 방면에 변태적인 애착을 가

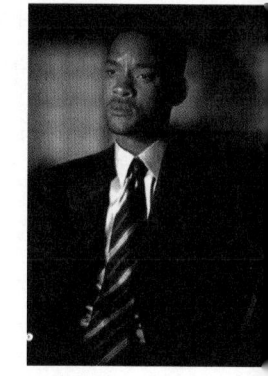

졌던 앨프리드 히치콕이 좋아했을 이 소재에 접근하는 방식 역시 히치콕적이다. 누명 쓴 사나이가 있다. 거대한 권력이 그를 죽이려 한다. 영문도 모르는 채 쫓기던 끝에 사나이는 조직에 역공을 가하고 슬기롭게 위기를 극복한다.

덴젤 워싱턴을 또 다른 흑인 윌 스미스로 교체해서 새로 만든 〈펠리컨 브리프〉일 수도 있겠지만 무엇보다도 〈에너미 오브 스테이트〉는, 〈이창〉을 〈북북서로 진로를 돌려라〉적으로 풀어본 영화이다. 상대적으로 정치에 무관심한 편이었던 순수주의자 히치콕이, 국가 기밀이 담긴 마이크로 필름을 맥거핀으로 사용한 데 반해 스콧은 정치를 전면으로 부각하려 한다. 여기에 이런 종류 영화들의 패러독스가 있다. 과연 이것은 (안보와 방범을 구실로 시민의 사생활을 침해하려 드

는) 권력을 비판한 영화인가. 스콧은 그렇다고 하겠지만 브룩하이머는 아니라고 답할 것이다. 〈탑 건〉의 군국주의자가 진보적으로 나이를 거꾸로 먹은 끝에 좌파로 거듭났을까? 내가 보기에도 이것은 어디까지나 상업영화일 뿐이며 정치는 억울하게 끌려와 오락을 위해 착취당하고 있다. 차라리 히치콕은 정치를 추상화하여 오히려 더욱 폭넓은 정치적 해석의 지평을 열어놓지 않았던가. '너무 자극적이면 지루해진다'에 이어, 이런 역설도 성립 가능하다. 정치에 무관심한 영화일수록 정치적이고(더글러스 서크의 멜로드라마들), 정치 문제를 직접 다루는 영화일수록 거기서 정치적 의미는 증발된다(〈JFK〉). 어쨌든 아카데미 위원회는 워터게이트의 닉슨과 댈러스의 케네디에게, '할리우드에 음모이론 장르를 선사한 공로'를 인정해 특별상을 수여해야 할 것이다.

레이디 킬러

키스 더 걸
KISS THE GIRL

제임스 패터슨이라면, 〈보난자〉나 〈미션 임파서블〉 따위의 TV 시리즈에서 조연을 해오다가 미국 최고의 광고 카피라이터로, 다시 페이퍼백 소설가로 변신을 거듭해온 특이한 사람이다. 요즘 그의 소설들은 미국에서 엄청나게 팔려나간다. 그러나 흑인 형사 알렉스 크로스를 주인공으로 한 일련의 시리즈 네 편 중 하나를 각색한 영화 〈키스 더 걸〉은 그 원작의 명성에 걸맞은 흥행을 해내는 데 실패했다. 브래드 피트가 빠진 〈세븐〉이라느니, 남성판 〈양들의 침묵〉이라느니 해봐야 소용없다. 감독 게리 플레더의 연출은 너무 평범하다. 그의 데뷔작은 〈콘 에어〉의 스콧 로젠버그 각본과 뛰어난 캐스팅이 돋보였던 〈덴버〉. 그때만 해도 앞날이 촉망되는 신인이었건만 소포모어 징크스에 걸려들었는지 이 두 번째 극장용 장편은 좀 시시하다. 유명한 TV 시리즈 〈호미사이드〉에서 몇 개의 에피소드를 맡아 연출했던 경력으로 미루어, 경찰 이야기에는 일가견이 있을 줄 알았건만.

엽기적인 연쇄살인범을 잡는 민완 형사의 수사 속보만 가지고 요즘세상에 누구를 매료시킬 수 있을까. 필요한 것은 내면에의 성찰이다. 사이코 범인의 정신병 증세는 기본이고, 이런 유의 영화가 볼 만해지기 위해 감독이 진짜 염려해야 할 것은 정작 탐정의 정신건강이다. 범인을 쫓아다니다보니, 그동안 뒤돌아볼 틈이 없었던 자기 자신의 내면에 어느새 균열이 가 있더라는 이야기, 미스터리 해결이란 바로 자기 병을 치유하는 과정이나 마찬가지라는 자각. 이는 사실상 탐정 안팎의 더블 플롯이다. 위대한 미스터리 스릴러들은 항상 이 원칙을 버리지 않았다. 그러나 〈키스 더 걸〉은 탐정은커녕 범인의 심리상태조차 제대로 그리는 데 실패하고 있다. 끝까지 참고 보아도 범인이 왜 저러는지는 알 길이 없다. 형사는 단지 실종된 조카딸을 찾기 위해 안

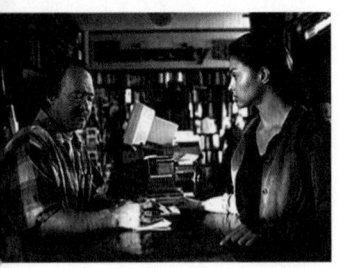

간힘을 쓸 뿐이다. 모건 프리먼은 고군분투하지만 별로 그럴듯하지 못하다. 형사이기만 한 게 아니라 정신의학을 전공한 박사이기도 하고, 안 어울리게도 타이트한 검정 터틀넥 스웨터와 가죽 재킷으로 몸을 감싸고 포르셰까지 몰고 다닌

다(그래봐야 뭐하나, 원작과는 달리 흑인 형사와 백인 여의사 간의 사랑은 영화에서 철저하게 제거된다). 물론 예의 그 사려 깊은 무표정도 여전하지만 아쉽게도 여기엔, 가장 중요한 내면의 변화라는 게 없다.

그는 처음 등장할 때부터 그랬듯이 끝날 때에도 그저 정의로운 법수호자일 뿐이다. 〈히트〉에서 발 킬머의 아내 역을 제대로 해낸 바 있는 여의사 애슐리 주드의 매력도 각본의 얄팍함을 구제하지 못한다. 열연하면 할수록 배우들만 불쌍해 보이는 영화가 있는데 바로 이런 경우다. 상당히 멋지게 사용되는 핸드헬드 카메라와 점프 컷 기법 역시 겉멋에 불과하다.

그러나 섣부른 실망은 금물. 고맙게도 영화는 마지막 단 한 번의 강펀치를 준비해놓고 있다. 살인자의 자폭 기도를 분쇄하는 모건 프리먼의 기지는 깜짝 놀랄 만한 아이디어다. 이건 원작에도 없는 장면이다. 두뇌를 무기로 하는 형사답기도 하고. 이 비열한 강간범의 얼굴에

쏟아지는 우유는 바로 정액의 대체물이니 눈에는 눈, 인과응보치고
도 참으로 적절하다.

아저씨와 건달들

—

후드럼
HOODLUM

많은 영화에 나왔지만 내 생각에 빌 듀크 최고의 역할은 새뮤얼 풀러 감독의 아무도 기억하지 않는 걸작 〈마담 엠마〉에서의 경찰서장이었다. 그 잔인하고 카리스마적인 인물을 연기하는 배우를 보고 감탄을 금할 수 없었다. 당당한 스타이자 메인스트림 감독이 된 지금도 내게 빌 듀크는 그 인상으로 남아 있다. 최고로 무시무시한 흑인 배우. 아마도 가장 어두운 피부색을 가진 흑인 스타인 그는 스파이크 리나 그 후배들과는 태생적으로 다르다. 그는 현학적인 수사 따위는 아예 모른다. 이론이나 유행, 세련미와는 처음부터 거리가 멀다. 요컨대 빌 듀크는 단순명쾌하고 직설적이고 대중적인 작가이고, 〈후드럼〉은 그런 그의 최신작이자 야심작이다. 그러나 영화 역사에서 가장 안타까운 비극은, 야심이란 대개 이루어지지 않는다는 것이다. 스파이크 리가 〈말콤 X〉에서 겪었던 게 바로 그런 일이었다. 야심은 마음의 부담을 낳고 부담감은 심리적 위축으로 이어진다. 결과는 독창성의 결여, 그것뿐이다.

감독은 백인들에게 〈대부〉나 〈원스 어폰 어 타임 인 아메리카〉가, 중국인들에게 오우삼이 있었다면 우리에겐 〈후드럼〉이 있다고 훗날 흑인 꼬마들이 떠벌리는 모습을 보고 싶었는지도 모르겠다. "왜 젊은 감독들은 비천하고 무식한 '형제들'의 자기파멸적인 모습만 보여주는가. 우리에게도 영웅이 있었는데!"

고작 한 깡패의 이야기를 통해 흑인의 자존심을 세우려 하다니, 두 말할 나위 없이 시대착오적이다. 〈장군의 아들〉 같다. 똑같은 시대와 장소, 심지어 럭키 루치아노와 더치 슐츠, 듀크 엘링턴이 등장한다는 점까지 흡사한 〈카튼 클럽〉에서 프랜시스 포드 코폴라 감독이 묘사한 흑인들 모습이 너무 나약해서 불만이었나? 그렇다고 이렇게 무식하게 나오면 좀 곤란하다. 이런 식의 영웅주의

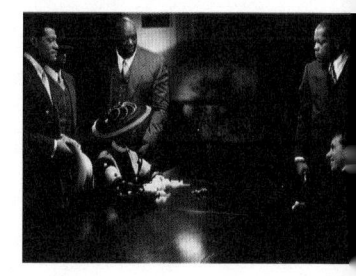

는 마초 로렌스 피시번 말고는 누구에게도 득이 되지 않는다. 의욕적으로 제작자로도 나선 이 영화에서 명실상부한 단독주연으로 종횡무진 활약하는 피시번의 연기는 스티븐 시걸을 보는 기분을 안겨준다. 〈오델로〉나 〈이벤트 호라이즌〉에서도 그런 징후가 느껴졌지만 이번에는 정말 심하다. 〈지옥의 묵시록〉이나 〈킹 뉴욕〉, 〈보이즈 앤 후드〉에서 그토록 유연하고 자연스러웠던 피시번은 도대체 어디로 간 것일까. 또 다른 야심가 케빈 코스트너의 〈워터 월드〉나 〈포스트맨〉의 재난을 못 보았단 말인가. 목이며 어깨에 잔뜩 힘을 주고 낮게 깐 음성으로 몇 마디 멋진 대사를 뇌까리는 동안 얼굴로 서서히 하강, 전진하는 크레인, 이어 총을 뽑는 동작이 느려지면서 엘머 번스타인의 오케스트라가 트레몰로를 연주하기 시작한다. 그리고 빵!

수없이 많은 명배우들이 재현했던 럭키와 더치를 다시 연기한다는 부담 때문이었는지, 앤디 가르시아와 팀 로스도 덩달아 우스꽝스럽기만 하다. 앤디 가르시아는 거드름 피우느라, 팀 로스는 알 파치노 흉내 내느라 여념이 없다. 감독부터 조연까지 폼만 잡다가 볼 장 다 본 영화.

테러리스트, 정신병자, 그녀의 남편
그리고 그의 정부

 ———

신경쇠약 직전의 여자
WOMEN ON THE VERGE OF A NERVOUS BREAKDOWN

    페파는 이반에게 버림받고 괴로워한다. 그의 전처인 루시아는 남편이 아직도 페파와 동거 중인 줄 알고 그녀를 증오한다. 페파의 친구 칸델라는 테러리스트와의 성관계 때문에 경찰을 두려워한 나머지 페파의 집에 피신한다. 이반과 루시아의 아들 카를로스는 페파가 내놓은 아파트를 보기 위해 애인과 함께 그곳을 방문했다가 칸델라에게 반해버린다. 칸델라를 돕기 위해 페파가 찾아간 여성 변호사 폴리나가 바로 이반의 새 애인이었다는 사실이 밝혀지고, 정신병자인 루시아는 이반과 폴리나를 죽이기 위해 권총을 뽑아든다.

    빌리 와일더 영화 〈아파트 열쇠를 빌려줍니다〉의 마드리드판인가, 페드로 알모도바르는 한 아파트를 배경으로 네 여자와 두 남자가 만수산 드렁칡처럼 얽히고설킨 하루 동안의 치정 코미디를 선보인다. 다만 미국인들과 이 사람들이 다른 것은, 이들의 상황이 나름대로 절박할 만큼 절박하면서도 보는 사람에게 그 고통을 전가하지 않는다는 데 있다. 아무튼 '이런들 어떠하리, 저런들 어떠하리'의 스페인식 낙관주의를 생각하고 보면, 과연 여기 등장인물들이 모두 비탄에 빠져 있으되 심각해 보이지 않고, 아무리 야단법석을 떨어도 경박해 보이지 않는 사연도 능히 짐작할 만하다. 하나같이 만만치 않은 이 '여자들'이 '신경쇠약'의 지경까지 안 가고 아슬아슬하게 그 '직전'에 머무르고 있는 것은 남자들을 위해서도 다행스러운 일이 아닐 수 없는데, 여자들의 이런 면모에 관련해서 감독은 다음과 같이 이야기했다. "버림받은 여자들은 흥미롭다. 그들은 어떻게 고통을 이겨나가야 할지를 알기 때문이다. 이 점이야말로 여자가 남자보다 우월한 부분인 것이다."

그래서 그런지 여기에 나오는 남자들은 약속이라도 한 듯이 여자를 팽개치고 있다. 이반은 페파와 루시아를, 카를로스는 원래 애인을, 테러리스트는 칸델라를…… 그러나 남자들은 영화적으로 대가를 치른다. 이반은 모든 갈등의 장본인임에도 불구하고 극히 제한적으로 다루어지는데, 사진으로 첫 등장하는가 하면 그 다음에는 목소리만으로, 그러고는 남의 얼굴에 목소리만 제공하는 영화 더빙 성우로서 나타난다. 그는 한마디로 실체가 없는 사람일 뿐만 아니라, 하는 행동마다 우유부단하고 무책임한 플레이보이에 불과하다. 그의 아들 카를로스 역시 무책임하기는 마찬가지. 약혼녀를 옆에 둔 채, 우연히 마주친 초면의 아가씨를 유혹하는 그의 바람기는 이반의 젊은 날을 그대로 재구성한 것처럼 보일 정도다. 이에 비해 칸델라를 비탄에 빠지게 한 시아파 테러리스트는, 전편을 통해 아예 한 장면도 배당받지 못하고 말과 방송을 통해서만 거론될 만큼 천대받는 존재다. 남자들의 악덕을 한 몸에 대표하기 때문이다. 그는 테러리스트이기 때문에 나쁜 것이 아니라, 여자를 이용하고 버렸기 때문에 나쁘다.

가장 뛰어난 장면, '녹음실 시퀀스'를 보자. 이반과 페파는 미국 영화 〈자니 기타〉의 스페인어 더빙에 함께 참여한다. 비엔나와 자니 기타가 이미 꺼진 줄 알았던 사랑의 불씨를 되살리는 장면을 녹음하면서, 둘은 다른 시간에 따로따로 자기 몫만을 혼자서 수행한다. 이때 알모도바르의 카메라는 이반보다는 영화 속의 스틸링 헤이든을 자주 보여주면서 이반이라는 존재의 공허함을 상대적으로 강조한다. 반대로 페파의 장면에서는 조앤 크로퍼드는 한 컷도 보여주지 않은 채, 자기를 버린 남자의 거짓된, 그러나 달콤한 대사를 들어가면서 맞장구 쳐주어야 하는 페파의 표정에 집중한다. 그녀의 고통은 이반에게서 버림받았다는 사실 그 자체보다, 이반을 더 이상 만날 수 없다는 것, 그의 부재, 더 정확히는 그의 리얼리티의 부재, 또는 조우 불가능성에서 비롯한다. 따라서 그녀가 집착하는 것은 애정의 회복보다는 우선 '만남'이다. 그러나 남자는 자동응답기에 목소리를 남기는 게 고작이고, 어쩌다 만날 기회가 생겨도 간발의 차이로 엇갈려 지나칠 뿐이다. 이반의 아들이 페파의 집을 보러 온다든가, 칸델라의 문제를 상담하러 찾아간 변호사가 이반의 새 애인이라든가, 택시만 잡았다 하면 늘 같은 운전수라든가 하는 식으로 모든 게 '하필이면……'의 우연적 상황으로 점철하는 이 영화에서, 유독 페파와 이반만은 절묘하게 서로를 피해간다. 감독은 이들의 조우 불능 상태를 역설적으로 강조하기 위해 그 숱한 우연들을 장치했던 것일까.

이들 사이의 유일한 커뮤니케이션 수단은 전화, 그것도 이반이 응답기에 목소리를 남기는 식의 일방적인 커뮤니케이션만이 가능하다. 알모도바르 자신이 전화국에서 일했던 적이 있어서 그런지, 여기서 전화라는 기계에 대한 그의 혐오감은 대단해 보이는데, 급기야는 격분한 페파에 의해 창밖으로 내던져지는 지경에까지 이르고야 만다. 그리고 이 전화가 떨어지는 곳이 이반과 함께 여행을 떠나려는 여자 변호사의 자동차라는 설정은 특히 쓸쓸한 맛을 더해준다. 그 여행을 막고 싶은 페파의 심정, 직접적인 물리적 접촉을 원하는 그녀의 안간힘이 그토록 우스꽝스러운 형태로 표현되고 있기 때문이다.

이런 유의 블랙유머는 영화 도처에 산재한다. 담뱃불에 침대 한가운데가 타버리는 사건. 금연을 권하는 의사의 충고—의사는 그 말을 하면서 담배를 피운다—가 갑자기 생각나 무심코 내던진 성냥이 작은 화재를 불렀던 건데, 방문자들의 눈에는 침대에서의 정열적인 사랑의 흔적인 양 묘한 상상을 불러일으키는 것이다. 페파가 출연하는 TV 광고는 아들이 범행 당시 입었던 피 묻은 셔츠를 깨끗이 세탁해서 경찰을 당황하게 만들었다는 이야기 끝에, 놀라운 세제 '이 사람을 보라Ecce Homo'를 선전한다. 이렇듯 '공포에서 유머를 끌어내고 풍자로서 사회를 조롱하는' 알모도바르의 방법이야말로 지극히 스페인스러운 것. 〈자니 기타〉 전에 페파가 더빙하는 스페인 영화를 상기해보자. 혼인미사를 집전하는 사제가 신부에게 귓속말을 하며("남자는 다 늑대야") 부케 위에 결혼 선물(콘돔)을 얹어준다. 칸델라가 연기하고 페파가 목소리를 녹음하는 이 신부의 어리둥절해 하는 표정에서 우리는 에이즈 시대의 공포—그래서 영화의 첫 대사는 "이 세상에 종말이 올 것을 대비해서 나는 노아처럼 동물들을 한 쌍씩 기른다. 그러나 유일하게 구제불능의 종은 이반과 나다"라는 페파의 내레이션이다—를 웃음의 방식으로 읽어내는 동시에 앞으로 전개될 이야기의 주제를 전달받는다.

〈신경쇠약 직전의 여자〉는 '깊이' 없이 '표면'으로만 이루어진 영화이고, 굳이 말한다면 표면 그 자체로 깊이를 삼고 있는 텍스트이다. 이것을 하나의 팬시 상품이나 키치 문화쯤으로 취급해버려도 그만이지만, 끊임없이 스스로가 영화/허구임을 드러내고 있는—영화 속 영화의 삽입, 그림임이 분명해 보이는 창밖 풍경, 우연에 근거한 사건

전개 등등—이 작품을 통해 우리는 현대사회에서의 삶이라는 고통의 질량이, 사람 사이의 소통의 부재 공간을 채우는 것이라는 사실을 깨닫게 된다. 우리가 필요로 하는 것은, 영문도 모르면서 승객이 우니까 자기도 따라 우는 택시 운전수—당연하게도 이 역할을 하는 배우는 알모도바르 자신이다—의 감수성이 아니겠는가.

결국 노아의 방주에 탑승할 인물은 페파와 이반이 아니라 페파와 카를로스의 애인임이 밝혀지면서 영화는 끝난다. 이 두 여인은 임부 대 처녀, 시종 모험을 겪은 사람 대 잠만 잔 사람으로 대조되기도 하지만, 결정적으로 이반 부자에게 버림받았다는 아픔을 공유하는 사이다. 루시아의 위험으로부터 이반을 구출해준 페파와 꿈속에서 섹스의 절정을 느껴버린 처녀는 더 이상 남자들에게 끌려다니는 존재가 아니다.

이제 자기를 사랑하지 않는다는 고백을 이반으로부터 받았을 때 '생니가 뽑히는 기분이었다'는 페파. 그녀에게 새 이가 돋기를…….

영화의 타이틀 배경은 아름다운 패션 사진의 몽타주이다. 여러 미인들이 우아한 옷을 입고 찍혀 있는 이 컬러 사진들은 여성 신체에 대한 물신숭배적 탐미성을 드러내고 있다. 몸의 여러 부위들이 파편화되어 나타나는 이 일련의 이미지들은 남성의 일방적 '시선'에 의해 지배되고 있는 것들이지만, 이것은 하나의 역설. 영화 본편에서 이 시선은 여지없이 역전되어버린다. 이 사진들은 저 유명한 인물 사진의 대가 리처드 에이브던이 미국 중류층 주부 잡지 《하퍼스 바자》를 위해 1957년에 촬영한 '재미난 얼굴Funny Face' 시리즈 중의 일부이다.

컬러 오브 무비

▬

덕 트레이시
DICK TRACY

〈딕 트레이시〉에는 사실상 '내용'이 없다. 이것은 순수한 의미에서 '형식주의' 영화다. 너무나 만화적으로 황당무계한 이야기와 정형화된 인물 설정, 도식적인 결말, 그리고 작가의 세계관 부재 등으로 말미암아 텅 비어버린 영화적 공간을 감독 워렌 비티와 촬영 감독 비토리오 스토라로는 시각적 디자인으로 채우고 있다. 여기서 형식은, 예술에 관한 오래된 통념이 말하는 바 '내용을 담는' 그릇이 더 이상 아니다. 이 영화의 세트, 의상, 소품, 조명, 앵글, 편집은 그 자체로서의 감상을 요하는 하나의 목적이며, 의미 없는 기호들이다. 그리고 수미일관한 체계로서의 그것은, 영화 〈딕 트레이시〉가 아닌 다른 그 어떤 것들을 지향하며, 나아가 그 지향성 자체를 지향한다. 〈딕 트레이시〉는 인쇄 만화Comic Strip의 활동사진적 모사(마이크 호지스의 〈플래시 고든〉)이고, TV 연속극의 극장용 속편(브라이언 드 팔마의 〈언터처블〉)이며, 갱스터 필름과 필름누아르에 대한 장르론적 탐구(프랜시스 포드 코폴라의 〈카튼 클럽〉)이자, 팝 아트의 필름적 재현(팀 버튼의 〈가위손〉)인 것이다.

가장 할리우드적인 의미에서의 스타인 비티(〈우리에게 내일은 없다〉에서 〈벅시〉까지)와 유럽 제일의 스타일리스트인 스토라로(〈파리에서의 마지막 탱고〉에서 〈지옥의 묵시록〉까지)의 만남은, 이렇듯 탈영화적인 이벤트라는 결과를 낳았다.

비티가 정말 원했던 것은 만화 〈딕 트레이시〉가 연재되었던 1930, 40년대 신문, 잡지의 인쇄 색채를 스크린 위에 되살리려는 것이었고, 그 의도는 일곱 가지 원색(파랑, 보라, 노랑, 자주, 초록, 분홍, 검정)만으로 세트, 의상, 소품, 조명을 통일시키는 노력으로 현실화된다. 이는, 페데리코 펠리니가 어린 시절 즐겨보았던 《플래시 고든》유의 싸구려 만화잡지의 색채감을 재현해보고 싶어 했던 일이나, 배리 레빈슨이 1940, 50년대 테크니컬러의 느낌을 〈벅시〉의 주요한 시대 배경으로 설정한 발상과도 비슷하다. 게다가 〈딕 트레이시〉유의 만화를 그대로 확대해놓은 로이 리히텐슈타인의 회화와 흔히 팝 컬러Pop Color라고 불리는 높은 명도/채도의 색상은, 이 영화를 미국 팝아트와도 연결시키고 있다.

또한 당연하게도 〈딕 트레이시〉는 갱스터·필름누아르 장르에 헌정된 영화이기도 하다. 기본적인 내러티브는 물론이고, 미국인들이 몽타주 시퀀스라고 부르는 '범죄와의 전쟁' 장면에서의 다중노출 기법, 갱스터와 갱버스터(형사)를 시각적으로 차별화하는 밀레나 카노네로(〈불의 전차〉, 〈배리 린든〉, 〈시계태엽장치 오렌지〉, 〈아웃 오브 아프리카〉, 〈대부 3〉)의 의상 디자인, 비에 젖은 포도, 음침한 지하실, 밀주를 파는 나이트클럽 따위의 공간 설정 등이 갱스터 필름적 요소들이라면, 역광과 선명한 명암차를 이용한 액자형 다중 프레이밍, 과장된 악마적 분장술, 탐정을 유혹하는 요부(마돈나)와 신비에 싸인 정체불명의 괴한(역시 마돈나)의 존재, 악당(알 파치노)의 현학적인 성격 등은 전형적인 필름누아르의 그것이다.

• 〈딕 트레이시〉시각 디자인의 3대 원칙 ─조형의 단순성, 강렬한 색채, 원근/명암 대비

• 〈딕 트레이시〉정신의 3대 특성─낙관주의, 영웅주의, 남성 우월주의

• 〈딕 트레이시〉이해를 가로막는 3대 함정─워렌 비티/마돈나의 스캔들, 거물 스타들의 특별 출연, 워렌 비티의 연기력

원작 만화의 작가는 체스터 굴드. 그는 1931년 《디트로이트 미러》를 시작으로 《뉴욕 데일리 뉴스》를 비롯한 전국 주요 신문으로 연재 범위를 넓힌다. 1951년 사망 이후, 지금까지 〈딕 트레이시〉는 굴드의 조수들에 의해 전미 200여 개 인쇄 매체에 절찬리 연재 중이다. 숱한 TV 시리즈와 〈형사 딕 트레이시〉, 〈딕 트레이시, 그루섬과 만나다〉, 〈딕 트레이시의 달레마〉, 〈딕 트레이시 대 큐볼〉 등의 영화로 만들어진 바 있다.

나 홀로 무대에서

━━━

코미디의 왕
THE KING OF COMEDY

꼭 미군 방송을 보지 않았대도 좋다. 적어도 〈자니 윤 쇼〉를 아는 사람이라면, 한국 관객이라도 이 영화를 이해할 수 있으리라. 미국의 전설적인 토크쇼 진행자였던, 그리고 자니 윤이 내놓고 모방했던 자니 카슨을 노골적으로 패러디한 영화이다. 카슨이 표방했던 보수주의는 마틴 스코세이지에 의해 사정없이 납치, 감금, 포박, 협박, 조롱, 비판당한다. 글자 그대로 미국 '코미디의 왕'인 제리 루이스가 연기하는 토크쇼 진행자 역할도 그런 면에서 흥미롭다. 〈마지막 액션 히어로〉 때 그랬던 것처럼, 제목만 보고 〈코미디의 왕〉을 그저 몹시 웃기기만 한 영화로 기대한다면 좀 곤란하다.

우리 사정과는 좀 달라서 미국에서는, 술집 무대에 혼자 서서 우스개를 지껄이는 이른바 스탠드업 코미디가 무척 인기라고 한다. 술자리에서의 잡담이라는 유구한 전통은, 클럽에서의 스탠드업 코미디로, 그리고 TV 토크쇼로 면면히 이어진다.

토크쇼의 진행자들이 한결같이 '초대 손님을 모시기 전에' 원맨쇼를 한바탕 벌이는 것도 바로 그래서이다. 이것은 방청객/시청자를 직접 대화 상대로 선정해서 친근감을 조작하려는 일종의 속임수이며, 〈코미디의 왕〉의 남녀 주인공으로 하여금 토크쇼 진행자를 친구/연인으로 인식하게 만드는 동력이다. 또한 드라마와 연기와 상대역 없이 혼자서 말로만 웃겨야 하는 이 방식은 쇼 비즈니스의 성격을 드러내는 데 가장 분명하고 철저하고 본질적이다.

그러니 언제나 이 '선' 자리를 중요한 영화적 요소로 여겨온 스코세이지가 이 '스탠드업'의 무대를 못 본 체했을 리는 만무하겠다. 아무튼 록 콘서트장, 심야 택시 운전석, 비열한 거리, 사각의 링, 당구장, 골고다 언덕, 공포의 곶, 재즈 클럽, 유개 화차 등이야말로 스코세이지의 진정한 주인공이 아니라고 말할 자 누구랴.

루퍼트 펍킨 역의 로버트 드 니로는 〈택시 드라이버〉에서처럼 과대망상증 환자다. 자기의 사람 웃기는 재주에 관한 한 〈분노의 주먹〉에서처럼 추호의 의심도 없다. 〈뉴욕 뉴욕〉에서처럼 오직 유명해지기만을 바랐던 그가, 〈케이프 피어〉에서처럼 믿었던 자에게 배반을 당하자 응징을 결심한다. 자기를 쇼에 초대해줄 줄 알았던 최고의

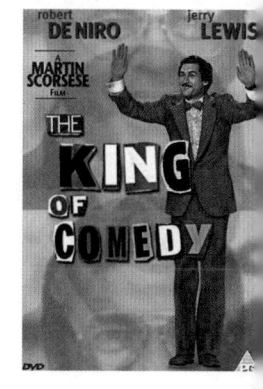

진행자가 약속을 지키지 않았으므로 루퍼트는 그를 납치한다. 쇼에 출연만 시켜주면 무사히 돌려보내겠다는 조건. 결국 루퍼트는 작전에 성공, 다시 〈택시 드라이버〉에서처럼 일약 언론의 총아가 되고 납치죄로 형을 살고 나오자마자 스타로 군림한다.

스코세이지와 드 니로 파트너십의 제반 특성이 망라된 이 영화에서 우리는 자본주의 체제하의 미디어 살풍경 또는 진풍경을 목도한다. 두 사람이 바로 전에 찍었던 〈분노의 주먹〉에서 스탠드업 코미디언으로의 전업은 챔피언 왕좌로부터의 전락을 뜻했지만, 여기서 그것은 거꾸로 꿈의 성취를 뜻한다. 꼭 맞물린 이 두 편의 영화를 통해 스코세이지는 아메리칸 드림이라는 동전의 양면을 보여주려고 했던 것 같다. 그의 성숙한 시선은 좌절이나 성공, 그 어느 쪽에도 반대급부가

따른다는 점을 통찰하고 있는데, 〈분노의 주먹〉의 주먹이 챔피언 벨트를 잃으면서 따뜻한 정서를 되찾듯, 〈코미디의 왕〉의 코미디언은 ― '빨강'의 색채 상징주의로 표현되는―명성과 함께 그것의 공허함까지 얻게 된다.

마분지에 인화된 스타들의 등신대 사진 사이에 앉아 과대망상에 잠기는 루퍼트의 모습을 보라. 결국 그 자신의 성공 역시 서점에 진열된 마분지 사진으로 표현되고 있음은 무엇인가.

아메리칸 드림의 참을 수 없는 얄팍함. 스코세이지는, 이제 스타가 된 루퍼트가 자신의 TV 쇼에서 무언가 재미난 이야기를 막 시작하려 할 때 가차 없이 영화를 끝내버린다.

살인의 해부

—

호미사이드
HOMICIDE

요약하라면 이것은 물론 '인종주의의 미궁 탐색기'다. 데이비드 마
멧은 미국이라는 데가 바로 이 미궁이 아니겠느냐고 말하고 있는데,
이 복마전에 아무래도 출구가 따로 있는 것 같지가 않다. 그물처럼 얽
힌 인종주의의 모세혈관을 타고 집단 이기주의의 콘크리트 장벽 사
이를 누비는 일에는 어떤 보람도, 희망도 없어 보인다. 짐 호버만이
'불쾌감의 대가'라고 불렀던 이답게, 마멧은 사뭇 비관적인 어조로
이 좌절감을 토로한다. '마이너리티Minority/미노스Minos의 미궁'
에 빠진 테세우스는 더 이상 영웅이 아니고, 길을 되짚어가기 위한 그
의 실타래는 처음부터 엉켜버리는 것이다.

그래서 영화는 시작부터 미궁이다. FBI 요원들이 은신처로 들이닥
치지만 흑인 범죄자는 옷장으로 위장된 어둡고 긴 도주로를 통해 달
아난다. 잠복과 기습의 숨 막히는 긴장으로 가득 찬 이 오프닝은 제목
의 뉘앙스와 더불어 영화를 무슨 서스펜스 넘치는 수사극쯤으로 여
기게도 하는데, 불행하게도 이는 거대한 착각의 시작일 뿐이다. 히치
콕식으로 말하자면 〈호미사이드〉는 영화 전체가 그 자체로 '맥거핀'.
액션영화 같은 도입도, 미스터리 드라마인 척하는 전개도, 심지어 동
료의 죽음에 복수하려는 클라이맥스의 분노까지도 모두 진짜 주제를
이끌어내기 위한 일종의 소도구에 지나지 않는다. 유대인 노파가 살

해당하자 유족들은 반유대주의자들이 자기네까지 위협하고 있다며 보호를 요청한다. 도주한 흑인을 쫓다가 우연히 사건에 연루된 유대인 형사—그러나 히브리어를 읽을 줄도, 이디시 말을 들을 줄도 모르는—골드는, 저격자가 있다는 건물을 수색한 끝에 의문의 단어가 적힌 쪽지를 발견한다. 'GROFAZ'. 랍비는 이 말이 제2차 세계대전 때 나치의 유대인 학살 전담부대에서 썼던 머리글자 모음말로서 '사상 최고 전략가', 즉 히틀러를 가리키는 것이라고 알려준다. 이것이 가장 큰 오해의 발단이다. 결국 영화의 결말에서 실은 끝에 'T'자가 떨어져나간 비둘기 사료의 상표였다는 사실이 밝혀지는 것이다. 저격범인 줄 알았던 사람도 단지 그날 밤 옥상에 비둘기 모이를 주러 올라온 주민이었던 셈(600만 학살에 평화의 상징이라니, 아무리 블랙유머라도 이건 지나치지 않은가!). 물론 노파도 반유대주의 그룹이 아니라 동네의 십대 흑인들에 의해 살해당했음이 드러난다. 단순 강도살인.

이렇게 되면 그때까지 골드는 공연히 엉뚱한 미궁에 빠져들어 헛고생만 한 게 되고, 괜한 호기심에 이끌렸던 관객들마저 무안해지는 꼴이니, 이 맥 빠지는 결말에 이르러 달리 무언가 얻어지는 것이 없다면 그야말로 억울해지기까지 할 일이다. 더구나 유대인으로서의 자기정체성을 깨닫고부터 골드는, 신분조차 망각한 채 반유대주의자에게 불법적인 보복 행위를 자행하는가 하면, 동료 혼자 흑인 범죄자를 쫓다가 순직하도록 방기하는 실수를 저질렀던 터. 이런 값비싼 대가를 치러가면서 그가 진정으로 깨달은 진실은 무엇인가. 인종주의의 무상함—비로소 스스로를 유대인으로 규정하기 시작하자마자 그는 그것의 무의미함을 알아챈다. 반유대주의에의 정당한 증오마저 무색하게 만들어버리는 예의 그 결말은, 역설적으로 차별주의와 이기주의라는 양면을 가진, 인종주의 동전의 화폐 가치를 평가절하한다. 마지막 2분 동안에 드러나는 바로 이 결론을 (가장 충격적으로) 전달하기 위해 영화는 앞의 100분을 시오니스트 필름으로 위장하고 있었던 것이다.

영화 속에서 집도, 가족도, 과거도 전혀 부여받지 못하고 있는 고독한 주인공 골드는—그래서인지 그는 식구 전원을 몰살시키고 잡혀온 사내에게 호의를 베푼다—유대인 집단의 성원으로 인정받기 위해 위법 행위도 불사한다. 그 이유는 "난 누구도 아니므로Nobody, 일원 Part of You이 되고 싶다"는 것인데, 이 처절한 소망에 대해 유대인 근본주의자들은 비열한 음모로 응답한다. 네오나치 조직의 아지트를 폭파하는 일에 자원봉사하도록 유도한 다음 그 행위를 몰래 촬영하여 경찰이 보관하고 있는 증거 자료와 교환할 것을 제의하는 것(그리고 물론 그 아지트는 조작된 것이다). 골드는 자기가 속한 민족과 조직 중 택일할 것을 강요당한다. 그는 유대인인 동시에 경관이지만 두 집단 모두에 충정을 바친다는 것은 애당초 불가능하다. 이럴 때 과연 골드의 아이덴티티는 무엇인가. 전편을 통해 무려 다섯 번이나 되풀이되는 수색, 추적 장면의 폐소공포증적 미장센은 골드가 감금당한 '아이덴티티의 폐쇄회로'를 시각화한다.

골드는 그러나 다른 한편으로 유색인종과 구별되는 백인이기도 하다. 흑인 범죄자의 어머니와 마주쳤을 때 그는 지배 세력의 앞잡이—경관일 뿐이다. 피살된 노파와 그 가족, 클라인 일가처럼, 피해자인 동시에 가해자인 셈이다(기하학에서 '클라인 씨의 병Klein bottle'이란, 주둥이가 다시 내부로 들어가는, 그래서 안팎의 구분이 무의미해지는 입체를 말한다). 경관으로서의 그의 전문 분야는 인질범과의 협상 테크닉이어서, 항상 그는 동료들로부터 '웅변가', '환상의 혓바닥',

'이빨꾼' 등으로 불린다. 골드의 언변에 넘어간 이 불쌍한 어머니는 아들의 체포를 돕기로 한다. 그러나 그는 자기의 인종 문제에 골몰하느라 이 일을 잊어버린다. 생포를 약속했던 골드는—뒤늦게 현장에 도착해서, 자기 동료의 죽음을 목격하고는—반대로 사살을 맹세하게 된다. "빌어먹을 놈의 검둥이 자식을 죽여버리겠다"며 내닫는 그의 모습은 완전히 인종차별주의자의 그것이다. 그러나 그 흑인에게 복수하려는 순간, 그는 자기가 권총을 분실했음을 깨닫는다. 이 역시, 유대인 사건에 매달리느라고 끈이 떨어져나간 홀스터를 수선도 못한 채 거기에 권총을 넣고 다녔기 때문이다. 맨손으로 흉악범과 마주한 골드는 "난 파트너를 죽게 했고, 넌 엄마한테 배신당했어. 우리 인생은 무가치해"라며 대들다가 다리에 총탄을 맞는다. 이 협상의 전문가도 자기 자신을 잡고 있는 인질범을 설득하는 데에는 실패한 것이다. 그리고…… 인종적 약점을 만회한답시고 항상 앞장서서 범인의 은신처 방문을 박차고 들어가곤 했던 공복公僕 골드는, 퇴원과 동시에 살인과Homicide에서 쫓겨난다.

결국 골드가 얻은 것은 인종적 정체성이요, 잃은 것은 친구와 직업과 신용과 한쪽 다리다. 이것은 과연 해볼 만한 거래였던가? 이야기의 끝에서, 그는 그 계산을 하느라 고민에 빠진다.

데이비드 마멧은 현대 미국을 대표하는 극작가, 시나리오 작가, 소설가이고 당연히 퓰리처 상 수상자이다. 프랭크 캐프라 시대 이래 할리우드 영화의 가장 중요한 재산인, 우수한 각본 전통의 적자. 〈어젯밤에 생긴 일〉(희곡 각색), 〈포스트맨은 벨을 두 번 울린다〉, 〈폴 뉴먼의 심판〉, 〈천사 탈주〉, 〈언터처블〉, 〈호파〉, 〈글렌개리 글렌 로스〉(희곡 각색) 등을 썼고, 드디어 1987년 〈위험한 도박〉으로 감독 데뷔한다. 이때의 주연 린제이 크라우스는 그의 아내. 조 만테냐를 비롯한 많은 배우, 스태프들과 늘 함께 작업하는 마멧은 팀워크를 소중히 하는 감독이다.

가서 미국인들에게 전하라

—

7월 4일생
BORN ON THE FOURTH OF JULY

"미국이 참전한 모든 전쟁에서 희생된 전몰 군인들에 대해서, 미국
국민은 전쟁이 끝나는 즉시로 위령 기념 건조물을 지어 바치는 것을
예의고 의무로 여겨왔다. 그런 미국인들이 유독 베트남 전쟁에 있어
서는 10년 동안 기념비조차 세우기를 꺼려 했다. 그 이유는 무엇이었
을까."

〈7월 4일생〉은 리영희 교수의 이 물음에 답하고 있는 영화다. 한마
디로 말해 그들에게 베트남 전쟁은 '치욕'이었던 것이다. 진보주의자
에게는 미국의 '참전'이 그랬고, 보수주의자에게는 미국의 '패배'가
그랬다. 이 점은 지금까지도 여전한 사실이다. 그리고 영화 〈7월 4일
생〉은 희생과 애국심의 '영광'에서, 하반신 불수라는 '좌절'을 거쳐,
뒤늦은 진실 발견의 '수치심'과, 진정한 애국심의 '환희'에까지 이르
는 긴 도정이다. 또한 이것은 프랭크 캐프라식 미국주의의 새로운 영
화적 부활인 동시에 할리우드 자본주의가 허용하는 양심의 한계이기
도 하다.

말하자면, 최악의 경우 이 영화는 '진정한 미국민의 애국심을 재발
견'하려는 소시민적 국수주의 영화의 한 변형일 수도 있다는 말이다.
그러나 이야기의 플롯을 그릇된 애국심과 그에 대한 회의 그리고 진
실을 위한 새로운 싸움의 시작이라는 세 개의 단락으로 파악한다면

그 비판은 다소 악의적인 해석으로 들릴 수 있을 것이다. 어쨌든 전통적으로 미국의 정치 성향 영화들은 그 근본적 성격을 분명하게 규정하기 어려운 '의도적 모순성'을 가지고 있다는 것이 사실이다. 어떤 작가도 자기가 좌파로 분류되는 일을 피해야 했고, 자본과 대중역시 철저하게 급진적인 영화는 애당초 원하지 않아왔다. 차라리 그런 종류의 양심은 앨런 파큘러(〈대통령의 음모〉, 〈암살단〉) 식의 냉정

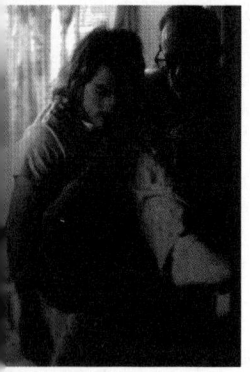

함과 〈로보캅〉 유의 상업적 냉소주의, 〈대부〉 시리즈가 보여주는 은밀한 비유 등에서 더욱 비타협적으로 견지되었다는 역설조차 가능하다. 그런 의미에서 올리버 스톤 개인의 이데올로기라든가 〈7월 4일생〉이 갖는 부분적 진실/허위에 대한 면밀한 분석은 오히려 불필요한 것인지도 모른다. 우리에게는 그것보다 더 크고 더 작은 것, 미국과 할리우드의 사회 성격, 자본 메커니즘을 연구하거나, 원하는 바를 때론 분명하게 때론 모호하게 자유자재로 표현하는 영화적 기술을 공부하는 편이 더 이롭겠다.

이 영화에서 묘사된 내용과 그 형식 특성에 관해 이야기하기는 쉽다. 뒤에 나올 곤경과 환희를 위해 준비하는 수많은 복선, 론의 심리적 혼란을 조성하기 위한 핸드헬드 카메라와 올리버 스톤 특유의 그 섬광과도 같은 편집(그는 세계에서 가장 많은 필름과 가장 긴 편집 기간을 소모하는 작가로 알려져 있다), 론의 좌절과 나약함을 상징하는 네 차례의 수직 부감 촬영 장면들(어릴 적 전쟁놀이, 체육관의 레슬링 훈련, 베트남에서의 부상, 병원에서의 부상), 불꽃놀이를 조명으로 선명히 빛나는 전반부의 성조기와 햇빛 때문에 바랜 듯이 보이는 후반부의 성조기 사이의 대립, 멀리 들려오는 포성과 핏빛 모노크롬—윌슨

의 죽음과 연관된다—역광의 실루엣으로 '죽음'을 양식화하는 베트남 첫 시퀀스의 아름다움, TV 주사선을 서서히 지우는 방법으로 진실과 허위의 경계를 넘나드는 교묘함, "이것은 백인의 전쟁이다"라고 냉소하는 흑인 간호사와 균형을 맞추기라도 하듯 위기마다 나타나 론을 번쩍 들어 구출해주는 베트남과 워싱턴의 두 흑인, 세심하게 선정된 당대의 대중음악과 장엄한 트럼펫 진혼곡…… 최고로 숙련된 기술과 가장 세련된 상상력이 결합되어 이루어낸 이 성과들은 뛰어난 연기자들의 호연(특히 톰 크루즈의 열연은, 모처럼 폴 뉴먼이나 더스틴 호프먼 같은 대가와 맞붙지 않았음으로 해서 더욱 빛나 보인다)과 더불어 1990년대 할리우드의 영화 제작이 얼마나 성실하고 정성껏 수행되는가를 입증하고도 남는다.

미국인으로서 스톤은 적어도 최선을 다하고 있다. 그러나 우리는 이 영화가 보여주지 않는 것을 보아야 한다. 그것은 보여주는 것을 보기보다 훨씬 어려운 일이다. 아직까지 세계의 어떤 영화도 그 진실을 묘사해본 적이 없기 때문이다. 그 '나머지 진실'은 무엇인가. 그 하나는 참전을 결정하고 10년 이상 질질 끌며 확전을 계속한 미국 정부의 음모와 탐욕을 총체적으로 비판하는 작업으로 밝혀질 것이고, 그 둘은 정작 베트남 사람들은 전쟁을 어떻게 시작하고 끝맺었는가를 탐구함으로써 알려질 것이다. 〈7월 4일생〉은 미국 지도자들의 연설 장면 몇 개를 냉소적으로 검토하면서 앞의 것을 대신했고, "독립을 위해 천년을 싸워온 베트남 민중들"이라는 론의 한마디로 뒤의 것을 얼버무렸을 따름이다. '더 이상의 베트남 영화는 없다!'는 선전 문구는 거짓이다. 오히려 그것은 이제부터 시작이다. 미국인(특히 참전용사 개인)의 회고담은 끝났을지 몰라도, 미 군산 복합체의 위력은 그대로

막강하고 베트남 민족해방전쟁의 역사는 아직도 생생하다.

미 해병대의 신병 모집관으로 잠깐 나오는 톰 베린저와 멕시코의 자포자기 상이군인 역을 하는 윌렘 데포는 말할 것도 없이 〈플래툰〉의 두 상사들이다. 여기서 이들의 성격은 거의 전작의 연장선상에 놓여 있다. 베린저는 전쟁광이라는 데서, 데포는 양민 학살의 고뇌를 안고 있다는 점에서.

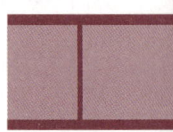

비디오드롬

떼시스
TESIS

남의 삶을 엿보려는 사람들의 욕망은 갈수록 증대한다. 그러나 다른 한편으로 사람들은 자기 프라이버시의 문은 더욱 굳게 잠그려 한다. 그러면 그럴수록 다시 남의 삶이 궁금해진다. 이것은 악순환이다. 현대사회에서 타인의 사생활은 하나의 터부가 되어버렸다. 더구나 그의 죽음이라면! 죽음은 최고의 프라이버시다. 더구나 그가 살해당하는 것이라면!

이미 1960년대에 마이클 파월은 〈피핑 톰〉에서 선구적인 면모를 선보인 바 있는데, 거기 나오는 사이코는 영화용 카메라로 촬영을 해 가면서 그 삼각대 스파이크로 여자를 찔러 죽이고 있었다. 데이비드 크로넨버그의 해괴한 〈비디오드롬〉에서도 해적 방송이 쏘아 보내는 전파의 내용이 바로 그런 실제 살인 과정을 찍은 다큐멘터리였다. 그리고 알레한드로 아메나바르의 〈떼시스〉는 확실히 〈무언의 목격자〉를 상기시킨다. 둘 다 젊디젊은 데뷔 감독이었고 스릴러였으며 거의 같은 시기에 촬영되었기 때문이다. 그리고 한결같이 '스너프 필름'이란 이상한 소재를 다루고 있다.

피핑 톰이 들었던 아리플렉스 16밀리 카메라는 이제 소니의 하이 8밀리 프로페셔널용 캠코더로 바뀌었지만, 감독들의 관심사는 예나 지금이나 여전하다. 영화에 미친 사람들을 다루면서 그 매체 자체를 성찰해보자는 것이다.

이 스물세 살 먹은 스페인 감독은, 아마도 자기 자신이 그렇게 영화에 미친 청년일 듯한데, 사람들 삶에 파고드는 카메라의 시선, 그것의 극단적 형태로서의 스너프 필름을 상정했던 것 같다. 그 궁극의 다큐멘터리, 최후의 리얼리티는 피사체뿐만 아니라 관객과 촬영자까지 죽음으로 몰아간다. 영화의 복수다.

안젤라는 영화에서의 폭력을 다루는 논문을 쓰고 있다. 양갓집 처녀인 그녀가 극단적인 폭력 장면이 담긴 영화를 찾아다니는 것도 바로 그래서지만, 문제는 이 과정에서 그 이미지들을 즐기고 있는 자신을 발견하게 되었다는 점이다. 제자의 부탁을 받은 지도교수 역시 그런 영화를 찾으면서 비슷한 쾌감을 느낀다. 교수는 영화를 보다가 심장마비로 죽고 그 테이프를 입수한 안젤라와 영화광 친구 체마는 자기들이 가장 엽기적인 스너프 필름을 보고 있다는 사실을 깨닫는다.

여기까지의 영화 도입부는 몹시 훌륭하다. 터부에 근접하려는 자들의 심리적 기제가 탁월하게 묘사되고 있는 것이다. 그러나 '누가 범인인가?'의 탐정 놀음으로 이야기가 전환하고 나서부터는 아무런 미덕도 찾을 수 없다. 이건 〈무언의 목격자〉에서도 발견되었던 현상이다. 살인 현장을 목격한 여주인공이 쫓기는 전반부 이후 감독의 사상은 잔재주에 가려 실종되어버린다. 〈떼시스〉의 감독도 자기가 이 영화를 왜 시작했는지 잊어버린 사람처럼 한심한 장르 관습을 뒤쫓다가 끝날 때가 되어서야 다시 정신을 차린다. 사건이 종결되고 TV에서 문제의 비디오를 틀어준다. 그것이 시작되기를 기다리는 수많은 사람들이 군침 삼키는 표정을 보여주며 영화는 끝난다. 진짜 범인들은 거기 있었던 것이다.

잃어버린 이미지의 추적자

욕망
BLOW-UP

런던 거리를 헤매던 사진작가 토머스는 어느 날 공원에서 사랑을 속삭이는 남녀의 모습을 포착한다. 사진을 자세히 분석한 그는, 한 남자가 피살되었음을 발견한다. 그러나 숲속의 시체는 어디론가 사라지고, 필름과 사진은 도난당한다. 토머스는 자기가 보고 기록한 사실을 입증할 수도, 확신할 수도 없다.

한마디로 말한다면, 이것은 '무용지물'에 관한 영화(위대한 예술가는 이런 주제로도 걸작을 만든다!)다. 따라서 여기에는 여러 종류의 무용지물들이 나온다.

1) 허름한 옷—이름난 패션 사진작가인 토머스는 무슨 부업처럼 리얼리즘 사진을 찍는다. 이 전형적인 모더니스트의 다큐멘터리는 워커 에반스를 연상케 할 정도로 과격하고 급진적이다. 하층계급의 모습이 담긴 사진집을 내려는 그에게서, 우리는 다소 위선적인 지식인 예술가의 면모를 본다. 어여쁜 모델들을 다루는 그의 태도는 다분히 고압적이고 거의 사디스틱하기까지 하다. 그는 언제나 명령투로 얘기하며 일상에서 회의나 주저란 없다. 요컨대 그는 충동적이고 냉소적이다. 그가 리얼리즘을 대하는 태도는 당파적이라기보다는 실존주의적이다. 그런 그가 부랑자로 변장하고 빈민 구호소에 들어가 사진을 찍고 나오면서 영화는 시작된다. 그는 빈민들과 헤어져 주위를

두리번거린 다음, 카폰이 장착된 롤스로이스를 타고 귀가한다. 그러고는 입고 있던 옷을 벗어 아무렇게나 구겨 내버린다. 그가 프롤레타리아를 대하는 태도란 이런 것이다.

2) 시위용 피켓—차를 몰고 가던 토머스가 반전 반핵 시위대와 맞닥뜨린다. 한 여자가 자기 피켓을 그의 무개차 뒷좌석에 세우려 한다. 여자는 더 효과적인 선전을 위해 그런 행동을 했겠지만, 문제는 거기

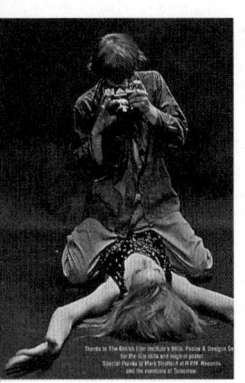

쓰인 문장이다. 미군이나 핵무기라는 주어가 생략되고 단지 "꺼져라!"라고만 되어 있으니, 시위 대열을 떠나자마자 이 피켓은 사실상 아무런 진술도 하지 못한다. 결국 컨텍스트 없이 무의미해진 슬로건은 롤스로이스에서도 떨어져 부도수표처럼 거리에 나뒹군다. 맥락에서 단절된 진실의 파편은 이미 더 이상 진실이 아니었다.

3) 기타의 목—피살된 남자와 함께 있었던 여자를 찾아 헤매던 토머스는 어느 록밴드의 연주회장에 들어선다. 이방인처럼 어슬렁거리던 그는, 고장난 스피커에 격분한 기타 주자가 때려 부순 기타의 목 부분을 주워들고 달아난다. 마약에 취한 듯 몽롱한 표정으로 조용히 음악을 듣던 청중들이, 갑자기 광란하면서 그 물건을 서로 차지하려고 덤벼들었기 때문이다. 그들을 따돌리는 데 성공하지만, 그러고 보니 부서진 기타의 한 조각은 어디에도 쓸모가 없다. 그와 군중은 그것의 무엇에 매혹당했던가. 제대로 전달되지 않는 음악은 안 하느니만 못하다는, 기타 주자의 생각을 이해하기보다 그들은 기념품을 원했다. 물신 숭배. 그러나 누가 왜 부수었는지 하는 의미가 내포되어 있지 않은 그것은 기념품조차 되지 못한다. 그것은 예컨대 차에 깔려 쪼개진 기타와 전혀 차이가 없는 것이다.

4) 프로펠러—토머스는 공원 근처의 어느 골동품점에 들어간다. 그는 원래 사려고 했던 풍경화(그의 공원 사진도 일종의 풍경화다) 대신, 엉뚱한 물건만 산다. 거대한 나무 프로펠러. 그것은 한때 엄청난 추동력이었지만 지금은 배에서 분리된 채 하나의 목공품에 불과하다. 천장에 매달아 선풍기로 쓰면 어떻겠냐는 말에 토머스는 그저 그냥 놓고 보겠다고 답한다. 미켈란젤로 안토니오니 자신이 한때 가담했던 이탈리아 네오리얼리즘 운동에 대한 자조 섞인 언급. 지난날 그것은 역사를 추진했지만, 이제는 감상용에 지나지 않는다는……. 가게를 처분하고 네팔이나 모로코에 가고자 하는 여주인은, 인도로 프랑스로 떠돌았던 과거 네오리얼리즘의 맹주 로베르토 로셀리니요, 골동품의 먼지나 털고 있는 늙은 종업원은, 퇴락한 리얼리스트 비토리오 데 시카인지도 모른다.

5) 사진—도둑은 한 장의 시체 사진을 빠뜨리는 실수를 범한다. 그러나 지나치게 확대된 이 사진은 너무나 입자가 거칠어서 상을 알아볼 수 없을 지경이다. 살인 입증의 결정적 단서임에도 불구하고, 그것은 차라리 추상화에 가깝다. 친구인 추상화가가 프랑시스 피카비아 풍의 자기 그림을 두고, "여기서 사람의 다리 모양을 찾는 건, 탐정소설에서 단서를 찾는 것과 같지"라고 말하듯, 이 '해결 없는 미스터리/범인 없는 탐정영화'의 살인 사건은 그 발생 여부부터 '증거 불충분'이다. 그 사진은, 사진의 한 부분을 클로즈업해 다시 찍은 '기록의 기록/복제된 복제품.' 현실에서 유리된 단편의 기록은 사실상 현실과 무관하다.

6) 라켓과 공—사체의 실종을 확인한 토머스는, 허탈감에 빠져 공원을 거닐다가 한 부랑 광대의 무리가 라켓과 공 없이 테니스 치는 모

습을 구경한다. 한 선수가 가상의 공을 잘못 쳤는지, 모두들 공을 던져달라는 눈빛으로 토머스를 바라본다. 하는 수 없이 공을 주워 던져주는 시늉을 하는 토머스. 그러나 기적이 일어난다. 재개된 마임 테니스를 바라보는 그에게, 라켓이 공을 때리는 소리가 들리기 시작하는 것이다. 광대들에게 라켓과 공이 그러하듯, 토머스에게 육체의 귀는 무용지물이다. 현실을 물리적으로만 보아온 이 오만한 기록자에게, 리얼리스트로서의 절망과 쉬르-리얼리스트로서의 환희가 엄습한다. 이전에 스튜디오에서 사진을 시간순으로 배열하면서 그가 들었던 바람 소리가 단순한 현장의 '기억'이라면, 지금의 소리는 그에게 새로 열린 또 하나의 '현실'이다. 카메라를 다시 집어드는 토머스의 모습이 서서히 증발해 사라진다. 그의 24시간에 걸친 모험은 끝이 나고, 화면에 남는 것은 텅 빈 현실뿐이다.

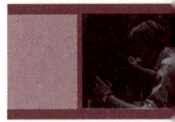

• 영화 중의 록그룹은 저 유명한 전설의 밴드 '야드버즈'이다. 지미 페이지와 제프 벡의 젊은 날이 거기 있다.
• 토머스가 무선 통화를 하면서 롤스로이스를 운전하는 장면을 자세히 보라. 부감 숏에서, 앞 유리의 테두리 금속에 촬영 스태프의 모습이 반사되고 있음을 알 수 있다.

더러운 얼굴을 한 천사

▬

도니 브래스코
DONNIE BRASCO

다 좋았지만 제임스 루소를 그렇게 무시한 처사만큼은 이해가 되지 않았다. 그 매력적인 배우가 시종 보스 주위를 맴도는 들러리 단역 노릇만 하고 있었던 것이다. 하기야 그러고 보니 처음부터 이 프로젝트는 좀 이상했다고 할 수 있다. 영국인, 그것도 〈네 번의 장례식과 한 번의 결혼식〉 같은 코미디로 유명해진 마이크 뉴웰 감독이 뉴욕의 갱스터 이야기를 연출했다거나, 주류의 거물인 배리 레빈슨이 제작하기에는 다소 거칠고 섬뜩한 소재라는 점도 그렇지만, 여기서 가장 아이로니컬한 뉘앙스를 보여주는 요소는 바로 알 파치노다. 그는 무엇보다도 갱스터의 아이콘이다. 이 분야의 전설적인 대선배들인 폴 무니나 제임스 캐그니조차도 그를 따를 수는 없다. 그는 마이클 코를레오네이며 미스터 스카페이스, 칼리토였다. 그런데 언제나 보스였던 그가 이제 만년 똘마니를 연기하는 것이다. 심지어 식당 주방장 역을 할 때조차 스타일을 찾던 그도 이번만큼은 너무나 정직하게 촌스러운 헤어스타일, 안경, 의상을 갖추고 영락없는 삼류 폭력배 노릇을 해낸다. 요즘 점점 도를 더해가는 특유의 폼 잡는 과시형 연기도 없다.

알 파치노는 〈형사 서피코〉에서 범죄 집단에 침투한 형사 노릇도 한 적이 있다. 마찬가지로 실화에 충실했던 그 영화에서의 서피코 형사는 여기서의 도니 브래스코(조니 뎁)처럼, 어느덧 자신을 파견한 법

집행 기관에 더 이상 충성할 수 없는 자신의 모습을 발견하고 있었다. 악명 높은 〈크루징〉에서의 알 파치노 역시 침투 임무를 너무도 열심히 수행한 끝에 아예 범죄자로 변해버린다. 도니 브래스코가 본의 아니게 이런저런 범죄에 연루되어가는 과정을 바라보노라면 조니 뎁은 알 파치노의 예전 경력을 충실히 답습하고 있는 게 아닌가는 생각이 들 정도다. 하나 더, 자기가 침투한 갱단의 동료와 진한 우정을 나누는 조니 뎁은 임영동 감독의 〈용호풍운〉에서의 주윤발을 상기시킨다. 그리고 〈용호풍운〉을 베낀 〈저수지의 개들〉에서 조직 내 배신자를 잡으려고 미쳐 날뛰었던 마이클 매드슨은 여기서도 같은 짓을 되풀이한다.

그러나 〈도니 브래스코〉는 뭐니 뭐니 해도 스코세이지적이다. 매드슨이 알 파치노에게 선물하는 숫사자는 〈비열한 거리〉에서의 표범과 너무나도 유사하며, 건달들의 잔머리 싸움, 냉혹비정한 살인 장면들, 젊은 관찰자가 기록한 노장 마피아들의 우정과 배신, 폭력을 통해 도덕을 묻는 그 태도 등등, 〈카지노〉보다는 차라리 이것을 〈좋은 친구들〉의 정당한 속편이라고 불러야 할 것이다. 조니 뎁은 레이 리요타의 후배이며, 알 파치노와 마이클 매드슨은 조 페시와 로버트 드 니로의 계승자로 손색이 없다. 우리는 어째서 마틴 스코세이지와 알 파치노가 함께 갱스터영화를 찍지 않는 것인가 늘 궁금했다. 아마도 언젠가는 이루어질 이 꿈의 프로젝트는 어떤 면에서 이것으로 벌써 끝났는지도 모르겠다. 물론 스코세이지라면 일에 열심인 조니 뎁이 소외된 아내와 겪는 갈등의 진부한 묘사, 3만 달러만 있으면 보트를 사서 아내와 멀리 떠나고 싶다는 알 파치노의 상투적인 소망 따위는 빼버리고 유머를 좀더 넣어서 만들었겠지만 말이다.

영웅을 팝니다

죽음의 경기
ROLLERBALL

SF 장르 역사에서 1970년대는 좀 특이한 시대였다. 스탠리 큐브릭의 〈시계태엽장치 오렌지〉로 시작해서 조지 루카스의 〈스타워즈〉와 스티븐 스필버그의 〈미지와의 조우〉를 거쳐 리들리 스콧의 〈에이리언〉으로 끝나는 화려한 모더니즘/포스트모더니즘의 행진 뒤에는 무명, 또는 의외의 작가들이 수립한 사회 비판 프로그램의 시위대가 자리하고 있었던 것이다. 여기에 간략하게 작성해본 연대기가 있다.

로저 코먼의 〈가스…… 또는, 세계를 구하기 위해서 멸망시킬 필요가 있을지도 모른다〉, 조지 루카스의 〈THX 1138〉, 보리스 세이걸의 〈오메가맨〉, 리처드 플라이셔의 〈소일런트 그린〉, 존 부어맨의 〈자도즈〉, 존 카펜터의 〈다크 스타〉와 〈분노의 13번가〉, 리처드 헤프론의 〈미래 세계〉, 데이비드 크로넨버그의 〈그들은 내부에서 왔다〉와 〈열외 인간〉, 랠프 백시의 〈마녀들〉, 조 단테의 〈식인 피라나〉, 로버트 올트먼의 〈퀸테트 살인게임〉, 그리고 조지 밀러의 〈매드 맥스〉……. 비록 메인 스트림과 컬트 아이템, 상업영화와 아트 필름과 실험영화, 미국, 영국, 호주, 캐나다 영화, 심지어 에니메이션까지 뒤섞여 있는 목록이지만 우리는 여기서 1970년대를, (50년대 할리우드를 계승한) SF 장르의 중흥기로 규정할 만한 또 하나의 근거로 본다. 대부분 B무비의 성격을 지니고 있는 이들 작품의 스타일은 가지가지이되 공유하는 정신이 한 가지 있으니, 바로 미래에 대한 묵시록적인 전망. 반전시대와 오일 쇼크를 겪어온 이들의 한결같은 결론인지는 몰라도, 이 마이너 영화군의 안내를 따라가본 미래에는 그 어떤 희망도 없는 듯했다.

〈죽음의 경기〉는 부어맨이 〈자도즈〉에서 그렇게 했던 것처럼 감독 스스로 제작자가 되어 자신의 상상력을 자유로이 표현한, 따라서 그의 커리어에서 극히 이례적인 위치를 점하게 되는 작품이다. 노먼 주이슨이라는 사람은 뮤지컬(〈지붕 위의 바이올린〉, 〈지저스 크라이스트 슈퍼스타〉)과 코미디(〈내게 꽃을 보내지 마오〉, 〈문스트럭〉), 액션 스릴러(〈신시내티 키드〉, 〈화려한 패배자〉, 〈밤의 열기 속으로〉), 사회적 이슈를 다룬 드라마(〈저스티스〉, 〈솔저 스토리〉, 〈투쟁의 날들〉), 심지어 종교극(〈신의 아그네스〉)에 이르기까지 참으로 다양한 영역을 누비면서 장인 노릇을 충실히 수행해온 감독이다. 대중문화에 관심이 있고, 사상이 상대적으로 진보적이었다는 점은 충분히 인정될 수 있지만 그는 한 번도 안전지대를 벗어나보려고 한 적이 없었다. 예외가 있다면 이것. 따라서 여기에는 이질적 요소의 충돌과 갈등이 여과 없이 드러나 있다. 리얼리스트에 가까운 감독이 지극히 모더니스틱한 의상, 건축, 세트 디자인을 만나 거부감을 일으키는가 하면, 상당한 정도로 지적인 대사와 아이디어들은 거칠고 폭력적인 스턴트 플레이 액션 장면과 어울리지 않는다. 그러나 우리는 그 모험을 사랑한다. 설령 실패했다 하더라도 그것은 그 자체로 교훈적이기 때문이다.

21세기는 국가가 소멸하고 기업이 다스리는 도시 중심으로 재편된다. 각 도시는 특정 상품의 생산 기지로 전락하고 기업은 소수의 중역이 장악하고 있다. 모든 욕구가 충족되고 어떤 갈등도 존재하지 않는 이곳에서 단 한 가지 충족되지 못하는 욕망, 즉 폭력 충동을 위무하기 위해 만들어진 스포츠가 있다. 롤러볼. 아이스하키식 체육관에서, 미식축구의 복장에, 야구 글러브를 끼고, 롤러스케이트를 탄 채, 모터사이클에 이끌려 다니면서, 벨로드롬을 돌다가, 상대 골 구멍에 쇠공을 집어넣는 경기. 이것은 현대 미국인이 사랑하는 거의 모든 종목의 스포츠를 집대성한 새로운 종류의 엔터테인먼트다.

세계 각 도시의 프로팀끼리 벌이는 이 야만적인—한 게임에서 최고 아홉 명까지 사망한 기록을 세운 바 있는—토너먼트에 대중들은 열광한다. 폭력 충동의 대리 만족인 셈인데, 그 중에서도 휴스턴 팀의 주장 조나단 E는 최고의 스타이자 대중의 폭력 영웅으로 군림한다. 그러나 인간의 사악한 욕망의 실현을 한 몸에 떠맡은 그 자신은 누구보다도 순진하고 진지하다는 데에 이 영화의 역설이 숨어 있다. 요컨대 그는 악마가 아닌 것이다. 그는 다만 롤러볼을 사랑할 뿐이다. 그런 그에게 은퇴가 강요된다. 물론 기업의 중역이 내린 명령이다. 그이유는? 영화는 조나단이 그 명령의 이유를 밝혀내고 거기에 맞서 싸워나가는 과정으로 채워진다.

이야기는 휴스턴과 마드리드의 대결로 시작한다. 'Hou'와 'Mad'로 약어 표기된 전광판에 불이 들어온다. 그건 마치 '인간Human'은 '미쳤다Mad'고 말하고 있는 듯도 하다. 관중석이 술렁대고 복도를 통해 선수들이 입장한다. 모터사이클의 엔진음은 흡사 야수가 으르렁거리는 소리 같다. 열광하는 관중들. 경기가 시작된다. 선수들은 불쑥 내밀어진 관을 통해 발사된 쇠공을 움푹 들어간 골에 집어넣기 위해 혼신의 힘을 다한다. 여기서의 성적 상징은 너무나 명백하다. 사정된 정액은 누구의 질에 주입되는가. 다른 식으로 말하자면, 상대방의 여성기에 삽입을 성공한 자가 승리한다는 말, 즉 이것은 강간의 게임이다. 관중의 열광 역시 사디스틱한 관음증의 흥분이나 마찬가지고. 이때 우리 머리에 떠오르는 좀더 오래된 스포츠가 하나 있다. 검투 시합. 영화 〈스팔타커스〉에서 우리는 이 살육 축제를 통한 폭력과 섹스의 내통을 목격한 바 있다. 그러고 보니 이 체육관은 콜로세움을 닮아 있지 않은가. 뉴욕과의 경기 때 하나 남은 적의 몸을 타고 앉아 생명을 끊으려다가 마음을 돌리고 서서히 주먹을 내리는 조나단은 분명

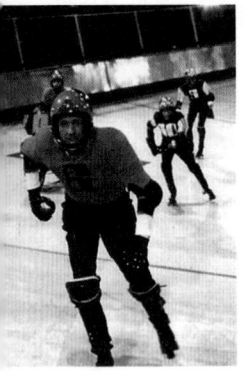

히 스팔타커스의 동료로서 손색이 없어 보인다. 찢어진 유니폼 사이로 드러나 보이는 보호 장구는 검투사의 갑옷과 다를 바 없고, 심지어 이 관계를 확실히 해두기 위해 감독은 관객 중에 고대 로마인의 의상을 한 사람을 따로 보여주기까지 한다. 물론 모터사이클의 꽁무니를 붙들고 질주하는 모습들이 연상시키는 또 다른 영화 〈벤허〉의 전차 경주 장면 역시 로마를 배경으로 하고 있다는 사실 또

한 기억되어야 할 테고, 조나단의 혁혁한 전과를 요약한 TV 프로그램 방영과 함께 벌어지는 사이키델릭 파티는, 고대 로마의 혼음 난교 축제의 미래판으로서, 여기서도 다시 한번 폭력은 성적 흥분을 유발한다(주이슨은 역시 제임스 칸이 출연했던 〈대부〉를 패러디하는 기분으로, 파티 중에 2층에 올라가 짧은 정사를 벌이는 남자를 등장시킨다).

자기의 폭력이 찬양되고 있는 TV를 배경으로 조나단이 중역과 대화하는 동안, 사람들은 정원으로 나가 다른 놀이를 즐긴다. 미래사회의 불모성을 가장 잘 시각화한 장면으로 꼽히는 이 대목에서, 술과 환각제에 취한 선남선녀들은 장난감 같은 총으로 거대한 나무들을 수없이 태워버리고 있다. 이 '롤러볼/협상/나무 태우기'의 3중 평행 편집에 의해 일목요연하게 표현되는 내용은 여러 종류의 사회적 폭력

의 양상들이다. 집단이 집단에게, 집단이 개인에게, 집단이 자연에게 자행하는 무분별한 가해야말로 사회를 구성하는 요체라는 진술. 방법론적으로 이것은 '지배계급에 의한 통제의 기술'이라는 전략으로 요약될 수 있을 터인데, 여기서 롤러볼은 가장 효과적인 상징으로 기능한다. 중역의 말을 빌리면, '개인적 노력의 한계성을 대중에게 자각시키기 위해 창조된 가장 중요한 장치'인 롤러볼의 선수가 지켜야 할 최고의 가치는 '게임 그 자체보다 강하면 안 된다'는 것이다. 개인 능력이 무한하다는 사실의 확인은 기업 조직의 권능에 대한 대중의 경시를 유발하고, 급기야는 대규모 저항에 연결될 수 있기 때문. 영웅적 개인은 그래서 불온하다. 지배자들이 그저 '기업', '중역', '이사회' 식의 익명으로 주로 표시되는 것도 상대적으로 개인성의 말살을 부각하기 위한 설정이다. 은퇴 성명을 읽으라고 종용하는 TV 프로듀서는—마지막 단 한 숏을 제외하고는— 목소리와 손놀림만으로 등장한다. "어느 도시를 어느 기업이 지배하는지도 잊어버렸다"라든가 "이젠 중역들 이름도 모르겠다"는 대사들도 마찬가지. 휴스턴을 다스리는 기업의 이름도 그냥 '에너지 회사'일 뿐, 고유명사 따위는 없다. 휴스턴 롤러볼 팀의 별명도 '파워 팀'이고, 조나단의 성 'E'도 에너지 Energy를 뜻한다. 다만 '에너지'면 족한 것이다. 그것만으로 이들은 세계 최강이 될 수 있으니까.

그러나 조나단이 은퇴를 거부하므로 기업은 다른 방법을 강구한다. 뉴욕과의 결승전에는 아예 모든 규칙이 철폐된다. 어떤 반칙이든 허용되고, 선수 교체도 불가능, 시간 제한조차 없다. 자기를 죽이려는 음모일 건 뻔하지만 조나단은 끝내 이 '죽음의 경기'에 출전한다. 양팀 멤버 전원이 부상으로 실려 나가는 처절하기 짝이 없는 혈투를 승리로 이끄는 조나단. 그를 죽이려고 의도했던 행사는 오히려 그가 진정한 영웅으로 등극하는 대관식으로 변한다. 마지막 남은 적을 살려주는 그의 행동은 폭력에의 중독을 극복한 자의 승리, 개인성을 말살하려는 집단에 대한 저항을 뜻한다. 더 이상 '안정은 자유'가 아니고, 역사는 '빈곤과 필요 사이의 전쟁 기록'이 아니다.

노먼 주이슨은 특히 음악에 대한 관심이 크기로 유명하다. 록 오페라 〈지저스 크라이스트 슈퍼스타〉나 브로드웨이 뮤지컬 〈지붕 위의 바이올린〉은 말할 것도 없고, 〈문스트럭〉에서의 오페라 아리아들, 〈밤의 열기 속으로〉에서의 퀸시 존스의 블루스, 〈신시내티 키드〉의 뉴올리언스 재즈, 〈화려한 패배자〉에서 미셸 르그랑이 히트시킨 노래 〈내 마음의 풍차〉 들은 모두 영화음악 사용의 교과서적인 모범을 보여준다. 마찬가지로 〈죽음의 경기〉에서도 그는 바흐의 〈토키타〉와 알비노니의 〈아다지오〉를 무척 선정적으로 구사하고 있다.

빅 나이프

■

스크림
SCREAM

　1970, 80년대 할리우드를 풍미했던 유행으로 슬래셔slasher 무비
라는 것이 있다. 스플래터splatter라고도 불렸는데 이름이야 '난도질'
이나 '피투성이'나 그게 그거고, 문제는 이 싸구려 영화들이 가진 성
정치학적 함의였다. 그 흉악한 괴물들은 억압당한 리비도인가, 응징
되어 마땅한 타자인가. 난자당하는 십대 소년 소녀들은 가부장적 질
서의 희생자인가, 아니면 성적 방종의 대가를 치르는 중인가. 최후의
생존자인 '순결한 처녀'는 과연 순결한가. 이 논쟁의 한가운데 웨스
크레이븐이 서 있다. 영문학 교수가 뭐가 아쉬워 이 피바다에 뛰어들
었는지는 알 수 없지만 그의 초기작 〈분노의 13일〉과 〈공포의 휴가길〉
은 이 분야에서 가장 중요한 텍스트로 남아 있고, 출세작 〈나이트메
어〉는 엄청난 흥행 성공을 기록한 바 있다. 후배들이 만든 일련의 속
편이 영 마음에 들지 않았던 그는 〈뉴 나이트메어〉를 찍어 스스로 이
장르 사상 가장 위대했던 시리즈에 종지부를 찍어버렸다. 그것은 매
우 중요한 사건으로 간주되었는데, 이는 물론 이제 장르의 수명이 다
하지 않았느냐는 의구심 때문이었다. 그럴 만도 한 것이 〈뉴 나이트
메어〉는 〈나이트메어〉 시리즈의 최종편을 만드는 영화계 사람들의 이
야기를 다루고 있었던 것이다. 그러나 섣부른 추측이었다. 악몽은 계
속된다.

슬래셔 마니아 청소년들이 영화를 모방해서 살인을 저지른다는 〈스크림〉의 내용은 의미심장하다. 그 자체로 더없이 뛰어난 공포영화인 동시에 공포영화에 관한 영화, 이것은 말하자면 메타 장르영화이다. 그런 뜻에서 〈뉴 나이트메어〉와 〈스크림〉은 하나의 쌍을 이룬다. 전자가 영화 창작자의 악몽이었다면 후자는 관객의 악몽을 다룬다. 공포영화광인 소녀는 비디오를 감상하려고 팝콘을 준비하다가 괴전화

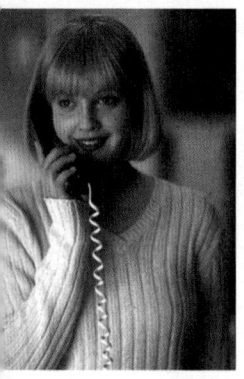

를 받는다. 공포영화에 관한 퀴즈를 맞히지 못하면 애인은 물론이고 자신마저 살해당해야 한다. 영화를 통해 살인 장면 구경하기를 즐기던 소녀는 이제 영화 속 희생자와 가장 확실한 동일시를 이루게 된다. '겁에 질린 풍만한 가슴의 금발 소녀'란 바로 자기였던 것이며 영화의 악마가 스크린 밖으로 뛰쳐나온 셈이다. 마치 〈뉴 나이트메어〉에서, 프레디 크루거가 영화 밖에 실존하고 있다는 것처럼 말이다.

영화 자체를 이야기 속으로 끌어들이는 영화가 대개 그렇듯 여기서도 환상과 현실 사이의 충돌이 문제시된다. 살인자는 영화 속 세계와 자신의 현실을 혼동하고 희생자 역시 이 게임은 자신의 비참한 죽음으로 마무리되리라는 점을 수많은 관람 체험을 통해 너무나도 잘 알고 있는 것이다. 누구나 당연히 주인공으로 생각한 스타 드루 배리모어가 영화 시작 10분 만에 죽어버린다는 충격적인 설정은 당연히 〈싸이코〉에서 따왔겠지만, 놀라운 건 감독뿐만 아니라 극 중 살인자도 바로 그 점을 노렸다는 사실이다. 순전히 좋아하는 영화의 플롯을 따르기 위해 별 원한도 없는 여자를 먼저 죽이는 심리는 가공할 만하지 않은가. 장난으로 살인하는 이 녀석들에 비하면 예전의 괴물들은 얼

마나 위엄 있었는가.

한껏 부풀어오른 끝에 터져버리는 드루 배리모어의 팝콘 단지처럼 슬래셔 장르는 임계점을 넘어 내파하고 만다. 초기의 5만 달러짜리 쓰레기 영화들에서 웨스 크레이븐이 보여준 거의 무정부주의적일 만큼 격렬한 비판 정신은 사라지고 자기 패러디의 왁자지껄 파티 분위기와 매너리즘의 기교주의가 기승을 부린다. 이것은 자기모순에 빠진 작가가 검열 당국에 보내는 반성문인지도 모른다. 괴물을 처치하는 여주인공만이 공포영화광이 아니라는 점은 주목을 요한다. 크레이븐이 확립한 공포영화의 규칙을 실생활에 적용시키려 날뛰는 살인자들에 대해, 정작 크레이븐은 그런 규칙 따위는 영화에나 나오는 거라고 타이르는 형국이다. 물론 타이르는 방식이 교수 출신답게 점잖기는커녕 우산대로 가슴을 찌르고 이마에 총알을 박아 넣는 식이라 문제라면 문제지만.

홍콩 이지 라이더

━━

혈전영웅
血戰英雄

대만의 깡패 임항(유덕화)은 상대 파벌의 조직원을 오토바이 체이스 끝에 살해하게 되어, 홍콩으로 밀입국한다. 그곳 보스 니숙의 주선으로 부두목 교귀의 정부情婦 석수화의 집에서 거처하는 동안, 둘 사이에는 사랑이 싹튼다. 교귀의 농간에 의해 자기 조직, 라이벌 조직의 두목 대권화, 그리고 경찰의 추적을 받게 된 임항은 대륙으로, 마카오로 계속 쫓긴다. 마카오에서의 사투—그 처절무비한 '혈전'의 박력은 홍콩 영화로서도 극히 희귀한 것이다—는 교귀의 처단과 대권화와의 우정으로 끝나지만, 음모와 복수의 행진은 마지막까지 이어진다.

홍콩 영화는 도대체 어디로, 얼마나 더 가려는 것일까. '성항기병'의 '대행동' 끝에 '첩혈쌍웅'의 '영웅본색'은 드러났는데, 아직도 그들은 무엇이 부족하다는 것인가. 아니면 이제 시작일 뿐인가……. 시작이든 끝이든, 〈혈전영웅〉은 홍콩산 필름누아르의 역사에 또 하나의 기념비를 세우게 된다. 그 극에 달한 폭력성과 그 독창적인 3중국 통일 지향성에서.

구정, 봄을 기다리고 있는 '대만'의 푸른 초원에서 시작하여 원주민 임항이 참여한 민속축제로 이어지는 도입부와 '홍콩'의 텅 빈 고층빌딩 에스컬레이터에서의 니숙-석수화의 사투와 창백한 영안실에 누운 세 구의 시체로 마무리되는 종결부, 그리고 임항이 마오쩌둥 모자를 쓰고 항일 공산군 72열사 추모비에 절하는 '대륙'에서의 에피소드와, 임항과 대권화가 니숙의 암살자에 의해 처참하게 살해당하는 '마카오'에 이르기까지……. 여대위 감독(《신조협려》와 《가자왕》)은 3중국과 마카오 사이로 분주히 카메라를 이동시키며 오늘의 중국과 중국인에 대해 끊임없이 질문한다.

여기에서 홍콩을 상징하는 두 명의 인물로 니숙과 강력계 반장이 등장한다. 그들은 자본가와 국가 기구를 각각 대표한다. 그리고 니숙은 조깅과 요가와 갖가지 영양제와 건강식품을 통해 '보신'을 꾀하는 자본가적 탐욕의 화신으로, (당연하게도 영국인과 혼혈인) 반장은 심한 치질 때문에 늘 엉거주춤한 자세로 앉아 있는 타락한 관료의 화신으로 표상된다.

임항과 그 애인(대만), 대권화와 석수화(대륙), 니숙과 교귀(홍콩) 등 주인공 여섯 명의 고향은 세심한 배려로 설정되어 있고, 니숙(기업화된 폭력조직의 대부로서, 영화에서 유일한 자본가다)을 제외한 모든 인물은 각기 타향에서 죽음을 맞도록 강요받는다. 다섯 명은 살해당하고, 한 명은 자살, 주인공 6인은 모조리 죽는다!

물론 여기에도 최소한의 희망적 암시가 없는 것은 아니다. 대만인 임항은 본토인 석수화와 사랑에 빠지고, 역시 본토인 대권화와 친구가 된다. 홍콩으로 넘어와서 창녀가 된 석수화가 임항을 처음 만나는 곳은, 스스로 교귀의 아기를 낙태하고 신음하는 욕실이다(본토 여인이 홍콩 남자의 아기를 낙태하고 대만 남자와 만난다). 그리고 임항과 대권화는, 자기들이 군복무 시절에 각각 대만과 본토의 지척에서 서로 총부리를 겨누고 있었다는 사실을 깨닫고 쓴웃음을 짓는다.

그러나 결국 이들의 사랑과 우정도, 니숙으로 대표되는 홍콩식 자본가의 논리에 따라 이내 파탄 나고 만다. '갱 조직과 매춘 사업을 운영하고 주식도 발행하는' 홍콩 자본의 폭력에 의해서 이들은 희생되는 것이다.

여기서도 예외 없이 홍콩 영화의 '창조적 표절'의 흔적이 역력하다. 유덕화를 죄 지은 밀입국자로 설정한 것은 맥당걸, 맥당웅 형제의 〈성항기병 속집〉과 같고, 몸에 휘발유를 끼얹고 성냥불로 협박하는 방법은 세르지오 레오네의 〈원스 어폰 어 타임 인 아메리카〉의 그것이며, 긴 손톱으로 삶은 달걀을 까먹는 테크닉은 알란 파커의 〈엔젤 하트〉에 나오는 로버트 드 니로에게서 빌려온 것이다.

카지노 로얄

지존무상
至尊無上

  조지 로이 힐의 〈스팅〉이, 과거에 묻힌 중년(폴 뉴먼)을 현재의 공간으로 끌어내오는 과거시제의 회고담이라면, 왕정의 〈지존무상〉은, 야망에 가득 찬 청년(알란 탐)의 미래를 현재의 공간 속에서 파멸시켜버리는 시제 불명의 무협지다. 그러나 여기에 국적만큼은 불명이 아닐 뿐 아니라, 여느 홍콩 누아르에 비해 그 '홍콩스러움'은 더욱 강렬하기만 하다. 그리고 같은 왕정 감독의 〈정전자〉에 나타나는 만화적인 패스티시(혼성모방)와 비교한대도 그 점은 마찬가지다.

  여기서 적은 경찰도, 라이벌 조직도, 배신자도 아니고, 오직 일본일 뿐이다. 일본은, '아시아 제일 손'과 '아시아 제일 두뇌'(과장하기를 즐기는 중국인들이 '세계 제일'이라는 표현을 자제하고 있다는 점은 중요하다)의 기량을 위협하는 현실적 라이벌이기도 하지만, 그 너머 추상적인 차원에서는 '의리'의 대립항인 '비열함'의 표상이다. 그들에게는 의리는커녕 부자지간의 정조차도 없고, 오직 암수暗手와 배반과 잔인성만이 있다. 이것이 중국 또는 미국(공정한 동반자로 묘사되고 있다)과 다른 일본의 특성이다. 기준은 언제나 '의리'인 것이다.

  물론 그것의 화신은 유덕화와 알란 탐이지만, 그 둘 또한 분명히 분류된다. 내부에서 두 사람은 정반대의 관념을 대표한다. 유덕화의 손재주와 의리와 하층 계급성과 현실 안주성은, 알란 탐의 두뇌와 야심과 계급 상승 욕구와 미래 지향성에 정확하게 대응한다. 좀더 거창해 지자면, 둘은 '옛 중국=대륙'과 '새 중국=홍콩'을 각각 상징하고 있다고 볼 수도 있다. 영화의 후반은 이 대립과 해소의 과정으로 이루어져 있고, 전반조차도 그 준비로 채워져 있다.

이는 〈영웅본색〉에서의 주윤발과 적룡의 관계가 한층 발전한 양상이다. 적룡은 단지 손을 씻고 택시 기사로 조용히 살기만을 바랐지만, 알란 탐은 미녀와 결혼함과 동시에 대재벌의 후계자가 되는 것까지를 꿈꾸기 때문이다. 한결 자본주의적이지 않은가. 그에 비하면 순진한 유덕화는 주윤발보다 훨씬 자본주의적이지 못하다(비록 주윤발이 다리를 다친 것처럼 유덕화도 손을 못 쓰게 되긴 하지만 말이다).

어쨌든 친구 사이는 멀어질 대로 멀어지게 되지만, 결국은 그 '의리'에 의해 거듭 극복된다. 유덕화는 생명을 희생해서 친구의 여자를 구출하고, 알란 탐은 여자와 미래를 희생해서 친구의 원수를 갚는다. 의리를 지킨다는 것은 그토록 어려운 일인가본데, 여기에 하나의 묘한 부조리가 숨겨져 있다. 알란 탐이 결국 약혼녀를 버린다면, 유덕화의 희생은 어떤 가치가 있는가. 유덕화는 알란 탐의 여자를 위해 죽었는데, 알란 탐은 유덕화의 복수를 위해 그 여자를 버린다? '의리란 헛된 것이다'라는 결론인가(그렇다면 이 영화는 그 자체로 하나의 거대한 트릭이다), '의리에 결과란 중요치 않다'는 주장인가. 정답이 어느 편이건, 이것은 매력적인 모순이다.

더불어 각본상의 탁월한 트릭 구사 두 가지를 언급하지 않을 수 없다.

첫째, 친구의 부탁을 거절하는 알란 탐의 죄책감을 덜어주기 위해 동전 던지기 내기를 하는 유덕화의 심정. 표면적으로는 알란 탐이 완전히 속으면서 끝나지만, 실제로는 유덕화의 트릭이 발각된 것이 사실이므로 친구를 오해했다는 알란 탐의 새로운 죄책감과 유덕화의 직업적 좌절감이 절묘하게 동시에 표출된다.

둘째, 독배가 포함된 세 개의 술잔 중 하나를 마시기를 강요하는 일본인과의 대결. 유덕화의 놀라운 순서 바꾸기 솜씨에, 일본인들은 스스로도 어느 잔이 독배인지를 모르게 된다. 어차피 확률에 의해 죽지만, 유덕화는 적을 속이는 데 성공하고 마는 것이다.

파스칼은 말했다. "도박이란, 가장 불확실한 것에 가장 확실한 것을 거는 행위다." 결국 지존至尊은 무상無常하다.

생일 파티

더 게임
THE GAME

    미국에서 MTV 출신의 감독들이 쏟아져나오기 시작할 때 사람들은 기대가 컸다. 새로운 영상 감각으로 무장한 세대가 스크린을 정복해버릴 거라고들 했다. 그러나 지금까지의 결과로 봐선 그런 예상은 맞지 않았다. 출중한 인재가 몇 명 나오긴 했으나 영화의 지형을 바꿔놓을 만큼 중요한 세력이 되지는 못했다. 다만 데이비드 핀처가 있을 뿐이다. 이십대 시절의 데뷔작 〈에이리언 3〉는 적어도 제임스 캐머런의 군국주의 해병대 활극보다는 독창적인 속편이었으며, 〈세븐〉은 〈양들의 침묵〉 이래 가장 우수한 사이코 스릴러였다. 〈더 게임〉에서도 우리는 핀처가 얄팍한 잔기교나 부리는 재간둥이 이상의 그릇임을 확인할 수 있었다. 비평가들에 의해 대접받지 못하기는 데뷔 때나 마찬가지였지만 〈더 게임〉은 그냥 흔해빠진 할리우드 스릴러로 치부해버리기에는 아까운 영화다.

    영화는 마이클 더글러스가 얼마나 나쁜 놈인가를 묘사하는 데 시간의 거의 반을 할애한다. 단지 '자본을 여기서 저기로 옮겨놓는' 일만으로 6억 달러의 재산을 모은 이 금융 투기꾼은 피도 눈물도 없는 인간. 따라서 식구도 친구도 없다. 그런 그가 이상한 게임에 휘말려들어 인생을 망치기 시작한다. 생일 선물로 동생에게서 받은 이 게임은 교활한 사기극의 일환이었던 것이다. 기분전환용으로 여기고 게임에 참여했던 그는 결국 전 재산을 날리고 폐인되기 직전으로 몰린다. 다만 한 가지 좋은 점이 있다면 아름다운 여성을 만난다는 것뿐인데 그나마 그녀마저 사기꾼 집단의 일원임이 드러나자 이 구제불능의 악덕 자본가는 완벽한 절망에 빠진다.

할리우드 사상 비열하고 거만한 부자 역을 가장 완벽하게 해내는 배우 더글러스는 여기서도 제 몫을 훌륭히 한다. 〈위험한 관계〉 이래 그의 느끼한 외모와 태도는 관객의 미움을 사기에 충분했으며 그런 그가 덫에 걸려 죽도록 고생하는 이야기는 언제나 환호받아 마땅했다. 〈더 게임〉은 그중에서도 가장 성공작이다. 핀처의 침착한 연출 덕이다. 그는 이 영리한 각본이 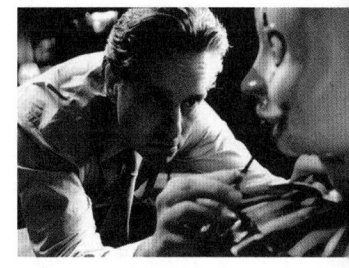 현대의 스크루지 모험담이라는 사실을 잘 파악하고 있다. 찰스 디킨스의 옛날이야기에서 수전노 할아버지는 친구의 유령의 안내를 받아 갖가지 악몽을 겪은 끝에 진정한 성탄절 아침을 맞는다. 이번에는 더글러스가 동생의—그는 정신병원에 있다가 3년 만에 나타난 '유령 같은' 인물이다—안내를 받아 그야말로 악몽 같은 일들을 충분히 겪고 진정한 생일을 맞는다. 수행비서도 운전수도 하인도 없이 혼자 활동하고 생활하는 이 비정한 인물이 끊임없이 누군가에게 도움을 청해야 하는 상황에 빠지는 것만으로도 좋은 수업이 된다. 영화가 "해피 버스데이!"라는 환호로 끝나는 건 그가 거듭났다는 설정과 잘 맞물린다. 게임을 제공하는 가공의 회사 이름이 'CRS : Consumer Recreation Service'인 것도 그럴듯하다. 여기서의 Recreation이 '원기회복용 오락'이 아니라 글자 그대로의 재창조, 즉 '거듭남'이라는 점만 염두에 둔다면 말이다.

우상의 영화, 우상이 된 영화

———

내가 좋아하는 영화 Best 10
내가 진정으로 사랑하는 19,283편의 영화 중에 머리에 먼저 떠오르
는 순서대로 10편을 골라봤다.

가르시아_ 애인의 옛 애인의 머리를 그의 옛 애인에게 데려다주는
여행이라니! 모두들 너무 심각해서 코믹하다. 늙을수록 엉뚱해지는
작가가 좋다. 나의 우상 워렌 오티스의 최고작. 세르게이 예이젠시테
인과 루이스 부뉴엘, 샘 페킨파가 사랑했던 멕시코.

시스터즈_ 브라이언 드 팔마의 가장 독창적인 작업. 가난하게 만든
영화야말로 시대를 초월해 살아남는다는 영화 역사의 미스터리. 생
일 케이크 살인 장면은 〈미션 임파서블〉 전체와도 안 바꾼다. 내가 가
장 좋아하는, 미해결의 라스트.

손수건을 꺼내요_ 부조리 유머의 대가 베르트랑 블리에는 단연 불
어권 최고의 작가. 가부장제에 대한 유례없이 통렬한 비판. 자살한 파
트릭 드웨어도 잊을 수 없지만 카롤 로르의 '웃지 않는 공주'처럼 매
력적인 여인은 어디서도 본 적이 없다.

세컨드__ 〈페이스 오프〉는 저리 가라. 새로운 정체성을 만들어주는 기업에 말려든 한 사내의 악몽. 존 프랑켄하이머 감독과 제임스 윙 하우 촬영감독이 서로 자기 아이디어였다고 우기는 광각 렌즈의 전면적 활용. 할리우드 사상 가장 심각한 상업영화.

키스 미 데들리__ 사나이 중의 사나이 로버트 앨드리치, 미키 스필레인의 파시즘을 박살내다. 판도라의 상자를 찾아가는 마이크 해머의 기이한 모험담. B무비 중의 B무비, 누아르 중의 누아르, 하드보일드 중의 하드보일드.

사냥꾼의 밤__ 악몽으로 각색된 『헨젤과 그레텔』이라고나 할까? 역사상 가장 능글맞은 배우였던 찰스 로턴이 만든 괴상한 동화적 심리 공포 필름누아르. 오리지널 〈케이프 피어〉와 더불어, 로버트 미첨의 파충류 연기의 정점을 보여준다.

포인트 블랭크__ 내게 단 한 명의 배우를 고르라면 역시, 리 마빈. 이 초현실주의 필름누아르에서 그의 무표정 연기는 빛을 발한다. 잘 건

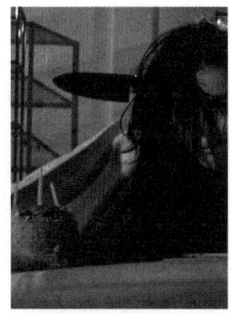
시스터즈

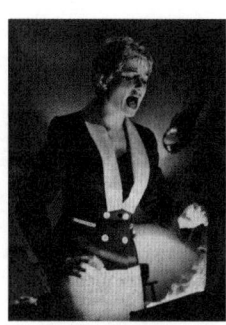
키스 미 데들리

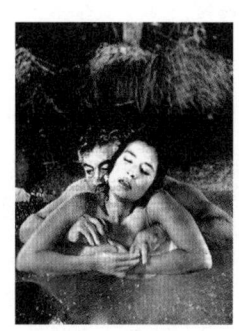
복수는 나의 것

는 사나이 워커Walker는 줄기차게 복도를 걷지만 그가 겨냥한point 과녁은 텅 비었다blank. 한마디로, 부조리하다!

복수는 나의 것_ 한 연쇄살인자의 범죄 행각을 기록영화적으로 추적하다. 살인하고 손에 묻은 피를 자기 오줌으로 닦는 장면에서 그 비정함은 극에 달한다. 제자들이 아르바이트해서 모아준 돈으로 촬영을 시작했던 노감독 이마무라 쇼헤이의 결의가 비장하다.

배드 캅_ 아벨 페라라의 최고작. 타락한 형사는 구원받을 것인가. 성당에서 윤간당한 수녀의 국부를 클로즈업으로 '뜩!' 보여주는 데에서는 할말을 잃었다. 〈복수의 립스틱〉의 조 타메리스가 비공식 각본가로 참여하고 하비 케이틀이 자기 대사를 직접 썼다.

말러_ 제일 좋아하는 작곡가가 철저하게 해부되고 조롱당하는 모습을 지켜보면서 느꼈던 마조히스트적 쾌감. 정신병자 켄 러셀의 증세가 가장 악화된 상태를 알 수 있는 임상보고서이자 분방한 상상력이 뭔지를 보여주는 말러 뮤직 비디오.

과대평가된 영화 Best 10
물론 다 뛰어난 영화들이다. 다만 분에 넘치는 칭찬을 받았다는 게 죄라면 죄.

메탈 자켓_ 스탠리 큐브릭은 신비화된 감이 좀 있다. 특히 이 작품은 많이 떨어진다. 훈련소를 묘사한 앞의 반은 걸작이지만, 베트남에서의 뒤의 반은 범작에 불과하다.

하나비_ 〈그 남자 흉포하다〉나 〈소나티네〉보다 훨씬 못하다. 아내와의 여행 시퀀스는 너무 유치해서 봐주기 힘들다. 앞의 반으로 끝냈으면 좋았을 텐데.

로스트 하이웨이_ 너무 추켜세워주면 이렇게 된다. 자기 자신의 모티브들을 재탕 삼탕 우려먹는 안이함. 미완성 각본으로 폼만 잔뜩 잡는다.

싸이코_ 버나드 허만의 음악과 샤워실 장면을 빼면 막상 별로 남는 게 없는 영화. 의사의 해설로 모든 것을 해명하는 각본상의 단점. 히치콕 베스트 7에도 안 끼워준다.

중경삼림_ 고독한 게 뭐 자랑인가? 고독하다고 막 우기고 알아달라고 떼 쓰는 태도가 거북하다. 특히 타월이나 비누 붙들고 말 거는 장

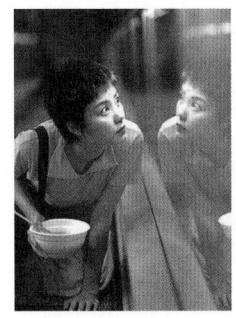

중경삼림

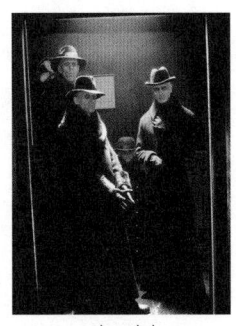

다크 시티

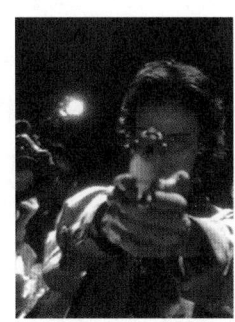

올리버 스톤의 킬러

면은 그저 기가 막힐 따름이다.

그랑 블루_ 물 속에서 숨 오래 참기가 뭐 그리 대단한 일인지 알다가도 모를 일이다. 바닷속 풍경의 아름다움이라면 〈아틀란티스〉 쪽이 차라리 낫다.

씬 레드 라인_ 전쟁에 대한 그다지 독창적인 해석도 없는 데다가, 그 현학적인 독백들이란! 영화에 내레이션을 입힌 건지, 시 낭송에 배경 그림을 깐 건지…….

다크 시티_ 젊은 영화광들이 열광하는 걸 보고 실망했다. 독일 표현주의와 필름누아르를 분위기만 좀 배워와서 잔재주 부린 데 지나지 않는다.

시민 케인_ 적어도 영화사상 최고작은 아니다. 자기현시적인 테크닉 과시로 일관할 뿐 스케일에 걸맞은 감동은 없다. 오슨 웰스는 후기 작들이 백배 좋다.

올리버 스톤의 킬러_ 인디영화들의 노고를 훔쳐다가 떠들썩하게 팔아먹었다. '미디어 비판'이라는 명분으로 도망갈 구멍은 만들어놓고 스캔들을 조장하는 교활함.

엔딩 크레딧 Ending Credit

가르시아
Bring Me The Head Of Alfredo Garcia
배우 워렌 오티스, 아이셀라 베가, 로버트
　　웨버, 자그 영
감독 샘 페킨파
제작 마틴 바움
각본 고든 도슨, 샘 페킨파
촬영 알렉스 필립스 주니어
음악 제리 필딩
제작년도 1974년
상영시간 112분
제작사 유나이티드 아티스트
DVD 출시사 스펙트럼
＊출시명 알프레도 가르시아의 목을 가져와
　　라

거미 여인의 키스
Kiss of the Spider Woman
배우 윌리엄 허트, 라울 홀리아, 소냐 브라
　　가
감독 헥터 바벤코
제작 데이비드 와이즈먼
각본 레오나르드 슈레이더
촬영 로돌포 산체스
음악 존 네슬링
제작년도 1985년
상영시간 119분
제작사 이십세기폭스사

공포의 계단
The People Under the Stairs
배우 A. J. 랭거, 에버렛 맥길, 웬디 로비,
　　빙 레임스, 제레미 로버츠
감독 웨스 크레이븐
제작 메리앤 마달레나
각본 웨스 크레이븐

촬영 샌디 시셀
음악 돈 피크
제작년도 1991년
상영시간 102분
제작사 유니버설 픽처스

광란의 사랑 Wild at Heart
배우 니콜라스 케이지, 로라 던, 이사벨라
　　로셀리니, 윌렘 데포, J. E. 프리먼
감독 데이비드 린치
제작 스티브 골린, 몬티 몽고메리, 시그론
　　시그밧손
각본 데이비드 린치
원작 배리 기포드
촬영 프레더릭 엠즈
음악 안젤로 바달라멘티, 데이비드 린치
제작년도 1990년
상영시간 127분
제작사 폴리그램필름 엔터테인먼트
DVD 출시사 유니버설

글로리아 Gloria
배우 지나 롤랜즈, 존 애덤스, 줄리 카르멘,
　　토니 크네지치, 톰 누난
감독 존 카사베츠
제작 샘 쇼
각본 존 카사베츠
촬영 프레드 슐러
음악 빌 콘티
제작년도 1980년
상영시간 121분
제작사 콜럼비아 픽처스
DVD 출시사 소니 픽처스

나이트메어 3 : 꿈의 전사
A Nightmare On Elm Street 3 : Dream
Warriors
배우 헤더 랑겐캠프, 크레이크 와슨, 패트

리샤 아퀘트, 로버트 잉글룬드
감독 척 러셀
제작 로버트 세이
각본 웨스 크레이븐, 프랭크 대러본트, 척
　　러셀
촬영 로이 H. 와그너
음악 안젤로 바달라멘티
제작년도 1987년
상영시간 96분
제작사 뉴 라인 시네마

너바나 Nirvana
배우 크리스토퍼 램버트, 디에고 아바탄투
　　로, 스테파니아 로카, 엠마뉴엘 세이
　　그너, 아만다 산드렐리
감독 가브리엘 살바토레
제작 리타 체지 고리
각본 피노 가쿠치, 가브리엘 살바토레
촬영 이탈로 페트리치오네
음악 페데리코 드 로베르티
제작년도 1997년
상영시간 93분
제작사 체키 고리 그룹 타이거 키네마토그
　　라피카

네트워크 Network
배우 페이 더너웨이, 윌리엄 홀덴, 피터 핀
　　치, 로버트 듀발, 네드 비티
감독 시드니 루멧
제작 패디 차예프스키, 하워드 고트프리드
각본 패디 차예프스키
촬영 오웬 로이즈먼
음악 엘리오 트렌스
제작년도 1976년
상영시간 121분
제작사 MGM, 유나이티드 아티스트
DVD 출시사 스펙트럼

니키타 La Femme Nikita
배우 안느 파릴로, 마크 뒤레, 파트릭 폰타
　　나, 알랭 라디에르, 장 르노
감독 뤽 베송
제작 클로드 베송
각본 뤽 베송
촬영 티에리 아보가스트
음악 에릭 세라
제작년도 1990년
상영시간 117분
제작사 고몽
DVD 출시사 캐롤코DVD

닉 오브 타임 Nick of Time
배우 조니 뎁, 코트니 체이스, 찰스 S. 더튼,
　　크리스토퍼 워큰
감독 존 바담
제작 존 바담, D. J. 카루소
각본 패트릭 쉰 던컨
촬영 로이 H. 와그너
음악 아서 B. 루빈스타인
제작년도 1995년
상영시간 90분
제작사 파라마운트 픽처스
DVD 출시사 파라마운트

다크맨 Darkman
배우 리암 니슨, 프랜시스 맥도먼드, 콜린
　　프리엘스, 래리 드레이크
감독 샘 레이미
제작 로버트 G. 태퍼트
각본 척 파러, 샘 레이미, 이반 레이미, 다니
　　엘 골드윈, 조슈아 골드윈
촬영 빌 포프
음악 대니 엘프먼
제작년도 1990년
상영시간 95분
제작사 유니버설 픽처스
DVD 출시사 유니버설

더 게임 The Game
배우 마이클 더글러스, 숀 펜, 데보라 카라
　　웅거, 제임스 레본, 피터 도넷
감독 데이비드 핀처
제작 스티브 골린, 시안 채핀
각본 존 D. 브란카토, 마이클 페리스
촬영 해리스 새비디스
음악 하워드 쇼어
제작년도 1997년
상영시간 128분
제작사 폴리그램필름 엔터테인먼트, 프로파
　　간다 필름스
DVD 출시사 CDM

데드 링거 Dead Ringers
배우 제레미 아이언스, 주느비에브 부졸드,
　　하이디 폰 팔레스크, 바버라 고든, 셜
　　리 더글러스
감독 데이비드 크로넨버그
제작 마크 보이먼, 데이비드 크로넨버그
각본 데이비드 크로넨버그
촬영 피터 서치츠키
음악 하워드 쇼어
제작년도 1988년
상영시간 115분
제작사 모건 크릭 프로덕션즈

도니 브래스코 Donnie Brasco
배우 알 파치노, 조니 뎁, 마이클 매드슨, 브
　　루노 커비, 제임스 루소
감독 마이크 뉴웰
제작 마크 존슨, 배리 레빈슨, 루이스 디지
　　아이모, 게일 무트룩스
각본 폴 아타나시오
원작 조셉 D. 피스톤, 리차드 우들리
촬영 피터 소바
음악 패트릭 도일
제작년도 1997년
상영시간 111분

제작사 트라이스타 픽처스, 만달레이 엔터
　　테인먼트
DVD 출시사 다음미디어

돌아온 킬러 토마토
Return of the Killer Tomatoes
배우 앤서니 클라크, 조지 클라우니
감독 존 드 벨로
제작 스티븐 피스
각본 콘스탄틴 딜론, 스티븐 피스, 존 드
　　벨로
촬영 스티븐 켄트 웰치
음악 릭 패터슨, 닐 폭스
제작년도 1988년
상영시간 99분
제작사 포 스퀘어 프로덕션

드레스 투 킬 Dressed to Kill
배우 마이클 케인, 앤지 디킨슨, 낸시 알렌,
　　키스 고든, 데니스 프란츠
감독 브라이언 드 팔마
제작 조지 리토
각본 브라이언 드 팔마
촬영 랄프 D. 보드
음악 피노 도나지오
제작년도 1980년
상영시간 105분
제작사 시네마 77 필름
DVD 출시사 이십세기폭스(2005)
*출시명 드레스드 투 킬

딕 트레이시 Dick Tracy
배우 워렌 비티, 찰리 코스모, 마이클 도노
　　반 오도넬, 로렌스 스티븐 메이어스,
　　마돈나, 알 파치노
감독 워렌 비티
제작 워렌 비티
각본 짐 캐시, 잭 엡스 주니어

촬영 비토리오 스토라로
음악 대니 엘프먼
제작년도 1990년
상영시간 104분
제작사 터치스톤 픽처스
DVD 출시사 브에나비스타

떼시스 Tesis
배우 아나 토렌트, 펠레 마르티네즈, 에두
　아르도 노리에가
감독 알레한드로 아메나바르
제작 호세 루이 쿠엘다
각본 알레한드로 아메나바르, 마테오 길
촬영 한스 부어맨
음악 알레한드로 아메나바르, 마리아노 마린
제작년도 1996년
상영시간 125분
제작사 라 프로듀시온 델 에스코피온
DVD 출시사 드림믹스

또다른 여인 Another Woman
배우 지나 롤랜즈, 미아 패로, 이안 홀름, 블
　라이스 대너, 진 해크먼
감독 우디 앨런
제작 로버트 그린헛
각본 우디 앨런
촬영 스벤 닉비스트
제작년도 1988년
상영시간 84분제작사 잭 롤린스 & 찰스 H.
　조페 프로덕션

로드 투 웰빌
The Road to Wellville
배우 앤서니 홉킨스, 브리지트 폰다, 매튜
　브로데릭, 존 쿠색
감독 알란 파커
제작 로버트 F. 콜즈베리, 알란 파커, 아미
　얀 번스타인

각본 알란 파커
원작 T. 코라게산 보일
촬영 피터 비주
음악 레이첼 포트먼
제작년도 1994년
상영시간 122분
제작사 비콘 커뮤니케이션 LLC, 콜럼비아
　픽처스

로미오 이즈 블리딩
Romeo Is Bleeding
배우 게리 올드먼, 레나 올린, 아나벨라 시
　오라, 줄리엣 루이스, 로이 샤이더
감독 피터 메닥
제작 힐러리 헨킨, 폴 웹스터, 팀 베번, 에릭
　펠너, 마이클 플린
각본 피터 메닥
촬영 다리우스 울스키
음악 마크 아이샴
제작년도 1993년
상영시간 108분
제작사 폴리그램필름 엔터테인먼트, 워킹
　타이틀 필름즈
DVD 출시사 영상프라자

로보캅 RoboCop
배우 피터 웰러, 낸시 알렌
감독 폴 버호벤
제작 아른 슈미트
각본 에드워드 뉴마이어, 마이클 마이너
촬영 요스트 바카노
음악 바실 폴레두리스
제작년도 1987년
상영시간 103분
제작사 오리온 픽처스
DVD 출시사 이십세기폭스

마더 나이트 Mother Night
배우 닉 놀티, 셰릴 리, 앨런 아킨, 버나드
베랜스, 안나 버거
감독 키스 고든
제작 키스 고든, 로버트 B. 웨이드
각본 로버트 B. 웨이드
원작 커트 보니것
촬영 톰 리치몬드
음악 마이클 콘베르티노
제작년도 1996년
상영시간 114분
제작사 파인 라인 픽처스, 뉴 라인 시네마

마돈나의 수잔을 찾아서
Desperately Seeking Susan
배우 로잔나 아퀘트, 마돈나, 에이단 퀸, 마
크 블룸, 로버트 조이
감독 수잔 세이들먼
제작 사라 필즈버리
각본 레오라 배리시, 수잔 세이들먼
촬영 에드워드 라흐만
음악 마샬 크렌쇼
제작년도 1985년
상영시간 104분
제작사 샌포드 필스베리 프로덕션
DVD 출시사 이십세기폭스

마타도르 Matador
배우 어섬터 세르나, 안토니오 반데라스,
나초 마르티네즈, 에바 코보, 줄리에
타 세라노
감독 페드로 알모도바르
제작 안드레스 빈센테 고메즈
각본 페드로 알모도바르, 제우스 페레로
촬영 앙헬 루이스 페르난데즈
음악 베르나르도 보네치
제작년도 1986년
상영시간 102분
제작사 텔레비전 에스파뇰라, 컴파니아 이

베로아메리카나 TV

매드 맥스 Mad Max
배우 멜 깁슨, 휴 키즈 번, 조앤 새뮤얼
감독 조지 밀러
제작 바이런 케네디
각본 제임스 맥코슬랜드, 조지 밀러
촬영 데이비드 엑비
음악 브라이언 메이
제작년도 1979년
상영시간 93분
제작사 케네디 밀러 프러덕션
DVD 출시사 워너브라더스

모베터 블루스 Mo' Better Blues
배우 덴젤 워싱턴, 스파이크 리, 웨슬리 스
나입스, 지안카를로 에스포지토, 빌 넌
감독 스파이크 리
제작 스파이크 리
각본 스파이크 리
촬영 어니스트 R. 디커슨
음악 빌 리, 테렌스 블랑카드
제작년도 1990년
상영시간 127분
제작사 40 에이커스 & 뮬 필름웍스, 유니버
셜 픽처스

미드나잇 가든
Midnight Garden of Good and Evil
배우 케빈 스페이시, 존 쿠색, 주드 로, 잭
톰슨
감독 클린트 이스트우드
제작 클린트 이스트우드, 아놀드 슈티펠
각본 존 리 핸콕
원작 존 베렌트
촬영 잭 N. 그린
음악 레니 니하우스
제작년도 1998년

상영시간 155분
제작사 워너브라더스사, 맬파소 프로덕션
DVD 출시사 워너브라더스

밀러스 크로싱 Miller's Crossing
배우 가브리엘 번, 존 터투로, 마샤 게이 하
　　든, 존 폴리토, J. E. 프리먼
감독 조엘 코엔, 에단 코엔
제작 에단 코엔
각본 조엘 코엔, 에단 코엔
촬영 배리 소넨필드
음악 카터 버웰
제작년도 1990년
상영시간 115분
제작사 이십세기폭스사
DVD 출시사 이십세기폭스

바론의 대모험
The Adventures of Baron Munchausen
배우 존 네빌, 에릭 아이들, 사라 폴리, 우마
　　서먼, 올리버 리드, 로빈 윌리엄스
감독 테리 길리엄
제작 토마스 슐리
각본 찰스 맥케온, 테리 길리엄
촬영 주세페 로투노
음악 에릭 아이들, 마이클 카멘
제작년도 1989년
상영시간 126분
제작사 콜럼비아 픽처스
DVD 출시사 소니 픽처스

배트맨 Batman
배우 잭 니콜슨, 마이클 키튼, 킴 베이싱어
감독 팀 버튼
제작 벤자민 멜니커, 마이클 E. 어슬란
각본 샘 햄, 워런 스카렌
촬영 로저 프랫
음악 대니 엘프먼, 프린스

제작년도 1989년
상영시간 126분
제작사 워너브라더스사
DVD 출시사 워너브라더스

배트맨 2 Batman Returns
배우 마이클 키튼, 대니 드비토, 미셀 파이
　　퍼, 크리스토퍼 워큰
감독 팀 버튼
제작 팀 버튼, 데니스 디 노비, 래리 J. 프랑
　　코, 피터 거버, 벤자민 멜니커, 존 피터
　　스, 마이클 E. 어슬란, 이안 브라이스
각본 다니엘 워터스, 샘 햄
촬영 스테판 크자프스키
음악 대니 엘프먼
제작년도 1992년
상영시간 126분
제작사 폴리그램영화사, 워너브라더스사
DVD 출시사 워너브라더스

백 투 더 퓨처 2
Back to The Future 2
배우 마이클 J. 폭스, 크리스토퍼 로이드, 리
　　톰슨, 토마스 F. 윌슨, 엘리자베스 슈
감독 로버트 저메키스
제작 밥 게일, 네일 칸튼
각본 로버트 저메키스, 밥 게일
촬영 딘 컨디
음악 알란 실버스트리
제작년도 1989년
상영시간 108분
제작사 앰블린 엔터테인먼트
DVD 출시사 유니버설(3부작 세트)

베로니카의 이중 생활
La Double vie de Veronique
배우 이렌느 야콥, 할리나 그리글라스제브
　　스카, 필립 볼터, 상드린 뒤마

498

감독 크쥐시토프 키에슬로프스키
제작 레오나르도 드 라 펜테
각본 크쥐시토프 키에슬로프스키
촬영 슬라보미르 이지아크
음악 즈비그뉴 프라이즈너
제작년도 1991년
상영시간 98분
제작사 스튜디오 카날 플러스

감독 캐스린 비글로
제작 로렌스 카사노프, 에드워드 프레스먼
각본 캐스린 비글로, 에릭 레드
촬영 아미르 M. 모크리
음악 브레드 피델
제작년도 1990년
상영시간 102분
제작사 라이트닝 픽처스
DVD 출시사 새롬엔터테인먼트

분노의 주먹 Raging Bull
배우 로버트 드 니로, 캐시 모라이어티, 조
    페시
감독 마틴 스코세이지
제작 어윈 윙클러, 로버트 샤토프
각본 폴 슈레이더, 마딕 마틴
원작 제이크 라모타, 리처드 브루노
촬영 마이클 채프먼
음악 로비 로버트슨
제작년도 1980년
상영시간 129분
제작사 샤토프-윙클러 프로덕션

비열한 거리 Mean Streets
배우 로버트 드 니로, 하비 케이틀, 데이비
    드 프로발, 에이미 로빈슨, 리처드 로
    마누스
감독 마틴 스코세이지
제작 마틴 스코세이지, 조나단 T. 태플린
각본 마틴 스코세이지, 마딕 마틴
촬영 켄트 I. 웨이크포드
음악 에릭 클랩튼, 버트 홀란드
제작년도 1973년
상영시간 110분
제작사 태플린-페리-스코세이지 프로덕션
DVD 출시사 워너브라더스

브레이크 다운 Breakdown
배우 커트 러셀, J. T. 월쉬, 캐슬린 퀸란,
    M. C. 게이니, 잭 노즈위시
감독 조나단 모스토
제작 마사 슈마허, 디노 드 로렌티스
각본 조나단 모스토
촬영 더글라스 밀섬
음악 바실 폴레두리스
제작년도 1997년
상영시간 92분
제작사 파라마운트사, 스펠링 필름
DVD 출시사 파라마운트

사랑과 경멸 Le Mépris
배우 미셸 피콜리, 브리지트 바르도, 잭 팰
    런스, 프리츠 랑, 조르지아 몰
감독 장 뤽 고다르
제작 카를로 폰티, 조르주 드 보르가르, 조
    셉 E. 레빈
각본 장 뤽 고다르
원작 알베르토 모라비아
촬영 라울 쿠타르
음악 조르주 들르뤼
제작년도 1963년
상영시간 103분
제작사 콤파니아 시네마토그라피카 참피온
DVD 출시사 드림믹스(컬렉션박스세트 중 〈경
    멸〉)

블루 스틸 Blue Steel
배우 제이미 리 커티스, 론 실버, 클랜시 브
    라운, 엘리자베스 페나, 루이스 플레처

사랑은 비를 타고
Singin' in the Rain
배우 진 켈리, 도널드 오코너, 데비 레이놀
    즈, 진 헤이건
감독 진 켈리, 스탠리 도넌
제작 아서 프리드
각본 베티 콤던, 아돌프 그린
촬영 해롤드 로슨
음악 나치오 허브 브라운
제작년도 1952년
상영시간 102분
제작사 MGM
DVD 출시사 워너브라더스

사랑의 묵시록
La Nuit américaine
배우 프랑수아 트뤼포, 장 피에르 레오, 장
    피에르 오몽, 재클린 비셋
감독 프랑수아 트뤼포
제작 마르셀 베르베르
각본 장 루이 리샤르, 수잔 쉬프망, 프랑수
    아 트뤼포
촬영 피에르 윌리암 글렌
음악 조르주 들르뤼
제작년도 1973년
상영시간 120분
제작사 카로스 필름
DVD 출시사 워너브라더스
*출시명 아메리카의 밤

48시간의 킬링게임
2 Days in the Valley
배우 대니 아이엘로, 제프 다니엘스, 테리
    해처, 글렌 헤들리, 마샤 메이슨
감독 존 허츠펠드
제작 허브 나나스
각본 존 허츠펠드
촬영 올리버 우드
음악 앤서니 마리넬리

제작년도 1996년
상영시간 104분
제작사 라이저 엔터테인먼트

4차원의 난장이 E. T.
Time Bandits
배우 존 클리즈, 데이비드 워너, 숀 코네리,
    랄프 리처드슨, 셸리 듀발, 이안 홈름
감독 테리 길리엄
제작 테리 길리엄
각본 테리 길리엄, 마이클 팰린
촬영 피터 비주
음악 마이크 모랜, 조지 해리슨, 레이 쿠더
제작년도 1981년
상영시간 110분
제작사 데이비드 래퍼포트 프로덕션
DVD 출시사 스펙트럼
*출시명 시간 도둑들

사투
Monkey Shines : An Experiment in Fear
배우 제이슨 베게, 존 팬코
감독 조지 로메로
제작 찰스 에반스
각본 마이클 스튜어트, 조지 로메로
촬영 제임스 콘트너
음악 데이비드 샤이어
제작년도 1988년
상영시간 115분
제작사 찰스 에반스 프로덕션

살인에 관한 짧은 필름
Krótki film o zabijaniu
배우 미로슬라프 바카, 크쥐시토프 글로비
    즈, 얀 테사르즈, 즈비그뉴 자파시윅츠
감독 크쥐시토프 키에슬로프스키
제작 리스자드 츄코브스키
각본 크쥐시토프 키에슬로프스키, 크쥐시

슈토프 피에즈비
촬영 슬라보미르 이드지악
음악 즈비그뉴 프라이즈너
제작년도 1988년
상영시간 84분
제작사 제스폴 필모위 토르
DVD 출시사 에이나인

섀터드 이미지 Shattered Image
배우 윌리엄 볼드윈, 안느 파릴로, 리샌 포
    크, 그레이엄 그린
감독 라울 루이즈
제작 수전 호프먼, 바벳 슈로더
각본 듀안 풀
촬영 로비 뮐러
음악 호르헤 아리아가다
제작년도 1998년
상영시간 102분
제작사 세븐 아트 프로덕션

석양의 무법자
Il Buono, il brutto, il cattivo
배우 클린트 이스트우드, 리 밴 클리프, 일
    라이 월라크, 알도 주프레, 라다 라시
    모브
감독 세르지오 레오네
제작 알베르토 그리말디
각본 루치노 빈센조니, 세르지오 레오네
촬영 토니노 델리 콜리
음악 엔니오 모리코네, 브루노 니콜라이
제작년도 1966년
상영시간 180분
제작사 P. E. A.
DVD 출시사 이십세기폭스

세브린느 Belle de Jour
배우 카트린 드뇌브, 장 소렐, 미셸 피콜리,
    피에르 클레망티, 프랑수아즈 파비앙

감독 루이스 부뉴엘
제작 로베르 하킴, 레이몽 하킴
원작 조셉 카셀
각본 루이스 부뉴엘, 장 클로드 카리에
촬영 사샤 비르니
제작년도 1967년
상연시간 100분
제작사 파리 필름
DVD 출시사 DVD아카데미엔터테인먼트

세컨드 Seconds
배우 록 허드슨, 존 랜돌프, 살로메 젠스, 윌
    기르, 제프 코리
감독 존 프랑켄하이머
제작 존 프랑켄하이머, 에드워드 루이스
각본 루이스 존 칼리노
원작 데이비드 엘리
촬영 제임스 웡 하우
음악 제리 골드스미스
제작년도 1966년
상영시간 102분
제작사 파라마운트 픽처스

섹스의 반대말 The Opposite of Sex
배우 크리스티나 리치, 마틴 도노반, 리사
    쿠드로, 라일 로벳, 자니 갈레키
감독 돈 루스
제작 마이클 베스먼, 데이비드 커크패트릭
각본 돈 루스
촬영 휴버트 탁자나우스키
음악 메이슨 다링
제작년도 1998년
상영시간 105분
제작사 라이셔 엔터테인먼트
DVD 출시사 소니 픽처스

셀레브레이션 Festen
배우 울리히 톰슨, 헤닝 모릿첸, 토마스 보

랄슨, 파프리카 스틴, 버스 뉴만
감독 토마스 빈터베르
제작 비르기테 할드
각본 토마스 빈터베르, 모겐스 루코프
촬영 앤서니 도드 맨틀
제작년도 1998년
상영시간 106분
제작사 덴마크 라디오, SVT 드라마

소오강호 笑傲江湖
배우 허관걸, 장학우, 임정영, 원결영, 우마
감독 서극, 정소동, 호금전, 허안화, 금양화
제작 서극
각본 서극
촬영 포덕희
음악 황점
제작년도 1990년
상영시간 128분
제작사 골든 프린세스 필름
DVD 출시사 스펙트럼

스크림 Scream
배우 니브 캠벨, 데이비드 아퀘트, 커트니
    콕스, 스킷 울리히, 로즈 맥고완
감독 웨스 크레이븐
제작 캐시 콘래드, 매리앤 마달레나, 밥 와
    인스타인, 하비 와인스타인, 케리 우즈
각본 케빈 윌리엄슨
촬영 마크 어윈
음악 마르코 벨트라미
제작년도 1996년
상영시간 111분
제작사 우즈 엔터테인머트, 디멘션 필름스
DVD 출시사 다우리엔터테인먼트

스탠 바이 미 Stand by Me
배우 윌 휘톤, 리버 피닉스, 코리 펠드먼, 제
    리 오코넬, 키퍼 서덜랜드

감독 로브 라이너
제작 브루스 A. 에반스, 레이놀드 기데온,
    앤드루 셰인먼
원작 스티븐 킹
각본 레이놀드 기데온, 브루스 A. 에반스
촬영 토마스 델 루스
음악 잭 니체
제작년도 1986년
상영시간 87분
제작사 콜럼비아 픽처스
DVD 출시사 소니 픽처스

스트레인지 데이즈 Strange Days
배우 랠프 파인즈, 안젤라 바셋, 줄리엣 루
    이스, 톰 시즈모어, 윌리엄 피트너
감독 캐스린 비글로
제작 제임스 캐머런, 스티븐 찰스 자페, 로
    렌스 카사노프, 아이라 슈만
각본 제임스 캐머런, 제이 콕스
촬영 매튜 F. 레오네티
음악 그레엄 레벨, 피터 가브리엘
제작년도 1995년
상영시간 145분
제작사 라이트스톰 엔터테인먼트

스팔타커스 Spartacus
배우 커크 더글러스, 로렌스 올리비에, 진
    시몬스, 찰스 로턴, 피터 유스티노프
감독 스탠리 큐브릭
제작 커크 더글러스
원작 하워드 패스트
각본 달튼 트럼보
촬영 러셀 메티
음악 알렉스 노스
제작년도 1960년
상영시간 180분
제작사 브라이너 프로덕션
DVD 출시사 유니버설

시네마 천국 Nuovo Cinema Paradiso
배우 필립 누아레, 살바토레 카시오, 마르코
　　레오나디, 자크 페랭, 아그네스 나노
감독 주세페 토르나토레
제작 프랑코 크리스탈디
각본 주세페 토르나토레
촬영 블라스코 지우라토
음악 엔니오 모리코네
제작년도 1988년
상영시간 123분
제작사 RAI, TF1 필름즈 프로덕션
DVD 출시사 에이나인

신경쇠약 직전의 여자
Mujeres Al Borde De Un Ataque De
Nervios
배우 카르멘 마우라, 안토니오 반데라스,
　　줄리에다 세라노, 로시 드 필마, 마리
　　아 바랑코
감독 페드로 알모도바르
제작 페드로 알모도바르
각본 페드로 알모도바르
촬영 호세 루이스 알카이네
음악 베르나르도 보네치
제작년도 1988년
상영시간 88분
제작사 엘 데세오 S. A., 로렌필름

씬 레드 라인 The Thin Red Line
배우 숀 펜, 에이드리언 브로디, 제임스 카
　　비젤, 벤 채플린, 조지 클루니
감독 테렌스 맬릭
제작 로버트 마이클 가이슬러
각본 테렌스 맬릭
원작 제임스 존스
촬영 존 톨
음악 한스 짐머, 제프 로나, 존 파월
제작년도 1998년
상영시간 170분

제작사 폭스 2000 픽처스
DVD 출시사 이십세기폭스

아리조나 유괴사건 Raising Arizona
배우 니콜라스 케이지, 홀리 헌터, 존 굿맨,
　　윌리엄 포사이드, 프랜시스 맥도먼드
감독 조엘 코엔, 에단 코엔
제작 에단 코엔, 제임스 잭스
각본 에단 코엔, 조엘 코엔
촬영 배리 소넨필드
음악 카터 버웰
제작년도 1987년
상영시간 92분
제작사 서클 필름스
DVD 출시사 이십세기폭스

아메리칸 히스토리 X
American History X
배우 에드워드 노튼, 에드워드 펄롱, 비벌
　　리 단젤로, 애버리 브룩스, 스테이시
　　키치
감독 토니 케이
제작 존 모리시, 마이클 드 루카, 데이비드
　　매케너, 로렌스 터맨, 스티브 티시
각본 데이비드 매케너
촬영 토니 케이
음악 앤 더들리
제작년도 1998년
상영시간 117분
제작사 뉴 라인 시네마
DVD 출시사 씨넥서스

아비정전 阿飛正傳
배우 장국영, 장만옥, 유덕화, 양조위, 장학
　　우
감독 왕가위
제작 로버 탕
각본 왕가위

촬영 크리스토퍼 도일
제작년도 1989년
상영시간 100분
제작사 인 기어 필름
DVD 출시사 인피니티

아이다호 My Own Private Idaho
배우 리버 피닉스, 키아누 리브스, 제임스
　　루소, 윌리엄 리허트, 로드니 하비
감독 구스 반 산트
제작 로리 파커
각본 구스 반 산트
촬영 존 J. 캠벨, 에릭 앨런 에드워즈
음악 빌 스테퍼드
제작년도 1991년
상영시간 102분
제작사 뉴라인 시네마
DVD 출시사 덕슨미디어

아이스 스톰 The Ice Storm
배우 케빈 클라인, 조앤 앨런, 시고니 위버,
　　토비 맥과이어, 크리스티나 리치
감독 리안
제작 테드 호프, 리안, 제임스 샤무스
각본 제임스 샤무스
원작 릭 무디
촬영 프레데릭 엠즈
음악 마이클 다나
제작년도 1997년
상영시간 110분
제작사 폭스 서치라이트 픽처스, 굿 머신

알비노 앨리게이터 Albino Alligator
배우 맷 딜런, 페이 더너웨이, 게리 시니즈,
　　윌리엄 피츠너, 비고 모르텐슨
감독 케빈 스페이시
제작 브래드 크레보이, 스티븐 스태블러,
　　브래들리 젠켈

각본 크리스찬 포트
촬영 마크 플러머
음악 마이클 브룩
제작년도 1996
상영시간 97분
제작사 미라맥스, MPCA

알카트라즈 탈출
Escape from Alcatraz
배우 클린트 이스트우드, 패트릭 맥구핸,
　　로버츠 블로섬, 잭 티뷰, 프레드 워드
감독 돈 시겔
제작 돈 시겔
각본 리처드 터글
원작 J. 캠벨 브루스
촬영 브루스 서티즈
음악 제리 필딩
제작년도 1979년
상영시간 112분
제작사 파라마운트 픽처스
DVD 출시사 파라마운트

양들의 침묵
The Silence of the Lambs
배우 조디 포스터, 앤서니 홉킨스, 스콧 글
　　렌, 앤서니 힐드, 테드 레빈
감독 조나단 드미
제작 로날드 M. 보즈먼, 에드워드 색슨, 케
　　네스 우트
각본 테드 텔리
원작 토머스 해리스
촬영 후지모토 탁
음악 하워드 쇼어
제작년도 1991년
상영시간 118분
제작사 오리온 픽처스
DVD 출시사 씨네마크로스

어둠의 표적 Straw Dogs
배우 더스틴 호프먼, 수전 조지, 피터 본, T.
　　P. 맥케나, 델 헨니
감독 샘 페킨파
제작 다니엘 멜닉
각본 데이비드 젤러그 굿맨, 샘 페킨파
원작 고든 윌리엄스
촬영 존 코퀼리온
음악 제리 필딩
제작사 ABC 픽처스
비디오 판매원 리스 비디오
제작년도 1971년
상영시간 118분
DVD 출시사 캐논박스
＊출시명 더스틴 호프만의 표적

어딕션 The Addiction
배우 릴리 데일리, 크리스토퍼 워큰, 아나
　　벨라 시오라, 에디 팔코, 폴 켈드론
감독 아벨 페라라
제작 러셀 시몬스, 프레스톤 L. 홈즈
각본 니콜라스 세인트 존
촬영 켄 켈시
음악 조 델리아
제작년도 1995년
상영시간 80분
제작사 10월 필름

억수탕
배우 김의성, 방은희, 서태화, 이정욱
감독 곽경택
제작 김종학, 박성근, 백종학
각본 곽경택
촬영 황기석
음악 한정림, 박원탁
제작년도 1997년
상영시간 84분
제작사 제이콤, 소베 픽처스

얼지 마, 죽지 마, 부활할 거야
Zamri, umri, voskresni!
배우 디나라 드루카로바, 파벨 나자로프,
　　엘레나 포포바, 바딤 예르몰라예프
감독 비탈리 카네프스키
각본 비탈리 카네프스키
촬영 블라디미르 브릴야코프
음악 세르게이 바네비츠
제작년도 1989년
상영시간 105분
제작사 렌필름 스튜디오

에너미 오브 스테이트
Enemy of the State
배우 윌 스미스, 진 해크먼, 존 보이트, 리사
　　보넷, 레지나 킹
감독 토니 스콧
제작 제리 브룩하이머
각본 데이비드 마코니
촬영 다니엘 민텔
음악 해리 그렉슨 윌리엄스, 트레보 라빈
제작년도 1998년
상영시간 128분
제작사 제리 브룩하이머 필름, 터치스톤 픽
　　처스
DVD 출시사 브에나비스타

에이리언 3 Alien 3
배우 시고니 위버, 찰스 더튼, 찰스 댄스, 폴
　　맥간, 브라이언 글로버
감독 데이비드 핀처
제작 고든 캐롤, 데이비드 길러, 월터 힐, 시
　　고니 위버, 이즈라 스워드로
각본 빈센트 워드, 데이비드 길러, 월터 힐,
　　레리 퍼거슨, 댄 오배넌, 로날드 슈셰트
촬영 알렉스 톰슨
음악 엘리엇 골든탈
제작년도 1992년
상영시간 115분

제작사 이십세기폭스사, 브랜디와인 프로
　덕션
DVD 출시사 이십세기폭스

엑소시스트
The Exocist
배우 막스 폰 시도우, 린다 블레어, 제이슨
　밀러, 엘렌 버스틴
감독 윌리엄 프리드킨
제작 윌리엄 피터 블래디
각본 윌리엄 피터 블래디
촬영 오웬 로이즈먼
음악 잭 니체
제작년도 1973년
상영시간 115분

엑소시스트 2
Exorcist 2 : The Heretic
배우 린다 블레어, 리처드 버튼, 루이스 플
　레처, 막스 폰 시도우, 키티 윈
감독 존 부어맨
제작 존 부어맨, 리차드 리더러
각본 윌리엄 굿하트
촬영 윌리엄 A. 프레이커
음악 엔니오 모리코네
제작년도 1977년
상영시간 117분
제작사 워너브라더스사
DVD 출시사 워너브라더스

M. 버터플라이 M. Butterfly
배우 제레미 아이언스, 존 론, 바버라 수코
　바, 이안 리차드슨
감독 데이비드 크로넨버그
제작 가브리엘라 마르티넬리
각본 헨리 황
촬영 피터 서치츠키
음악 하워드 쇼어

제작년도 1993년
상영시간 100분
제작사 워너브라더스사

영웅본색 3 英雄本色 3— 夕陽之歌
배우 주윤발, 매염방, 양가휘, 석견
감독 서극
제작 서극, 오우삼
각본 서극
제작년도 1989년
상영시간 140분
제작사 전영공작실
DVD 출시사 새롬엔터테인먼트

욕망 Blow-up
배우 바네사 레드그레이브, 데이비드 헤밍
　스, 사라 마일즈, 존 캐슬, 제인 버킨
감독 미켈란젤로 안토니오니
제작 카를로 폰티
각본 미켈란젤로 안토니오니, 토니노 구에라
촬영 카를로 디 팔마
음악 허비 행콕
제작년도 1966년
상영시간 111분
제작사 브릿지 필름

용서받지 못한 자 Unforgiven
배우 클린트 이스트우드, 진 해크먼, 모건
　프리먼, 리처드 해리스, 로브 캠벨
감독 클린트 이스트우드
제작 클린트 이스트우드, 데이비드 발데스
각본 데이비드 웹 피플스
촬영 잭 N. 그린
음악 레니 니하우스, 클린트 이스트우드
제작년도 1992년
상영시간 131분
제작사 맬파소 프로덕션, 워너브라더스사
DVD 출시사 워너브라더스

워킹 맨 Search and Destroy
배우 데니스 호퍼, 제이슨 페라로, 크리스토
    퍼 워큰, 그리핀 던, 마틴 스코세이지
감독 데이비드 살르
제작 엘리 콘
각본 마이클 알머레이다
촬영 바비 버코스키, 마이클 스필러
음악 엘머 번스타인
제작년도 1995년
상영시간 90분
제작사 누 이미지, 10월 필름

이 세상 끝까지
Bis ans Ende der Welt
배우 윌리엄 허트, 막스 폰 시도우, 솔베이
    그 도마르틴, 잔 모로, 피에트로 팔콘
감독 빔 벤더스
제작 울리히 펠스베르크, 조나단 T. 태플린
각본 마이클 알머레이다, 빔 벤더스, 솔베
    이그 도마르틴
촬영 로비 뮐러
음악 그레엄 레벨
제작년도 1991년
상영시간 128분
제작사 아르고스 필름스, 빌리지 로드쇼 픽
    처스

이벤트 호라이즌 Event Horizon
배우 로렌스 피시번, 샘 닐, 캐슬린 퀸란, 졸
    리 리처드슨, 리처드 T. 존스
감독 폴 W. S. 앤더슨
제작 로렌스 고든, 로이드 레빈, 제레미 볼
    트, 닉 길로트
각본 필립 아이즈너
촬영 에이드리언 비들
음악 마이클 카멘
제작년도 1997년
상영시간 96분
제작사 파라마운트 픽처스, 임팩트 픽처스

DVD 출시사 파라마운트

이브의 모든 것 All about Eve
배우 베티 데이비스, 앤 백스터, 마릴린 먼
    로, 조지 샌더스
감독 조셉 L. 맨케비츠
제작 대릴 F. 자눅
각본 조셉 L. 맨케비츠
촬영 밀튼 R. 크레이스너
음악 앨프리드 뉴먼
제작년도 1950년
상영시간 138분
DVD 출시사 이십세기폭스

이스트윅의 악녀들
The Witches of Eastwick
배우 잭 니콜슨, 셰어, 수전 서랜던, 미셸 파
    이퍼
감독 조지 밀러
제작 닐 캔튼, 피터 구버, 존 피터스
각본 마이클 크리스토퍼
촬영 빌모스 지그몬트
음악 존 윌리엄스
제작년도 1987년
상영시간 118분
제작사 구버-피터스 컴퍼니

이유 없는 반항
Rebel Without a Cause
배우 제임스 딘, 나탈리 우드, 살 미네오, 데
    니스 호퍼, 이안 울프
감독 니콜라스 레이
제작 데이비드 와이스바트
각본 니콜라스 레이, 어빙 슐먼, 스튜어트
    스턴
촬영 어네스트 홀러
음악 레오나드 로젠만
제작년도 1955년

상영시간 111분
제작사 워너브라더스사
DVD 출시사 워너브라더스

제작년도 1997년
상영시간 154분
제작사 미라맥스

자니 기타 Johnny Guitar
배우 조앤 크로퍼드, 스털링 헤이든
감독 니콜라스 레이
제작 허버트 예이츠
각본 필립 요던
촬영 해리 스트래들링 주니어
음악 빅터 영
제작년도 1954년
상영시간 110분
제작사 리퍼블릭

제너럴 The General
배우 브렌던 글리슨, 애드리언 던바, 숀 맥
　긴리, 마리아 도일 케네디
감독 존 부어맨
제작 카에란 코리건, 존 부어맨
각본 존 부어맨
촬영 시머즈 디어시
음악 리치 버클리
제작년도 1998년
상영시간 120분
제작사 멀린 필름
DVD 출시사 새롬엔터테인먼트

장미의 전쟁 The War of the Roses
배우 마이클 더글러스, 캐서린 터너, 대니
　드비토, 숀 어스틴
감독 대니 드비토
제작 제임스 L. 브룩스
각본 마이클 리슨
촬영 스티븐 뷰럼
음악 데이비드 뉴먼
제작년도 1989년
상영시간 116분
제작사 이십세기폭스
DVD 출시사 이십세기폭스

제3의 기회 Things Change
배우 돈 애미치, 조 만테냐, 로버트 프로스키
감독 데이비드 마멧
제작 마이클 하우스먼
각본 데이비드 마멧, 쉘 실버스타인
촬영 후앙 루이즈 앙시아
음악 알라릭 얀스
제작년도 1988년
상영시간 100분
제작사 필름 하우스

재키 브라운 Jackie Brown
배우 팸 그리어, 새뮤얼 잭슨, 로버트 포스
　터, 브리지트 폰다, 마이클 키튼, 로버
　트 드 니로
감독 쿠엔틴 타란티노
제작 로렌스 벤더
각본 쿠엔틴 타란티노
원작 엘모어 레너드
촬영 길레르모 나바로
음악 조셉 줄리안 곤잘레즈

조지 클루니의 표적 Out of Sight
배우 조지 클루니, 데니스 파리나, 루이스
　구즈만, 아이제이어 워싱턴, 캐서린
　키너
감독 스티븐 소더버그
제작 대니 드비토, 마이클 샴버그, 스테이
　시 셔, 배리 소넨필드
각본 스콧 프랭크
촬영 엘리엇 데이비스
음악 데이비드 홈즈

제작년도 1998년
상영시간 122분
제작사 저지 필름, 유니버설 픽처스
DVD 출시사 유니버설

죽음의 경기 Rollerball
배우 제임스 칸, 존 하우스먼, 마우드 아담
스, 존 백, 모지즈 건
감독 노먼 주이슨
제작 노먼 주이슨
각본 윌리엄 해리슨
원작 윌리엄 해리슨
촬영 더글러스 슬로콤브
음악 앙드레 프레빈
제작년도 1975년
상영시간 128분
제작사 알곤퀸
DVD 출시사 이십세기폭스

죽음의 날 Day of the Dead
배우 로리 카딜, 테리 알렉산더, 조셉 필라
토, 자레스 콘로이, 안토니 딜레오 주
니어
감독 조지 로메로
제작 리처드 루빈스타인
각본 조지 로메로
촬영 마이클 고닉
음악 존 해리슨
제작년도 1985년
상영시간 102분
제작사 로렐 엔터테인먼트

죽음의 카운트다운 D. O. A.
배우 데니스 퀘이드, 맥 라이언
감독 로키 모튼
제작 이언 샌더, 로라 지스킨
각본 찰스 에드워드 포그, 러셀 루스, 클러
렌스 그린

촬영 유리 노이만
음악 샤츠 잔켈
제작년도 1988년
상영시간 100분
제작사 지스킨 센더 프로덕션

지존무상 至尊無上
배우 유덕화, 알란 탐, 진옥련, 관지림, 장민
감독 왕정
제작 장국충
각본 왕정, 향화승
촬영 진목걸
음악 황점
제작년도 1990년
상영시간 130분
제작사 윈스 필름 프로덕션
DVD 출시사 스펙트럼

1000에이커 A Thousand Acres
배우 미셸 파이퍼, 제시카 랭, 제니퍼 제이
슨 리, 콜린 퍼스
감독 조슬린 무어하우스
각본 로라 존스
원작 제인 스마일
촬영 후지모토 탁
음악 리처드 하틀리
제작년도 1997년
상영시간 104분

첩혈쌍웅 牒血雙雄
배우 주윤발, 이수현, 엽청문, 증강, 성규안
감독 오우삼
제작 서극
각본 오우삼
촬영 포기 명
음악 엽청문
제작년도 1989년
상영시간 147분

제작사 필름 워크샵, 골든 프런세스 필름
비디오 판매원 정우시네마
DVD 출시사 스펙트럼

7월 4일생 Born on the Fourth of July
배우 톰 크루즈, 레이몬드 J. 베리, 프랭크
　웨일리, 윌렘 데포, 톰 시즈모어
감독 올리버 스톤
제작 올리버 스톤
각본 올리버 스톤
원작 론 코빅
촬영 로버트 리처드슨
음악 존 윌리엄스
제작년도 1989년
상영시간 144분
제작사 A. 키트맨+잇스틀란 프로덕션
DVD 출시사 유니버설

카사블랑카 Casablanca
배우 험프리 보가트, 잉그리드 버그만, 폴
　헨레이드, 둘리 윌슨, 클로드 레인즈
감독 마이클 커티스
제작 할 B. 월리스
각본 줄리어스 J. 엡스타인, 필립 G. 엡스타
　인, 하워드 코크
원작 조안 앨리슨, 머레이 버네트
촬영 아서 에드슨
음악 맥스 스테이너
제작년도 1942년
상영시간 102분
제작사 워너브라더스사
DVD 출시사 워너브라더스

코미디의 왕 The King of Comedy
배우 로버트 드 니로, 제리 루이스, 산드라
　번하드, 라이자 미넬리
감독 마틴 스코세이지
제작 로버트 F. 콜즈베리

각본 파울 짐머만
촬영 프레드 슐러
음악 로비 로버트슨
제작년도 1983년
상영시간 109분
제작사 이십세기폭스사
DVD 출시사 이십세기폭스

퀸테트 살인게임 Quintet
배우 폴 뉴먼, 비토리오 가스먼, 페르난도
　레이, 비바 안데르손, 브리지트 포시
감독 로버트 올트먼
제작 로버트 올트먼
각본 로버트 올트먼, 프랭크 배리트
촬영 장 보페티
음악 톰 피어슨
제작년도 1979년
상영시간 118분
제작사 이십세기폭스사, 라이온스 게이트

크루서블 The Crucible
배우 다니엘 데이 루이스, 위노나 라이더,
　조앤 알렌, 폴 스코필드, 브루스 데이
　비슨
감독 니콜라스 하이트너
제작 로버트 A. 밀러, 데이비드 V. 픽커
각본 아서 밀러
원작 아서 밀러
촬영 앤드루 던
음악 조지 펜튼
제작년도 1996년
상영시간 125분
제작사 이십세기폭스사
DVD 출시사 이십세기폭스

키스 더 걸 Kiss the Girls
배우 모건 프리먼, 애슐리 주드, 캐리 엘위
　스, 알렉스 맥아더, 토니 골드윈

감독 개리 플레더
제작 데이비드 브라운, 조 위잔
각본 데이비드 클라스
원작 제임스 패터슨
촬영 아론 슈나이더
음악 마크 아이샴
제작년도 1997년
상영시간 115분
제작사 파라마운트사, 라이셔 엔터테인먼트
DVD 출시사 파라마운트

키카 KIKA
배우 피터 코요테, 빅토리아 아브릴, 베로
　　니카 포르퀘, 알렉스 카사노바스
감독 페드로 알모도바르
제작 에스더 가르시아
각본 페드로 알모도바르
촬영 알프레도 F. 마요
음악 엔리케 그라나도스, 커트 웨일
제작년도 1993년
상영시간 114분
제작사 씨비 2000, 엘 데세오 S.A.

텐 미니츠―트럼펫
Ten Minutes Older : The Trumpet
배우 마르크 펠톨라, 카티 우티넨, 클로에
　　셰비니, 마르코 하비스토, 아나 소피
　　아 리아노
감독 아키 카우리스마키, 빅토르 에리쎄,
　　베르너 헤어초크, 짐 자무시, 빔 벤더
　　스, 첸 카이거
제작 울리히 펠스베르크, 아키 카우리스마
　　키, 스파이크 리
각본 빅토르 에리세, 베르너 헤어초크, 짐
　　자무시, 아키 카우리스마키, 빔 벤더스
촬영 티모 살미넨
음악 폴 잉글리시바이
제작년도 2002년
상영시간 92분

제작사 마타도르 픽처스
DVD 출시사 영상프라자

토마토 공격대
The Attack of the Killer Tomatoes
배우 데이비드 밀러, 조지 윌슨
감독 존 드 벨로
제작 스티븐 피스, 존 드 벨로
각본 코스타 딜론, 존 드 벨로, 스티븐 피스
촬영 존 컬리
음악 폴 선드포, 고든 굿윈
제작년도 1980년
상영시간 87분
제작사 포 스퀘어 프로덕션
비디오 판매원 대우비디오

토탈 리콜 Total Recall
배우 아놀드 슈워제네거, 레이철 티코틴,
　　마이클 아이언사이드, 샤론 스톤, 로
　　니 콕스
감독 폴 버호벤
제작 로널드 슈셰트
각본 로널드 슈셰트, 댄 오배넌
원작 필립 K. 딕
촬영 요스트 바카노
음악 제리 골드스미스
제작년도 1990년
상영시간 109분
제작사 캐롤코 픽처스
DVD 출시사 비트윈

트루먼 쇼 The Truman Show
배우 짐 캐리, 로라 리니, 노아 에머리히, 나
　　타샤 매켈혼, 에드 해리스
감독 피터 위어
제작 에드워드 S. 펠드먼, 앤드루 니콜, 스
　　콧 루딘, 애덤 슈로더
각본 앤드루 니콜

촬영 피터 비주
음악 필립 글래스, 부르하르트 폰 달위츠
제작년도 1998년
상영시간 103분
제작사 파라마운트사, 스캇 루딘 프로덕션
DVD 출시사 파라마운트

파리의 늑대인간
An American Werewolf in Paris
배우 톰 애버렛 스콧, 줄리 델피, 빈스 비에
　르프, 필 버크먼
감독 앤서니 월러
제작 앤서니 월러, 알렉산더 버크먼, 리처
　드 클라우스
각본 팀 번스, 앤서니 월러
촬영 에곤 워단
음악 윌버트 허시
제작년도 1997년
상영시간 97분

'84 찰리 모픽
'84 Charlie Mopic
배우 조나단 에머슨, 니콜라스 캐스튼, 리
　처드 브룩스
감독 패트릭 션 던컨
제작 마이클 놀린, 질 그리피스
각본 패트릭 션 던컨
촬영 앨런 캐이스
음악 도노반
제작년도 1989년
상영시간 95분
제작사 찰리 모픽 컴퍼니

페이탈 서스펙트 Deceiver
배우 팀 로스, 마이클 루커, 크리스 펜, 로잔
　나 아퀘트, 르네 젤위거
감독 조나스 페이트, 조수아 페이트
각본 조나스 페이트, 조수아 페이트

촬영 빌 버틀러
음악 해리 그렉슨 윌리엄즈
제작년도 1997년
상영시간 101분

폴 뉴먼의 심판 The Verdict
배우 폴 뉴먼, 샬럿 램플링, 잭 워든, 제임스
　메이슨, 마일로 오시어
감독 시드니 루멧
제작 데이비드 브라운, 리처드 D. 자눅
각본 데이비드 마멧
원작 배리 리드
촬영 안제이 바르코비악
음악 조니 만델
제작년도 1982년
상영시간 129분
제작사 이십세기폭스사

프라이트너 The Frighteners
배우 마이클 J. 폭스, 트리니 알바라도, 제
　이크 부시, 피터 돕슨, 제프리 콤스
감독 피터 잭슨
제작 로버트 저메키스, 피터 잭슨, 제이미
　셀커크
각본 피터 잭슨, 프랜 월시
촬영 앨런 볼링거, 존 블릭
음악 대니 엘프먼
제작년도 1996년
상영시간 109분
제작사 유니버설 픽처스, 윙넛 필름
DVD 출시사 유니버설

프렌치 커넥션
The French Connection
배우 진 해크먼, 페르난도 레이, 로이 샤이
　더, 토니 로 비안코
감독 윌리엄 프리드킨
제작 필립 단토니

각본 어니스트 타이디먼
원작 로빈 무어
촬영 오웬 로이즈먼
음악 돈 엘리스
제작년도 1971년
상영시간 104분
제작사 이십세기폭스사
DVD 출시사 이십세기폭스(1, 2편 박스 세트)

플라이 The Fly
배우 제프 골드블럼, 지나 데이비스, 존 게
　츠, 레슬리 칼슨
감독 데이비드 크로넨버그
제작 스튜어트 콘펠드
각본 데이비드 크로넨버그, 찰스 에드워드
　포그
원작 조지 랑겔린
촬영 미크 서인
음악 하워드 쇼어
제작년도 1986년
상영시간 100분
제작사 브룩스 필름스

플레이어 The Player
배우 팀 로빈스, 그레타 스카키, 우피 골드
　버그, 프레드 워드, 브루스 윌리스
감독 로버트 올트먼
제작 데이비드 브라운, 마이클 톨킨, 닉 웩
　슬러
각본 마이클 톨킨
원작 마이클 톨킨
촬영 장 레핀
음악 토마스 뉴먼
제작년도 1992년
상영시간 123분
제작사 스펠링 엔터테인먼트

하나비 花火
배우 기타노 다케시, 기시모토 가요코, 오
　스기 렌, 데라지마 스스무
감독 기타노 다케시
제작 모리 마사유키, 쓰게 야스시, 요시다
　다키오
각본 기타노 다케시
촬영 야마모토 히데오
음악 히사이시 조
제작년도 1997년
상영시간 102분
제작사 반다이 비주얼 Co. Ltd., 오피스 기
　타노
DVD 출시사 스펙트럼

한나와 그 자매들
Hannah and Her Sisters
배우 미아 패로, 다이앤 위스트, 바버라 허
　시, 마이클 케인, 우디 앨런
감독 우디 앨런
제작 로버트 그린헛
각본 우디 앨런
촬영 카를로 디 팔마
제작년도 1966년
상영시간 107분
제작사 MGM

햇빛 쏟아지던 날들 陽光燦爛的日子
배우 하우, 영정, 사금, 강문
감독 강문
제작 문전, 유효경
각본 강문
촬영 고장위
음악 웬징 구오
제작년도 1994년
상영시간 128분
제작사 차이나 필름 코프로덕션 코퍼레이션

허망한 경주 Bite the Bullet
배우 진 해크먼, 제임스 코번, 켄디스 버겐,
　벤 존슨, 장 마이클 빈센트
감독 리처드 브룩스
제작 리처드 브룩스
각본 리처드 브룩스
촬영 해리 스트래들링 주니어
음악 알렉스 노스
제작년도 1975년
상영시간 131분
제작사 콜럼비아
DVD 출시사 소니 픽처스

헨리 : 연쇄 살인범의 초상
Henry : Portrait of a Serial Killer
배우 마이클 루커, 톰 타울즈, 트레이시 아
　놀드, 앤 바톨레티, 데이비드 카츠
감독 존 맥노턴
제작 리사 데스몬드, 존 맥노턴, 스티븐 A.
　존스
각본 리처드 파이어, 존 맥노턴
촬영 찰리 리버맨
음악 켄 헤일, 스티븐 A. 존스
제작년도 1986년
상영시간 83분
제작사 필름캣

혈전영웅 血戰英雄
배우 유덕화, 여수룡, 악영
감독 여대위
제작 장국충
각본 여걸
촬영 이영빈
제작년도 1989년
상영시간 97분
제작사 탕신전영 사업공사, 예능영업 유한
　공사

호미사이드 Homicide
배우 조 만테냐, 윌리엄 H. 메이시
감독 데이비드 마멧
제작 마이클 하우스먼, 에드워드 R. 프레스먼
각본 데이비드 마멧
촬영 로저 디킨스
음악 앨러릭 얀스
제작년도 1991년
상영시간 102분
제작사 에드워드 프레스먼 & 시네하우스 프
　로덕션

화성침공 Mars Attacks!
배우 잭 니콜슨, 글렌 클로즈, 아네트 베닝,
　피어스 브로스넌, 마틴 쇼트
감독 팀 버튼
제작 팀 버튼, 래리 프랑코
각본 조나단 젬스
촬영 피터 서치츠키
음악 대니 엘프먼
제작년도 1996년
상영시간 106분
제작사 워너브라더스사
DVD 출시사 워너브라더스
＊출시명 팀 버튼의 화성침공

후드럼 Hoodlum
배우 로렌스 피시번, 팀 로스, 바네사 L. 윌
　리엄스, 앤디 가르시아, 시슬리 타이슨
감독 빌 듀크
제작 프랭크 맨쿠소 주니어, 로렌스 피시번
각본 크리스 브랜카토
촬영 프랭크 타이디
음악 엘머 번스타인
제작년도 1997년
상영시간 130분
제작사 유나이티드 아티스츠 픽처스

휴 그랜트의 선택

Extreme Measures

배우 휴 그랜트, 진 해크먼, 사라 제시카 파
    커, 데이비드 모스, 빌 넌

감독 마이클 앱티드

제작 엘리자베스 헐리

각본 토니 길로이

촬영 존 베일리

음악 대니 엘프먼

제작년도 1996년

상영시간 118분

제작사 캐슬 락 엔터테인먼트

DVD 출시사 워너브라더스